KB195613

James Gythre Jr.

MY NAME IS

HER SMOKE ROSE UP FOREVER

베스트 오브 제임스 팁트리 주니어

THE BEST OF JAMES TIPTREE JR.

James Tiptree Jr.

MY NAME IS

신해경 이수현 황희선 옮김

아작

내가 "인간"이 어떤 존재인지 말할 수 있다면 지금의 나를 넘어서는 존재이리라. 그리고 아마 미래에 살기도 할 것이다. 인간이란 저만치 앞서가서 돌아볼 때나 인식할 무엇이 아닐까… 하지만 분명 "인간"은 총명한 아이의 눈에서 볼 수 있는 눈부신 이미지와 관계가 있기는 할 것이다. 삶을 탐험하고, 의문하며, 열렬히 이해해보려 하는, 파괴적이지 않은 탐구심. 나는 그 정신이 우리 모두의 핵심이라 본다.

— 제임스 팁트리 주니어

일러두기

'지은이' 표시가 없는 모든 주석은 옮긴이의 것입니다.

차례

제 1 부

THE GREEN HILLS OF EARTH

지구의 푸른 언덕

THE LAST FLIGHT OF DR. AIN

아인 박사의 마지막 비행

✦

이수현 옮김

1970년 네뷸러상 노미네이트

오마하-시카고 비행 노선에서 아인 박사를 알아본 사람이 있었다. 패서디나* 시절의 동료 생물학자였는데, 화장실에서 나오다가 통로 쪽 좌석에 앉은 아인을 보았다. 이 남자는 5년 전에 아인이 막대한 연구비를 받은 일을 질투했었다. 이번에 그는 냉담하게 고개만 까딱이며 인사했다가 아인이 반갑게 반응하자 놀랐다. 되돌아가서 대화할까 생각도 했지만, 너무 피곤했다. 대부분 사람들과 마찬가지로 그도 유행성 독감과 싸우고 있었다.

착륙한 후 승객들에게 우비를 나눠주던 승무원도 아인을 기억했다. 적갈색 머리에 키가 크고 마른, 별다른 특징이 없는 남자였다고 말이다. 아인은 줄에 서서 승무원을 빤히 바라보았다. 아인에게는 이미 우비가 있었기 때문에 승무원은 조금 괴짜구나 생각하고 손짓을 해서 지나 보냈다.

승무원은 아인이 휘청거리며 공항의 스모그 속으로 걸어가는 모습을 보았다. 그는 혼자 같았다. 커다란 민간 방위 표시들이 붙었지만 오헤어

* LA 근교의 도시로, 캘리포니아 공과대학이 위치해 있다.

공항이 지하로 들어가는 작업은 늦어지고 있었다. '그 여자'에 대해 알아차린 사람은 아무도 없었다.

상처 입고 죽어가는 그 여자를.

뉴욕으로 가는 항로에서는 아인의 신원이 확인되지 않았지만, 2시 40분 승객목록에 오른 '에임스'라는 이름이 아인을 잘못 적은 것으로 여겨졌다. 실제로 그랬다. 이 비행기가 한 시간을 선회하는 동안 아인은 침침한 해안지대가 단조롭게 기울어졌다가, 수평이 되었다가, 다시 기울어지는 광경을 지켜보았다.

그 여자는 이제 더 약해졌다. 여자는 긴 머리에 반쯤 가려진 얼굴에서 딱지를 힘없이 잡아 뜯으며 기침을 했다. 아인은 한때 그토록 눈부셨던, 멋진 갈기 같았던 여자의 머리가 칙칙한 색깔을 띠고 숱이 줄고 있음을 알아보았다. 그는 애써 차갑고 깨끗한 파도를 생각하며 바다 쪽을 보았다. 수평선에 거대한 검은 깔개가 보였다. 어딘가에서 유조선이 배출구를 열어둔 모양이었다. 여자가 다시 기침했다. 아인은 눈을 감았다. 스모그가 비행기를 감싸 안았다.

그다음으로 포착된 것은 아인이 글래스고로 가는 BOAC* 비행기에 탑승 수속을 하는 모습이었다. 케네디 지하공항은 사람들로 끓어오르는 스튜나 다름없었고, 공기 냉각 장치는 뜨거운 9월 오후를 감당하지 못했다. 탑승 수속 줄의 사람들은 무감각하게 뉴스 방송을 바라보며 휘청거리고 땀을 흘렸다. '마지막 녹색 장원(莊園)을 구합시다.' 자연보호 시민운동가들이 아마존강 유역에 뿌려진 살충제와 하수처리에 항의하고 있었다. 몇 사람은 새로운 '깨끗한 폭탄'**의 아름다운 총천연색 사진들을 떠올렸다. 제복을 입은 무리가 지나가자 줄이 밀렸다. 제복 무리는 '누가 두려워하는가?'라고 새겨진 버튼을 달고 있었다.

---

* 영국해외항공(British Overseas Airways Corporation). 1939년부터 1974년까지 존재했던 영국의 항공사
** 방사능이 적은 폭탄, 흔히 수소폭탄을 이른다.

어떤 여성이 아인에게 주목한 것도 그때였다. 아인이 쥔 신문지가 바스락거리는 소리를 들어서였다. 아직 가족이 독감에 걸리지 않은 입장이었기에 그녀는 아인을 날카롭게 쳐다보았다. 아니나 다를까, 쳐다본 남자의 이마는 땀투성이였다. 그녀는 아이들을 몰아서 아인에게서 멀찍이 떨어졌다.

그녀는 아인이 인스탁 사의 인후 스프레이를 쓰고 있었다고 기억했다. 그녀의 가족은 클리어 사의 제품을 쓰고 있었으므로 아인의 인후 스프레이에 별 관심을 두지 않았다. 그렇게 쳐다보고 있는데, 아인이 갑자기 고개를 돌리더니 입을 벌리고 스프레이를 뿌리면서 정면으로 그녀의 얼굴을 응시했다. 배려 없게시리! 그녀는 등을 돌렸다. 아인이 어떤 여자에게 말을 걸었다는 기억은 나지 않았지만, 안내원이 아인의 목적지를 읽었을 때 그녀는 귀를 쫑긋 세웠다. 모스크바라!

안내원도 그 순간을 기억했지만, 동행한 여자가 있었다고는 생각하지 않았다. 안내원은 아인이 혼자 탑승 수속을 했다고 보고했다. 모스크바로 가는 표를 같이 끊은 여자는 없었다. 하지만 표를 따로 끊기야 쉬웠을 것이다. (그때쯤 정보부원들은 여자가 아인과 함께 있었다고 확신했다.)

아인의 비행은 아이슬란드를 경유하면서 케플라비크 공항에서 한 시간 지연되었다. 아인은 공항 공원으로 걸어가서 고마운 마음으로 바다 냄새 가득한 공기를 들이마셨다. 그는 숨을 몇 번 들이마실 때마다 한 번씩 몸서리를 쳤다. 불도저들의 흐느낌 아래로 바다가 거대한 앞발을 들어 육지의 키보드를 위아래로 훑는 소리를 들을 수 있었다. 작은 공원에는 노랗게 물든 자작나무 숲이 있었고, 흰머리딱새 한 무리가 오솔길을 따라 돌아다녔다. 아인은 생각했다. 다음 달이면 저 새들은 북아프리카에 있겠지. 작은 날개를 파닥거리며 3천 킬로미터를 날아가겠지. 그는 새들에게 주머니 속 봉투에 든 빵부스러기를 던져주었다.

이곳에서는 그 여자도 기운을 차린 듯했다. 여자는 커다란 눈을 아인에게 고정하고 바닷바람 속에서 숨을 몰아쉬고 있었다. 여자 위로 보이는 자작나무들은 아인이 그 여자를 처음 보았던 곳과 같은 금빛이었다. 그의 삶이 시작되었던 바로 그 순간처럼. 그때 아인은 어느 그루터기 아래 쪼그리고 앉아서 뾰족뒤쥐를 지켜보고 있었다. 문득 녹색 물결이 들이닥친다 싶더니 연분홍빛에 싸인 크림색 여자의 충격적인 몸뚱이가 금빛 고사리 속에서 그를 향해 다가오고 있는 것을 보았다! 젊은 아인은 달콤한 이끼 속에 코를 박고 숨을 멈췄고, 그의 심장은 요란한 소리를 내며 부서지고… 부서졌다. 그리고 뾰족뒤쥐가 마비된 그의 손에서 빠져나가는 동안, 아인은 그 여자의 가는 등으로 쏟아져 내리는 눈부신 머리카락의 폭포를 응시하며 그 머리채가 하트 모양의 엉덩이 주위에서 흔들리는 모습을 지켜보았다. 안개 낀 하늘 아래 은회색 호수는 더없이 잔잔했고, 그 여자는 사향뒤쥐만 한 파문도 일으키지 않았기에, 떠다니는 금빛 잎사귀들은 거의 흔들리지 않았다. 정적이 돌아오고, 벌거벗은 여자가 자연림을 걷는 곳마다 횃불처럼 타오르는 나무들이 아인의 반짝이는 눈에 비쳤다. 그는 잠시 동안 자신이 산의 요정을 보았다고 믿었다.

아인은 글래스고 비행구간에 마지막으로 탑승했다. 승무원은 아인이 안절부절못했다는 사실을 희미하게 기억해냈다. 같이 있던 여자의 존재를 확인하지는 못했다. 탑승객 중에는 여자와 아기들이 많았다. 승무원이 받은 승객목록에는 몇 가지 오류가 있었다.

글래스고 공항에서는 웨이터 하나가 아인처럼 생긴 남자가 스코틀랜드식 오트밀을 주문해서 두 그릇을 먹었다는 사실을 기억해냈다. 물론 진짜 오트밀은 아니었지만 말이다. 유모차를 밀고 있었던 어느 젊은 어머니는 아인이 새들에게 빵부스러기를 던지는 모습을 보았다.

BOAC 데스크에서 탑승 수속을 하던 아인은 같은 모스크바 학술회의에 가던 어느 글래스고 교수의 인사를 받았다. 이 남자는 예전 아인의 은사 중 한 명이었다. (이제는 아인이 유럽에서 대학원을 다녔다는 사실이 알려져 있다.) 그들은 북해를 건너는 내내 잡담을 나눴다.

"그러고 보니 궁금했었지." 그 교수는 나중에 이렇게 말했다. "왜 이렇게 돌아서 가느냐고 물어봤다네. 직항 노선은 예약이 다 찼다고 하더라고." (이는 거짓으로 밝혀졌다. 아인은 주목을 받지 않으려고 모스크바 직항을 피한 것으로 보인다.)

교수는 아인의 연구에 대해 즐겁게 이야기했다.

"뛰어나냐고? 오, 당연하지. 그리고 다루기 힘들기도 했다네. 무척이나 고집이 셌어. 어떤 구상에 맞닥뜨리면 넋을 놓고 일을 멈추곤 했지. 그것도 지극히 단순한 문제로. 다른 사람들 같으면 다음 일로 넘어갈 순간에도 아인은 궁금한 부분을 끝까지 추적하곤 했다네. 솔직히 말해서 처음에는 그 친구가 조금 둔한 게 아닌가 하기도 했지만 그게 누구였더라…, 뛰어난 정신은 남들이 상식으로 받아들이는 문제에 의문을 가진다고 말한 사람, 모르나? 아무튼 물론 그 점은 아인이 효소 변환 연구에서 우리 모두를 흥분시켰을 때 증명되었지. 당신네 정부가 그 친구를 자기 진로에서 빼낸 건 안타까운 일이지. 아니, 아인이 그런 이야기를 한 건 아니야. 이건 그저 내가 하는 말일세, 젊은이. 사실 우리는 주로 내 연구에 관해 이야기를 했다네. 난 아인이 이 분야에 계속 관심을 두고 있다는 사실에 놀랐지. 나더러 이 연구에 대한 감정이 어떠냐고 물었을 때 또 한 번 놀랐고 말일세. 그게, 어디 보자, 그 친구를 5년은 못 봤는데… 아인은, 그냥 피곤해 보였어. 누군들 피곤하지 않았을까? 아인이 환승을 할 때 기뻐했다는 점은 확실해. 공항에 내려갈 때마다 다리를 펴려고 나가더군. 오슬로에서도, 본에서도 말이야. 아, 맞아, 새들에게 먹이를 줬지. 그렇지만 그건 아인이 늘 하던 일이라네. 내가 알던 시절에 아인의 사회생활이 어땠느냐고? 과격해질 원인이 있었느냐고? 이봐 젊은이, 내가 이런 이야기를 해준 건 젊은이를 소개해준 사람 때문이지만, 찰스 아인을 나쁘게 생각하거나 아인이 해로운 짓을 할 수 있다고 생각한다면 무례한 일이라는 걸 알았으면 좋겠네. 그럼 이만 잘 가게."

교수는 아인의 인생에 존재한 여자에 대해서는 아무 말도 하지 않았다. 알 수도 없었을 것이다. 아인이 그 여자와 친밀했던 시기가 대학 시절이기는 하지만, 그는 자신이 그 여자라는 기적에, 그 윤택하고 무궁무진한 몸에 얼마나 집착하는지 아무에게도 드러내지 않았다. 그는 남는 시간마다 그 여자를 만났고, 때로는 공공장소에서, 그의 친구들 바로 앞에서 서로 모르는 척 굴며 엄숙한 격식을 갖추어 서로에게 기분 좋은 풍경을 가리키기도 했다. 그러다 나중에 둘만 있게 되면, 사랑의 격렬함은 두 배로 커졌다! 그는 그녀에게 빠졌고, 그녀에게 홀렸으며, 그녀에게 어떤 비밀도 허용하지 않았다. 그는 그녀의 달콤한 샘과 그늘진 장소들과 달빛을 받아 하얗게 빛나는 둥근 언덕들에 대해 꿈을 꾸었고 언제나 더한 즐거움을, 언제나 새로운 차원의 즐거움을 찾아 나섰다.

그 여자의 연약함이 지닌 위험도 그 시절 쏟아지는 새소리와 초원에서 뛰노는 어린 토끼들 속에서는 까마득히 멀기만 했다. 좋지 않은 날에는 기침을 조금 하기도 했지만, 그건 그 역시 마찬가지였다. 그 시절 그는 시급한 질병 연구에 대해서는 생각도 하지 않았다.

모스크바 학술회의에서는 거의 모두가 어느 시점에선가 아인에게 주목했는데, 아인이 전문 분야에서 이룬 위업에 비추어보면 당연한 일이었다. 규모는 작아도 질적으로 훌륭한 회의였다. 아인은 학회에 늦게 도착했다. 첫날 순서는 이미 지났고, 아인은 사흘째와 마지막 날에 발표가 있을 예정이었다.

많은 사람이 아인과 대화를 나누었고, 몇 사람은 식사 때 함께 앉았다. 아인이 말수가 적다는 사실에 놀란 사람은 없었다. 그는 인상적인 토론 몇 번을 제외하면 말을 삼가는 사람이었다. 어떤 친구들은 아인이 조금 지쳐 보이고 변덕스럽게 군다는 인상을 받았다.

아인이 가진 인후 스프레이를 본 인도의 어느 분자 공학자는 아시아 독감을 데려왔느냐는 농담을 했다. 어느 스웨덴인 동료는 아인이 점심시간에 대서양 저편에서 온 전화 때문에 불려 나갔던 일을 기억했다. 그리고 돌아왔을 때 아인은 자기 실험실에서 무엇인가가 없어졌다는 정보를 자진해서 내놓았다. 또 농담이 오갔고, 아인은 명랑하게 대답했다. "오,

물론이지. 상당히 능동적인 물건이야."

그 시점에서 중국의 어느 생물학자가 잽싸게 세균전에 대해 늘 하던 주장을 펼쳤고 생물 병기를 제조한다며 아인을 비난했다. 아인은 "전적으로 옳은 말입니다." 하고 대꾸해서 상대의 기를 꺾었다. 다들 암묵적으로 동의하는 바가 있어 군사적인 응용과 산업적인 살포를 비롯하여 비슷한 종류의 화제에 대해서는 별로 이야기하지 않았다. 그리고 아무도 아인이 여자와 함께 있는 모습을 기억하지 못했다. 나이 많은 마담 비알체도 여자라고 할 수는 있겠지만, 휠체어에 앉은 몸이었으니 누굴 어떻게 할 수가 없었을 터였다.

아인의 발표는 평소의 그를 생각하더라도 형편없었다. 그는 언제나 대중에게 목소리를 내는 데 서툴렀지만, 보통 최상급의 두뇌에 어울리는 명료함을 지니고 생각을 표현하기는 했다. 이번에 그는 갈피를 못 잡는 것 같았고, 새로이 말할 내용도 별로 없어 보였다. 청중은 보안 때문에 말할 수 없는 부분이 있어서 그렇겠거니 여겼다. 아인은 그다음에 진화의 방향에 대한 혼란스러운 주장으로 넘어갔는데, 진화 경로에서 무엇인가가 아주 잘못되었음을 보여주려는 듯했다. 아인이 허드슨의 "방울새는 나중에 올 종(種)을 위해 노래한다"는 언급을 인용했을 때 몇몇 청자는 혹시 아인이 술에 취했나 의아해했다.

끝에 가서는 대형 보안 재앙이 닥치고 말았다. 아인이 갑자기 백혈병 바이러스를 변이시키고 재설계하는 데 이용한 방법에 관해 설명하기 시작한 것이다. 그는 그 과정을 단 네 문장으로, 감탄스러울 만큼 명료하게 설명한 후 잠시 말을 멈췄다. 그리고 고등 영장류에만 최대치를 발휘하는 이 변종의 효과에 대해 간결하게 서술했다. 하등 포유류와 다른 동물 목들에서 나타나는 회복률은 90퍼센트에 가까웠다. 그는 계속해서, 온혈동물이라면 무엇이든 매개체가 되어 이 바이러스를 전파할 수 있다고 말했다. 게다가 이 바이러스는 대부분의 환경 매개체에서 생존력을 유지하며 공기 중으로도 잘 퍼졌다. 전염률은 극도로 높았다. 아인은 효과가 거의 즉각적이라고, 실험 동물이나 실수로 노출된 인간 중에 21일 넘게 살아남은 사례가 없었다고 덧붙였다.

이 말들은 정적 속으로 떨어져 내렸다. 오직 문을 향해 달려가는 이집트 대표의 발소리만이 그 정적을 깨뜨렸고, 이어서 미국인 하나가 의자를 넘어뜨리고 뒤쫓아나갔다.

아인은 청중이 믿기지 않아 마비된 상태임을 깨닫지 못하는 듯했다. 모든 것이 너무나 빨리 닥쳤다. 코를 풀던 남자 하나는 손수건 위로 튀어나올 듯한 눈으로 아인을 쳐다보고 있었다. 파이프에 불을 붙이던 남자는 손가락을 그을리고 신음했다. 문가에서 잡담을 나누던 두 남자는 아인의 말을 전혀 듣지 못했고, 그들의 웃음소리는 아인의 말이 울려 퍼지는 죽음 같은 침묵 속에서 선명하게 울렸다.

"…시도해봐야 소용없습니다."

나중에 그들은 아인이 이 바이러스는 신체의 면역체계 자체를 이용하므로 방어할 가망이 없다고 설명하고 있었음을 알았다.

그게 끝이었다. 아인은 질문이 없는지 대충 주위를 둘러보더니 연단에서 내려왔다. 아인이 문에 도착했을 무렵에는 사람들이 그의 뒤에 모여들고 있었다. 그는 빙글 몸을 돌리고 뿌루퉁하게 말했다. "그래요, 물론 무척 잘못된 일이죠. 말하지 않았습니까. 우리 모두 잘못됐어요. 이젠 끝이에요."

한 시간 후에 그들은 아인이 가버렸음을 알게 되었다. 카라치로 향하는 싱가포르항공을 예약한 모양이었다.

정보부 요원들은 홍콩에서 아인을 따라잡았다. 그때쯤 아인은 정말로 많이 아파 보였고, 순순히 요원들을 따라갔다. 그들은 하와이를 거쳐 미국으로 돌아가기 시작했다.

아인을 잡은 요원들은 예의 바른 사람들이었다. 그들은 아인이 점잖다는 사실을 알고 적절하게 대했다. 무기를 겨누지도 약을 쓰지도 않았다. 그들은 오사카에서 아인에게 수갑을 채워 산책을 데리고 나갔고, 아인이 새들에게 먹이를 주도록 놓아두었으며, 흔한 갈색 도요새의 이주 경로에 대한 아인의 설명을 흥미롭게 들었다. 아인의 목소리는 심하게 쉬어 있었다. 그 시점에서 아인은 보안 문제 때문에만 수배되어 있었다. 여자에 대한 질문은 전혀 없었다.

아인은 섬으로 가는 길에 거의 내내 졸았지만, 섬들이 눈에 들어오자 창에 얼굴을 붙이고 중얼거리기 시작했다. 아인의 뒤에 있던 요원이 그의 말 속에 여자가 있다는 암시를 처음으로 알아차리고 녹음기를 켰다.

"…파래. 상처가 보이기 전까지는 파랑과 녹색이지. 오 나의 연인, 오 아름다운 그대, 당신은 죽지 않을 거야. 내가 죽게 두지 않겠어. 내가 약속할게, 이제 끝났어…. 빛나는 눈으로 나를 봐, 이제 살아 있는 당신을 보게 해줘! 숭고한 여왕, 내 달콤한 육체, 나의 연인, 내가 당신을 구했나? …오 무섭고도 고결한, 파란빛과 금빛 속에서 녹색 로브를 걸친 혼돈의 자식… 우주에 홀로 내던져져 돌고 있던 생명의 구… 내가 당신을 구했나?"

마지막 비행에서 아인은 확실히 열에 들떠 있었다.

"그 여자가 날 속였는지도 몰라요." 아인은 정부 요원에게 내밀하게 말했다. "물론 그런 일에는 대비하고 있어야죠. 난 그 여자를 알거든!" 그는 비밀스럽게 키득거렸다. "그 여자는 보잘것없는 존재가 아니에요. 하지만 심장을 비틀어 떼지…."

샌프란시스코 상공에서 아인은 즐거워했다. "저기로 수달들이 돌아오리라는 걸 모르겠어요? 난 확실히 알아요. 저 매립지는 버티지 못할 거예요. 다시 바다가 되겠지요."

그들은 해밀턴 공군 기지에서 아인을 들것에 눕혔고, 그는 이륙 직후에 의식을 잃었다. 그는 쓰러지기 전에 마지막 새 모이를 들판에 뿌리겠다고 주장했다.

"새들도 온혈 동물인 거 알아요?" 아인은 수갑을 들것에 채우던 요원에게 털어놓았다. 그리고 온화하게 웃고는 무기력한 상태로 떨어졌다. 그는 남은 열흘 중 거의 모든 시간을 그 상태로 지냈다. 물론 그 무렵에는 아무도 별로 신경을 쓰지 않았다. 정부 요원 두 명은 새 모이와 인후 스프레이의 분석을 끝내고 나서 꽤 빨리 죽었다. 케네디 공항에서 아인을 보았던 여자는 막 앓기 시작한 참이었다.

그들이 아인의 침대 옆에 설치해둔 녹음기는 제 역할을 다 수행했지만, 누군가가 주위에 있어서 다시 틀어보았더라도 엉뚱한 중얼거림밖에 듣지 못했을 것이다. 아인은 낮은 소리로 노래했다. "가이아* 글로리 아 트릭스. 가이아 여왕님…." 그는 가끔 거창해졌고 고통스러워했다. "우리의 삶은 당신의 죽음! 우리의 죽음은 당신의 죽음이기도 했겠지. 그럴 필요는 없었어. 그럴 필요는."

또 다른 때에는 비난하기도 했다. "공룡들에게는 어떻게 했지? 공룡이 짜증스러웠어? 어떻게 그것들을 처리해버렸지? 냉정하군. 여왕님, 당신은 너무 냉정해! 이번에도 거의 성공했잖아." 그는 헛소리를 하다가 흐느꼈고, 이불을 끌어안고 울었다.

마지막에 가서야, 아직도 요원들이 잊고 놓아둔 그대로 수갑에 매인 채 오물과 갈증에 휩싸여 누운 채로, 그는 갑자기 논리를 찾았다. 그는 여름 휴가 계획을 짜는 연인 같은 가볍고 맑은 목소리로 녹음기에 대고 행복하게 물었다.

"곰들에 대해 생각해본 적 있어? 너무나 많은 잠재력이 있는데… 더 발전하지 못했다니 이상해. 혹시 당신이 곰들을 구해준 걸까?" 그는 상한 목으로 키득거리다가 이윽고, 죽었다.

---

* 가이아는 그리스 신화의 대지 모신이다. 지구를 말하기도 하며, 1972년 제임스 러브록이 "지구 생물, 대기권, 대양과 토양을 모두 아우르는 하나의 생명체로서의 지구"라는 이론을 내놓을 때 역시 이 이름을 썼기에, 이후 환경생태주의에서 자주 쓰인다. 다만 이 소설이 발표된 것은 그 전인 1969년이었다.

THE SCREWFLY SOLUTION

체체파리의 비법

이수현 옮김

* 저자가 쓴 원제목 나사파리(screwfly)는 체체파리(tsetse fly)가 아니다. 체체파리는 아프리카에 살지만 나사파리는 주로 아메리카 대륙 열대지방에 분포하며, 나사 무늬가 있는 구더기가 온혈동물에 기생하여 살아 있는 조직을 먹는 위험한 해충이다. 다만 나사파리라는 이름은 생소하며, 검정파리로 옮기면 그 의미가 제대로 전해지지 않을뿐더러, 이전 국내에 소개되었던 제목을 기억하는 독자가 많으리라 여겨 그 제목을 그대로 살렸다. 작품에서 나사파리를 통하여 은유하고 있는 '생식이 불가능하게 만들어서 전체 환경에 해를 입히지 않고 해충을 없애는 방법'은 체체파리 구제법으로 쓰였던 방법이기도 하므로 의미 전달에는 무방할 것으로 여긴다.

북위 2도, 서경 75도에 앉은 젊은 남자는 제대로 돌아가지 않는 환풍기에 슬쩍 짜증스러운 시선을 던지고 계속 편지를 읽어나갔다. 남자는 쿠야판에서는 호텔로 통하는 찜통 같은 방에서 다 벗고 반바지만 입은 채 땀을 뻘뻘 흘리고 있었다.

　다른 집 여자들은 어떻게 버티는 걸까? 난 앤아버 보조금 리뷰 프로그램이며 세미나들로 바쁘게 지내면서 "아, 네. 앨런은 콜롬비아에서 생물학적인 해충 구제 계획을 준비하고 있어요. 멋지지 않아요?"라고 밝게 말하고 다녀. 하지만 속으로는, 달콤한 말을 속삭이는 열아홉 살짜리 검은 머리 미녀들에게 둘러싸인 당신을 상상하지. 그것들은 하나같이 사교에 헌신하느라 정신이 없는데다가 돈은 썩어나고, 섬세한 속옷에선 40인치짜리 가슴이 빠져나와 있겠지. 심지어 40인치면 101.6센티미터라는 사실까지 생각했지 뭐야. 아, 여보, 여보, 아무래도 좋으니 집에만 무사히 돌아와.

　앨런은 자신이 갈망하는 유일한 육체를 잠시 떠올리며 기분 좋게 웃고 말았다. 앨런의 여자, 앨런의 마법인 앤. 그런 다음 앨런은 일어서서 창문을 조심스럽게 더 열었다. 애처로워 보이는 길고 허연 얼굴이 방을 들여다보았다. 염소였다. 방이 염소우리 옆이어서 악취가 지독했다. 그래도 공기가 통하지 않는 것보다는 나았다. 앨런은 편지를 집어 들었다.

모든 것이 당신이 떠날 때 그대로야. 피즈빌 참사가 더 심해졌다는 점만 빼고. 이제는 그걸 '아담의 아들들' 교단이라고 불러. 아무리 종교 단체라고 해도 그렇지, 왜 어떻게 하질 못할까? 적십자에서 조지아주 애쉬튼에 난민 캠프를 설치했어. 생각해봐, 미국에서 난민이라니. 어린 여자애 둘이 난도질당해서 실려 나왔다는 소리를 들었어. 아, 앨런.

그러고 보니 참, 바니가 당신에게 보내고 싶다면서 오려낸 기사 뭉치를 가지고 들렀어. 다른 봉투에 넣어 보낼게. 외국 우체국에서 두툼한 편지들이 어떻게 되는지 아니까. 바니는 당신이 그 편지를 받지 못할 경우에 대비해서 이렇게 전하래. 이 장소들의 공통점이 뭘까? 피즈빌, 상파울루, 피닉스, 샌디에이고, 상하이, 뉴델리, 트리폴리, 브리즈번, 요하네스버그, 그리고 텍사스 러벅. 지금 적도수렴대*가 어디인지 기억하는 게 단서래. 나는 도무지 모르겠는데, 생태학에 뛰어난 당신이라면 이해하겠지. 그 기사들에서 내 눈에 보이는 내용은 끔찍하게 많은 여자가 살해당하거나 학살당했다는 것뿐이야. 그중 최악은 강에 "여성들의 시체로 이루어진 뗏목"이 생겼다는 뉴델리 사건이었어. 제일 어처구니없는(!) 기사는 하나님께서 정화하라고 하셨다는 이유로 자기 아내와 세 딸과 고모를 쏘아버린 텍사스 군 장교 사건이었고.

바니는 정말 좋은 사람이야. 일요일에 빗물받이 홈통을 뜯어내서 무엇 때문에 막혔는지 살펴보려는데 도와주러 들르겠대. 바니는 지금 신이 났어. 당신이 떠난 후에 바니의 전나무 나방 안티페로몬 연구가 마침내 보상을 받았

---

* 열대수렴대 혹은 적도무풍대라고도 하는데 적도 지역에 둘러쳐진 띠 모양의 저기압대이며 시기에 따라 달라진다.

거든. 당신도 바니가 2천 번 넘게 실험한 거 알지? 2,097번째 화합물이 성공한 모양이야. 그게 뭘 하는지 물었더니 킥킥거리기만 해. 당신도 바니가 여자들에게 얼마나 수줍어하는지 알잖아. 어쨌든 그걸 한 번만 뿌리면 다른 생물은 하나도 해치지 않고 숲을 구할 수 있다나 봐. 새와 사람은 온종일 먹어도 멀쩡하대.

음, 소식은 이게 다야. 에이미가 학교에 가기 위해 일요일에 시카고로 돌아간다는 소식만 빼면. 집이 무덤 같아지겠어. 지금 에이미가 날 최악의 적으로 여기는 나이이긴 하지만, 그래도 그 애가 정말 보고 싶을 거야. 앤지는 지금 에이미가 부루퉁하고 도발적인 사춘기에 접어든 거래. 에이미가 아빠에게 사랑을 보내. 난 당신에게 온 마음을 다 보내. 말로는 전할 수 없는 전부를.

— 당신의 앤

앨런은 그 편지를 파일에 안전하게 끼워놓고, 집과 앤에 대한 몽상에 잠기는 대신 남아 있는 얇은 우편물 다발을 훑어보았다. 바니가 보냈다는 '두툼한 봉투'는 없었다. 앨런은 마을 발전기가 야간 전력 차단에 들어가기 전에 전등선을 잡아당겨 뽑고, 구깃구깃한 침대에 몸을 던졌다. 어둠 속에서 바니가 언급한 장소들이 앨런의 머릿속을 심란하게 회전하는 안개 낀 지구본 위로 점점이 흩어졌다. 무엇인가가….

하지만 그러다가 그날 진료소에서 본, 기생충에 끔찍하게 감염된 아이들의 기억이 생각을 점령해버렸다. 앨런은 수집해야 할 데이터에 대해 생각하기 시작했다.

'행동 연쇄 속에서 취약한 연결고리를 찾아.' 바니, 그러니까 반하트 브래스웨이트 박사가 그 말을 얼마나 자주 앨런의 머릿속에 욱여넣었던가. 어디일까, 어디? 아침에는 줄기파리*가 더 많이 든 우리로 작업을 시작해야겠다.

*   Canefly. 편의상 줄기파리로 옮겼지만 노린재류에 속하며 나방처럼 생긴 곤충을 가리킨다.

＊

그 순간, 8천 킬로미터 북쪽에서는 앤이 편지를 쓰고 있었다.

아, 여보, 여보, 당신이 처음 쓴 편지 세 통이 여기 와 있어. 한꺼번에 도착했지 뭐야. 당신이 편지를 쓰고 있을 줄 알았어. 가무잡잡한 상속녀들에 대해서 한 말은 농담이었으니 잊어버려. 사랑하는 당신, 난 알아. 난 알아… 우리 사이를. 그 끔찍한 줄기파리 애벌레들, 그 불쌍한 어린아이들. 당신이 내 남편만 아니었으면 성인(聖人)인 줄 알았을 거야. (어차피 그렇게 생각하지만.)

당신 편지를 집 안 여기저기에 붙이니 외로움이 한결 덜해. 여기는 어쩐지 조용하고 무서운 느낌이 든다는 점을 빼면 이렇다 할 소식은 없어. 바니와 같이 홈통을 뜯어냈더니 다람쥐가 모아둔 열매가 잔뜩 썩어 있지 뭐야. 분명히 위에서 떨어뜨렸을 테니, 홈통 위에 철망을 붙여야겠어. (걱정하지 마, 이번에는 사다리를 쓸 거야.)

바니는 묘하게 암울한 분위기야. '아담의 아들들'에 대해서 아주 심각하게 받아들이고 있어서, 조사 위원회가 정말로 발족한다면 위원으로 들어갈 모양이야. 이상한 건 아무도, 아무 대처도 하지 않는 것 같다는 점이지. 너무 큰 일이라 그런 걸까. 셀리나 피터스는 신랄한 평을 몇 가지 내보냈어. '한 남자가 아내를 죽이면 살인이라고 부르지만, 충분히 많은 수가 같은 행동을 하면 생활 방식이라고 부른다.' 같은 거. 난 사태가 번지고 있다고 생각하지만, 정부에서 언론에 문제를 확대하지 말라고 요청했기 때문에 상황을 아는 사람이 없어. 바니는 이 상황을 전염성 히스테리로 보고 있대. 당신에게 이 얇은 종이에 인쇄한 소름 끼치는 인터뷰를 보내라고 한 사람도 바니야. 물론 이 인터뷰는 신문에 나가지 않을 거야. 하지만 조용한 게 더 나빠. 무서운 일이 벌어지고 있는데 보이지만 않는 것 같아. 바니가 준 인터뷰를 읽고 샌디에이고에 있는 폴린에게 전화해서 괜찮은지 확인했어. 털어놓지 못할 말이라도 있는지 말을 이상하게 하더라. 내 친동생이 말이야. 별일 없이 잘 지낸다고 하더니 갑자기 다음 달에 여기 와서 지내도 되느냐고 묻는 거 있지. 바로 오라고 했더니 일단 집부터 팔고 오고 싶대. 서둘렀으면 좋겠어.

디젤 자동차는 이제 괜찮아. 필터만 갈면 되는 거였어. 필터를 구하느라 스프링필드까지 나가야 했는데, 에디가 겨우 2.5달러에 설치해줬어. 그러다가 정비소 망하겠어.

혹시 당신이 못 맞췄을까 봐 덧붙이는데, 바니가 말한 곳들은 모두 북위 아니면 남위 30도쯤에 있어. 무풍지대야. 내가 딱 들어맞지 않는다고 했더니 바니는 적도수렴대는 겨울에 이동한다는 점을 기억하라며 리비아, 오사카, 그리고 또 한 군데를 덧붙였는데…. 그게 어디더라. 그렇지, 오스트레일리아 앨리스 스프링스였어. 그래서 그게 무슨 상관이냐고 물었지. 바니가 하는 말이 "아무것도 아니었으면 좋겠네요"였어. 판단은 당신에게 맡길게. 바니같이 뛰어난 학자는 이상할 때가 있다니까.

세상에서 제일 사랑하는 당신, 내 전부를 모두 당신에게 보내. 당신 편지 덕분에 살 수 있어. 하지만 꼭 편지를 써야 한다고 생각하지는 마. 얼마나 피곤할지 짐작이 가. 그냥 우리가 언제 어디서나 함께라는 점만 알아둬.

— 당신의 앤

아 참, 바니가 보내는 물건 때문에 봉투를 다시 뜯어야 했을 뿐이지, 비밀경찰이 한 짓이 아니야. 여기. 다시 사랑을 담아. A.

앨런이 이 편지를 읽은 염소 냄새나는 방에서는 빗줄기가 지붕을 두드리고 있었다. 앨런은 편지를 코에 대고 다시 한번 희미한 향수 냄새를 맡은 다음 접어 넣었다. 그런 다음 바니가 보낸 노란 종이를 꺼내어, 찡그린 얼굴로 읽기 시작했다.

피즈빌 사교집단/아담의 아들들 특집

아칸소주, 글로브 포크에서 운전병 월라드 뮤스 병장 진술

우리는 잭슨빌에서 130킬로미터 서쪽으로 가서 경계선에 도착했습니다. 애쉬튼의 존 하인츠 소령님이 우리를 기다리고 계셨는데, T. 파 대위님이 지휘하는 폭동진압 차량 두 대를 호위용으로 붙여주셨습니다. 하인츠 소령님은 국립보건연구원 의료팀에 여자 의사가 두 명 있다는 사실에 놀란 모양이었습니다. 우리에게 위험을 강력하게 경고하셨죠. 그래서 심리학자인 팻시 퍼트남 박사(일리노이 어바나 거주)는 군사 경계선에 남기로 했습니다. 그러나 일레인 페이 박사(뉴저지 클린턴 거주)는 자기가 전뭐시기(전염병학자?)라면서 같이 가겠다고 우겼습니다.

폭동진압차 뒤를 따라 시속 50킬로미터로 한 시간 정도를 달리는 동안 특이한 것은 보이지 않았습니다. '아담의 아들들—해방구'라는 커다란 간판이 두 개 있었습니다. 작은 호두 포장 공장 몇 개와 감귤 가공 공장 하나를 지나쳤습니다. 그곳에 있던 남자들이 우리를 보기는 했지만 특이한 행동은 하지 않았습니다. 물론 아이들이나 여자들은 보이지 않았습니다. 우리는 피즈빌 바깥, 커다란 감귤 창고 앞에 드럼통을 쌓아서 만든 대형 방책 앞에 멈춰 섰습니다. 이 지역은 오래된 동네로, 마을이나 도시라기보다는 판자촌과 이동주택 주차장에 가깝습니다. 쇼핑센터와 개발 단지가 있는 새로운 동네는 2킬로미터쯤 떨어져 있지요. 산탄총을 든 창고 일꾼이 나오더니 시장님을 기다리라고 했습니다. 그때는 일레인 페이 박사를 보지 못했을 겁니다. 뒷자리에 몸을 숙이고 있었으니까요.

블런트 시장님은 경찰차를 타고 왔고, 우리 팀장인 프리맥 박사는 공중위생국장님에게서 받은 임무를 설명했습니다. 프리맥 박사는 시장님의 종교를 모욕하는 말은 하지 않으려고 아주 조심했어요. 블런트 시장님은 우리 팀이 피즈빌 안으로 들어가서 흙과 물 시료를 채취하고 안에 사는 의사와 이야기를 나누는 데 동의했습니다. 시장님은 키가 190센티미터쯤 되고 100킬로그램이 넘을 듯한 몸이었는데, 볕에 탄 피부에 머리는 희끗희끗했습니다. 친근하게 웃고 있었죠.

그러다가 차 안을 들여다보고 일레인 페이 박사를 본 시장님은 버럭 화를 냈습니다. 우리 모두에게 꺼지라고 소리를 지르기 시작했어요. 하지만 프리맥 박사가 대화로 진정시켰고, 결국 시장님은 페이 박사더러 창고 사무실에 들어가서 문을 닫고 있으라고 했습니다. 저도 그곳에 남아서 페이 박사가 나오지 않게 지켜야 했고, 시장님의 부하 직원 하나가 운전을 대신했습니다.

그래서 의료진과 시장님과 폭동진압차 한 대는 피즈빌로 들어갔고, 저는 페이 박사를 데리고 창고 사무실로 들어가서 앉았습니다. 정말 덥고 숨이 막혔어요. 페이 박사가 창문을 열었지만, 바깥에 있던 노인에게 말을 걸려고 하길래 제가 그러면 안 된다고 하고 창문을 닫았습니다. 노인은 가버렸고, 박사는 저와 말을 하고 싶어 했지만 저는 대화할 기분이 아니라고 했습니다. 박사가 그 자리에 있는 게 정말이지 잘못된 느낌이었습니다.

그랬더니 박사는 사무실 파일을 뒤지고 거기 있는 서류들을 읽기 시작했습니다. 제가 좋은 생각이 아니라고, 그러면 안 된다고 말했죠. 박사는 정부에서 이런 조사를 기대한다고 하더군요. 그러면서 저한테 그 방에 있던 책자인지 잡지인지를 보여줬는데, 《신에게 귀 기울이는 남자―맥클레니 목사》라는 제목이었습니다. 사무실에 상자 가득 있었어요. 저는 그 내용을 읽기 시작했고, 페이 박사는 손을 씻고 싶다고 했습니다. 그래서 컨베이어 벨트 옆으로 고립된 거나 다름없는 복도를 따라서 화장실로 데려다줬지요. 그쪽에는 문도 창문도 없었기 때문에 저는 있던 자리로 돌아갔습니다. 조금 있더니 박사가 그 뒤에 침대가 있다면서, 누워야겠다고 외쳤습니다. 저는 창문이 없으니 괜찮겠거니 생각했습니다. 게다가 박사와 같이 있지 않아도 되니 좋았어요.

책자는 읽어보니 굉장히 흥미로웠습니다. 지금 인간이 어떻게 하나님의 시험에 들었는지와, 우리가 의무를 다하면 하나님께서 지상의 진정한 새 생명으로 우리를 축복하리라는 사실에 대해 아주 깊이 생각하는 내용이었어요. 징조와 전조들이 그 사실을 보여주죠. 무슨 주일학교 책자 같은 게 아니었어요.

심오했지요.

잠시 후에 음악 소리가 들리더니, 다른 폭동진압차에 타고 있던 병사들이 길 건너편 가스탱크 옆 나무 그늘에 앉아서 공장 일꾼들과 농담하는 모습이 보였어요. 그중에 한 명이 기타를 치고 있었죠. 전자 기타 말고 통기타요. 정말 평화로운 풍경이었습니다.

그러더니 블런트 시장님이 혼자 차를 몰고 와서 공장으로 들어왔어요. 제가 책자를 읽는 모습을 보더니 아버지처럼 웃으셨지만, 긴장하신 느낌이었죠. 시장님은 저에게 페이 박사가 어디 있는지 물었고, 저는 뒤에 누워 있다고 대답했어요. 시장님은 좋다고 하셨어요. 그러더니 한숨을 내쉬고, 나가서 문을 닫고 복도를 따라가셨죠. 저는 앉아서 기타 소리에 귀를 기울이며 무슨 노래를 부르는지 들어보려고 하고 있었습니다. 배가 많이 고팠어요. 제 점심은 프리맥 박사의 차 안에 있었거든요.

이윽고 문이 열리더니 블런트 시장님이 다시 들어왔어요. 몰골이 엉망이었어요. 옷은 지저분했고 얼굴은 긁힌 자국들로 피투성이였어요. 시장님은 갈피를 잃은 것처럼 말없이 저를 노려보기만 했습니다. 저는 시장님의 바지 지퍼가 열렸고 옷과 '은밀한 부위'에 피가 묻어 있는 걸 봤습니다.

무섭지는 않았고, 무엇인가 중요한 일이 일어났다는 느낌이었습니다. 시장님을 앉히려고 했지만, 저보고 따라오라고, 페이 박사가 있는 곳으로 가자고 손짓하더군요. "자네가 봐야 해." 그러시면서요. 시장님은 화장실로 들어갔고 저는 침대가 놓인 작은 방으로 들어갔습니다. 양철 지붕에 반사된 햇빛 덕분에 안이 밝았습니다. 페이 박사는 평화로운 모습으로 침대에 누워 있었습니다. 똑바로 누워 있었는데, 옷매무새는 조금 달라졌지만 다리는 한데 모여 있었고, 그 모습을 보니 기분이 좋더군요. 블라우스는 말려 올라갔는데, 배에 베인 자국이 보였습니다. 그 자국에서 피가 나오고 있었어요. 꼭 입처럼요. 아니, 피가 나오긴 했겠지만 그때는 멈춰 있었죠. 또 목도 베어 있었어요.

저는 사무실로 돌아갔습니다. 블런트 시장님이 굉장히 피곤한 얼굴로 앉아 계셨어요. 피는 닦아내셨더군요. "자네를 위해서 한 일이야. 이해하나?"

꼭 제 아버지 같았어요. 더 좋은 말을 찾을 수가 없네요. 저는 시장님이 끔찍한 압박을 받았고, 저를 위해 많은 부담을 졌다는 사실을 깨달았습니다. 시장님은 계속해서 페이 박사가 얼마나 위험한 존재였는지 설명하셨습니다. 비밀 여성(?)이라 부르는 종류라고, 제일 위험한 부류라고요. 시장님은 그 여자를 폭로하고 상황을 정화하셨습니다. 시장님은 대단히 솔직하셨고, 저는 혼란 없이 그분이 옳은 일을 하셨음을 알았습니다.

우리는 책자에 대해, 어떻게 인간이 스스로 정결히 하고 하나님께 깨끗한 세상을 보여드려야 하는지를 토론했습니다. 시장님은 어떤 사람들은 남자가 여자 없이 어떻게 번식을 할 수 있느냐는 질문을 꺼내는데 그 사람들은 핵심을 놓치고 있다고 말씀하셨습니다. 핵심은 인간이 낡고 더러운 짐승의 방식에 의존하는 한 하나님은 도와주시지 않을 거라는 겁니다. 인간이 짐승 부분, 즉 여자를 없애는 것이 하나님이 기다리시던 징조입니다. 그때는 하나님께서 새롭고 진정으로 깨끗한 방식을 드러내시겠지요. 천사들이 새 생명을 가져올 수도 있고, 우리가 영원히 살 수도 있겠지만 어떻게 될지 추측하는 것은 우리가 할 일이 아니고 우리는 그저 복종해야 합니다. 시장님은 이곳에 주님의 천사를 본 사람들도 있다고 하셨습니다. 무척 심오한 이야기였고, 제 안에서 메아리치는 것 같았습니다. 감화되는 느낌이었습니다.

의료팀이 왔고 저는 프리맥 박사에게 페이 박사는 잘 처리해서 보냈다고 말한 후 차에 올라서 그들을 해방구 바깥으로 데려갔습니다. 하지만 방책에서 온 병사 여섯 명 중에 네 명이 떠나지 않으려 했습니다. 파 대위님이 설득해보려고 했지만 결국에는 네 명이 남아서 드럼통 방책을 지키는 데 동의했습니다.

저도 그 평화로운 곳에 남고 싶었지만, 운전을 해줘야 했습니다. 이렇게 골치 아픈 상황이 될 줄 알았더라면 그런 호의는 베풀지 않았을 겁니다. 전 미치지 않았고 잘못한 것도 없으며 제 변호사가 절 꺼내줄 겁니다. 할 말은 그것뿐입니다.

쿠야판에서는 뜨거운 오후 비가 잠시 그친 참이었다. 앨런은 윌라드 뮤스 병장의 불쾌한 진술서를 내려놓으면서 가장자리에 바니의 거미 같은 손가락이 흘려 쓴 연필 글씨를 보았다. 앨런은 눈을 가늘게 떴다.

"인간의 종교와 철학은 모두 분비샘이 내는 목소리다. 쉰바이저, 1878년."

쉰바이저가 도대체 누구인지는 몰라도 바니가 무슨 말을 하고 싶어 하는지는 이해했다. 이 맥 뭐인지 하는 작자의 사람 죽이는 미치광이 종교는 원인이 아니라 증상이었다. 바니는 무엇인가가 물리적으로 피즈빌 남자들에게 영향을 미치고 정신병을 일으키고 있으며, 지역 종교 선동가가 튀어나와서 그 현상을 '설명'했다고 믿고 있었다.

그럴지도 몰랐다. 하지만 그게 원인이든 결과든 간에 앨런은 한 가지밖에 생각할 수 없었다. 피즈빌에서 앤아버까지는 1,300킬로미터나 떨어져 있다는 사실. 앤은 안전하겠지. 안전해야 한다.

앨런은 울퉁불퉁한 침대에 몸을 던지면서 의기양양한 마음으로 연구 내용을 돌이켰다. 백만 번이나 물리고 베인 대가로 앨런은 줄기파리 번식주기의 약한 고리를 찾아냈다는 사실을 확신하고 있었다. 그 약한 고리는 수컷은 대규모로 짝짓기 행동을 하는데, 그에 비하여 배란기 암컷은 드물다는 점이었다. 성별만 뒤집어서 체체파리 비법을 재연하는 셈이었다. 페로몬을 농축하고, 단종(斷種)시킨 암컷들을 풀어놓는다. 운 좋게도 번식 개체군은 상대적으로 고립되어 있었다. 몇 계절만 지나면 결과가 나올 것이다. 물론 그동안에는 계속 살충제를 뿌리게 해야 한다. 안타까운 일이다. 살충제는 마구잡이로 죽이고 물속에도 들어가는 데다가, 줄기파리는 어차피 내성을 얻었을 테니 말이다. 하지만 몇 계절만, 아마도 세 계절만 지나면 줄기파리 개체군을 재생산 가능 수준 이하로 떨어뜨릴 수 있다. 콧구멍과 뇌에 그 냄새 나는 애벌레가 붙어서 괴로워하는 사람도 더는 없게 될 것이다. 앨런은 웃는 얼굴로 잠에 빠져들었다.

북쪽에서는 앤이 분하고 아픈 마음에 입술을 깨물고 있었다.

사랑하는 당신. 인정하기는 싫지만, 당신 아내는 조금 ~~히스테릭~~ 신경과민 상태
야. 여자다운 불안일 뿐이니 걱정할 건 없어. 여기는 다 정상이야. 소름 끼치
도록 정상이지. 신문에는 아무것도 없고, 바니와 릴리언을 통해서 듣는 이야
기 말고는 아무 데도 아무것도 나오지 않아. 그런데 샌디에이고에 있는 폴린
이 연결이 되질 않아. 닷새째에는 모르는 남자가 전화를 받더니 나한테 소리
를 지르고 끊어버렸어. 폴린이 집을 팔았을지도 모르지만, 그렇다면 왜 나한
테 전화하지 않았을까?

　릴리언은 무슨 '여성을 구합시다' 부류의 위원회에 들어가 있어. 우리가
무슨 멸종 위기종 같지? 하, 하. 당신도 릴리언 알잖아. 적십자에서 캠프를
설치하기 시작했나 봐. 하지만 릴리언 말로는 소위 '피해 지역'에서 처음에만
쏟아져나왔지 그 후에는 조금씩밖에 빠져나오지 않는대. 아이들도 많지 않다
네. 남자애들조차도. 그리고 러벅 주위에서 찍은 항공 사진에 대규모 묘지 같
은 것들이 있어. 아, 앨런…, 지금까지로 봐서는 주로 서쪽으로 번지고 있는
모양이지만, 연락이 끊긴 걸 보면 세인트루이스에서도 일이 벌어지나 봐. 너
무 많은 지역이 뉴스에서 그냥 사라져버려서, 난 남쪽에 살아남은 여자가 하
나도 없는 악몽도 꿨어. 그리고 아무도 어떤 조치도 취하지 않아. 한동안은
진정제를 뿌리자는 말이 나오더니 잠잠해졌어. 그걸로 뭘 할 수 있겠어? UN
에 있는 누군가는 '페미사이드*'에 대한 회의를 열자고 제안했어. 믿어져? 페
미사이드라니, 무슨 데오도란트 이름 같아.

　　미안, 여보. 내가 조금 흥분한 것 같네. 조지 시얼스가 하나님의 의지에
대해 떠들면서 조지아주에서 돌아왔어. 평생 무신론자였던 시얼스가 말이야.

---

* 페미닌과 제노사이드의 합성어로 여성 학살을 뜻함

앨런, 세상이 미쳐 돌아가.

하지만 드러난 사실은 하나도 없어. 아무것도. 공중위생국장은 라흐웨이 가슴째기팀(내가 이 이야기는 안 했지 아마)의 시체들에 대한 보고서를 내놓았어. 어쨌든, 그들은 어떤 병리 증상도 찾지 못했어. 밀튼 베인즈는 편지에서 이렇게 썼어. 현재의 기술 수준으로는 성자의 뇌와 정신병적 살인자의 뇌를 구분할 수 없다. 그러니 어떻게 찾아야 할지도 모르는 대상을 어떻게 찾을 수가 있겠느냐고.

안달복달은 이쯤 해둘게. 당신이 돌아올 때쯤이면 다 끝나서 예전 이야기가 되어 있겠지. 여기는 다 괜찮아. 자동차 머플러를 다시 고쳤어. 그리고 에이미가 방학을 해서 집에 와. 그러면 나도 멀리서 벌어지는 문제들에는 신경을 못 쓰게 되겠지.

아, 마무리로 재미있는 일을 쓸게. 바니의 효소가 전나무 나방에게 무슨 짓을 하는지 앤지가 말해줬어. 수컷이 암컷과 접촉한 후 교미를 위해 뒤로 방향을 돌리지 못하게 막아서, 수컷이 암컷의 머리와 짝짓기를 하게 만든다나 봐. 이가 빠진 시계태엽처럼. 암컷들은 어리둥절하겠지. 바니는 왜 나한테 그런 이야기를 못 할까? 정말이지 상냥하고 수줍음 많은 양반이라니까. 늘 그렇듯이 이번에도 바니가 보내는 물건이 들어가 있어. 난 읽어보지 않았어.

걱정하지 마, 여보. 다 괜찮으니까. 사랑해. 정말 사랑해.

— 언제나, 언제까지나 당신의 앤

2주 후 쿠야판에서 바니가 동봉한 내용물이 봉투에서 빠져나왔을 때, 앨런도 그 내용을 읽지 않았다. 앨런은 떨리는 손으로 그 종이를 재킷 주머니에 쑤셔 넣고 흔들거리는 탁자 위에 쌓인 공책들을 묶었다. 맨 위에는 도미니크 수녀에게 보내는 글을 휘갈겨 썼다. 줄기파리 따위, 두려움을 모르는 아내 앤의 차분한 필체가 떨리고 있다는 사실을 빼면 다른 일들 따위는 아무래도 좋았다. 치명적인 광기가 날뛰는데 아내와 자식에게서 8천 킬로미터나 떨어져 있다니. 앨런은 빈약한 소지품을 더플백에 쟁여 넣었다. 서두르면 보고타까지 가는 버스를 잡아타고 마이애미행 비행기 시간에 맞출 수 있을지도 몰랐다.

마이애미까지 가는 데는 성공했지만, 북쪽으로 가는 노선도 엄청나게 붐볐다. 앨런은 빠른 대기석을 얻어내지 못했다. 여섯 시간을 기다려야 했다. 앤에게 전화할 시간이었다. 전화가 연결되는 데 어려움이 있었기 때문에 앨런은 회선을 타고 터져 나온 기쁨과 안도의 물결에 대비하지 못했다. "신이시여, 고맙습니다. 믿을 수가 없네. 아, 앨런, 여보, 당신 정말로 못 믿겠어."

앨런도 같은 말을 계속 되풀이하고 있었고, 말하는 내용이 줄기파리 데이터와 뒤죽박죽으로 섞였다. 전화를 끊었을 때는 두 사람 다 미친 듯이 웃고 있었다.

여섯 시간. 앨런은 아르헨티나 국영항공 부스 맞은편에 놓인 닳아빠진 플라스틱 의자에 앉아서 마음의 반은 두고 온 진료소에, 나머지 반은 옆으로 지나다니는 군중들에게 두고 있었다. 이윽고 앨런은 무엇인가 묘하게 다르다는 사실을 알아차렸다. 마이애미에 오면 으레 눈을 즐겁게 해주던 화사한 군상은 어디 있는 걸까? 딱 달라붙는 파스텔톤의 청바지를 입은 젊은 여자들의 행렬은? 주름 장식, 부츠, 요란한 모자와 머리 모양, 깜짝 놀랄 정도로 드러내 놓은 갓 태운 피부, 화려한 옷감에 싸인 채 제멋대로 흔들리는 가슴과 엉덩이는? 여기에는 없었다. 하지만 잠깐. 자세히 보니 언뜻 보기 흉한 파카 아래에 젊은 얼굴을 숨기고, 몸에는 특징 없는 헐렁한 치마를 걸친 두 여자가 보였다. 사실 공항 안 어디에서나 같은 풍경을 볼 수 있었다. 모자 달린 판초, 겹겹이 껴입은 옷과 헐렁한 바지, 칙칙한 색깔들. 새로운 유행인가? 아니, 앨런은 그렇게 생각하지 않았다. 여자들은 눈에 띄지 않으려고 소심하게 움직여 다녔다. 그리고 무리 지어 다녔다. 앨런은 혼자 있던 여자애가 앞서가는 다른 여자들을 따라잡으려고 애쓰는 모습을 지켜보았다. 분명히 서로 모르는 사이였는데도 그들은 말없이 여자애를 받아들였다.

그들은 겁에 질려 있었다. 시선을 끌까 봐 두려워하고 있었다. 바지 정장을 입고 의연하게 아이들 한 무리를 이끌고 있는 나이 지긋한 부인마저도 불안하게 주위를 흘끔거렸다.

그리고 앨런은 맞은편에 있는 아르헨티나 국영항공 데스크에서도 이상한 부분을 보았다. 두 줄 위에 커다란 표지판이 붙어 있었다. 'MU-JERES'. 여자라는 뜻이었다. 그 줄은 볼품없는 사람들로 붐볐고 무척 조용했다.

남자들은 평범하게 행동하는 것처럼 보였다. 줄에 서서 자기들의 짐을 걷어차면서 초조해하고, 어슬렁거리고, 다른 사람을 방해하고, 농담을 했다. 그러나 앨런은 공기 속에 떠도는 자극제 같은 긴장감의 저류를 느꼈다. 뒤쪽에 보이는 가게 앞에서는 남자들 몇 명이 소책자를 나누어주고 있었다. 공항 안내원 한 명이 제일 가까이에 선 남자와 이야기를 나누었다. 그 남자는 어깨를 으쓱이더니 조금 옆으로 이동했다.

앨런은 주의를 다른 곳으로 돌리기 위해 옆자리에 놓인 〈마이애미 헤럴드〉 지를 집었다. 놀랄 만큼 얇았다. 앨런은 잠시 국제 뉴스에 몰두했다. 몇 주 동안이나 신문을 보지 못한 덕분이었다. 신문도 이상하게 빈 느낌이었고, 나쁜 소식마저 고갈된 것 같았다. 그동안 계속되던 아프리카 내전은 끝이 났거나 보도가 사라졌다. 무역 정상 회의는 곡물과 강철 가격을 두고 입씨름 중이었다. 저도 모르게 사망 기사 페이지를 보았는데, 다닥다닥 붙은 부고란 사이에 알지도 못하는 작고한 전 상원의원 사진이 두드러졌다. 앨런의 눈길은 그 페이지 맨 밑에 있는 두 개의 광고에 떨어졌다. 하나는 미사여구가 많아서 금방 이해할 수 없었으나, 다른 하나는 굵고 평이한 인쇄체로 선언하고 있었다.

포세트 장례식장
애석한 일이지만
저희는 더 이상 여성 시신을 받지 않습니다

앨런은 망연히 그 광고를 보면서 천천히 신문을 접었다. 뒷면의 해운 뉴스에는 '항해 위험 경고'라는 제목의 기사가 있었다. 앨런은 제대로 이해하지 못하고 기사를 읽었다.

AP통신/나소(바하마): 해터러스곶을 빠져나오는 멕시코 만류에서 장애물에 충돌한 정기 유람선 카리브 제비호가 오늘 항구까지 견인되었다. 문제의 장애물은 여성 시체들이 걸린 상업 어선용 예인망의 일부로 밝혀졌다. 이는 플로리다와 멕시코만에서 유사한 예인망이 쓰였다는 보고를 뒷받침하는데, 그중에는 2킬로미터 넘게 친 예인망도 있다고 한다. 태평양 해안에서부터 멀리 일본에서까지 들어온 비슷한 보고들은 연안 항해에 위험이 증가하고 있음을 시사한다.

앨런은 신문을 쓰레기통에 던져넣고 앉아서 이마와 눈을 문질렀다. 집에 가야겠다는 충동에 따라서 얼마나 다행인지 몰랐다. 다른 행성에 불시착한 사람처럼 혼란스러웠다. 아직 다섯 시간을 더 기다려야 했다. 앨런은 마침내 바니가 보낸 물건을 주머니에 구겨 넣었던 일을 기억해내고 꺼내어 폈다.

맨 위 종이는 〈앤아버 뉴스〉 지에서 오려낸 듯했다. 릴리언 대쉬 박사가 같은 단체 소속 회원 수백 명과 함께 백악관 앞에서 무허가 시위를 벌인 죄로 체포당했다. 그들은 쓰레기통에 불을 붙였는데, 이 점이 특히 괘씸하게 여겨졌다. 많은 여성 단체가 참여했는데, 앨런이 보기에는 수백 명이 아니라 수천 명에 가까운 듯했다. 당시 대통령이 백악관에 없었음에도 이례적인 보안 조치를 취한 모양이었다.

그다음 소식은 바니의 신랄한 유머 감각 덕분에 들어간 게 분명했다.

UP 통신/바티칸시, 6월 19일. 교황 요한 4세는 오늘, 인간이 신에게 받아들여지기 위해 여자들을 제거해야 한다고 주장하는 소위 '바울의 정화' 교파들에 대하여 공식적으로 언급할 계획이 없음을 알렸다. 대변인은 가톨릭교회는 이런 교파들에 어떤 입장도 없으나, 인간에 대한 신의 계획을 드러내기 위해 신에게 '도전'한다거나 신으로부터 '도전'받는다는 교리 일체는 부인한다고 강조했다.

유럽 '바울의 정화' 교파 대변인 파졸리 추기경은 성서에서 여자는 남자의 일시적인 동반자이자 도구일 뿐이라고 정의한다는 자신의 견해를 재확인했다. 추기경은 여자들은 인간이라고 정의할 수 없으며, 그저 과도기적인 수단 또는 상태일 뿐이라고 한다. "완전한 인간으로 이행할 때가 가까이 왔다"는 것이 앨런의 결론이었다.

다음은 〈사이언스〉 지 최근호를 복사한 얇은 종이었다.

페미사이드 전담 비상 위원회 요약 보고서

최근 국지적인 형태이긴 하나 전 세계에서 발생하는 페미사이드는 세계 역사상 정신적인 압박감이 심한 시기에 여러 단체나 파벌들이 벌였던 유사한 사건들의 재연으로 보인다. 이 경우 근본 원인은 사회적, 기술적인 변화 속도이다. 인구 압력이 이를 증폭시키고, 세계적인 동시 통신의 발달이 그 분포와 범위를 키우면서 영향받기 쉬운 사람들이 더 많이 노출된다. 이는 의학적이거나 전염병학적인 문제로 보이지 않는다. 어떤 병리 요소도 발견되지 않았다. 그보다는 17세기에 유럽을 휩쓸었던 다양한 광증, 예를 들면 '무도병' 같은 것들에 가까우며 그런 광증과 마찬가지로 일정한 경로를 거쳐서 사라질 것이다. 피해 지역들 주위에서 일어난 천년왕국론 계통의 사교 집단들은 서로 무관해 보이며, 오직 여자들을 제거하는 "정화"의 결과로 새로운 인류 재생산의 방법이 드러나리라는 생각만을 공유하고 있다.

우리는 이에 다음 내용을 권고한다. (1) 선동적이고 감상적인 보도는 중단할 것 (2) 문제 지역에서 도망친 여자들을 위한 난민 센터를 설치, 유지할 것 (3) 군 저지선에 의한 피해 지역 봉쇄를 유지, 강화할 것 (4) 냉각기를 거쳐 광증이 진정되면 자격을 갖춘 정신 건강 지원팀과 적절한 전문가가 들어가서 복구 작업에 착수할 것.

전담 위원회 소수파의 반대 의견서 요약본

이 보고서에 서명한 아홉 위원은 엄정히 따지자면 페미사이드에 전염성 병원체가 존재한다는 증거는 없다는 데 동의한다. 그러나 사태 발발지 간의 지리적인 연관성을 보면 도저히 이를 순수하게 심리적인 현상으로 치부할 수 없다. 최초 발발은 위도 30도선 주위에서 일어났는데, 이는 적도수렴대에서 상층풍의 하강기류가 불어오는 주요 지역이다. 그러므로 상층 적도 대기에 존재하는 어떤 병원체나 조건이, 계절적인 변화 요인을 갖고 30도대를 따라 지상에 도달했다고 볼 수 있다. 한 가지 중요한 변화 요인은 늦겨울 동안에는 하강기류가 동아시아 대륙에서 북쪽으로 움직인다는 사실로, 그 선에서 남쪽(아라비아, 서인도, 북아프리카 일부) 지역들은 사실상 최근까지 페미사이드를 겪지 않았다. 최근 들어서야 하강기류 지대가 남쪽으로 이동했기 때문이다. 남반구에서도 유사한 하강기류가 일어나며, 남반구에서의 사태 발발은 남아프리카의 프리토리아와 오스트레일리아 앨리스 스프링스를 관통하는 30도대를 따라서 보고되었다. (아르헨티나는 현재 정보를 구할 수 없다.)

이런 지리적 상관관계는 가벼이 여길 수 없고, 그러므로 물리적인 원인에 대해 더 강도 높게 찾아보아야 함을 촉구한다. 또한, 알려진 진원지들로부터의 확산 정도를 바람 상황과 상호 비교해볼 것을 긴급히 권고한다. 북위, 남위 60도에 있는 2차 하강류 지대를 따라 비슷한 사태가 발생하는지 감시해야 한다.

(소수파 서명)
반하트 브래스웨이트

앨런은 오랜 친구의 이름을 보고 추억에 잠겨서 웃고 말았다. 그 이름이 세상에 안정과 정상성을 되찾아주는 기분이었다. 또 멍텅구리들 천지에서도 바니만큼은 무엇인가를 알고 있는 듯했다. 앨런은 생각에 잠겨서 얼굴을 찌푸렸다.

그 얼굴은 집에 있는 앤에게 돌아가면 어떨지 생각하면서 서서히 달라졌다. 이제 몇 시간만 있으면 아내를, 앨런에게 푹 빠져 있는 내밀하게 아름답고 늘씬한 몸을 안을 수 있을 것이다. 그들의 사랑은 늦게 피어났다. 돌이켜 생각해보면 그들이 결혼한 것은 우정 때문이었고 친구들의 압력 때문이었다. 모두가 그들이 천생연분이라고 말했다. 앨런은 몸집이 크고 딱 바라진 어깨에 금발이었고, 앤은 호리호리한 갈색 머리였다. 둘 다 수줍음이 많고, 자기 통제력이 뛰어나고, 사색적이었다. 결혼하고 처음 몇 년 동안 우정은 유지되었지만, 섹스는 썩 대단치 않았다. 관습적인 욕구에 지나지 않았다. 지금에야 말할 수 있지만, 그때는 정중하게 서로를 안심시키고, 속으로는 실망하는 관계였다.

그러다가 에이미가 아장아장 걸을 때쯤에 무슨 일인가가 일어났다. 관능으로 이어지는 기적 같은 내면의 길이 천천히 열렸고, 그 해방은 예상치 못한, 온전히 육체적인 지복(至福)으로 이루어진 비밀 천국으로 이어졌다. 그러나 덕분에 콜롬비아로 가는 일이 더 고통스럽기도 했다. 앨런이 이 일을 받아들일 수 있었던 건 오직 서로에 대한 절대적인 확신이 있었기 때문이다. 그리고 이제 앤을 다시 갖게 된다는 것은…, 이별이라는 양념 덕분에 세 배는 더 매력적이었다. 느끼고 보고 듣고 냄새 맡고 움켜쥐고…. 앨런은 환상에 반쯤 잠긴 채 흥분한 몸을 숨기려고 앉은 자세를 바꿨다.

그리고 에이미도 있겠지. 앨런은 그에게 착 달라붙는 사춘기 이전의 작은 몸을 떠올리고 씩 웃었다. 그래, 에이미는 버거워지고 있었다. 남성인 앨런이 아이 어머니보다 훨씬 에이미를 잘 이해했다. 에이미에게 사색적인 면은 없었다. 하지만 앤…, 앨런의 섬세하고 숫기 없는 여인과 함께라면 앨런은 견딜 수 없을 정도의 육체적 황홀경으로 가는 길을 찾아내리라. 처음에는 의례적인 인사를 하겠지. 말은 하지 않고 음미하면서, 눈빛 속에 점점 강해지는 흥분을 담고 소식을 주고받겠지. 그다음에는 가벼운 접촉. 그다음에는 두 사람의 방을 찾고, 옷이 떨어지고, 애무, 처음에는 부드럽게 살과, 나체⋯, 섬세하게 괴롭히다가, 끌어안고, 처음으로 삽입⋯.

머릿속에 무시무시한 경고의 종소리가 울렸다. 앨런은 꿈속에서 튕겨 나와서 주위를 보다가 자기 손을 내려다보았다. 주머니칼을 펼쳐 쥐고 뭘 하는 거지?

아연한 앨런은 환상의 마지막 부분을 더듬어보았고, 남아 있는 촉각 심상이 애무가 아니라 연약한 목을 조르는 손이었으며 삽입이라고 생각한 감각은 심장을 찾아서 꽂아 넣은 칼날의 감각이었음을 깨달았다. 팔과 다리가 무엇인가를 때리고 짓밟은 듯이 욱신거렸다. 그리고 에이미는⋯.

아, 신이시여. 아, 신이시여⋯.

섹스가 아니라 피에 대한 갈망이었다.

앨런이 꿈꾸고 있었던 건 그것이었다. 성행위도 있기는 했지만, 그 행위는 죽음의 엔진을 몰고 있었다.

앨런은 멍하니 칼을 접어 치우면서 그저 걸렸다는 생각만 되풀이, 또 되풀이했다. 나도 걸렸어. 뭔지는 몰라도 걸린 거야. 집에 갈 수 없어.

시간이 얼마나 지났을까, 앨런은 일어서서 비행기 표를 교환하러 유나이티드 항공 안내대로 향했다. 줄이 길었다. 기다리는 동안 정신이 조금 맑아졌다. 여기 마이애미에서는 할 수 있는 일이 없다. 앤아버로 돌아가서 바니에게 의탁하는 편이 낫지 않을까? 앨런을 도울 수 있는 사람이 있다면 바니뿐이었다. 그래, 그것이 최선이었다. 하지만 먼저 앤에게 경고해야 했다.

이번에는 전화 연결에 시간이 더 오래 걸렸다. 앤이 겨우 받았을 때 앨런은 중언부언 말을 쏟아내고 말았다. 앤은 시간이 조금 지나서야 앨런이 비행기 연착에 대해 말하는 게 아니라는 사실을 이해했다.

"걸려버렸어. 잘 들어, 제발, 앤. 내가 집에 가거든 절대 당신 가까이 가게 놔두지 마. 정말이야. 정말이라고. 연구실로 갈 생각이지만, 자제력을 잃고 당신에게 가려고 할지도 몰라. 바니는 거기 있어?"

"응, 하지만 여보…."

"잘 들어. 어쩌면 바니가 날 고칠 수 있을지도 몰라. 어쩌면 저절로 나아질지도 몰라. 그렇지만 나는 안전하지 않아. 앤, 앤, 내가 당신을 죽이고 말 거야. 무슨 뜻인지 이해할 수 있어? 무, 무기를 구해. 집에 가지 않도록 노력할 거야. 하지만 혹시 내가 집에 가거든, 당신 근처에 다가가지 못하게 해. 에이미한테도. 이건 병이야. 진짜야. 날, 날 야생 짐승처럼 대해야 해. 앤, 이해했다고 말해. 그러겠다고 해."

통화를 끝낼 때는 두 사람 다 울고 있었다.

앨런은 덜덜 떨면서 자리에 다시 앉아서 기다렸다. 시간이 지나자 머리가 조금 더 맑아졌다. 박사, 생각을 해야지. 그 혐오스러운 칼을 꺼내어 쓰레기통에 던져야겠다는 생각이 먼저 들었다. 그러면서 앨런은 바니가 보낸 물건이 주머니 속에 하나 더 있음을 깨달았다. 앨런은 구겨진 종이를 폈다. 〈네이처〉 지에서 오려낸 내용 같았다.

맨 위에는 바니가 흘려 쓴 글씨가 남아 있었다. "말이 되는 소리를 하는 유일한 사람. 이제는 영국도 감염. 오슬로, 코펜하겐은 연락 두절. 바보들은 아직도 말을 듣지 않아. 거기 꼼짝 말고 있게."

글래스고 대학, 이언 매킨타이어 교수로부터의 통신

수컷의 공격성/약탈 행동 표현과 성적 재생산 행동 표현이 밀접하게 연계되어 있다는 사실은 언제나 우리 종에게 곤경으로 작용할 가능성이 있었다. 이 밀접한 연계는 (a) 움켜쥐기, 올라타기 등 약탈과 성적 추구 양쪽에 같이 쓰이는 신경 근육 경로가 많다는 점과 (b) 양쪽 모두 유사한 아드레날린 자극 상태를 촉진한다는 점을 통해 드러난다. 다른 많은 종의 수컷에서도 동일한 연계를 볼 수 있다. 어떤 종은 공격과 교미 표현이 서로를 대체하거나 공존하기조차 하는데, 친숙한 예로 흔한 집고양이를 들 수 있다. 많은 종의 수컷은 삽입 행위 중에 받아들이는 암컷을 물고, 할퀴고, 상처를 입히고, 밟거나 다른 방식으로 공격한다. 수컷의 공격이 있어야만 암컷의 배란이 이루어지는 종들도 있다.

모든 종은 아니라도 많은 종에서 공격 행동이 먼저 나타나고, 적절한 신호가 주어지면 그것이 교미 행동으로 바뀐다(예: 세 갈래 가시고기와 유럽 울새). 억제 신호가 없으면 수컷의 호전적 반응이 계속되어 암컷은 공격을 받거나 쫓겨간다.

그러므로 현재 위기의 원인은 고등 영장류의(주: 동물원의 고릴라와 침팬지들도 최근에 짝을 공격하거나 죽이는 모습이 관찰되었다. 붉은털원숭이의 관찰 예는 없다.) 전환 혹은 유인 기능 실패를 초래하는 물질, 아마도 바이러스나 효소 수준의 물질로 추측함이 적절하겠다. 이러한 기능 장애는 짝짓기 행동의 실패가 공격적/약탈적인 반응으로 바뀌거나 이어지는 식으로 나타날 수 있다. 다시 말해서 성적으로 흥분하면 공격만 하게 되고, 흥분을 일으키는 대상의 파괴를 통해서만 흥분을 해소하게 된다는 뜻이다.

관련하여 정확히 이런 상태가 흔한 남성 기능 이상으로 일어나며, 그런 경우 성적 욕망에 대한 응답으로, 또한 성적 욕망의 완성으로 살인이 일어난다는 점을 언급해두는 것이 좋겠다.

여기에서 논한 공격성/성교 연계는 수컷에게 한정되어 있음을 강조해둔다. (전만 반사 같은) 암컷의 반응은 다른 본성에 속한다.

앨런은 그 구겨진 종이를 오랫동안 쥐고 앉아 있었다. 사방에 느껴지는 음침한 긴장감 속에서도 그 스코틀랜드인의 건조하고 딱딱한 표현들이 머리를 맑게 하는 데 도움이 되는 것 같았다. 환경 오염이나 그런 이유로 어떤 물질이 생긴 거라면, 아마 그 물질에 대항하고, 걸러내고, 중화할 수도 있을 것이다. 앨런은 아주아주 조심스럽게 앤과의 삶과 성행위에 대해서 생각해보았다. 그렇다. 그들의 사랑놀이는 상당 부분 생식기를 통한, 성적으로 완화된 야만 행위로 볼 수 있었다. 사냥놀이랄까…, 앨런은 얼른 마음을 다른 곳으로 돌렸다. 어느 작가의 말이 떠올랐다. "모든 성행위에 내재한 공포 요소." 누구였지? 프리츠 라이버*였나? 어쩌면 사회적 거리감의 침해가 또 다른 위협 요소일지도 모른다.

앨런은 생각했다. 무엇이든 간에 그게 우리의 약한 고리라고. 우리의 취약점이라고…. 칼을 손에 쥐고 폭력적인 공상에 잠긴 자신을 깨달았을 때 경험한 무시무시한 확신이 되돌아왔다. 공상 속에서는 마치 그것이 옳은 길이고, 유일한 길 같았다. 바니의 나방들도 암컷의 엉뚱한 부위에 짝짓기를 할 때 그런 느낌을 받았을까?

한참이 지나서 생리적 욕구를 느낀 앨런은 화장실을 찾았다. 제일 깊숙한 칸막이 문을 막고 있는 옷더미를 빼면 비어 있었다. 처음에는 옷더미라고 생각했지만 앨런은 곧 옷이 놓인 자리에 고인 적갈색 웅덩이와, 푸르스름한 둔덕 같은 깡마른 엉덩이를 보았다. 앨런은 숨도 쉬지 않고 뒷걸음질 쳐 나가서 제일 가까운 군중 속으로 달아났다. 그런 반응을 보인 사람이 그 혼자가 아닐 터였다.

당연한 일이었다. 어떤 성 충동이나 마찬가지다. 남자애들도, 사내들에 대해서도.

다음 화장실에서 앨런은 남자들이 평범하게 들어갔다가 나오는 모습을 지켜보고서야 안으로 들어갔다.

그 후에 자리로 돌아가 앉아서 기다리면서 앨런은 자신에게 되뇌고 또 되뇌었다. 연구실로 가. 집으로 가지 마. 곧장 연구실로 가는 거야. 세

---

* Fritz Leiber(1910~1992), 미국의 판타지, 호러, SF 작가로 현대 호러소설의 선구자로 평가받고 있다.

시간만 더 있으면 돼. 앨런은 북위 26도, 서경 81도에 멍하니 앉아서 숨을 들이쉬고 내쉬고 있었다.

✳

일기장에게. 오늘 밤엔 굉장한 일이 있었어. 아빠가 집에 왔지 뭐야!! 그런데 되게 웃긴 게 택시를 세워놓고 문간에만 서 있는 거야. 날 건드리지도 않고, 우리가 다가가지도 못하게 하고 말이야. (깔깔거리게 웃긴 게 아니라 이상하게 웃겼다는 소리야.) 아빠는 이렇게 말했어. "할 말이 있어. 상황이 나아지지는 않고 나빠지고 있어. 난 연구실에 가서 잘 테지만 그래도 둘은 떠났으면 좋겠어, 앤, 앤, 난 더는 나 자신을 믿을 수 없어. 내일 아침 일어나자마자 둘 다 비행기를 타고 마사에게 가서 거기 있어." 난 아빠가 농담을 하는 줄 알았어. 다음 주에 댄스파티도 있고, 마사 아줌마는 아무것도 아무것도 아무것도 없는 캐나다 화이트호스에 산단 말이야. 그래서 난 소리를 질렀고 엄마도 소리를 질러댔고 아빠는 끙끙거렸어. "당장 가라고!" 그러더니 아빠가 울기 시작했어. 울었다니까!!! 그래서 나도 우와, 이건 심각하구나! 깨닫고 아빠한테 가려고 했지만, 어머니가 날 잡아당겼어. 그런데 보니까 엄마가 손에 이만한 칼을 쥐고 있는 거야!!! 엄마는 날 뒤로 밀어 넣더니 울기 시작했어. 아 앨런, 아 앨런, 이러면서 미친 사람처럼 말이야. 그래서 내가 그랬지. 아빠, 난 절대로 아빠를 두고 가지 않을 거야. 딱 그렇게 말해야 할 것 같았거든. 두근두근하기도 했어. 어머니는 날 평소보다 더 아기 취급하는데 아빠는 날 어른처럼 슬프고 그윽하게 보고 있었거든. 하지만 어머니가 "앨런, 얘는 제정신이 아니야. 여보 가요." 이런 헛소리를 해서 다 망쳤어. 그러니까 아빠는 소리를 지르면서 문밖으로 뛰쳐나갔어. "사라져. 차를 타. 내가 돌아오기 전에 떠나!" 이러면서….

아 참, 내가 하필 죄수복 같은 초록색 옷에 머리에 컬을 만 채였다는 말을 안 했지. 운도 지지리 없지 뭐야, 그렇게 아름다운 장면을 연출하게 될 줄 내가 어떻게 알았겠어. 인생의 잔인한 변덕이란 알 수가 없다니까. 어머니는

"얼른 짐 싸라!"고 외쳐대면서 여행 가방을 끌고 나오고 있어. 그러니까 어머니는 갈 생각이겠지만, 내가 마사 아줌마네 곡물 창고에서 가을을 보내면서 댄스파티와 여름의 평판을 다 잃을 생각은 없다는 말을 또 되풀이하진 않겠어. 그리고 아빠는 우리하고 소통을 하려고 했잖아, 안 그래? 난 우리 부모님의 관계가 진부하다고 생각해. 그러니까 난 어머니가 위층에 올라갔을 때 떠날 거야. 연구실에 가서 아빠를 볼 거야.

아 참, 추신. 다이앤이 내 노란 바지를 찢어놔서, 그 대신 자기 분홍 바지를 입어도 좋다고 약속했어. 하하 과연 그날이 올까.

나는 에이미의 일기장에서 그 페이지를 뜯어내면서 경찰차가 오는 소리를 들었어요. 전에는 에이미의 일기장을 펴본 적이 없었지만, 그 애가 사라졌다는 사실을 알자마자 봤지요. 아, 내 사랑스러운 어린 딸. 에이미가, 내 어린 딸이, 내 가엾고 어리석은 딸이 그이에게 갔구나. 내가 시간을 들여 설명했더라면, 그랬더라면….

미안해요, 바니. 그 약물, 그 사람들이 나에게 놓아준 주사의 약효가 다해가나 봐요. 나는 아무것도 느끼지 못했어요. 누군가의 딸이 자기 아버지를 만나러 갔다가 살해당했다는 것, 그 남자가 딸을 죽이고 자기 목을 그었다는 것을 알았지만 내게는 아무 의미도 없었어요.

그들은 앨런의 편지를 나에게 줬다가 다시 가져가 버렸어요. 왜 그래야 했을까요? 앨런이 그 칼을 집어 들기 전에 쓴 마지막 말, 마지막 필체인데. 그이가 가기 전에….

난 기억해요. "그렇게 갑작스럽고도 가볍게, 결속은 무너졌다. 그리고 우리는 무덤이 아닌 최후를 알게 되었다. 우리 인류의 결속은 끊어졌고, 우리는 끝장났다. 나는 사랑…."

난 괜찮아요, 바니, 정말이에요. 그런 말을 쓴 게 누구였더라, 로버트 프로스트였나요? 결속은 사라졌다…. 아, 그이가 그랬어요. 바니에게 "지극히 옳은 일을 하는 느낌"이라고 말하라고. 그게 무슨 의미죠?

당신이 대답해줄 수는 없겠죠, 친애하는 바니. 이 글은 그저 제정신을 유지하려고 쓰고 있을 뿐이니까요. 당신의 은신처에 넣어둘게요. 고마워요, 고마워요, 바니. 정신이 흐릿했지만 그래도 당신이라는 건 알고 있었어요. 당신이 내 머리카락을 자르고 내 얼굴에 흙을 문질렀을 때도 당신이니까 옳은 일인 줄 알고 있었어요. 바니, 난 당신이 말한 그런 끔찍한 말들로 당신을 생각해본 적이 없어요. 당신은 언제나 친애하는 바니였어요.

약효가 다할 때쯤에는 당신이 말한 대로 휘발유와 식료품을 다 준비할 수 있었어요. 지금 난 당신 오두막집에 있어요. 당신이 나에게 준 옷을 입으니 사내애처럼 보이나 봐요. 주유소 남자가 "형씨"라고 부르더군요.

아직도 정말로 이해할 수는 없어서, 서둘러 돌아가려는 마음을 막아야 해요. 하지만 당신이 내 목숨을 구했다는 건 알아요. 처음 외출해서 신문을 구할 수 있었을 때 아포슬 제도에 있는 피난처가 폭격당했다는 소식을 보았어요. 그리고 공군 비행기를 훔쳐서 댈러스를 폭격한 세 여자에 대한 기사도 실려 있었죠. 물론 그 비행기는 바다 위에서 격추당했어요. 우리가 이렇게 아무것도 하지 않다니 이상하지 않나요? 그냥 하나둘씩 살해당하잖아요. 이제는 피난처를 공격하기 시작했으니 더 많이 죽겠지만…. 최면에 걸린 토끼들 같아요. 우리는 이빨도 없는 종족이에요.

내가 전에는 한 번도 여자들이라는 뜻으로 "우리"라고 한 적이 없다는 거 알아요? "우리"는 언제나 나와 앨런, 그리고 물론 에이미를 말하는 거였어요. 선별적인 살해는 집단 동일시를 촉진하죠. 내가 얼마나 제정신인지 알겠죠.

그래도 난 정말로 이해하지는 못하겠어요.

첫 외출은 소금과 등유를 구하기 위해서 했어요. 그 작은 '붉은 사슴' 가게에 가서 당신이 말한 대로 뒷문에 있는 노인에게 물건을 받았어요. 봐요, 내가 제대로 기억했죠! 노인은 날 "자네"라고 불렀지만 의심하는 것 같기도 해요. 그 노인은 내가 당신 오두막에 머물고 있다는 걸 알아요.

어쨌든, 앞문으로 남자들 몇 명이 들어왔어요. 웃고 농담하는 모습이 하나같이 정말 평범해 보였죠. 난 그저 믿을 수가 없었어요, 바니. 사실은 그 사람들 옆을 지나쳐서 나가려다가 그중의 하나가 하는 말을 들었어요. "하인츠가 천사를 봤어." 천사라니. 난 멈춰 서서 귀를 기울였어요. 크고 번쩍거렸다더군요. 또 한 사람이 천사는 인간이 하나님의 의지를 받들고 있는지 보러 온 거라고 말했어요. 그리고 이제는 캐나다의 무스니도 해방구라고, 허드슨 베이까지 다 해방구라고 했어요. 난 몸을 돌려서 뒷문으로, 빨리 나갔어요. 노인도 그 남자들 말을 들었던가 봐요. 나보고 조용히 그러더군요. "난 어린아이들이 그리울 거요."

허드슨 베이라니. 바니, 그건 북쪽에서도 오고 있다는 뜻이잖아요. 안 그래요? 허드슨 베이라면 북위 60도쯤일 텐데.

하지만 난 낚싯바늘을 구하러 한 번 더 그곳에 가야 해요. 빵만 먹고 살 수는 없어요. 지난주에는 어느 밀렵꾼이 죽인, 머리와 다리만 남은 사슴을 발견했어요. 그걸로 스튜를 만들었죠. 암사슴이었어요. 그 사슴의 눈이라니. 지금 내 눈도 그 사슴 같을까 궁금해요.

✳

오늘 낚싯바늘을 구하러 갔어요. 상황이 나빠서 다시는 못 가겠네요. 이번에도 앞문에 남자들이 있었는데, 전과는 달랐어요. 다들 사납고 긴장해 있었어요. 지난번처럼 젊은 애들이 섞여 있지도 않았어요. 그리고 앞에 새로운 표지판이 붙어 있었는데, 제대로 보지는 못했어요. 아마 해방구라는 표지판이겠죠.

노인은 잽싸게 낚싯바늘을 주더니 소곤거렸어요. "다음 주면 숲에 사냥꾼이 가득할 거요." 난 뛰다시피 나왔어요.

길을 따라 2킬로미터쯤 갔는데 파란 픽업트럭 하나가 날 쫓아오기 시작했어요. 이 부근 사람은 아니었는지, 내가 폭스바겐을 벌채로에 몰고 들어갔더니 고함을 치면서 지나가더군요. 나는 한참 있다가 다시 차를 몰고 나와서 돌아왔는데, 차는 여기에서 2킬로미터쯤 떨어진 곳에 두고 걸어서 왔어요. 덤불을 쌓아서 노란색 폭스바겐을 가리기가 얼마나 힘들던지요.

바니, 난 여기 머물 수 없어요. 아무도 연기를 보지 못하게 농어를 날 것으로 먹고 있지만, 그래도 사냥꾼들이 올 거예요. 침낭을 늪에 있는 큰 바위 옆으로 옮겨야겠어요. 거기까지 오는 사람은 별로 없겠죠.

바로 앞줄까지 쓰고 나서 오두막을 나왔어요. 조금은 안전해진 기분이 들어요. 아, 바니, 어떻게 이런 일이 일어날 수 있죠?

빠르게도 벌어졌죠. 여섯 달 전만 해도 난 앤 알스타인 박사였어요. 지금은 남편 잃고 자식도 잃은 여자가 되어 지저분하고 굶주린 채 죽도록 겁에 질려서 늪에 쪼그리고 앉아 있죠. 내가 지구에 남은 마지막 여자라면 재미있겠네요. 어차피 이 부근에 살아남은 여자는 마지막인 모양이지만요. 히말라야에 몸을 숨기거나, 뉴욕시의 폐허에 숨어 있는 사람이 몇 명 있을지도 모르죠. 우리가 어떻게 견뎌낼 수 있을까요?

불가능해요.

그리고 여기에서 겨울을 날 순 없어요, 바니. 영하 40도는 될 거예요. 불을 피워야 하는데, 그러면 누가 연기를 볼 테죠. 남쪽으로 이동한다고 해도 숲은 몇백 킬로미터면 끝나요. 난 오리처럼 사냥당할 거예요. 아니, 아무 소용 없어요. 혹시 어딘가에서 누군가가 무엇인가 시도하고 있다 해도 제때 여기에 도착하지는 못할 거예요. 게다가 내가 무엇을 위해 살아야 하나요?

아니, 그냥 별이 보이는 바위 위에서 좋게 끝맺을래요. 돌아가서 당신에게 이 편지를 남긴 후예요. 마지막으로 숲에 아름다운 색이 드는 걸 보기 위해 며칠은 기다릴 거예요. 안녕히, 소중하고 소중한 바니에게.

내 묘비명은 이렇게 긁어 넣을까 봐요.

지구상에서 두 번째로 천한 영장류, 여기 잠들다

이 내용을 읽을 사람은 아무도 없을 것이다. 내가 용기와 힘을 긁어모아서 바니의 오두막에 갖다두지 않는 한…, 아마 그런 일은 없겠지. 여기에 하나 있는 비닐봉지 안에 넣어두자. 바니가 와서 볼지도 모르겠다. 지금 나는 큰 바위 위에 있다. 곧 달이 뜨면 감행할 생각이다. 모기들아, 인내심을 가져라. 원하는 대로 실컷 먹게 될 테니.

내가 적어두어야 하는 내용은, 나도 천사를 보았다는 것이다. 오늘 아침이었다. 그 남자 말마따나 크고 번쩍거리는 게, 나무 없는 크리스마스트리 같았다. 하지만 개구리들의 울음소리가 딱 멎었고 파란 어치 두 마리가 경고음을 울렸기 때문에 진짜라는 사실을 알았다. 그 점이 중요하다. 그게 정말로 거기 있었다는 점.

나는 바위 밑에 앉아서 그 형상을 지켜보았다. 그건 많이 움직이지 않았는데, 몸을 구부리고 잎인지, 나뭇가지인지를 집어 들었다. 그러더니 몸 중간 부분에 어떤 짓을 했는데, 집어 든 물건을 보이지 않는 견본 주머니에 집어넣는 것 같았다.

다시 반복하자. 그건 정말로 있었다. 바니, 혹시 이걸 읽게 되면 기억해요. 여기에 놈들이 있어요. 그리고 난 놈들이 우리에게 그런 짓을 했다고 생각해요. 우리가 알아서 멸종하게 한 거죠.

왜냐고요?

사람들만 없으면 좋은 곳이니까요. 그런데 사람을 어떻게 없앨까요? 폭탄, 살인 광선… 다 미개한 방식이죠. 엉망이 되어버리고요. 전부 부서지고, 구덩이가 패고, 방사능에, 땅을 망치죠.

이런 식으로 하면 혼란도, 호들갑도 없어요. 우리가 체체파리에게 했던 것처럼요. 약한 고리를 집어서 공격하고, 조금만 기다리면 되는 거예요. 그리고 나면 뼈만 몇 개 남죠. 비료로도 괜찮을 테고.

친애하는 바니, 잘 있어요. 난 봤어요. 그게 와 있었어요.
하지만 그건 천사가 아니에요.
난 부동산업자를 봤다고 생각해요.

THE
BOUNDARIES
OF
HUMANITY

인류의 경계

AND I AWOKE AND FOUND ME HERE ON THE COLD HILL'S SIDE

그리고 깨어나 보니
나는 이 차가운 언덕에 있었네

이수현 옮김

◆

1973년 휴고상 노미네이트
1973년 네뷸러상 노미네이트
1973년 로커스상 노미네이트

그 남자는 하역장 현창 옆에 꼼짝도 하지 않고 서서, 우리 위로 도킹하는 오리온호의 아래쪽을 응시하고 있었다. 회색 제복을 입었고 붉은 머리는 짧게 잘랐다. 나는 그가 정거장에서 일하는 기술자라고 생각했다.

나에게는 좋지 않은 일이었다. 기자들은 '빅정션' 내부 깊숙이 들어오지 못하게 엄격히 금지하고 있다. 하지만 나는 20시간 동안 외계 우주선을 찍을 만한 곳을 하나도 찾아내지 못한 처지였다.

나는 홀로캠을 돌려서 커다랗게 박힌 '월드미디어' 표시를 보여주고 이 방송이 집에 남아서 돈을 내는 사람들에게 어떤 의미가 있는지에 대해 늘어놓기 시작했다.

"…선생님께서는 판에 박힌 일상일지 모르겠습니다만, 우리는 그 사람들에게 마땅히 이…."

남자는 긴장감을 드러내며 천천히 얼굴을 돌렸고, 그의 시선은 특이하게 나를 피해 지나갔다.

"이 경이를, 이 드라마를 다른 사람들과 나눠야 한단 말인가." 그는 감정 없이 그 말을 되풀이하고는 나에게 시선을 맞췄다. "완벽한 바보로군."

"지금 어떤 종족들이 들어오고 있는지 말씀해주실 수 있습니까? 제가 한번 볼 수 있다면…."

그는 나를 현창으로 손짓했다. 나는 바깥에 펼쳐진 별밭을 가로막는 길쭉한 파란색 선체에 욕심껏 렌즈를 맞췄다. 그 우주선 뒤로 검은색과 금색의 둥그런 우주선을 볼 수 있었다.

"저게 포레이먼 우주선이야. 반대편에는 벨예에서 온 화물선이 한 척 있네. 목동자리 알파별 아크투루스 말이야. 지금은 우주선이 별로 없군."

"제가 여기 도착한 후로 두 문장 넘게 말을 한 사람은 선생님이 처음입니다. 저 화려한 작은 우주선들은 뭡니까?"

"작은개자리 프로키온에서 온 거야." 그는 어깨를 으쓱였다. "늘 이 부근에 있지. 우리처럼."

나는 창유리에 얼굴을 대고 밖을 보았다. 사방 벽에서 철커덕거리는 소리가 났다. 머리 위 어딘가에서 외계인들이 빅정선의 자기네 구역으로 짐을 내리고 있었다. 그 남자는 손목을 흘긋 보았다.

"나갈 때를 기다리시는 겁니까?"

그의 투덜거리는 소리는 어떤 의미로도 해석 가능했다.

"지구 어디 출신이지?" 그는 날카로운 말투로 나에게 물었다.

나는 대답하다 말고 퍼뜩 그 남자가 나의 존재를 잊어버렸음을 알아차렸다. 그의 눈은 허공을 보고 있었고, 그의 머리는 천천히 창틀로 수그러들고 있었다.

"집으로 가." 그는 탁한 목소리로 말했다. 기름 썩는 냄새가 났다.

"어이, 이봐요!" 나는 그의 팔을 잡았다. 그는 경직된 몸을 떨고 있었다. "진정해요."

"난 기다리고…, 아내를 기다리고 있지. 사랑하는 내 아내를." 그는 짧게 듣기 싫은 웃음소리를 냈다. "넌 어디에서 왔지?"

나는 다시 대답했다.

"집으로 가." 그는 중얼거렸다. "집에 가서 아이를 만들어. 아직 가능한 동안에."

나는 그가 초창기 피해자 중 하나인가 보다 생각했다.

"아는 게 그것뿐이야?" 그는 공격적으로 목소리를 높였다. "바보들. 외계 스타일로 치장한 바보들. 그니보 옷이니, 아올릴리 음악이니. 아, 나도 자네들의 방송을 보거든." 그는 코웃음을 쳤다. "닉시 파티. 1년 연봉을 들여야 하는 공중부양차. 감마 방사선? 집에 가서 역사를 읽어. 볼펜과 자전거가 있었던…"

그는 0.5G의 중력에서 천천히 아래로 미끄러져 내려가기 시작했다. 그는 현재 나의 유일한 정보원이었다. 우리는 혼란 속에 드잡이질을 했다. 그는 내가 주는 각성제를 받지 않으려 했지만, 나는 결국 그를 끌고 하역장 복도를 이동해서 빈 적재 구역에 있는 벤치에 앉혔다. 그는 더듬더듬 작은 진공 카트리지를 꺼냈다. 내가 그 카트리지를 풀게 도와주고 있는데, 풀을 빳빳하게 먹인 하얀 옷을 입은 그림자 하나가 머리를 들이밀었다.

"내가 도울 수 있을까?" 눈은 툭 튀어나왔고, 얼굴에는 줄무늬 털이 덮여 있었다. 외계인이었다. 프로키온인이었다! 내가 고맙다고 인사를 하려는데 붉은 머리 남자가 말을 잘랐다.

"됐어. 꺼져."

그 생물은 커다란 눈을 촉촉하게 적시며 사라졌다. 붉은 머리 남자는 카트리지 안에 새끼손가락을 넣었다가 코에 찔러넣고 폐 깊숙이 들이마셨다. 그는 자기 손목을 보았다.

"몇 시지?"

나는 시간을 말해줬다.

"뉴스거리를 주지. 희망에 찬 열렬한 인간 종족에게 보내는 메시지 말이야. 우리가 모두 너무나 사랑하는 저 사랑스럽고 사랑할 만한 외계인들에 대해 한마디 해주겠어." 그는 나를 쳐다보았다. "충격 먹었나 보군, 뉴스 보이?"

나는 이제 이 남자를 얼추 이해했다. 외계인 혐오자였다. 외계인들이 지구를 정복할 계획을 꾸민다고 믿는 부류 말이다.

"아, 빌어먹을. 외계인들은 지구에 조금도 관심이 없어." 그는 다시 한 번 숨을 깊이 들이마시고, 몸서리를 치고 몸을 곧게 세웠다. "보편성 따위는 됐다 그래. 몇 시라고 했지? 좋아, 내가 어떻게 배웠는지 말해주지. 어렵게 깨달은 교훈을 말이야. 내 사랑스러운 아내를 기다리는 동안 말해주겠어. 소매에 든 작은 녹음기도 꺼내놔도 좋아. 나중에 혼자 들어보라고…, 다 소용없어진 후에." 그는 클클 웃었다. 말투가 친근해졌고, 교양 있는 목소리를 띠었다. "초정상 자극에 대해 들어본 적 있나?"

"없는데요. 아니, 잠깐만. 백설탕 중독 같은 거요?"

"비슷해. 워싱턴 D.C.에 있는 리틀정션 바 알지? 아니, 호주 사람이랬지 참. 흠, 난 네브래스카주 번트반 출신이야." 그는 무언가 사무치는 듯 크게 심호흡을 하며 말을 이었다. "난 열여덟 살 때 우연히 리틀정션 바에 흘러 들어갔어. 아니, 그건 틀린 표현이로군. 리틀정션에 우연히 들어간다는 건 첫 헤로인을 우연히 들이마신다는 소리나 다름없으니."

"리틀정션에 들어가는 건 번트반에서, 아랫도리에 털이 나기 전부터 그곳을 갈망했기 때문이고, 그곳을 꿈꾸고, 그곳에 대한 모든 단서와 정보를 먹고 살았기 때문이야. 스스로가 알든 모르든 상관없어. 일단 번트반을 벗어나고 나면 리틀정션으로 갈 수밖에 없어. 바다뱀이 달을 향해 떠오를 수밖에 없는 것과 마찬가지지.

내 주머니 속에는 새로 받은 주류 구매 허가증이 있었어. 시간이 일러서, 바 앞에 앉은 인간들 옆에 빈자리가 하나 있었지. 리틀정션은 대사관 술집이 아니야. 나중에는 높으신 외계인들이 놀러 가는 곳도 알게 됐지. 뉴라이브, 아니면 조지타운 마리나 옆의 커튼 같은 곳.

그리고 그치들은 자기들끼리 어울려. 아, 가끔 한 번씩은 나이 많은 다른 외계인들과 배불뚝이 인간 몇 명과 문화 교류를 나누기는 하지. 멀찍이서 나누는 은하 친선이랄까.

리틀정션은 낮은 계급 사람들, 그러니까 사무원과 운전사들이 활력을 찾아서 가는 곳이었어. 그중에는 변태성욕자도 있었지. 인간을 받아들일 수 있는 작자들… 침대에서 말이야."

그는 쿡쿡 웃더니, 나를 쳐다보지 않고 다시 새끼손가락을 코에 대고 숨을 들이마셨다.

"아, 그래. 리틀정션에선 매일 밤이 은하 친선의 밤이었어. 난… 내가 뭘 주문했었더라? 마가리타 한 잔이었나. 오만한 흑인 바텐더에게 안쪽에 놓인 외계 술을 하나 달라고 할 용기는 안 나더라고. 안은 어두웠어. 난 티 내지 않고 사방을 다 보려고 하고 있었어. 하얀 돌머리들을 본 기억이 나는데…, 거문고자리에서 온 라이라인이었지. 그리고 초록색 베일 같은 덩어리는 어딘가에서 온 복수체 외계인 같았어. 바 거울에 비친 인간 몇 명의 눈빛도 감지했는데, 적대적인 시선이었어. 그때는 나도 그게 무슨 의미인지 몰랐지.

갑자기 외계인 하나가 내 바로 옆에 비집고 들어왔어. 내가 마비 상태에서 벗어나기도 전에 흐릿하게 목소리가 들렸지.

'축구 죠아하나?'

외계인이 나한테 말을 한 거야. 외계인이, 다른 별에서 온 존재가. 나한테. 말을 했다고.

맙소사, 난 축구에 아무 관심도 없었지만, 그 외계인과 계속 대화하기 위해서라면 종이접기나 제스처 게임이라 해도 열렬히 좋아한다고 했을 거야. 난 그 외계인에게 고향 행성에선 무슨 스포츠를 하는지 묻고, 술을 사겠다고 했지. 그러고는 그 사람이 나라면 TV 중계를 볼 생각도 안 할 게임에 대해 실황 중계하듯이 늘어놓는 소리에 귀를 기울였어. 뭐라는지도 못 알아들으면서 말이야. 그래. 그리고 반대편에 있는 인간들 사이에 일어난 소란에 대해서는 별로 신경도 안 쓰고 있었지.

그때 갑자기 웬 여자가 높고 불쾌한 목소리로 뭐라고 말을 하더니 걸상을 휙 돌리다가 내가 술을 들고 있던 팔에 부딪혔어. 우리 둘은 같이 한 바퀴 돌았어.

세상에, 그제야 그 여자를 제대로 볼 수 있었지. 처음에는 괴리감밖에 들지 않았어. 그 여자는 아무것도 아니었지만, 그러면서도 굉장했어. 외관을 바꿔서, 황홀감을 흘리고, 뿜어내고 있었어.

다음 순간 나는 그 무섭도록 발기해 있었지. 그 여자를 보기만 하고서 말이야.

튜닉으로 사타구니를 감추려고 자세를 웅크리기는 했는데, 엎어버린 술이 흘러내려서 모든 게 더 나빠졌어. 그 여자는 자신이 엎지른 술을 보고 모호하게 손짓하며 뭐라고 중얼거렸지.

난 그냥 그 여자를 응시하면서, 대체 뭐가 날 그토록 흥분하게 하는 걸까 알아내려고 애썼어. 평범한 외모에, 얼굴에 깃든 부드러운 갈망. 반쯤 떠서 만족스럽게 바라보는 눈. 그 여자는 성적인 매력 그 자체였어. 그 여자의 목이 맥동하던 모습이 기억나. 그 여자가 한 손을 올려서 스카프를 건드렸어. 그러자 스카프가 어깨에서 흘러내리면서 심한 멍 자국이 보였어. 엉망이었지. 난 보자마자 그 멍 자국에 뭔가 성적인 의미가 있다는 사실을 이해했어.

그 여자는 내 머리 너머 다른 곳만 열렬히 보고 있었어. 그러더니 나와는 아무 상관 없이 '아아' 하는 소리를 내고 난간처럼 내 팔뚝을 잡았지. 그 뒤에 있던 남자 하나가 웃음을 터뜨렸어. 그 여자는 괴상한 목소리로 '실례'라고 말하더니 내 뒤로 사라졌어. 나는 같이 이야기를 나누던 축구 친구를 내팽개치고 그 여자를 따라가려고 몸을 돌리다가, 시리우스인 몇 명이 들어와 있는 걸 봤어.

시리우스인을 실물로 보기는 처음이었어. 맹세코 모든 뉴스를 다 외우도록 봤는데도, 난 준비가 되어 있지 않았어. 그 큰 키, 그 잔혹하도록 마른 몸이라니. 그 소름 끼치는 외계의 오만함이라니. 그 시리우스인들은 상아색과 파란색이었어. 티 하나 없이 깔끔한 금속 장비를 갖춘 남성 두 명이었지. 여성 시리우스인도 같이 있었어. 뼈처럼 단단한 입술에 언제나 희미한 미소를 띠고 있는 상아색과 남색의 아름다운 존재였지.

내 옆에 있다가 간 여자는 그들을 한 테이블로 손짓해 부르고 있었어. 따라오라고 재촉하는 강아지가 생각나더군. 나는 그 무리가 군중 속으로 사라지기 직전에 한 남자가 더 합류하는 것까지 봤어. 덩치가 크고, 비싼 옷을 입었는데, 얼굴에 어딘가 망가진 기색이 드러나는 남자였지.

그때 음악이 흘러나왔고 난 털투성이 옆자리 친구에게 사과해야 했어. 그리고 셸리스 댄서가 나오고, 지옥으로의 초대가 열렸지."

붉은 머리 남자는 잠시 침묵 속에서 자기 연민을 견뎠다. '어딘가 망가진 기색'이라는 표현은 오히려 그 자신에게 딱 맞아 보였다.

그는 얼굴을 찌푸렸다.

"그날 저녁 전체에 대해 유일하게 말이 되는 의견을 먼저 말해주지. 여기 빅정선에서도 늘 똑같은 걸 볼 수 있어. 프로키온인을 제외하면, 언제나 지구인이 외계인에게 꽂혀. 알겠어? 외계인이 다른 외계인에게 꽂히는 일은 아주 드물어. 외계인이 지구인에게 꽂히는 일은 절대 없지. 끼고 싶어 하는 건 지구인이야."

나는 고개를 끄덕였지만, 그는 나에게 말하고 있지 않았다. 목소리가 약에 취해서 유창해졌다.

"아, 그래. 나의 셸리스 이야기를 계속해야지. 내 첫 셸리스.

셸리스는 사실 체격이 잘 빠지진 않았어. 그 망토 아래는 말이야. 허리는 없는 거나 다름없고 다리는 짧지. 하지만 걸을 때면 물 흐르듯 움직여.

이 셸리스는 바닥까지 내려오는 보라색 비단 망토를 두르고 조명 안으로 흐르듯 걸어 나왔어. 쏟아지는 검은 머리채와 들쥐처럼 좁은 얼굴 위에 달린 술밖에 안 보였지. 두더지 같은 회색이었어. 셸리스는 온갖 색깔이 다 있거든. 모피는 탄력 있는 벨벳 같은데, 다만 색이 변해. 특이하게도 눈 주위와 입술과 다른 곳들이 말이야. 성감대냐고? 아, 이 사람아. 셸리스에게 그런 건 따로 없어.

그녀는 춤을 추기 시작했어. 사실은 우리가 춤이라고 부를 뿐이지, 그건 춤이 아니라 셀리스의 자연스러운 움직임이야. 우리의 미소와 비슷한 거랄까. 음악이 점점 강력해지고, 그녀의 팔이 나를 향해 파도치면서 망토가 조금씩 조금씩 허물어졌어. 그 아래에는 아무것도 입고 있지 않았지. 조명이 망토 틈 사이로 움직이는 그녀의 신체 문양을 비추기 시작했어. 두 팔이 흐르듯 벌어지고 내 눈에는 점점 더 많은 게 보였지.

그녀는 환상적인 문양으로 뒤덮여 있었고 그 문양들은 꿈틀거리고 있었어. 보디 페인트 같은 게 아니라, 살아 있었어. 미소 지었다는 말이 어울리겠군. 온몸이 성적으로 미소를 지으며 손짓하고, 윙크하고, 부추기고, 비죽거리고, 나에게 말을 걸고 있었어. 혹시 유서 깊은 이집트 벨리 댄스를 본 적이 있나? 그 정도는 상대도 안 돼. 셀리스가 뭘 할 수 있는지에 비하면 빈약한 막대기나 다름없지. 이건 터지도록 무르익은 과일이었어.

그녀가 두 팔을 올리자 눈부신 레몬색 곡선이 맥동하고, 파도치고, 뒤집고, 수축하고, 두근거리고, 믿을 수 없는 환영 인사를 발전시키고, 변화를 유도하며 속삭였어.

'와서 나한테 그걸 해, 해, 여기에서 해, 여기에서, 여기에서 지금.'

그 끝내주는 입의 번득임을 제외한 나머지 몸은 볼 수도 없었어. 그 방에 있던 인간 남자는 모두 다 그 놀라운 몸뚱이를 들이받고 싶어서 욱신거렸지. 진짜 통증이 있었다는 뜻이야. 심지어 다른 외계인들마저도 조용했어. 웨이터 하나를 꾸짖던 시리우스인 한 명 빼고는 모두가.

난 춤이 절반도 지나가기 전에 이미 마비 상태였어…. 그다음에 무슨 일이 일어났는지 다 늘어놓진 않겠어. 모든 게 끝나기 전에 싸움이 몇 번 있었고 난 다쳤지. 갖고 있던 돈은 사흘째 밤에 다 떨어졌어. 그녀는 다음 날 사라졌고.

당시에는 고맙게도 셀리스의 생활사에 대해 알아볼 시간이 없었어. 그 부분은 대학에 돌아가서, 행성 바깥일에 지원하려면 고체전자공학 학위를 따야 한다는 사실을 알고 난 후에야 알았지. 나는 의학부 예과였지만 그 학위를 따냈어. 그 무렵에는 제1정선까지밖에 못 갔지만.

아, 신이시여. 제1정선. 난 천국에 온 줄 알았어. 외계 우주선들이 들어오고 우리 화물선들은 나가고. 난 외계인들을 다 봤어. 수조에 든 탱키인은 워낙 드물어서 못 봤지만 말이야. 탱키는 여기에서도 한 주기에 몇 번 보는 정도거든. 이예레인도 그렇지. 이예레인은 제1정선에선 한 번도 본 적이 없었어.

집으로 가. 네게 번트반에 해당하는 고향 마을로 돌아가….

처음 이예레인을 봤을 때 난 모든 것을 떨어뜨리고 굶주린 사냥개처럼 이예레인을 따라 걷기 시작했어. 숨만 쉬면서. 그쪽도 당연히 사진은 봤겠지. 그들은 마치 잃어버린 꿈 같아. '인간은 사랑에 빠지며 사라지는 것을 사랑하노니.'* …그 냄새, 그 향기는 짐작도 못 할 거야. 난 닫힌 창을 '쾅' 하고 들이받을 때까지 따라갔어. 그리고 반 주기 동안 번 돈을 써서 그 생물에게 '별의 눈물'이라 불리는 술을 사서 보냈지…. 나중에 알고 보니 그 생물은 남성이었지만, 아무 차이도 없었어.

어차피 이예레인과 섹스를 하진 못해. 어림없지. 이예레인은 빛이나 뭐 그런 거로 번식하는데, 아무도 정확히는 몰라. 이예레인 여성을 하나 잡아서 시도해본 남자에 관한 이야기가 있어. 그들은 그 남자 가죽을 벗겼지. 떠도는 이야기들이란…."

그는 횡설수설하기 시작했다.

"그 바에서 봤던 여자는요, 그 여자를 다시 봤습니까?"

그는 어딘가에 가 있던 정신을 되찾았다.

"아, 그래. 그 여자 봤지. 그 여자는 시리우스인 두 명과 섹스를 했어. 시리우스 남성들은 둘씩 짝을 지어서 그걸 하거든. 여자에게는 그게 끝내주는 섹스라더군. 시리우스인의 부리에 쪼여도 버틸 수 있다면 말이야.

---

* 예이츠의 시 'Nineteen Hundred And Nineteen' 중 부분

난 모르겠어. 그 여자는 시리우스인들과 일이 끝나고 나서 몇 번인가 나한테 말을 해줬는데, 어쨌든 남자들은 별 필요가 없어. 그 여자는 워싱턴 시내로 떠났고… 그 남자, 그 가엾은 놈은 혼자서 시리우스 여성을 행복하게 해주려고 노력하고 있었어. 돈도 한동안은 도움이 되지만. 그 남자는 어떻게 됐나 모르겠어.”

그는 다시 한번 손목시계를 보았다. 나는 손목시계가 있었을 자리가 비어 있는 것을 보고 시간을 말해줬다.

“그게 지구에 보내고 싶은 메시지입니까? 외계인을 사랑하지 말라?”

“외계인을 사랑하지 말라…?” 그는 어깨를 으쓱였다. “그래. 아니. 아, 젠장, 모르겠어? 모든 게 빠져나가기만 할 뿐, 아무것도 돌아오지 않아. 그 가엾은 폴리네시아 사람들과 비슷하지. 우린 지구를 들어내고 있어. 원재료를 쓸어다가 쓰레기와 맞바꾸고 있지. 외계의 상징물들과 말이야. 그 옛날 폴리네시아 사람들이 테이프 플레이어, 코카콜라, 미키마우스 시계와 바꿨듯이.”

“그야, 무역 불균형에 대한 염려가 있기는 하지요. 그게 선생님의 메시지입니까?”

“무역 불균형이라.” 그는 냉소적으로 그 말을 반복했다. “폴리네시아 사람들에게 그런 말이 있었을까 궁금하군. 넌 이해하지 못해. 그렇지? 좋아, 넌 왜 여기 있지? 개인적으로 말이야. 여기 오기 위해서 얼마나 많은 사람을 뛰어넘고….”

그는 바깥에서 나는 발소리를 듣고 굳었다. 모퉁이에서 프로키온인이 희망에 찬 얼굴을 내밀었다. 붉은 머리 남자가 으르렁거리자 프로키온인은 물러났다. 나는 항의하려고 했다.

“아, 괜찮아. 우리에게 남은 즐거움이라곤 이것뿐이야. 아직도 모르겠나? 저게 우리야. 진짜 외계인들에게 우리가 딱 저렇게 보일 거야.”

“하지만….”

“그리고 이제 우린 싸구려 C-드라이브를 손에 넣었으니, 프로키온인처럼 사방에 퍼지겠지. 화물선 원숭이와 정선 직원으로 일하는 즐거움을 누리기 위해서 말이야. 아, 저들도 우리의 하찮은 서비스가 절묘하다는 점은 인정해. 우주 정거장들, 아름다운 별 종족들에게도 우리가 필요하다 이거지. 그냥 즐거운 편의를 위해서 말이야. 내가 학위 두 개로 여기서 뭘 하는지 아나? 내가 제1정선에서 뭘 했는지 말이야. 튜브 세정이었어. 청소. 가끔은 부품 교환도 하지."

나는 우물우물 중얼거렸다. 자기연민이 너무 심하지 않나.

"억울하냐고? 이봐, 이건 좋은 직업이야. 가끔 저들 중 하나와 이야기를 하거든." 그의 얼굴이 일그러졌다. "내 아내가 하는 일은… 아, 어차피 넌 모를 거야. 난 오직 그 기회를 위해 지구가 나에게 제공한 모든 것을 내던질 용의가 있었어. 아니, 실제로 맞바꿨지. 저들을 보기 위해서. 말을 걸기 위해서. 가끔 한 번씩 만지기 위해서. 아주아주 가끔이나마 날 만질 만큼 저급하고 변태적인 외계인을 찾기 위해서."

그의 목소리가 희미해지다가 갑자기 강해졌다.

"그리고 너도 그러겠지!" 그는 나를 노려보았다. "집으로 돌아가! 돌아가서 그만두라고 전해. 우주항을 닫으라고. 너무 늦기 전에 신이 저버린 외계 물건을 다 태워버리라고! 폴리네시아 사람들은 그러지 않았지."

"하지만 설마…."

"하지만 설마는 무슨! 무역 불균형이 아니라 생명의 불균형이야. 우리 출생률이 어떻게 돌아가는지는 모르지만, 핵심은 그게 아니야. 우리 영혼이 새어나가고 있어. 우린 피 흘리며 죽어가고 있다고!"

그는 숨을 들이마시고 목소리를 낮췄다.

"내가 말해주려는 건 말이야, 이건 함정이라는 거야. 우린 초정상 자극에 맞닥뜨렸어. 인간은 이계교배 생물이야. 우리 역사 전체가 이방인을 찾아내서 임신시키려는 길고 긴 충동이야. 아니면 이방인에게 임신당하거나. 남자만이 아니라 여자들도 마찬가지니까. 다른 피부색, 다른 코, 다른 엉덩이, 뭐든 간에 남자들은 그 다른 것과 성교를 하든지 시도하다가 죽어야 해. 그건 내재된 충동이야. 그리고 그 이방인이 인간이기만 하면 잘 돌아가지. 수백 년 동안 그런 방식으로 유전자가 순환했어. 하지만 이제 우린 뒤엉킬 수 없는 외계인들을 만났고, 시도만 하다가 죽기 직전이야…. 내가 내 아내를 만질 수 있을 것 같나?"

"하지만…."

"이봐. 새에게 자기 알처럼 생겼지만, 더 크고 더 화려한 가짜 알을 주면, 그 새는 자기 알을 굴려서 둥지 밖으로 버리고 가짜 알을 품는다는 거 알아? 그게 우리가 하고 있는 짓이야."

"지금까지 섹스 이야기만 했는데요…." 나는 인내심이 사라져 간다는 사실을 감추려 노력했다. "그런 이야기도 좋지만, 제가 듣고 싶었던 이야기는…."

"섹스라고? 아니야, 그보다 깊은 거야." 그는 머리를 문지르며 약 기운을 몰아내려 했다. "섹스는 일부에 불과해. 난 지구에서 온 선교사들, 교사들, 성적 욕망이 없는 사람들을 봤어. 교사들은… 교사들은 쓰레기 순환이나 부양기 미는 일로 끝을 맺지만, 아무튼 걸려들어. 결국은 여기에 남는다고. 한번은 잘생긴 노부인을 봤는데, 쿠어쉬바 어린아이의 하인이었어. 그 아이는 장애가 있어서 아이의 종족은 걔를 죽게 내버려두려고 했는데 말이야. 그 노부인은 아이의 토사물을 성수처럼 걷어내고 있었지. 이건 뿌리 깊은 문제야…. 영혼의 화물숭배 신앙이랄까. 우리 인간은 바깥을 꿈꾸게 만들어졌어. 저들은 그런 우리를 비웃지. 저들에겐 그런 충동이 없거든."

옆 복도에서 움직이는 소리가 들렸다. 저녁 식사를 위해 움직이는 흐름이었다. 이 남자를 떼어내고 그쪽으로 가야 했다. 아까의 프로키온인을 찾을 수 있을지도 몰랐다.

옆문이 열리더니 누군가가 우리 쪽으로 다가왔다. 처음에는 외계인인가 했는데, 기묘한 외골격을 입은 여자였다. 살짝 절뚝거리는 것 같았다. 그 여자 뒤로 저녁 식사를 하러 가는 인파가 언뜻 보였다.

그 여자가 들어오자 남자는 일어섰다. 그들은 서로에게 인사도 하지 않았다.

"정거장은 행복한 부부만 고용하거든." 그는 보기 싫은 웃음을 지으며 나에게 말했다. "우린 서로에게… 편의를 제공하지."

그는 여자의 한 손을 잡았다. 여자는 그가 잡은 손을 끌어당기자 움찔하더니, 남자가 이끄는 대로 몸을 돌렸다. 여자는 나를 쳐다보지도 않았다. "내가 소개하지 않더라도 용서하게나. 아내가 피곤에 절어 보이는군."

그녀의 한쪽 어깨는 기괴하게 흉이 져 있었다.

"가서 말해." 그는 떠나려고 몸을 돌리며 말했다. "집에 가서 말해." 그러더니 내 쪽으로 고개를 홱 돌리고 조용히 덧붙였다. "그리고 시르티스인한테 접근하면 죽여버린다."

그들은 복도를 따라 멀어져갔다.

나는 열린 문을 지나다니는 생물들에서 눈을 떼지 못하고 서둘러 테이프를 교체했다. 인간들 사이에서 갑자기 매끈한 진홍색 몸이 둘 보였다. 처음 보는 진짜 외계인들이었다! 나는 기록장치를 닫고, 그 외계인들 뒤에 끼어들기 위해 뛰었다.

THE GIRL WHO WAS PLUGGED IN

접속된 소녀

◆

이수현 옮김

1974년 휴고상 수상
1974년 네뷸러상 노미네이트
1974년 로커스상 노미네이트

들어봐, 좀비. 정말이지, 내가 당신에게 무슨 말을 할 수 있겠어. 우둔한 손으로 성장주 포트폴리오에 땀을 묻혀대는 당신에게 말이야. 엉망으로 AT&T* 주식을 굴리면서 열 번에 한 번 정도 20포인트 마진을 내는 주제에 대단한 곡예나 벌이는 줄 아는 당신. AT&T라고? 양복만 걸친 허수아비, 당신에게 뭔가 보여주지.

봐, 시체 아저씨. 지금 저 추물 여자애 보여?

저기 몰려든 사람들 속에서 자신의 신들을 바라보는 여자애 말이야. 미래 도시 (그렇다니까) 속의 추악한 소녀. 보라고.

소녀는 사람들 사이에 끼어서 목을 길게 빼고 혼이 빠져나올 듯한 눈으로 그들을 보고 있어. 사랑! 오오, 소녀는 그들을 사랑해! 소녀가 숭배하는 신들은 '바디 이스트'라는 가게에서 나오는 중이야. 사랑스럽게 장난치는 세 명의 젊은이. 평범한 길거리 사람들처럼 입었지만… 굉장해. 코에 끼운 필터 위에서 구르는 아름다운 눈동자, 수줍게 들어 올리는 손,

* 미국 최대 전화회사. 지금도 거대한 기업이지만 이 소설이 나온 1970년대까지는 전화 산업을 독점하고 있었다.

사람이라고 생각할 수 없을 만큼 부드러운 입술이 녹아내리는 게 보여? 군중들이 신음해. 사랑! 이 끓어오르는 거대도시 전체가, 이 재미난 미래 전체가 자기네 신들을 사랑해.

신들을 믿지 않아, 아저씨? 기다려봐. 당신을 흥분시키는 게 무엇이건 미래에는 당신을 위한 신이, 맞춤식 신이 있어. 이 군중들의 소리에 귀를 기울여봐. "그이의 발을 만졌어! 아아, 그분을 만졌어!"

저 위 GTX 타워 안에 있는 자들도 신들을 사랑하지. 나름의 방식으로, 나름의 이유로.

길거리의 구질구질한 소녀, 그 소녀는 그저 사랑할 뿐이야. 신들의 아름다운 삶, 신비스러운 문제들을 좋아할 뿐이지. 아무도 소녀에게 신을 사랑했다가 나무가 되거나 한숨이 되어버린 인간들에 관해 이야기해주지 않았어. 백만 년이 지나도 그 소녀는 신들에게 사랑받을 수도 있다는 생각을 하지 못할 거야.

젊은 신들이 지나가자 소녀는 벽에 짓이겨져. 신들은 빈 공간을 움직여. 위에서 홀로캠이 위아래로 움직이지만, 그 그림자가 신들에게 떨어지는 일은 없어. 그들이 안을 들여다보면 가게 진열창에 비친 사람들의 모습은 마법처럼 사라지고, 갑자기 발밑에 엎드린 거지만 남지. 그들은 거지에게 동전을 줘. "아아아아!" 군중들이 넘어가.

한 명이 신형 타이머 같은 물건을 번득이더니 셋이 함께 셔틀을 잡으러 달려가. 보통 사람들처럼. 셔틀은 그들을 위해 멈춰. 또 한 번의 마법이랄까. 군중들은 한숨을 쉬며 물러서. 신들은 가버렸어.

(한참 떨어진, 그러나 연결은 되어 있는 GTX 타워 안 어느 방에서는 분자 회로가 닫히고, 세 개의 보고 테이프가 돌아가지.)

우리의 소녀는 경호원들과 홀로캠 장비가 떠나는 동안 계속 벽에 짓눌려 있어. 그 얼굴에서 열애의 감정이 사그라져. 잘된 일이야. 이젠 소녀가 세상에서 제일 못생긴 여자라는 걸 알아볼 수 있거든. 뇌하수체 이상이 만들어낸 거대한 기념물이랄까. 그 소녀에게 손을 댈 외과의는 없을 거야. 소녀가 미소를 지으면 반은 자주색인 턱이 왼쪽 눈을 물어뜯을 지경이 돼. 꽤 어리긴 하지만 그걸 누가 신경이나 쓰겠어?

군중들이 소녀를 밀치고 지나가. 덕분에 당신 눈에도 소녀의 뒤죽박죽 몸통과 짝짝이 다리가 보이지. 소녀는 구석에서 안간힘을 쓰며 젊은 신들이 탄 셔틀 꽁무니에 마지막으로 사랑을 날려 보내. 그런 다음 평소처럼 어둡고 고통스러운 얼굴로 돌아간 소녀는 사람들의 발에 차이면서 움직이는 도로에 뛰어들어. 이동 도로는 다른 도로와 교차해. 소녀는 길을 가로지르다가 발을 헛디디고, 안전 난간과 부딪치기도 해. 마침내 소녀는 공원이라고 이름 붙여진 작고 황량한 장소로 나가. 스포츠 쇼가 진행 중이야. 머리 위에서 3차원 농구 경기가 벌어지고 있어. 그러나 소녀는 자유투가 유령처럼 귓가를 스쳐 지나가는 와중에도 벤치에 앉아서 몸을 둥글게 말 뿐이야.

그 후에는 같은 벤치에 앉은 사람들의 관심도 끌지 못하는 수상쩍은 손과 입의 움직임이 몇 번 있을 뿐이야. 하지만 당신은 이 도시가 궁금할 테지? 미래에서는 어떤지?

아, 여기엔 즐길 거리가 잔뜩 있지. 그렇게 먼 미래도 아니야, 아저씨. 하지만 일단은 TV와 라디오를 박물관에 처박은 홀로비전 기술 같은 SF적인 물건은 제쳐놓자. 아니면 위성 중계로 전 지구의 통신과 운송 체계를 통제하는 전달장(傳達場)도. 이건 소행성 채굴업의 부산물이었지. 우린 지금 그 소녀를 지켜보고 있어.

한 가지만 더 알려줄게. 스포츠 쇼나 길거리를 보고 알아차렸으려나? 광고가 없어. 아무 광고도.

그래. 광고가 없어. 눈 튀어나올 일이지?

주위를 둘러보라고. 이 재미난 세상 어디에도 광고 게시판, 간판, 슬로건, 선전 문구, 추천사, 번쩍거리는 정보가 없어. 브랜드? 그런 건 가게에 붙은 감질나게 작은 화면에밖에 나오지 않아. 그걸 광고라고 부르긴 힘들지. 어때?

생각해봐. 소녀는 아직도 그 자리에 앉아 있어.

소녀는 GTX 타워의 기단부 바로 밑에 자리를 잡았어. 말 그대로 밑이야. 위를 올려다보면 돔으로 이루어진 신들의 땅 사이, 탑 꼭대기에 얹힌 거품의 반짝임을 볼 수 있어. 그 거품 안에는 이사회실이 있지. 문에는 깔끔한 청동판이 붙어 있어, '전 지구 방송 법인 GTX'. 특별한 의미가 있다는 건 아니지만.

우연히도 난 그 방에 여섯 명이 있다는 걸 알아. 그중 다섯은 법적으로 남성이고, 여섯 번째는 쉽사리 누군가의 어머니라고 생각하기는 힘든 여자야. 주목할 만한 구석은 없어. 결혼식에서 한 번 보고 부고란에서 다시 보더라도 아무런 인상도 남지 않을 거야. 비밀스러운 세계 경찰을 생각했다면 관둬. 난 알아. 선(禪)이시여, 알고말고! 육욕? 권력? 영광? 그들을 보면 실망할 거야.

그 위에서 그들이 하는 일은 여러 가지, 특히 통신 문제의 질서를 잡는 거야. 왜곡과 혼란이 없는 세상을 위해 인생을 바쳤다고 할 수도 있겠지. 그들에게 있어 악몽은 정보의 대출혈이야. 채널이 엉키고, 구상이 잘못 이행되고, 혼돈이 스며들어오는 사태지. 어마어마한 재산은 그들에게 걱정만 끼칠 뿐이야. 부(富)는 계속해서 새로운 무질서의 지평을 열거든. 사치? 그들은 재단사가 입혀주는 옷을 입고, 요리사가 만들어주는 음식을 먹어. 저기 앉은 늙은이를 봐. 이샴이라는 저 늙은이는 데이터볼에 귀를 기울이면서 물을 마시고 얼굴을 찌푸려. 저 물은 이샴의 의료진이 처방한 거야. 끔찍한 맛이 나지. 저 데이터볼에는 그의 아들 폴에 대한 심란한 메시지가 담겨 있어.

하지만 이제 다시 내려갈 시간이야. 까마득히 밑에 있는 우리의 소녀에게로. 봐!

그 소녀가 바닥에 엎어져 있어.

구경꾼들 사이에서 미적지근한 동요가 일어나. 다들 소녀가 죽었다고 생각하지만, 소녀는 입에 거품을 약간 물어서 그 사실을 부정하지. 이윽고 소녀는 미래의 우수한 구급차에 실려 가. 일단 우리 구급차보다는 확실히 향상된 물건이야.

지역 구호 병원에서는 늘 일하는 광대 무리가 성스러운 대걸레 청소부의 도움을 받아가며 늘 하던 처치를 해주지. 우리의 소녀는 질문지에 답을 할 수 있을 만큼 살아나. 미래라고 해도 질문지도 채우지 않고 죽을 순 없는 거야. 마침내 소녀는 고개를 들어. 길고 어두운 병동 안에서 침대에 기진맥진해 누운 거대한 몸뚱이….

다시 한참 동안 아무 일도 일어나지 않아. 소녀가 자신이 아직 살아 있다는 것을 깨닫고 실망에 눈물을 흘리고 있다는 점만 빼면.

하지만 어딘가에서 GTX 컴퓨터 한 대가 다른 컴퓨터를 건드리고, 자정이 될 무렵에는 무슨 일인가가 일어나지. 처음에는 병원 직원 한 명이 와서 소녀 주위에 가림막을 쳐. 뒤이어 사업가 같은 더블릿을 입은 남자가 우아하게 병동을 걸어와. 남자는 몸짓으로 직원에게 시트를 젖히고 가라고 해.

지친 짐승 소녀는 커다란 손으로 별로 보고 싶지 않은 부위를 움켜쥐고 몸을 끌어올려.

"버크? P. 버크가 네 이름이지?"

"마, 맞아요." 듣기 싫은 목소리. "겨, 경찰이세요?"

"아니야. 경찰이 곧 오긴 하겠지. 공공장소에서의 자살은 중죄니까."

"…죄송해요."

그는 손에 기록기를 쥐고 있어. "가족은 없지?"

"네."

"열일곱 살이구나. 시립대학 1년 차고. 뭘 공부했지?"

"어, 언어요."

"흐음. 뭔가 말해봐라."

이해할 수 없는 소음.

남자는 소녀를 뜯어봐. 가까이에서 보면 이 남자도 썩 우아하진 않아.

심부름꾼이라는 느낌이지.

"왜 자살을 하려고 했지?"

소녀는 회색 시트를 끌어당기며 죽은 쥐 정도의 위엄을 담아서 남자를 응시해. 이 남자에게도 장점이 하나 있긴 해. 두 번 묻지 않는다는 것.

"말해봐. 오늘 오후에 브레스를 봤니?"

죽은 사람이나 다름없던 소녀의 얼굴에 소름 끼치는 사랑의 표정이 떠올라. 브레스라는 건 패배자들의 숭배를 받고 있는 세 명의 젊은 신이야. 또 한 가지 장점인데, 남자는 소녀의 표정을 읽을 줄 알아.

"그들을 만나보고 싶니?"

소녀의 눈이 기괴하게 튀어나와.

"너 같은 사람이 할 만한 일이 있다. 힘든 일이지. 잘만 해내면 늘 브레스나 다른 스타들을 만나게 될 거야."

이 남자가 제정신인가? 소녀는 자기가 죽은 게 분명하다고 생각해.

"하지만 그러려면 넌 다시는 네가 아는 사람을 만날 수 없어. 절대, 두 번 다시는. 넌 법적으로는 죽는 거야. 경찰도 알지 못할 것이고. 해보고 싶니?"

한 번 더 묻는 사이 소녀의 거대한 턱이 천천히 열려. "내가 어느 불구덩이에 뛰어들어야 하는지 보여만 줘요." 마침내 P. 버크의 지문이 남자의 기록기에 들어가고, 남자는 악취를 풍기는 소녀의 몸을 아무 혐오감도 보이지 않고 끌어안아. 이 남자가 또 어떤 일을 할지 궁금해지는군.

그 후는… 마법이야. 갑자기 조용하고 걸음 잰 요원들이 P. 버크를 공공병원의 간이침대와는 사뭇 다른 들것에 눕히고 매끄럽게 달려가서 사치스럽기 그지없는 구급차(여기엔 진짜 꽃이 꽂혀 있어!)에 싣더니 어딘지 모를 곳을 향해 진동 한 번 없이 달려가. 그곳은 따뜻하고 반짝이고 간호사들은 친절해. (누가 돈으로 순수한 친절을 살 수 없대?) 그리고 깨끗한 구름이 P. 버크를 감싸서 어리둥절한 잠으로 이끌어.

…그 잠은 영양 공급과 세탁과 더 많은 잠, 한밤중처럼 졸린 오후 시

간들, 정중하고 사무적인 목소리와 상냥한 (그러나 몇 안 되는) 얼굴들, 그리고 끝도 없고 고통도 없는 피하주사와 기묘한 마비감으로 이루어져 있어. 나중에는 낮과 밤이 안정되고, 회복상태가 찾아와. P. 버크는 원래 건강이라는 것을 알지 못하다 보니 그저 겨드랑이에 피었던 곰팡이가 사라졌다는 사실만 알아차리지. 그리고 소녀는 일어서서 점점 커지는 믿음 속에 새로운 얼굴들을 따라가. 처음에는 비틀거리며, 완전히 나아지고 나서는 힘찬 걸음걸이로 짧은 복도를 지나 검사, 검사, 검사, 또 검사를 받으러 다니는 거야.

자, 이제 우리의 소녀를 다시 봐.

이전보다 더 추해진 모습을. (이게 신데렐라의 변신 이야기라고 생각했어?)

외모가 더 나빠진 건 듬성듬성한 머리털 사이로 삐져나온 전극 잭들, 살과 금속이 섞인 다른 부분들 때문이야. 어떻게 보면 목에 두른 칼라와 척추판 덕분에 좋은 점도 있어. 어차피 그 목을 보고 싶어 할 사람은 없으니까 말이야.

P. 버크는 이제 새로운 일자리 훈련을 받을 준비가 됐어.

훈련은 그녀의 방에서 이루어지지. 딱 품위 수업이라고 부를 만한 훈련이야. 걷고, 앉고, 먹고, 말하고, 코를 풀고, 비틀거리고, 오줌을 누고, 딸꾹질을 할 때마저도 상큼하게 보이도록 하는 훈련. 코를 풀거나 어깨를 으쓱하는 동작 하나도 매혹적으로, 섬세하게, 전에 기록된 어떤 동작과도 다르게. 남자의 말대로, 힘든 일이었어.

그렇지만 P. 버크는 재주를 드러내. 그 끔찍한 몸뚱이 속 어딘가에 이런 미친 기회가 오지 않았다면 영원히 묻혀버렸을 가젤이, 천녀(天女)가 숨어 있었던 거야. 미운 오리 새끼가 가는 모습을 보라지!

다만 반짝이는 머릿결을 흔들며 웃으면서 발을 내딛는 건 P. 버크 본인은 아니야. 어떻게 그럴 수가 있겠어? P. 버크는 잘 해내고 있지만, 다른 뭔가를 통해서 하고 있어. 그 뭔가란 어느 모로 보나 살아 있는 소녀지. (경고했잖아, 이건 미래라니까.)

처음 그들이 저온 보관함을 열고 새로운 몸을 보여주었을 때, P. 버크는 딱 한 마디밖에 하지 않았지. 눈을 크게 뜨고 숨을 들이켜며. "어떻게?"

간단해. 정말로. 마대자루를 입고 슬리퍼를 신은 P. 버크가 훈련의 기술적인 부분을 담당하는 남자 조와 함께 복도를 걷는 모습을 잘 봐. 조는 P. 버크의 생김새에 신경 쓰지 않아. 아예 알아차리지도 못했지. 조는 시스템 매트릭스를 아름답다고 여기는 남자거든.

그들은 1인용 사우나처럼 생긴 커다란 캐비닛과 조가 이용하는 콘솔이 있는 어두운 방으로 들어가. 이 방엔 유리벽이 있는데 지금은 깜깜해. 그리고 당신한테만 알려주는 건데, 이 모든 일이 일어나는 곳은 펜실베이니아주 카본데일이었던 장소 부근에서 150미터 지하야.

조는 재미있는 기계장치가 잔뜩 들어찬 사우나형 캐비닛을 열어. 우리의 소녀는 옷을 벗고 맨몸으로, 아무 당황한 기색 없이 걸어 들어가. 열성적이기까지 해. 그녀는 얼굴을 아래로 하고 들어가서 소켓에 잭을 꽂아. 조는 그녀의 굽은 몸 위로 조심스럽게 문을 닫아. 철컹. 그녀는 보지도 듣지도 움직이지도 못해. 그녀는 이 순간을 싫어해. 하지만 그 후에 오는 시간은 얼마나 사랑하는지!

조가 콘솔 앞에 앉으면 유리벽 너머에 불이 들어와. 유리벽 너머에는 복슬복슬하고 귀여운 물건이 가득한 소녀풍의 침실이 있어. 침대에는 노란 머리 타래를 늘어뜨린 작은 실크 언덕이 누워 있지.

침대보가 움직이더니 확 밀려나.

침대에 일어나 앉은 것은 당신이 본 중에 가장 사랑스러운 소녀야. 소녀는 바르르 몸을 떨어. 천사들을 위한 포르노랄까. 그녀는 작은 두 팔을 위로 쭉 펴고, 머리채를 흔들고, 졸음과 활기가 가득한 얼굴로 주위를 둘러봐. 소녀는 손으로 자그마한 가슴과 배를 쓸어보려는 충동에 저항하지 못하지. 알겠지만 그 완벽한 소녀 몸을 끌어안고 기쁜 눈으로 당신을 바라보는 건 바로 신도 끔찍해 할 P. 버크니까 말이야.

다음 순간 이 새끼 고양이는 침대에서 폴짝 뛰어내리다가 바닥에 엎어져.

어두운 방 안에 있는 캐비닛에서는 목이 졸리는 듯한 소리가 나. P. 버크가 연결된 팔꿈치를 문지르려다가 살에 박힌 전극이 비틀리면서 갑자기 두 개의 몸으로 나뉜 거야. 조는 마이크에 대고 중얼거리면서 입력 신호를 조절해. 혼란은 지나가. 이제 괜찮아졌어.

불 켜진 방에서는 요정이 일어나서 유리 벽에 귀여운 눈길을 던지더니 투명한 칸막이 안으로 들어가. 화장실이야. 달리 뭐겠어? 그녀는 살아 있는 소녀고, 살아 있는 소녀는 자고 일어나면 화장실에 가야 하는걸. 설령 두뇌가 옆방 사우나 캐비닛 안에 있다고 해도 말이야. 그리고 P. 버크는 그 캐비닛 안에 있지 않아. 화장실 안에 있지. 원격 조종으로 신경계를 움직이게 해주는 폐쇄 훈련 회로에 대해 안다면 무척 간단한 이야기야.

한 가지 확실히 해두자. P. 버크는 자기 뇌가 캐비닛 안에 있다고 느끼지 않아. 그 사랑스러운 작은 몸뚱이 안에 들어가 있다고 느끼지. 손을 씻을 때 물이 뇌 위로 흐른다고 느껴? 그렇지 않지. 손에 물이 닿는다고 느끼잖아. 그 '느낌'이라는 것이 사실은 두 귀 사이에 있는 전기화학적인 덩어리에 깜박이는 잠재 패턴이고, 그 깜박임도 손에서부터 긴 회로를 따라 전해진다 해도 말이야. 마찬가지로 캐비닛 안에 있는 P. 버크의 뇌도 화장실에서 손에 닿는 물을 느끼는 거야. 신호가 빈 공간을 건너뛰어서 전해진다 해도 대단한 차이는 없어. 전문용어를 듣고 싶다면 이건 연관 감각, 또는 감각 참조라고 알려져 있고 당신도 평생 해온 일이라고 말해둘게. 됐어?

우리 꿀단지가 화장실 훈련을 할 시간이네. 그녀는 칫솔을 잘 다루지 못해. P. 버크는 거울에 보이는 얼굴에 도무지 익숙해지질 못하거든.

그런데 가만, 이 소녀 몸은 어디에서 온 거지?

P. 버크도 그렇게 물어봐. 말을 질질 끌면서.

"사람들이 키워." 조가 말해줘. 조는 살과 피에 대해서는 무심하기 짝이 없어. "PD라고, 태반 디캔터(Placental Decanter)라고 하는데. 유전자를 조작한 자궁이야. 나중에 조종 임플란트를 삽입하지. 원격 조종사가 없으면 채소나 다름없어. 발을 봐. 굳은살이 하나도 안 박혔지." (조도 그들에게 들어서 아는 거야.)

"오… 오, 그 아이는 굉장해요…."

"그래, 괜찮은 솜씨지. 오늘은 걸으면서 말하기를 해볼래? 넌 빨리 따라오고 있어."

실제로 그래. 조의 보고서를 비롯한 간호사와 의사와 스타일리스트의 보고서는 위층에 있는, 사이버 의료 기술자이면서도 대부분 시간에 프로젝트 관리자로 일하고 있는 텁수룩한 남자에게 가. 그의 보고서는 다시… GTX 회의실로 갈 거라고? 그렇진 않아. 이게 무슨 대단한 큰일이라고 생각했어? 관리자의 보고서는 그냥 위로 올라가. 중요한 건 보고서가 청신호라는 점이지. P. 버크는 장래가 촉망돼.

그래서 텁수룩한 남자, 테슬라 박사는 프로젝트 개시 절차에 착수해. 예를 들면 중앙 데이터 은행에 우리 아기 고양이의 서류를 만드는 일이지. 판에 박힌 절차야. 그리고 그녀를 현장에 내보내는 단계별 예정표가 있지. 간단해. 오프라인 홀로쇼에 잠깐 노출하면 될 일이야.

그다음엔 그 애를 소재로 자금을 댄 행사를 그려내야. 예산 회의, 허가, 조정 작업이 필요해. 버크 프로젝트는 인원을 보강해서 성장하기 시작해. 그리고 이름을 짓는다는 너절한 일이 있지. 테슬라 박사는 언제나 이름 때문에 턱수염을 쥐어뜯어.

갑자기 P. 버크의 'P'가 '필라델피아'의 약자라는 것이 밝혀지면서 묘한 방식으로 이름이 튀어나와. 필라델피아? 점성가는 그 이름을 좋아하고, 조는 그 이름이 동일시에 도움을 줄 거라 생각해. 필라델피아 하면 연상되는 것들이 많지. 형제애, 자유의 종, 메인라인, 낮은 기형 발생률, 기타 등등. 별명을 필리라고 할까? 필라? 푸티? 델피? 이건 좋아, 나빠? 결국은 신중하게 '델피'라는 선언이 떨어져. ('버크'는 아무도 기억하지 못하는 성으로 바뀌고.)

이제 따라와. 우린 이 지하 호텔의 공식적인 체크아웃 시간에 와 있어. 훈련 기간이 끝나는 시점이지. 털북숭이 테슬라 박사가 있고, 예산 담당 두 명과 테슬라 박사가 뜨거운 플라스마처럼 다루는 말 없는 아버지 풍의 남자가 그 뒤를 받치고 있어.

조가 문을 활짝 열자 그녀가 수줍게 걸어들어와.

그들의 귀여운 델피, 흠 하나 없는 열다섯 살의 소녀.

테슬라는 델피를 모두에게 소개해. 델피는 진지한 어린아이지. 당신에게까지 흥분이 느껴질 만큼 멋진 일을 겪은 아름다운 아기야. 델피는 미소 짓지 않아. 활짝 웃지. 그 환한 기쁨이야말로 옆방에 잊힌 괴물 P. 버크를 보여주는 전부야. 하지만 P. 버크는 스스로가 살아 있다는 걸 몰라. 살아 있는 건 델피야. 머리끝부터 발끝까지 따스한 델피.

예산 담당처럼 생긴 남자 하나가 욕망이 어린 콧김을 뿜다가 얼어붙어. 아버지 풍의 남자, 캔틀이 헛기침을 하고 입을 열어.

"흠, 아가씨, 일에 착수할 준비는 됐니?"

"네, 선생님." 요정은 진지하게 대답해.

"어디 보자. 네가 우리를 위해 무슨 일을 할지 누가 말해줬나?"

"아니요." 조와 테슬라는 조용히 숨을 내쉬지.

"좋다." 그는 소녀에게 눈을 맞추고 옆방에 있는 눈먼 두뇌를 들여다봐. "광고가 뭔지 아니?"

캔틀 씨는 충격을 주기 위해 느물거리는 말투로 말해. 델피는 눈을 크게 뜨고 작은 턱을 들어 올려. 조는 P. 버크가 소화하는 복잡한 표정을 보고 황홀경에 빠지고. 캔틀 씨는 기다리지.

"그건, 어, 예전에 사람들에게 자꾸만 뭔가를 사라고 하던 거죠." 델피는 침을 삼켜. "지금은 금지예요."

"맞았다." 캔틀 씨는 엄숙한 얼굴로 등을 기대. "예전 같은 광고는 법으로 금지되어 있지. '합법적인 상품 이용 이외에 판매를 촉진하기 위해 전시하는 행위.' 과거에는 모든 제작자가 능력만 있다면 방식이나 장소,

시간에 구애받지 않고 자유로이 상품을 권유할 수 있었어. 모든 매체와 대부분의 풍경이 터무니없이 경쟁적인 전시물로 가득했지. 나중에는 그것 자체가 비경제적이 되었고, 대중이 저항했어. 이른바 '헉스터 법령' 이후부터 판매자들은, 그대로 인용하자면 '합법적인 이용 중에나 점포 내 판매를 통해서만 전시하거나 제품 자체를 내보일 수' 있게 되었지." 캔틀 씨는 몸을 앞으로 기울여. "이제 말해보렴, 델피. 사람들은 왜 저 물건이 아니라 이 물건을 살까?"

"음…." 델피는 곤혹스러워하는 모습도 매혹적이야. "음, 보고 마음에 들었거나 아니면 다른 사람에게 들어본 걸까요?" (친구라고 하지 않는 데에서 P. 버크의 냄새가 나는군.)

"부분적으로는. 너도 바디리프트를 썼겠지. 그걸 왜 샀지?"

"전 바디리프트를 쓴 적이 없는데요."

캔틀 씨는 얼굴을 찌푸려. 도대체 이 원격은 어느 바닥에서 끌고 온 거야?

"흠, 그럼 넌 무슨 브랜드의 물을 마시지?"

"수도꼭지에서 나오는 물요." 델피는 초라하게 말해. "끄, 끓여먹으려고 하긴 했지만…"

"맙소사." 캔틀 씨는 얼굴을 찌푸려. 테슬라는 긴장하지. "그래, 그 물을 어디에 끓였지? 조리기에?"

반짝이는 노란 머리가 끄덕거려.

"어느 브랜드의 조리기를 샀니?"

"제가 산 건 아니에요." 겁먹은 P. 버크가 델피의 입술로 말해. "그렇지만… 어느 조리기가 제일 좋은지는 알아요! 아난가가 번베이비를 쓰거든요. 브랜드를 봤어요."

"바로 그거야!" 캔틀이 다시 한번 아버지처럼 환하게 웃어. 번베이비에 대한 설명 역시 힘차고. "아난가가 쓰는 걸 보고 좋은 물건이겠구나 생각했단 말이지? 실제로 좋은 물건이지. 그렇지 않다면 아난가처럼 뛰어난 사람이 쓸 리가 있겠니. 정확한 생각이야. 자, 델피, 이제 네가 우리를 위해 무슨 일을 할지 알겠지. 넌 제품을 몇 가지 보여주는 거야. 그렇게 힘들 것 같진 않지?"

"네, 전혀요…." 당혹한 아이의 눈빛. 조는 흡족한 얼굴로 델피를 바라보고 있어.

"그리고 절대로, 절대로 네가 무슨 일을 하고 있는지는 말하지 말아야 해." 캔틀의 눈은 이 매혹적인 아이 뒤에 있는 두뇌를 꿰뚫고 있어.

"우리가 왜 이런 일을 부탁하는지 궁금하겠지. 당연해. 아주 심각한 이유가 있단다. 사람들이 이용하는 온갖 제품들, 음식이며 건강식품이며 조리기며 청소기며 옷이며 자동차까지, 모두 다 사람들이 만드는 거야. 누군가가 몇 년이나 힘들여 설계하고 만든 것이지. 어떤 사람이 더 좋은 제품을 만들기 위한 훌륭한 아이디어를 떠올렸다고 하자. 그 사람은 공장과 기계를 구하고 노동자를 고용해야 해. 그런데 사람들이 그 제품에 대해 들어볼 기회도 없다면 어떻게 하지? 입소문은 너무 느리고 신뢰성이 없어요. 아무도 그 사람의 새로운 제품과 마주치지 못하고 그게 얼마나 좋은지 알지 못할 수도 있어, 그렇지? 그러면 그 사람과 그 사람을 위해 일한 모든 사람은 다 파산하겠지, 그렇지? 그러니까 델피야, 많은 사람이 훌륭한 새 물건을 볼 방법이 있어야 하는 거야, 그렇지? 어떻게? 네가 이용하는 모습을 보여줌으로써. 넌 그 사람에게 기회를 주는 거야."

행복한 안도감에 델피의 자그마한 머리가 끄덕거려.

"네, 선생님. 이제 알겠어요. 하지만 이렇게 이치에 맞는 일인데 왜…."

캔틀은 서글픈 미소를 지어.

"과잉 반응이지. 역사는 진자 운동을 해요. 사람들은 과잉 반응을 해서 꼭 필요한 사회 발전을 짓밟으려는 잔인하고 비현실적인 법을 통과시키지. 이런 일이 일어나면 상황을 이해하는 사람들은 진자가 제자리로 돌아올 때까지 할 수 있는 일을 해야 하는 거야." 그는 한숨을 쉬어. "헉스터 법은 지독하고 비인간적이야, 델피. 의도는 좋았지만 말이다. 그런

법을 엄격하게 지켰다간 대혼란을 부르고 말 거야. 우리 경제, 우리 사회가 무참히 파괴되고 우린 동굴로 돌아가겠지!" 캔틀은 내면의 열정을 드러내고 있어. 헉스터 법의 시행이 더 엄격해졌다간 캔틀도 데이터 은행에 단순 입력이나 하는 일로 돌아갈 테니까.

"그게 우리의 의무야, 델피. 엄숙한 사회적 의무. 우린 법을 어기는 게 아니야. 넌 제품을 쓰는 것뿐이야. 하지만 사람들은 알아도 이해하지 못하겠지. 방금 네가 그랬던 것처럼 당황할 거야. 그러니까 이 일에 대해 아무에게도 말하지 않도록 아주, 아주 조심해야 한단다."

(그리고 누군가는 아주, 아주 조심스럽게 델피의 언어 회로를 감시하겠지.)

"이제 모든 게 분명해졌지? 여기 귀여운 델피는⋯." 캔틀은 옆방에 있는 보이지 않는 생물에게 말하고 있어. "작은 델피는 멋지고 신나는 삶을 살게 될 거다. 사람들이 지켜보는 소녀가 되는 거야. 그리고 사람들이 알면 기뻐할 만한 훌륭한 물건을 써서 그런 물건을 만드는 좋은 사람들을 도와주는 거야. 순수한 사회 공헌이지." 캔틀은 설득 수준을 높여. 옆방에 있는 생물은 분명 델피보다 나이가 많을 테니까.

델피는 사람을 매혹하는 진지한 얼굴로 이 말을 곱씹어.

"하지만 선생님, 제가 어떻게⋯?"

"조금도 걱정할 것 없어. 네 뒤에서 다른 사람들이 가장 가치 있는 물건을 골라줄 거야. 네 일은 그저 그 사람들 말대로 하는 거야. 그 사람들이 어떤 옷을 입고 파티에 갈지, 어떤 태양광 자동차와 뷰어를 살지 안내해줄 테니 그대로만 하면 돼요."

파티라니. 옷이라니. 태양광 자동차라니! 델피의 분홍색 입술이 벌어져. 17년 동안 굶주린 P. 버크의 머리에서 상품 후원의 윤리 문제는 멀리 날아가버리고.

"이제 네 입으로 네가 할 일을 말해보렴, 델피."

"네. 저, 전 지시받은 대로 파티에 가고 물건을 사고 쓸 거예요. 공장에서 일하는 사람들을 돕기 위해서요."

"그리고 무엇이 중요하다고 했지?"

"아, 아무에게도 알려선 안 돼요. 아무것도요."

"맞았어." 캔틀 씨에게는 대상이 성숙하지 못한 태도를 보일 때 써먹는 다른 연설이 있어. 하지만 지금은 열성적인 태도밖에 보이지 않아. 좋은 일이지. 두 번째 연설은 별로 즐거운 내용이 아니거든.

"다른 사람들을 위해 좋은 일을 하면서 누리고 싶은 즐거움은 다 누리다니, 행운의 소녀로구나. 그렇지?" 캔틀 씨는 활짝 웃어. 의자 옮기는 소리가 나. 이 건은 통과된 거야.

조는 히죽거리며 델피를 데리고 나가. 이 가엾은 바보는 그들이 델피의 조정 상태에 감탄하고 있다고 생각하지.

이제 델피가 세상에 나갈 시간이야. 이 시점에서는 상위 채널들이 쓰여. 행정면에서는 거래 예정표가 펼쳐지고, 하위 프로젝트가 돌아가. 기술면에서는 전용 대역폭을 얻어내고. (전달장에 대해서 했던 말 기억나?) 새로운 이름이 델피를 기다리고 있어. 그녀가 듣는 일은 없을 이름이야. 어느 아름다운 사람이 깨어나지 않은 후부터 쭉 GTX 탱크 안을 조용히 돌고 있던 기다란 2진법 배열.

그 이름은 탱크 밖으로 튀어나와 펄스 변조를 거듭하고, 순간적인 위상 변화를 거친 다음 기가 대역의 빔에 실려서 과테말라 상공에 자리 잡은 동기 위성으로 날아올라. 위성이 되쏜 빔은 3만 2천 킬로미터 아래에 있는 지구로 돌아가면서 광대한 에너지장을 형성, 북미 전역의 준비된 수요 지점들을 채워주지.

이 에너지장이 있기에, 적절한 신용 등급만 있다면 당신도 GTX 계기판 앞에 앉아서 브라질에서 금속 추출 장치를 조종할 수 있어. 또는, 물위를 걷는 능력처럼 간단한 자격만 있으면 밤이고 낮이고 모든 가정과 휴식처와 놀이 공간에 흘러나가는 네트워크 홀로캠 쇼에 스풀*을 하나

* 임시 저장 데이터

쏠 수도 있지. 아니면 대륙 전역에 통신 장애를 일으킬 수도 있어. GTX가 이 입력기들을 신줏단지처럼 모시는 것도 놀라울 게 없지?

델피의 '이름'은 정보의 흐름 속에 분석 가능한 작은 잉여물로 나타나. 그녀가 알면 무척 자랑스러워했겠지. P. 버크에게는 마법으로 보였을 거야. P. 버크는 로봇 자동차의 원리도 이해하지 못했어. 하지만 델피는 로봇이 아니야. 꼭 다른 이름을 붙여야 한다면 '왈도*'라고 불러줘. 사실 델피는 그냥 소녀야. 특이한 곳에 뇌를 둔 진짜 살아 있는 소녀, 단순히 전송량이 많은 실시간 온라인 시스템일 뿐이지. 당신과 별로 다르지 않아.

이렇게 거창한 (그래 봤자 이 사회 기준으로는 대단한 것도 아니지만) 하드웨어가 필요한 건 델피가 지하실에서 걸어 나오게 하기 위해서야. 어디에나 존재하는 에너지장을 흡수하면서 걸어 다니는 이동형 수요점이 되는 거지. 그리고 델피는 걸어 나와. 금속 성분이 약간 포함된 연약한 소녀의 살과 피 40킬로그램이 새로운 삶으로 이행하기 위해 햇살 속으로 걸어 나와. 의료기술자 동행을 포함하여 모든 것이 마련된 소녀. 사랑스럽게 걷다가, 머리 위에 있는 커다란 안테나 시스템을 보고 멈춰 서서 눈을 크게 뜨지.

P. 버크라는 존재가 지하에 남겨졌다는 사소한 사실에는 아무 의미도 없어. P. 버크는 완전히 자각을 상실하고 행복하게 껍질 속의 조개가 되어 있거든. (P. 버크의 침대는 이제 옆방의 왈도 캐비닛 방으로 옮겨졌어.) 그리고 P. 버크는 그 캐비닛 안에 있지 않아. P. 버크는 콜로라도의 멋진 소고기 사육지에 멈춘 에어밴에서 내리는 중이고, 그녀의 이름은 델피야. 델피는 살아 있는 샤롤레 송아지들, 푸른 스모그를 등지고 금색으로 빛나는 살아 있는 미루나무와 포플러를 보고 살아 있는 풀을 밟으며 지역 감독관의 아내에게 환영받으러 가고 있어.

---

* 로버트 하인라인의 단편소설 〈왈도〉에서 따온 말로 원격 조종 가능한 도구 또는 신체를 뜻한다.

감독관의 아내는 델피와 그 친구들의 방문을 고대하고 있고, 행복한 우연으로 이곳에는 자연숭배자들을 위한 영상 한 조각을 만들어줄 홀로캠 장비가 있지.

이젠 당신이 직접 대본을 쓸 수도 있을 거야. 그사이에 델피는 구조적인 통신 방해에 대한 몇 가지 원칙과, 신경계에서 6만 4천 킬로미터나 거리를 둠으로써 생기는 짧은 시간 지연을 처리하는 방법을 익히지. 맞았어. 대여 홀로캠 기계를 갖고 있는 사람들은 당연히 금색 포플러 그늘이 송아지보다 델피 옆에서 훨씬 근사해 보인다는 사실을 알게 될 거야. 그리고 델피의 얼굴은 산맥도 더 멋있어 보이게 만들지… 산맥이 눈에 들어온다면 말이지만. 그러나 자연숭배자들은 당신 생각만큼 즐거운 족속은 아니야.

"바르셀로나에서 보자, 아가." 현장 감독이 짐을 싸면서 심술궂게 말해.

"바르셀로나요?" 델피는 감지할 수 없이 짧은 시차를 두고 그 말을 되풀이해. 델피는 감독의 손이 어디에 있는지 보고 뒷걸음질 쳐.

"뭐, 개 잘못은 아니잖아." 다른 남자가 지친 듯 말해. 그는 회색빛으로 바랜 머리를 뒤로 젖혀. "그래도 이 영상 알맹이도 약간은 남겨주겠지."

델피는 가공 편집을 위해 촬영 스풀을 GTX 수송기에 실으러 가는 그들을 지켜봐.

그녀의 손은 남자가 건드렸던 가슴께를 배회하고 있어. 카본데일 지하에서는 P. 버크가 델피의 몸에 대해 새로운 점을 알아낸 참이야.

자신의 보기 흉한 몸과 델피의 차이점에 대해서.

델피에게 미각이나 후각이 거의 없다는 건 쭉 알고 있었어. 그들이 설명해줬지. 대역폭이 워낙 많이 필요해서라고 말이야. 태양광 자동차를 타기 위해 맛을 볼 필요는 없잖아? 그리고 델피는 촉각도 약간 무뎌. 이것 역시 익숙해진 일이야. P. 버크의 거죽을 간질이는 천도 델피에게는 서늘한 플라스틱 필름처럼 느껴지지.

하지만 공백 지점들이 있어. 그걸 알아차리는 데 시간이 좀 걸렸지.

델피에게는 사생활이라는 게 거의 없어. 그 정도 투자 규모면 그럴 수가 없지. 그래서 짐승 같은 P. 버크의 몸은 느끼는데 델피의 섬세한 살결은 느끼지 못하는 지점들이 있다는 사실을 알아차리는 게 느렸던 거야. 흐음! 그녀는 이것도 채널 간격 때문이라고 생각해. 그리고 델피가 된다는 행복에 묻혀 잊어버리지.

여자가 어떻게 그런 걸 잊을 수 있느냐고 묻겠지? 이봐. P. 버크는 당신이 생각하는 여자라는 개념에서 한참 떨어진 존재야. 그래, 생물학적으로 여성이긴 하지. 하지만 그녀에게 성교란 고통과 같은 말이야. 사실 P. 버크도 처녀는 아니야. 자세한 이야기는 듣고 싶지 않을걸. P. 버크는 당시 열두 살 정도였고 문제의 기형 애호가들은 앞이 안 보일 정도로 취해 있었지. 제정신이 돌아왔을 때 놈들은 P. 버크를 내던져버렸어. 몸에 작은 구멍이 나고, 다른 곳에 치명적인 구멍이 뚫린 채로. P. 버크는 몸을 질질 끌고서 처음이자 마지막 피임 주사를 사러 갔어. 그때 점원이 낸 믿을 수 없다는 듯한 웃음소리가 아직도 귓가에 쟁쟁해.

왜 델피가 거의 느낄 수도 없는 햇빛 속에서 섬세하고 작지만, 감각 없는 몸을 쭉 펴면서 웃었는지 알겠어? 그녀는 활짝 웃으면서 말하지. "전 준비됐어요."

무슨 준비? 부루퉁한 남자가 말한 대로 바르셀로나지. 그 남자의 자연 영상이 축제의 아마추어 부문에서 잘 나가고 있거든. 우승! 냉소적으로 말하던 그 남자 말대로 수많은 노천채굴지와 죽은 물고기들이 지워졌겠지만, 델피의 사랑스러운 얼굴이 그렇게 잘 보이는데 누가 신경 쓰겠어?

그러니까 이제 델피의 얼굴과, 다른 구미 당기는 면들을 바르셀로나의 플라야 누에바*에 선보일 차례야. 델피의 채널을 유로-아프리카 동기 위성으로 바꿔야 한다는 뜻이지.

---

* Playa nueva, 스페인어로 새로운 바닷가

그들은 델피를 밤에 이동시켜. 카본데일 지하 150미터에 살고 있는 델피의 사소한 일부가 10억분의 1초 만에 이루어진 채널 전환을 알아차리지도 못하게 말이야. 그녀는 간호사가 식사 여부를 확인해야 할 만큼 흥분해 있어. 회로는 델피가 '자는' 동안, 그러니까 P. 버크가 왈도 캐비닛에서 나와 있는 동안에 바뀌지. 그러니까 P. 버크가 다시 연결되어 델피의 눈을 뜨더라도 달라진 것은 없어. 당신이라면 전화 신호가 어디로 중계되는지 알겠어?

이제 콜로라도에서 온 우리 아가씨를 공주님으로 만들어줄 사건이 생기지.

문자 그대로야. 상대는 왕자거든. 왕세자는 아니지만 신군주제에서 빛을 받은 옛 스페인 왕가 혈통이지. 그리고 그는 조류, 그러니까 동물원에서 보는 것 같은 새들에 대한 정열을 불태우는 여든한 살의 노인이야. 갑자기 밝혀진 사실이지만 그는 전혀 가난하지 않아. 그 반대야. 그의 늙은 누이는 세금 전담 변호사의 면전에서 크게 웃어준 다음, 왕자가 비틀거리며 델피에게 구혼하러 가는 사이 집안의 대농장을 복구하기 시작해. 그리고 어린 델피는 신들의 삶을 살기 시작하지.

신들이 뭘 하냐고? 뭐든 아름다운 걸 하지. 하지만 (캔틀 씨 기억해?) 핵심은 물건들이야. 신이 빈손으로 다니는 거 봤어? 마법 허리띠나 다리가 여덟 개 달린 말도 없이 신이라고 할 순 없는 거야. 하지만 예전에는 석판이나 날개 달린 샌들이나 처녀들이 끄는 전차만으로도 평생 신답게 살 수 있었지. 이젠 아니야! 이제 신들은 신상품으로 나아가. 델피의 시대에는 신상품 사냥이 땅과 바다를 뒤집고 손가락을 미친 듯이 별들에까지 뻗어. 그리고 신이 가진 것을, 인간은 욕망하지.

그래서 델피는 늙은 왕자의 수행을 받아가며 흥청망청 유로상점 쇼핑을 시작해. 사회 붕괴를 막고자 임무를 다하는 것이지.

사회 뭐라고? 광고가 금지되어 150억 소비자가 홀로캠 쇼에만 달라붙어 있는 세상에 대해 캔틀 씨가 한 말 못 들었어? 자가 동력이 갖춰진 변덕스러운 신 하나면 당신을 무너뜨릴 수 있다니까.

코 필터 대참사만 해도 그래. 산업은 거의 눈에 띄지 않는 효소 필터를 만들어내느라 수십 년을 땀 흘렸어. 그런데 어느 날 팝 음악의 신 몇 명이 커다란 자주색 박쥐 같은 코 필터를 달고 나온 거야. 그 주말엔 전 세계 시장이 자주색 박쥐를 달라고 비명을 질렀지. 그 후에는 새 머리와 해골로 옮겨갔지만, 산업이 겨우 재정비를 해냈을 무렵에 광신도들은 새 머리를 버리고 구체형 분사기로 옮겨갔어. 미칠 노릇이지!

그걸 백만 가지 소비재 산업에 옮겨봐. 왜 경제가 조종 가능한 신들을 거느리고 있는지 이해가 갈 거야. 특히나 치안부가 준비하고 납세자들이 기꺼이 GTX에, 그러니까 누구나 알다시피 공기업이나 다름없는 조직에 넘겨준 아름다운 연구개발 결과가 있다면 말이야.

그래서 당신은, 혹은 GTX는 P. 버크 같은 존재를 찾아내어 델피를 안겨주는 거야. 델피는 상황을 질서 정연하게 유지하도록 도와. 그녀는 당신이 하라는 대로 해. 왜냐고? 그렇지 참, 우린 캔틀 씨의 연설을 끝까지 듣지 못했지.

하지만 지금은 뉴스와 오락물의 급류 속에서 델피의 오똑한 코가 얼마나 반짝이는지 시험할 차례야. 그리고 델피는 눈에 띄어. 소비자 반응은 이 시골 소녀가 새로운 콜로이드질 바디 쥬얼*을 휘감았을 때 수많은 시청자가 앰프를 켠다는 걸 보여줘. 그녀는 중요한 장면도 몇 개 기록하지. 왕자가 태양광 자동차를 선물했을 때 그 차를 시험해보는 작은 델피의 모습은 탁월해. 신용도 높은 지역에서 든든한 반응이 나와. 캔틀 씨는 행복하게 흥얼거리면서 델피를 베네룩스 서브넷에서 방송하는 〈웍 비너스〉라는 알몸 요리 쇼에 내보내려던 계획을 취소하지.

그리고 이제 끝내주게 화려한 구식 혼례식이야! 대농장에는 무어식 목욕탕과 다리 여섯 개 달린 은촛대와 진짜 흑마가 있고, 스페인 바티칸

---

* 몸에 붙이는 보석 계통

에서 그들을 축복해줘. 마지막을 장식하는 건 늙은 왕자와 그의 귀여운 비(妃)를 장식 발코니에 두고 벌어지는 남미식 무도회야. 왕자비는 은실로 뜬 레이스를 휘감은 눈부신 인형, 발아래에서 소용돌이치는 새로운 친구들에게 장난감 비둘기를 마구 집어 던지는 인형이지.

왕자는 사랑스러운 애인이 흥분한 모습에 환하게 웃으며 코를 실룩여. 주치의가 도움이 많이 됐지. 이제 태양광 자동차며 온갖 말도 안 되는 짓거리를 참아냈으니 이제……

아이는 그를 올려다보며 '브레스'에 대해 이해할 수 없는 말을 지껄여. 듣고 보니 자기가 꼭 불러달라고 애원했던 세 명의 가수에 대한 불평이야.

"그들은 변했어요!" 그녀는 이상하다는 듯이 말해. "그들이 변한 게 아닌가요? 너무 음울하네요. 전 지금 정말 행복해요!"

그리고 델피는 고딕 바르구에노*에 기대어 기절해.

델피의 미국인 듀에너**가 도움을 부르며 달려 올라가. 델피의 눈은 크게 뜨여 있지만, 델피는 그 자리에 없어. 듀에너는 델피의 머리카락 사이를 찌르고 뺨을 때려. 늙은 왕자는 얼굴을 찌푸려. 세금 문제에 훌륭한 해결책이라는 것 이상은 델피에 대해 아무것도 알지 못하지만, 그는 젊었을 때 매사냥꾼이었지. 그의 머릿속에 매를 자극하기 위해 던지던, 날개 끝을 자른 작은 새들이 떠올라. 그는 즐거움을 기대했던 정맥 불거진 손을 주머니에 넣고 새로운 새장을 만들러 떠나.

그리고 델피도 수행원을 대동하고 왕자의 새로 생긴 요트로 떠나. 심각한 문제는 아니야. 그저 8천 킬로미터 거리에 150미터 지하에서 P. 버크가 지나치게 잘하고 있었던 탓이지.

그들도 그녀의 자질이 뛰어나다는 건 알고 있었어. 조는 한 번도 그렇게 빨리 적응하는 원격 조종자를 본 적이 없다지. 방향 감각 상실도, 거부 반응도 없어. 정신의학 담당은 자기 소외에 관해 이야기해. P. 버크는

---

* 스페인과 동양식이 혼합된 목재 캐비닛
** 스페인에서 소녀를 감독하는 여자 가정교사나 보호자를 가리키는 말

물 만난 물고기처럼 델피 안으로 들어가.

그녀는 먹지도 자지도 않아. 혈액을 순환시키기 위해 캐비닛에서 끌어내는 것도 불가능해. 그녀의 소름 끼치는 엉덩이엔 괴사가 생겼어. 위기야!

그래서 델피는 요트 위에서 긴 '잠'을 자고 P. 버크는 구멍 숭숭 뚫린 머릿속에 자신이 델피를 위험에 몰아넣고 있다는 사실을 때려 넣어. (정신의학 담당을 따돌리고 플레밍 간호사가 생각해낸 방법이야.)

그들은 그 밑에 수영장을 파고 (이것도 플레밍 간호사 생각이야.) P. 버크가 오가게 해. 그녀는 수영을 좋아해. 당연한 일이지만 그들이 그녀를 다시 연결하자 델피도 수영을 좋아하지. 점심때마다. 요트의 수중 날개 옆에서 델피는 마시지 말라는 경고를 들은 파란 바닷속을 헤엄쳐. 그리고 밤마다 세상의 어깨너머에서는 어느 못난이가 어두운 굴속에서 살균된 수영장을 휘젓고 다니지.

이윽고 요트는 날개를 걷어 올리고 델피를 캔틀 씨가 준비해둔 프로그램으로 실어다주지. 장기 프로그램이야. 델피의 제품 수명은 최소 20년이야. 1단계는 브리오니아에서 자카르타에 이르는 지역에서 내키는 대로 뛰어놀고 있는 젊은 억만장자 떼거리에 접근하는 거야. '페브'라는 경쟁자와 마주칠지도 모르지만.

이 호화로운 작품의 통상 활동이란 게 뭐. 정치도 정책도 없고 주요 예산 품목은 직함과 요트뿐이야. 그것들이야 어차피 놀고 있는 것이고. 줄거리는 델피가 왕자를 위해 희귀새를 얻으러 간다는 거야. 아무려면 어때? 중요한 건 아이티 지역이 더 이상 방사능에 물들어 있지 않다는 점이고, 봐! 신들이 그곳에 있어. 마침 새로운 카리브 웨스트의 행복한 섬 중에는 GTX 통신속도를 감당할 수 있는 곳이 몇 군데 있고, 사실 그 중 두 개는 GTX 산하에 있지.

그렇다고 여기 기삿거리가 되는 인물들 모두가 태엽 감긴 로봇이라고 생각하고 싶진 않을 거야. 사실 잘만 배치하면 많이 필요하진 않아. 델피는 조가 점검을 위해 바랑키야에 왔을 때 물어봐. (P. 버크의 입은 꽤 오랫동안 말을 하지 않았지.)

"나 같은 사람이 많아요?"

"아무도 너 같진 않아. 아직 밴 앨런대(Van Allen Belt)의 진동이 들어오니?"

"내 말은요. 데이비 같은 경우는 어때요. 그 애도 원격인가요?"

(데이비는 델피가 새들을 모으게 돕고 있는 청년이야. 노출이 좀 더 필요한 성실한 빨강 머리지.)

"데이비? 그 녀석은 맷이 키우는 놈들 중 하나야. 심리에 뭔가를 했지. 그들에겐 채널이 없어."

"진짜들은 어때요? 쥬마 밴 오, 아니면 알리, 아니면 짐 텐은?"

"쥬마는 두뇌가 있어야 할 곳에 GTX 베이직을 품고 태어났지. 그 여자는 짜증만 날 뿐이야. 짐은 점성술사가 하라는 대로 해. 그나저나 얘야, 어쩌다가 네가 진짜가 아니라는 생각을 하게 됐지? 넌 진짜 중의 진짜야. 즐겁게 지내고 있지 않은 거야?"

"아, 조!" 그녀는 가느다란 팔로 조와 조의 분석망을 끌어안으며 말해. "아, 좋아요, 정말 좋아요!"

"그래, 그래." 조는 분석망을 접으면서 델피의 노란 머리를 토닥이지.

5천 킬로미터 북쪽, 지하 150미터에서는 왈도의 빛 안에 잊혀진 괴물이 감정에 북받쳐.

실제로 그녀는 즐겁게 지내고 있어. P. 버크라는 악몽에서 깨어나서 미녀이자, 스타가 되어 있는 자신을 발견하는 것? 낙원에 뜬 요트에서 몸단장을 하고 장난감을 가지고 놀고 축연에 참석하고 친구들과 인사를 나누고 (그녀에게, P. 버크에게 친구라니!) 홀로캠에 보기 좋은 각도로 몸을 돌리는 것? 즐거울 수밖에!

그리고 그 감정은 드러나. 누구든 델피를 보면 알 수 있지. 꿈은 이루어질 수 있다는 것을.

은고리 안에 흥분한 마코앵무를 담고 데이비의 수중 바이크 뒷자리에 앉아서 달리는 그녀를 봐. "오, 데이비, 우리도 겨울에 저기에 가요!" 혹은 한쪽 무릎에서부터 햇불처럼 휘감아 올라가는 드레스를 입고 고베 사람들에게서 일본 기나나무에 대해 배우는 그녀를. 이 드레스는 텍사스에서 히트칠 거야. "데이비, 저거 진짜 불인가요?" 행복한, 행복한 소녀!

그리고 데이비. 데이비는 그녀의 애완동물이자 아기야. 그녀는 데이비의 빨간 머리를 정돈하는 걸 좋아해. (P. 버크는 경탄하면서 델피의 손가락으로 데이비의 곱슬머리를 빗어 내리지.) 물론 데이비는 맷의 작품이야. 성 불능은 아니지만 충동이 아주, 아주 낮지. (맷이 그 적은 예산으로 뭘 하는지 정확히 아는 사람은 없지만 맷의 아이들은 쓸모가 있고, 그중 한둘은 유명해지기도 했어.) 데이비는 델피에게 안성맞춤이야. 사실 정신의학 담당은 그녀가 데이비를 침대에 데려가게 해. 한 바구니에 든 두 마리 새끼고양이랄까. 데이비는 델피가 죽은 사람처럼 '잔다'는 사실에 신경 쓰지 않아. 그건 카본데일에 있는 P. 버크가 자신의 우울한 육체를 돌보기 위해 왈도에서 나오는 시간이지.

우스운 건 말이야. 대부분의 수면 시간 동안 델피는 P. 버크가 돌아와서 조종해주길 기다리며 가만히 똑딱거리는 작고 싱그러운 채소거든. 그런데 가끔 델피가 '자다가' 혼자서 미소를 짓거나 살짝 움직일 때가 있어. 한번은 "그래"라는 소리를 내기도 했지.

카본데일 지하에 있는 P. 버크는 아무것도 몰라. 그녀도 잠들어 있거든. 물론 델피의 꿈을 꾸고 있지. 달리 뭘 하겠어? 하지만 텁수룩한 테슬라 박사가 델피의 "그래" 소리를 들었더라면 턱수염이 순식간에 새하얗게 셌을 거야. 델피는 꺼져 있으니까 말이야.

테슬라 박사는 몰라. 데이비는 워낙 아둔해서 못 알아차리고, 델피의 호위대 우두머리인 홉킨스는 그때 그녀를 감시하고 있지 않았거든.

그리고 그들에겐 지금 생각해야 할 다른 문제가 있어. '차가운 불' 드레스가 50만 개나 팔렸고, 히트친 곳도 텍사스만이 아니었거든. GTX 컴퓨터는 이미 그 사실을 알고 있어. 그들이 알래스카에서 소량의 마코앵무 주문이 있었다는 사실을 여기에 연결하자 이 문제는 사람들의 관심 안에 들어오지. 델피는 특별한 존재가 된 거야.

이건 문제야. 델피는 원래 제한된 소비자층을 노린 물건이거든. 그런데 페어뱅크스*에서 마코앵무를 살 정도로 엄청난 폭발력이 드러났으니, 이대로는 요격 미사일로 쥐를 잡는 격이 된 거지. 완전히 새로운 게임이 됐어. 테슬라 박사와 아버지 같은 캔틀 씨는 본부를 들락거리기 시작하지. 두 사람 다 무서워하는 7층의 족제비 같은 청년에게서 빠져나갈 수 있을 때는 둘이 같이 식사를 해가면서.

마침내 델피를 칠레에 있는 GTX 홀로캠 엔클라베로 보내서 주류 홀로쇼에 내보내자는 결론이 나. (왕자비께서 뭐 하러 연기를 하는지는 신경 쓰지 말고.) 홀로캠 복합단지는 과거 관측소들이 깨끗한 공기를 이용했던 산들을 점거하고 있지. 홀로캠의 종합환경 껍질은 몹시 비싸고, 전자 공학적으로도 굉장히 안정적이야. 그 안에서 배우들은 기록에서 벗어나는 일 없이 자유롭게 돌아다닐 수 있고, 장면 전체든 선택된 부분이든 시청자의 집에서는 완전한 3차원으로 구현돼. 주위에 분자 교란만 없으면 젖꼭지를 3미터까지 확대할 수 있을 정도야.

엔클라베는 어떻게 보이느냐 하면… 헐리우드와 버뱅크에 대해 아는 건 전부 다 잊어버려. 델피가 내려다보는 건 깔끔하고 거대한 버섯 농장이야. 대형 시합을 위한 초대형 돔에 이르기까지 온갖 크기의 돔이 다 있어. 질서 정연해. 예술이 창조적인 현란함 위에 번성한다는 생각은 오래전에 끝났어. 예술에 필요한 것은 컴퓨터라는 사실이 증명되면서 끝났지. 왜냐하면 이 쇼비즈니스는 TV와 할리우드가 절대 갖지 못했던 것을 갖고 있거든. 자동 내장 시청자 피드백이라는 것이지. 샘플, 시청률, 비평, 여론 조사? 그런 건 잊어버려. 전달장만 있으면 세상 모든 수신기에서

* 알래스카 중부에 있는 도시

실시간 응답 정보가 당신 콘솔로 들어와. 대중에게 방송 내용에 대한 영향력을 더 미친다는 명목으로 시작된 짓거리지.

그렇다니까.

시험해봐. 콘솔 앞에 앉아. 시청자를 성별, 연령, 교육 정도, 민족 등등 원하는 대로 쪼개고 시작해. 금방 나와. 피드백이 따끈따끈하면 그걸 더 줘. 따뜻해, 더 따뜻해져, 뜨겁게 달궈! 직격이야. 그들의 살갗 밑에서 근질거리는 비밀, 그들의 심장 속에 숨어 있는 꿈. 그 꿈의 이름을 알 필요는 없어. 입력을 조절하는 손과 응답을 읽는 눈만 있으면 그들을 신으로 만들 수 있어. 그리고 누군가가 당신을 위해서 똑같은 일을 하는 거야.

하지만 자장 제거 포트와 역장 중계기를 통과하여 그 껍질들 안을 처음으로 들여다본 델피의 눈에는 무지개밖에 보이지 않아. 다음으로 보이는 것은 그녀에게 내려오는 기술자와 모양내는 사람들, 그리고 사방에 있는 1,000분의 1초짜리 타이머야. 열대지방의 호사는 끝났어. 그녀는 이제 조 단위의 돈이 들어가는 주류 쇼에, 세계의 행복한 머릿속에 끊임없이 모습과 소리와 살과 피와 눈물과 웃음과 현실이라는 꿈을 공급하는 호스 입구에 달린 깔때기에 와 있어. 작은 델피는 황금 시간대에 무수히 많은 집으로 쏟아져 들어갈 것이고 낭비할 기회는 없어. 일을 해야지!

다시 한번 델피는 재능을 드러내. 물론 실제로 일하는 건 카본데일 지하에 있는 P. 버크지만, 누가 그 산송장을 기억하겠어? 적어도 P. 버크 본인은 아니지. 그녀는 몇 달 동안 자기 입으로는 한마디도 하지 않았는걸. 델피는 깨어났을 때 P. 버크의 꿈조차 떠올리지 않아.

쇼 자체에 대해서는 신경 쓰지 마. 어찌나 오래 한 드라마인지 살아 있는 사람 중에 줄거리를 정리할 수 있는 사람이 없어. 델피의 시험 출연은 어느 과부와 그녀의 죽은 남편의 동생의 기억상실에 대한 내용이야.

델피가 출연하고 나자 전 세계가 흥분으로 번쩍이고, 피드백이 나타나. 짐작한 대로야. 선풍적인 인기! 사람들은 알아본다니까.

보고서는 내적인 이입이 어쩌고저쩌고 소리를 하면서 일련의 수치를 보여주지. 이건 델피가 Y염색체를 가진 사람에게만이 아니라 여자들과 그 사이에 존재하는 모든 성별에 먹힌다는 뜻이야. 백만 번에 한 번 나올까 말까 한 엄청난 잭팟이라고.

배우 진 할로 기억해? 확실히 섹시 스타지. 하지만 개리와 멤피스에 사는 자기 가정밖에 모르는 주부들이 밝은 금발에 미치광이 같은 눈썹을 한 바닐라 아이스크림 여신이 자신들의 귀여운 아기라는 걸 어떻게 안 걸까? 그리고 왜 진에게 자기들 남편은 그녀에게 부족한 작자들이란 경고를 담은 편지를 쓴 걸까? 왜? GTX 분석가들도 몰라. 하지만 그런 일이 일어날 때 어떻게 해야 할지는 알지.

(조류 보호지역으로 돌아간 늙은 왕자는 컴퓨터의 도움 없이도 그걸 알아차리고, 생각에 잠긴 얼굴로 상복을 입은 어린 신부를 보고 있어. 그는 이 상황이 자신의 연구를 완성하는 데 박차를 가할 수도 있다고 생각하지.)

흥분은 카본데일 지하굴까지 미치지. P. 버크는 일주일에 두 번씩 진료를 받고, 만성 염증을 일으킨 전극을 교체해. 플레밍 간호사는 간호는 별로 하지 않고 출입문과 신분증명에만 주로 매달리는 조수를 얻어.

그리고 칠레에서 작은 델피는 스타들의 거주지역에 새집을 얻고 일터에 실어다줄 전용차를 받아. 홉킨스에게는 새로운 컴퓨터 단말기와 24시간 일정 관리인이 붙어. 일정이 왜 그렇게 꽉 차냐고?

물건들 때문이지.

그리고 이제 말썽이 일어나. 당신은 예상했을지도 모르지만.

"자기가 뭐라고 생각하는 거야? 소비자 대표?" 카본데일에서는 캔틀 씨의 아버지 같은 얼굴이 일그러져.

"그 애는 당황했어요." 플레밍 간호사는 완고하게 말하지. "그 애는 사람들을 돕는 일과 좋은 신상품에 대한 당신 말을 믿는다고요."

"그건 좋은 물건들이야." 캔틀 씨는 반사적으로 대꾸하지만, 화는 가라앉았어. 부적절한 반응을 보여봐야 얻을 게 없거든.

"플라스틱 때문에 뾰루지가 났고 글로필을 먹고는 현기증이 났대요."

"맙소사, 누가 그걸 삼키랬나." 테슬라 박사가 흥분해서 끼어들어.

"당신이 사용하라고 했잖아요." 플레밍 간호사는 주장을 굽히지 않아.

캔틀 씨는 이 문제를 어떻게 흉포한 젊은 상사에게 전할지 생각하느라 바빠. 뭐였지, 황금알을 낳는 거위 이야기였나?

캔틀 씨가 7층에 뭐라고 했는지는 몰라도, 칠레에서는 델피에게 불쾌감을 준 상품들이 사라져. 그리고 델피의 탱크 매트릭스에는 신호가 하나 들어가지. 대충 번역하자면 'PR 지수를 상쇄하는 저항값' 신호랄까.

이건 델피에 대한 시청자 반응이 특정 수준 아래로 떨어지지만 않으면 그녀의 불평을 참아줄 거라는 뜻이야. (반응이 떨어졌을 때 무슨 일이 일어날지는 알 필요 없겠지.) 그리고 그걸 보상하기 위해 그녀의 노출 시간은 다시 올라가. 그녀는 이제 쇼에 정기적으로 출연하고, 반응은 여전히 올라가고 있어.

산책길에서의 사고 장면으로 꾸며진 홀로캠 껍질 속, 뜨거운 레이저 아래에 있는 그녀를 봐. (이 쇼는 침술 교실의 앞잡이를 출연시키고 있어.)

"전 이 바디리프트 신제품이 안전하다고 생각하지 않아요." 델피가 말하고 있어. "몸에 우스꽝스러운 파란 점이 생겨요. 보세요, 비어 씨."

델피는 몸을 흔들어서 상쾌한 무중력감을 부여하는 소형 반중력 장치가 붙은 부분을 보여줘.

"그럼 켜두지 마, 델피. 그 얼룩 좀 봐. 달라붙기 시작했어."

"하지만 제가 입지 않는다면 정직하지가 못해요. 이걸 더 절연처리하거나 그래야 하는 것 아닌가요?"

이 사건의 피해자가 된 이 쇼의 사랑받는 늙은 아버지는 소리죽여 웃지.

"내가 말하마." 비어 씨가 중얼거려. "자, 이제 그 부분이 보이도록 이렇게 구부리면서 뒷걸음질 치는 거야. 알았지? 그 상태로 두 박자 정지."

고분고분하게 몸을 돌리다가 눈부신 조명 사이에 보이는 이상한 까만 눈동자와 눈이 마주친 델피는 눈을 가늘게 떠. 꽤 젊은 남자가 포트 옆을 혼자 거닐고 있어. 보아하니 이 촬영실을 쓰려고 기다리는 것 같아.

지금쯤 델피는 온갖 기묘한 표정으로 자신을 보는 청년들의 눈빛에 익숙해졌지만, 지금 이 눈빛은 익숙하지 않아. 심장이 내려앉도록 침울하고… 비밀을 아는 듯한 눈빛.

"눈! 눈 크게 떠, 델피!"

그녀는 그 낯선 젊은이를 훔쳐보면서 틀에 박힌 연기를 해. 그는 그녀를 마주 바라봐. 그는 뭔가를 알고 있어.

촬영이 끝나자 그녀는 슬며시 그에게 다가가.

"위험하게 사는군, 말괄량이 아가씨." 냉정하지만 바닥에는 뜨거움이 깔린 목소리.

"무슨 뜻이죠?"

"상품을 헐뜯다니. 죽고 싶은 건가?"

"하지만 그건 잘못된 물건이에요. 그 사람들은 몰라도 난 알아요. 입어봤으니까."

청년의 냉정함이 흔들려.

"정신 나갔군."

"아, 그 사람들도 확인해보면 내가 옳다는 걸 알 거예요." 그녀는 설명해. "그저 너무들 바빠서 그래요. 내가 말하면…."

그는 작은 꽃 같은 얼굴을 내려다보고 있어. 그는 입을 열었다가 닫고…. "그런데 이 구정물 속에서 뭘 하고 있는 거지? 당신 누구야?"

그녀는 당황해서 말해. "난 델피예요."

"선(禪)이시여, 맙소사."

"뭐가 잘못됐나요? 그런데 당신은 누구시죠?"

그녀의 수행원들이 청년에게 목례를 하고 그녀를 데리고 나가.

"시간 초과해서 죄송합니다." 대본 담당이 말해.

청년은 뭐라고 중얼거리지만, 그녀의 호위대가 서둘러서 꽃으로 치장한 전용차를 향해 달려가는 바람에 무슨 말인지 들리지 않아.

(보이지 않는 점화 장치가 켜지는 소리 들려?)

"그 사람 누구였어요?" 델피는 머리 손질 담당에게 묻지.

머리 손질 담당은 일하면서 무릎을 굽혔다가 펴고 있어.

"폴. 이샴. 3세." 그는 말하면서 빗을 입에 물어.

"그게 누군데요? 난 모르겠어요."

그는 빗을 입에 문 채로 중얼거려. "농담이지?" GTX 엔클라베 한가운데서 그 남자를 모를 수는 없는 일이니 말이야.

다음 날 델피와 쇼에 등장하는 하반신 마비자가 탄산 수영장을 이용하러 갔을 때, 그곳에는 타올을 터번처럼 두른 어둡게 그을린 얼굴이 있어.

그녀는 바라보지.

그도 바라보고.

다음 날도 마찬가지야.

(자동 시퀀서가 끼어드는 소리 들려? 시스템이 연결되고, 연료가 돌기 시작해.)

가엾은 늙은 아버지 이샴. 질서를 중시하는 사람을 불쌍하게 여겨줘야지. 그가 아들을 얻을 때, 유전 정보는 아직도 오래된 유인원 식으로 전해져. 조금 전까지만 해도 고무 오리를 든 행복한 꼬맹이였던 것이 눈을 돌렸다가 다시 보면 도대체 무슨 생각을 하는지 알 수 없는 덩치 크고 건장한 낯선 사람이 되어 있지. 질문할 게 없는 곳에서 질문들이 나오고, 도덕적인 분노라고 주장하는 폭발이 일어나. 아빠는 상황이 관심을 불러일으킬 때면 (그 회의실에서라면 시간이 걸릴지도 모르기는 하지만) 자기가 할 수 있는 일을 하지만, 영생의 음료가 없는 한 문제는 쉽게 해결되지 않아.

그리고 젊은 폴 이샴은 물건이야. 영민하고 조리 있고 섬세한 영혼의 소유자이며 혈기 왕성하지. 폴과 그 친구들은 아버지들이 만들어놓은 세상에 질려서 숨이 막힐 지경이야. 그리고 폴은 오래지 않아서 그의 아버지 집안에는 여러 채의 저택이 있으며 GTX 컴퓨터라 해도 모든 것을 다른 모든 것에 연결하지는 못한다는 것을 깨닫지. 그는 소위 '변방 예술 후원' (델피를 '발견'한 자유계약 팀도 그런 후원금을 받았지) 같은 쇠퇴한 프로젝트를 하나 찾아내. 그리고 그로부터 폴 이샴이라는 기민한 젊은이가 GTX 홀로캠 시설에 손을 댈 수 있다는 사실이 밝혀지지.

그리하여 그는 작은 무리를 이끌고 이 버섯 농장까지 와서 델피가 출연하는 쇼와는 아무 관계도 없는 쇼를 바쁘게 스풀링하고 있는 거야. 기묘한 기술들과 사회 저항이 그득한 불안한 왜곡을 기반으로 하는 쇼지. 당신네 표현을 쓰자면 '언더그라운드'랄까.

물론 그의 아버지는 이 모든 것을 알고 있지만, 아직 아버지 이샴은 우려 속에서 얼굴을 찌푸릴 뿐이야….

폴이 델피와 결부되기 전까지는.

그리고 아빠가 이 사실을 알 무렵에는, 보이지 않는 자동 점화 연료가 불붙고 에너지 탄이 쏟아지고 있지. 폴은 순수한 인물이거든. 진지해. 꿈을 꾸고. 심지어 책도 읽어. 《녹색의 장원》* 같은 류로. 게다가 미치광이들이 리마**를 산 채로 화형에 처할 때는 꺼이꺼이 울기까지 했지!

GTX의 새로운 고양이가 큰 성공을 거뒀다는 소식을 들었을 때 그는 코웃음을 치고 잊어버려. 그는 바쁘거든. 그는 절대 그 이름을 홀로캠 촬영실에서 바보스럽고 위험한 저항을 하고 있는 이 작은 소녀와 결부시키지 못해. 이 기묘하게 단순한 소녀와는.

그리고 그녀가 다가가서 그를 올려다보자 그는 잃어버린 리마, 새들과 이야기하는 마법의 소녀 리마를 보고, 아무 장치 없는 그의 인간 심장이 쿵 하고 울려.

그의 리마가 델피의 모습으로 나타난 거야.

쭉 읊어줘? 분노 섞인 당황. GTX와 내 아버지를 위해 몸 파는 리마라는 불협화음에 대한 거부 반응. 말도 안 되는 일이야. 속임수라는 것을 확인하려고 수영장 주위를 어슬렁거리며, 검은 눈이 푸른 경이(驚異)와 마주치고, 삐딱한 말들은 기묘한 고요함과 엇갈리고, 이미지는 무시무시

* W. H. 허드슨이 1904년에 발표한 소설
** 위 소설의 여자주인공으로 짐승의 말을 이해하는 숲의 요정

한 개편을 겪고 내 아버지의 촉수에 붙잡힌 리마-델피가 되어….

더 설명할 필요 없겠지.

델피 쪽도 그래. 신들을 사랑한 소녀. 그녀는 이제 그들의 성스러운 육체를 가까이에서 보고, 그녀의 이름을 부르는 아무 여과 없는 음성을 들어. 그녀는 신들의 화환을 쓰고 신들의 놀이를 하고 있지. 심지어 그녀 자신도 여신이 되었어. 스스로는 믿지 않지만. 아니, 그녀가 황홀경에서 깨어난 것은 아니야. 그렇게 생각하지는 마. 그녀는 여전히 사랑으로 가득해. 그저 정신 나간 희망은 품을 수가 없을 뿐.

이런 건 다 건너뛰어도 괜찮아. 사랑스러운 소녀가 노란 벽돌길에서 남자를 만나면 말이야. 분노와 측은함에 불타고 인류의 정의에 대해 깊이 근심하는 진짜 인간 남자가 그녀에게 진짜 남자의 팔을 뻗으면, 쾅! 그녀는 온 마음으로 그를 사랑하지.

행복한 경험이겠지?

다만.

다만 실제로 폴을 사랑하는 사람이 8천 킬로미터 너머에 있는 P. 버크라는 것만 빼면 말이야. 지하감옥에서 전극접착제 냄새를 풍기고 있는 괴물 P. 버크. 진정한 사랑에 사로잡혀 불타고 녹아내리는 여인의 초상. 그녀는 6만 4천 킬로미터의 단단한 진공을 넘어, 보이지 않는 막이 감각을 차단하고 있는 소녀의 육체를 통해서 사랑하는 사람에게 손을 뻗으려해. 그가 그녀의 몸이라고 여기며 그 몸에 팔을 두르는 것을 느끼고, 그림자 속에서 그에게 자신을 바치려 애써. 아름다운 죽은 콧구멍을 통해 그를 맛보고 냄새 맡으려 노력하고, 불꽃의 핵이 죽어 있는 육체로 그를 사랑하려 노력하지.

P. 버크의 정신 상태가 감이 잡혀?

여러 단계가 찾아와. 처음에는 노력. 그다음엔 수치심. 그래, 수치심. '난 당신이 사랑하는 여자가 아니야.' 그리고 더 혼신을 다한 노력. 그리고 어떤, 어떤 방법도 없다는 깨달음. 전혀 없어. 전혀…. 그녀가 맺은 거래가 영원하다는 것을 좀 늦게 이해한 셈이지? P. 버크는 메뚜기가 되어버린 인간들에 대한 신화를 생각했어야 해.

결과가 보일 거야. 이 모든 고녀의 몸부림이 깔때기처럼 델피와 녹아들고자 하는 어리석은 원형질적 욕망으로 모이는 모습이. 지금 묶여 있는 짐승으로부터 떠나서, 멀어져서 '델피가 되려는 욕망.'

물론 그건 불가능하지.

하지만 그녀의 고통은 폴에게 영향을 미쳐. 델피-리마는 그 자체로 사랑스러운 대상이고, 델피의 정신을 해방시키려면 온갖 부패에 대한 몇 시간에 걸친 만족스러운 가르침이 필요해. 여기에 P. 버크의 짐승 같은 심장을 태우며 폴의 육신을 숭배하는 델피의 몸을 더해봐…. 폴이 푹 빠진 게 이상해?

그게 다가 아니야.

이즈음 그들은 남는 시간 전부를 함께 보내고, 남지 않는 시간까지 함께 보내지.

"이샴 씨, 이 운동 장면에서는 비켜주실 수 없을까요? 대본상으로 데이비가 나올 장면이거든요."

(데이비는 아직도 주위에 있어. 이름을 알린 덕분이지.)

"무슨 차이가 있나?" 폴은 하품을 해. "그냥 광고잖아. 난 그 물건을 가로막지 않았어."

폴이 내뱉은 말에 충격적인 정적이 깔려. 대본 담당은 용감하게 침을 삼키고 말해.

"죄송하지만 저희가 받은 지시는 사교 장면을 대본대로 찍는 겁니다. 지난주에 찍은 부분을 재스풀해야 해서 홉킨스 씨가 저에게 화를 많이 내고 계세요."

"홉킨스는 또 누구야? 어디 있는데?"

"오, 제발, 폴. 제발 그만 해요."

폴은 팔을 풀고 어슬렁거리며 뒤로 돌아가. 홀로캠 촬영팀은 불안해하며 각도를 확인해. GTX 이사회는 노출을 극도로 두려워해. 이샴 가문의 일원이 자동 배달 음식 영상과 함께 전 세계에 보일 뻔했을 땐 모두가 식은땀을 흘렸지.

그보다 더 나쁜 것은 폴이 지금은 본부의 족제비 같은 남자까지 꼬박 매달리게 된 성스러운 예정표에 아무 존경심도 갖고 있지 않다는 거야. 폴은 계속 델피를 제시간에 데려다주는 것을 잊어버리고, 가엾은 홉킨스는 그를 감당할 수가 없어.

그래서 곧 회의실 데이터볼에는 아버지 이샴에게 따로 보내는 긴급 행동 요청서가 들어가. 처음에는 그들도 부드러운 방식을 택해.

"오늘은 안 돼요, 폴."

"왜 안돼?"

"내가 해야 한대요. 정말 중요한 일이라고."

그는 델피의 가냘픈 등으로 흘러내리는 밝은 금색 머리를 쓰다듬어. 카본데일 지하에서는 눈먼 두더지 여인이 몸을 떨지.

"중요하다? 그들에게 중요한 건 금을 더 만드는 일뿐이야. 모르겠어? 그들에게 당신은 그저 돈이나 벌어오는 물건일 뿐이야. 판매사원이라고. 그들이 강요하는 대로 할 거야, 델피? 응?"

"아, 폴…."

폴은 알지 못하지만, 지금 그의 눈에 보이는 것은 기괴한 광경이야. 원격은 눈물을 흘리게 만들어지지 않거든.

"그냥 안 된다고 말해, 델피. 안 된다고. 솔직하게. 그래야 해."

"하지만 이건 내가 할 일이라고…."

"내가 당신을 돌봐줄 수 있다는 거 믿지, 델피? 사랑하는 델피, 당신은 지금 놈들이 우릴 갈라놓게 놔두고 있어. 당신이 선택해야 해. 그들에게 안된다고 말해."

"폴…. 난, 난…."

그리고 그녀는 말해. 용감한 델피(정신 나간 P. 버크)는 말해.

"안 돼요, 제발. 난 약속했어요, 폴."

그들은 좀 더 시도해봐. 아직까지는 부드럽게.

"폴, 홉킨스 씨가 우리가 너무 많이 함께 있는 걸 원치 않는 이유에 대해 말해줬어요. 당신 아버지 때문이래요."

그녀는 그의 아버지가 캔틀 씨 같은 사람이라고 생각해.

"아하, 그래. 홉킨스라. 내가 해결하지. 들어봐, 지금은 홉킨스에 대해 생각할 겨를이 없어. 오늘 퀸이 돌아왔는데 재미있는 걸 알아냈더라고."

그들은 높은 안데스 초원에 누워서 그의 친구들이 노래하는 연을 급강하시키는 광경을 지켜보고 있어.

"그거 믿어져? 해안 지역 경찰은 '머리에 전극을 달고' 있다는 것?"

델피는 그의 품 안에서 굳어.

"그래, 이상하지. PP*는 범죄자와 군인들에게만 쓰는 줄 알았는데 말이야. 모르겠어, 델피? 뭔가 일이 벌어지고 있는 거야. 모종의 움직임이. 아마 누군가가 계획한 일이겠지. 그걸 어떻게 알아낼 수 있을까?" 폴은 그녀 뒤쪽의 땅을 두드려. "접촉을 해야 해! 알아낼 수만 있다면⋯."

"뉴, 뉴스는요?" 그녀는 산란한 마음으로 묻지.

"뉴스라." 그는 비웃어. "뉴스에는 그 작자들이 사람들에게 알려주고 싶어 하는 내용밖에 없어. 나라 절반이 불타더라도 그들이 원하지 않으면 아무도 모를걸. 델피, 내가 설명하는 내용을 못 알아듣겠어? 놈들은 온 세상을 프로그램 안에 집어넣었어! 모든 통신수단을 장악하고 있거든. 모든 사람의 정신에 선을 깔아서 그자들이 보여주는 것을 생각하고 그자들이 주는 것을 원하게 하고 그자들은 또 사람들이 원하도록 프로그램된 대로 주는 거야. 깰 수도, 벗어날 수도 없어. 어디에서도 그걸 잡을 수가 없어. 아마 그자들도 계속 돌리고 또 돌리는 것 외에 다른 계획은 없을 거야. 사람들에게나 지구에나 다른 행성에 무슨 일이 일어나는지는

* Pleasure-Pain, 쾌락과 고통 조절

신들만이 알겠지. 거짓말과 쓰레기로 이루어진 거대한 소용돌이가 돌고 또 돌면서 점점 커지고 아무것도 변할 수가 없어. 사람들이 어서 깨어나지 않으면 우린 끝장이야!"

그는 그녀의 배를 부드럽게 두드려.

"당신은 빠져나와야 해, 델피."

"노력할게요, 폴. 정말로…."

"당신은 내 것이야. 그들은 당신을 가질 수 없어."

그리고 그는 홉킨스를 보러 가. 홉킨스는 완전히 겁먹지.

하지만 그날 밤 카본데일 지하에서는 아버지 같은 캔틀 씨가 P. 버크를 보러 가.

P. 버크? 텐트 안에서 죽은 낙타 같은 꼴로 실용적인 로브를 걸치고 침대에 누운 그녀는 처음에는 폴과 헤어지라는 게 무슨 말인지 이해하지 못해. P. 버크는 폴을 본 적도 없어. 폴을 보는 건 델피야. 사실 P. 버크는 델피로부터 떨어져서 존재하는 자신을 명확히 떠올리지도 못해.

캔틀 씨도 믿을 수 없기는 마찬가지지만, 그래도 그는 시도해.

그는 이 상황이 폴에게 무익할 뿐만 아니라 나중에는 골칫거리가 될 수도 있음을 지적해. 침대 위의 괴물은 어두운 눈으로 그를 응시하지. 캔틀 씨는 다시 GTX에 대한 그녀의 의무, 그녀의 일, 주어진 기회에 감사하지 않는가 등등을 늘어놓지. 상당히 설득력이 있어.

거미줄이 쳐진 P. 버크의 입이 열리더니 듣기 싫은 소리가 나와.

"싫어요."

더 나올 말은 없어 보여.

캔틀 씨는 우둔하지 않아. 움직일 수 없는 장애물에 부딪히면 알지. 또한 그는 저항할 수 없는 힘이 있다는 것도 알고 있어. GTX 말이야. 간단한 해결책은 폴이 델피가 깨어나기를 기다리다 지쳐 나가떨어질 때까지 왈도 캐비닛을 잠가두는 거야. 하지만 그 비용은, 예정표는 어쩌고! 게다가 이상한 점이 있어. 침대에 웅크리고 있는 법인 자산을 눈여겨보는데 어쩐지 뜨끔해.

사실 말이지, 원격은 사랑을 하지 않아. 진짜 섹스도 못 해. 처음부터 회로를 그렇게 설계했거든. 그러니까 그들은 칠레에 있는 작고 예쁜 몸 뚱이로 즐기고 있는 건 폴 혼자라고 추측하고 있었어. P. 버크는 야심 찬 빈민층 고깃덩이라면 누구에게나 자연스럽게 여겨지는 일을 하고 있을 뿐이라고 말이야. 그 누구도 지금 다루는 상대가 지구상의 모든 홀로쇼에 그림자를 내보내는 실제 괴물이란 생각은 하지 못했어.

사랑?

캔틀 씨는 얼굴을 찌푸려. 기괴한 생각이야. 하지만 애매한 문제에 대한 그의 본능은 강력해. 그는 유연하게 대처하기를 추천할 거야. 그리고 그렇게 돼. 칠레에서는.

"오늘 밤엔 일할 필요가 없대요! 금요일도! 그렇죠, 홉킨스 씨?"

"그거 잘됐군. 가석방을 위해 뭘 해야 하지?"

"이샴 씨, 이성적으로 생각해주십시오. 저희 예정이…. 그쪽 제작진도 이샴 씨를 필요로 할 텐데요?"

그건 사실이야. 폴은 멀어져. 홉킨스는 그 뒷모습을 보면서 혐오스러운 심정으로 도대체 왜 이샴 가문의 남자가 완도와 섹스를 하고 싶어 하는지 의아해하지. 회의실의 무서운 작자들은 얼마나 제정신인 걸까? 오해가, 왜곡이 스며들어와! 홉킨스의 머리에 이샴이 델피의 정체를 모를 수도 있다는 생각은 결코 떠오르지 않아.

특히나 폴이 델피의 침대에서 내쫓았다고 우는 데이비까지 있으니 말이지.

델피의 침대는 진짜 창가에 있어.

"별이 보이는군." 폴은 졸린 목소리로 말해. 그는 몸을 굴리고 델피를 자기 몸 위로 끌어올려. "여기가 지구상에서 사람들이 별을 볼 수 있는 마지막 장소라는 거 알고 있어? 여기와 티베트 정도일까."

"폴…."

"자. 당신이 자는 걸 보고 싶어."

"폴, 난…, 난 정말 깊이 자요. 날 깨우기가 얼마나 힘든지에 대한 농담도 듣는걸요. 괜찮아요?"

"응."

결국 그녀는 두려움에 사로잡힌 채 잠이 들지. 8천 킬로미터 북쪽에서 지치고 미친 생물이 기어 나와서 농축 음료를 마시고 침대에 쓰러질 수 있도록. 하지만 오래는 아니야. 델피가 눈을 뜨고, 폴이 자신을 껴안고서 거칠고도 다정한 말들을 하고 있다는 것을 깨닫는 것은 분홍빛 새벽녘이야. 그는 내내 깨어 있었어. 신경이 존재하지 않는 조각상인 그녀의 작은 델피-육체는 밤새 그에게 붙어서 잤던 거야.

몇 번의 밤이 지나고, 그녀가 자면서 그의 이름을 불렀다는 말을 듣자 어리석은 희망이 솟아올라.

그날 폴의 팔은 그녀가 일터에 가지 못하게 막고, 홉킨스의 한탄은 족제비 얼굴을 한 청년이 델피의 프로그램을 짜느라 꼬리뼈가 아프게 일하고 있는 본부까지 올라가. 캔틀 씨는 위기를 진정시키지. 하지만 그다음 주에 같은 일이 또 일어나. 그것도 중요 고객에게. 족제비 얼굴에는 기술 인맥들이 있어.

이제 당신도 알겠지. 복잡하게 주파수 변환한 에너지 변조장이 델피 같은 수요점과 동조할 경우에는 정지파에 역류며 교란 같은 온갖 문제가 일어나는 법이야. 평소에는 미래 기술로 쉽게 균형을 맞출 수 있지만, 같은 맥락에서 그런 균형이 무너질 수도 있어. 왈도 조종자가 끔찍한 부작용을 경험하는 식으로 말이야.

"자기…, 이게 무슨 일이야! 뭐가 잘못된 거야? 델피!"

무력한 경련과 비명. 그리고 새 같은 리마는 눈을 크게 뜬 채 땀에 젖어서 그의 팔 안에 누워 있어.

"나…, 나 그러면 안 되는…." 그녀는 가늘게 숨을 몰아쉬어. "그들이 그러지 말라고 했…."

"맙소사, 델피."

그리고 그의 단단한 손가락은 그녀의 풍성한 금발 속으로 파고들어. 전자공학을 아는 손가락. 그 손가락이 얼어붙지.

"당신 인형이었군! 당신도 PP 임플란트였어. 놈들이 당신을 조종하는 거야. 이럴 줄 알았어야 했는데. 오, 신이시여. 알았어야 했는데."

"아니에요, 폴." 그녀는 흐느끼고 있어. "아니야, 아니야, 아니야…."

"저주받을 놈들. 저주받을 놈들. 무슨 짓을 한 거야! 당신이 당신이 아니라니…."

그는 침대에 누운 그녀 위로 몸을 구부리고, 그 애처로운 아름다움을 노려보며 난폭하게 그녀를 흔들어.

"아냐!" 그녀는 호소해. (사실이 아니야. 어두운 악몽이 돌아온 거야.) "난 델피야!"

"우리 아버지. 더러운 돼지들! 저주받을 놈들. 저주받을 놈들. 저주받을."

"아니, 아니에요." 그녀는 알아들을 수 없는 소리로 중얼거려. "그들은 나에게 잘해줬어요…." 지하에 갇힌 P. 버크가 속삭여. "그들은 나에게 잘해줬어…. 아아아아아아아!"

또 한 번 고통이 그녀를 꿰고 지나가. 북쪽에서는 족제비 얼굴의 젊은 이가 이 사소한 방해 공작이 먹혔는지 확인하고 싶어 하지. 폴은 그녀를 잡고 있지조차 못해. 폴도 울부짖어. "그놈들을 죽여버리겠어."

그의 델피가 전선에 연결된 노예였다니! 두뇌에 못을 박고, 새 같은 심장에 전자 수갑을 차고 있었다니. 야만인들이 리마를 산 채로 태워 죽였을 때를 기억해?

"너에게 이런 짓을 한 놈을 죽여버리겠어."

그는 그 말을 계속하지만, 그녀는 듣고 있지 않아. 그녀는 이제 그가 자신을 미워할 거라고 확신하고 죽고만 싶어 하지. 마침내 그의 사나운 감정이 애정이라는 것을 이해하자 그녀는 기적이라고 생각해. '그이가 알

아. 그런데도 날 사랑해!'

폴이 약간 오해해서 받아들였을 줄이야 그녀가 어떻게 알겠어?

폴을 탓할 순 없어. 폴이 쾌락과 고통을 조절하는 임플란트와 염탐꾼들에 대해 들어보았다는 걸 감안해야지. 특성상 가장 가까운 지인들도 잘 언급하지 않는 일이라는 것을. 그는 델피에게 사용된 것도, 그녀를 조종하기 위해 사용된 것도 바로 그거라고 생각해. 조종하기만 하겠어? 엿듣기도 하겠지. 그는 침대에 있었을 보이지 않는 귀를 생각하고 발끈해.

폴은 왈도와 P. 버크 같은 물건에 대해서는 들은 바가 없어.

그래서 분노와 사랑에 지친 눈으로 상처 입은 새를 내려다보는 그의 머릿속에 지금 안고 있는 것이 그녀의 전부가 아니라는 생각은 스쳐 지나가지도 않아. 지금 그의 마음속에 굳어지는 미치광이 같은 결심을 설명해줘야 할까?

델피를 풀어주겠다는 결심.

어떻게? 글쎄, 어쨌든 그는 폴 이샴 3세잖아. 그리고 그는 GTX 신경연구소가 어디에 있는지도 알아. 카본데일이지.

하지만 우선 델피를 위해, 그리고 폴 자신을 위해 해야 할 일이 있어. 그래서 그는 그녀를 홉킨스에게 돌려주고, 조심스럽고 차분한 태도로 떠나. 칠레 직원들은 고맙게 여길 뿐, 폴이 보통 그렇게 많이 웃지 않는다는 사실을 모르지.

그리고 일주일 동안 델피는 착하고 유순한 유령이야. 그들은 폴이 보낸 야생화 다발과 부드러운 사랑의 편지를 그녀가 받게 해줘. (그는 교묘하게 움직이고 있어.) 그리고 본부에서 족제비 같은 남자는 자신의 운명이 장애물을 하나 넘었다고 생각하고 자기가 사소한 문제를 잘 처리한다고 큰소리쳐.

그리고 아무도 P. 버크가 무슨 생각을 하는지 몰라. 버크가 음식을 몰래 버렸음을 알고 다음 날 밤 수영장에서 기절한 모습을 발견한 플레밍 간호사 말고는 아무도. 그들은 그녀를 데려다가 링거를 꽂지. 플레밍 간호사는 전에도 그런 표정을 본 적이 있던가 고민해. 하지만 그녀는 자칭 '물고기 추종자들'이라는 광신도들이 불길 너머에서 영원한 생명을 보았을 때를 보지 못했지. P. 버크도 죽음 저편에 낙원을 보고 있어. 그 낙원의 이름은 '폴'이지만, 바탕에 깔린 생각은 같아. '죽어서 델피 안에서 다시 태어나리라.'

전자적으로 말하면, 헛소리지. 어림없는.

또 일주일이 지나고 폴의 광기는 계획으로 변해. (그에게 친구들이 있다는 걸 기억해야지.) 그는 울적한 마음으로 사랑하는 여자가 주인들의 지시에 따라 행진하는 것을 지켜봐. 자기 쇼를 위해 질주 장면을 찍어. 그리고 마침내, 정중하게 홉킨스에게 사랑하는 새의 자유 시간 한 조각을 요구하지. 시간은 당연히 주어져.

"당신이 더는 날 원하지 않는 줄 알았어요." 델피는 폴의 태양광 자동차를 타고 산맥 위를 날면서 되풀이해서 말해. "이제 당신도 알았는데…."

"날 봐!"

그는 손으로 그녀의 입을 막고 글자가 적힌 카드를 보여줘.

말하지 마. 그자들은 우리가 하는 말을 다 들을 수 있어.

이제 당신을 멀리 데려갈 거야.

그녀는 그의 손에 입을 맞춰. 그는 카드를 넘기며 다급히 고개를 끄덕여.

무서워하지 마. 놈들이 널 아프게 하려고 하면 내가 막을 수 있어.

그는 자유로운 손으로 파워팩이 꽂힌 은백색 전파교란기를 흔들어 펼치지. 그녀는 깜짝 놀라.

이게 신호를 끊어서 당신을 지켜줄 거야, 자기.

그녀는 그를 응시하며 보일락말락 고개를 저어. 안 돼요.

"돼!" 그는 의기양양하게 웃어. "된다니까!"

그녀는 잠시 동안 이상하게 생각해. 전파교란기가 켜지면 전달장이 끊어질 거야. 그러면 델피도 꺼지겠지. 하지만 그는 폴이잖아. 폴이 그녀에게 입을 맞추고 있어. 그가 태양광 자동차를 몰고 가는 동안 그녀는 열렬히 그를 갈구할 수밖에 없어.

앞에는 낡은 제트기 활주로에서 반짝이는 선체가 출발을 기다리고 있어. (폴에게는 신용도, 이름도 있거든.) 이 작은 GTX 순찰기는 오로지 속도를 내기 위해서 만들어졌어. 폴과 델피는 조종사 뒤에 있는 여분의 연료 탱크 사이에 끼어 앉고, 점화 장치가 비명을 내기 시작하자 더는 대화하지 못해.

그들은 홉킨스가 걱정하기 전에 키토* 위로 높이 솟아올라. 홉킨스는 폴의 태양광 자동차에 붙은 호출기를 추적하느라 또 한 시간을 허비하지. 태양광 자동차는 바다 쪽으로 흘러가고 있어. 그 차가 비어 있다는 사실을 확인한 홉킨스가 본부에 긴급하게 연통을 넣었을 무렵에 도망자들은 카리브해 서쪽 하늘을 지나는 굉음이 되어 있어.

본부에서 홉킨스의 비명을 접수한 사람은 족제비 남자야. 처음에 그는 지난번에 했던 짓을 되풀이하려는 충동을 느끼지만, 그의 두뇌는 그걸 막아. 이건 섣불리 손댈 수 없는 사태야. 왜냐하면 말이지, 길게 보면야 아마 P. 버크에게 생존만 빼고 무엇이든 하게 만들 수 있겠지만, 당장의 위기를 처리하기는 까다롭거든. 폴 이샴 3세도 마찬가지고.

"돌아오라고 명령할 순 없나?"

모두가 GTX 타워 모니터 기지에 모여 있어. 캔틀 씨, 족제비 얼굴의 남자, 조, 그리고 아버지 이샴의 개인적인 눈이자 귀인 말쑥한 사내까지.

"못 합니다." 조는 완강하게 말해. "무슨 말을 하는지 같은 건 읽어 들

* 에콰도르의 수도

일 수는 있어도 조직적인 패턴을 삽입할 수는 없어요. 1대 1로 뭔가를 보내려면 완도로밖에….”

“그들이 지금 무슨 말을 하고 있나?”

“현재는 아무것도요.” 콘솔 자키의 눈이 감겨. “어, 포옹을 하고 있는 것 같습니다.”

“응답이 없습니다.” 교통 감시인이 말해. “여전히 0-0-3-0을 향하고 있습니다. 북쪽으로 가고 있습니다.”

“케네디에 쏘지 말라는 경고를 내려둔 건 확실하지?” 말쑥한 남자가 불안한 듯 물어.

“예.”

“그냥 꺼버릴 순 없나?” 족제비 얼굴의 남자는 화를 내. “그 암퇘지가 조종하지 못하게 빼내!”

“전송을 갑자기 끊어버리면 원격을 죽이게 됩니다.” 조는 세 번째로 다시 설명해. “철수는 단계별로 정확하게 이루어져야 합니다. 원격의 자율 신경에 맞춰서 하나씩 꺼야 해요. 심장, 호흡, 소뇌가 고장 날 겁니다. 버크를 억지로 빼내면 아마 저 몸도 죽을 테고요. 환상적인 사이버 시스템이죠. 그러고 싶진 않으실 겁니다.”

“투자금이….” 캔틀 씨는 몸을 부르르 떨어.

족제비 남자는 콘솔 자키의 어깨에 손을 얹어. 그를 위해 금지된 영향을 행사해줬던 그 기술 연줄이야.

“경고 신호 정도는 보낼 수 있습니다.” 그는 입술을 핥으며 말쑥한 남자에게 달콤한 족제비의 미소를 지어. “그렇게 해도 아무 해가 없다는 건 알고 있거든요.”

조는 얼굴을 찌푸리고, 캔틀 씨는 한숨을 쉬어. 말쑥한 남자는 손목에 대고 뭐라고 중얼거리더니 고개를 들어. “허락받았소.” 그는 겸손하게 말해. “신호를 보내도 좋다는 허락을 받았소. 다른 길이 없다면. 하지만 최소한으로, 최소한으로 보내요.”

족제비 얼굴은 콘솔 자키의 어깨를 꽉 쥐어.

날카로운 소리를 내며 찰스턴 위를 지나는 은색 비행기 속에서 폴은 품에 안긴 델피의 몸이 휘어지는 것을 느껴. 그는 서둘러 전파교란기를 향해 손을 뻗어. 그녀는 눈을 굴리고 몸부림을 치며 그의 손을 밀쳐. 그 고통 속에서도 전파교란기를 두려워하고 있어. (그리고 그녀가 옳아.) 폴은 그 좁은 공간에서 전파교란기를 그녀의 머리에 갖다 대려고 미친 듯이 드잡이질을 해. 그가 전원을 켜자 그녀는 그의 팔 아래로 파고들고 경련은 사라져.

"그들이 다시 통신을 넣고 있습니다, 이샴 씨!" 조종사가 외쳐.

"답하지 마. 자기, 이걸 머리에 대고 있어. 어떻게 하면 내가⋯."

코를 치켜든 AX90 한 대가 그들 위쪽으로 날아가고, 섬광이 번득여.

"이샴 씨! 공군 제트기입니다!"

"잊어버려." 폴은 마주 소리쳐. "발포하지 않을 거야. 자기, 두려워할 것 없어."

다시 한번 AX90이 그들을 흔들어.

"저쪽에서 볼 수 있게 제 머리에 권총을 겨눠주시겠습니까, 이샴 씨?" 조종사가 악을 써.

폴은 그 말대로 해. AX90기들은 그들 주위로 호위 대형을 취해. 조종사는 GTX에서도 돈을 받아낼 방법이 없나 다시 궁리하기 시작하고, 골즈버로 공군기지를 지나자 호위대는 떨어져 나가.

"동일한 항로를 유지하고 있습니다." 모니터 주위에 모인 사람들에게 보고가 들어가. "아무래도 연료는 넉넉한 것 같습니다."

"그렇다면 착륙하기를 기다리는 수밖에 남지 않았군." 캔틀 씨의 아버지 같은 태도가 살짝 되살아나.

"왜 그 망할 괴물의 생명유지장치를 끊지 못하는 거야?" 족제비 남자가 김을 내뿜어. "이런 우스꽝스러운 일이 있나."

"작업 중입니다." 캔틀은 그를 안심시켜.

카본데일 지하에서 하고 있는 일에는 논란의 여지가 있어. 플레밍 간호사의 감시인은 털북숭이 박사를 왈도가 있는 방으로 불러온 상태야.

"플레밍 양, 명령에 복종해야지요."

"그랬다간 저 애를 죽일 거예요. 진심으로 하신 말씀이라곤 믿을 수 없어요. 그래서 따르지 않은 거예요. 이미 심장 마비가 올 정도로 진정제를 많이 주입했어요. 산소를 더 줄였다간 저 안에서 죽을 겁니다."

텁수룩한 남자는 얼굴을 찡그리지. "콰인 박사를 불러와. 빨리."

그들은 약에 취한 못생긴 미친 여자가 의식을 유지하려고, 델피의 눈을 뜨고 있게 하려고 발버둥 치고 있을 캐비닛을 노려보며 기다려.

리치먼드 상공에서는 은색 기체가 방향을 틀기 시작해. 델피는 폴의 품에 축 늘어져서 자꾸만 미끄러지는 시선을 그에게 고정하려 애쓰고 있어.

"이제 내려가고 있어. 곧 끝날 거야. 당신은 살아서 버티기만 하면 돼, 델피."

"…살아서…."

교통 감시인이 비행기를 발견했어. "카본데일 쪽으로 방향을 돌렸습니다! 관제소 접촉을…."

"가자."

하지만 본부의 추적대가 카본데일로 들어가는 비행기를 막기엔 너무 늦었어. 이쯤에서 다시 폴의 친구들이 끼어들었지. 도망자들은 경비원들이 모여들기 전에 화물선 격납고를 통과해서 신경연구소 관리기지까지 갔어. 엘리베이터에서는 폴의 얼굴과 손에 든 총이 그들을 들여보내줬지.

"박사…, 무슨 박사라고 했지, 델피? 델피!"

"…테슬라…." 그녀는 비틀거리고 있어.

"날 테슬라 박사에게 데려다줘. 얼른."

폴이 경비원의 등에 총을 겨누고 내려가는 동안 인터컴은 미친 듯이 삑삑거리고 있어. 문이 미끄러지듯 열리자 텁수룩한 남자가 보여.

"내가 테슬라요."

"난 폴 이샴이야. 이샴. 이 여자에게서 그 괘씸한 임플란트를 제거해. 당장!"

"뭐라고요?"

"내 말 들었잖나. 수술실은 어디지? 가!"

"하지만…."

"움직여! 누굴 태워버려야 말을 듣겠어?"

폴은 막 도착한 쾌인 박사 쪽으로 총을 흔들지.

"아니, 아닙니다." 테슬라는 황급히 말해. "하지만 전 할 수가 없어요. 불가능합니다. 그러면 아무것도 남지 않을 겁니다."

"당연히 할 수 있지. 지금 당장. 망쳤다간 내 손에 죽을 거야." 폴은 격노해서 말해. "어디 있지? 저긴가? 이 여자의 회로에 붙은 걸 당장 제거해."

그는 무겁게 늘어진 델피를 안고 두 사람을 몰아서 복도를 걸어가.

"여기야, 델피? 놈들이 그런 짓을 한 장소가?"

"그래요." 그녀는 어느 문을 보고 눈을 깜박이며 속삭여. "그래…."

왜냐하면, 그래. 그 문 뒤에 그녀가 태어난 바로 그 방이 있기 때문이지.

폴은 그들을 몰고 어둑한 홀로 들어가. 안쪽 문이 열리고, 간호사와 머리가 희끗희끗한 남자가 튀어나오더니 그대로 얼어붙어.

폴은 그 안쪽 문에 뭔가 특별한 구석이 있다는 걸 알아보지. 그는 그들을 밀어 넣고, 문을 열고 안을 들여다봐.

안에는 앞문이 빠끔히 열린 크고 흉측한 캐비닛이 하나 있어.

그 캐비닛 안에서는 약물에 절은 시체가 믿을 수 없는, 형언할 수 없는 일을 겪고 있어. 그 안에 있는 것은 P. 버크야. 그이가 왔다는 것, 다가오고 있다는 것을 아는 진짜 살아 있는 여자. 그녀가 6만 4천 킬로미터의 얼음을 뚫고 손 내밀었던 그 폴이. 폴이 여기에 있어! 왈도 캐비닛의 문을 잡아당기고 있어….

문이 열리고 괴물이 일어나.

"사랑하는 폴!" 사랑이 담긴 목소리가 허공을 찢고, 사랑이 담긴 팔이 그를 향해 뻗어 가.

그리고 그는 반응하지.

당신이라면 안 그러겠어? 뚱뚱하고 벌거벗은 데다가 전선과 피로 얼룩진 으스스한 골렘 여자가 금속이 박힌 앞발을 들고 당신에게 다가온다면⋯.

"꺼져!" 그는 전선을 쳐내지.

P. 버크의 신경계에 걸린 선이 어느 것이었는지는 중요하지 않아. 누군가가 당신의 연수 한 줌을 쳐냈다고 생각해봐⋯.

그녀는 그의 발치 바닥에 무너져서, 퍼덕거리며 그 입으로 외쳐. 폴⋯, 폴⋯, 폴⋯.

그가 자기 이름을 알아들었거나, 그녀가 모든 생명력을 담아서 자신을 보고 있었음을 알았을 것 같지는 않아. 그리고 마지막 순간에는 그녀도 그를 보지 않아. 그 눈은 델피를, 문간에 기절해 있는 델피를 찾아내고 나서 죽어.

물론 이제 델피도 죽었지.

폴이 발치에 널브러진 물건에게서 물러서는 동안 물을 끼얹은 듯한 정적이 흘러.

테슬라가 말해. "당신이 그 애를 죽였어. 그게 그 애였어요."

"너희 제어기가 죽은 거지." 폴은 격분해 있어. 그런 괴물을 작은 델피의 두뇌에 비끄러맸다니 생각만 해도 구역질이 나. 그는 무너져 있는 델피를 보고 손을 내밀어. 그녀가 죽은 것을 모르고서.

그리고 델피는 그에게로 가.

한 발, 다시 한 발. 그렇게 잘 딛는 건 아니지만, 움직이기는 해. 그녀는 아름다운 얼굴을 들어. 폴은 끔찍한 정적에 마음이 산란해졌고, 아래를 내려다보니 그녀의 가냘픈 목밖에 보이지 않아.

"이제 임플란트를 제거해." 그는 그들에게 경고조로 말해. 아무도 움직이지 않아.

"하지만, 하지만 그 애는 죽었어요." 플레밍 간호사가 무턱대고 말해.

폴은 손 아래 델피의 맥을 느껴. 그들은 그들의 괴물에 대해 말하고 있는 거야. 그는 초로의 사내에게 총을 겨눠.

"너. 셋 셀 때까지 수술실에 들어가지 않으면 이 남자의 다리를 날려 버리겠어."

"이샴 씨." 테슬라는 필사적으로 말해. "당신은 방금 당신이 델피라고 부르는 몸을 움직이던 사람을 죽였어요. 델피도 죽은 겁니다. 팔을 풀면 제 말이 사실이라는 걸 아실 거예요."

그의 필사적인 말투를 통해. 폴은 천천히 팔을 풀고 아래를 내려다봐.

"델피?"

그녀는 비틀거리고 기우뚱거리면서 서 있어. 얼굴을 천천히 들어 올려.

"폴…." 자그마한 목소리.

"빌어먹을 속임수는 집어치워." 폴이 그들에게 호통을 쳐. "당장 움직이라고!"

"저 눈을 봐요." 콰인 박사가 쉰 목소리로 말해.

그들은 봐. 델피의 한쪽 동공이 홍채를 가득 채우고, 입술이 이상하게 일그러져 있어.

"쇼크야." 폴이 그녀를 잡아. "이 여자를 고쳐놔!" 그는 테슬라를 가리키며, 모두를 향해 외쳐.

"이런 맙소사…. 그걸 실험실로 데려와요." 테슬라는 떨리는 소리로 말해.

"안녕…, 안녕." 델피가 또렷하게 말해. 그들은 델피를 안아 든 폴과 함께 복도를 달려가다가 한 무리의 사람들과 마주쳐.

본부 사람들이 도착한 거야.

조는 한 번 보고 바로 폴의 총구를 지나쳐서 왈도의 방으로 뛰어들려고 해.

"아, 안 돼! 어림없어."

모두가 고함치고 있어. 폴의 팔에 안긴 작은 소녀가 움직이더니 애처롭게 말해. "난 델피예요."

그리고 P. 버크의 유령인지 무엇인지는 몰라도 그녀는 뒤이은 온갖 주사와 야단법석을 견뎌내. 끊임없이 속삭이면서. "폴…, 폴…, 제발, 난 델피에요…, 폴?"

"나 여기 있어, 자기. 여기 있어." 그는 침대에 누운 그녀를 안고 있어. 테슬라가 말하고, 말하고, 또 말하지만 들리지 않아.

"폴…, 안 자요…." 유령의 목소리가 속삭여. 폴은 고통에 몸부림쳐. 그는 받아들이지 않을 거야. 믿지 않을 거야.

테슬라가 멈춰서.

그리고 자정 무렵, 델피는 거칠게 "아윽…, 아윽…, 아윽…." 하고 소리 지르며 바닥으로 미끄러져. 물개 같은 듣기 싫은 소리를 내면서.

폴은 비명을 질러. 아윽 소리가 더 이어지고 붕괴를 나타내는 소름 끼치는 경련이 몇 번 더 반복되더니…, 새벽 2시에 델피는 비싼 하드웨어에 연결해야만 숨을 쉴 수 있는 따뜻하고 작은 식물이 되어 있어. 그녀의 삶이 시작되기 전과 같은 상태지. 조가 마침내 폴을 설득해서 왈도 캐비닛에 연결한 거야. 폴은 델피의 얼굴이 무섭도록 낯설고 차갑게 변하는 것을 볼 때까지 곁에 머물러 있다가 비틀거리며 테슬라의 사무실에 모인 무리를 뚫고 나가.

그 뒤에서 조는 젖은 얼굴로 일하고 있어. 진땀을 흘리며 환상적으로 복잡한 회로를 재건하고 있어. 혈액순환, 내분비, 중뇌 호흡, 한때 인간이었던 패턴화 흐름…. 공중에 팽개쳐진 오케스트라를 구하는 것이나 다름없는 작업이야. 조는 조금 울기도 해. 오직 그만이 정말로 P. 버크를 사랑했거든. 지금 죽어서 탁자 위에 놓여 있는 P. 버크는 그가 아는 최고의 사이버 시스템이었고, 그는 결코 그녀를 잊지 않아.

이게 끝이야. 정말로.

다음이 궁금해?

당연히 델피는 다시 살아나지. 다음 해에 그녀는 비극적인 신경쇠약에 대한 동정을 한 몸에 사며 요트로 돌아가. 하지만 칠레에는 다른 여자가 들어가. 델피의 새로운 조종자도 유능하기는 하지만 P. 버크가 둘이나 있진 않거든. GTX는 그 점에 감사하고 있지.

물론 진짜 골때리는 건 폴이야. 폴은 어렸어. 추상적인 악에 대항하여 싸웠지. 이제 인생의 쓴맛을 본 그는 격노와 비탄을 극복하고 지혜를 키워서 변해. 그러니 어느 정도 시간이 흐른 후에 폴이 어디에 있는지 보더라도 놀랄 건 없겠지.

바로 GTX 이사회야. 태생을 이용하여 시스템을 변혁하겠다는 거야. '내부 개혁'이라고나 할까.

폴은 그렇게 설명하고, 친구들은 더할 나위 없이 반가워해. 폴이 그 위에 있다는 사실은 그들에겐 따뜻한 자신감을 주지. 가끔은 아직 활동하던 누군가가 폴과 마주쳐서 큰 소리로 인사를 하기도 해.

그리고 족제비 얼굴의 젊은이는?

아, 그 친구도 성숙하지. 그 친구는 빨리 배우거든. 정말이야. 예를 들면, 세상에 알려지지 않은 GTX 연구반 하나가 미치광이 같은 시간 교란기 연구에서 어느 정도 성과를 거두고 있다는 사실을 처음 알아낸 것도 그 친구야. 사실 물리학에는 문외한이라 꽤 여러 사람을 귀찮게 하지. 그렇지만 그 연구가 무엇이었는지 정말로 깨달은 건 시험 가동 중에 누군가가 그를 가리키더니….

'닉슨 경제정책 2단계 베일을 벗다'라는 헤드라인이 찍힌 신문지에 누운 채 깨어나는 날이 오고 나서야.[*]

빨리 배우는 친구라 다행이지.

정말이야, 좀비. 내가 성장을 말할 때, 진짜 성장을 말하는 거야. 자본 이득의 증가 말이야. 이제 땀은 그만 흘려도 돼. 저기 눈부신 미래가 있어.

---

[*] 이 헤드라인은 1971년 10월의 신문을 가리킨다. 이 소설이 발표된 시점은 1973년으로, 닉슨이 재선된 직후 워터게이트 사건이 터질 무렵이었다.

THE MAN WHO WALKED HOME

집으로 걷는 사나이

신해경 옮김

임계치 초과! 공포! 그는 튕겨 나갔다. 튕겨 나가서, 사람이 있어서는 안 될 곳 중에서도 제일 안 될 곳에 처박혔다. 창졸간에 부서진 기계장치가 그를 존재할 수 없는 시공간에 처박아버렸고, 그 기계장치는 두 번 다시 만들어지지 않았다. 그는 아무런 잘못도 없이 부당하게 튕겨 나가 길을 잃고 버림받았다. 지금 그를 기억하는 이는 아무도 없다. 그는 오도 가도 못한 채, 이러지도 저러지도 못한 채, 낯선 시공간으로 내쳐졌다. 구명밧줄이 잘렸다. 유일한 밧줄이 끊어져 멀어졌다. 삶으로 이어진, 세상에서 가장 긴 줄이 손아귀에서 영영 빠져나가 가물가물 멀어졌다. 소용돌이로 빨려들어가 사라지는 밧줄. 10억분의 1초 만에 닫히는 소용돌이. 그 너머에 집과 삶, 그리고 그의 유일한 존재 가능성이 있었다. 그는 유일한 생명줄이 깊고 깊은 나락으로 빨려 들어가는 걸, 녹아 사라지는 걸 속수무책으로 바라보았다. 그는 절대 발견되지 않을 절대적인 오류의 기슭에 홀로 남겨졌다. 아니, 어쩌면 환희마저 넘어선 미(美)의 기슭이었을까? 공포의 기슭? 무(無)의 기슭? 그가 선 곳이 어디였든, 그곳은 그가 존재했던 어느 곳과도 비교할 수 없는 심원한 다름(異)의 세계였다.

그곳은 그가 생명을 부지할 수 있는 곳이 아니었다. 그곳은 난폭하게 튕겨 나가 처박힌 그를 조금이라도 허용해줄 수 있는 곳이 아니었다. 치열하고 용감하고 제정신이 아닌 그는 이를 악물고 결사적으로 저항했다. 그는 그곳, 버려진 그곳에 선 자신을 잠시도 용인하지 않았다. 그는 주먹을 움켜쥐었다. 그리고 무엇을 했던가? 거부된 채, 추방된 채, 그는 길 잃은 짐승보다 더 간절하게 닿을 수 없는 집을, 자기 집을 갈망했다. 길도, 교통편도, 차도, 아무런 수단도, 아무런 장치도 없이, 집에 가고야 말겠다는 애타는 각오 말고는 아무런 동력도 없이, 자신이 내던져진 궤도를 따라, 점점 희미해지는 그 궤도를 따라, 자신에게 남은 마지막이자 유일한 그 생명선을 따라, 그는 시작했다. 무엇을?

그는 걸었다.

집으로.

＊

어느 대기업이 임대해 쓰고 있던 아이다호 본빌 입자가속기가 어떤 문제로 운행 중에 박살이 났는지 정확하게 밝혀진 바는 없다. 아니, 그보다는 어떤 기능이 불량이었는지 진단해야 할 사람들이 뒤이어 닥친 더 심각한 재난에 휩쓸려 거의 일시에 몽땅 사라져버렸다고 말하는 편이 더 정확할 것이다.

이 두 번째 대재난의 성격 역시도 처음에는 밝혀지지 않았다. 분명한 것은 구력(舊曆) 1989년 5월 2일 11시 53분 6초에 본빌 연구소와 소속 인력 전부가 스스럼없이 뭉개진 고에너지 플라스마 비슷한 물질로 변형됐다가 땅과 하늘을 뒤흔들며 급속하게 방사상으로 팽창했다는 것이다.

불행하게도 그 팽창한 플라스마 비슷한 물질이 충격을 가한 범위 안에 MIRV 방어용 핵폭탄이 하나 배치돼 있었다.

다음 몇 시간 동안 혼란이 지속되는 사이에 지구 인구의 상당수가 사라졌고, 생태계가 바뀌었으며, 지구 자체가 익숙한 형태의 분화구들로 뒤덮였다. 그로부터 몇 년 동안 생존자들은 먹고사는 문제에 매달려야 했고, 본빌에 생긴 특이한 먼지 구덩이는 변화하는 기후 순환에 노출된 채 내버려졌다.

큰 분화구는 아니었다. 지름이 1킬로미터를 조금 넘었고, 전통적인 분화구들과는 달리 가장자리가 밀려 올라가지 않았다. 곱게 다져진 어떤 물질이 표면을 덮고 있다가 말라서 먼지가 되었다. 비가 내리기 시작하기 전에 그곳은 거의 완벽하게 편평했다. 조사해본 사람이 있었는지는 모르겠지만, 햇빛이 특정 각도에서 비출 때 그 분화구의 정중앙부를 보면 누가 조그맣게 표시를 하거나 아니면 뭔가로 긁은 듯한 지점이 있었다.

재앙이 있은 지 20년이 지나 어느 날, 남쪽에서 한 무리의 작달막한 갈색 사람들이 다소 괴상하게 생긴 양 떼를 몰고 나타났다. 누가 보더라도 토양 미생물이라곤 전혀 없는 듯했던 그때의 분화구는 풀이 잘 자라지 않는 넓고 얕은 분지였다. 분화구 주변에 무성하게 자라던 풀과 마찬가지로 분화구에 난 풀도 양들에 해가 되지는 않는 것 같았다. 분화구 남쪽 가장자리에 조잡한 초가집이 몇 채 지어졌고, 중앙의 헐벗은 지점을 지나며 분화구를 가로지르는 희미한 길들이 생기기 시작했다.

어느 봄날 아침에 분화구 안으로 양 떼를 몰고 나간 아이 둘이 비명을 지르며 마을로 돌아왔다. 땅에서 괴물이 튀어나왔다고, 거대하고 납작한 짐승이 끔찍한 소리로 으르렁거렸다고 했다. 괴물은 섬광과 진동을 일으키며 사라졌고, 뭔가 불쾌한 냄새가 남았다. 양들은 달아났다.

양들이 달아났다는 말만은 누가 봐도 진실이었으므로, 어른 몇 명이 조사에 나섰다. 괴물은 흔적도 없었고, 괴물이 숨을 만한 곳도 없었다. 어른들은 두 아이를 매질하는 것으로 만족했고, 두 아이는 괴물이 나온 장소를 에둘러 다니는 것으로 만족했다. 한동안 별다른 일은 일어나지 않았다.

다음 해 봄에 똑같은 일이 반복되었다. 이번에는 좀 더 나이를 먹은 여자애가 현장에 있었지만, 괴물은 누운 채로 전속력으로 달려가는 듯한 자세였으나 전혀 움직이지 않았다는 내용 정도를 더해줄 뿐이었다. 괴물이 나타났다는 곳의 흙바닥엔 긁힌 듯한 흔적이 있었다. 역시 아무것도 발견되지 않았다. 사람들은 그곳에 불길한 장소를 표시하는 갈라진 나무 막대기를 세웠다.

1년 후에 세 번째로 똑같은 일이 발생하자 그곳을 피해 돌아가는 우회로가 넓혀졌고, 그곳엔 사악한 것을 쫓는 부적 막대기들이 추가로 세워졌다. 하지만 괴물이 나타나봤자 별다른 해를 끼치지는 않는 듯했고, 갈색 사람들은 그보다 훨씬 심한 것도 봐왔으므로, 늘 그랬듯이 양 치는 일은 계속됐다. 괴물이 나타났다가 순식간에 사라지는 사건이 몇 번 더 기록되었는데, 괴물이 출현하는 시기는 매번 봄이었다.

새 시대가 시작된 지 30년쯤 됐을 때 웬 키 큰 노인이 짐 꾸러미를 자전거에 싣고 절뚝거리며 남쪽 언덕을 내려왔다. 노인은 마을에서 먼 분화구 건너편에 천막을 치고는 곧장 분화구 중앙에 있는 괴물이 나오는 장소를 찾았다. 노인이 분화구 마을에 와서 괴물에 대해 이것저것 물어봤지만 아무도 노인의 말을 알아듣지 못했으므로, 노인은 그저 작은 칼 하나와 약간의 고기를 맞바꾸는 데 만족했다. 노쇠했지만 뭔가 범접할 수 없는 분위기를 풍겼기 때문에 마을 사람들은 노인을 죽이지 않았다. 나중에 노인이 마을 여자들을 도와 아픈 아이 몇몇을 치료했으므로, 노인을 죽이지 않은 건 현명한 일이었음이 판명되었다.

괴물이 출현하는 장소 근처에서 많은 시간을 보낸 덕분에 노인은 다음번에 괴물이 출현했을 때 곁에 있을 수 있었다. 노인은 괴물을 본 뒤에 매우 흥분해서 천막을 분화구 안쪽 길가로 옮기는 등, 이유는 알 수 없지만 분명 해로워 보이지는 않은 몇 가지 일을 했다. 노인은 괴물이 나타나는 지점을 지켜보며 꼬박 한 해를 보냈고, 다음번 출현 때에도 곁에 있었다. 두 번째로 괴물을 본 다음, 노인은 그 지점에 바위 하나를 가져와 며칠에 걸쳐 뭔가를 새기고는 올 때와 마찬가지로 절뚝거리며 북쪽으로 떠났다.

수십 년의 세월이 더 흘렀다. 분화구는 침식되어 빗물 도랑이 분지 한쪽 가장자리를 가로지르며 단속적으로 이어져 흐르는 작은 개울이 되었다. 회색 사람들 무리가 갈색 사람들과 양들을 습격했고, 얼마 후 살아남은 갈색 사람들은 동쪽으로 사라졌다. 한때 아이다호였던 이곳은 이제 겨울에도 서리가 내리지 않았다. 촉촉한 평원에 사시나무와 유칼립투스가 싹을 틔웠다. 여전히 나무 한 그루 없는 분화구는 널따랗고 편평한 풀쟁반 같았고, 중앙에 맨 흙바닥이 드러난 곳도 그대로였다. 하늘은 어느 정도 맑아졌다.

또 30년이 지난 후에 검은 사람들이 대대적으로 황소가 끄는 수레를 몰고 나타나 한동안 분화구에 머물렀지만, 천둥 같은 소리를 내지르며 나타난 괴물을 보고는 다시 떠나버렸다. 이따금 방랑자들이 분화구를 지나갔다.

그로부터 50년이 지난 후, 분화구에서 가장 가까운 낮은 구릉지에 소규모 정착지가 생겨나 검은 세로줄 무늬가 난 작은 조랑말을 탄 사람들이 분화구 근처로 등이 굽은 소 떼를 몰고 나왔다. 분화구 개울 옆에 목동이 머무르는 오두막이 생겼고, 머지않아 올리브색 피부와 붉은 머리카락을 가진 한 가족이 살게 되었다. 정해진 수순처럼 그들도 순식간에 나타났다 사라지는 그 찰나의 괴물을 목격했지만, 그들은 떠나지 않았다. 100년도 전에 키 큰 노인이 가져다둔 바위는 아무도 건드리지 않은 채 그 자리에 그대로 놓여 있었다.

분화구 가장자리에 자리 잡은 농가가 세 채로 늘어났고, 다른 이들도 속속 분화구로 모여들었다. 개울을 가로지르는 통나무다리가 놓이고 분화구를 가로지르는 오솔길은 마차가 다니는 넓은 길이 되었다. 마찻길은 여전히 희미하게 표가 나는 분화구 중심 부분을 둥그렇게 에두르며 휘었고, 안쪽에는 풀이 우거졌다. 이상한 충돌 흔적 같은 1제곱미터 넓이의 맨 흙바닥이 있고, 옆에는 뭔가 글이 새겨진 사암 덩어리가 있었다.

매년 특정한 봄날 아침에 이곳에 괴물이 나타난다는 사실은 이제 아는 사람은 다 아는 얘기가 되었다. 분화구 인근 아이들 사이에서는 서로를 부추겨 괴물이 나오는 곳에 갔다 돌아오는 게 인기 있는 놀이가 되었다. 분화구 사람들은 자기네 언어로 괴물을 불렀는데, 공용어로 옮기면 '늙은 용'과 비슷한 의미였다. 늙은 용이 나타나고 사라지는 과정은 늘 똑같았다. 짧고 격렬한 천둥소리가 갑자기 났다가 사라지는데, 그사이에 실제로는 전혀 움직이지 않지만 분명 격렬하게 움직이는 자세를 취한 용처럼 생긴 생물이 지면에 나타났다가 사라졌다. 용이 사라진 후에는 불쾌한 냄새가 나고 땅에서 연기가 올라왔다. 가까이에서 그 광경을 본 사람들은 몸이 떨리는 느낌이었다고 말했다.

*

두 번째 세기가 시작되고 얼마 지나지 않아 북쪽에서 젊은 남자 두 명이 말을 타고 마을로 들어왔다. 말이라고는 했지만, 그 조랑말은 지역 토착종보다도 볼품이 없었다. 그들은 들고 온 장비 중에서 상자처럼 생긴 물건 두 개를 꺼내 괴물 나오는 곳에 설치했다. 두 남자는 1년 정도를 그곳에 머무르며 늙은 용이 모습을 드러내는 장면을 두 번 관찰했으며, 그러는 동안 마을 사람들에게 기온이 좀 낮은 북쪽 지역의 소식을 전하고 도로망과 교역 관계에 있는 마을들이 표시된 지도를 여러 개 나눠주었다. 그들은 또 풍차를 세웠는데, 분화구 사람들은 풍차는 받아들였지만, 빛을 내는 기계를 세우겠다는 둘의 제안은 받아들이지 않았다. 그러자 두 사람은 마을 소년 하나에게 접근해 괴물 나오는 곳에 설치해둔 상자를 조작하는 법을 배우도록 설득하다가 결국 실패하고는 상자를 챙겨서 떠났다.

그 뒤로 또 몇십 년 동안 여러 여행자가 분화구에 들렀다가 그 괴물에 놀라는 일이 반복되었고, 거기 남쪽 산맥 너머에서는 산발적인 전투가 벌어지곤 했다. 한번은 무장한 사람들이 소 떼를 훔치려고 분화구 마을을 습격했다. 마을 사람들이 가까스로 물리치기는 했지만, 습격자들이 남긴 더러운 병 때문에 많은 이가 죽었다. 그런 일들이 일어나는 사이에도 분화구 한가운데에 드러난 흙바닥은 여전했고, 괴물은 보는 사람이 있든 없든 상관없이 매년 꼬박꼬박 모습을 드러냈다.

분화구에서 가까운 산기슭 마을이 커져 완전히 모습이 달라졌고, 집 몇 채만 있던 분화구에도 마을이 생겼다. 길이 넓어지고 서로 연결되면서 도로망이 생겨났다. 이제 산맥을 뒤덮은 회녹색 침엽수들이 아래쪽 평원으로 퍼져나가기 시작했고, 침엽수 가지에는 쩍쩍거리는 도마뱀이 살았다.

그 세기가 끝날 때쯤 거의 맨몸뚱이로 돌아다니는 초라한 무단점거자들이 젖을 생산하는 왜소한 짐승들을 몰고 서쪽에서 몰려왔다가 결국 죽임을 당하거나 쫓겨났다. 하지만 분화구 지역의 소 떼가 악질적인 기생충에 감염되고 말았다. 북쪽 상업도시에서 수의사들이 파견되었지만, 소들에게 해줄 수 있는 일이 별로 없었다. 분화구 인근에 살던 가족들이 모두 떠나자 그 지역은 텅 빈 채로 몇십 년을 보냈다. 이윽고 새로운 소 떼가 평원에 모습을 드러내고 분화구 마을에도 다시 사람들이 들어왔다. 여전히 맨땅인 분화구 중심부에는 매년 괴물이 출현했는데, 어느덧 그 지역에서는 하나의 자연현상으로 인정받게 되었다. 몇 번은 먼 북서부 당국에서 괴물 출현을 조사하러 사람을 보내기도 했다.

분화구 마을이 점차 번성하여 소 떼가 풀을 뜯던 들판을 잠식해 들어가면서 오래된 분화구 일부가 마을 공원이 되었다. 분화구 일대에서는 괴물이 나타나는 때에 맞춘 소규모 계절성 관광산업이 발전했다. 마을 사람들은 그 시기에 몰리는 관광객들에게 방을 빌려주었고, 지역 술집들은 괴물의 유물이라고 주장하는 수상쩍은 물건들을 대량으로 전시했다.

그때쯤 괴물을 둘러싸고 여러 광신적인 종교 집단들이 생겨났다. 일부 종교 집단들은 그 괴물이 두 세기 전에 들이닥친 재앙에 대해 속죄하는 고통을 짊어지고 땅에 모습을 드러낼 수밖에 없는 저주받은 영혼이라고 여겼다. 또 다른 집단들은 괴물을 일종의 신의 사자라 여겼는데, 으르렁거리는 소리에 대한 해석이 종파마다 달라서 어떤 종파는 종말의 계시라 여겼고, 다른 종파는 희망의 계시라 여겼다. 아주 시끄러운 한 종파는 괴물이 한 해 동안 마을 사람들이 행한 도덕적 행위들을 평가한다고 가르쳤고, 매년 괴물이 나올 때마다 눈에 띄는 변화를 관찰한 다음 좋거나 나쁘다는 해석을 내놓곤 했다. 괴물이 일으킨 먼지에 닿으면 재수가 좋다고 여기는 종파도 있었고 위험하다고 여기는 종파도 있었다. 막대기로 괴물을 때려보려는 사내애가 적어도 한 세대에 한 명은 있었고, 보통은 부러진 팔과 평생 술집에서 씹을 안줏거리를 얻었다. 돌멩이 같은 물체로 괴물을 맞추는 건 인기 있는 놀이였고, 언젠가 수년 동안은 집단으로 기도하면서 꽃을 던져대기도 했다. 한번은 어떤 패거리가 그물로 괴물을 잡으려고 시도했지만, 끊어진 노끈 조각들과 수증기만 남기고 괴물은 사라졌다. 괴물이 나타나는 지점에는 이미 오래전에 울타리가 설치되었고, 그 주위로는 공원이 조성되었다.

세상이 이렇게 변하는 동안에도 괴물은 매년 수수께끼 같은 출현을 이어갔다. 괴물은 격렬하게 움직이는 듯한 자세로 땅 위에 뻗은 채 움직임 없이, 알아들을 수 없는 소리로 으르렁거리며 격렬하게 나타났다가 격렬하게 사라졌다.

새 시대가 시작되고 네 번째 세기가 지나고서야 그 괴물이 조금씩 변해왔다는 사실이 명확해졌다. 이제 괴물은 더는 땅에만 붙어 있지 않았다. 발을 차거나 팔을 휘젓는 듯이 한쪽 팔과 한쪽 다리가 공중으로 뻗었다. 시간이 지나면서 괴물은 더욱 빠르게 변하기 시작해, 그 세기가 끝날 때쯤이 되자 양팔을 돌리다가 멈춘 것처럼 쫙 펴고 좀 어정쩡하게 웅크린 자세로 일어서게 되었다. 으르렁거리는 소리도 이전과는 상당히 다르게 울리는 듯했고, 괴물이 사라진 땅에서는 더욱 많은 연기가 뿜어져 나왔다.

그즈음에는 그 남자 괴물이 무언가를 하려 한다는, 뭔가 중요한 의사를 표명하려 한다는 느낌을 받는 사람이 많아졌는데, 때마침 자연재해가 줄줄이 이어지고 몇몇 신기한 사건이 일어나는 바람에 그런 교리를 가르치는 어느 원기 왕성한 종교 집단이 세력을 얻게 되었다. 종교 지도자 몇몇이 괴물의 출현을 관찰하기 위해 분화구 마을로 여행을 왔다.

그러나 수십 년이 지나도록 남자 괴물은 제자리에서 서서히 몸을 틀어 이제는 미끄러지면서 비틀거리거나 강풍에 밀려 뒤로 넘어지는 자세로 보이는 것 말고는 아무 일도 하지 않았다. 물론 바람은 전혀 없었다. 당시의 전반적인 기후는 온화했고 별다른 일도 일어나지 않았다.

신력(新曆)이 시작된 지 다섯 번째 세기 초입에 북부 중앙당국에서 파견한 조사원 세 명이 그 지역을 지나다가 괴물을 조사하기 위해 마을에 머물렀다. 그들은 자신들이 하는 일이 자연과학과는 아무런 상관이 없다고 마을 사람들에게 보증한 뒤에야 괴물이 나타나는 자리에 상설 녹화장비를 설치할 수 있었다. 그 지역의 소년 하나가 그걸 조작하는 훈련을 받았다. 그러다 그 소년이 여자친구와 헤어지는 바람에 일을 그만두었지만, 곧 다른 아이가 자원했다. 이때는 거의 모든 사람이 매년 출현하는 괴물이 어떤 남자 또는 그 남자의 혼령이라고 믿고 있었다. 녹화를 담당하는 소년과 학교의 기술 선생을 포함한 몇몇 이들이 괴물을 '사나이 존'이라 불렀다. 다음 10년 사이에 도로 사정이 엄청나게 좋아졌다. 온갖 형태의 왕래가 증가했고, 예전에 스네이크강이었던 곳까지 운하를 파자는 얘기도 나왔다.

＊

다섯 번째 세기가 끝날 때쯤의 어느 5월 아침에 젊은 남녀 한 쌍이 노새가 끄는 산뜻한 녹색 이륜마차를 타고 산드레아스 분열대에서부터 남서쪽으로 이어지는 대로를 따라 천천히 마을로 올라왔다. 여자의 피부는 금색이었고, '사나이 존'으로서는 삶의 끝에서든 시작에서든 들어보지 못했을 언어로 젊은 남편과 잡담을 나누었다. 그래도 여자가 남편에게 말하는 내용은 세대와 언어를 막론하고 어디서나 들어본 것이었다.

"아 설리, 이렇게 둘이 여행하게 돼서 너무 좋아! 내년 여름에는 내가 아기 때문에 바쁠 테니까."

설리라는 남자는 새신랑다운 말로 아내의 말에 응답했고, 둘은 돌돌 거리며 마을 여관으로 가는 길 내내 그런 얘기를 나누었다. 둘은 마을 여관에 닿자마자 마차와 짐을 그냥 두고 거기서 만나기로 한 여자의 삼촌을 찾으러 여관 안으로 들어갔다. 다음 날은 사나이 존이 나타나는 날이었고, 여자의 삼촌인 라반은 그 현상을 관찰하고 이런저런 정리를 하기 위해 매켄지 시 역사박물관에서 파견한 인물이었다.

둘은 학교의 기술 선생과 같이 있는 라반을 찾아냈다. 기술 선생도 괴물을 녹화하는 사람이었다. 라반이 곧장 그들 모두를 데리고 여러 종교계 인사들을 만나는 자리가 기다리고 있는 시장실로 갔다. 시장은 종교적 이유로 괴물을 보기 위해 몰려드는 관광객들의 가치를 모르는 바 아니었지만, 그래도 라반 삼촌의 편에 서서 못마땅해하는 종교계 인사들로부터 매켄지 시 당국이 세속적으로 '괴물'을 해석해도 좋다는 인색한 동의를 끌어내주었다. 종교계 인사들이 '괴물'에 대해 서로 다른 의견을 가진 덕분에 일이 좀 수월하긴 했다. 라반의 조카딸이 대단한 미인이라는 걸 알게 된 시장은 그런 뒤에 모두를 집으로 초대해 저녁 식사를 대접했다.

밤이 되어 돌아간 여관은 축제를 즐기려는 사람들로 떠들썩했다.

"어휴." 라반이 말했다. "하도 말을 많이 했더니 입이 바싹 말랐어. 그 해탈교파 여자가 어찌나 성스러운 허튼소리를 해대던지! 이봐, 설리, 궁금한 게 많을 거야. 여기, 이걸 줄 테니 한번 읽어보게. 관광객들에게 팔려고 마을에 준, 매켄지에서 만든 안내서야. 뭐든 궁금한 게 있으면, 내가 내일 답해주겠네." 그리고 라반 삼촌은 사람들로 북적이는 술집 안으로 사라졌다.

그래서 설리와 새신부는 안내서를 들고 위층 침실로 갔지만, 겨우 그걸 읽을 시간이 난 건 다음 날 아침식사 자리에서였다.

설리가 입에 음식물을 가득 넣은 채 안내서를 읽었다.

"'존 델가노에 관해 알려진 내용은 모두 대참사 직후 그의 형 칼 델가노가 매켄지 집단 기록보관소에 남긴 두 건의 문서에서 나왔다.' 마이라, 나의 비둘기, 여기 팬케이크에 꿀 좀 부어줘. '문서의 요약본은 다음과 같다. 진술자인 나는 칼 델가노다. 나는 동생 존 같은 공학자나 우주비행사가 아니다. 나는 솔트레이크시티에서 전자제품 수리점을 운영했다. 존은 우주비행사 훈련을 받았지만, 우주에 나간 적은 없었다. 불황으로 모든 우주개발 계획이 중지되었기 때문이다. 그래서 존은 본빌의 설비 일부를 임대한 어느 민간기업에 고용됐다. 그들은 모종의 혹독한 진공 실험 대상자를 필요로 했다. 내가 아는 건 그게 전부다. 동생네 가족은 본빌로 이사했지만, 우리는 1년에 몇 차례씩 만났다. 내 아내와 존의 아내는 친자매처럼 친했다. 동생한테는 클라라와 폴이라는 두 아이가 있었다.

그 실험은 극비리에 진행됐지만, 존은 그들이 반중력실을 만들려 한다고 내게 털어놓았다. 실험이 성공했는지는 모르겠다. 그게 폭발이 있기 한 해 전 일이었다.

그해 겨울에 동생네 가족이 크리스마스를 지내러 왔을 때, 존은 그들이 뭔가 새로운 걸 시도하고 있다고 말했다. 존은 정말로 흥분해 있었다. 존은 '시간 변위'라는 말을 쓰며, 그것이 일종의 시간 이동 실험이라고 말했다. 동생은 실험 책임자가 정말로 미친 과학자 같다고 했다. 갖가지 아이디어가 넘치는 사람이며, 다른 프로젝트가 중단되어 빌려 쓸 수 있는 장비가 생길 때마다 자기 실험에 뭔가 새로운 측면을 덧붙이는 사람이라는 말이었다. 아니, 나는 원청회사가 어디인지 모른다. 아마도 어느 거대 보험사가 아닐까 싶다. 돈은 보험사가 다 쥐고 있으니까. 그렇지 않은가? 난 그들이 미래를 들여다보기 위해 실험 비용을 댔으리라 추측한다. 그러면 말이 된다. 어쨌든, 존은 실험을 하고, 하고, 또 했다. 동생의 아내인 케이트는 두려워했다. 당연하지 않은가? 케이트는 존이 H. G. 웰스처럼 어떤 미래 세계를 돌아다닌다고 생각했다. 존은 전혀 그렇지 않다고, 그들이 얻을 수 있는 건 잘해봐야 일이 초나 될까 싶은 깜박임에 불과하다고 말했다. 그리고 온갖 복잡한 얘기들이 뒤따랐다.' 그래, 그래, 이 욕심꾸러기 새끼돼지, 나한테도 차 좀 따라줘. 이거 읽는 게 얼마나 목마른 일인 줄 알아?

그래서, '지구가 움직이면 어떻게 되냐고 내가 존에게 물었던 게 기억난다. 내 말은, 다른 장소로 돌아올 수도 있는 것 아니냐는 뜻이었다. 존은 그들이 그 문제도 다 계산했다고 말했다. 공간 궤도를 고려했다고. 케이트가 너무 무서워했기 때문에 우리는 이야기하다 말고 대화 주제를 바꿨다. 존이 자기 아내에게 말했다. 걱정하지 마, 난 집으로 돌아올 거야. 하지만 존은 돌아오지 않았다. 물론, 존이 돌아왔다고 해서 뭔가 달라졌으리라는 의미는 아니다. 대폭발로 모든 것이 쓸려나갔으니까. 솔트레이크도 날아갔다. 내가 살아남은 이유는 4월 29일에 어머니를 보러 캐나다 캘거리 근처로 올라갔기 때문이다. 5월 2일에 모든 게 끝났다. 난 7월이나 되어서야 매켄지 시에서 살아남은 당신들을 발견했다. 나도 이곳에 머물러야 할 것 같다. 이게 내가 존에 대해서 알고 있는 전부다. 존은 정말로 괜찮은 녀석이었다. 그 사고가 이 모든 일의 시작이었다 해도, 존의 잘못은 아니다.'

'두 번째 문서.' 사랑을 믿고 하는 말인데, 내가 이거 다 읽어야 해? 좋아, 알았어, 하지만 마님, 먼저 키스를 해줘야겠어. 어쩜 꼭 그렇게 깨물어 먹고 싶게 생겼을까? '두 번째 문서. 신력 18년, 작성자 칼.' 내 포동포동한 비둘기, 이 고풍스러운 필체 좀 봐. 아, 알았어, 알았다고.

'본빌 분화구에서 씀. 동생인 존 델가노를 보았다. 나는 내가 방사능 중독증에 걸렸다는 사실을 알자마자 상황이 어떤지 살펴보려 여기로 내려왔다. 솔트레이크는 여전히 뜨겁다. 그래서 나는 이곳 본빌 부근까지 걸어왔다. 연구소가 있던 자리에는 풀에 덮인 분화구가 생겼다. 여느 분화구와는 다르다. 여긴 방사능에 오염되지 않아서 가져간 필름도 말짱했다. 분화구 중앙에 풀이 나지 않은 맨흙바닥이 보인다. 이곳 주민 몇 명이 봄마다 거기에 괴물이 나타난다고 했다. 이곳에 도착한 이틀 뒤에 직접 그 괴물을 보았지만, 너무 멀리서 본 탓에 남자가 확실하다는 것 말고는 아무것도 제대로 보지 못했다. 그는 우주복을 입고 있었다. 심한 소음과 먼지가 일어서 깜짝 놀랐다. 소음과 먼지가 순식간에 사방을 가득 채웠다. 괴물이 나타난 때가 그날에 상당히 가깝다는 걸 알았다. 내 말은, 대재앙이 있었던 구력 5월 2일 말이다.

그래서 나는 1년을 더 이곳에 눌러앉았고, 어제 다시 그를 보았다. 이번에는 정면에 서 있었기 때문에 안면 보호판 안의 얼굴을 볼 수 있었다. 존이었다. 다쳤는지 입가에 피가 묻어 있었다. 우주복은 낡고 때가 탔다. 존은 땅에 누운 상태였다. 마치 야구 주자가 1루로 미끄러져 들어갈 때처럼, 존은 전혀 움직이지 않았지만 먼지가 풀풀 일었다. 동생은 앞을 보는 것처럼 눈을 뜨고 있었다. 대체 어찌 된 일인지 이해할 수는 없었지만, 난 그게 존이라는 걸, 유령이 아니라는 걸 알았다. 존은 두 번 다 정확하게 똑같은 자세였고, 아주 잠시 찢어질 듯 큰 천둥소리와 사이렌 같은 소리가 났다. 그러고는 오존 냄새가 났고, 연기가 피어올랐다. 난 떨림 같은 걸 느꼈다.

난 이곳에 나타나는 것이 존이라는 걸 알고, 또 그가 살아 있다고 생각한다. 이 사실을 알리려면 아직 걸을 수 있는 지금 이곳을 떠나야 한다. 나는 누군가가 여기로 와서 존을 봐야 한다고 생각한다. 어쩌면 당신이 존을 도울 수 있을지 모른다. 서명. 칼 델가노.

매켄지 그룹은 이 문서들을 보관하고 있다가 몇 년이 지나….'

음, 이제 나머지 내용은 문서가 처음으로 광인쇄된 시기와 기록보관소와 분석가 따위의 얘기들뿐이야. 좋아! 이제 당신 삼촌을 만날 시간이야. 요 깨물어 먹고 싶은 이쁜이, 우리 잠깐 위층에 올라갔다가 갈까?"

"아니, 설리. 난 아래층에서 기다릴게." 마이라가 분별 있게 말했다.

✳

둘이 마을 공원으로 들어서니 라반이 '사나이 존 출현지' 앞 공터에 커다란 기념비를 설치하는 작업을 감독하고 있었다. 커튼으로 가린 기념비가 공식 제막식을 기다렸다. 마을 사람들과 관광객과 아이들이 길마다 몰려들었고, '신을 향한 여정' 합창단이 야외 음악당에서 노래를 불렀다. 아침인데도 날이 금방 더워졌다. 행상인들이 아이스크림과 괴물을 본뜬 밀짚 장난감과 행운을 빌며 괴물에게 던지는 색종이 조각들과 꽃을 팔았다. 검은 예복을 입은 다른 종교 집단의 사람들은 뭔가를 기다리고 있었다. 공원 반대쪽에 있는 '참회파' 교회에서 나온 사람들이었다. 그들의 사제가 음울한 눈빛으로 몰려든 군중들을, 특히 그중에서도 마이라의 삼촌을 노려보았다.

여관에 있던, 공무원처럼 보이는 낯선 사람 셋이 라반에게 다가오더니 앨버타 본부에서 온 참관인들이라고 자신들을 소개했다. 마을 사람들이 의심의 눈초리로 힐끗대는 가운데 세 사람은 장비 몇 대를 들고 공원 중앙에 쳐놓은 천막 안으로 들어갔다.

사람들이 함부로 기념비를 가린 커튼을 들추지 못하도록 기술 선생이 학생들을 배치했고, 마이라와 설리와 라반은 천막 안으로 들어갔다. 안은 바깥보다 훨씬 더웠다. 중앙에 낮은 울타리를 두른 지름 6미터쯤 되는 공터가 있고, 그 주변을 둘러 벤치가 놓였다. 울타리 안은 흙바닥이었고 뭔가 질질 끌린 자국이 나 있었다. 꽃다발 몇 개와 꽃이 만발한 포인시아나 가지들이 울타리에 기대 놓여 있었고, 울타리 안에는 글귀가 새겨진 거친 사암 바윗덩어리 하나밖에 없었다.

막 천막으로 들어서는데 꼬마 여자애 하나가 가운데 공터를 냅다 가로질러 달렸다. 모두가 일시에 소리를 질렀다. 앨버타에서 온 공무원들이 울타리 한쪽에 광인쇄 상자를 세워놓고 분주하게 움직였다.

"아, 맙소사." 공무원 하나가 몸을 숙여 삼각대를 울타리 안쪽에 세우자 라반 삼촌이 중얼거렸다. 공무원이 삼각대를 조정하자 거대한 말꼬리처럼 뭉쳐놓은 가는 깃털 필라멘트들이 활짝 피어나 가운데 공터를 향해 소용돌이쳤다.

"아, 맙소사." 라반이 다시 말했다. "왜 저 사람들은 뭐든 그냥 내버려 두질 못하지?"

"저 사람들은 존의 우주복에서 떨어지는 먼지를 잡으려는 거죠, 맞습니까?" 설리가 물었다.

"그래, 미친 거지. 어제 준 것, 읽을 시간은 있던가?"

"아, 그럼요." 설리가 대답했다.

"뭐, 말하자면요." 마이라가 덧붙였다.

"그럼 알겠구나. 그는 넘어지는 중이야. 뭐랄까, 속도, 속도를 줄이려 하고 있지. 넘어지는 속도를 늦추려고 말이야. 미끄러지거나 뭔가에 발이 걸린 게 틀림없어. 우리는 그가 발을 헛디디고 넘어지기 시작한 순간에 아주 근접해 있어. 어쩌다 그렇게 됐을까? 누가 발을 걸었을까?" 라반이 지금은 아주 심각해진 얼굴로 마이라와 설리를 돌아보았다. "그를 넘어 뜨린 사람이 자신이라면 어떤 기분일까?"

"와." 마이라가 별생각 없이 맞장구를 치다가 이내 어조를 바꾸어 다시 말했다. "오."

"그 말씀은," 설리가 물었다. "그를 넘어뜨린 사람이 이 모든 일을, 이 모든 사태를 일으켰다고…."

"가능하지." 라반이 말했다.

"잠깐만요." 설리가 미간을 찌푸렸다. "그는 넘어졌어요. 그러니 누군가가 그를 넘어뜨렸어요. 제 말은, 발을 걸든 손으로 밀든, 뭘 했겠죠. 그가 넘어지지 않는다면, 과거가 전부 바뀔 거예요. 그렇지 않아요? 전쟁도 없고, 다른 것들도…."

"가능하지." 라반이 같은 말을 반복했다. "누가 알겠나. 내가 아는 건 존 델가노와 그 주변의 공간이 일찍이 지구상에서는 알려진 적이 없을 만큼 불안정하고도 불가능한 고밀도 전하 영역이라는 것과 누구도 거길 막대기로 찔러서는 안 된다는 것일세."

"아, 저런, 라반 씨!" 앨버타 사람 하나가 미소를 지으며 대화에 끼어

들었다. "우리 '먼지털이'는 파리 한 마리도 못 넘어뜨려요. 그냥 유리질 모노필라멘트일 뿐이거든요."

"미래에서 온 먼지라니." 라반이 툴툴거렸다. "그걸로 뭘 알 수 있는 거요? 미래에도 먼지가 있다는 거?"

"그가 손에 쥐고 있는 것에서 실마리라도 잡을 수 있으면 좋겠는데요."

"손에 쥔 것이요?" 마이라가 물었다. 설리는 조급하게 안내서를 뒤적거리기 시작했다.

"그것에 맞춰진 기록 분석기가 한 대 있었거든요." 앨버타 사람이 주위를 힐끗거리며 목소리를 낮췄다. "분광기 말이죠. 그의 손에 뭔가 있어요, 아니면 있었거나요. 뭔지 알아볼 수는 없어요. 너무 상태가 나빠져서요."

"사람들은 그를 찌르거나 붙잡으려고 하고," 라반이 중얼거렸다. "당신들은…."

"10분 전입니다!" 확성기를 든 남자가 소리쳤다. "주민과 관광객 여러분, 자리에 앉아주세요."

'참회' 교파 사람들이 고대의 주문인 '미-세리-코르디아, 오라 프로 노비스!'*를 읊으며 한쪽에 몰려섰다.

갑자기 팽팽한 긴장감이 돌았다. 큰 천막 안은 이제 사람들로 북적거렸고, 몹시 더웠다. 시장실에서 보낸 소년 하나가 사람들 틈을 꼬물꼬물 헤치며 라반 일행에게 다가와 '얼굴' 방향 두 번째 줄에 놓인 내빈석에 앉으라고 손짓했다. 얼굴 방향 울타리 가에서 참회교파 성직자 한 명이 녹화기가 차지한 자리가 원래 자기 자리이니 내놓으라며 앨버타 공무원과 옥신각신하고 있었다. 그는 사나이 존과 눈을 마주치는 것이 자신에게 주어진 특별한 소임이라 주장했다.

"그가 정말로 우리를 볼 수 있어요?" 마이라가 삼촌에게 물었다.

"눈을 깜박여봐." 라반이 조카에게 말했다. "깜박일 때마다 새로운 장

---

* 자비를, 저희를 위해 기도하소서!

면이 보이는 식이지. 그에게는 그렇게 보여. 주마등이야. 깜박, 깜박, 깜박, 깜박. 그런 식으로 얼마나 계속될지는 신만이 아시고."

"미제레레, 페카비.*" 참회교파 사람들이 계속 노래를 불렀다. "죄악의 붉은빛이 우리를 지나가기를!"

"저 사람들은 자기들 영혼이 타락했기 때문에 저 괴물의 산소통 표시가 빨갛게 됐다고 믿고 있어." 라반이 쿡쿡 웃었다. "저 사람들 영혼은 앞으로도 꽤 오랫동안 타락한 상태여야 할 거야. 존 델가노에겐 5세기 만큼의 예비용 산소가 있으니까, 아니 그보다, 그는 앞으로도 5세기는 낮은 수치일 테니까. 그의 시간으로는 1년에 0.5초씩, 15분이지. 오디오 분석 자료를 보면 그는 어쨌든 이럭저럭 정상적으로 호흡하고 있고, 예비용 산소는 20분 정도 버틸 양이야. 그러니 저 사람들은 약 700년경에 구원을 받게 되겠지. 그때까지 저 사람들이 살아 있다면 말이지만."

"5분 전입니다! 다들 자리에 앉으세요. 모두가 볼 수 있도록 앉아주시기 바랍니다. 여러분, 앉으세요."

"그의 우주복 스피커를 통해 목소리를 들을 수 있다고 하던데요." 설리가 속삭였다. "그가 무슨 얘기를 하는지 아세요?"

"대개는 20헤르츠짜리 울부짖는 소리라네." 라반이 마주 속삭였다. "녹음된 것들을 이어보면 무슨 '에이트(-ate)'처럼 들리는, 옛 단어의 일부야. 의미를 알 수 있을 정도로 모으려면 몇 세기는 더 걸릴 걸세."

"어떤 의미가 있나요?"

"누가 알겠나? '데이트(date)'나 '헤이트(hate)' 같은 단어일 수도 있네. 어쩌면 '투 레이트(too late, 너무 늦었다)'일 수도 있고. 아무도 몰라."

천막 안이 조용해졌다. 울타리 근처에 있던 포동포동한 아이 하나가 울음을 터트리고는 이내 어느 무릎 위로 끌려 올라갔다. 웅얼거리는 숨죽인 기도 소리가 들렸다. 저 멀리 자리 잡은 '성스러운 환희' 교파 사람들

---

* 자비를. 저희는 죄를 지었나니.

이 손에 든 꽃다발을 부스럭거렸다.

"우리 시간을 그에게 맞추는 건 어때요?"

"그게 변한다네. 그는 항성시로 움직이니까."

"1분 전입니다."

숨죽인 침묵 속에서 기도하는 목소리들이 살짝 더 커졌다. 바깥에서 닭들이 꼬꼬댁거렸다. 중앙의 맨땅은 완전히 평범해 보였다. 그 위로 녹화기의 은색 필라멘트들이 백여 명의 폐에서 나오는 숨결에 맞춰 부드럽게 물결쳤다. 또 다른 녹화기에서 희미하게 똑딱거리는 소리가 났다.

몇 초가 지나도록 아무 일도 일어나지 않았다.

대기가 아주 작은 소리로 웅웅거리기 시작했다. 그와 동시에 마이라는 왼쪽 울타리 부근에서 뭔가 움직이는 걸 포착했다.

웅웅거리는 소리가 고동치더니 기묘한 침묵 속으로 사라지고, 갑자기 모든 일이 한꺼번에 일어났다.

소리가 터져 나오나 싶더니 순식간에 치솟으며 가청 범위를 뛰어넘었다. 대기는 무언가가 구르고 넘어지듯이 날카로운 소리를 냈다. 마찰음과 울부짖는 고함과 그리고….

거기에 그가 있었다.

견고하고 거대한, 괴물 같은 우주복을 입은 커다란 남자. 머리에 쓴 무딘 청동색 투명구 안에는 인간의 얼굴이 들었고, 그 벌린 입은 검은 얼룩처럼 보였다. 두 다리를 앞으로 내밀고 몸을 젖힌, 두 팔은 휘휘 내젓던 중에 얼어붙은 것 같은, 불가능해 보이는 자세였다. 사정없이 앞으로 밀리는 중인 듯이 보였지만, 아무것도 움직이지 않았다. 아니, 다리 한쪽이 살짝 굽었나? 아니면 살짝 늘어졌나?

다음 순간 그는 사라졌다. 완전히, 흔적도 없이, 뚫어지게 쳐다보는 백 쌍의 눈에 믿을 수 없는 잔상만 남긴 채, 벼락 치는 소리와 함께 그는 사라졌다. 대기가 떨리며 쿵 울렸고, 연기에 섞인 먼지가 뿜어져 나왔다.

"아! 이럴 수가!" 마이라가 기겁하며 설리에게 매달렸지만 아무도 그 소리에 신경 쓰지 않았다. 숨 죽인 목소리들이 터져 나왔다. "눈이 마주 쳤어. 나와 눈이 마주쳤다니까!" 어떤 여자가 비명을 질러댔다. 몇 명은 멍하니 아무것도 없는 먼지구름에다 색종이 조각을 던졌다. 대부분은 색종이 조각을 던질 엄두조차 내지 못했다. 아이들이 울부짖기 시작했다. "그와 눈이 마주쳤어!" 어느 여자가 병적으로 흥분해서 소리를 질렀다. "붉은빛이었어. 오, 신이여, 자비를 베푸소서!" 굵은 남성의 목소리가 노래하듯 읊조렸다.

마이라는 라반이 미친 듯이 욕하는 소리를 듣고 다시 가운데 공터 쪽을 쳐다보았다. 먼지가 가라앉자 녹화기를 얹었던 삼각대가 안쪽으로 넘어진 게 보였다. 먼지에 덮인 다발 같은 것이 삼각대에 걸려 있었다. 꽃다발이었다. 삼각대 끝은 거의 사라지거나 녹아버리다시피 했다. 필라멘트에는 아무것도 없을 것이다.

"어떤 빌어먹을 바보가 저기에다 꽃다발을 던졌어. 자, 나가자꾸나."

"그게 바닥에 있었어요? 그가 그것 때문에 넘어진 거예요?" 마이라가 군중 속으로 빠져나가면서 물었다.

"여전히 붉었어요. 그의 산소 뭐시기 말이에요." 설리가 마이라의 머리 위로 라반에게 말했다. "삼각대가 넘어졌으니 자비는 글렀겠죠, 그렇지 않아요?"

"쉿!" 참회교파 사제의 험악한 시선을 느낀 마이라가 설리에게 주의를 주었다. 그들은 밀치락달치락 울타리 문으로 나와 해가 비추는 공원에 섰다. 흥분과 안도에 찬 목소리들이 왁자지껄하게 잡담을 나누고 있었다.

"끔찍해요." 마이라가 나직하게 소리를 질렀다. "아, 난 정말로 살아 있는 사람일 거라고는 생각도 못 했어요. 존 말이에요, 그가 거기 있어요. 왜 우리는 그를 도울 수 없는 거죠? 우리가 그를 넘어뜨린 거예요?"

"모르겠어. 그런 거 같지는 않아." 라반이 툴툴거리며 말했다. 그들은 손으로 부채질을 하며 새 기념비 근처에 앉았다. 커튼이 여전히 제자리에 걸려 있었다.

"우리가 과거를 바꾼 거야?" 설리가 귀여운 아내를 사랑스럽게 쳐다 보면서 웃었다. 그는 잠시 아내가 왜 저렇게 이상한 귀걸이를 하고 있는 지 의아해졌다. 그러고는 그 귀걸이가 오면서 지나온 푸에블로 원주민 마을에서 자기가 사준 거라는 사실을 기억해냈다.

"하지만 저 앨버타 사람들 탓만은 아니야." 마이라가 말했다. 마이라 는 그 생각에 골몰하는 듯했다. "사실 문제는 그 꽃들이었지." 마이라가 손으로 이마의 땀을 훔쳤다.

"기계공학이냐 미신이냐." 설리가 킥킥거리며 웃었다. "누가 범인이 지, 사랑 아니면 과학?"

"쉿." 마이라가 신경질적으로 주위를 돌아보았다. "꽃은 사랑이었겠 지…. 기분이 정말 이상해. 날이 덥네. 아, 고마워요." 라반이 북새통 속 에서도 용케 차가운 음료수를 사서 건넸다.

사람들은 이제 평소와 같이 떠들어댔고, 합창단은 쾌활한 노래로 바 꾸었다. 공원 한쪽에는 방명록에 서명하려는 사람들이 한 줄로 늘어섰다. 기념비 제막식을 하러 온 시장이 공원 정문에서부터 일군의 사람들을 이 끌고 부겐빌레아 꽃길을 걸어왔다.

"그의 발치께에 있는 돌에는 뭐라 쓰여 있어?" 마이라가 물었다. 설리 가 안내서에 나온 '칼의 바위' 사진을 보여주었다. 바위에 새겨진 문구가 사진 아래에 번역돼 있었다. '존, 집에 온 걸 환영해.'

"그가 이걸 볼 수 있을까 궁금하네."

시장이 막 연설을 시작할 참이었다.

한참 시간이 지나 사람들이 가버리고 나자, 기념비는 그때 그곳에서 쓰인 언어로 새겨진 명문을 달빛에 내보이며 공원에 홀로 남았다.

매년 이곳 이 자리에는 시간을 여행하는 처음이자 유일한 인간인 존 델가노 소령의 형체가 나타난다.

150

델가노 소령은 제0일의 대재앙이 일어나기 몇 시간 전에 미래로 보내졌다. 그를 미래로 보낸 과학기술 지식은 모두 사라졌다. 어쩌면 영원히 사라졌을지도 모른다. 모종의 사건이 발생하여 그는 애초 의도보다 훨씬 멀리 보내진 것으로 여겨진다. 일부 분석가들은 그가 자그마치 5만 년 앞으로 갔으리라고 추측한다. 미지의 시점에 도달한 델가노 소령은 분명 시공간의 경로를 따라서 회수될 예정이었거나 돌아오려고 시도했을 것이다. 그의 경로는 우리 태양계가 미래의 시간에 차지할 지점에서 시작되어 우리 지구가 태양 주위에 그리는 복잡한 나선과 접한다고 생각된다.

그는 해마다 그 경로가 우리 행성의 궤도와 교차하는 순간에 이곳에 나타나며, 그 순간에 땅을 디딜 수 있는 것이 분명해 보인다. 미래로 향하는 통과 흔적이 전혀 나타나지 않기 때문에 그는 갔던 방식과는 다른 방식으로 돌아오고 있다고 여겨진다. 그는 우리의 현재에 살아 있다. 우리의 과거는 그의 미래이며, 우리의 미래는 그의 과거이다. 그가 나타나는 시간은 태양력으로 볼 때 점차 구력 1989년 5월 2일 11시 53분 6초의 순간, 다른 말로 제0일에 수렴하고 있다.

그가 자신의 시공간으로 귀환하려 했을 때 폭발이 일어났다. 그의 경로가 거쳐 온 과거, 즉 우리가 봤을 때 미래 순간들의 일부 요소가 그와 함께 이동하다가 각자의 이전 존재와 만났기 때문에 폭발이 일어난 것으로 추정된다. 그 폭발이 자연과학의 시대를 영원히 끝내버린 전 지구적 대재앙을 촉발한 것은 분명하다.

✳

그는 넘어지고 있었다. 균형을 잃고, 갈수록 더해져만 가는 속도를 이기지 못하면서, 비인간적으로 딱딱한 갑옷 같은 우주복 속에서 덜덜 떠는 인간의 다리로 버티면서, 그는 넘어지고 있었다. 신발 밑창이 까맣게 타서 몸을 지탱하기 어려웠다. 마찰력이 약해져서 도무지 멈출 수가 없었다. 그가 온몸으로 버티는 사이에 빛과 어둠이, 깜박, 깜박, 깜박 스쳐 지나갔다. 그 지독한 빛과 어둠의 교차를 얼마나 오래도록 견뎌왔던가. 그가 이를 악물고 제동을 걸려고 혼신의 힘을 다하는 사이에 거세졌다가 약해지는 대기의 파열음이 시간이자 공간을 미끄러지는 그를 끊임없이 때렸고, 발을 스치는 땅은 나타났다 사라지기를 반복했다. 지금은 오직 그의 발이 중요했다. 오직 속도를 늦추는 것만이 중요했다. 게다가 그를 끌어당기는 그 힘, 집과 생의 가능성을 가리키는 그 불빛이 갈수록 느슨해지고 있었다. 집으로 가까이 다가갈수록 불빛이 사방으로 퍼져서 중심을 잡기가 더 어려워졌다. 자신의 존재가 더욱 '가능'해지고 있는 거라고, 그는 짐작했다. 자신이 시간에 낸 상처가 저절로 아물고 있는 거라고. 처음에는 너무 아슬아슬했다. 닫히는 터널 안을 비추는 단 한 줄기 빛뿐이었다. 그는 생의 가능성이 걸린 절묘하게 복잡하고 유일한 그 궤도를 한 치의 어긋남도 없이 겨냥하면서 전극으로 날아드는 하나의 전자처럼, 꼬투리에서 터져 나온 한 알의 씨앗처럼 그 빛을 쫓아 온몸을 내던졌다. 서로의 존재를 거부하는 그 무의 공간에 난 마지막 좁은 틈새, 집으로 이어진 작은 구멍, 거기를 통과해야만 그, 존 델가노가 계속해서 존재할 수 있을 것 같았다. 그는 실재하지 않는 시간의 실재하는 지구가 발밑에 올 때마다 필사적으로 다리를 움직이며 시간을 가로지르고 공간을 가로지르며 쿵쿵거리고 걸었다. 구불구불 질주하며 자기 굴을 찾아가는 짐승들이 그렇듯 그에게도 길은 분명했다. 둥지를 찾아 공간과 시간을 가로지르며 뛰어다니는, 그는 한 마리 우주 쥐였다. 절대적으로 그른 시공간을 꿰뚫으며 난, 절대적으로 옳은 단 하나의 경로가 있었다. 그가 가물가물 사라지는 그 숨구멍을 쫓아 점점 더 빠르게, 점점 더 확고하게, 점점 더 강력하게 발걸음을 내딛는 사이, 그러다 통제할 수 없는 속도를 얻게 된 그가 급류를 타고 구르는 통나무와 경주하는 사람처럼 깜박거리며 구르는 지구와 경주를 벌이는 사이, 그의 심장, 그의 피, 그의 모든 세포의 원자들은 집을, '집'을 외쳤다. 깜박임과 깜박임 사이에서 그를 둘러싼 별들만이 변하지 않았다. 그는 자신의 발밑에 펼쳐지는 남십자자리와 삼각형 은하의 수백만 개 별들을 내려다보았다. 한창 걷는 중에 그는 어렵사리 한 세기 분량의 시선을 들어 북극성에서부터 이상하게 늘어서 있는 곰자리들을 보았다. 그는 깨달았다. 지금은 북극성이 극성(極星)이 아니지. 그는 다시 달리는 발로 시선을 떨어뜨리며 생각했다. 나는 북극성을 향해, 저 깜박거리는 맥동을 향해 집으로 가고 있어, 집으로! 그는 자신이 어디에 있었는지 더는 떠올리지 않았다. 있을 수 없는 공간에, 있을 수 없는 시간에 존재하며 힐끗 보았던, 사람인지 외계인인지 물건인지 알 수 없는 존재들을 더는 떠올리지 않았다. 그는 번득이는 불빛을, 매번 달랐던 번득이는 불빛을, 사람과 벽과 풍경과 형태와 색깔이 구분할 수 없이 뒤범벅된 그 번득이는 불빛을 더는 쳐다보지 않았다. 어떤 것은 숨을 한 번 내쉴 동안에도 그대로 있었고, 어떤 것은 사정없이 변했다. 얼굴, 팔다리, 그를 찌르는 물건들. 지붕이 있으면 어둡거나 이상한 램프로 불이 밝혀진 밤 같았고, 지붕이 없으면 햇빛이 번득이거나 강풍과 먼지와 눈이 내리는 낮 같았다. 셀 수 없이 다양한 실내장식이 보였고, 번쩍임과 번쩍임이 다시 밤으로 이어졌고, 그러다 그는 햇빛 속에 있었다. 그리고 이제는 다시 일종의 넓은 방 안이었다. 마침내 내가 가까이 다가가고 있구나, 그는 생각했다. 느낌이 달라졌다. 하지만 확인하려면 속도를 늦춰야 했다. 그리고 발치게에 놓인 그 바위. 그 바위가 그대로 있은 지 이제 꽤 되었다. 어떻게든 그 바위를 한번 보고 싶었지만, 그는 감히 그렇게 하지 못했다. 너무 피곤했다. 그리고 그는 미끄러지고 있었고, 균형을 잃고 있었고, 절대 늦추는 걸 허용하지 않는 그 무자비한 속도와 싸우고 있었다. 또 그는 아팠다. 얼굴과 팔과 갈고리와 광선과 몇 세기에 걸쳐 그를 잡으려는 생물들이 주마등처럼 스쳐 가는 어디쯤에선가 뭔가가 그의 등을 쳤다. 그들이 뭔가를 했다. 그는 그게 무엇인지 알지 못했다. 그리고 산소가 고갈되고 있지만, 신경 쓰지 말자. 산소는 버텨줄 것이다. 버텨줘야 한다. 그는 집으로, 집으로 가고 있었다. 그리고 이제 그는 어떻게든 전달되기를 바라며 외치려 했던 말이 무엇이었는지, 반복해서 외쳤던 그 중요한 말이 무엇이었는지 잊어버렸다. 그리고 손에 들고 있던 것, 그것도 이제 사라졌다. 카메라도 사라졌다. 누군가가 채갔다. 하지만 그는 집으로 가고 있었다! 집으로! 이 속도를 죽일 수만 있다면, 점점 어긋나는 경로를 똑바로 유지할 수만 있다면 좋을 텐데. 발을 헛디디고 허둥거리고 미끄러지며 집으로, 집으로 쏠려 내려가는 이 눈사태에 어떻게든 올라탈 수만 있다면 좋을 텐데. 그의 목구멍이 "집으로"라고 말했다. "케이트, 케이트!"라고 아내의 이름을 외쳤다. 그의 심장이 외쳤다. 숨이 턱까지 차올랐다. 그리고 다리는 분투했다. 분투하고, 졌다. 내디디고 미끄러지고 내디디고 미끄러지면서, 공간을 가로질러, 시간을 가로질러 돌진하는 시간의 질풍 속에 몸을 던지고 허우적대고 버팅기면서, 그는 역사상 가장 긴 길의 끝에 서 있었다.

　존 델가노가 집으로 가는 길이었다.

AND
I HAVE
COME UPON
THIS PLACE
BY LOST
WAYS

그리고 나는
잃어버린 길을 따라 여기에 왔네

이수현 옮김

너무나 아름다웠다.

상급 휴게실에 들어가서 거대한 창문 주위에 있는 이들을 둘러보자 에반의 지나치게 근육질인 배가 뭉치는 느낌이 들었다. 에반은 조사하던 산에 대해 잊고, 자신이 입은 끔찍한 조끼마저도 잊고서 우주선의 저녁 지성소에 모인 하얀 옷의 과학자들을 신도처럼 우러러보았다. 그는 아직도 믿을 수가 없었다. 성간 연구선이라니, 항성간 과학탐사 임무라니. 그런데 내가 그 배에 타고 있다니. 기술자의 초라한 삶에서 벗어나서, 과학자가 되어 별들 사이에서 지식을 찾는 특권을 누리다니….

"어떻게 드릴까요, 에반?"

젊은 서니 이샴 박사가 음료수 바에 있었다. 에반은 예의를 차리고 유리잔을 하나 받았다. 서니는 하급 과학자로, 원칙상으로는 에반과 동등한 입장이었다. 그러나 서니의 부모는 유명한 탐사책임자들이었고, 그의 평범한 하얀색 실험복을 구성한 직물은 은하계 어디에서 왔는지 알 수 없었다.

에반은 끔찍한 조끼 위로 조잡한 실험복을 여미고 창문 근처에 모인 사람들 쪽으로 걸어갔다. 여기 있는 우주 과학자들이 다 알데바란 공과대학에서 왔건만, 나는 뭐 하러 알데바란 비단에 돈을 낭비했을까? 자신은 그냥 은하공대의 평범한 인물이자, 인류심리학자인 에반 딜윈으로 있는 게 훨씬 나았다.

다행히도 다른 사람들은 에반이 다가가도 못 본 척했다. 그는 늘씬한 탑처럼 서 있는 탐사팀장 주위의 조용한 공간을 피해서, 주름깃을 빳빳하게 세운 부팀장 폰트리브 박사 뒤쪽에 낄 자리를 하나 찾아냈다. 폰트리브는 천체물리학자에게 뭔가 말하고 있었다. 그 너머에는 눈부신 금발이 보였다. 몸집 작은 컴퓨터 박사 에이바 링이었다. 그녀는 시리우스인 동료와 농담을 나누고 있었다. 에반은 그들이 키득거리는 소리를 들으며 어째서 시리우스인의 비늘 덮인 파란 주둥이가 여기에서는 에반 자신의 넓적한 얼굴보다 더 편해 보이는 걸까 생각했다. 그러다가 창밖을 내다보니 다른 식으로 뱃속이 답답해졌다.

우주선 착륙지 건너편에서는 거대한 산이 해 질 녘 구름 사이로 솟아올라갔다. 수많은 등성이를 거느리고, 발치에 앉은 외계의 우주선에 대해서는 알지도 못한 채 끝없는 구름 베일을 두르고 노니는 클리본산이었다. 토착민들은 '안 드루인', 또는 떠남의 산이라고 불렀다. 왜 '떠남의' 산일까, 에반은 백번째로 또 생각하며 언뜻 봤다고 생각한 물체를 찾으려 했다. 소용없었다. 구름이 위쪽으로 흘러 올라갔다. 그리고 일반적인 스캔으로는 도저히….

그가 상념에 빠진 사이, 부팀장이 뭔가 중요한 말을 한 것 같았다.

"배는 언제나 떠날 준비가 되어 있네." 음료수 바에서 선장의 목소리가 울렸다. "탐사팀장은 어떻게 생각하나?"

에반이 숨을 들이켜는 소리는 아무도 듣지 못하고 지나갔다. 모두의 관심은 팀장에게 쏠려 있었다. 잠시 동안 최고 과학자는 말없이 새까만 콧구멍에서 마리화나 연기만 뿜어냈다. 에반은 그 반쯤 뜬 눈을 올려다보며 제발 안 된다고 말하기를 빌었다. 그러나 그때 연기가 희미하게 진동했다. '긍정'이었다.

"그럼, 내일모레 출발하지." 선장이 탁자를 손바닥으로 쳤다. 그들은 더 이상 조사하지 않고 떠나려는 것이다! 그리고 어떤 우주선도 이 구역을 다시 조사하지는 않을 것이다.

에반이 간신히 말을 할 용기를 찾아내 입을 열려는 순간, 서니가 폰 트리브 박사에게 자신이 바이오 스캔으로 찾아낸 효소를 자연스럽게 상기시켰다. "오, 서니, 우리 사귈까?" 에이바 링이 농담을 걸었다. 그리고는 팀장의 눈짓 한 번에 모두가 식당 쪽으로 이동하고, 에반 혼자 창문 옆에 남았다.

그들은 서니가 찾은 효소를 조사할 것이다. 그리고 그래야 마땅했다. 에반은 스스로에게 단호하게 말했다. 이제까지 이 행성에서 컴퓨터가 내놓은 그럴싸한 발견물은 그 효소뿐이었다. 반면에 에반의 산은…, 그는 이제 저편에서 금빛 안개 속에 잠겨 들어가는 클리본산을 아쉬운 눈으로 돌아보았다. 한 번만 볼 수 있다면, 가서 두 손으로 느껴볼 수 있다면….

그는 그 비과학적인 충동을 억눌렀다. '컴퓨터는 인간의 두뇌를 해방시켰어.' 에반은 맹렬히 되뇌었다. 자신은 과연 과학자에 어울리는 사람일까? 그는 목덜미가 뜨거워져서 창문 앞에서 몸을 휙 돌리고 서둘러 윗사람들을 쫓아갔다.

저녁 식사도 마법 같았다. 그 눈부신 분위기와 우아한 잡담 속에서 에반의 기분은 누그러들었다. 사실 그가 여기에 있다는 게 기적이었다. 물론 그 기적의 정체는 에반도 잘 알고 있었다. 은하 중앙부에 있는 나이 많은 삼촌이 외딴 행성에서 태어난 조카의 기회를 위해 싸운 결과였다. 그리고 노인은 싸움에 이겼다. 이 우주선의 인류심리학자가 병으로 쓰러졌을 때, 대기자 명단 맨 위에는 에반 딜윈이라는 이름이 있었다. 그리고 이제 그는 항성간 과학자들 사이에 껴서 인간의 가장 고귀한 작업에 조금이나마 일조하고 있었다. 오직 우수함만이, 공로와 정직과 연구조사의 목적에 대한 헌신만이 중요한 이곳에서 말이다.

그는 에이바 링의 눈짓을 받고 퍼뜩 백일몽에서 깨어났다. 선장이 에반의 전임자였던 인류심리학자 포스터의 일화를 이야기하고 있었다.

"그 불쌍한 뉴트 여자들을 온몸에 매단 채로 문을 미친 듯이 두들기지 뭔가." 선장은 쿡쿡 웃었다. "그 어머니들은 포스터가 상자뿐 아니라 여자애들도 샀다고 생각했나 봐. 여자애들을 데려가지 않자 그 어머니들이 포스터를 갈가리 찢어놓을 뻔했지. 옷은 다 찢어지고 진흙투성이가 되어서는…." 선장의 파란 눈이 에반 쪽을 향했다. "오염제거 작업만도 장난이 아니었어!"

에반은 얼굴을 붉혔다. 선장은 밀폐된 우주선 바깥으로 현지 조사를 나갈 경우에 필요한 수많은 오염제거 작업에 대해 은근히 환기시키고 있었다. 물론 모든 오염제거 작업에 드는 비용은 에반의 개인 연구비로 충당했지만, 그래도 그것은 성가신 일이었다. 비정상이기도 했다. 다른 과학자들은 결코 밀폐 상태에서 벗어나지 않고 로봇과 무인 탐사로 정보를 모으거나, 아주 드문 경우 밀폐돔을 씌운 차를 타고 나갔다. 하지만 에반은 그런 식으로 지역 문화 자료를 얻을 수 없었다. 토착민들은 대리로봇과는 소통을 하지 않았다. 연구비를 다 써버리기 전에 요령을 더 키워야 했다.

"아, 아름답네요!" 에이바 링은 전리품 벽을 장식한 세 개의 밝은 수정 장식함을 보고 있었다. 그것이 포스터가 뉴트 사람들에게서 얻어낸 '상자'였다. 에반은 포스터의 기록에서 본 구절을 떠올리려 애쓰며 얼굴을 찌푸렸다.

"영혼 상자예요!" 에반이 불쑥 내뱉었다. "뉴트 사람들이 영혼을 보관하던 거죠. 영혼을 잃었다면 그 여자애들은 죽은 겁니다. 그래서 그 어머니들이 그렇게 싸운 거예요. 하지만 어떻게…." 그의 목소리가 사그라들었다.

"지금은 어떤 영혼도 담겨 있지 않아." 폰트리브 박사가 가볍게 말했다. "흠, 우리가 무슨 말을 하겠나? 이 와인에는 영혼이 있을까, 없을까?"

마침내, 모두가 게임실로 가자 에반이 뒷정리를 위해 조명을 줄이고 시종로봇들을 작동시켜야 했다. 그는 구름 속에 잠긴 클리본산이 보이는 창문에서 눈을 피하고, 게임실에서 흘러나오는 웃음소리와 불빛을 향해 움직였다. 그들은 시그마라는 이름의 어린아이용 레이저 게임을 하고 있었다.

"자러 가요?" 잠시 게임에서 빠져나온 작은 에이바 링이 명랑하게 숨을 헐떡였다. 에반의 코에 그녀의 흥분한 향기가 잡혔다.

"글쎄요." 에반은 미소 지었다. 그러나 그녀는 이미 몸을 돌리고 가버린 후였다.

에반은 자신의 원시적인 후각 반응을 질색하며 천천히 걸어가서 연구동 문을 밀고 들어갔다. 문이 닫히자마자 소리가 딱 끊기고, 복도는 근엄한 정적 속에 빛났다. 그는 드높은 연구동에, 자연과학의 신전에 있었다. 옆에는 성스러운 '임무 요건' 테이프가 담긴 채 언제나 빛을 발하는 헬륨 밀폐실이 보였다.

그는 언제나처럼 목덜미가 희미하게 따끔거리는 느낌을 받으며 복도를 따라갔다. 온갖 감지기, 탐지기, 표본 추출 로봇과 생물분석기와 사이버 스캔의 데이터 모두가 이 연구동으로 흘러들어와서 과학자들의 기술로 '임무 요건'에 적합하고, 마침내는 성스럽고도 성스러운 우주선 메인 컴퓨터에 넣기에 어울리는 형태로 가공된다. 지금 그가 접근하는 곳이 바로 메인 컴퓨터였다. 여기에서 귀중한 데이터는 자동으로 은하계 너머 은하 중앙부에 있는 '인류의 컴퓨터'로 전송됐다.

마스터 콘솔 입구에는 무허가 사용을 막기 위해 감시인이 하나 서 있었다. 에반은 그 남자의 감정 없는 시선 앞을 지나치면서 긴장했고, 좀 더 과학자처럼 보이려고 애썼다. 스스로가 사기꾼처럼 느껴졌다. 에반은 과거에 기술자의 회색 옷을 입고 단조로운 익명의 삶을 살아가던 사람이었다. 저 감시인도 그 사실을 알까? 에반은 안도하는 마음으로 직원동에 들어가서 자신의 작은 방을 찾았다. 그의 콘솔은 텅 비어 있었다. 에반의 조수는 그가 전문가답지 않게 어질러놓은 테이프와 손으로 쓴(부끄러운 약점이었다) 기록들을 충실하게 치웠다. 에반은 고마움을 느끼려고 노력했다. 날것 그대로의 발견을 곱씹는 것은 과학적이지 않았다. 그런 데이터는 즉시 제대로 된 프로그램에 집어넣어야 했다. '컴퓨터는 인간의 뇌를 해방시켰어.' 그는 스풀 선반을 잡아당기면서 되뇌었다.

선반 뒤에서 두툼한 파일 하나가 떨어졌다. 어떤 문화가 에반이나 그의 대리로봇이라는 형태의 새로운 정보에 보이는 관심과, 그 문화의 사회 경직성이 어떤 연관성을 보이는지에 대한 어리석은 노력의 산물이었다. 결과는 유의미해 보였으나, 접근 가능한 카테고리를 찾을 수가 없었다. 인류심리학자에게는 스물여섯 개 프로그램 키가 있었다. 반면 서니의 분자생물학에는 오백 개가 넘는 프로그램 키가 있었다. '하지만 그건 자연과학이니까.' 에반은 스스로에게 상기시키고, 그 쓸모없는 파일을 분쇄기에 넣으면서 하릴없이 기록 테이프를 켰다.

"…그들의 산은 오레말, 보스뉘시 등으로 불린다." 자신의 목소리가 들렸다. "오직 클리본산에만 '안'이라는 경칭이 붙는다. 영어의 정관사 더(The)에 해당하는 말이다. 클리본산의 토착명인 안 드루인, 또는 '떠남의 산'은 이 산을 오르는 추방 또는 죽음의 의례 행위를 가리키는 듯하다. 하지만 이는 나머지 문화와 들어맞지 않는다. 클리본산은 금기 지역이 아니다. 목동들이 다니는 길이 빙하선 아래 비탈 사방에 있다. 별을 관측하는 돌들과 물고기를 부르는 사원 근처 곳에는 금기 지역이 있는데 말이다. 게다가, '떠남의'에 해당하는 단어의 공식적인 3인칭 용법은 그곳에서 떠나는 사람이 토착민들이 아니라, 떠나거나 떠났던 다른 이들을 시사한다. 하지만 누굴 가리킬 수 있단 말인가? 침략 부족? 말이 안 된다. 내륙 산맥에는 사람이 살지 않으며 모든 여행은 작은 배를 타고 해안을 따라 이루어진다. 게다가 안 드루인 너머의 지세는 마치…."

이 기록은 클리본산의 이름을 설명해줄 뭔가가, 동굴이나 돌무더기나 유물이나 아니면 길이나 오솔길이라도 있을까 싶어서 측량 검사를 하기 전에 만든 내용이었다. 하지만 구름이 너무 짙어서 아무것도 잡히지 않았다. 그나마 겨우 선을 하나 본 것 같다고 생각한 날이 있었지만…, '본 것 같다'니! 에반은 얼굴을 찌푸렸다. 이런 약하디약한 인간의 감각으로 과학을 하려 한단 말인가?

"…트랜지스터화한 은하계의 타르 구덩이!" 거친 목소리가 말했다.

에반은 몸을 휙 돌렸다. 그와 테이프뿐이었다.

"인류의 컴퓨터 좋아하시네!" 같은 목소리가 코웃음을 쳤다. 에반은 그것이 전임자였던 인류심리학자 포스터의 목소리임을 깨달았다. 자신이 기록을 남기기 전에 과거의 녹음이 완전히 지워지지 않았던 것이다. 에반이 테이프를 지우려고 일어서는데 포스터의 유령 같은 목소리가 큰 소리로 말했다. "그런 행성 쓰레기 같은 물건에 별들에 대한 가공 데이터만 넘치도록 넣어놓고 어떤 유능한 연구자도 들여다보지 않은 지 500년이라니."

에반은 숨을 헉 들이마셨다. 그의 손은 삭제 버튼을 놓치고, 가까스로 소리 크기를 줄이는 데에만 성공했다.

"탐사는 무슨!" 포스터는 술 취한 사람처럼 쿡쿡거리고 있었다. "손에 흙이라도 한번 묻혀본 적이 있나?" 잡음이 일었다. 에반은 저도 모르게 콘솔 위로 몸을 웅크리고 있었다. 그는 공포에 질린 채로 들리는 내용을 해석했다. "샤먼이나 다름없어! 버튼 누르는 능력만 이어받은 천치들!" 잡음이 더 일어났고, 포스터는 DNA에 대해 뭐라고 중얼거리고 있었다. "그걸 삶이라고 부르나?" 포스터는 목쉰 소리로 말했다. "생물의 행동이라고? …모든 은하계를 통틀어 가장 복잡하고, 가장 어려운… 우리의 유일한 희망이…." 목소리가 다시 희미해졌다.

에반은 테이프가 거의 다 끝났음을 알아보았다.

"과학 유토피아라!" 포스터는 시끄럽게 웃어젖혔다. "완벽하게 조작된 사회. 전쟁도 없어. 직접 연구할 필요도 없지. 우린 완벽하니까." 액체가 목구멍을 넘어가는 소리가 말소리를 덮었다. 에반은 포스터가 연구실에서 알코올을 마시고 있었다는 사실을 깨달았다. 미친 짓이었다.

"그리고 난 그들의 궁정 어릿광대지." 긴 트림 소리. "고작 토착 언어를 몇 마디 배우고, 자질구레한 장신구를 몇 개 가지고 돌아오는… 착하고 귀여운 포스터. 평지풍파는 일으키지 말아야지." 그 목소리는 희미한 신음 소리를 내더니 애정을 담아 외쳤다. "넙죽 엎드려서! 돌더미 위에, 혼자 내려가서 말이야. 이그나츠 제멜바이스나 에바리스트 갈루아처럼. 지저분한 일들. 힘겹고 외로운…."

테이프가 끝났다.

빙빙 도는 머리로도 에반은 경쾌한 발소리를 들었고, 문이 열리자 일어섰다. 부팀장 폰트리브였다. "뭘 하고 있나, 에반? 목소리를 들었는데?"

"그냥 제… 지역 조사 기록입니다."

폰트리브는 고개를 젖혔다.

"그 산에 대한 건가, 에반?" 부팀장의 목소리가 건조했다.

에반은 고개를 끄덕였다. 우주선이 곧 떠난다는 생각이 다시 밀어닥쳤다.

"폰트리브 박사님, 더 확인해보지 않는다는 건 너무나 아쉬운 일입니다. 이제 이 지역을 다시 조사할 일은 없을 겁니다."

"하지만 우리가 뭘 찾을 수 있단 말이지? 게다가 이 산이 자네 전공과 무슨 관계가 있어?"

"부팀장님, 제 문화 연구는 그곳에 뭔가 특이성이 있음을 암시합니다. 뭔가… 아직 정확히는 뭔지 모르겠습니다만. 분명히 언뜻 봤어요…."

"신화에 나오는 '시간 문'이라도 봤어?" 폰트리브의 얼굴에서 미소가 사라졌다. "에반, 젊은 과학자라면 누구나 살면서 자신의 소명을 가혹하게 시험하는 시기가 있는 법이야. 과연 그 사람이 과학자인가 아니면 그저 교육을 넘치게 받은 기술자에 불과한가 하는 시험 말이야. 과학은 결코 현상학과 인상주의적인 추측으로 퇴보해서는 안 되고, 그러지도 않을 거야. 에반, 자넨 모를지도 모르지만…." 폰트리브는 조금 전까지와 다른 어조로 말을 이었다. "네 삼촌과 나는 예과에 함께 다녔다. 삼촌은 널 위해 많은 일을 했어. 너에게 믿음을 갖고 있지. 네가 삼촌을 실망시킨다면 나도 마음이 몹시 아플 거야."

에반의 심장이 쪼그라들었다. 폰트리브가 삼촌을 도와서 그를 이 자리에 들여보낸 게 틀림없었다. 에반은 간담이 서늘하게도 스스로가 말하는 소리를 들었다.

"하지만 폰트리브 박사님, 삼촌이 절 믿으신다면 제가 스스로를 믿길 원하실 겁니다. 오직 예감으로만, 보이는 내용을 끈질기게 파고든 사람들이 유용한 발견을 이뤄낸 예가 있지 않습니까?"

폰트리브는 뒤로 물러났다.

"네 한가한 호기심을, 탁월한 직관이나 역사상의 위대한 과학자들이 이룬 뜻밖의 발견과 나란히 놓고 이야기하자고? 충격적이군. 동정심이 사라지는걸." 폰트리브는 에반을 노려보며 입술을 핥더니 긴장된 어조로 말했다. "이 애송이야, 네 삼촌을 위해서라도 이렇게 빌게. 네 위치는 지금도 불안해. 모든 것을 잃고 싶어?"

에반의 콧구멍에 매캐한 냄새가 풍겼다. 공포였다. 폰트리브는 정말로 공포에 질려 있었다. 하지만 어째서란 말인가?

"이 문제는 당장 그만둬. 명령이야."

에반은 말없이 부팀장을 따라 복도를 걸어서 휴게실로 돌아갔다. 게임실 밖에서 야간 업무를 기다리는 겁먹은 얼굴의 레크리에이션 담당 세 명을 제외하면 아무도 없었다. 게임실 앞을 지나치면서 에반은 상급 과학자들이 마지막 결투를 벌이며 내는 신음 소리를 들을 수 있었다.

그는 거처로 뛰어 들어가서, 이번만은 창문도 불투명하게 남겨둔 채 악몽을 정리하려고 노력했다. 머릿속에서 폰트리브의 초췌한 얼굴이 포스터의 술에 취한 목소리와 뒤섞였다. 그렇게 무서워하다니. 대체 왜일까? 에반이 체면을 잃는다고 폰트리브가 왜? 혹시 조사하면 나올 만한 뭔가가 있는 걸까?

과학자가 뇌물을 받을 수도 있는 건가?

그렇다면 그 두려움이 설명되기는 했다…. 그가 여기 오게 된 '기적'도.

에반은 이를 악물었다. 그런 거라면 폰트리브는 거짓 과학자였다! 그 경고마저도 수상쩍었다. 에반은 침대에서 싸울 만한 실제 상대를 찾아 헛되이 몸을 비틀며 분노에 차서 생각했다. 에이바 링의 향기를 맡았던 기억이 스쳐 지나갔다. 그는 창문 필터를 해제하고 차가운 빛에 잠겼다.

이 행성의 쌍둥이 달이 최고조에 올라가 있었다. 두 달 아래로 그 산은 끊임없이 움직이는 안개에 휩싸여 거품처럼 비현실적인 모습으로 솟아 있었다. 클리본은 사실 그렇게 큰 산은 아니었다. 오래된 빙하선까지 천 미터 높이일까. 그러나 그 산은 해수면에서 바로 솟아올랐고, 산 아래 마을에서 횃불빛들이 깜박이며 물고기를 부르는 춤을 추고 있었다.

에반은 갑자기 클리본산의 꼭대기에 있는 바윗덩어리 위로 구름이 갈라지는 모습을 보았다. 이전에 단 한 번 있었던 일이지만, 빙하 자국 위에 있는 작은 탑들이 선명하게 보였다. 산을 가린 마지막 베일이 바람에 날려갔다.

에반은 미친 듯이 흥분해서 그쪽을 보았다. 아무것도 없… 아니, 잠깐만! 꼭대기 전체를 둘러싼 평탄지가 희미하게 번득였다. 정상에서 200미터쯤 아래였다. 대체 저게 무엇일까?

구름이 다시 덮였다. 그가 정말로 뭔가를 보긴 본 걸까?

그랬다!

그는 창문에 이마를 댔다. 폰트리브는 모든 과학자의 인생에 그런 때가 온다고 했다. 앞으로 척박한 행성 백만 개에 들르더라도 이런 기회가 다시는 오지 않을 수도 있었다. 앞으로 무슨 짓을 해야 할지 알고 나니 뱃속이 뒤집히는 것 같았고, 무서워서 죽을 지경이었다.

그는 용기를 잃기 전에 몸을 다시 돌리고 수면유도기를 세타 단계까지 올렸다.

다음 날 아침, 그는 제대로 차려입고 연구비 조항을 몇 분간 읽어본 후, 폰트리브의 사무실로 행진해 들어갔다. 약속된 업무 의례는 매끄럽게 흘러갔다.

"부팀장님." 에반은 목이 말라붙는 느낌이었다. "이 탐사 임무에서 인가를 받은 인류심리학자로서 저는 이 좌표가 나타내는 위치에서 500미터 위 지역에 전 주파수대 전면감지 탐색을 명령하는 특권을 실행하고자 합니다."

폰트리브의 오므린 입술에서 힘이 빠졌다. "전 주파수대 탐색이라니? 하지만 비용이…."

"제 연구비로 충당할 수 있습니다." 에반은 말했다. "오늘이 이 행성에서 보내는 마지막 날이니 최대한 빨리 시행했으면 합니다. 부팀장님만 괜찮으시다면요."

대낮에 북적이는 연구동에서, 직급 높은 기술자와 실습생과 정비사들이 다 있는 앞에서는 폰트리브도 안 된다고 말할 수 없었다. 에반은 자기 권리에 따라 행동하고 있었다. 노과학자는 얼굴이 잿빛이 되어 침묵에 잠겨 있다가 허가서 작성을 지시했다. 허가서가 앞에 놓이자 에반은 자신의 전문 분야 자격요건 스캔을 증명하는 공란에 손가락을 찔렀다.

에반은 지문을 꾹 누르면서 기술 직원의 시선을 느꼈다. 이것으로 그의 연구비는 끝이었다. 하지만 그는 분명히 특이성을 보았다!

"부팀장님, 제가 지난번… 지난번 만남 이후에 증거를 더 얻었다는 사실을 아셔야 합니다."

폰트리브는 아무 말도 하지 않았다. 에반은 실험동에 떠도는 속삭임을 의식하며 자신의 연구실로 돌아갔다. 일단 감지기 구성을 입력하고 나면 탐지에는 시간이 오래 걸리지 않았다. 그는 조수에게 탐지 데이터를 받을 준비를 해놓으라 이르고 기다렸다.

심장이 끝없이 뛰고 난 후, 조수가 완전히 밀봉한 공식 용기를 두 손으로 들고 돌아왔다. 에반은 아직 원본 데이터를 만져본 적이 없다는 사실을 깨달았다. 전 주파수대 스캔은 오직 팀장의 지시로만 가능했고, 그것도 드물게 이루어졌다.

그는 심호흡하고 밀봉을 깼다. 긴 해독 작업이 될 터였다.

교대 시간에도 그는 여전히 돌 같은 얼굴로 콘솔 앞에 앉아 있었다. 점심 휴식 신호가 울렸고, 연구동이 비었다가 다시 채워졌다. 직원동의 정적이 점점 커지더니, 마침내 복도를 걸어오는 폰트리브의 발소리가 울렸다. 에반은 천천히 자리에서 일어섰다. 폰트리브는 아무 말도 하지 않았다.

"아무것도 없습니다." 에반은 부팀장의 눈을 똑바로 보고 말했다. "정말… 죄송합니다."

폰트리브는 눈을 가늘게 뜨고 입술을 실룩거렸다. 그리고 다른 생각에 사로잡힌 사람처럼 고개를 끄덕이고 가버렸다. 에반은 그대로 서서 기계적으로 스캔 내용을 재검토하고 있었다. 모든 감지기와 탐지기에 따르면 클리본산은 평범하기 그지없는 산이었다. 굽이굽이 능선이 빙하 한 계선까지 올라갔고 꼭대기에는 두드러지게 풍화한 바윗덩어리가 올라앉았다. 꼭대기는 아무것도 없이 휑뎅그렁했다. 동굴도, 굴도, 특이한 광물도, 방사선도, 어떤 인공물이나 흔적도 없었다. 에반이 기묘한 선을 보았던 높이에는 아마도 규칙적인 패턴 아니면 작은 선반 지층이 있는 듯한데, 바람에 침식한 지층이 일으킨 우연이었다. 에반은 이 바위턱 같은 곳에 달빛이 반사했던 것을 깜박이는 선을 보았다고 여긴 것이다. 이제 그는 과학자로서 끝장이 났다.

아무것도 없는 산을 스캔하는 데 연구비를 다 써버린 인류심리학자라니, 성격 평가를 다시 받을 근거는 충분했다. 최소한으로만 생각해도 그랬다. 그는 우주선의 자원을 오용했다는 이유로 기소까지 당할 수 있었다. 게다가 탐사 부팀장에게 거역하기도 했다.

마음은 차분했지만, 머릿속은 이상하게 방황했다. 진짜 특이성을 발견했다면 어떻게 됐을까? 거대한 외계 유물을 찾아냈다고 해보자. 더 앞서나간 종족이 먼저 이 행성에 접촉했던 증거라든가. 그랬다면 다들 믿었을까? 누군가 거들떠보기는 했을까? 그는 언제나 데이터는 데이터라고 믿었다. 하지만 엉뚱한 사람이 엉뚱하고 비과학적인 방법으로 찾아낸 데이터라면?

뭐, 어쨌든 그는 이제 과학자가 아니었다.

이 밀폐된 우주선 안에 갇혀서, 살아남기는 할 것인가 싶어졌다. 어느새 연구동을 벗어났는지, 그는 에어록으로 이어지는 복도를 걷고 있었다.

곧 그에게 무슨 일이든 벌어질 것이다. 어쩌면 그를 거처에 가두기부터 할지도 몰랐다. 그가 저지른 행위는 들어보지 못한 짓이었으니, 선례를 찾아보고 있을지도 모르겠다.

아직은 자유롭게 움직일 수 있었다. 기술 직원에게 직원용 에어록을 열어달라 명령하고, 비행차를 배정받을 수 있었다.

그는 거의 아무 생각도 없이 그 행성으로 나갔다.

은하 지도에서는 그 행성을 '델피스 감마 5'라고 이름 붙였다. 토착민들은 그저 '세상'을 뜻하는 '아르드벤'으로 불렀다. 그는 차량의 반구형 지붕을 열었다. 아르드벤의 공기는 상쾌했다. 행성의 각종 수치는 에반이 정상이라고 알고 있는 조건과 동떨어지지 않았다.

날아가는 차 아래, 바다 만입부에서는 길고 소금기 가득한 너울이 넘실대는데, 여기저기 햇빛의 손가락이 떨어진 곳이 반짝거렸다. 태양이 바위를 때린 지점은 물보라가 눈이 부시게 희었다. 날아다니는 생물이 낮은 구름 속에서 튀어나와 에반 옆을 지나쳐서 아래 파도 속으로 뛰어들고, 뒤이어 물보라가 치솟았다.

그는 마을이 있는 건너편 해안으로 가서 모래투성이 어망이 어지러이 흩어진 땅에 차를 내렸다. 음성 합성기가 살아났다.

"딜윈 박사." 폰트리브의 목소리였다. "당장 돌아와."

"알겠습니다." 에반은 멍하니 대답하고는, 차에서 내리고 자동조종 모드를 눌렀다. 차는 떠올라서 차체를 빙글 돌리더니, 바다 건너편에서 반짝이는 우주선을 향해 저 혼자 날아갔다.

에반은 몸을 돌리고 마을로 향하는 길을 걷기 시작했다. 일주일 전에 현지 조사차 왔던 마을이었다. 우주선에서 그를 찾으려고 누굴 보내지는 않을 것이다. 시간도 많이 들고 오염제거 작업에 드는 비용이 너무 클 테 니까.

순풍을 등으로 받으며 자연흙을 밟으니 기분이 좋았다. 그는 어깨를 구부리고 연구실용 공식 가운을 여몄다. 그는 언제나 자신의 다부지고 힘센 육체가 부끄러웠다. 과학자의 삶에 맞는 몸이 아니어서였다. 그는 폐 한가득 공기를 들이마시고 암석 노두 옆을 돌다가 토착민 하나와 정 통으로 맞닥뜨렸다.

그 토착민은 에반과 비슷한 키에, 모직 폰초 밖으로 주름진 올리브색 머리통을 내밀고 있었다. 울퉁불퉁한 맨다리를 드러낸 채였고, 한 손에 는 연철로 만든 못이 박힌 자루를 쥐고 있었다. 에반은 그 토착민이 나이 많은 여성에 해당한다는 사실을 알고 있었다. 구덩이 속에서 연료로 쓸 이탄을 캐다가 올라온 모양이었다.

"좋은 날입니다, 아주머니." 에반이 그녀에게 인사했다.

"좋은 중천-지나-세-시간이우." 그녀는 신랄하게 그의 인사를 바로 잡았다. 이곳에서는 시간을 정확하게 말하는 게 중요했다. 그녀는 혀를 차고 이탄 이끼를 쌓으러 돌아섰다. 에반은 마을을 향해 계속 걸어갔다. 아르드벤의 토착민들은 평범한 호미니드 변종으로, 유대류에 기반한 변 하기 쉬운 성 구조가 특징이었다.

마을 길에 들어서자 이탄 연기 때문에 에반의 코에 주름이 잡혔다. 길 양쪽에는 말린 돌로 만들어서 지푸라기 지붕을 얹은 오두막집들이 온기 를 위해 두 줄씩 바싹 붙어서 이어졌다. 여름 태양 아래에서도 이렇게 황 량한데, 겨울이면 얼마나 황폐하고 적막할까.

지난밤에 벌인 의식이 어떠했는지는 다 타버린 송진 빗자루들과 양지바른 벽에 늘어져 누운 토착민 남성들을 보니 짐작이 갔다. 웅덩이에는 술병으로 썼던 빈 호리병 박이 널려 있었다. 그늘 쪽에는 지저분한 모직물이 잔뜩 쌓였는데, 그 위로 작은 대머리들이 솟아올라서 에반을 바라보았다. 양과 비슷하게 생긴 동물들이 되새김질을 하고 있었다. 토착민 아내들은 지금 집 안에서 어린것들을 먹이고 있을 것이다. 처마 밑에서 새가 두서없이 울어댔다. 어린 목소리 하나가 노래를 부르다가 조용해졌다.

에반은 길거리를 따라 걸어갔다. 남성들의 시선이 말없이 그를 따라왔다. 바위산과 바다를 끼고 사는 이들이 흔히 그렇듯, 이들도 무뚝뚝한 종족이었다.

문득 자신이 지금 뭘 하고 있는 건지 모르겠다는 생각이 떠올랐다. 분명히 심각한 쇼크 아니면 해리성 둔주 상태였다. 그는 왜 여기에 왔을까? 조만간 돌아가서 다가올 운명에 굴복해야 했다. 어떤 결과가 기다릴까. 재판은 분명히 받게 되리라. 긴 재평가도 받아야겠지. 그다음엔 뭘까? 감옥? 아니, 이제까지 받은 훈련을 그렇게 낭비하진 않을 것이다. 별 볼 일 없는 기술직에 강제 복무하게 되겠지. 그는 그쪽 규율과 의례들에 대해 생각했다. 떠들썩한 기술자 휴게실과 공동침실. 희망은 끝나고, 삼촌은 비탄에 빠지리라.

그는 몸서리를 쳤다. 현실을 제대로 받아들일 수가 없었다.

돌아가지 않는다면 무슨 일이 일어날까? 우주선이 프로그램대로 내일 떠나야 한다면? 에반 하나를 위해 이 지역 전체를 살균 소독할 가치는 없었다. 아마 신경 쇠약 이후 실종, 우주선을 탈출했다고 기록되리라.

그는 초라한 마을을 둘러보았다. 오두막집들은 어두웠고 안에서는 고약한 냄새가 났다. 여기에서 살 수 있을까? 이 사람들에게 뭐라도 가르칠 수 있을까?

앞에 촌장의 집이 보였다.

"좋은, 어, 중천-지나-네-시간입니다, 아저씨."

촌장은 애매하게 끌끌거리는 소리를 냈다. 그는 손발이 거대한 남성으로, 휴식용 벤치에 아무렇게나 누워 있었다. 그 옆에는 에반이 지역 정보 대부분을 얻은 젊은 남성 파라그가 있었다.

에반은 마른 돌을 하나 찾아서 앉았다. 오두막집들 위로 끊임없는 안개의 베일이 흘러 다녔다. 클리본산은 하늘에 드리운 그림자였다. 드러났다가, 감춰졌다가, 다시 드러나기를 반복했다. 벌거벗은 아기 하나가 귀리죽을 입에 묻히고 돌아다녔다. 아기는 다가와서 한쪽 발로 반대쪽 다리를 긁으며 에반을 쳐다보았다. 아무도 말을 하지 않았다. 에반은 이 사람들이 발작적으로 활발해질 수 있다는 사실을 알고 있었다. 그러나 급한 일이 없을 때는 몇백 년간 그 자리에 있었던 사람들처럼 앉아 있을 뿐이었다. 무관심하게.

에반은 자신이 이 수척한 호미니드들을 우주선에서 쉬고 있는 과학자들과 비교하고 있었음을 깨닫고 깜짝 놀랐다. 미친 게 틀림없다. 그 우주선은 지식에 대한 인간의 끝없는 탐구를 상징했다! 단지 그들이 그의 데이터를 (아니, 비 데이터라고 해야 할까) 거부했다는 이유만으로 이들과 비교하다니 어찌 그렇게 정신 나간 생각을. 그는 이단적인 생각을 털어내려 고개를 흔들었다.

"파라그, 벗이여." 에반이 탁한 목소리로 말했다.

파라그의 시선이 에반을 향했다.

"다음 해가 뜨면 하늘배는 떠납니다. 함께할-가족-없이-나-혼자서 여기에 남을 가능성이 있습니다."

촌장이 눈을 뜨더니 역시 그를 쳐다보았다.

파라그가 혀를 차서 '듣고 있다'는 뜻을 전했다.

에반은 안개에 싸인 클리본산의 능선을 올려다보았다. 그 바위 꼭대기에 거의 수직으로 얹혀 있는 풀밭에 햇빛이 내려앉았다. 아르드벤의 하지가 막 지난 시점이라, 지금은 낮이 무척 길었다. 에반의 주머니 속에는 비행차에서 꺼낸 비상식량이 있었다.

그는 퍼뜩 왜 여기에 왔는지 깨달았다. 그는 일어서서 클리본산을 올려다보았다. 안 드루인. 떠남의 산.

"귀로가 편안하시길 빕니다, 아저씨." 그는 무심코 공식적인 작별 인사를 던졌다. 그리고 큰 '길'을 따라 마을 밖으로 걸어 나가기 시작했다. 다른 오솔길들은 오두막집들 뒤편으로 해서 산 옆으로 바로 올라갔다. 여성들이 이런 길을 이용해서 가축을 몰았다. 하지만 '길'은 몇 단계를 나누어 길게 뻗어 올라갔다. 이전에 찾아왔을 때는 그 길을 따라 돌무더기까지 갔었다.

그 돌무더기는 돌화로의 이중벽이 무너진 잔해일 뿐이었고, 주변에 호리병 박의 잔해와 염색한 양털들이 널려 있었다. 토착민들은 그곳을 성스러운 장소로 취급하지 않았다. 그저 '떠남의 길' 아래쪽 끝이고, 염색약을 끓이기 좋은 장소일 뿐이었다.

그 돌무더기를 지나면 '길'은 비바람에 침식된 자갈길로 좁아져서, 구불구불 클리본산의 어깨를 타고 넘어서 구름 속으로 뻗어 올라갔다. 에반은 죽은 이들과 죽어가는 이들이 이 길로 실려 올라가고, 죽어가던 이가 죽었을 때, 혹은 운구자들이 이만하면 됐다고 여길 때 그곳에 버려진다는 사실을 알고 있었다. 때로는 친척들이 시신 옆에 돌을 쌓고, 죽은 이의 옷을 회수하러 다시 찾아가기도 했다. 그는 이미 비바람에 씻긴 돌과 뼈 무더기를 몇 개나 지나친 적이 있었다.

범죄자들이나 부족이 없애고 싶어 하는 마녀들 또한 이 '길'로 올라가야 했다. 파라그는 아무도 돌아오지 않았다고 말했다. 어쩌면 다른 마을까지 갔을지도 모르지만, 산속에서 죽었을 가능성이 컸다. 가장 가까운 마을은 바위투성이 해안을 따라 90킬로미터 떨어진 곳에 있었다.

그는 바람을 등에 받으며 수월하게 가장 낮은 능선을 넘는 첫 번째 단계를 올랐다. 이 계절에는 자갈이 거의 말라 있었지만, 클리본산에는 샘물이 많았다. 에반은 길옆을 따라 흠뻑 젖은 스펀지처럼 펼쳐진 이탄 이끼와 히스밭에서 몇 걸음마다 뼈를 볼 수 있었다.

'길'이 다시 바람을 마주 보는 방향으로 꺾어지자 벌써 엷은 안개가 아랫마을을 감춰버렸음을 알 수 있었다. 새 같은 생물이 머리 위를 날아가다가 소리를 내며 구부러진 부리를 보였다. 클리본산의 시체 먹는 새들 중 하나였다. 그는 그 새가 강풍을 타고 멀어지는 모습을 보며, 자신이 그 새의 작은 뇌에 수수께끼로 남았을까 생각했다.

시선을 내려보니, 올리브색 그림자 셋이 앞질러 와 있었다. 토착민 파라그와 다른 남성 둘이었다. 여기에서 그를 만나려고 양들이 다니는 길을 탔을 것이다. 이제 그들은 에반이 터벅터벅 걷는 동안 완고하게 기다렸다.

에반은 여행 중에 만난 벗끼리 나누는 인사말을 더듬더듬 꺼냈다.

파라그는 대답했다. 다른 두 남성은 혀 차는 소리만 내고 가만히 '길'을 막고 기다리기만 했다. 뭘 원하는 걸까? 길잃은 짐승을 뒤쫓아온 걸까.

"귀로가 편안하기를." 에반은 작별 인사를 내놓았다. 그리고 그들이 움직이지 않자 그들 주위를 빙 둘러서 위로 올라가려 했다. 파라그가 그를 가로막았다.

"당신은 '길'을 간다."

"나는 '길'을 갑니다." 에반은 그 말을 확인했다. "해가 떨어질 때 돌아올 거예요."

"아니다. 당신은 '떠남의 길'을 간다." 파라그가 말했다.

"난 돌아올 거예요. 해가 질 때 우호적인 대화를 나눌 거예요." 에반은 주장했다.

"아니다." 파라그는 손을 뻗어 에반의 재킷을 움켜쥐더니, 잡아당겼다.

에반은 펄쩍 뛰어 물러났다. 다른 자들이 달려들었다. 하나는 에반의 신발을 가리키고 있었다. "필요 없다."

에반은 이제 이해했다. 이 '길'을 걷는 사람들은 아무것도 가져가지 않았다. 그들은 에반이 죽음을 향해 가고 있다고 여기고, 그의 옷을 가지러 온 것이다.

"아니야!" 그는 항의했다. "난 돌아올 거라고! 난 떠나러 가는 게 아니야!"

분노에 사로잡힌 험상궂은 올리브색 얼굴들이 가까이 다가왔다. 에반은 그들이 얼마나 가난한지 깨달았다. 그들은 에반이 아직 쓸 수 있는 귀중한 옷가지를 오히려 자신들에게서 훔쳐 간다 여겼고, 그것을 적대적인 행동으로 간주했다. "난 이제 마을로 가겠어! 당신들과 같이 돌아간다고!"

그러나 너무 늦었다. 그들은 그를 할퀴며 상처투성이의 올리브색 손톱으로 기묘한 잠금쇠를 당기고 있었다. 지저분한 털 냄새가 코를 찔렀다. 에반이 그들을 밀치자 재킷 절반이 찢어져 나갔다. 그는 곧장 언덕 비탈을 달려 올라갔다. 그들이 쫓아오기 시작했다. 놀랍게도 문명 세계에서 자란 에반의 신체가 그들보다 더 강하고 민첩했다. 그는 그들을 멀찍이 따돌리고 양들이 남긴 길을 돌진해 올라갔다.

그는 능선에 올라서 위험을 무릅쓰고 뒤를 돌아보며 외쳤다. "벗들이여! 나는 돌아갈 겁니다!" 하지만 한 명은 양 모는 막대기를 휘두르고 있었다.

에반은 몸을 홱 돌리고 능선을 밟으며 올라가다가, 다음 순간 옆구리를 세게 때리는 느낌이 나서 비틀거렸다. 막대기가 달칵 소리를 내며 그의 다리 옆에 떨어졌다. 옆구리가… 그들이 그에게 창을 던진 것이다! 그는 찌르는 통증 속에서 숨을 헐떡이며 위쪽으로 달렸다. 여기에는 길이라곤 없었지만 매끄러운 습지가 하늘을 향해 올라갔다. 그는 풀다발에 걸려 비틀거리면서도 계속해서 뛰어 올라갔다. 유령 같은 안개가 옆으로 흘러갔다.

그는 바위 처마에서 뒤를 돌아보았다. 아래쪽에서는 안개에 휩싸인 그림자 셋이 몸을 돌리고 있었다. 클리본산 위까지 따라오지는 않는 것이다.

호흡이 안정을 찾았다. 옆구리의 고통은 더 퍼지지 않았다. 그는 찢어진 소매를 팔과 갈비뼈 사이에 끼우고 다시 산을 오르기 시작했다. 그는 클리본산의 가장 낮은 어깨에 해당하는 거대한 힘줄 위에 있었다. 올라가다 보니 흘러 다니는 안개 망령의 세계에 에반 혼자만 있는 것은 아니었다. 가끔 한 번씩 우스꽝스러운 '케케케' 소리를 내며 뛰던 양이 딱 멈춰서서 뾰족한 코 아래로 그를 응시하곤 했다.

그는 자신이 마을에 죽은 사람이 되었음을 깨달았다. 우주선에도 죽은 사람이었고, 여기에서도 죽은 사람이었다. 이렇게 다친 상태로 다음 마을까지 갈 수 있을까? 나침반도, 도구도 없이? 그리고 비상식량이 들어 있던 주머니도 찢어져 버렸다. 양 같은 생물을 한 마리 잡는 게 최선이었는데, 한 사람이 쉽게 할 수 있는 일은 아니었다. 덫을 만들어야 했다.

그는 기묘하게 스스로의 절망에 무심한 상태로 계속 산을 올랐다. 이제는 첫 번째 절벽을 뒤로했다. 앞에는 샘물에서 솟은 깨끗한 이탄수로 촉촉하게 젖은 가파른 풀밭에 작은 꽃들이 흩어져 있었다. 얼음덩어리가 사라지면서 굴러온 거대한 바윗돌들이 서 있다기보다는 걸려 있었다. 하얀빛 속에서는 바윗돌의 차가운 검은 그림자가 돌 자체보다 더 단단해 보였다. 바람에 해가 딸려와서 에반의 머리 위로 자욱한 구름 아랫면을 비췄다.

그는 자유로운 손으로 젖은 돌이나 양치식물 다발을 움켜쥐고, 바람을 거슬러 비스듬히 옆으로 기어 올라갔다. 심장이 너무 빨리 뛰었다. 쉴 때도 심장박동이 느려지지 않고 가슴 속을 두드렸다. 부상이 생각보다 심각한 모양이었다. 이제는 상처가 타는 듯했고, 서서히 발을 들어 올리기도 아파졌다. 곧 그는 아무 진척도 없이 십여 걸음째 취한 사람처럼 제자리걸음을 하고 있었음을 깨달았다.

그는 이를 악물고 잇새로 숨을 들이쉬었다. 앞에 있는 바위, 너무 멀지 않은 바위에 집중해서 몸을 위로 끌어올리는 게 숙제였다. 한 번에 바위 하나씩. 그다음에는 쉬고. 다시 바위를 하나 골라서, 몸을 밀어 올린다. 쉬고. 밀어 올리고. 마침내는 바위 사이에서 멈춰야 했다. 숨 쉬는 것 자체가 혹독한 고통이었다. 그는 턱에 흘러내린 침을 닦았다.

그러면 열 걸음만 움직이자. 멈추고. 열 걸음. 멈추고. 열 걸음….

발밑에 어렴풋한 오솔길이 닿았다. 양들이 다니는 길이 아니었다. 그는 양들이 다니는 곳보다 위에 있었다. 여기에는 오직 거대한 구름 짐승들만 돌아다녔다. 오솔길은 도움이 됐으나, 그는 자주 무릎을 꿇었다. 열 걸음. 쓰러지고. 애써 일어나고. 열 걸음. 돌더미에 엎드려서 일한다고, 누가 그런 말을 했더라. 이제 햇빛은 없었다.

처음에는 자신이 왜 바위벽을 마주하고 있는지 이해가 가지 않았다. 그는 통증 때문에 멍청해진 머리로 위를 올려다보고, 자신이 높고 무시무시한 절벽 앞에 있음을 알았다. 저 위 어딘가가 클리본산의 머리였다. 밤이 가까웠다.

그는 돌벽에 기대어 흐느꼈다. 몸의 떨림이 잦아들자 물소리가 들렸다. 그는 휘청휘청 바위 사이로 걸어갔다. 아주 차갑고, 시리도록 투명한 작은 개울이 솟아나고 있었다. '떠남의 물'이었다. 이가 딱딱 부딪쳤다.

물을 마시는 동안 옆에 있는 절벽에서 북을 치는 듯한 소리가 들리더니 크고 둥그런 몸이 튀어나왔다. 지방과 모피 냄새가 풍겼다. 거대한 바위토끼였다. 그는 덜덜 떨면서 다시 물을 마시고 그 토끼가 튀어나온 바위틈에 몸을 끌어넣었다. 안에는 마른 히스로 만든 둥지가 있었다. 그는 어마어마한 노력을 기울여 안으로 들어가서 토끼처럼 몸을 웅크렸다. 분명히 이 안은 안전할 터였다. 죽음처럼 안전하겠지. 그는 거의 바로 의식을 잃었다.

*

에반은 통증 때문에 밤중에 깨어났다. 통증 속에서 그는 안개를 질주하는 별들을 보았다. 달이 떴고, 구름 그림자가 아래에 깔린 주름진 은빛 바다 위를 걸었다. 구름 위에 걸린 클리본산은 그를 꽉 잡고 있었다. 에반은 이제 산과 하나가 되어 그 삶을 살고, 그 눈으로 사물을 보았다.

달빛이 연한 장미 빛깔로 이울었다. 새들이 울었다. 굴 밖에서 사향 냄새를 풍기는 동물이 개울을 핥고 지저귀다가 달아났다. 그는 몸을 움직였다. 이제는 온몸이 아파서 가만히 누워 있을 수가 없었다. 그는 온기를 희망하며 연한 장밋빛 새벽 속으로 기어나갔고, 바위에 기대어 다시 한번 클리본산의 물을 마셨다.

그는 이유 없이 경계하며 천천히 주위를 둘러보았다. 끊임없는 바람소리 너머로 통곡 소리가 들리더니 점점 커졌다.

발아래를 흐르는 시끄러운 기류에 구멍이 났다. 그는 만 건너편의 곶을 보았다. 그 위에는 장밋빛과 금빛으로 눈이 멀듯이 반짝이는 우주선이 있었다. 그 발치에 얇게 증기가 일어났다.

그가 지켜보는 동안 우주선은 부드럽게 위로 미끄러져 올라갔다. 빨리, 더 빨리. 그는 외쳐 부르는 듯한 소리를 냈지만, 아무 소용 없었다. 구름이 시야를 가렸고, 다시 앞이 열렸을 때는 곶이 텅 비어 있었다. 통곡 소리도 잦아들고, 클리본산의 바람 소리만 남았다. 그들은 그를 두고 떠났다.

한기가 심장을 에워쌌다. 그는 이제 완전히 행방불명이 되었다. 죽은 사람이 되었다. 죽음처럼 자유로워졌다.

머리가 띵했고 이상하게 약한 에너지를 느꼈다. 오른쪽 위에 보이는 선반을 오르면 기울어진 바위판으로 올라갈 수 있을 것 같았다. 과연 계속 갈 수 있을까? 양을 잡아먹으려면 어떻게든 해야 한다는 생각이 잠시 마음을 어지럽혔다가 사그라들었다. 그는 저도 모르게 위쪽으로 움직이고 있었다. 마치 날아다닐 수 있는 꿈속 같았다. 옆구리의 아픔을 자극하지 않으면서 숨을 쉬고, 어딘가 부딪치지 않는 한 수월하게 올라갈 수 있었다. 여기에서는 바람이 위쪽으로 불면서 그를 거들었다.

그는 기울어진 바위판에 도달해서, 이제는 정말로 등반을 하고 있었다. 손을 올려 잡고, 당기고, 발을 올리고, 밀고. 바위틈을 따라 옆으로 몇 걸음. 클리본산의 이끼투성이 회색 얼굴이 그의 얼굴에 가까이 닿았다. 그는 바보같이 그 바위 얼굴을 쓰다듬다가, 허공을 디딜 뻔한 것을 가까스로 피했다. 손을 올리고, 잡는다. 당긴다. 발을 올린다. 어떻게 이렇게 높이 올라왔을까? 손을 올려 잡는다. 왼손은 돌을 꽉 쥐지 못했다. 그는 손에 힘을 넣으며 옆구리를 따라 흘러내리는 따뜻하고 축축한 뭔가를 느꼈다. 당긴다.

이제는 바위면이 달라졌다. 이제는 매끄럽지가 않고 거친 결정질이었다. 덕분에 뺨을 베었다. 화성암이 풍화되어 기상천외한 지층을 만들어 놓았다.

"난 대 빙하선 위에 있어." 옆에 세로로 갈라진 암벽을 보고 중얼거리자 그 말소리가 강풍을 타고 울려 퍼졌다. 모든 것이 날카롭도록 명료해 보였다. 손이 머리 위에 걸렸다.

그는 화가 나서 찌푸린 얼굴로 위를 보았다. 아무것도 없었다. 손을 비틀어 빼내려 해봤다. 뭔가가 있었다. 그는 작고 아담한 바위에 걸터앉아 있었다. 바람은 꾸준히 울어댔다. 은빛 금빛 조명이 주위를 빙글빙글 돌았다. 태양은 이제 구름 위 어딘가에 높이 떠 있었다. 한쪽 손은 여전히 머리 위 어딘가에 끼어 있었다. 이상한 일이었다.

그는 그 팔에 힘을 주어 몸을 위로 끌어올렸다.

올라가자 머리와 어깨가 징징 울렸다. 그러더니 진동이 사라지고 그는 클리본산에 대자로 매달려서 고통과 싸우고 있었다. 아픔이 사라지고 나서 보니 아무것도 없었다. 그건 무엇이었을까? 무슨 일이 일어난 걸까?

그는 생각을 해보려고 애쓰다가, 괴롭지만 환각이었다는 결론을 내렸다. 그런데 얼굴 옆에 놓인 바위에 아무것도 없었다. 이끼가 끼지 않았다. 그리고 이상하게 매끈했다. 조금 전까지에 비해 훨씬 풍화가 덜 된 모양새였다.

무엇인가가 아주 오랫동안 이 부분을 지켜준 게 분명했다. 그의 몸에 저항했다가 꺼지듯 사라진 무엇인가가….

에너지 장벽이다!

화들짝 놀란 그는 울부짖는 바람 속으로 고개를 돌리고 절벽 표면을 자세히 들여다보았다. 양옆으로 1미터 정도 폭의 비바람에 풍화되지 않은 바위 띠가 클리본산의 바위 봉우리를 둘러싸고 평평하게 뻗어나갔다. 위쪽 바위에 가려진 곳이 여기저기 있어서, 비행기에는 보이지 않을 만한 위치였다.

스캔으로 발견했던 희미한 선이 이것이었던 게 분명했다. 길게 이어진 에너지 장벽의 효과였다. 하지만 왜 탐지기는 이 에너지를 인식하지 못했을까? 그는 어리둥절했다가, 마침내 그 장벽이 늘 켜져 있을 수 없음을 이해했다. 에너지 장벽은 뭔가가 가까이 다가와서 촉발할 때만 작동하는 게 틀림없었다. 그리고 그가 세게 밀자 들여보내 주기도 했다. 이 바위를 기어오를 수 있을 만큼 큰 동물만 통과시키도록 설정해놓은 걸까?

그는 바위 표면을 골똘히 들여다보았다. 얼마나 오래된 걸까? 얼마나 오랫동안 여기 있으면서 이 바위 띠를 한 번씩 지킨 걸까? 그 띠 위아래로는 몇천 년간 풍화작용이 일어났다. 그리고 빙하선보다는 위였다. 아직 빙하가 있었을 때 설치한 걸까? 누가?

이 출처도 분명치 않고 수동적인 에너지장은 모든 인간 기술은 물론이고 지금까지 인류가 조우한 몇몇 선진 외계인들의 기술마저 능가했다.

마음속에 무한한 기쁨이 솟구치더니, 스스로가 착란 상태에 빠졌다는 합리적인 판단을 가볍게 쓸어가버렸다. 그는 다시 올라가기 시작했다. 위로 또 위로. 에너지 장벽은 이제 50미터 아래에 있었다. 그는 돌을 하나 뽑아내고는, 돌이 아래로 떨어지는 모습을 지켜보았다. 아래에서 작게 섬광이 일었다고 생각은 했지만, 돌이 다른 방향으로 튀었는지 똑바로 떨어졌는지는 알 수가 없었다. 새들이나 떨어지는 돌이 그런 섬광을 일으킨다면, 그가 언뜻 보았던 반짝임도 그런 것이었을 수 있었다.

그는 올라갔다. 옆구리를 따라 축축하게 흐른 피가 붉은 밧줄을 이루었다. 그 통증이 그를 몰았고, 그는 통증을 품고 강경하게 위로 올라갔다. 손을 올려 잡고, 당긴다. 발가락을 끼우고, 민다. 쉰다. 손을 올려 잡는다. "난 통증을 싣고 가는 말이야." 그는 큰 소리로 말했다.

아까부터 자욱한 구름 속이었고, 몸에 닿은 바위를 두드리는 바람 소리가 컸다. 하지만 그의 몸과 다리는 뭔가 이상했다. 몸이 질질 끌렸고, 다리가 제대로 올라가지 않았다. 그는 잠시 후에야 무엇 때문인지 알아차렸다. 바위 표면이 평평해져 있었다. 그는 올라가는 게 아니라 기어가고 있었다.

클리본산의 이마에 도달했다는 게 가능한 해석일까?

그는 소용돌이치는 안개에 겁을 먹은 채 무릎을 대고 몸을 일으켰다. 옆에는 붉은 얼룩이 있었다. '클리본산에 내 피가 묻었군. 돌 위에 무릎을 꿇고, 두 손은 더러워졌어.' 클리본산에 대한 토할 듯한 미움이 온몸을 휩쓸었다. 노예가 쇠사슬을 미워하고, 자신의 육신보다 오래 가는 돌덩이를 미워하듯이. 힘겹고 외로운 일… 제멜바이스가 누구였더라? "클리본, 난 네가 밉다." 그는 힘없이 중얼거렸다. 여기에는 아무것도 없었다.

그는 앞으로 휘청거렸다. 그리고 갑자기 또 한 번 아까 같은 끈적한 저항감과 불안한 진동, 그리고 놓여나는 감각을 느꼈다. 클리본산 꼭대기에 에너지 장벽이 하나 더 있었던 것이다.

그는 그 에너지 장벽을 통과하여 잔잔한 공기 속에 빠졌고, 잠시 허우적거리다가 정적 속에 쓰러졌다. 찢어진 뺨에 닿은 돌이 놀랄 만큼 서늘했다. 하지만 여기에는 풍화의 흔적이 없지 않았다. 이 두 번째 장벽은 첫 번째 장벽에 의해서만 작동하는 게 틀림없다는 생각이 서서히 떠올랐다. 아래 장벽을 뭔가가 뚫고 올라올 때만 에너지장이 펼쳐지는 것이다.

드러누운 그의 눈 앞에 아주 작은 줄무늬 꽃이 한 송이 있었다. 귀밑에서 이상하게 차가운 맥박이 울렸다. 클리본산의 심장박동이었다. 그 진동은 보호막 바깥에 부는 강풍과 조화를 이루고 있었다.

변화하는 빛은 그가 그곳에 누워 있는 동안에도 계속 변했다. 잠시 후, 그는 작은 식물 너머에 흩어진 돌들을 보고 있었다. 물처럼 투명한 금빛 자갈이었는데, 여기저기 돌들 사이에 뿔처럼 생긴 독특한 흰색 파편이 보였다. 그 빛은 아주 이상했다. 지나치게 밝았다. 그는 이윽고 고개를 들어 올렸다.

앞에 깔린 안개 속에 빛이 있었다.

몸이 부서진 느낌이었고, 누가 초래했는지 이제는 기억할 수도 없는 불가해한 아픔이 호흡을 괴롭혔다. 그는 서툴게 기어가기 시작했다. 배를 바닥에서 띄울 수 없었다. 하지만 머릿속은 명징했고 그는 준비되어 있었다.

그 통로가 보였을 때 놀라지 않을 준비가 되어 있었다. 안개가 지나가고, 어떤 길도 있을 수 없는 곳에 빛나는 통로가 보였다. 아니면 길이라고 해야 할까. 금빛 자갈은 그 매끄러운 석조에서 부서져 나온 것이었고, 반짝이는 통로는 클리본산의 정상에서 쇄도하는 구름 사이로 뻗어 올라갔다.

그 길의 바닥 부분은 길지 않아서, 원근이 맞는다면 백 미터 남짓했다. 위쪽 끝에는 푸른 라일락색이 보였다. 상쾌한 기운이 흘러 내려와서 클리본산의 물거품과 뒤섞였다.

지금은 도저히 일어날 수가 없었다. 그러나 볼 수는 있었다.

기계장치도 있었다. 그 길이 클리본산 바위와 합쳐지는 가장자리에 젤리 같은 복합적 특질을 지닌 장치가 하나 있었다. 그는 리사쥬 도형*과 함께 맥동하는 다이얼 달린 앞면을 알아보았다. 그가 두 개의 장벽을 뚫고 이동하면서 그 기계를 작동시켰고, 그 기계가 다시 이 길을 물질화시킨 게 분명했다.

에반은 미소를 짓다가 뺨이 자갈에 찔리는 것을 느꼈다. 그는 그 길 아래 깔린 황갈색 자갈에 뺨을 대고 누워 있는 모양이었다. 외계의 공기가 타는 듯한 목구멍에 도움을 줬다. 그는 계속 그 길을 바라보았다. 아무것도 움직이지 않았고, 아무것도 나타나지 않았다. 저 푸른 라일락 빛깔은, 저건 하늘일까? 티 하나 없이 매끈했다. 구름도, 새도 없었다.

저 길 끝에는 무엇이 있을까? 들판? 이 마법 같은 통로는 무슨 용도

---

* Lissajous figures. 평면 내에서 서로 수직인 두 개의 단진동을 합성하였을 때 그려지는 2차원 운동의 자취. 두 소리굽쇠의 진동을 도형으로 표현했다고 생각하면 가깝다.

일까? 길들이 모여드는 거대한 초공간장? 상상할 수가 없었다.

그를 내려다보는 존재는 없었다.

다이얼 표면 위쪽으로 시선을 올리니 투명한 한 쌍의 나선 같은 장치가 보였다. 한쪽 코일에는 번쩍이는 액체가 가득했다. 다른 한쪽 코일에는 그저 번득이는 불꽃 몇 개만 있었다. 그가 지켜보는 동안 빈 코일의 불꽃 하나가 꺼지더니 액체가 가득한 쪽 코일이 깜박거렸다. 이어서 또하나가 꺼졌다. 그는 지켜보며 생각했다. 간격이 규칙적이다.

그러니까 저건 시간을 재는 장치였다. 에너지 저장량을 표시하는 것인지도 몰랐다. 그리고 거의 끝이 가까웠다. 마지막 불꽃이 꺼지면 문이사라질 거란 생각이 들었다. 그 문은 여기에서 얼마나 오래 기다린 걸까?

양 몇 마리, 반쯤 죽은 토착민 하나 정도나 받아들이면서. 클리본산의짐승들이나 맞이하면서.

이제 몇 분밖에 남지 않았다.

그는 무한한 노력을 기울여 오른팔을 움직였다. 하지만 왼팔과 다리는 무거운 짐 뭉치나 다름없었다. 그는 몸을 질질 끌고 거의 길이 시작되는 곳까지 기어갔다. 1미터만 더 가면… 그러나 이제는 팔에 힘이 남아있지 않았다.

소용없는 일이다. 그는 끝났다.

어제만 산을 올랐더라도 좋았을 것을. 스캔을 하는 대신에 말이다. 스캔은 물론 비행기가 클리본산 주위를 돌면서 시행했다. 하지만 여기 이길과 문은 비행기로 볼 수가 없었다. 그때는 여기에 없었으므로. 이 길은뭔가가 저 아래 첫 번째 장벽을 가동시키고, 두 장벽을 다 밀고 올라올때만 존재한다. 아마도 산을 오를 의지가 있는 커다란 온혈동물이 올때만.

'컴퓨터는 인간의 뇌를 해방시켰지.'

그러나 컴퓨터는 피투성이가 된 몸으로 직접 클리본산의 바위를 기어오르지 않았다. 오직 의문을 품을 만큼 멍청하고, 돌 위에 엎드려 악착같이 지식을 구할 만큼 멍청한 사람만이 여기에 왔다. 위험을 감수하고, 경험을 하고, 혼자 남은 사람만이.

값싼 방법이 아니었다.

빛나는 배는, 그 우주선 안에 갇힌 성간 과학자들은 가버렸다. 다시는 돌아오지 않을 것이다.

에반은 이제 발버둥 치기를 그만뒀다. 그는 가만히 누워서 외계 시간 장치의 끄트머리에서 빛나던 불꽃이 꺼지는 모습을 지켜보았다. 곧 아무것도 남지 않게 되었다. 소리라고 할 수도 없는 희미한 소리와 함께, 빙하가 오기 전부터 클리본산에서 기다렸던 길과 그 길에 딸린 장치 모두가 사라져버렸다.

그 길이 사라지자 바람이 다시 격렬해졌지만, 그는 바람 소리를 듣지 못했다. 그는 아주 편안하게 누워 있었다. 그 얼굴과 몸의 뼈가 언젠가는 클리본산의 빈 바위에 흩어진 금빛 자갈과 뒤섞이게 될, 그 자리에서.

제 3 부

MALE
AND
FEMALE

남성과 여성

THE WOMEN MEN DON'T SEE

보이지 않는 여자들

이수현 옮김

1974년 로커스상 노미네이트

나는 멕시카나 727기가 코수멜섬으로 급강하할 때 그 여자를 처음 보았다. 화장실에서 나와서 비틀거리다가 그녀의 자리에 엎어질 뻔했고, 흐릿하게 보이는 두 여자를 향해 "미안합니다"라고 말했다. 가까이 있던 그림자가 조용히 고개를 끄덕였다. 창가 자리에 앉은 젊은 여자는 바깥만 내다보고 있었다. 나는 아무것도 기억에 새기지 않고 통로에서 계속 움직였다. 아무것도. 다른 일이 없었다면 다시 그들을 보지도, 생각하지도 않았을 것이다.

늘 그렇듯 코수멜 공항은 모래더미에 어울리는 옷을 입고 전전긍긍하는 양키들과 프레지덴테 호텔에서 점심을 먹기에 어울리는 옷을 입은 차분한 멕시코인들이 뒤섞여 있었다. 그중에서 나는 진지한 낚시꾼 복장에 머리가 센 지친 양키였다. 혼란 속에서 내 낚싯대와 더플백을 끌어내어 내 전세 비행사를 찾으러 갔다. 에스테반 기장이 해안을 따라 300킬로미터 내려간 벨리즈*의 여을멸(bonefish) 우글거리는 개펄에 데려다주기로 계약한 상태였다.

에스테반 기장은 150센티미터 키에 마호가니빛 피부의 순혈 마야인이었다. 그는 침울하고 불평 많은 마야인이기도 했다. 에스테반은, 내가 빌린 세스나 비행기가 어딘가에서 이륙할 수 없게 되었으며, 자신의 보난자 비행기는 어느 일행을 체투말**까지 실어 가기로 예약되어 있다고 말했다.

흠, 체투말도 남쪽이다. 나를 함께 태우고 가다가 그쪽 일행을 내려놓고 나를 벨리즈까지 데려갈 수 있지 않을까? 에스테반은 울적한 얼굴로 다른 일행이 허락하기만 한다면, 그리고 그들의 짐이 너무 많지만 않다면 그럴 수 있다고 인정했다.

체투말로 가는 일행이 다가왔다. 자갈과 유카 나무로 뒤덮인 광장을 솜씨 좋게 걸어오는 것은 한 여자와, 그 딸인가 싶은 젊은 동행이었다. 그들의 벤투라 여행 가방은 본인들처럼 작고, 평범하며, 눈에 띄지 않는 색깔이었다. 문제없었다. 기장이 나를 같이 태워도 되겠느냐고 묻자 어머니 쪽은 나를 보지도 않고 부드럽게 대답했다. "물론이죠."

그때가 내 안의 위험감지기가 처음으로 희미한 찰칵 소리를 낸 순간이었지 싶다. 이 여자는 어느새 나를 살펴보았기에 자기네 비행기에 들여도 된다고 판단한 걸까? 나는 그 경고를 무시했다. 편집증이 내 일에 쓸모가 있었던 것도 예전 일이건만, 습관이란 깨기 힘든 법이다.

보난자에 기어 올라가면서 보니 젊은 여자 쪽은 매력적인 몸매를 지녔다. 어떤 불꽃이라도 튀었다면 그렇다는 말이지만, 불꽃은 없었다. 에스테반 기장은 엔진 덮개 너머를 보기 위해 걸치고 있던 모포를 접어서 그 위에 앉은 다음 꼼꼼히 점검작업을 했다. 그리고 우리는 청록색 젤리 같은 카리브해 위를 돌아 거센 남풍 속으로 떠올랐다.

오른쪽에 보이는 해안은 퀸타나 루 지역에 속했다. 유카탄반도를 본

적이 없다면 세상에서 제일 크고 끝내주게 평평한 회록색 양탄자를 상상해보라. 텅 비어 보이는 땅이다. 툴룸의 하얀 폐허와 치첸 잇차로 이어지는 도로, 대여섯 개의 코코넛 대농장을 지나고 나자 지평선 끝까지 모래톱과 키 작은 나무들로 이루어진 정글밖에 없는 거친 들판이 펼쳐졌다. 4세기 전의 정복자들이 본 풍경과 비슷할 것이다.

뭉게구름이 줄줄이 우리를 향해 질주해 오면서 해안을 가렸다. 나는 날씨에 대한 우리 조종사의 근심을 헤아렸다. 서쪽으로는 메리다의 헤네켄* 밭에서 한랭전선이 사그라들었고, 남풍이 쌓여 해안을 따라 이어지는 태풍을 일으키고 있었다. 이곳에서 '로비즈나'라고 부르는 날씨였다. 에스테반은 작은 소나기구름 몇 개를 찬찬히 우회했다. 보난자가 요란한 소리를 냈고, 나는 여자들을 안심시켜야겠다는 막연한 생각을 품고 뒤를 돌아보았지만 그들은 유카탄반도를 내려다보는 데 열중해 있었다. 흠, 조종석에서 풍경을 내려다보아도 좋다는 말을 들었을 때는 거절하더니. 수줍음이 많은 걸까?

앞에 로비즈나가 또 하나 부풀어 올랐다. 에스테반은 고공으로 비행하면서 항로를 보기 위해 자리에서 일어섰다. 나는 나와 내 사무실의 책상 사이의 거리, 그리고 내 앞에 기다리는 낚시주간을 음미하며 너무나 오랜만에 긴장을 풀었다. 전형적인 마야인다운 우리 기장의 옆얼굴이 내 시선을 끌었다. 육식동물 같은 코에서 기울어져 올라간 이마, 그 아래로 쑥 들어간 입술과 턱. 그 가느다란 눈이 조금만 더 몰려 있었다면 자격증을 따지 못했을지도 모른다. 믿을지 모르겠지만, 매력적인 조합이었다. 짧은 드레스를 입은 어린 마야 아가씨들이 그런 사팔눈에 끈적거리는 무지갯빛을 담고 있는 모습은 대단히 에로틱하기도 하다. 동양 인형 같은 그런 게 아니다. 이 사람들은 돌 같은 뼈를 지녔다. 에스테반 기장의 늙은 할머니는 비행기를 끌고 다닐 수도 있을지 모른다….

* 용설란의 일종

나는 선실 벽에 귀를 부딪치면서 깨어났다. 요란하게 쏟아지는 우박 속에서 에스테반이 헤드셋에 대고 소리를 지르고 있었다. 창문은 짙은 회색이었다.

중요한 소리 하나가 빠져 있었다. 모터 소리. 나는 에스테반이 죽은 비행기와 씨름하고 있음을 깨달았다. 고도 천백 미터. 이미 6백 미터나 떨어졌다!

에스테반은 폭풍이 사방에서 우리를 흔드는 가운데 탱크 스위치를 때렸다. 나는 기장이 커다란 이빨을 드러내고 으르렁거리는 소리에서 '가솔 란지나' 비슷한 말을 알아들었다. 보난자가 빙빙 돌며 떨어졌다. 기장이 머리 위에 있는 단추에 손을 뻗을 때 보니 연료는 많이 남아 있었다. 중력을 이용한 연료 공급선이 막힌 걸까. 이곳 남미에서는 질 나쁜 휘발유를 쓴다고 듣기는 했는데. 기장이 헤드셋을 놓았다. 어차피 이렇게 심한 폭풍 속에서 누가 우리의 송신을 들을 확률은 백만분의 1이다. 760미터. 떨어지고 있었다.

전기 펌프가 작동한 모양이었다. 모터가 폭발음을 내다가, 멈추고, 다시 폭발하고, 다시, 영원히 멈췄다. 우리는 느닷없이 구름 밑바닥으로 빠져나왔다. 아래로 빗발에 감춰지다시피 한 긴 하얀색 선이 보였다. 모래톱이었다. 그러나 그 모래톱 뒤에 해안은 없었다. 맹그로브가 자란 개 펄이 드문드문 있는 구불구불한 만뿐이었다. 그리고 그 만은 빠른 속도로 우리를 향해 올라오고 있었다.

이거 안 좋겠다고, 나는 속으로 썩 독창적이지 않은 생각을 했다. 내 뒤에 있는 여자들은 아무 소리도 내지 않았다. 돌아보니 코트를 머리까지 뒤집어쓰고 충격에 대비하고 있었다. 시속 130킬로미터쯤 되는 추락 속도에 큰 도움이 되지는 않겠지만 나도 몸을 고정시켰다.

에스테반은 추락하는 비행기를 조종하며 헤드셋에 대고 몇 마디를 더 외쳤다. 그는 굉장한 작업을 해내고 있었다. 바다가 우리를 향해 밀려오는데 보난자는 털이 쭈뼛 서는 각도로 곤두박질치면서도 추락하지 않았다. 어느새 우리 코앞에는 모래톱이 길게 펼쳐져 있었다.

도대체 에스테반이 어디에서 그 모래톱을 찾아냈는지 모르겠다. 보난 자는 썰매를 타듯 미끄러지고, 어마어마한 굉음을 내며 배부터 부딪쳤다가, 튀어 올랐다가, 다시 부딪쳤다가⋯ 모래톱 끝에 있는 맹그로브숲 속에서 수평으로 돌면서 모든 것이 요란하게 회전했다. 쿵! 철커덩! 비행기는 한쪽 날개를 들어 올린 채 '목 조르는 무화과'* 숲속에 처박혔다. 추락은 우리 모두에게 아무 상처도 입히지 않고 멈췄다. 불이 붙지도 않았다. 환상적이었다.

에스테반 기장은 이제는 지붕이 되어버린 문을 들어 올렸다. 내 뒤에서 여자 하나가 조용히 되풀이하고 있었다. "어머니. 어머니." 바닥을 기어 올라가보니 젊은 여자가 어머니의 품에서 벗어나려고 애쓰고 있었다. 어머니 쪽은 눈을 감고 있다가, 눈을 뜨더니 갑자기 완벽하게 제정신을 차리고 팔을 풀었다. 에스테반이 두 사람을 끌어올렸다. 나는 보난자의 구급상자를 찾아들고 그들을 따라 눈부신 햇살과 바람 속으로 기어나갔다. 우리를 때린 폭풍은 벌써 해안 저편으로 사라져갔다.

"대단한 착륙이었소, 기장."

"아, 그러게요! 아름다운 솜씨였어요." 여자들은 떨고 있었지만, 히스테리는 없었다. 에스테반은 조상들이 스페인군을 보았을 때 지었을 법한 표정으로 주위를 살펴보고 있었다.

이런 일을 겪어본 사람이라면 한동안 모든 것이 슬로 모션으로 보인다는 사실을 알 것이다. 처음에는 도취감이 찾아왔다. 우리는 무화과나무 아래를 빠져나가 뜨거운 바람이 으르렁거리는 모래톱으로 나갔다. 사방으로 수정같이 반짝이는 수면만 몇 킬로미터씩 이어진다는 사실을 알아차리고도 놀라지 않았다. 물의 깊이는 30센티미터 정도밖에 안 되었고,

---

* Strangler fig, 열대와 아열대 지방에서 덩굴 같은 줄기로 숙주 나무를 휘감고 자라는 여러 종의 식물을 총칭하며, 여기에서는 플로리다와 남아메리카에 많이 자라는 야생 무화과의 일종을 가리킨다.

바닥은 올리브빛 침니(沈泥)였다. 멀리 보이는 주위 물가는 사람이 살 수 없는 단조로운 맹그로브 늪이었다.

"바히아 에스비리투 산토."* 에스테반은 우리가 바로 그 거대한 미개척 바다에 떨어진 것 같다는 나의 추측을 확인해주었다. 나는 언제나 그곳에서 낚시를 해보고 싶었다.

"저 연기는 다 뭐죠?" 젊은 여자는 수평선 여기저기에 피어오르는 연기 기둥을 가리키고 있었다.

"악어 사냥꾼들입니다." 에스테반이 말했다. 마야의 밀렵자들이 늪에 화전을 일궈놓은 셈이었다. 우리가 구조요청용으로 불을 피우더라도 그다지 눈에 띄지 않겠다는 생각이 들었다. 그러고 보니 우리 비행기는 무화과나무 둔덕에 파묻혀 있었다. 공중에서는 잘 보이지 않을 것이었다.

도대체 어떻게 여기에서 빠져나갈 것인가 하는 질문이 머릿속에 떠오르는 순간 나이 든 여자가 침착하게 물었다. "저쪽에서 기장의 말을 듣지 못했다면 언제쯤 우리를 찾기 시작할까요? 내일?"

"정확해요." 에스테반이 음울하게 동의했다. 나는 이곳에서는 해공협동 구조활동이 상당히 비공식적이라는 사실을 떠올렸다. '마리오가 보이나 잘 봐, 걔네 어머니 말로는 집에 없었던지 일주일이나 됐대' 수준이었다.

어쩌면 이곳에 꽤 오래 있을 수도 있다는 생각이 들었다.

게다가 우리 왼쪽에서 들리는 디젤 트럭 같은 소음은 카리브해가 만 입구로 돌아오는 소리였다. 바람이 바다를 우리 쪽으로 밀어붙였고, 맹그로브숲의 바닥은 우리가 선 모래톱이 밀물에 잠긴다는 사실을 알려주었다. 아침에(맙소사, 세인트루이스에서!) 보름달을 보았던 기억이 났고, 그건 조수가 최고조라는 뜻이었다. 흠, 비행기 안으로 기어 올라갈 수는 있겠지. 하지만 마실 물은 어쩐단 말인가?

* 성령의 만

뒤에서 작게 물 튀는 소리가 났다. 나이 든 여자가 만의 물을 마셔보느라 낸 소리였다. 여자는 후회 섞인 미소를 지으며 고개를 저었다. 두 여자 중에 누구든 제대로 된 표정을 보인 건 그게 처음이었다. 나는 그 표정을 서로를 소개할 때라는 신호로 받아들였다. 내가 세인트루이스에서 온 돈 펜튼이라고 말하자, 여자는 자신들이 메릴랜드의 베데스다에서 온 파슨스 모녀라고 말한다. 워낙 상냥하게 말하는 바람에 처음에는 두 사람의 성만 들었지 이름은 듣지 못했다는 사실을 지나쳤다. 우리는 다 같이 에스테반 기장을 다시 한번 칭찬했다.

에스테반의 왼쪽 눈은 부어서 감겼고, 마야인답게도 불편함을 드러내지 않았지만, 파슨스 부인은 그가 팔꿈치를 갈비뼈에 대고 있는 모습을 알아차렸다.

"다쳤군요, 기장님."

"로토*. 부러진 것 같네요." 에스테반은 아프다는 사실 자체를 당혹스러워했다. 우리는 그의 셔츠를 벗겨내고 멋진 적갈색 상반신에 남은 흉측한 멍을 드러냈다.

"그 상자 안에 붕대가 있나요, 펜튼 씨? 제가 응급치료를 조금 배웠거든요."

파슨스 부인은 능숙하고 대단히 객관적인 태도로 붕대를 다뤘다. 모래톱 끝으로 걸어간 파슨스 양과 나는, 내가 나중에 정확히 떠올리게 될 대화를 나누었다.

"진홍저어새로군요." 나는 분홍빛 새가 세 마리 날아가는 것을 보고 말했다.

"아름답네요." 그녀는 조그마한 목소리로 대꾸한다. 여자 둘 다 목소리가 작았다. "마야 인디언이죠, 저분? 조종사 말이에요."

"맞아요. 보남팍 벽화에서 바로 튀어나온 진짜배기지요. 치첸과 욱스

* Roto. 스페인어로 부러진

말에 가본 적이 있나요?"

"네. 우린 메리다에 있었어요. 과테말라에 있는 티칼에 가는 중이죠…. 아니, 가는 중이었죠."

"가게 될 겁니다." 이 젊은 여성의 기운을 북돋워주어야 한다는 생각이 들었다. "마야인 어머니들은 아기 이마가 사선 형태가 되도록 이마에 판자를 묶어주곤 했다는 이야기를 해주던가요? 눈이 사팔뜨기가 되도록 코 위에 수지 덩어리도 달았지요. 그런 생김새가 귀족적이라 여겼거든요."

그녀는 미소 지으며 에스테반을 한 번 더 돌아보았다. "유카탄 사람들은 달라 보여요." 그녀는 생각에 잠겨서 말한다. "멕시코시티 부근에서 보는 사람들과는 달라요. 뭐랄까, 더 독립적이라고 해야 할까요."

"정복당한 적이 없으니까요. 마야인들이 학살당하고 추적도 많이 당하기는 했지만, 아무도 정말로 그들을 짓밟지는 못했어요. 마지막 멕시코-마야 전쟁이 1935년에 휴전 협정으로 끝났다는 사실은 몰랐지 싶군요."

"몰랐어요!" 그녀는 진지하게 말했다. "마음에 드네요."

"나도 그래요."

"물이 아주 빨리 차오르고 있어요." 우리 뒤에서 파슨스 부인이 조용히 말했다.

사실이었다. 그리고 로비즈나도 또 하나 오고 있었다. 우리는 보난자 안으로 기어들어 갔다. 내 파카를 이용해서 빗물을 받으려고 해봤지만, 태풍이 빠르고 격렬하게 때리자 묶은 것이 풀려 날아가고 말았다. 우리는 비행기 안의 난장판 속에서 몰트바 몇 개와 나의 잭 다니엘스 위스키병을 건져내고 제법 편안하게 자리를 잡았다. 파슨스 모녀가 위스키를 한 모금씩 마셨고, 에스테반과 나는 꽤 많이 마셨다. 보난자가 힘없이 덜컹거렸다. 에스테반은 조종실에 스며드는 물을 보고, 눈이 하나만 그려진 고대 마야인 같은 표정을 짓더니 잠이 들었다. 우리 모두 잤다.

밀물이 빠지면서 도취감도 함께 사라졌고 우리는 매우, 매우 목이 말랐다. 빌어먹을 해넘이도 가까웠다. 나는 미끼가 달린 낚싯대와 갈고리가 셋 달린 낚싯바늘로 작업에 착수하여 작은 숭어 네 마리를 낚는 데 성공했다. 에스테반과 여자들은 빗물을 받으려고 보난자의 꼬마 구명정을 맹그로브 나무에 묶었다. 바람은 목이 타게 뜨거웠다. 지나가는 비행기는 없었다.

겨우 다시 내린 소나기는 우리에게 종이컵 하나도 채우지 못할 물을 남겨주었다. 해넘이가 금빛 연기로 세상을 에워쌀 때 우리는 모래톱에 쪼그려 앉아서 날숭어와 아침 식사용 인스턴트 빵을 먹었다. 여자들은 이제 반바지 차림이었고, 깔끔하지만 조금도 섹시하지는 않았다.

"날생선이 이렇게 신선한 맛인지 미처 몰랐네요." 파슨스 부인이 기분 좋게 말했다. 그 딸도 기분 좋게 킬킬거렸다. 그녀는 에스테반과 나에게서 멀리 떨어져서, 엄마 건너편에 앉아 있었다. 이제는 파슨스 부인이 이해가 갔다. 엄마 닭이 하나뿐인 병아리를 수컷 포식자들로부터 지키고 있는 것이었다. 나는 상관없었다. 나는 낚시를 하러 왔을 뿐이었다.

그러나 무엇인가가 신경을 건드렸다. 그 여자들은 불평 한 번 하지 않았다. 우는소리 한 번, 떨리는 목소리 한 번 내지 않았다. 어떤 개인감정도 드러내지 않았다. 조난 매뉴얼에서 튀어나오기라도 한 것 같았다.

"황무지에서도 정말 편안해 보이시는군요, 파슨스 부인. 캠핑을 많이 하십니까?"

"아, 설마요." 수줍은 웃음소리. "걸스카우트 시절 때나 그랬죠. 오, 저것 보세요. 군함새 아닌가요?"

질문에 질문으로 답을 했다. 나는 군함새들이 당당히 해넘이 속으로 날아가는 동안 기다렸다.

"베데스다라…. 혹시 정부에서 일하시는 게 아닙니까?"

"저런, 맞아요. 워싱턴을 잘 아시나 보군요, 펜튼 씨. 일 때문에 자주 가시나요?"

우리가 내려앉은 모래톱만 아니라면 어디에서라도 그 작은 책략이 통했으리라. 내 몸의 사냥꾼 유전자가 씰룩거렸다.

"어느 기관에 계십니까?"

그녀는 우아하게 항복했다. "오, 그냥 GSA* 기록부예요. 전 사서랍니다."

그랬군. 이제 나는 그녀를 알 것 같았다. 기록부, 회계부, 연구부, 인사 관리부에 있는 모든 파슨스 부인들…. 파슨스 부인에게 1973년 국가 회계의 외부 사업계약들에 대한 요약이 필요하다고 말해. 지금은 유카탄 여행 중이라고? 이런…. 나는 그녀에게 진부한 농담을 던졌다. "시체들이 어디에 묻혔는지 아시겠군요."

그녀는 변명하듯 미소 짓고 일어섰다. "순식간에 어두워지네요. 안 그래요?"

비행기 안으로 돌아갈 시간이었다.

우리의 무화과나무에서 휴식하는 게 습관이었던 듯한 따오기 떼가 우리 주위를 맴돌았다. 에스테반은 마체테**와 마야식 줄해먹을 꺼냈다. 그는 도움을 거절하고 혼자서 나무와 비행기 사이에 해먹을 맸다. 마체테를 휘두르는 손길이 눈에 띄게 불안했다.

파슨스 모녀는 꼬리날개 뒤에서 소변을 보았다. 한 사람이 미끄러지면서 희미하게 비명을 올리는 소리가 들렸다. 선체 쪽으로 돌아온 파슨스 부인이 물었다. "우리가 해먹에서 자도 괜찮을까요, 기장?"

에스테반은 믿기지 않는다는 웃음을 지었다. 나는 비와 모기 문제를 들어 이의를 제기했다.

"오, 방충제도 있고 우린 정말로 신선한 공기를 좋아해요."

공기는 풍력 5 정도로 쇄도했고 시시각각 차가워지고 있었다.

"비옷도 있어요." 파슨스 양이 쾌활하게 덧붙였다.

흠, 좋아요, 숙녀분들. 우리 위험한 수컷들은 축축한 조종실 안으로

* General Services Administration, 연방정부 총무처
** 중남미에서 주로 사용하는 넓은 칼

후퇴합니다. 바람을 뚫고 가끔 여자들의 부드러운 웃음소리가 들렸다. 차가운 따오기 잠자리가 안락한 모양이었다. 나는 그들이 살짝 미쳤다고 생각했다. 나는 늘 내가 가장 위협적이지 않은 남자임을 알았다. 사실은 나에게 카리스마가 없는 것이 일에서 언제나 장점으로 작용했을 정도였다. 혹시 에스테반에 대해 환상을 갖고 있는 걸까? 아니면 정말로 신선한 공기에 집착하는 걸까…. 바깥 모래톱에서 보이지 않는 디젤 엔진이 굉음을 울리는 가운데 잠이 찾아왔다.

우리는 입이 깔깔해진 상태로 일어나서 바람 부는 광대한 연어살빛 해돋이 속으로 나갔다. 다이아몬드 조각 같은 태양이 바다를 깨고 나오더니 순식간에 구름에 덮였다. 나는 두 번의 소나기가 우리 주위를 피해 가는 동안 낚싯대와 숭어 미끼로 낚시를 했다. 아침 식사는 축축한 창꼬치 조각이었다.

파슨스 모녀는 계속 의연하고 쓸모 있게 움직였다. 그들은 에스테반의 지시 아래 엔진 커버 한쪽에 휘발유로 불을 붙일 준비를 했다. 비행기 소리가 들리면 붙일 생각이었지만, 파나마를 향해 날고 있을 보이지 않는 제트기 한 대를 제외하면 아무것도 지나가지 않았다. 울부짖는 바람은 뜨겁고 건조하며 산호 먼지투성이였다. 우리도 그랬다.

"바닷속을 먼저 찾을 거예요." 에스테반이 말했다. 귀족적으로 경사진 앞이마에 땀이 송골송골 맺혀 있었다. 파슨스 부인은 걱정스러운 얼굴로 에스테반을 지켜보았다. 나는 위에서 점점 높아지고 물기 없이 두꺼워지며 질주하는 구름 담요를 바라봤다. 그런 상태가 이어지는 동안에는 아무도 우리를 찾지 않을 것이고, 물은 이제 심각한 문젯거리가 되었다.

나는 결국 에스테반의 마체테를 빌려서 길고 가벼운 장대를 만들었다. "저 뒤쪽에 흐르는 개울이 있어요. 비행기에서 봤지요. 삼사 킬로미터 이상 떨어지진 않았을 겁니다."

"아무래도 구명정이 찢어진 모양이에요." 파슨스 부인이 오렌지색 비닐에 생긴 틈을 보여주었다. 짜증스럽게도 델라웨어 상표였다.*

"좋아요. 물이 빠지고 있어요. 그 공기 튜브를 잘라내면 안에 물을 담아서 돌아올 수 있어요. 이런 개펄은 전에도 건너다녀 봤어요."

내 말은 내가 들어도 미친 소리 같았다.

"우리는 비행기 옆에 있어야 해요." 에스테반이 말했다. 물론 그의 말이 옳았다. 또한, 그는 고열에 시달리고 있음이 분명했다. 나는 흐린 하늘을 보고 잔모래와 오래된 창꼬치고기 맛을 느꼈다. 매뉴얼은 집어치우자.

내가 구명정을 자르기 시작하자 에스테반이 자기 모포를 가져가라고 했다. "하룻밤은 지내야 할 테니까요." 이번에도 옳은 말이었다. 조수가 바뀌기를 기다려야 할 테니까.

"제가 같이 가죠." 파슨스 부인이 차분하게 말했다.

나는 망연히 그녀를 바라보았다. 엄마 닭이 미치기라도 했나? 에스테반이 기능을 못 할 정도로 망가졌다고 생각하나? 그렇게 놀라고 있는 동안에도 내 눈은 파슨스 부인의 무릎 주위가 꽤 불그스름해졌으며 머리는 풀어 헤쳤고 코는 햇볕에 타서 벗겨지기 시작했다는 사실을 살폈다. 나이 든 티가 나기는 해도 날씬하고 무척 말쑥한 40대 여자였다.

"끔찍한 여행이 될 텐데요. 진흙이 당신 귀까지 오고 물은 당신 머리를 넘을 거예요."

"전 상당히 건강하고 헤엄도 잘 쳐요. 뒤떨어지지 않도록 노력할게요. 펜튼 씨, 두 사람이 훨씬 더 안전할 테고 물도 더 가져올 수 있어요."

그녀는 진심이었다. 흠, 나는 지금 같은 겨울철이면 마시멜로같이 펑퍼짐한 꼴인데다가, 누군가와 같이 움직인다는 게 싫지는 않았다. 그러니 그렇게 하자.

"파슨스 양에게 낚싯대 쓰는 방법을 가르쳐드리죠."

---

* 델라웨어주의 회사법이 자본가에게 유리해 OEM 방식의 제조회사가 많다.

파슨스 양은 혈색이 어머니보다 더 좋고 머리도 바람에 더 날렸으며, 내 낚시도구를 서툴지 않게 다뤘다. 파슨스 양은 눈에 띄지 않으려 할 뿐이지 좋은 아가씨였다. 우리는 장대를 하나 더 잘라서 함께 장비를 만들었다. 마지막 순간에 에스테반은 자기 상태가 얼마나 나쁜지 드러냈다. 나에게 마체테를 빌려주려 한 것이었다. 고맙지만 사양했다. 나는 내 위르칼라 나이프가 더 익숙했다. 우리는 물 위에 뜨도록 플라스틱 튜브에 공기를 넣어 묶고 모래가 가장 많아 보이는 선을 따라 출발했다.

에스테반이 검은 손을 들어 올렸다. "부엔 비아헤."* 파슨스 양은 어머니를 한 번 끌어안더니 맹그로브 나무로 가서 낚싯줄을 던졌다. 그녀가 손을 흔들었다. 우리도 손을 흔들었다.

한 시간 후에 우리는 간신히 흔드는 손이 보일 만한 거리를 벗어났다. 그야말로 지독한 여행이었다. 모래는 자꾸만 걸을 수도 헤엄쳐 지나갈 수도 없는 침니 바닥으로 변했고, 바다에는 죽은 맹그로브 뿌리가 튀어나와 있었다. 우리는 가오리와 거북이들을 몰아내고 제발 곰치를 걷어차지 않길 빌면서 돌개구멍**에서 다른 돌개구멍으로 이했다. 점액투성이가 되지 않을 때면 바삭바삭 마르고, 백악기 같은 냄새를 풍겼다.

파슨스 부인은 끈덕지게 보조를 맞췄다. 내 도움을 받아야 할 때는 한 번뿐이었다. 그때 나는 이제 모래톱이 보이지 않는다는 사실을 알아차렸다.

우리는 마침내 내가 개울이라고 생각했던, 줄을 지어 선 맹그로브 사이에 난 틈에 도달했다. 알고 보니 다른 만으로 이어지는 입구일 뿐, 앞에는 맹그로브만 더 자라 있었다. 그리고 밀물이 들어오고 있었다.

"내가 세상에서 제일 형편없는 생각을 했네요."

파슨스 부인은 부드럽게 말할 뿐이었다. "비행기에서 보는 풍경과 참 다르네요."

---

* 즐거운 여행이 되길.
** 암반으로 이루어진 하천의 바닥에 생긴 원통형의 깊은 구멍

나는 걸스카우트에 대한 평가를 수정하고, 우리는 맹그로브숲을 헤치고 물가처럼 보이는 흐릿한 안개를 향해 걸어갔다. 햇빛이 얼굴로 쏟아져서 앞을 보기가 어려웠다. 따오기와 왜가리들이 날아올랐고, 한번은 앞에서 거대한 소라게가 소스라치면서 집게를 휘둘러 높은 물보라를 일으켰다. 우리는 더 많은 돌개구멍에 빠졌다. 손전등이 젖어 들었다. 나는 맹그로브가 어디에나 있는 장애물이라는 환상에 빠졌다. 내가 맹그로브 뿌리 위나 아래에 걸려 비틀거리지 않고 길을 걸은 적이 있기나 한지 기억하기가 어려웠다. 그리고 태양은 저물고 있었다.

우리는 느닷없이 바위턱에 부딪치면서 차가운 물살 속에 쓰러졌다.

"개울이에요! 민물이야!"

우리는 머리를 처박고 미친 듯이 물을 마셨다. 내 평생 가장 맛있는 물이었다. "세상에, 세상에!" 파슨스 부인이 큰 소리로 웃고 있었다.

"오른쪽에 보이는 시커먼 건 진짜 땅 같은데요."

우리는 허우적거리며 물을 건너 단단한 바위턱을 따라갔고, 바위턱은 단단한 강둑이 되어 우리 머리 위로 솟아올랐다. 곧 가시투성이 브로멜 수풀 옆에 틈이 보였고, 우리는 물을 뚝뚝 흘리고 악취를 풍기는 꼴로 기어 올라가서 땅 위에 주저앉았다. 내 팔은 순수한 반사작용으로 동료의 어깨를 안으려 했지만, 파슨스 부인은 그 자리에 없었다. 그녀는 무릎을 세우고서 불에 탄 평야를 둘러보고 있었다.

"걸어 다닐 수 있는 땅을 보니 정말 좋네요!" 말투는 참으로 천진했지만, 접촉 금지 경고를 느낄 수 있었다.

"그럴 생각은 하지도 말아요." 나는 화가 났다. 이 작은 진흙투성이 여자가 무슨 생각을 하는 건가? "저 바깥 땅에는 진창 위에 잿더미가 덮여 있고, 여기저기 그루터기투성이군요. 저리로 들어가는 건 스스로를 고문하는 짓입니다."

"여기에서는 단단해 보이는데요."

"우린 악어 육아실에 들어와 있어요. 우리가 올라온 게 그 활주대죠.

걱정하지 말아요. 지금쯤이면 그 숙녀분은 분명 지갑이 되기 위해 가는 길일 테니까."

"안타깝네요."

"아직 주위가 보일 때 개울에 줄을 던져둬야겠네요."

나는 다시 미끄러져 내려가서 우리에게 아침 식사를 낚아줄지도 모르는 갈고리 줄을 준비했다. 돌아가 보니 파슨스 부인은 모포에서 진흙을 털어내고 있었다.

"경고해주셔서 고마워요, 펜튼 씨. 위험한 곳이네요."

"그래요." 짜증은 가라앉았다. 내가 곤죽이 되게 지친 상태가 아니라 해도 파슨스 부인을 건드릴 생각은 없었다. "요란하지 않을 뿐이지, 유카탄은 돌아다니기 힘든 곳입니다. 왜 마야인들이 도로를 만들었는지 아시겠죠. 그 말이 나온 김에⋯. 저길 봐요!"

마지막 해넘이 빛이 몇 킬로미터 내륙에 있는 작고 네모난 윤곽선을 보여주고 있었다. 무화과나무가 자라난 마야 유적이었다.

"주위에 많습니다. 사람들은 저게 망보기 탑이었으리라 생각하지요."

"정말 버려진 느낌이 드는 땅이네요."

"모기들에게도 버려졌길 빌어봅시다."

우리는 악어 육아실에 주저앉아서 마지막 몰트바를 나눠 먹으며 바람에 날리는 구름 속으로 들어갔다 나오는 별들을 지켜보았다. 벌레들이 아주 지독하지는 않았다. 벌판을 태워서 그런지도 몰랐다. 그리고 이제는 덥지도 않았다⋯. 쫄딱 젖은 우리로서는 따뜻하지도 않았지만 말이다. 파슨스 부인은 계속 차분하게 유카탄의 자연에 관심을 둘 뿐, 친목에는 확실히 관심을 보이지 않았다.

내가 모포를 양보하길 기대한다면 우리가 어떻게 밤을 보낼 것인지에 대해 슬슬 공격적인 생각이 들었는데, 그녀가 일어서더니 작은 언덕으로 발을 질질 끌고 가서 말했다. "여기면 괜찮지 싶은데, 어때요, 펜튼 씨?"

그리고 그녀는 구명정으로 만든 가방을 베개 삼아 펼쳐놓고 흙바닥에 모로 누워서 모포를 정확히 절반만 덮고 나머지 반은 깔끔하게 접어서 젖혀 놓았다. 작은 등을 내 쪽으로 향하고 있었다.

워낙 설득력 있는 시범이라서 나는 그 상황의 불합리함을 느끼고 동작을 멈추기 전에 이미 내 몫의 모포 아래로 반쯤 들어가 있었다.

"그나저나 내 이름은 돈입니다만."

"아 참, 그렇죠." 상냥하기 그지없는 목소리다. "전 루스예요."

나는 그녀를 건드리지 않고 모포 안으로 들어갔고, 우리는 접시에 놓인 두 마리 생선처럼 누워서 별들을 보고 바람에 실려 오는 연기 냄새를 맡으며 몸 아래에 놓인 것들을 느꼈다. 이렇게 친밀하고 어색한 순간은 몇 년간 겪어본 적이 없었다.

그 여자가 나에게 무슨 의미가 있는 것은 아니었지만, 그녀의 눈에 띄게 움푹 들어간 부위며 내 바지 앞섶에서 20센티미터 떨어진 곳에 있는 도전적인 작은 엉덩이는…. 두 가지만 갖춰졌어도 그 반바지를 끌어내리고 내 소개를 하고 말 것이었다. 내가 20년만 젊었다면, 내가 이렇게까지 지치지만 않았다면…. 그러나 20년과 피곤은 그 자리에 버티고 있었고, 못마땅한 일이지만 루스 파슨스 부인이 상황을 정확하게 판단했다는 생각이 들었다. 내가 20년 젊었다면 그녀는 이 자리에 있지 않았겠지. 배부른 창꼬치 주위를 헤엄치는, 창꼬치의 의도가 달라지면 바로 사라질 병어처럼 파슨스 부인도 자기 반바지가 안전하다는 사실을 알았다. 너무나 가까운 곳에 있는, 그 탱탱하게 들어찬 작은 반바지….

사타구니에 뜨끈하게 신경이 일어섰다. 그리고 바로 나는 내 옆이 소리 없이 비는 것을 감지했다. 파슨스 부인이 눈에 띄지 않게 멀어지고 있었다. 내 호흡이 변했던가? 어쨌든 내가 손을 뻗기라도 하면 그녀가 다른 곳에 가 있을 것은 확실했다. 어쩌면 잠깐 수영을 하겠다는 말로 자기 의사를 전할지도 몰랐다. 20년 세월은 내가 목 안으로 웃게 만들었고, 나는 긴장을 풀었다.

"잘 자요, 루스."

"안녕히 주무세요, 돈."

그리고 믿거나 말거나, 우리는 바람의 무적함대가 머리 위에서 울부짖는 가운데 잠들었다.

나는 빛 때문에 깼다. 차가운 흰색 섬광이었다.

처음에는 악어 사냥꾼들이라고 생각했다. 빨리 우리가 관광객임을 명백히 밝히는 게 최선이었다. 나는 기어나가다가 루스가 브로멜 무더기 아래 숨었음을 알아차렸다.

"키엔 에스타스? 알 소코로!* 도와주세요, 세뇨레스!"

답은 없이 불빛만 꺼져서 앞이 보이지 않았다.

나는 몇 가지 언어로 몇 마디를 더 외쳤다. 여전히 어두웠다. 타버린 들판 어딘가에서 희미하게 긁히는 소리, 휘파람 소리가 났다. 갈수록 탐탁지 않은 상황 속에서 나는 우리 비행기가 추락했고 도움이 필요하다는 말을 해보려고 애썼다.

아주 가느다란 연필 같은 불빛이 우리 위를 휙 스치고 꺼졌다.

"도, 도우아주…." 흐릿한 목소리가 말했고 무엇인가 금속적인 지저귐이 따라왔다. 확실히 이 지역 사람들은 아니었다. 점점 재미없는 생각이 들었다.

"그래요, 도와줘요!"

우지직 우지직, 휙휙 소리가 나더니 소리가 모두 사라졌다.

"도대체 뭐야!" 나는 비틀비틀 그들이 있는 곳으로 걸어갔다.

"봐요." 루스가 내 뒤에서 속삭였다. "폐허 위요."

그쪽을 보자 빠르게 깜박이는 무수한 불꽃이 보였다.

"캠프?"

그리고 나는 눈먼 사람처럼 두 걸음을 더 내디뎠다. 다리가 지면을 뚫

---

*　누구세요? 도와주세요!

고 떨어지면서 꼬챙이가 나를 찔렀다. 닭다리를 뜯어내려고 나이프를 찔러넣는 바로 그 자리 말이다. 방광을 관통하는 통증 덕분에 내 결함 있는 슬개골이 찔렸음을 인지했다.

일시적인 폐인이 되고 싶다면 슬개골 말썽만한 방법이 없다. 우선은 무릎이 굽혀지지 않는다는 사실을 알게 되고, 그래서 무릎에 무게를 좀 실어보려고 하면 총검이 척추를 타고 올라가서 턱을 열어젖히는 듯한 고통을 경험하게 된다. 작은 연골 조각이 민감한 지탱 면으로 파고든 것이었다. 무릎을 굽히려고 해보지만 할 수가 없었고, 자비롭게도 그 사람은 쓰러졌다.

루스가 나를 부축하여 모포가 있는 곳으로 돌아갔다.

"이런 멍청이, 신도 외면한 등신…."

"그렇지 않아요, 돈. 자연스럽기 그지없는 반응이었어요." 우리는 성냥을 켰다. 그녀의 손가락이 내 손을 밀어내고 무릎을 조사했다. "무사하긴 한데 순식간에 붓네요. 젖은 손수건을 올려둘게요. 상처를 확인하려면 아침까지 기다려야겠어요. 밀렵꾼들이었을까요?"

"아마도요." 나는 거짓말을 했다. 사실 나는 그들이 밀수꾼이라고 생각했다.

그녀는 물에 적신 손수건을 들고 돌아와서 내 무릎에 얹었다. "우리가 겁을 줬나봐요. 그 불빛은…, 그건 너무 밝았어요."

"사냥꾼들이란. 이 부근에서는 사람들이 미친 짓들을 하지요."

"그 사람들, 아침에 돌아올지도 몰라요."

"그럴 지도요."

루스는 젖은 모포를 끌어 올렸고, 우리는 다시 한번 잘 자라고 인사했다. 우리 둘 다 어떻게 다른 사람 도움 없이 비행기로 돌아갈 수 있을지는 이야기하지 않았다.

나는 알파 센타우리가 구름에 가려졌다가 빠져나오기를 반복하는 남쪽 하늘을 응시하고 누워서 이렇게 끝내주는 난장판을 만들어낸 스스로를 저주했다. 처음 했던 생각은 그보다 더 불쾌한 생각에 자리를 내어주 었다.

이 부근에서 이루어지는 밀수란 선외 엔진이 달린 보트를 탄 사내 몇 명이 모래톱 옆에서 새우잡이 배를 만나는 식이다. 그들은 하늘 높이 불빛을 쏘아 올리거나 휙 소리를 내는 습지용 운반차를 갖고 있지 않다. 게다가 대규모 캠프라니…. 군사적인 준비에 맞먹지 않나?

100킬로미터쯤 남쪽에 있는 벨리즈 국경에서 체 게바라 혁명군 잠입 요원들이 작전을 펴고 있다는 기사를 읽은 적이 있었다. 저 구름 바로 아래에서 말이다. 우리를 본 게 그들이라면, 그들이 돌아오지 않는 편이 훨씬 행복하겠다.

나는 쏟아지는 빗속에서 혼자 깨어났다. 살짝 움직이자마자 내 다리가 예상한 대로의 상태임을 확인할 수 있었다. 엉뚱한 위치에 발기해서 반바지가 불룩했다. 힘겹게 몸을 일으키고 보니 루스가 브로멜 수풀 옆에서서 만을 내다보고 있었다. 남쪽에서 짙은 비구름이 쏟아지고 있었다.

"오늘은 비행기가 뜨지 않겠군요."

"어머, 일어나셨어요, 돈. 이제 상처를 좀 봐야죠?"

"별것 아닙니다." 사실 피부는 거의 찢어지지 않았고, 깊은 상처도 없었다. 몸속이 아수라장인 데 비하면 이상할 정도였다.

"흠, 저쪽에도 마실 물은 있어요." 루스는 평온히 말했다. "그 사냥꾼들이 돌아올지도 몰라요. 고기가 낚였는지 볼게요. 지금 뭔가 도와드릴 일은 없죠, 돈?"

참으로 빈틈이 없었다. 나는 퉁명스럽게 없다고 대꾸했고, 그녀는 개인적인 일을 해결하러 갔다.

개인적일 뿐 아니라 내밀한 관심사이기도 한 게 분명했다. 내 위생 문제를 해결하려는 노력에서 회복할 때까지도 그녀는 돌아오지 않았다. 마침내 물소리가 들렸다.

"큰 놈이에요!" 물소리가 더 났다. 그리고 그녀는 1킬로그램짜리 맹그로브 도미를 들고 강둑으로 올라왔다. 다른 것도 함께….

나는 생선살을 발라내는 성가신 일을 끝내고 나서야 눈치를 챘다.

그녀는 여성스러운 윗입술을 긴장시키고 작은 손을 잽싸게 놀려 볏짚과 잔가지로 생선살을 그을리고 있었다. 비는 잠시 누그러들었다. 우리는 물을 뚝뚝 흘리고 있긴 했어도 춥지는 않았다. 루스는 나에게 맹그로브 꼬챙이에 꿴 생선을 가져다주고 이상하게 울림이 없는 한숨을 내쉬며 다시 주저앉았다.

"같이 안 먹어요?"

"오, 먹어야죠." 그녀는 한 조각을 빼내어 먹으면서 얼른 말했다. "전에는 너무 짜더니 이젠 너무 싱겁네요. 안 그래요? 바닷물이라도 좀 떠올까 봐요." 그녀의 눈은 아무것도 없는 곳에서 아무 곳도 아닌 곳으로 방황하고 있었다.

"좋은 생각이에요." 나는 또 한 번의 한숨 소리를 듣고 걸스카우트에게도 도움이 필요하다고 판단했다. "당신 딸한테 들으니 메리다에서 왔다면서요. 멕시코는 많이 둘러본 건가요?"

"그렇지도 않아요. 작년에는 마사틀란과 쿠에르나바카에 갔는데…." 그녀는 얼굴을 찌푸리며 생선을 내려놓았다.

"그리고 지금은 티칼을 보러 가고 있군요. 보남팍에도 갑니까?"

"아니요." 그녀는 얼굴에 묻은 빗물을 털어내며 벌떡 일어섰다. "물을 갖다 드릴게요, 돈."

그녀는 몸을 굽히고 경사면으로 내려가더니 한참 있다가 브로멜 줄기 하나를 통째로 꺾어가지고 돌아왔다.

"고마워요." 그녀는 내 앞에 서서 불안한 듯 수평선을 둘러보았다.

"루스, 이런 말 하기는 싫지만, 그 사람들은 돌아오지 않을 것이고 어쩌면 그편이 더 좋을 수도 있어요. 그 사람들이 무슨 일을 꾸미고 있었는지는 몰라도, 우리를 말썽거리로 봤잖아요. 누군가에게 우리가 여기에 있다고 말해주기나 하면 다행입니다. 누가 여길 돌아보려면 하루 이틀은 걸릴 테고, 그때쯤이면 우리는 비행기에 돌아가 있겠지요."

"옳은 말씀이에요, 돈." 그녀는 훈제용으로 피운 불 쪽으로 돌아갔다.

"그리고 딸에 대해서도 그만 속태워요. 다 큰 아가씨 아닙니까."

"오, 알시아는 괜찮을 거예요…. 이젠 물도 많이 있을 테고." 그녀의 손가락이 허벅지를 톡톡 두드렸다. 다시 비가 내렸다.

"그만하고 앉아요, 루스. 알시아 이야기나 해줘요. 아직 대학에 다니나요?"

그녀는 작은 웃음소리가 섞인 한숨을 내쉬고 앉았다. "알시아는 작년에 학위를 받았어요. 컴퓨터 프로그래밍을 하죠."

"그거 잘 됐군요. 당신은 어때요, GSA 기록부에서 무슨 일을 하죠?"

"전 해외조달 기록보관소에 있어요." 그녀는 기계적으로 미소 지었지만, 호흡은 얕았다. "아주 재미있는 곳이죠."

"계약부에 있는 잭 위팅을 아는데, 혹시 아십니까?"

악어 활주대에서 나누기에는 바보 같은 대화였다.

"오, 위팅 씨라면 만나봤어요. 분명히 그분은 절 기억하지 못할 테지만요."

"어째서요?"

"전 그다지 기억에 남는 사람이 아니거든요."

사실 그대로를 말하는 목소리였다. 물론 그 말이 전적으로 옳았다. 몇 년 동안 내 일일수당을 처리하던 재닝스 부인, 그 여자는 어떤 사람이었나? 유능하고, 사근사근하고, 인간미가 없었지. 병든 아버지가 있었나 그랬어. 하지만 젠장, 루스는 그 여자보다 훨씬 젊고 잘 생겼다. 비교하자면 말이다.

"파슨스 부인이 기억에 남고 싶어 하지 않는 모양이지요."

그녀는 모호한 소리를 냈다. 나는 문득 루스가 내 말을 전혀 듣고 있지 않다는 사실을 깨달았다. 그녀는 양손으로 무릎을 꽉 끌어안고 내륙의 폐허를 바라보고 있있다.

"루스, 그 불빛을 비추던 친구들은 지금쯤 옆 나라에 있을 겁니다. 잊어버려요. 그 사람들은 필요 없어요."

그녀는 내가 그 자리에 있다는 사실을 잊어버리기라도 한 사람처럼 내게 눈을 돌리더니 천천히 고개를 끄덕였다. 말을 하는 데는 너무 많은 노력이 드는 듯했다. 그녀는 퍼뜩 고개를 젖히고 다시 튀어 일어났다.

"낚싯줄을 보러 가야겠어요, 돈. 무슨 소리가 들린 것 같아요…." 그녀는 토끼처럼 사라졌다.

그녀가 사라진 사이에 나는 성한 다리와 지팡이로 일어서보려 했다. 통증에 욕지기가 났다. 무릎에 배까지 이어지는 직통선이라도 있는 것 같았다. 허리띠에 넣어둔 구급약 데메롤의 도움을 받으면 걸을 수 있을까 시험해보려고 몇 걸음을 외발로 뛰어봤다. 그러는 동안 루스가 퍼덕거리는 물고기를 잡고 강둑으로 올라왔다.

"어머나, 안 돼요, 돈! 안 돼요!" 그녀는 도미를 가슴에 끌어안고 말했다.

"물이 몸무게를 줄여줄 겁니다. 일단 시도해보고 싶군요."

"그러시면 안 돼요!" 루스는 꽤 격하게 말하고 나서 바로 목소리를 낮췄다. "만을 보세요, 돈. 아무것도 안 보여요."

나는 역류하는 담즙의 맛을 느끼며 비틀비틀 걸어가서 햇살과 빗줄기가 뒤섞여 만든 물 위의 장막을 바라보았다. 고맙게도 그녀의 말이 옳았다. 두 다리가 성하다 해도 저기로 나가다가는 곤란에 빠질 상황이었다.

"하룻밤 더 잔다고 죽진 않아요."

나는 그녀의 부축을 받아서 모래투성이 비닐에 등을 대고 누웠고, 그녀는 부산하게 움직이면서 내가 기댈 나무토막을 찾아주고, 장대 두 개에 모포를 걸쳐서 비를 피할 수 있게 만들고, 마실 물을 또 가져오고, 젖지 않은 저녁 식사를 위해 땅을 파헤쳤다.

"빗발이 누그러지는 대로 진짜 모닥불을 피울게요, 돈. 그들이 우리가 피운 연기를 볼 테고, 그러면 우리가 괜찮은 줄 알 거예요. 기다리기만 하면 돼요." 쾌활한 미소. "어떻게 하면 더 편안하겠어요?"

스테르쿨리우스* 성인이시여, 진흙 구덩이에서 소꿉장난이라니요. 어리석게도 한순간 나는 파슨스 부인이 나에게 흑심이 있나 생각했다. 그러다가 그녀는 다시 한숨을 내쉬고 예의 귀 기울이는 표정으로 주저앉았다. 그녀는 무심코 엉덩이를 살짝 흔들었다. 내 귀가 중요한 말을 집어냈다. '기다리고 있다.'

루스 파슨스는 기다리고 있었다. 마치 죽도록 열심히 기다리는 사람처럼 행동했다. 무엇을? 우리를 이곳에서 데리고 나갈 누군가가 아니라면 무엇을? 하지만 내가 떠나려고 일어섰을 때는 왜 그렇게 겁에 질렸나? 왜 이렇게 긴장했나?

편집증이 꿈틀거렸다. 나는 내 편집증의 멱살을 잡고 멍하니 돌이켜보았다. 어젯밤에 누군지 모를 자들이 나타나기 전까지만 해도 파슨스 부인은 정상이었다. 어쨌든 차분하고 분별 있기는 했다. 지금 그녀는 고압선처럼 윙윙거리고 있었다. 그리고 이곳에 남아서 기다리고 싶어 하는 듯했다. 지적인 오락처럼, 왜?

그녀가 일부러 이곳에 왔을 가능성은? 그럴 리는 없었다. 그녀가 가려던 곳은 체투말이었고, 체투말은 국경에 있다. 생각해보니 체투말을 거쳐 티칼에 간다는 건 이상하게 도는 길이었다. 그녀가 체투말에서 누군가를 만날 계획이었다고 가정해보자. 조직에 속한 누군가를 말이다. 그런데 지금 그녀의 체투말 접선자는 그녀가 늦었음을 안다. 그리고 어제 누군가가 나타났을 때 그녀는 무엇인가를 보고 그들이 같은 조직에 속해 있다고 여긴다. 그리고 그들이 1 더하기 1을 해보고 그녀를 찾아 돌아오기를 희망한다?

"나이프 좀 써도 될까요, 돈? 고기를 손질하려고요."

---

* 로마의 수태의 신

나는 내 잠재의식을 걷어차면서 다소 천천히 나이프를 건네주었다. 저렇게 점잖고 평범하고 자그마한 여자를, 훌륭한 걸스카우트를 의심하다니…. 문제는 그 조심스러운 전형성 아래에 숨어 있는 전문적인 명민함에 너무 많이 맞닥뜨렸다는 사실이었다. '난 그렇게 기억에 남는 편이 아니에요….'

해외조달 기록보관소에 뭐가 있지? 위팅은 극비 계약들을 다뤘다. 많은 돈이 오가는 일들. 외환 협상, 물가 계획, 산업 기술. 아니면, 어디까지나 가정이지만 그 소박한 베이지색 벤투라 가방에 담긴 지폐 다발을 코스타리카 같은 곳에서 온 꾸러미와 교환하는 간단한 일일 수도 있었다. 그녀가 밀사라면 그들은 비행기에 가려고 하겠지. 그러면 나와 에스테반은? 가정만 해봐도, 좋지는 않았다.

나는 입술을 물고 이마에 주름을 잡으면서 힘들여 생선을 자르는 그녀를 지켜보았다. 베데스다에서 온 루스 파슨스 부인, 눈에 띄지 않고 자기 이야기를 삼가는 여자. 나는 얼마나 막 나갈 수 있는 걸까? '그들이 우리가 피운 연기를 볼 테고….'

"여기 나이프요, 돈. 물로 씻었어요. 다리 통증은 심한가요?"

나는 눈을 깜박여 환상을 털어내고 맹그로브 늪 속에서 겁에 질린 작은 여자를 보았다.

"앉아서 쉬어요. 내내 돌아다녔잖아요."

그녀는 고분고분, 치과 진료 의자에 앉는 어린아이처럼 앉았다.

"알시아 때문에 애를 태우고 있군요. 알시아도 당신 걱정을 하고 있겠지요. 내일이면 돌아갈 거예요, 루스."

"솔직히 전 전혀 걱정하지 않아요, 돈." 미소가 사라졌다. 그녀는 입술을 물어뜯으며 찌푸린 얼굴로 만을 내다보았다.

"그거 알아요, 루스? 당신이 같이 가겠다고 했을 때 놀랐습니다. 고맙지 않다는 뜻은 아니에요. 다만 난 당신이 알시아가 우리 훌륭한 조종사와 둘만 있게 되는 경우를 걱정하는 줄 알았거든요. 아니면 나만 문제였나요?"

이 말은 마침내 그녀의 주의를 끌었다.

"전 에스테반 기장이 아주 우수한 남성이라고 믿어요."

그 말에 나는 조금 놀랐다. 보통은 "전 알시아를 믿어요"라든가, 조금 분개해서 "알시아는 착한 아이예요." 정도가 나와야 맞는 게 아닌가?

"그 사람은 사나이죠. 알시아는 에스테반이 흥미롭다고 생각하는 것 같더군요."

그녀는 만을 내다보면서 말을 이었다. 그 순간 나는 그녀의 혀가 빠져 나와서 윗입술을 핥는 것을 알아차렸다. 그녀의 귀와 목에도 햇볕에 탄 자국이 아닌 붉은 기운이 감돌았고, 한쪽 손은 가만히 허벅지를 문질렀다. 저 개펄에서 뭘 보고 있는 거지?

오호라.

알시아 파슨스 양의 진줏빛 몸을 꼭 끌어안은 에스테반 기장의 마호가니빛 팔뚝. 파슨스 양의 부드러운 목을 쿵쿵거리는 에스테반 기장의 고풍스러운 콧구멍. 위로 치켜 올라간 알시아의 말랑말랑한 엉덩이에 펌프질을 하는 에스테반 기장의 구릿빛 엉덩이…. 그 해먹은 탄력이 좋았다. 마야인들은 그런 일에 대해 모르는 게 없었다.

허어. 그러니까 엄마 닭에게 사소한 기벽이 있었군.

나는 완전히 바보가 된 기분인 데다가 상당히 짜증이 났다. 이제야 알다니…. 그러나 욕망의 대리 충족이라 해도 이 진흙과 빗속에서는 꽤 매력적이었다. 나는 컴퓨터 프로그래머 알시아 양이 평온하게 손을 흔들며 우리를 배웅하던 순간을 돌이키고 마음을 가라앉혔다. 마야인과 프로그램을 짜기 위해 자기 어머니가 나와 같이 허우적거리며 만을 건너게 한 건가? 유백색 광채를 내뿜는 모래밭으로 떠밀려 들어왔다가 나가던 온두라스 마호가니 통나무들의 기억이 떠올랐다. 파슨스 부인에게 같이 비를 피하는 게 어떠냐고 말하려던 찰나, 그녀가 조용히 말했다. "마야인들은 굉장히 우수한 유형 같아요. 당신이 알시아에게 그렇게 말씀하신 줄로 아는데요."

그 말에 함축된 의미가 비와 함께 나에게 떨어졌다. 유형이라. 품종 개량이나 혈통, 종마를 이야기할 때 쓰는 표현이었다. 내가 에스테반을 좋은 종마이자 유전자 기증자로 공인한 셈인가?

"루스, 지금 인디언 피가 절반 섞인 손주를 받아들일 준비가 되어 있다는 소립니까?"

"글쎄요, 돈, 그건 알시아에게 달렸지요."

나는 젊은 딸의 어머니를 바라보며 정말로 그렇다고 짐작했다. 오, 마호가니빛 생식선을 위하여.

루스는 다시 바람에 귀를 기울이고 있었지만, 나는 그렇게 쉽게 그녀를 놓아줄 생각이 없었다. 그 모든 '접촉 금지 경고' 재즈를 겪은 후에 그럴 수는 없었다.

"알시아의 아버지가 어떻게 생각하겠습니까?"

진심으로 놀란 듯, 루스는 나에게 확 얼굴을 돌렸다.

"알시아의 아버지요?" 웃는 듯 마는 듯한 복잡한 표정이었다. "그 사람은 신경 쓰지 않을걸요."

"그 사람도 받아들일 거다, 이겁니까?" 나는 그녀가 파리가 성가시게 굴 때처럼 고개를 내젓는 모습을 보고는 절름발이의 원한을 담아서 덧붙였다. "당신 남편도 분명히 대단히 우수한 유형의 남자겠군요."

루스는 젖은 머리를 확 뒤로 젖히며 나를 쳐다보았다. 나는 조용한 파슨스 부인이 통제력을 잃고 고함을 지르는 듯한 인상을 받았지만, 실제 그녀의 목소리는 조용했다.

"파슨스라는 남자는 없어요, 돈. 한 번도 없었죠. 알시아의 아버지는 덴마크의 의학도였어요. 의사로서 상당한 명성을 얻었으리라 믿어요."

"오." 무엇인가가 나에게 사과하지 말라고 경고했다. "그 말은, 그 사람은 알시아에 대해 모른다는 뜻인가요?"

"네." 그녀는 미친 사람처럼 눈을 반짝이며 미소 지었다.

"알시아 양에게는 조금 불공평한 일 같군요."

"저는 똑같은 환경에서 아주 행복하게 자랐는걸요."

빵, 나는 죽었다. 과연, 그런 건가. 마음속에 터무니없는 이미지가 피어났다. 종마들을 선택하고, 임신 여행을 하는 독신 파슨스 여자들 일족. 세상이 제멋대로 돌아가는 소리가 들리는군.

"낚싯줄을 살펴봐야겠네요."

그녀는 가버렸다. 온기가 사라졌다. 아니다. 그저 아무, 아무 접촉도 없을 뿐이었다. 안녕히, 에스테반 기장. 다리가 무척 불편했다. 파슨스 부인의 원거리 오르가슴 따위 집어치워라.

그 후에 우리는 대화를 별로 나누지 않았고, 루스에게는 그게 더 편한 듯했다. 기묘한 낮이 지루하게 흘러갔다. 비를 동반한 돌풍이 연이어 찾아왔다. 루스는 생선을 몇 마리 더 그을렸지만, 비가 모닥불을 적셨다. 태양이 나오려 할 때 제일 심하게 퍼붓는 것 같았다.

마침내 그녀는 푹 꺼진 모포 아래에 앉으러 왔지만, 온기는 없었다. 나는 그녀가 한 번씩 일어나서 주위를 둘러보는 것을 의식하면서 졸았다. 나의 잠재의식은 그녀가 아직도 안절부절못하고 있다는 데 주목했다. 나는 잠재의식에 그만두라고 말했다.

이윽고 깨어난 나는 물에 젖은 작은 수첩에 연필로 무엇인가 쓰고 있는 그녀를 발견했다.

"뭡니까, 악어들을 위한 장보기 목록?"

자동으로 돌아오는 정중한 웃음. "아, 그냥 어디 주소예요. 우리가 혹시라도…. 제가 바보같이 굴고 있죠, 돈."

"이봐요." 나는 얼굴을 찌푸리며 일어나 앉았다. "루스, 속 그만 태워요. 진심입니다. 우리 모두 금방 이곳에서 벗어날 겁니다. 당신에겐 멋진 이야깃거리가 생기는 셈이고."

그녀는 눈을 들지 않았다. "네…. 그렇겠죠."

"봐요, 우린 잘하고 있어요. 여기에는 진짜 위험은 없어요. 당신이 물고기에 알레르기가 있지 않다면 말입니다만."

또다시 착한 소녀 같은 웃음소리가 돌아왔지만, 그 웃음소리는 떨리고 있었다.

"가끔 전…. 아주 멀리 떠나고 싶다는 생각을 해요."

나는 그녀가 계속 말하게 하려고 머릿속에 처음 떠오르는 생각을 말했다.

"말해봐요, 루스. 왜 워싱턴에서 그런 외로운 삶을 받아들이고 있는지 궁금하군요. 그러니까, 당신 같은 여자는…."

"결혼을 했어야 한다고요?" 그녀는 수첩을 물에 젖은 주머니 속에 넣으며 떨리는 한숨을 뱉었다.

"왜 아니겠습니까? 그게 보통의 관계잖아요. 설마 남성 혐오 전문가가 되려는 건 아니겠지요."

"레즈비언을 말씀하시는 건가요?" 웃음소리가 전보다 나아졌다. "제 보안 등급으로요? 아니, 그건 아니에요."

"그렇다면야. 어떤 트라우마를 겪었는지는 몰라도 그런 게 영원히 가지는 않아요. 모든 남자를 미워할 수는 없어요."

미소가 돌아왔다. "오, 트라우마 같은 건 없었어요, 돈. 그리고 전 남자들을 미워하지 않아요. 그건 마치, 날씨를 미워하는 것만큼이나 어리석은 일일 테죠." 그녀는 불어대는 비바람을 비딱하게 보면서 말했다.

"내가 보기에는 안 좋은 감정이 있는 것 같은데요. 나 같은 남자한테마저 흠칫하잖아요."

그녀는 매끄럽게 화제를 바꿨다. "전 당신 가족에 대해 듣고 싶은데요, 돈."

정통으로 찔렸군. 나는 나에게 가족이 없어진 경위에 대한 축약판을 들려주었고, 그녀는 유감이라고, 정말 슬픈 일이라고 말했다. 그리고 우리는 독신의 삶이 얼마나 훌륭한지, 그녀와 그녀의 친구들이 얼마나 연극과 음악회와 여행을 즐기는지에 대해 잡담을 나눴다. 그 친구 중 하나는 링링 브라더스*의 수석 출납원이라는 이야기며, 그거 대단하다는 말까지….

하지만 대화는 점점 질 나쁜 테이프처럼 덜컹거렸고, 말이 끊길 때마다 그녀의 눈은 수평선을 배회하고 그녀의 얼굴은 내 목소리가 아닌 다른 무엇인가에 귀를 기울였다. 도대체 저 여자는 무엇이 문제인가? 흠, 침대는 비워놓고 눈에 띄지 않게 인습을 벗어난 중년 여자의 문제가 뭐겠는가. 비밀 정보 취급 허가도 있고…, 내 오랜 습관은 무정하게도 파슨스 부인이 전형적인 '침투 과녁'의 예라고 논평했다.

"…지금은 기회가 훨씬 많죠." 그녀의 목소리가 잦아들었다.

"여성 해방 만세인가요?"

"해방?" 그녀는 조급하게 몸을 앞으로 기울이고 모포를 잡아당겨 폈다. "그건 망했어요."

나는 그 표현에 충격을 받았다.

"망했다니, 무슨 뜻입니까?"

그녀는 모포와 마찬가지로 나도 똑바로 매달려 있지 않다는 듯한 눈빛으로 흘긋 보더니 모호하게 말했다. "오…."

"아니, 왜 망했다는 겁니까? 평등한 권리를 보장하는 법안을 얻지 않았습니까?"

긴 망설임. 다시 입을 여는 그녀의 목소리는 전과 달랐다.

"여자들에게 권리 같은 건 없어요, 돈. 남자들이 허용할 때를 빼면 없죠. 남자들이 더 공격적이고 더 강력하고, 남자들이 세계를 돌려요. 다음에 또 진짜 위기가 일어나서 남자들을 뒤흔들면 우리의 소위 권리라는 건 마치 연기처럼 사라질 거예요. 우린 언제나 그랬던 대로, 소유물로 돌아가겠죠. 그리고 잘못된 일은 모두 우리의 자유 탓이 될 거예요. 로마의

* '지상 최대의 쇼'라는 별명이 붙은 서커스 공연

멸망이 그랬던 것처럼요. 당신도 알게 될 거예요."

이 모든 말은 완전한 확신이 담긴 음울한 말투로 전해졌다. 지난번에 그런 말투를 들었을 때는 말하는 사람이 자기 서류함에 왜 죽은 비둘기를 가득 채워두어야 했는지 설명하고 있었다.

"무슨 소립니까. 당신과 당신 친구들은 체제를 지탱하는 기둥이에요. 당신들이 그만두면 이 나라는 점심도 먹기 전에 삑 소리를 내며 멈출걸요."

응답하는 미소는 없었다.

"그건 환상이에요." 그녀의 목소리는 여전히 조용했다. "여자들은 그런 식으로 일하지 않아요. 우린…, 이빨 빠진 세상이죠." 그녀는 말을 그만하고 싶은 것처럼 주위를 둘러보았다. "여자들이 하는 일은 생존하는 거예요. 당신네 세계 기계의 틈바구니에서 하나둘씩 살아가는 거죠."

"게릴라 작전 같군요." 완전히 농담만은 아니었다. 이 악어굴에서는…, 사실은 내가 마호가니 통나무들에 대해 너무 많이 생각한 건가 싶었다.

"게릴라에게는 희망이라도 있죠." 그녀는 불쑥 쾌활한 미소로 표정을 바꿨다. "우리를 주머니쥐쯤으로 생각하세요, 돈. 주머니쥐는 어디에나 산다는 거 아셨나요? 심지어 뉴욕시에도 있다니까요."

나는 따끔거리는 목으로 마주 미소 지었다. 이런데도 내 쪽이 편집증적이라고 생각했다니.

"남자와 여자는 서로 다른 종이 아닙니다, 루스. 남자들이 하는 일이라면 여자도 다 하지요."

"그런가요?" 눈이 마주쳤지만, 그녀는 우리 둘 사이 빗속에 서 있는 유령들이라도 보는 듯한 표정이었다. 그녀는 "마이라이"* 같은 말을 중얼거리고 시선을 돌렸다. "모든 끝없는 전쟁들…." 그녀의 말소리는 속삭임에 가까웠다. "비현실적인 짓들을 하는 모든 거대한 권력 조직들. 남자들은 서로 싸우기 위해 살아요. 우리는 그 전장의 일부일 뿐이에요. 온 세상

---

* 1968년 베트남전 중에 미군이 저지른 민간인 학살 사건

을 다 바꾸기 전에는 바뀌지 않을 거예요. 전 가끔…, 멀리 떠나는 꿈을 꾸죠…." 그녀는 말을 끊고 목소리를 확 바꿨다. "용서하세요, 돈. 이런 소리를 하다니 정말 멍청했네요."

"남자들도 전쟁을 싫어합니다, 루스." 나는 최대한 부드럽게 말했다.

"알아요." 그녀는 어깨를 으쓱이고 일어섰다. "하지만 그게 당신들의 문제죠, 안 그래요?"

소통 종료. 루스 파슨스 부인은 나와 같은 세상에 살지조차 않았다.

나는 그녀가 계속 폐허 쪽으로 고개를 돌리며 부산스럽게 움직이는 모습을 지켜보았다. 그런 단절감은 죽은 비둘기들과 같은 결론에 이를 수 있고, 그건 GSA의 문제가 된다. 그런 상태는 또한 온 세상을 바꾸겠다고 약속하는 사기꾼에 대한 믿음으로 이어질 수도 있었다. 그녀가 계속 쳐다보는 어젯밤 그 캠프에 그런 놈들 중 하나가 있었다면 그게 내 문제가 될 수도 있었다. '게릴라에게는 희망이라도 있죠'라고?

말도 안 되는 소리. 자세를 바꿔보려다 보니 해가 저물면서 하늘이 걷히는 듯했다. 바람도 겨우 잦아들고 있었다. 이 자그마한 여자가 이 늪 속에서 무슨 환상을 실행에 옮기고 있다고 생각하는 건 미친 짓이었다. 하지만 어젯밤의 그 장비는 환상이 아니었다. 그놈들이 그녀와 무슨 관련이라도 있다면, 내가 방해가 될 테고. 시체를 버리기에 이보다 더 편한 장소는 없을 것이다…. 체 게바라 혁명군이 우수한 유형의 남자일 가능성도 있을까?

터무니없군. 그래…. 그보다 더 터무니없는 일이라면 여러 전쟁에서 살아남고서 낚시 여행을 갔다가 미치광이 사서의 애인에게 처형당하는 일 정도겠지.

아래쪽 개울에서 물고기가 퍼덕였다. 루스는 급하게 몸을 돌리다가 모포를 쳤다. "불을 피우는 게 좋겠네요." 그녀는 여전히 벌판에 눈을 두고 고개를 젖혀 귀를 기울이면서 말했다.

좋다. 시험해보자.

"기다리는 사람이라도 있어요?"

내 말은 그녀를 동요시켰다. 그녀는 얼어붙었고, 대본에 호러라고 적힌 영화 장면처럼 나에게 눈을 돌렸다. 그녀가 미소 짓기로 결정하는 과정을 볼 수 있을 정도였다.

"아, 그야 절대 알 수 없는 일이니까요!" 그녀는 눈은 그대로 둔 채 괴상하게 웃었다. "가서… 불쏘시개를 모아올게요." 그녀는 서둘러 덤불 속으로 돌아갔다.

편집증이 있든 없든, 그걸 정상적인 반응이라고 말할 사람은 없을 것이다.

루스 파슨스는 정신병자이거나, 무슨 일인가가 일어나기를 기대하고 있었다. 그리고 그 일은 나와 아무 상관도 없었다. 나 때문에 그렇게 겁을 먹는 걸 보면 말이다.

물론 그녀가 미치광이일 수도 있었다. 그리고 내 생각이 틀렸을 수도 있었다. 하지만 어떤 실수는 돌이킬 수 없는 법이었다.

나는 내키지 않는 마음으로, 내 생각대로라면 내가 갈 길은 파슨스 부인이 기다리는 누군가가 도착하기 전에 다리 통증을 잊게 해줄 약을 삼키고 최대한 멀리 떨어지는 것뿐이라고 중얼거리며 허리띠 안의 안전 지갑을 열었다.

그 지갑 안에는 루스가 모르는 32구경짜리 권총도 들어 있었다. 그건 그대로 넣어두었다. 나의 장수 비결은 총격전은 TV에 맡겨두고, 말썽이 일어나면 다른 곳에 가 있는 것이었다. 저기 맹그로브 개펄 어딘가에서 안전하면서도 끔찍한 밤을 보낼 수 있을 것이다. 내가 미친 건가?

그 순간 루스가 일어서더니 손으로 눈 위를 가리고 노골적으로 내륙을 응시했다. 그러더니 무엇인가를 주머니에 쑤셔 넣고 단추를 채운 후, 허리띠를 조였다.

이젠 충분했다.

나는 100밀리그램짜리 진통제 두 알을 물 없이 삼켰다. 이 정도면 걸을 수 있으면서도, 숨을 만한 정신은 남아 있을 것이다. 몇 분을 기다렸다. 루스가 불을 피우려고 호들갑을 떨면서 내가 보지 않는다 싶을 때마다 흘끔흘끔 먼 곳을 보는 동안 나는 나침반과 낚싯바늘 몇 개가 주머니 안에 있음을 확인하고 앉아서 기다렸다.

다리에 무감각이 번지는 동안, 우리를 둘러싼 단조로운 세계는 이 세상의 것 같지 않은 호박색과 보라색 빛의 공연장으로 바뀌었다. 루스는 마른 가지와 풀을 더 찾으려고 브로멜 수풀 아래로 기어들어 가 있었다. 그녀의 발이 보였다. 좋아. 나는 지팡이에 손을 뻗었다.

갑자기 그 발이 확 움직이더니 루스가 소리를 질렀다. 아니 소리를 지른다기보다는 목구멍으로 순수한 공포를 의미하는 어어어어어 소리를 냈다. 브로멜 줄기가 덜걱덜걱 움직였고 그녀의 발이 사라졌다.

나는 목발을 짚고 벌떡 일어나서 강둑 너머의 정지 장면을 보았다.

루스가 배를 움켜쥐고 바위턱 위에 비스듬히 몸을 굽히고 있었다. 그들은 아래로 1미터쯤 떨어진 곳에, 작은 보트를 타고 강 위에 떠 있었다. 내가 멍청한 정신을 수습하는 동안 그녀의 친구들은 내 바로 아래까지 미끄러져 왔다. 세 명이었다.

그들은 키가 크고 하얬다. 나는 그들을 하얀 낙하복을 입은 인간으로 보려고 애썼다. 강둑에 제일 가까운 곳에 선 자가 길고 하얀 팔을 루스에게 뻗고 있었다. 루스는 흠칫거리며 멀찍이 물러났다.

그 팔은 루스를 따라 늘어났다. 늘어나고 또 늘어났다. 2미터까지 늘어나서 공중에 멈췄다. 그 끄트머리에서 작은 검은색 물체들이 흔들거렸다.

얼굴이 있어야 할 자리를 보니 세로줄 무늬가 들어간 텅 빈 검은색 접시밖에 보이지 않았다. 그 세로줄이 천천히 움직였다….

아무래도 그들이 인간일 가능성은 없었다. 아니 내가 이전에 본 무엇일 가능성도 없었다. 루스가 무엇을 불러낸 걸까?

완전히 정적에 잠긴 장면이었다. 나는 눈을 깜박이고, 또 깜박였다. 이게 현실일 리가 없었다. 작은 보트 저편에 선 둘은 팔을 구부려 삼각대에 얹힌 기구를 감싸고 있었다. 무기일까? 갑자기 밤에 들었던 것과 똑같은 알아듣기 힘든 목소리가 들렸다.

"주… 주어." 신음 소리였다. "주, 줘…."

신이시여, 현실이었다. 이게 어떤 현실인지는 몰라도 진짜였다. 나는 공포에 질렸다. 내 머리는 단 한 마디도 짜내지 못했다.

그리고 루스는, 맙소사, 당연히 루스도 공포에 질려 있었다. 그녀는 작은 보트에 탄, 누구의 친구도 아닌 게 분명한 괴물들을 응시하며 강둑을 따라 비스듬히 물러나고 있었다. 그녀는 무엇인가를 끌어안고 있었다. 왜 둑을 넘어서 내 뒤로 돌아오지 않는 걸까?

"주… 주… 줘." 그 씨근거리는 듯한 말소리는 삼각대에서 나오고 있었다. "제에에에발 줘." 보트는 루스를 따라 상류로 거슬러 오르고 있었다. 팔 하나가 다시 그녀를 향해 물결쳤고, 검은 손가락이 고리 형태를 만들었다. 루스는 강둑 위로 기어올랐다.

"루스!" 내 목소리는 날카롭게 터져 나왔다. "루스, 여기 내 뒤로 와요!"

그녀는 나를 쳐다보지 않고 옆걸음질하여 물러나기만 했다. 나의 두려움은 분노를 폭발시켰다.

"이리 돌아와요!" 나는 자유로운 손으로 허리띠 안에서 32구경 권총을 꺼내고 있었다. 해는 이미 저물었다.

그녀는 돌아보지 않았고, 무엇인지 모를 물건을 끌어안은 채 신중히 몸을 세웠다. 그녀의 입이 움직였다. 정말로 저들에게 말을 해보려는 건가?

"제발요…." 그녀는 침을 꿀꺽 삼켰다. "제발 말 좀 해줘요. 당신들 도움이 필요해요."

"루스!"

그 순간 제일 가까이 서 있던 하얀 괴물이 거대한 S자 굽이로 뛰어들어 강둑에 있는 그녀 앞으로 올라갔다. 눈처럼 하얀 2.5미터짜리 물결치는 공포 덩어리였다.

그리고 나는 루스를 쏘았다.

잠시 동안은 그런 줄도 몰랐다. 쏠 때 총을 너무 빨리 잡아당기는 바람에 지팡이가 미끄러지고 나는 팽개쳐졌다. 비틀거리며 일어나는데 루스의 비명이 들렸다. "안 돼! 안 돼! 안돼요!"

하얀 생물은 다시 보트에 돌아가 있었고, 루스는 여전히 무엇인가를 꽉 끌어안은 채 거리를 벌리고 있었다. 그녀의 팔꿈치에서 피가 흘러내렸다.

"그만둬요, 돈! 그들은 당신을 공격하는 게 아니에요!"

"이런 맙소사! 바보처럼 굴지 말아요. 당신이 놈들에게서 멀리 떨어지지 않으면 내가 도울 수가 없다고!"

답이 없었다. 아무도 움직이지 않았다. 먼 하늘을 지나가는 제트기 소리 말고는 아무 소리도 들리지 않았다. 어두워져 가는 물속에서 하얀 형체 셋이 불안하게 움직였다. 초점을 맞추는 레이더 접시 같은 인상이었다. 머릿속에서 단어가 스스로 철자를 완성했다. 외계인이었다.

지구 바깥의 생물들.

무엇을 어찌하나, 대통령에게 전화라도 할까? 소구경 권총을 들고 혼자 힘으로 놈들을 잡을까? 나는 메페리딘 염산염 성분의 진통제로 한쪽 다리와 뇌를 붙여둔 채 황무지 끝에 혼자 떨어진 신세였다.

"즈에에… 발." 외계인들의 기계가 다시 웅얼거렸다. "도와주…."

"우리 비행기가 추락했어요." 루스는 아주 명료하고 섬뜩한 목소리로 말했다. 그녀는 하늘에 지나가는 제트기를 가리켰고, 이어 만 저쪽을 가리켰다. "내…, 내 자식이 저기 있어요. 부탁이니 우리를 당신들 배에 태워서 거기까지 데려다주세요."

신이시여. 그녀가 손짓을 하는 동안 나는 그녀가 다친 팔로 끌어안고 있는 물건을 제대로 보았다. 금속 물체였다. 크고 반짝이는 배전기의 머리통 같았다. 도대체 무슨…?

잠깐만. 오늘 아침에 그렇게 오랫동안 보이지 않았을 때, 그때 루스가 저걸 찾았을 수도 있었다. 그들이 뒤에 남겨두었거나 떨어뜨린 물건을.

그리고 그녀는 나에게 말하지 않고 그 물건을 숨겼다. 그래서 계속 브로멜 수풀 속에 들어갔던 것이다. 그 물건을 들여다보려고. 기다리려고. 그러다가 물건 임자가 돌아와서 그녀를 잡았다. 그들은 그 물건을 원했다. 그런데 그녀는 그걸로 거래를 하려 했다. 맙소사.

"바다로요." 루스가 다시 가리킨다. "우리를 데려다줘요. 나와 저 사람을요."

검은 얼굴들이 내 쪽을 돌아보았다. 눈도 없는 끔찍한 얼굴들이었다. 나중에는 그 "우리"라는 말에 감사하게 될지도 모르지만, 지금은 아니었다.

"총 버려요, 돈. 저들이 우리를 데려다줄 거예요." 루스의 목소리는 가냘팠다.

"내가 미쳤습니까. 당신, 당신 뭡니까? 여기에서 뭘 하는 거예요?"

"세상에, 그게 중요한가요? 저 사람은 겁먹었어요." 그녀는 외계인들에게 외쳤다. "이해할 수 있겠어요?"

그 땅거미 속에서는 루스도 외계인들만큼이나 낯설었다. 보트에 탄 존재들은 자기들끼리 재잘거렸다. 그들의 상자가 구슬픈 소리를 내기 시작했다.

"하, 하, 하생." 나는 대충 알아듣는다. "고, 공, 부… 어, 무, 무장 안 하… 우, 우리… 어…." 알아들을 수 없는 소리가 이어지다가 다시. "주, 줘… 우리… 가, 가…."

평화를 사랑하는 문화교환 학생들이라. 다만 그 교환이 항성들 사이에 이루어진다는 건가. 아, 말도 안 돼.

"그거 이리 가져와요, 루스! 당장!"

그러나 그녀는 강둑을 따라 그들 쪽으로 내려가면서 말하고 있었다. "날 데려가요."

"기다려요! 당신 팔에 지혈을 해야 할 텐데."

"알아요. 제발 총이나 내려놔요, 돈."

그녀는 정말로 보트로 가서 그들 바로 옆에 섰다. 그들은 움직이지 않았다.

"맙소사." 나는 마지못해 천천히 권총을 떨궜다. 활주대를 내려가면서 나는 내 의식이 부유하고 있음을 깨달았다. 아드레날린과 데메롤은 나쁜 조합이었다.

보트는 문제의 물건과 자기 팔을 꽉 잡은 루스를 뱃머리에 태우고 나를 향해 미끄러져 왔다. 외계인들은 나에게서 떨어져서 자기들 삼각대 뒤 배꼬리에 머물었다. 나는 그 보트가 갈색과 녹색으로 위장칠을 하고 있음을 알아차렸다. 주위 세상은 깊고 어두운 푸른색이었다.

"돈, 물주머니 가져와야죠!"

비닐 주머니를 끌고 가다 보니 문득 루스가 정말로 망가지고 있다는 생각이 들었다. 물이 이제 무슨 소용이란 말인가. 하지만 내 뇌는 과부하를 일으킨 것 같았다. 내가 집중할 수 있는 것이라고는 끄트머리에 까만 벌레가 달린 고무 같은 길고 하얀 팔이 오렌지색 물주머니 끝을 잡고 내가 물을 채우도록 도와준다는 사실 뿐이었다. 이게 현실일 리가 없었다.

"탈 수 있겠어요, 돈?" 내가 무감각한 다리를 끌어올리자 두 개의 길고 하얀 관이 뻗어왔다. '안 돼, 하지 마.' 나는 그들의 팔을 걷어차고 루스 옆에 무너졌다. 그녀는 내게 거리를 두었다.

삐걱거리는 소음이 일어났다. 보트 중앙에 있는 쐐기 모양의 물건에서 나는 소리였다. 그리고 우리는 줄지어 선 시커먼 맹그로브들을 향해 미끄러져 갔다.

나는 생각 없이 그 쐐기를 응시했다. 외계 기술의 비밀? 나는 아무것도 볼 수 없었다. 동력원은 1미터 정도 길이의 삼각형 덮개 아래에 있었다. 삼각대 위에 올라간 장치도 똑같이 신비스러웠다. 다만 커다란 렌즈가 달린 것을 보면 조명일까?

탁 트인 만으로 나가자 진동 소리가 올라가고 우리는 더 빨리, 더 빨리 물 위를 밀고 나갔다. 시속 60킬로미터? 어둠 속에서는 판단하기 어려웠다. 그들의 선체는 우리 배와 비슷하게 변형한 삼면체로 보였는데, 놀라울 정도로 덜컹거림이 없었다. 길이는 7미터 정도. 머릿속에 그 배를 탈취할 계획이 소용돌이쳤다. 에스테반이 필요하겠다.

갑자기 삼각대에서 쏟아져나온 하얀 불빛이 우리 위로 펼쳐지면서 배 꼬리에 선 외계인들의 모습을 가렸다. 나는 루스가 문제의 장치를 끌어안은 채 상처 입은 팔에 벨트를 감아 당기는 모습을 보았다.

"내가 묶어줄게요."

"괜찮아요."

외계인의 장치는 반짝반짝 빛난다고 해야 할까, 가늘게 인광을 발하고 있었다. 나는 몸을 기울이고 그 장치를 보면서 속삭였다. "그걸 나한테 줘요. 내가 에스테반에게 넘길 테니."

"안 돼요!" 그녀는 급히 움직이다가 뱃전을 넘어갈 뻔했다. "이건 저들의 물건이에요. 필요한 물건이라고요!"

"뭐요? 당신 미쳤어요?" 나는 이 멍청한 행동에 너무나 놀란 나머지 정말로 말을 더듬고 말았다. "우린, 우리가 해야 할 일은…."

"그들은 우리를 해치지 않았어요. 분명히 그럴 수 있었는데도요." 그녀는 야수같이 격렬한 눈으로 나를 바라보고 있었다. 불빛 속에서 그녀의 얼굴이 미친 사람 같은 빛을 띠었다. 나는 망연자실한 채로 이 정신 나간 여자가 내가 움직이기라도 하면 뱃전으로 뛰어들 작정임을 깨달았다. 그 외계 장치를 안고서 말이다.

"난 그들이 온화하다고 생각해요." 그녀가 중얼거렸다.

"이런 세상에, 루스, 저들은 외계인입니다!"

"그런 건 익숙해요." 그녀는 멍하니 말했다. "저기 그 섬이에요! 멈춰요! 여기에서 멈춰요!"

배가 느려지더니 방향을 돌렸다. 불빛 속에 비친 잎사귀 무더기는 조그마했다. 금속이 번득였다. 비행기였다.

"알시아! 알시아! 너 괜찮니?"

비행기 위에서 고함과 움직임이 일어났다. 수위가 높아서 우리는 모래톱 위로 배를 들일 수 있었다. 외계인들은 불빛 속에 자기들을 숨기고 계속 우리를 앞세웠다. 우리를 향해 철벅철벅 헤엄쳐오는 하얀 형체와 그 뒤에서 훨씬 느리게 따라오는 검은 형체가 보였다. 에스테반은 불빛 때문에 당황한 게 틀림없었다.

"펜튼 씨가 다치셨어, 알시아. 이분들이 물주머니와 우리를 실어다주셨어. 넌 괜찮니?"

"어, 좋아요." 알시아는 신이 나서 이쪽을 들여다보며 허우적거렸다. "엄마는 괜찮아요? 세상에, 불빛 좀 봐!" 나는 자동으로 그녀에게 물주머니를 건네주려 했다.

"그건 기장님에게 맡기렴." 루스가 날카롭게 말했다. "알시아, 배에 올라올 수 있겠니? 빨리, 중요한 일이야."

"지금 가요."

"아니, 안 돼!" 나는 항의했지만, 이미 배가 기울면서 알시아가 기어올라왔다.

외계인들이 재잘거렸고, 그들의 목소리 상자가 끙끙거리기 시작했다. "주, 줘…. 이제… 줘…."

"께 레가?"* 에스테반의 얼굴이 내 옆에 나타나서, 눈을 가늘게 뜨고 불빛 속을 들여다보았다.

"잡아요, 저걸 빼앗아! 저 여자가 갖고 있는…." 하지만 루스의 목소리가 내 목소리에 겹쳐졌다. "기장님, 펜튼 씨를 배에서 내려주세요. 다리를 다치셨거든요. 서둘러주세요."

"망할, 기다려!" 나는 고함을 쳤지만 이미 팔 하나가 내 허리를 잡고 있었다. 마야인이 당신을 들어 올릴 때는, 따르는 수밖에 없다. 나는 알시아가 "엄마, 팔이 왜 그래요!"라고 말하는 것을 들으며 에스테반의 몸

---

* 누가 온 거죠?

위로 무너져 내렸다. 우리는 허리까지 올라오는 물속에서 비틀거렸다. 내 발이 느껴지지 않았다.

겨우 자세를 바로잡고 나니 배는 몇 미터나 멀어져버렸다. 두 여자는 머리를 맞대고 중얼거리고 있었다.

"저것들 잡아!" 에스테반에게서 떨어져나온 나는 버둥거리며 그들을 따라갔다. 배 안에서는 루스가 일어서서 보이지 않는 외계인들을 마주하고 있었다.

"우릴 데려가줘요. 제발. 당신들과 함께 가고 싶어요. 여기에서 멀리 떨어진 곳으로요."

"루스! 에스테반, 배 잡아요!" 나는 돌진하다가 또 발 디딜 곳을 잃어버렸다. 외계인들은 불빛 뒤에서 미친 듯이 찍찍거리고 있었다.

"제발 우릴 데려가요. 당신들 행성이 어떻든 상관없어요. 배울게요. 뭐든지 할게요! 아무 말썽도 피우지 않을 거예요. 제발. 오, 제발요." 배는 점점 더 멀리 떠가고 있었다.

"루스! 알시아! 미쳤소? 기다려⋯." 하지만 나는 망할 목소리 상자가 씨근거리는 소리를 들으며 진흙 속에서 악몽처럼 발을 질질 끌 수밖에 없었다. "오, 오지 않아⋯. 더⋯ 안 와⋯." 알시아의 얼굴이 그들 쪽으로 향하며 입을 벌리고 웃었다.

"그래요, 이해해요." 루스가 외쳤다. "우린 돌아오길 원하지 않아요. 제발 데리고 가줘요!"

나는 고함을 쳤고, 에스테반도 첨벙첨벙 내 옆을 지나치면서 무선에 대해 무슨 말인가를 외쳤다.

"조, 조, 좋아." 끙끙거리는 목소리였다.

루스는 갑자기 알시아를 붙잡고 주저앉았다. 바로 그 순간 에스테반이 루스 옆의 뱃전을 잡았다.

"잡아줘요, 에스테반! 보내주지 마!"

에스테반은 어깨너머로 나에게 한쪽 눈을 가늘게 떠 보였고, 나는 그가 이 상황에 철저히 무관심하다는 사실을 알아차렸다. 그는 그 배에 아무 낚시 장비도 없다는 사실도, 위장용으로 색칠한 선체도 보았다. 나는 필사적으로 돌진하다가 다시 미끄러졌다. 내가 다시 수면 위로 올라갔을 때는 루스가 말하고 있었다. "우리는 이분들과 같이 갈 거예요, 기장. 보수는 비행기 안에 있는 내 지갑에서 꺼내 가세요. 그리고 펜튼 씨에게 이걸 주세요."

그녀는 에스테반에게 작은 물건을 건넸다. 수첩이었다. 그는 느릿느릿 그 수첩을 받았다.

"에스테반! 안 돼!"

그는 배를 놓아주었다.

"정말 고마워요." 루스는 멀어지면서 말했다. 그녀는 떨리는 목소리를 크게 했다. "아무 문제도 없을 거예요, 돈. 이걸 국제 전보로 보내줘요. 제 친구 앞으로 갈 텐데, 그 친구가 다 알아서 할 거예요." 그리고 그녀는 그날 밤을 통틀어 가장 미치광이 같은 마무리를 더했다. "아주 훌륭한 친구예요. 국립보건원 간호 실습 과장이거든요."

배가 멀어지는 가운데 알시아가 무슨 말인가를 덧붙였다. "딱이네요" 처럼 들리는 말을….

맙소사…. 다음 순간 윙윙거리는 소리가 들리기 시작했다. 불빛이 빠르게 사그라졌다. 마지막으로 내가 본 루스 파슨스 부인과 알시아 파슨스 양의 모습은 그 불빛을 등진 두 개의 작은 그림자였다. 두 마리 주머니쥐 같은 그림자. 불빛이 딱 꺼지고, 진동 소리가 심해졌다. 그리고 그들은 멀리, 멀리, 멀리 가버렸다.

내 옆의 검은 물 속에서 에스테반은 세상을 상대로 스페인어 욕설의 용법을 가르쳐주고 있었다.

나는 그에게 자신 없이 말했다. "친구나 뭐 그런 거였소. 그녀는 그들과 같이 가고 싶었던 모양이야."

에스테반은 노골적으로 침묵하며 나를 끌고 비행기로 돌아갔다. 그는 이 부근에서 무슨 일이 일어날 수 있는지에 대해 나보다 잘 알고 있었고, 마야인들에게는 자기들만의 장수 비결이 있었다. 그의 몸 상태는 나아진 듯했다. 비행기로 들어가면서 나는 해먹의 위치가 달라졌음을 알아차렸다.

기억은 별로 없지만 밤사이에 바람이 바뀌었다. 그리고 다음 날 아침 7시 30분에 구름 한 점 없는 하늘 아래 세스나 한 대가 모래톱 위로 날아왔다.

우리는 정오 무렵에 코수멜 섬으로 돌아갔다. 에스테반 기장은 보수를 받아들고 보험사와 전쟁을 치르기 위해 말없이 떠났다. 나는 파슨스 모녀의 가방을 아무 관심도 보이지 않는 카리브 요원에게 맡겼다. 전보는 베데스다에 사는 프리실라 헤이즈 스미스 부인 앞으로 갔다. 나는 병원에 갔다가 오후 3시에는 뚱뚱해진 다리로 카바냐스 호텔 테라스에 앉아서 더블 마가리타를 마시며 이 모든 일을 믿으려고 애쓰고 있었다.

전보 내용은 이랬다. '알시아와 나는 드문 여행 기회를 잡았어. 몇 년 동안 떠나 있을 거야. 우리 문제를 맡아서 해결해줘. 사랑하는 루스가.'

그녀는 그날 오후에 그 내용을 쓴 것이었다. 알겠는가.

나는 그 장치를 제대로 봤으면 얼마나 좋았을까 생각하면서 마가리타를 한 잔 더 주문했다. 그 장치에 베텔기우스 성인이 만들었다는 딱지라도 붙어 있었을까? 이게 아무리 이상해 보인다 해도…. 사람이 얼마나 미치면 이런 일을 상상할 수 있을까?

상상만이 아니라 희망하고, 계획하기까지? '멀리 떠나버릴 수만 있다면….' 그게 온종일 그녀가 한 일이었다. 기다리고, 희망하고, 어떻게 알시아를 데려갈지 생각하는 것. 본 적도 없는 외계 행성으로 가기 위해….

나는 마가리타를 석 잔째 마시면서 멀어져간 여자들에 대한 농담을 해보려 했지만, 마음은 그곳에 없었다. 분명히 아무 곤란도, 아무 말썽도 없을 것이다. 인간 여자 두 명이, 그중에 한 명은 임신했을지도 모르는 몸으로, 별들을 향해 떠났다. 그래 봐야 사회 조직에는 잔물결 하나 일어나지 않겠지. 나는 곰곰이 생각해보았다. 파슨스 부인의 친구들은 모두 어떤 예측 못할 사태에나 대비하고 지내는 걸까? 지구를 떠나는 사태까지 포함해서? 그리고 파슨스 부인은 언젠가 그 훌륭한 친구라는 프리실라 헤이즈 스미스 부인을 데려갈 방법을 궁리해낼까?

나는 그저 알시아에 대해 생각하며 차가운 술이나 또 한 잔 주문할 수 있을 뿐이었다. 혹시 에스테반 기장에게 푸른 빛 도는 검은 눈동자를 가진 자손이 생긴다면, 그 아이는 어떤 태양을 올려다볼까?

"어서 타, 알시아. 오리온자리로 떠나야지."

"어, 알았어요, 엄마."

그것도 양육 체계라고 할 수 있나?

'우린 당신네 세계 기계의 틈바구니에서 하나둘씩 목숨을 부지해요.'

'외계인이라면 익숙해요⋯.'

모두 진심이었다. 정신 나간 소리였다. 어떻게 한 여자가 자기 집과 자기 세상에 안녕을 고하고 알지도 못하는 괴물들 사이에 살기를 택할 수가 있단 말인가?

마가리타가 효력을 발휘하는 동안 이 모든 정신 나간 시나리오는 멀어져가는 외계 섬광 속에 나란히 앉아 있는 두 개의 작은 그림자로 녹아 들어 갔다.

우리 주머니쥐 두 마리가 사라져 가는 모습으로.

YOUR FACES, O MY SISTERS! YOUR FACES FILLED OF LIGHT!

너희 얼굴이여, 오 나의 자매들이여!
너희 얼굴은 빛으로 가득 차 있구나!

황희선 옮김

뜨거운 여름밤이었다. 여자가 콘크리트 고가도로를 따라 폐허가 된 도시 상공으로 접어드는 순간 커다란 빗방울들이 한층 빠르게 떨어졌다. 여자의 등 뒤편 멀리 보이는 호수 표면에서는 번개가 지글지글 갈라지고 있었다. 아름다웠다! 도시의 지붕, 발아래로 줄줄이 늘어선 뾰족한 회색 상자들이 벼락을 맞고 살아났다. 한때 사람들이 지평선 끝까지 살던 곳이다. 여자는 사람들이 붐비던 벽과 창문을 떠올리면서 미소를 지었다. 믿기 어렵겠지만, 그때의 사람들은 혼돈과 공포로 점철된 삶을 살았다.

여자는 거대한 광고판이 바람 속에 매달려 덜컹대는 곁을 지나가는 중이었다. 광고판의 모델이 활짝 웃었다. '-O-N-D-E-R-B-R-E-A', 원더브라? 그게 무엇인지 알 수 없었지만, 모델의 표정은 햇살처럼 밝았다. 여자는 머리를 적시는 시원한 빗줄기를 만끽하며 활보했다. 몇 분 정도는 파카 모자를 쓸 필요도 없었다. 정말 상쾌했다. 두통이 깨끗이 사라졌다. '자매들'의 생각이 틀렸다. 여자는 멀쩡하다. 배낭에는 편지들이 있고 디모인시가 저 앞에 있으니 머뭇거릴 이유가 없다. 걸어 다니는 것이 마음을 진정시키는 데 얼마나 좋은지 그들은 알지 못했다.

샌들이 젖기 시작하는 느낌이 왔다. 기분은 좋았지만, 피부가 쓸려서 발에 물십이 잡힐 테니 흠뻑 젖으면 안 된다. 배달부는 이런 문제에도 대비해야 했다. 몇 분 후면 길을 따라 내려가서 비를 피할 곳을 찾아야지.

이 낡은 도시 곳곳에는 출구 경사로가 1킬로미터 간격으로 있었다. 이 도시 이름이 시카고였나, 쉬카고였나. 뭐, 아무래도 상관없다. 벌써 여러 차례 지나가 보았던 곳이니까 알아낼 수 있을 것이다. 여자는 서쪽으로 가는 배달부다. 지나온 호수의 이름은 '미시감'인가 '미시가미'인가 그랬다. 민물이 아니라 바닷물이 담긴 거대한 호수다. 어제 호스텔을 나온 뒤로 차는 한 번밖에 얻어 타지 않았는데도, 벌써 100킬로미터 이상 이동한 것 같아 흐뭇했다. 피곤하지도 않았다. 여자는 나이가 지긋했던 그 아름다운 자매를 생각했다. 이야기를 더 나눴으면 좋았을 텐데. 나이 많고 지혜로운 '노코미스'* 같았어. 난 정말 못 말려. 가던 길을 계속 멈춰 선 채 아름다운 경치를 감상하고 싶으니 말이야. 사람들과 인사도 하고 대화도 나누고 싶었다. 배달부 눈에는 정말 많은 것들이 보이기 마련이다. 언젠가 이 도시를 다시 찾아와서 호수에서 수영도 하고 옛 도심을 한가롭게 산책해야지. 볼거리가 너무나 많았다. 가끔 무너지는 벽이 있지만 잘 피하면 될 뿐이다. 그 이상의 위험은 없었다. 여자는 무너지는 벽을 피하는 데 선수였다. 어떤 자매들은 이 동네에 들개 무리가 돌아다닌다고 했지만, 여자는 그 말을 믿지 않았다. 정말로 들개가 있더라도 위험할 까닭이 없다. 모든 동물은 잘 다루기만 하면 위험하지 않다. 자유롭고 넓은 이 세상에 위험 따위는 없어!

밤이 밀려오자 미소가 더욱 밝아졌다. 여자는 고개를 흔들어 빗방울을 털었다. 배달부라니, 얼마나 멋진 직업인가! 나는 산책하는 여인이에요. 여보세요 자매님들, 나는 디모인까지 갑니다. 서쪽으로 보내는 편지나 소포 없나요? 여자는 걸었다. 걷고 또 걸었다. 하지만 지금 걷는 길에

---

* 미국 작가 헨리 워즈워스 롱펠로가 오지브웨족의 설화를 바탕으로 쓴 서사시 〈히아와타의 노래〉에 등장하는 주인공 히아와타의 할머니

는 폭우가 쏟아지고 있었다. 폐차 더미를 비집고 지나가는 순간 철벅! 한쪽 발이 발목까지 푹 잠겨버렸다. 낡은 도로 곳곳에서 빗물이 작은 분수처럼 튀고 있었다. 비 피할 곳을 찾아야 할 때였다. 여자는 빗물에 젖은 고속도로가 번개 빛의 조명을 받아 싱그럽게 빛나는 모습을 감상하면서, 등에 손을 뻗어 배낭에 눌려 있던 파카 모자를 당겨서 썼다. 이 길은 한때 '자동차'들로 꽉 차 있었을 것이다. 하나같이 반질반질한 새 자동차들 말이다. 서로 바싹 붙은 채 부릉부릉하면서 배기가스를 꾹 토해 내고 헤드라이트를 번쩍대며 길을 가득 채웠었겠지. 희한한 모습을 한 가엾은 그 녀석들의 소리가 귀에 들리는 듯했다. 부릉부릉! 여자 근처에 번개가 꽂혔다. 아이고! 맞을 뻔했네. 여자는 오존을 마시는 바람에 잠깐 휘청한 뒤 싱긋 웃었다. 아, 출구 경사로 하나가 바로 옆에 있었다. 밟고 내려가도 괜찮을 것 같았다.

여자는 폭풍이 묘기를 부려 기묘한 나선형 빛줄기를 만들면서 추격해 오자 몸을 휙 젖혀 피한 뒤, 스티븐슨 고속도로를 가뿐히 달려 내려가서 지면도로 35번가에 착지했다.

"사라졌네." 순찰 중이던 루지오니가 깜빡이를 껐다. 사이렌 소리가 낮게 으르렁대다 사라졌다. 커브 길에서 속도를 높이던 순찰차가 엔진 피스톤 링이 낡은 티를 냈다. "날라리들이나 이런 날 밤에 나와 차를 태워달라고 그러지." 루지오니는 고개를 절레절레 흔들었다.

운전대를 잡은 앨은 주섬주섬 엉덩이 밑을 더듬어 담뱃갑을 찾았다. "여자애 같았는데."

"누가 알겠어." 루지오니가 투덜댔다. 번개가 하늘 전체를 산산이 쪼개고 있었다. 폭우가 계속되었다. 토요일 밤마다 열리는 정신 병동 같은 야단법석 속에서, 차들이 뒤따라오는 차의 전조등에 흙탕물을 한 바가지씩 튀기고 있었다.

고가도로 아래는 비가 들이치지 않았다. 다만 번개가 치지 않을 때는 너무 어두웠다. 여자는 파카 모자를 벗고 부서진 건물 잔해와 쓰레기들을 피해 조심스럽게 걸었다. 번개가 계속 치면 눈이 어둠에 적응하지 못한다. 안타까운 일이다. 여자는 어둠 속 시력이 탁월했지만, 눈이 어둠에 완전히 적응하는 데는 45분이 걸린다는 사실도 알았다. 여자는 이런 것들을 수도 없이 알고 있었다.

여자는 길고 높게 뻗은 고가도로 아랫길을 따라 구시가지의 한가운데까지 왔다. 이 길은 앞으로 몇 킬로미터 더 이어지는 것 같다. 거의 정확히 서쪽을 향하고 있어서 좋았다. 바깥에서는 노천 도로 양쪽에 쏟아지는 빗물이 출렁이고, 번개가 내리칠 때마다 석고처럼 흰빛을 반사했다. 우릉! 우르르르릉! 중서부의 폭풍은 대단했다. 여자는 그 야생적인 굉음을 사랑했고, 폭풍 속의 산책을 좋아했다. 취향에 딱 맞았다. 옷을 다 벗어 던진 다음 빗속에 뛰어들고 싶은 마음이 간절했다. 먼지와 땀을 싹 닦아내고 제대로 씻는 것이다. 짐은 여기 두면 젖지 않는다. 정말로 해볼까? 그럴 뻔했지만, 몸이 아직 그리 더럽지 않았고 부지런히 움직여야 했다. 호스텔에서 시간을 너무 많이 뺏겼다. 배달부는 책임감을 갖고 행동해야 한다. 여자는 어둠 속에서 쓰레기를 피해 가며 침착하게 걷다가 생각했다. 이제 말도 쓸모없는 곳에 들어왔구나.

여자는 늘, 말을 한 마리 키우면 어떨까 고민해 왔다. 이동 수단으로 말을 선호하는 배달부도 있었다. 말이 있으면 더 빨리 갈 수는 있겠지. 하지만 아주 많이 빠르지는 않을 것이다. 웬만한 사람들은 여자의 걸음이 얼마나 빠른지 상상도 못 한다. 남들이 말과 씨름할 때 나는 벌써 일어나서 움직이고 있거든. 게다가 말은 풀도 뜯겨야 하고 발굽이 망가질 수도 있지. 그런 일들이 생기면 난감해진다. 짐이야 더 많이 나를 수 있다. 하지만 말을 타고 다니다 보면 고립된다는 점이 진짜 문제였다. 차를 얻어 탈 수도 없고, 다양한 자매들과 이야기를 나누는 재미도 없을 것이다. 예를 들면, 이 도시로 들어올 때 나를 차에 태워 데려다준 자매가 있었잖아. 현명하고 인자한 그 자매님 말이야. 말투가 좀 독특했지만 대화하는 데는 지장이 없었고 애정도 듬뿍 느낄 수 있었다. 어머니라… 나도 언젠가는 엄마가 될지도 몰라. 하지만 아직은 때가 아니야. 어쩌면 나는 늙고 선한 노코미스가 될지도 몰라. '주름살이 있는 늙은 노코미스는 여자에게 많은 것을 가르쳤다….' 게다가 그 자매님이 데리고 있던 말들은 얼마나 또 멋졌던가. 여자는 그처럼 힘차게 달리는 말들을 처음 보았다. 엄청나게 큰 농장이 근처 어딘가에 있는 것이 틀림없다. 내일 도시를 빠져나간 다음 주변 전망이 훤히 보이는 높은 장소에 올라갈 것이다. 좋은 말 농장이 보이면 기억해둬야지. 다음에 나오는 길, 그러니까 로키산맥을 가로질러 서쪽까지 향하는 길을 갈 때는 말이 쓸모가 있을지도 모른다. 하지만 지금은 디모인까지만 갈 수 있으면 된다. 튼튼한 내 다리로만 걸으면 디모인이 딱 맞아.

"그 여자도 그거지, 브래지어를 불태운 여자들* 말이야." 올름스테드 부인이 비옷을 조심스레 벗으면서 숨이 찬 목소리로 말했다. 그러고는 '레인플라워' 표 방수 모자 끈을 풀었다. "아, 세상에, 내 비 오는 날 패션 좀 봐."

"엄마, 보통은 차 태워달라는 사람들 안 태워주잖아요." 베이가 식탁에 앉아서 매니큐어를 손톱에 바르고 있었다.

"폭풍이 치기 시작했었잖니." 어머니가 최고급 자재로 시공한 주방으로 들어가면서 변명하는 투로 말했다. "등에 멘 배낭이 정말 크더라. 난 보이스카우트인 줄 알았어. 그래서 차를 세웠지."

"하하하."

"스토니 아일랜드 바로 앞에 내려줬어. 거기서 방향이 갈라진다고 했지. 내 얼굴을 보더니 이상한 소리를 계속하던데."

---

* 1969년 미스 아메리카 선발대회 개최에 항의했던 시위에서 유래한 상징이다. 가짜 속눈썹과 코르셋, 브래지어 등 여성의 신체를 구속하고 상품화하는 문화에 반대한다는 뜻을 담고 있다.

"약이라도 빨았나 보죠. 밖에 돌아다니면 누가 죽일 텐데."

"베이, 내가 뭐라고 했니. 그런 표현은 안 썼으면 좋겠다고 했잖니. 별로 관심도 없고 불쌍하다는 생각도 안 들어. 나 같으면 그 여자가 자초한 결과라고 하겠네. 자, 커피 내릴 건데, 여과기는 어딨지?"

"욕실에 있어요. 그런데 얼굴은 왜요?"

"그게 왜 욕실에 있는 거지?"

"빗 담가두는 데 썼어요. 모양이 맞는 게 그것밖에 없었어요. 그 여자가 엄마 얼굴 보고 뭐래요?"

"아유, 베이, 아빠가 가만 안 둘 거다. 그걸 거기에 쓰면 안 되지. 어떻게 먹으라고." 여자가 뚜껑을 가지고 부엌으로 돌아오자 투덜대는 목소리가 커졌다.

"내 머리에 독 안 묻었어요. 그리고 커피가 끓으면서 가열되니까 괜찮을 거예요. 비 오는 날은 머리가 폭탄 맞은 것처럼 되는 거 알잖아요. 회사에서 잘 보여야 한다고요."

"험한 말도 안 썼으면 좋겠구나."

"엄마, 그 여자가 엄마 얼굴 보고 뭐래요?"

"아, 내 얼굴. 나 참! '얼굴에 지혜를 담고 계시는군요.' 이렇게 미친 소리를 하던데, '지혜와 빛으로 가득한 어머니의 주름이네요.' 주름살이라니. 버릇하고는! 내가 쪼글쪼글한 할망구라는 거잖아. 그래서 차 태워달라고 하는 여자애들이 내 눈에 어떻게 보이는지 솔직히 말해줬지. 진짜야, 말해줬어. 여기 와서 이것 좀 치워라. 아빠가 곧 오실 거다. 그랬더니 그 여자가 뭐라는 줄 아니?"

"뭐래요? 그거 좀 이리 줘요."

"들개에 대한 얘기냐고 물어보더라. 개라니! 그러더니 하는 말이 '두려워할 필요 없어요. 드넓은 지구에 두려워할 것이 없지요.' 그리고 말들은 어디서 데려왔냐고 계속 물어보는 거야. 그런 애들이 쓰는 용어인가 봐. 뷰익 차를 그렇게 부르더라."

"거 봐요. 약 빤 거잖아요. 불쌍한 인생이다."

"베이, 제발. 내 말은, 그런 여자애는 자초한 거라는 얘기야. 무슨 일을 당하든 자업자득이라고. 누가 뭐라든 지켜야 할 질서란 게 있는 거야. 나는 불쌍한 마음이 손톱만큼도 안 들어."

"지당한 말씀."

샌들은 축축하지만 괜찮았다. 좋은 가죽으로 만들어서 그렇다. 여자가 손수 바느질하고 기름을 먹여 만든 샌들이다. 정말로 나이가 많아지면 어디 길가에 작은 오두막을 짓고, 지나가는 자매들에게 팔 샌들이나 잡화를 만들 것이다. 여자는 가죽을 어디서 구하면 좋을까 생각했다. 장사하는 자매 한 명과 거래를 하면 되겠지. 내가 직접 무두질을 할 수도 있을까? 많이 어렵진 않을 텐데. 언제 방법을 찾아봐야겠다.

빗줄기가 아직도 거셌다. 하지만 쾌적하고 시원했다. 여자는 거세게 부는 바람을 헤치며 걷다가, 낡은 종이들이 사방에 날아다니고 있다는 사실을 깨달았다. 여기나 저기나 오만 쓰레기들이 뒹굴고 있었다. 다들 정말로 흥청망청 살았던 모양이다. 바깥에서는 번개가 계속 치면서 망가진 건물들의 단단한 외벽을 비췄다. 거대하고 텅 빈 검은 창문들이 다닥다닥 뚫려 있었다. 공장 건물인 것 같았다. 종이 한 장이 날아와 목에 붙었다. 떼어낸 뒤에 걸어가면서 종이를 들여다봤다. 번갯불에 비추니 종이 위에 그려진 그림이 보였다. 두 자매가 서로 꼭 끌어안고 있었다. 잘 그렸다. 그림 속 자매들은 촌스러운 옛날 옷을 입고 있었다. 키가 작은 자매는 얼굴이 묘했다. 온통 색칠을 하고 이상한 표정이었다. 억지로 웃는 것 같았다. 힘든 시절에 나온 그림이니 그럴 수밖에 없겠지.

여자는 종잇장을 주머니에 구겨 넣으면서 통로 기둥 사이로 새는 불빛을 보았다. 움직이고 있으니 손전등이다. 여기서 비를 피하는 사람이 또 있구나. 너무 좋다! 이 동네에 사는 사람일까? 들려줄 만한 이야기가 있을지도 모른다! 여자는 서둘러 불빛을 향해 걸어가면서 배달부 공지를

너희 얼굴이여, 오 나의 자매들이여! 너희 얼굴은 빛으로 가득 차 있구나!　243

외쳤다.

"여보세요 사매님, 편지나 소포 있나요? 디모인까지 서쪽으로 갑니다!"

그래, 두 명이 보였다. 비를 맞지 않으려고 꽁꽁 싸맨 채 낡은 '자동차' 하나에 기대고 있었다. 이들도 여행하는 중인 것 같았다. 여자가 다시 외쳤다.

"안녕하세요?" 한 사람이 망설이면서 대답했다. 폭풍 때문에 겁을 먹은 것이 분명했다. 자매 중에는 폭풍을 무서워하는 이들도 있었다. 이제 여자가 가서 무서워할 필요가 없다고 안심시켜줄 것이다. 새로운 자매들을 만나는 일은 더없이 즐겁다. 배달부의 삶에서 최고의 묘미다. 여자는 종이 더미와 물웅덩이를 열심히 헤치고 걸어가서 그들이 켜둔 빛 속으로 들어섰다.

"근데 자기야, 어디에 신고하면 되지? 여기는 아는 사람도 없잖아. 경찰들도 신경 안 쓸 것 같은데."

돈은 안타까워하며 으쓱했다. 아내 말이 맞았다.

"'또 하나의 불행한 영혼, 숨 쉬는 것에 지쳐, 어리석게 재촉하며, 죽음을 찾아 나서네.'"

"어디에 나오는 말이야?"

"아, 후드 책에. 토머스 후드. 템스강 주위에 몸 파는 여자들이 많던 시절에 쓴 글이야."

"어떻게 밤에 이 언저리를 돌아다닐 생각을 할까. 자살 행위잖아. 여기 있으면 우리도 안전하지 않은데 말이야. 그런데 보험회사 견인차가 정말 올까?"

"온다고 했어. 우리보다 먼저 전화 건 사람들이 많았을 뿐이야. 어쨌든 저 여자도 폭풍이 끝나기 전까진 괜찮을 거야. 밖에 돌아다니는 사람이 없으니까. 비가 좀 뜸해지면 우리도 안으로 들어가자."

"응, 그래도 뭔가 할 수 있었으면 좋았을 텐데. 모르겠다. 그냥 부랑자 같지는 않았어."

"억지로 끌고 들어올 순 없잖아. 게다가 당신도 봤는지 모르겠지만, 꽤 드세 보이던데."

"응. 돈, 그 여자 미친 거 맞지? 당신이 하는 말을 한마디도 못 알아들었잖아. 당신 보고 '자매'라고 부르던데. 그리고 우리한테 보여준 광고 있잖아. 그거 보고 여자 두 명이라고 그랬어. 미친 것 같지 않아? 그러니까, 약에 취해서 그런 게 아니라 정신병이 있는 거 아닐까?"

돈이 서글프게 웃었다. "나도 진실이 뭔지 알면 좋겠다. 약물과 정신병은 상호 작용하는 문제들이라 따로 떼어놓기가 힘들어. 그렇지만 맞아. 내 느낌으론 기능적인 이상이 있는 것 같아. 물론 그냥 넘겨짚는 건 아니야. 그 여자가 말하는 거 당신도 들었잖아. 원래 병원인가 호스텔인가에 있었다고. 팸, 나한테 맞춰보라고 한다면 전기 충격 치료를 받은 것 같아. 멍하고 생기 없는 얼굴이었잖아. 실핏줄이 튀어나오고 눈동자가 계속 흔들리고. 전형적인 증상이야."

"세상에, 전기 충격 치료를 받았다고?"

"내 생각에는."

"근데 그냥 가게 내버려뒀구나. 있잖아, 내 생각에는 견인차가 안 올 것 같아. 그냥 네 하고 대답하고선 잊어버린 것 같은데. 그 보험회사가 완전 사기꾼들이라는 말도 들었어."

"이런 날 밤에는 시간이 좀 걸리겠지."

"음, 그 여자 지금은 어디 있나 모르겠네."

"어, 봐봐, 비가 그치기 시작했다. 차에 들어가서 문 잠그는 게 낫겠다."

"그러게 말입니다. 자매님."

"싫어. 진짜로. 그러지 마. 뒤쪽 창문도 잠그고."

"돈…."

"응, 왜?"

"돈, 잘 모르겠지만 그래도 그 여자, 행복하고 자유로워 보였어. 게다가 그 여자 무척 재미있었어."

"여보, 그게 그 여자 병이야."

비가 그쳤다. 얼마나 편한지. 비를 막아주던 출구 경사로가 이제 북쪽으로 방향을 틀고 있으니 말이다. 여자는 거추장스러운 파카는 걸치지도 않고 옛 도로의 중앙분리대를 따라 노천으로 걸어 나갔다. 폐허가 된 도시 구역이었다. 몇 블록에 걸쳐 건물들이 폭삭 무너져 내려 있지만 길은 멀쩡했다. 사방이 다시 적막해지자 뒤편으로 수 킬로미터 떨어진 호숫가에서 물결이 찰박거리는 소리가 들렸다. 이제 정말로 이동을 멈추고 잠깐 쉬어야 했다. 부서진 널빤지를 한두 개쯤 중앙분리대에 걸쳐 두고 그 아래 있으면 된다. 반짝반짝 빛나는 거대한 호수를 감상하면서 야영하는 것이다.

'미시가미'였나, '기취구미'*였나? 뭐 아무래도 좋다. 여자는 '히아와타'**가 남긴 말은 전부 좋아했다. 사실 여자는 늘 히아와타 자매가 자신이라고 느꼈다. 과거로부터 전해 내려오는 이야기 중에서 여자가 그나마 이해할 수 있는 것은 히아와타의 이야기뿐이었다. 아름다운 사물과 야생 동물의 이름을 쉴 새 없이 배우고, 애정 어린 마음으로 자연의 풍요와 그 이치를 배움으로써 성장해 가는 과정을 담은 이야기였다. 이와 같은 섭리를 표현하는 데 쓰는 말들이 있었다. 어떤 자매들은 뛰어난 말솜씨를 빌어 우아하게 표현해내기도 하지만, 언어를 섬세히 다루는 건 여자의 천직이 아니었다. 여자는 자신에게 주어진 운명이 무엇인지 알았다. 어떤 방향으로 가는 것이 옳은지, 그리고 이 멋진 세상 속을 걸어 다니는 여자 자신이 어떤 사람인지 잘 알았다. 얕은 생각일 수도 있지만, 세상에는 모든 유형의 사람들이 필요한 법이지. 나는 일하는 유형이야. 여자가 자랑

* '거대한 바다'라는 뜻의 오지브웨족의 말로, 북아메리카 오대호 중에서 가장 큰 슈피리어 호수를 가리킨다.
** 〈히아와타의 노래〉에 나오는 전설적인 추장으로 남성이었다.

스럽게 생각했다. 책임감도 있지, 배달부니까. 그러고 보니 어느덧 삼거리에 도착했다. 지금 가는 방향이 아직 서쪽인지 확인해봐야 했다. 낡은 도로들은 사람을 헤매게 한다.

여자는 멈춰 서서 허리춤에 찬 나침반 뚜껑을 열고, 어두운 초록빛 바늘이 멈추는 모습을 보았다. 저기다! 바로 저 앞의 길이로군. 운도 좋았다. 조금 전 번개가 치는 순간, 몇 블록 앞에 나무들이 보였다. 공원이 있을지도 모르겠네!

폭풍은 빠르게 걷히고 있었다. 여자는 사방에 잔해가 널린 교차로를 획 가로질러, 텅 빈 중앙선을 따라 공원 방향으로 걸음을 재촉했다. 여자는 몸에 활력이 넘치는 것을 느끼면서 티 없는 기쁨을 만끽했다. 맞다. 저쪽은 길쭉한 녹지처럼 보였다. 방향도 서쪽을 향해 있는 것 같았다. 이제 즐겁게 산책할 차례였다. 저 앞 어딘가에서 옛날 고속도로를 하나 더 건너면 된다. 케네디인가 댄 라이언인가 하는 이름의 이 길이 여자를 도시 바깥으로 안내할 것이다. 아침이면 물론 차들이 다닌다. 얻어 타는 차가 곡물 수송차일 수도, 장사용 트럭일 수도 있다. 난생처음 보는 자동차를 타게 될 수도 있고. 행복한 이 세상이 깜짝 선물을 하나 더 안겨줄 것이다.

여자는 가뿐히 뛰면서 민첩하고 자유롭게 땅에 닿는 두 발을 느꼈다. 경사로 아래에서 만났던 두 명의 자매가 생각났다. 키가 큰 자매는 저 아래 남쪽에서 온 치유사 같았다. 사랑에 푹 빠진 채로 다정한 농담을 주고받는 자매들. 하지만 나는 이제 아프지 않아. 나는 정말 멀쩡해. 여자는 넘치는 기운을 과시하며 마지막 사거리를 사뿐히 건넌 뒤, 지나치게 무성해진 공원 풀숲으로 들어가는 미로 같은 길을 발견했다. 어쩌면 맨발로 걸어도 될지 몰라. 깨진 유리 조각은 없겠지? 여자가 빗물이 떨어지는 나무 사이로 고개를 들이밀자, 마지막 번개가 빛을 비추면서 도와주었다.

오토바이를 탄 남자가 헤드라이트를 끄고 공원 입구를 지난 뒤 속도를 높였다. 별문제는 없어 보였다. 작은 몸집의 여자가 뛰고 있었다. 겁을 먹었나. 어쩐지 마음에 걸렸다. 뭔가 정상이 아니었다. 거기서 누굴 만나기로 했나?

오늘 밤 남자는 혼자 달리고 있었다. 다들 비에 질색해서 집 안에 꼭꼭 숨어버렸다. 혼자서 타니까 재미가 별로 없잖아. 하지만 그 여자도 혼자였던 것 같지? 그렇게 작은 사람이 혼자서 뭘 하고 있는 거야….

남자는 아처 가를 질주하다가 공원 사거리로 돌아가 확인해보기로 했다. 물론 오토바이가 긁히지 않게 조심하는 것이 중요했다.

시원하고 산뜻한 산들바람이 여자의 얼굴을 스쳤다. 구름이 걷히고 있었다. 달이 구름 사이로 고개를 내밀었다! 길가에 낙엽이 두툼하게 쌓였다. 샌들을 잠시 벗어서 말려도 괜찮겠지.

여자는 한쪽 발로 서서 샌들 끈을 풀었다. 왼쪽은 다 젖었네. 여자는 신발을 배낭에 걸고 맨발로 길을 밟으며 생각했다. 기분이 너무 좋다.

숲 너머 양쪽에는 건물들이 높게 솟아 있었다. 질주하는 구름 사이로 낡은 상자와 탑들이 뾰족하게 튀어나왔다. 아직 남아 있는 유리창들은 달빛을 받아 반짝였다. 환상적이네. 여자는 이 모든 것을 건설한 이들, 오래전에 죽은 이들을 애정 어린 마음으로 생각해보았다. 남자들, 도시의 건설자들. 그들이 더 오래 살지 못해서 안타까울 뿐이다. 아름답고 평화로우며 자유로운 이 세상을 못 보고 죽었으니 말이지. 하지만 그들은 이런 세상을 보더라도 좋아하지 않았을 것이다. 병들고 가련한 존재들이었으니까. 그래도 모르는 일이지. 여자는 사색에 잠긴 채 생각했다. 그들도 결국 인간이었으니까.

길 앞에서 무언가가 갑자기 굉음을 내며 스쳐 가자, 여자는 소스라치게 놀라 풀숲으로 바로 뛰어들었다. 번갯불이 번쩍하고 소음이 으르렁댔다. 그리고 1분도 안 되어 사라져버렸다. 혹시 사슴인가? 여자는 머리를 긁으면서 궁리했다. 하지만 소리는 왜 났을까? 혹시 들개인가? 들개 무리였나?

흠, 여자는 두통이 재발하는 느낌을 받고 얼굴을 찌푸리며 더 세게 머리를 긁었다. 칼날이 관자놀이를 쪼개는 것 같았다. 아악! 정말 괴롭다. 두통 때문에 어지러웠다. 여자는 눈을 깜박이면서 공원 너머로 밝게 타오르는 건물들을 보았다. 백만 개나 되는 창문이 에워싼 것 같았다. 노랗고 네모진 불빛이 여자를 포위했다. 아, 안 돼, 환각이 다시 심해지고 있어. 그럴 수는 없어. 나는 이제 건강하단 말이야.

하지만 환각이 맞았다. 폐허 사이를 걷는 여자 주변을 갑자기 거대한 불빛이 에워싸고, 굉음이 천지를 뒤흔들었다. 사물들이 휙휙 움직이며 딸그랑거렸다. 어쩌면 여자는 자기 생각만큼 건강하지 않은지도 몰랐다.

여자는 고통으로 끙끙대다가 차갑고 축축한 잎사귀 한 뭉치를 뜯어 이마와 목의 핏줄에 대고 지그시 눌렀다. 기압. 그래 아마도 기압 때문일 거야. 폭풍이 지나가면서 기압이 급격히 바뀐 거야. 몇 분 지나면 괜찮아질 거야. 기억 속 사슴의 모습도 이상했다. 자매 하나가 이상하게 생긴 기계를 타고 지나가는 모습을 본 것만 같았다. 나 미쳤구나! 여자를 덮친 굉음 속에서 목소리까지 들렸다. 유령의 휘파람아, 환각아 사라져라….

여자는 가만히 서서 차가운 잎사귀를 관자놀이에 눌러 요란한 환각이 사라지길 바랐다. 그러자 환각이 천천히 사라져 갔다. 가라앉고, 꺼져 들더니 사라졌다. 여자를 행복한 이 세상 속에 정상적인 상태로 남겨둔 채 사라졌다. 여자는 멀쩡했다. 별것 아니지 않은가!

여자는 나뭇잎들을 던져버리고 한숨을 쉬며 길을 계속 가다가, 호스텔에 있을 때 상태가 얼마나 나빴는지에 대한 상념에 잠겼다. 배를 크게 부풀게 한 독감인지 뭔지 하는 병 때문이었다. 날마다 악몽이었다. 매일 끔찍한 환각에 시달렸다. 인정할 것은 인정해야 했다. 배달부로 살다 보면 별 이상한 병이 다 걸리기 마련이다. 하지만 배달은 위험을 무릅쓸 가치가 있는 일이다.

그 자매들은 너무 겁에 질려 있었다. 질문을 얼마나 많이 했는지 모른다. 지금 꿈을 꾸는 중인가요? 아가씨, 지금은 어디에 있는지 알겠어요? 꼭 사극의 등장인물처럼 그런 것들을 말해보라고 했다. 그 자매님들은 역사책을 너무 많이 읽었던 게 분명해. 여자는 물웅덩이를 밟고 지나가다가 밤을 활보하는 작은 무언가를 놀라게 했다. 개구리일 거야. 나처럼 비를 맞으러 나왔겠지. 게다가 아기 이야기를 어찌나 많이 하던지. 아기라… 글쎄, 언젠가는 아기가 생겨도 좋겠지. 하지만 여행을 더 하기 전까지는 안 돼. 지금 여자는 걷는 일을 맡은 자매였다. 디모인에 도착할 때까지 서쪽으로 계속 이동 중이다!

왼발, 오른발, 왼발, 오른발. 여자의 날씬하고 강인한 다리 한 쌍이 '인디언 걸음'으로 여자 몸을 실어 날랐다. 신선한 비에 충만한 밤, 여자의 기분은 이제 구석구석 상쾌했다. 조금도 피곤하지 않았다. 여자는 강하고 지칠 줄 모르는 자신의 몸을 사랑했다. 물론 배달부는 사람이 할 수 있는 최고의 일이다. 달빛으로 빛나는 이 근사하고 자유로운 세상에서, 젊고 건강한 몸으로 밤길을 거닐다니. 여자는 싱긋 웃으면서 발걸음도 가볍게 타박타박 걸었다. 여보시오, 자매님들! 편지나 소포 없나요?

"물론 위험한 사람은 아닙니다, 경관님." 의사가 권위적인 말투로 말했다. 의사는 덩치가 크고 명랑해 보이는 여자였다. 책상 위에는 커다란 루이비통 여행 가방이 놓여 있었다. 초췌한 모습의 젊은 남자가 벽 쪽의 긴 의자에 주저앉아 피곤한 표정으로 말없이 의사와 경관을 바라보고 있었다.

"청바지, 초록색 파카, 배낭, 샌들. 신용카드가 있을지도 모른다…." 경관이 확인하면서 수첩에 적었다. "머리는요?"

"짧습니다. 사실 이제 막 자라기 시작한 정도입니다. 치료받는 동안 밀었어요. 조사에 별로 도움이 못 되겠네요."

경관은 받아 적으면서 입술을 삐죽거렸다. 이렇게 큰 병원에서 왜 자기네 환자들도 파악을 못 하지? 청바지랑 파카를 입은 데다 키도 보통이고 얼굴도 보통인 여자라니….

"아시겠지만 환자분 상태가 아주 좋지 않아요." 뚱뚱한 의사가 달력을 바라보며 심각한 말투로 말했다. "망상 증세가 심해졌거든요."

"당신이 그 증상을 고치기로 되어 있던 것 아닙니까." 젊은 남자가 시선을 바닥에 고정한 채 끼어들었다. "그러니까 내가 데려왔을 때, 내 아내는…."

남자의 목소리는 너무 화를 많이 낸 나머지 맥이 빠져 있었다. 이미 다 했던 말이었다. 정신과 의사가 짧은 한숨을 쉬고 침묵했다.

"그 환각이라는 거 말입니다. 위험한가요? 환자분이 공격적인가요?" 경관이 들뜬 목소리로 물었다.

"아니요, 말씀드렸잖아요. 세상 사람 모두가 자기 친구라고 생각하는, 우리와는 다른 세상에 살고 있다는 것이 환상의 내용입니다. 사람들을 전적으로 신뢰하고 있으니까 경관님을 곤란하게 만들지는 않을 겁니다."

"그렇군요." 경관은 단호한 몸짓으로 수첩을 넣은 뒤 일어섰다. 정신과 의사가 문까지 배웅했다. 남편이 듣지 못할 만큼 거리가 멀어지자 의사가 조용히 말했다. "시체안치소에 가 보시거든, 혹시 거기에는 없는지 확인하고 제 진료실로 전화 주세요."

"네."

경관이 떠나고 의사가 책상으로 돌아왔다. 젊은 남자는 책상 위 폴라로이드 사진 더미를 멍하니 바라보고 있었다. 맨 위 사진에는 갈색 머리의 젊은 여자가 노란 옷을 입고 어느 집 정원에 서 있었다.

작은 구름 조각들이 은빛으로 빛나며 흘러가는 가운데, 여름밤의 달이 두둥실 높게 떠서 고요한 도시 위로 빛줄기를 드리웠다. 이제 공원이 끝나는 저 앞에, 온갖 고물들이 사방에 흩어져 있는 원형교차로가 보였다. 여자는 팔을 크고 힘차게 흔들면서, 길 떠난 뒤 처음으로 딱 좋을 만큼 피로를 느끼기 시작했다. 자신의 날렵한 체력을 즐길 수 있을 만큼의 피곤함이었다. 오른발, 왼발, 오른발, 왼발. 인디언들이 하듯 발을 오므리고 걸으면서 힘줄을 단련했다. 여자는 세상이 멸망할 때까지도 걸을 수 있었다.

이제 원형교차로에 도착했다. 금속이나 유리 조각을 밟지 않도록 조심할 때였다. 여자는 밝은 달빛이 한 줄기 비춰주기를 기다리며 잰걸음으로 길을 걷다가, 쌩, 아니면 우릉 하는 희미한 환청을 들었다. 안 돼, 이제 그런 건 안 돼. 여자는 마음을 다잡기 위해 자신에게 보내는 미소를 짓고, 바닥을 뒹구는 낡은 동상의 잔해를 빙 돌아 걸어갔다. '저건 자기들 말로 이야기를 나누는 부엉이 엄마와 아기일 뿐이다.' '히아와타의 자매들'과 비슷한 말이지. 나도 부엉이 말을 할 줄 알면 좋겠다. 그러고 보니 반갑게도 원형교차로 가장자리에 인간의 형체가 어른거렸다. 세상에, 밤에 산책을 나온 자매가 또 있군!

"여보세요, 자매님!"

대답이 돌아왔다. "안녕하세요." 여자도 알고 있는 중서부 지방 사람 말투다. 분명 여기 사는 사람이야. 이 도시에 대해 잘 알겠군!

여자는 길목에 있는 건물 잔해를 쏜살같이 비집고 통과하면서, 이 아름다운 자매에게 기쁘게 다가갔다. 여자의 얼굴에는 빛이 가득했다.

"어디로 가세요? 산책을 나왔나요? 저는 배달부예요." 여자는 자매의 팔에 팔짱을 끼면서 설명했다. 이렇게 기쁠 수가 없다. 친구가 사방 천지에 있었다. "편지나 소포 없나요?" 여자는 웃었다.

그리고 그들은 평화롭게 서 있는 낡은 건물에서 떨어지는 돌덩이들을 피해, 함께 성큼성큼 걸어서 옛 도로의 중앙분리대를 따라 내려갔다. 길 한쪽에는 구부러진 이정표에 '댄 라이언 고속도로, 오헤어 공항'이라고 적혀 있었다.

서쪽으로, 디모인까지 가는 중이다!

＊

"기억이 안 나요." 나이가 애매해 보이는 여자가 얼굴을 찌푸리면서 쉰 목소리로 말했다. "정말로 기억이 안 나요. 정말 이상했어요. 그때 제가 맛이 완전히 간 상태였거든요. 그러니까, 저는 집에 가서 침대에 쓰러지고 싶은 생각밖에 없었어요. 마지막 남자가 완전 꽝이었어요. 전 그 동네가 어떤 곳인지 몰랐단 말이에요. 알겠죠? 그냥, 잔돈 있으면 좀 줄 수 있느냐고 따님한테 물어본 것뿐이에요."

"그랬더니 뭐라고 대답하던가요? 돈을 갖고 있던가요?" 나이 많은 남자가 엄청난 인내심을 발휘하면서 물었다. 그 남자의 부인은 가죽 소파에 앉아서 입술을 파르르 떨고 있었다.

"기억이 안 나요. 정말. 그러니까 따님은 자기가 하고 싶은 말은 하는데 제가 하는 말은 안 들었어요. 딱 봐도 제일 센 약을 한 대 맞은 것 같았어요. 저한테 초콜릿을 주더라고요. 아 젠장, 그리고 사라졌어요. 보세요. 정말로 없어졌어요. 그때 제가 무슨 생각이 들었냐면, 이 여자가 대체… 글쎄, 쉬지도 않고 계속 말하더라니까요. 아시잖아요. 그러더니 갖고 있던 카드를 몽땅 저한테 주더라고요."

남자는 테이블에 놓인 카드 뭉치를 조용히 내려다보았다. 사위의 성을 단 딸의 이름이 갈색 신용카드에 새겨져 있었다.

"그러다가 광고를 봤어요. 알려줘야겠다는 생각이 들더라고요. 글쎄, 아시잖아요." 여자는 일어서면서 흰색 리바이스 바지의 주름을 편다. "보상금 때문에 연락드린 게 아니에요. 따님이… 어쨌든 감사합니다."

"네." 남자가 딱딱하게 대답했다. "정말로 감사합니다. 잭슨 양이라고 했던가요?"

"맞아." 남자의 아내가 떨리는 목소리로 말했다.

잭슨은 세월이 고상하게 스며든 서재와 주인 부부를 쓱 둘러 보고는 흰색 백을 확 들어 올렸다.

"따님과 대화를 하려고 노력했어요." 여자가 기어들어 가는 목소리로 말했다. "서쪽으로 간다고 그랬어요. 그런데 제 말은 전혀 안 듣더라고요…. 미안합니다."

"네, 감사합니다." 남자는 잭슨을 문까지 배웅했다. "누구라도 별수가 없었을 겁니다."

"따님은 이 세상에 있지를 않았어요."

"그렇지요."

젊은 여자가 나가고 문이 닫히자, 나이가 더 든 여자가 알 수 없는 소리를 낸 뒤 무거운 목소리로 말했다. "왜지?"

여자의 남편이 고개를 저으면서 다른 탁자 위로 신용카드를 옮기다가 펼치는 시늉을 했다.

"헨리한테 전화해야 할 거야. 돌아오는 대로…."

"왜지?" 아내가 화가 난 듯 다시 말했다. "왜 그랬던 거지? 뭘 바라는 거지? 항상 도망만 치잖아. 자유라니. 자유로울 수 없다는 걸 몰라? 왜 이 세상에 만족을 못 하는 걸까? 아쉬울 게 없었잖아. 나는 그 삶에 만족할 수 있는데, 왜 그 애는 안 되는 거지?"

남자는 딱히 할 말이 없었다. 여자 주변을 서성이며 어깨를 가볍게 두드릴 뿐이었다.

"앨버스 선생은 왜 아무것도 안 한 거지? 약이랑 전기 충격 치료 때문에 상태만 더 나빠졌잖아. 헨리가 거기로 데려가면 안 되는 거였는데. 다 헨리 잘못이야!"

"헨리도 너무 막막해서 그랬던 것 아닐까." 남편이 담담한 목소리로 말했다.

"우리랑 같이 있었을 땐 괜찮았잖아."

"마리아, 그만하자. 제정신이 아니었잖아. 헨리로서는 뭐든지 해야 했다니까. 자기 딸도 알아보질 못했으니까."

부인은 한결 더 심하게 몸을 떨면서 고개를 끄덕이며 말했다. "우리

딸, 우리 딸…"

이제 장엄한 달빛이 온 세상을 비추고 있었다. 여자는 아직도 맨발로 걷고 있었다. 콘크리트로 된 중앙분리대를 따라 타박타박 걷다가, 구름 너머로 질주하는 달을 보려고 머리를 뒤로 젖혔다. 달빛이 적막한 거리에 생명과 움직임을 부여하자, 거리는 다시 살아난 것만 같은 모습이 되었다. 이제 조심하자. 여자는 명랑한 마음으로 자신에게 주의를 시켰다. 조심해서 걸어야지. 여기는 뾰족한 물건이 있을지도 몰라. 옛날 꿈을 꾸면 안 돼. 그러다가 끔찍한 고열에 시달렸으니까. 꿈속의 여자는 우리에 갇힌 짐승처럼 과거의 세계에 갇혀 있었다. 무슨 뜻인지 잘 모르겠지만, 사람들은 여자를 "부자 동네 젊은 사모님"이라고 불렀다. 그 이상한 사람들은 명령만 했다. 나가지 마, 이거 하지 마, 저거 하지 마, 문 열지 마, 숨 쉬지 마. 다 위험하다는 것이었다.

어떻게 그러고들 살았을까. 여자는 발밑에 있는 탄탄하고 매끈한 콘크리트를 보면서 생각했다. 옛날에 태어난 자매들은 너무 불쌍하게 살았어. 자유를 경험한 적도 없고 산책하러 나갈 수도 없었잖아! 여자가 꾸었던 꿈들은 여자가 책으로만 배웠던 역사를 살아 숨쉬게 했다. 너무나 생생했다. 휴! 어쩌면 옛날에 태어난 불쌍한 어느 자매의 영혼이 여자에게 닿았거나, 그 비슷한 신비한 사건이 있었는지도 몰랐다. 여자는 이마를 찌르는 예리한 통증을 느끼고 얼굴을 살짝 찌푸렸다.

이제 정말 조심하자! 여자는 자신을 나무라면서 배낭끈을 조이고, 다 마른 파카를 털었다. 이상 무. 여자는 갑자기 껑충껑충 뛰기 시작했다. 그냥 기분이 좋아서였다. 이 도시에는 역사가 흘러넘쳤다. 이제는 다 잊자. 그냥 살아 있는 순간을 만끽하자. 달님 안녕! 하늘도 안녕! 여자는 모든 것에 기뻐하며 조심스레 발을 디뎠다. 여자는 달의 시선으로 자신을 봤다. 작은 점 하나가 굳은 의지를 갖고 흔들림 없이 서쪽으로 움직이는 중이다. 디모인까지 가는 배달부가 상냥한 밤의 품속에 잠든 거대한 세상을 홀로 걷다가, 밤에 활동하는 자매들을 마주치면 인사를 한다. 여성 여행자 한 명, 계속 이동 중.

앞에 어지럽게 흩어져 있는 잔해를 본 여자는 '자동차들'의 무더기를 넘어갈 길을 조심조심 찾으면서 천천히 걸었다. 아직은 샌들을 신고 싶지 않았다. 그리고 달빛이 너무나 밝았다. 그리고, 안녕! 하늘이 정말로 등 뒤 동쪽부터 밝아오고 있었다. 한 시간쯤 지나면 해가 뜰 시각이었다.

걷기 시작한 지 스무 시간은 되었는데도 전혀 피곤하지 않았다. 날이 덥지만 않으면 온종일 걸을 수도 있을 것이다. 여자는 자신을 서쪽으로 안내할 라이언 고속도로 이정표를 찾으면서 앞을 기웃거렸다. 해가 뜨면 가던 길을 잠시 멈추고 간식을 먹을 것이다. 차도 끓일 수 있다. 그리고 다시 계속 걷다가 너무 더워지면 서늘하고 깨끗한 빈 건물을 찾아 낮 시간을 보내면 된다. 오호, 어쩌면 오헤어 공항에서 쉴 수 있을지도 모른다! 한 번 가본 적이 있는 곳이었다. 거긴 깨끗하다.

등에 진 비상식량은 이틀을 넉넉하게 먹을 수 있었다. 하지만 초콜릿은 거의 다 떨어졌다. 다음번 도착하는 곳에 초콜릿이 있다면 좀 얻어두어야 했다. 단것은 몸을 움직일 때 열량을 내기에 좋았다. 여자는 계속 타박타박 걸으면서, 공원을 빠져나온 뒤 초콜릿을 나눠 먹으며 함께 걸었던 자매를 즐거운 마음으로 회상했다. 너무나 자유롭고 예쁜 얼굴이었다. 모든 자매가 훌륭하지만, 이 자매는 특히 흥미로웠다. 그런 곳에 살면서 과거를 연구하다니. 그 자매는 아는 것이 정말 많았다. 그 자매가 들려준 이야기는 매우 놀라웠다. 휴! 사람들이 그저 먹고살려고 남자들에게 몸을 팔아야 했다니! 상상 초월이었다.

여자는 활짝 웃으면서 자기는 그 자매의 직업을 감당할 수 없겠다고 생각했다. 연구가 천직인 사람들은 따로 있다. 나는 활동적인 사람이다. 그렇지. 배달부, 여행자, 놀라움이 가득한 세상을 돌아다니며 모든 것을 보는 사람. 걷고 걸으면서, 맛보고, 즐기고, 발로 경험한다. 낡은 도로 위를 오른발, 왼발, 오른발, 왼발. 배달부의 발은 떡갈나무와도 같이 갈색이고 튼튼하다. '여자는 세상 모든 짐승에 대해 배웠다. 이름과 비밀 모두를. 그들을 만나면 항상 이야기도 나누었다.' 등산에 딱 맞는 운율, 등을 밀어주는 상쾌한 산들바람. 달은 저 앞에 걸려 있다!

여자는 길가 양쪽의 낡은 건물들이 산들바람에 삐거덕거리고 덜컹대고 있음을 알아차렸다. 길이 좁아지면 반드시 가운데로 피해 걸어야 했다. 이곳에는 건물들이 정말 빽빽하게 서 있었다. 심지어 너저분하게 무너져 내려가는 중이었다. "빈민가" 같았다. 사람들이 광기의 삶을 살던 시절 서로 짓누르면서 거주하던 곳이었다. 정말 지저분했을 거야. 여자에게는 흥미로운 역사적 사실에 불과해도, 그 시절의 사람들에게는 직접 살아야 하는 돼지우리였다. 글쎄, 이제는 오래전에 죽은 사람들이니까. 교차로에 쌓인 쓰레기 더미 주변을 획 돌면서 생각한 여자는 이제 길 가운데를 따라 다음 블록을 걷기 시작했다.

그런데 문득, 뭔가가 계속 따라오는 중임을 깨달았다. 여자를 한참 따라오던 타닥타닥 하는 발걸음 소리가 아직도 들렸다. 여자는 생각했다. 짐승이겠지. 불쌍한 개 한 마리일 거야. 여자를 따라오고 있다. 음, 글쎄, 여기서도 그럭저럭 살 수 있을 거야. 쥐 같은 게 있으니까.

여자는 뒤를 두 차례 돌아보았지만, 아무것도 보이지 않았다. 짐승이 겁을 먹은 것이 틀림없었다. 그 짐승은 어떤 말을 쓸까. 여자는 전방에 고가도로가 희미하게 보이는 것을 확인하자마자 개의 발소리는 잊어버리고 말았다. 어라, 벌써 라이언 고속도로인가?

여자는 저물기 시작한 달을 흘끔 보고는, 하늘이 빠르게 밝아지는 것을 알아차렸다. 도로의 왼쪽에는 공터가 지나가고 있었다. 그쪽 길이 좋아 보였다. 여자는 길을 건너기로 했다.

그러네, 걷기 좋네. 여자는 다시 편안한 맨발 걸음으로, 한때 이곳에서 아등바등하며 살았던 불쌍하고 광기 어린 사람들, 엄청난 고통을 이겨내면서도 유전자를 남겨 여자에게 행복한 삶을 선사한 사람들을 애정 어린 마음으로 떠올렸다. 서쪽으로 가는 배달부입니다! 새벽바람이 불어오는 가운데, 자유로운 세상 전체를 비추어 줄 태양이 떠오르고 있었다!

"늘 하는 일입니다. 순찰 말입니다." 젊은 여성 경관 오하라가 조심스럽게 말했다.

"잠복근무죠." 머리가 벗겨진 기자가 고개를 끄덕이면서 대답했다.

"아, 네. 저희는 목표 건물을 감시하라는 명령을 받았습니다. 알리오토 경관님과 제가 세워둔 차 안에 앉아 있었지요."

"그렇다면 공격 장면을 봤겠네요."

"아닙니다." 여자가 딱딱하게 대답했다. "저희는 평소와 다른 일이 벌어지는 것은 못 보았습니다. 물론 그 사람들이 걸어가는 건 봤지요. 그러니까 그 여성 피해자랑 피의자들, 폭행 피의자들 말입니다. 당시 서쪽으로 이동하고 있었습니다."

"펑크족 넷이 피해자를 따라가는 모습을 봤군요."

"글쎄요, 그렇게 표현할 수도 있겠네요."

"피해자를 따라가는 걸 보고도 그냥 앉아 있었군요."

"저희는 임무를 수행 중이었습니다." 여자가 기자에게 말했다. "저희는 건물을 감시하라는 명령을 받았습니다. 폭행 혐의가 있는 장면은 보이지 않았습니다. 뛰어가는 사람도 없었고요."

"네 명이 여자를 덮치는 걸 봤지 않습니까. 그게 공격이 아니란 말입니까?"

"저희는 못 보았습니다. 두 블록 떨어져 있었으니까요."

"볼 생각만 있었으면 볼 수 있었겠지요." 기자가 피곤한 목소리로 말했다. "한 블록 정도는 따라가면서 경적을 울릴 수 있지 않았습니까."

"말씀드렸잖습니까. 저희는 위장 근무 중이었습니다. 위장 중인 경찰이 노숙자가 길을 지나갈 때마다 정체를 드러낼 수는 없지 않습니까."

"경관님은 여성 아닙니까?" 기자가 황당하다는 듯 물었다. "젊은 여자가 당하고 있는데도 가만히 보고만 있었군요."

"저는 애 보는 사람이 아닙니다." 경관이 화난 목소리로 반박했다. "그 여자가 정신병이 있다고 해도 제가 신경 쓸 문제는 아닙니다. 굳이 물어보신다면 제 대답은 이렇습니다. 철딱서니가 없는 거죠. 사이코 같은 페미니스트들 말이에요. 저는 제 일을 하느라 바쁜 사람입니다. 그 여자는 자기가 뭐라고 밤길을 돌아다니죠? 경찰이 자길 챙겨줄 만큼 한가하다고 생각하나 보죠?"

거리는 아직 어두웠지만, 태양은 이미 떠오르고 있었다. 마법의 시간이었다. 여자는 멍청한 개인지 개들인지가 아직도 따라오고 있는 것을 눈치챘다. 타닥타닥 타닥타닥. 이놈들은 여자 뒤를 따라 길을 건너서 갓길까지 왔다. 글쎄, 개들은 사람을 공격하지 않아. 그냥 양치기 소년의 외침일 뿐이지. '모든 짐승의 본성을 배우고, 그들의 이름과 비밀을 모두 배우라.' 그냥 외롭고 궁금하니까 그런 거야. 사람을 따르는 것이 개의 본성이지. 뒤를 따라오다 내가 '훠이' 하면 도망치겠지.

여자는 성큼성큼 걸으면서 젖은 샌들을 다시 신어야 하나 궁리했다. 길이 계속 이렇게 깨끗할지 모르겠다. 계속 깨끗하면 고속도로 진입로까지 맨발로 걸을 수도 있는데. 그때 라이언 고속도로가 나타났다. 이제 큰 이정표가 보였다. 좋았어. 해 뜨는 순간 아침밥을 먹기에는 이만한 장소가 없지. 잊지 말고 경사로 밑에서 마른 나뭇가지와 종이를 주워두어야지. 하늘이 뚫린 곳은 빗물로 젖어 있어서 땔감이 될 만한 것이 없거든.

뒤에서 타닥타닥 하는 발소리를 무시하면서, 여자는 예전에 먹었던 훌륭한 아침 식사를 즐거운 기분으로 떠올렸다. 일출의 시각, 여자가 얼마나 사랑하는 광경인지. 부엉이가 일제히 부엉부엉 하는 가운데, 분홍빛으로 물든 안개가 피어오르고, 발치에는 반짝이는 강이 뻗어 있었다. 오하이오 고속도로에서 맞았던 어느 날의 아침 풍경과 비슷했다. 아름다웠다. 모기들도 있었지만, 삶을 즐기려면 사소한 것들에 괴로워해서는 안 된다. 여자가 이상한 병에 걸리기 전, 그러니까 그 호스텔에 들어가기 전이었다. 여자는 좋은 호스텔에 자주 묵어보았다. 여행을 다니면 재미있는 동네와 농장들이 아주 많았다. 자매들도 한결같이 훌륭했다. 언젠가는 서쪽 끝까지 걸으면서, 지나가는 곳마다 자매들을 만날 것이다. 타닥타닥 타닥타닥, 그 소리가 다시 들렸다. 여자는 다시 쑤시기 시작하는 관자놀이를 문질렀다. 휘이, 여자는 혼자 벌쭉 웃으면서, 여자의 맨발이 왼발, 오른발, 왼발로 바닥을 밟는 것을 느꼈다. 이 발걸음은 자신을 자유롭고 아름답고 다정한 이 지구 위 멀리 데려가는 중이었다. 오 나의 자매님들, 빛 속에서 살고 계시는군요!

여자의 머릿속에서 언젠가 가보고 싶은 곳들의 풍경이 한꺼번에 휙 스쳐 갔다. 거대한 서부의 산맥. 한없이 펼쳐진 진짜 바다. 어쩌면 지구 최후의 남성이 묻힌 곳에 가볼지도 모른다. 재미있겠다. 남자가 살았던 공원도 보고, 그 남자 목소리가 녹음된 테이프도 듣고. 물론 그 자리에 묻힌 남성이 진짜 최후의 남성일 것 같지는 않았다. 그저 자매들이 아는 마지막 남자였겠지. 우리와 그렇게 다른 인간의 목소리를 듣는 경험은 정말 엄청날 거야.

타닥타닥, 소리가 전보다 크고 가까웠다. 개들이 경사로 위까지 따라 올라와서 아침 먹는 동안 얼쩡거리면 귀찮을 것 같았다.

"휘이!" 여자가 팔을 휘젓고 웃으면서 외쳤다. 개들이 너무 빨리 흩어지는 바람에, 낡은 벽 사이로 사라지는 검은 형체만 간신히 보였다. 좋아. "휘이!" 여자는 다시 소리를 질렀다. 쫓아내서 미안한 마음이 들었지만, 다시 만족스럽게 걷기 시작했다.

이제 여자는 건물들이 서 있는 곳까지 왔다. 건물들은 모두 상태가 괜찮은 편이라서 바닥에 유리가 없었다. 이곳에는 유리가 아직 옛 상점 창에 그대로 붙어 있었다. 여자는 상점가를 지나치면서 곰팡이가 핀 물건들, 빛바랜 사진과 인쇄물 더미를 호기심 어린 눈으로 흘끔 보았다. '광고.' 자매들의 얼굴이 많은데 모두 이상하고 가식적인 웃음을 짓고 있었다. 한 가게의 창문에는 이상한 모양의 가짜 머리카락 같은 것을 덮어쓴

마네킹 머리만 잔뜩 들어 있었다. 대단하다.

하지만 그들이 또 여자 뒤를 따라왔다. 타닥타닥, 타닥타닥. 고속도로까지 따라오기 전에 정말로 쫓아버려야 했다.

"훠이, 훠이! 안돼…." 여자가 몸을 돌리는 순간 빠르고 검은 물체가 튀어 올라 여자의 팔을 치면서 물어뜯었다! 맞서 때리기도 전에, 그들이 갑자기 주변을 포위하고 서 있는 모습이 보였다. 이상하게도 똑바로 서 있었다. 꼭 인간처럼!

"저리 가!" 여자는 무언가 알 수 없는 느낌, 분노 같은 것이 치밀어 오르면서 온몸이 달아오르는 것을 느꼈다. 그리고 소리를 질렀다. 꿈속에 있는 것만 같았다. 하지만 뭔가 단단한 것이 목을 내리치고 찔렀다. 귓속이 윙윙거렸다.

여자는 서투르게 받아치면서, 몸이 콘크리트 바닥을 향해 내리눌리는 것을 느꼈다. 고통이 몰아쳤다. 머리를 다쳤다. 맞서 때리면서 막으려고 안간힘을 썼지만, 믿을 수 없는 일이 벌어지고 있었다. 짐승들이 무시무시한 힘으로 다리와 팔을 잡아당기면서 사지를 벌리고 있었다.

"자매님들!" 여자는 이제 정말로 아파서 거세게 저항하며 소리를 질렀다. "자매님들! 도와줘요!" 하지만 그들이 배 언저리의 옷을 찢는 것을 느끼는 중에도, 무언가가 입을 틀어막고 있어서 소리가 나오지 않았다. 안 돼, 안 돼…. 여자는 정말로 살을 뜯어 먹힐 것이라는 사실을 깨달은 뒤 공포스럽게도 들개는 사냥감의 내장을 먼저 먹는다던 이야기를 떠올렸다.

여자의 몸은 그들의 날카로운 이빨에 저항하며 분노로 전율했지만, 머리는 이 일이 어처구니없는 사고이며 실수일 뿐이라는 사실을 알고 있었다. 하지만 사방에서 피가 솟구쳤다. 고통, 이 고통! 여자는 죽임을 당하는 순간이 되어서야 깨달았다. 나는 여기서 죽을 것이다.

하지만 정말 끔찍한 고통이 다리 사이와 내장으로 파고드는 순간, 여자에게 보이는, 아니면 보인다고 생각하는 것이 있었다. 온다! 빛 속에서, 마구 공격을 해대는 끔찍한 몸뚱이들 사이로 보이는 하늘에서, 멀리

너희 얼굴이여, 오 나의 자매들이여! 너희 얼굴은 빛으로 가득 차 있구나!　　261

있는 아름다운 자매들의 얼굴이 또렷이 보였다. 여자를 구하러, 복수하러 급히 오고 있었다!

오, 나의 자매들이여! 그래요, 이제 다 괜찮을 거예요. 여자는 자신의 피에 숨이 막히면서도 알고 있었다. 나의 자매들이 이 짐승들을 해치울 것이다. 그리고 내 배낭, 내가 배달하는 편지들을 대신 전해줄 것이다. 고통 속에 죽어가는 중에도, 여자의 마음 한구석은 괜찮다는 사실을, 자매들이 오면 모두 다 해결되리라는 사실을 알았다. 사랑하는 자매들이 여자를 구해줄 것이다. 이건 그저 사고일 뿐이다. 머지않아 여자가, 아니면 여자와 비슷한 다른 누군가가 여정을 계속할 것이다. 드넓고 자유로운 지구를 밟으며, 디모인을 향해 서쪽으로 가는 배달 여행.

WE
WHO STOLE
THE DREAM

꿈을 훔친 우리들

신해경 옮김

"밀봉된 통 안에서 아이가 생존할 수 있는 시간은 겨우 *12분*에 불과했습니다."

질샤트는 저 앞에 투광 조명을 받고 선 지구인 경비원의 시선을 끌지 않기를 간절히 빌면서, 자신으로서는 필사적인 속도로 그 어두운 길을 화물 수레를 밀며 나아갔다. 좀 전에 지나칠 때 그 경비원이 몸을 일으키고는 소름끼치는 그 연한 외계인 눈으로 질샤트를 지켜보았었다. 그때 질샤트의 화물 수레에는 암라트 열매가 가득 찬 발효통들만 실려 있었다.

지금 이 통들 중 하나에는 외동아들인 젬날이 몸을 웅크리고 숨어 있다. 화물을 싣고 무게를 다는 창고에서 이미 적어도 4, 5분이 허비됐을 테고, 우주선까지 이 수레를 밀고 가는 데 또 4분, 어쩌면 5분이 더 소요될 것이다. 우주선에 닿아도 동포들이 화물을 운반 장치에 실어 올리고, 안에 있는 동포들이 젬날을 발견하고 구출하기까지는 더 많은 시간이 걸릴 것이다. 질샤트는 더 빨리 수레를 밀었다. 허약한 회색 인간형 다리가 후들거렸다.

질샤트가 불이 밝혀진 입구로 들어서는데 그 지구인이 고개를 돌려 쳐다보았다.

질샤트는 뛰고 싶은 충동을 억누르며 덩치를 더 작게 보이려고 몸을 움츠렸다. 아, 왜 젬날을 좀 더 일찍 화물통에 넣어 나오지 않았던가? 다른 어머니들은 이미 아이들을 빼냈다. 하지만 질샤트는 두려웠다. 마지막 순간에 믿음이 무너졌다. 그처럼 오랫동안 계획되고 그처럼 고통스럽게 준비된 일이 영 실현될 성싶지 않았다. 자기 동포들이, 이 불쌍하고 허약한 난쟁이 조일란 종족이 화물선에 있는 저 막강한 지구인들을 정말로 제압하고 굴복시킬 수 있을 것 같지 않았다. 하지만 저기 불빛을 받으며 선 거대한 우주선은 고요해 보인다. 불가능해 보였던 일이 일어난 것이 분명했다. 우주선을 탈취하려는 시도가 실패했다면 소란이 일었을 테니까. 다른 어린것들은 안전하다. 그래, 이제 질샤트도 그늘에 숨겨진 빈 화물 수레들을 알아볼 수 있었다. 그 수레를 밀던 이들은 이미 우주선에 승선했을 것이다. 대탈주가 정말 진짜로 일어나고 있다. 자유를 향한, 아니면 죽음을 향한 대탈주. 그리고 이제 경비원을 거의 다 지나쳤다. 이제 무사하다.

"어이!"

질샤트는 귀에 거슬리는 지구인의 짖는 소리를 못 들은 척 걸음을 빨리했다. 하지만 경비원이 성큼성큼 세 걸음만에 앞을 가로막았다. 멈출 수밖에 없었다.

"귀가 먹었어?" 경비원이 자기 편한 대로 지구어로 물었다. 질샤트는 거의 알아듣지 못했다. 질샤트는 먼 암라트 농장에서 일하는 노동자였으니까. 경비원이 질샤트의 얼굴에서 시선을 떼지 않은 채 총 꽁무니로 이 통 저 통 두드리는 사이, 질샤트는 시간이 가차 없이 흐르고 있다는 생각밖에 할 수 없었다. 검은 속눈썹을 두른 질샤트의 커다란 조일란 눈망울이 말없이 경비원에게 애원했다. 공포에 질린 나머지 경고를 잊어버린 질샤트의 비둘기색 작은 얼굴이 일그러지며 입이 벌어졌고, 지구인들이

'미소'라고 부르는 고통에 찬 표정이 드러났다. 기묘하게도 경비원이 질샤트를 마주 보고 미소를 지었다. 마치 자신도 고통스럽다는 듯이.

"나리, 나 일한다." 질샤트가 가까스로 말을 꺼냈다. 이제 1분이, 거의 2분이 흘렀다. 경비원이 곧바로 보내주지 않으면 아이의 운은 이대로 다할 것이다. 약을 먹인 아기가 벌써 숨이 막혀 몸부림이라도 치는 양, 앙앙대는 희미한 소리가 들리는 것만 같았다.

"나 간다, 나리! 우주선 사람들이 화난다!" 극심한 고통으로 입이 더욱 벌어지고 보조개가 잡혀 질샤트의 얼굴은 스스로는 알 도리가 없는 유혹하는 표정이 되었다.

"놈들이야 기다리거나 말거나. 이봐, 너 조일란 암컷치고는 보기 괜찮은데?" 경비원이 목구멍에서 '학학' 같은 이상한 소리를 냈다. "원주민들 무기 소지 여부를 검사하는 게 내 임무지. 그거 벗어!" 경비원이 총부리로 질샤트가 걸친 거무죽죽한 젤마를 들췄다.

3분. 질샤트가 찢어발기듯이 전통의상인 젤마를 벗자 두 벌의 젖통과 툭 불거진 새끼주머니에다 펑퍼짐한 둔부와 짧은 다리가 달린 작은 회색 몸통이 드러났다. 심장이 몇 번만 더 뛰면 너무 늦어버린다. 젬날은 죽을 것이다. 아직은 아이를 살릴 수 있어. 통의 쬠쇠를 눌러 저 숨 막히는 뚜껑을 벗기면 된다. 아이는 아직 저기에 살아 있어. 하지만 그러면 모든 게 발각된다. 질샤트는 모두를 배신하게 될 것이다. '자일라사나타', 질샤트는 빌었다. 저로 하여금 사랑의 용기를 갖게 하소서. 아 조일란 신이시여, 제게 아이를 죽게 놔둘 힘을 주시옵소서. 저는 제 불신의 대가를 치르고 있나이다.

"뒤로 돌아서."

비탄과 공포의 웃음을 지으며 질샤트는 순순히 그 말에 따랐다.

"더 낫군. 거의 인간처럼 보여. 아, 제기랄, 내가 너무 오래 나와 있었나 봐. 이리 와." 질샤트는 경비원이 자기 엉덩이를 만지는 걸 느꼈다. "재미있을 거 같지, 어? 넌 이름이 뭐야?"

마지막 1분이 지났다. 절망으로 무감각해진 질샤트가 뭔가를 중얼거렸다. '죽은 아이의 어머니'라는 뜻이었다.

"대체 뭐라는 건지⋯." 경비원의 목소리가 바뀌었다. "이런, 이런! 넌 또 어디서 나온 거야?"

늦었다. 너무 늦었다. 손상된 여성인 랄이 종종걸음을 치며 재빨리 그들에게 다가왔다. 면도한 랄의 얼굴에는 분홍색과 빨간색이 칠해져 있다. 랄이 밝은색 젤마를 활짝 펼치자 지구인들이 숭상하는 그림들을 모방하여 기괴하게 색을 칠하고 여기저기를 졸라맨 몸뚱이가 드러났다. 랄의 얼굴은 세심하게 연구한 미소를 걸치고 있었다.

"난 랄이야." 랄이 손가락을 꼼지락거려 지구인들이 아주 좋아한다고 추정되는 꽃향기를 내뿜었다. "나랑 '픽픽'하고 싶어?"

경비원의 관심이 자기에게서 떠나는 걸 느끼자마자 질샤트는 발가벗은 그대로 무거운 운반 수레에 온몸을 던지고는 너무 늦었다는 걸 알면서도 희망을 버리지 못한 채 숨이 막히고 심장이 터질 지경을 넘어 비틀거리면서 끝없는 비행장을 가로질러 질주했다. 사방의 어둠 속에서 마지막 짐을 나르는 조일란들이 우주선을 향해 몰려들었다. 저 뒤에서 경비원이 랄에게 이끌려 경비실 안으로 들어섰다.

마지막 순간에 경비원이 힐끗 뒤돌아보고는 얼굴을 찌푸렸다.

"어이, 저 조일란들이 저렇게 우주선에 들어가면 안 되는데."

"사람들이 들어오라고 한다. 들어와 통을 옮기라고 한다." 랄이 팔을 뻗어 경비원의 목을 쓰다듬고는 노련한 조일란의 손가락들을 부풀어 오른 외계인의 가랑이 사이로 미끄러뜨렸다. "픽픽." 랄이 뇌쇄적인 웃음을 지으며 나지막하게 속삭였다. 경비원은 어깨를 으쓱거리고는 킬킬 웃으며 랄 쪽으로 돌아섰다.

우주선은 감시하는 사람 없이 그 자리에 서 있었다. 그들은 고심 끝에 낡은 암라트 운반선이자 날아다니는 공장인 이 우주선을 선택했다. 비행 중에 지구인들이 중요하게 생각하는 모종의 효소가 생성되도록 과일을 발효시키기 위해 난방이 되고 공기가 주입되는 거대한 화물칸이 달려 있기 때문이었다. 그 화물칸에서는 주거가 가능했고, 실린 암라트 열매는 음식 변환 처리 과정에서 천 배로 늘어날 것이다. 또 이 우주선은 이 행성을 들락거리는 가장 흔한 유형의 우주선이었다. 조일란 청소부들은 수십 년에 걸쳐 우주선을 들락거리며 진저리가 나도록 작고 작은 조각 정보들을 모아 거의 완전한 조종법을 꿰어 맞췄다.

이 우주선은 오래되고 낡았다. 겉에 그려진 지구제국을 나타내는 별과 인식 기호들이 마모된 채 흉하게 방치돼 있었다. 우주선 이름의 첫 단어가 지워져 되다만 문자만 남았다. '…의 꿈'. 한때는 '지구인의 꿈' 같은 것이었으리라. 이제는 조일란의 꿈이다.

하지만 랄의 꿈은 아니었다. 이제 랄 앞에는 고통과 죽음만이 놓여 있다. 랄은 아이를 낳는 자로서는 쓸모가 없었다. 짧은 두 산관이 거대하고 딱딱한 지구인 성기 탓에 파열되었고, 조일란 자궁의 섬세한 해면질 조직은 회복이 불가능한 정도로 손상되었다. 그래서 랄은 더 큰 사랑을 택하기로, 동포들을 위해 마지막 한 번의 고통을 감수하기로 마음먹었다. 랄이 머리에 꽂은 꽃에는 '꿈' 호가 무사히 탈출하고 나면 자신을 죽여줄 독약이 들어 있었다.

아직은 안전하지 않았다. 랄은 자신을 덮친 경비원의 거대한 몸뚱이 너머로 비행장에 있는 또 다른 우주선의 불빛을 얼핏 보았다. 이 우주공항에 소속된 정찰용 순양함이었다. 운도 지독히 나쁜 것이, 그 순양함은 주기적인 행성 주변 정찰을 나가려고 막 준비를 마친 참이었다.

✳

"불운하게도 우리가 '꿈' 호에 다 탔을 때, 지구인 전함이 이륙 준비를 마친 채 서 있었습니다. 그래서 우리가 지구인들이 '타우 우주'라 부르는 곳으로 진입해 탈출하기 전에 우리를 요격할 수 있었지요. 우리는 그걸 미리 제압하는 데 실패했습니다."

늙은 잘룬이 절룩거리며 정찰대가 쓰는 우주공항 구역을 가능한 한 재빨리 가로질러 순양함으로 다가갔다. 잘룬은 지구인들이 만찬을 즐길 때 하인들에게 입히는 하얀 재킷과 여성용 젤마를 입었고, 손에는 작은 냅킨으로 덮은 뭔가를 들었다. 빠른 속도로 하늘을 가로지르는 세 개의 작은 달이 머리 위 한 지점에 모이며 잘룬의 허약한 몸뚱이 주변에 세 벌의 그림자를 드리웠다가 잘룬이 순양함 출입구 불빛 속으로 들어서자 사라졌다.

덩치가 커다란 지구인 하나가 순양함 에어록에서 뭔가를 하고 있었다. 끙끙대며 높다란 계단을 오르던 잘룬은 그 지구인이 권총을 찬 걸 보았다. 잘 됐다. 그러고서야 잘룬은 그 지구인을 알아보았다. 조일란답지 않은 증오의 물결이 솟구치며 두 심장이 두방망이질 쳤다. 그놈은 잘룬의 손녀를 강간하고, 누이를 구하러 간 손자를 걷어차서 등뼈를 부러뜨린 그 지구인이었다. 잘룬은 고통에 못 이겨 얼굴을 찡그리면서도 감정을 억누르려 애썼다. '자일라사나타, 제 마음의 조화를 깨지 않게 해주소서.'

"조일란, 너, 여기가 어디라고 들어와? 거기 손에 든 건 뭐야?" 그 지구인은 잘룬을 알아보지 못했다. 지구인들이 보기에 조일란들은 모두 똑같이 생겼다. "나리, 사령관님이 주라고 한다. 축하. 장교들한테 먼저 주라고 한다."

"어디 보자."

감정을 억제하느라 덜덜 떨면서, 고통을 못 이겨 지구인이 보기에는 입이 귀에 걸릴 정도로 환한 웃음을 지으면서, 잘룬은 덮은 천의 한쪽 귀퉁이를 걷었다.

지구인이 들여다보고는 휘파람을 불었다. "이게 내가 생각하는 그거라면, 굉장한데. 대위님!" 지구인이 잘룬을 우주선 안쪽으로 밀어 넣으며 소리쳤다. "대장이 우리한테 뭘 보내셨는지 보십시오!"

장교실에서 대위와 또 다른 지구인 한 명이 미세 우주항해도를 점검하고 있었다. 그 대위 또한 권총띠를 둘렀다. 더 잘 됐군. 잘룬은 조심스럽게 귀를 기울이며 조일란 특유의 예민한 청각으로 순양함 내에 다른 지구인이 없다는 사실을 확인했다. 잘룬은 여전히 혐오의 미소를 띤 채 깊숙이 몸을 숙여 절하고는 대위 앞에서 가져온 물건을 덮은 천을 벗겼다.

눈처럼 하얀 아마포로 감싼 작은 눈물 모양 자수정 병이었다.

"사령관님이 주라고 한다. 지금 마셔야 한다고. 열렸다고 말한다."

이번에는 대위가 휘파람을 불고는 경건하게 병을 집어 들었다.

"어이 너, 이게 뭔지 알아?"

"아니, 나리." 잘룬은 거짓말을 했다.

"그게 뭡니까, 대위님?" 세 번째 지구인이 물었다. 그는 아주 어려 보였다.

"어이, 이건 네 순진한 목구멍으로 삼킬 수 있는 것 중에서 가장 놀랍고 가장 귀하고 가장 매력적인 음료수지. '별의 눈물'이라고, 들어본 적 없어?"

어린 장교가 병을 쳐다보더니 얼굴이 어두워졌다.

"그리고 저놈 말이 맞아." 대위가 말을 이었다. "일단 이게 열리면 바로 마셔야 해. 음, 오늘 밤 해야 할 일은 다 한 것 같고. 그 꼰대가 정말 크게 한턱냈군. 사령관님이 왜 이걸 보내신다고 하셨지, 조일란?"

"축하, 나리. 개인적인 축하, 개인적인 기념일."

"뭔가 기념하는 거라. 음, 기적 앞에서 쓸데없는 트집을 잡을 필요는 없지. 존, 술잔 세 개를 가져와. 깨끗한 걸로."

"예. 알겠습니다!" 덩치 큰 항해사가 머리 위 사물함을 뒤적거렸다. 거대한 세 지구인 틈에 선 어린아이 같은 잘룬은 자신의 연약한 사지와 등이 굽은 취약한 몸뚱이에 대비되는 그들의 몸집과 힘과 안정적인 모양새에 다시금 압도되었다. 자기 종족 중에서는 강건한 청년이라 여겨졌었다. 나이 든 지금도 정정한 축에 들었다. 하지만 이 막강한 지구인들에 비하면 조일란의 힘이란 건 우스갯소리에 불과했다. 어쩌면 지구인들의 말이 맞을 것이다. 조일란은 열등한, 노예 노릇에나 적합한 종족이라고…. 그러다 잘룬은 뭔가를 상기하고는 짧은 척추를 곧추세웠다. 어린 지구인이 무슨 말을 했다.

"대위님, 이게 정말 별의 눈물이라면, 전 못 마십니다."

"못 마신다고? 왜?"

"약속을 했습니다. 저는, 어, 맹세했습니다."

"그런 미친 약속을 누구한테 했단 말이야?"

"제, 제 어머니께요." 어린 장교가 비참한 표정으로 말했다.

두 장교가 폭소를 터트리며 소리쳤다.

"이봐, 넌 지금 집에서 아아주 멀리 떨어져 있어." 대위가 다정하게 말했다. "존, 내가 미쳤나 봐. 이런 말을 하다니. 우리야 당연히 네 것까지 마시게 되면 더없이 좋지. 하지만 난 누군가가 인생에서 가장 아름다운 경험을 그냥 지나치는 걸 차마 볼 수가 없어. 그리고 내 사전에 예외는 없지. 엄마는 잊어버리고 자네 영혼이 지극한 환희를 맞이할 수 있도록 준비나 해둬. 이건 명령이야. 어이, 조일란, 똑같이 나눠. 한 방울이라도 흘리면 네 작은 고추 두 개를 다 맴매해줄 테니까, 알아들었어?"

"예, 나리." 잘룬은 조심스럽게 그 메스꺼운 액체를 작은 컵에 나눠 따랐다.

"이거 맛본 적 있나, 조일란?"

"아니, 나리."

"그리고 앞으로도 절대 없겠지. 자, 이제 꺼져. 아아… 음, 우리의 다음 정박지를 위하여, 그곳에는 진짜 살아 있는 계집이 있기를."

잘룬은 말없이 그늘진 통로로 물러 나와 눈에 띄지 않는 곳에서 지구인들이 잔을 들어 마시는 것을 지켜보았다. 자주 보는 광경이었지만 혐오와 역겨움으로 숨이 막혀왔다. 지구인들은 별의 눈물이라면 물불을 가리지 않는다. 별의 눈물을 마시는 행위는 그들의 잔인성과 '자일라사나타'

로부터의 타락을 나타내는 분명한 상징이었다. 몰라서 그랬다는 변명도 통하지 않는다. 잘룬에게 별의 눈물을 어떻게 만드는지 설명해준 지구인이 너무 많았으니까. 정확하게 말해서 그건 눈물이 아니라 아주 먼 행성에 사는 날개 달린 아름답고 연약한 한 생물 종이 흘린 신체 분비물이었다. 그 생물이 육체적, 정신적 고통을 겪으면 분비선에서 이 액체가 스며 나오는데, 지구인들이 어쩌다 그 액체를 마시면 아주 맛깔나게 취한다는 사실을 발견했다. 그 액체를 얻으려면 그 생물 중에서도 짝을 지은 한 쌍을 사로잡아 서로가 보는 앞에서 천천히 고문하여 죽이는데, 잘룬은 차마 떠올릴 수도 없을 만큼 극악한 이야기들을 너무나 세세하게 들어왔다.

지금 잘룬은 자신의 눈 속에서 불타오르는 혐오를 왜 저 지구인들이 감지하지 못하는지 의아해하며 그들을 지켜보았다. 별의 눈물에 탄 약은 아무 맛이 없는 데다 그 액체의 효과도 전혀 약화시키지 않았다. 오랜 기간에 걸쳐 조심스럽게 시행된 실험들이 그 효과를 증명했다. 문제는 약의 효과가 나타나는 데 2분에서 5분 정도가 걸린다는 점이었다. 제일 늦게 약효가 듣는 지구인이 경보를 울리기에 충분할지도 모르는 시간이다. 잘룬은 목숨이라도 바쳐 그걸 막을 것이다. 막을 수만 있다면.

세 지구인의 표정이 바뀌고, 눈이 번득였다.

"이봐, 이제 알겠어?" 대위가 거친 목소리로 물었다.

어린 장교가 넋을 잃은 시선으로 허공을 응시하며 고개를 끄덕였다.

갑자기 덩치 큰 지구인인 존이 불쑥 팔을 들더니 불분명한 목소리로 말했다. "뭐, 뭐지?" 그러더니 쭉 뻗은 한쪽 팔에 머리를 얹은 채 탁자에 엎어졌다.

"어이! 어이, 존!" 대위가 존을 향해 손을 뻗으며 일어섰다. 하지만 그러다가 육중한 소리를 내며 장교실 탁자 위로 넘어졌다. 이제 허공을 응시하는 소년만 남았다.

저 소년이 움직일까, 아니면 호출기를 잡을까? 잘룬은 저 강력한 손아귀 안에서 죽는 것 말고는 할 수 있는 게 거의 없다는 걸 알면서도 뛰쳐나가려고 마음을 다잡았다.

하지만 소년은 그저 똑같은 말을 반복하기만 했다. "뭐야…? 이게 뭐야?" 자기만의 꿈속에서 길을 잃은 소년이 의자 등받이에 기대다가 아래로 미끄러져 내리고는 코를 골기 시작했다.

잘룬은 잽싸게 달려들어 늘어진 거대한 두 몸뚱이에서 무기를 잡아챘다. 그러고는 오랜 세월에 걸쳐 암기한 모든 지식을 끌어내며 순양함 조종실로 기어올랐다. 맞아서, 저게 송신기야. 잘룬은 어렵사리 덮개를 벗겨내고 그 부속 장치들에 총을 쏘기 시작했다. 총이 발사될 때마다 겁에 질렸지만, 장치가 몽땅 타서 녹아버릴 때까지 계속 총을 쏘았다.

다음은 항해용 컴퓨터였다. 좀 애를 먹긴 했지만 곧 이만하면 됐다 싶은 정도의 손상을 입힐 수 있었다. 그러면서도 지금은 천장이 된 근처 벽에 붙은 금속 상자가 마음에 걸렸다. 잘룬이 받은 지시에는 그런 게 포함돼 있지 않았다. 순양함에 새로 설치된 비상 시스템을 조일란들이 배운 적이 없었기 때문이었다. 잘룬은 그 상자에 형식적으로 총을 한 번 쏘고는 무기 조종대로 몸을 돌렸다.

예전엔 한 번도 느껴보지 못했던 감정이 내부에서 폭발하며 잘룬의 시야와 이성을 가렸다. 잘룬은 조종실을 가로지르며 폭발하거나 녹아내리는 것이면 무엇이든 마구잡이로 총을 들이대고 쏘았다. 그 와중에 중화기 배선은 거의 손상을 입지 않았다는 사실도 깨닫지 못했다. 잘룬은 자기 동포들에게 그처럼 심한 해를 끼친, 벽에 걸린 기괴한 지구인 여성들의 사진을 가루로 만들었다.

그다음에 잘룬은 어리석기 짝이 없는 짓을 했다.

장교실을 통과해 곧장 밑으로 내려가는 대신에 잘룬은 장교실에 멈춰서서 자신의 어린것들에게 잔인한 짓을 한 지구인의 늘어진 얼굴을 노려보았다. 손에 든 총이 뜨거웠다. 광기가 잘룬을 삼켰다. 잘룬은 지구인의 얼굴과 두개골에 구멍을 내버렸다. 평생에 걸쳐 쌓인 어찌할 수 없는 혐오가 풀려나와 그 불타는 날개에 잘룬을 싣고 몰아쳐 가는 것만 같았다. 도저히 현실이라 믿을 수 없었지만, 잘룬은 멈추지 않고 다른 두 지구인까지 죽이고서야 서둘러 아래로 내려갔다.

원자로실에 닿았을 때 잘룬은 분노와 자기혐오로 거의 제정신이 아니었다. 기계팔 쓰는 법을 익히느라 보낸 그 고통스러운 시간을 깡그리 잊은 채, 잘룬은 차폐문을 넘어 곧장 원자로로 다가갔다. 그러고는 마치 특수 작업복을 입은 지구인이라도 되는 양 맨손으로 제어봉들을 잡아당기기 시작했다. 하지만 일개 조일란에 불과한 잘룬의 힘은 너무 미약해서 제어봉들은 꼼짝도 하지 않았다. 잘룬은 격분했고, 원자로에 총을 쏘았고, 다시 제어봉을 끌어당겼다. 잘룬의 몸은 광폭한 방사능에 완전히 무방비로 노출되었다.

이윽고 다른 지구인 승무원들이 순양함에 탑승하여 살아 있는 시체가 미친 듯이 원자로를 할퀴고 있는 광경을 보았다. 그때까지 잘룬은 겨우 제어봉 네 개를 제거했을 뿐이었다. 원자로의 노심을 녹여버리기는 고사하고 잘룬은 아무것도 해내지 못했다.

원자로 기사가 특수유리 너머로 잘룬을 힐끗 보더니 육중한 기계팔을 휘둘러 벽에 짓이겨버렸다. 그러고는 제어봉을 다시 제자리에 놓고 정보값을 확인하고는 신호를 보냈다. '이륙 준비 완료.'

＊

"게다가 지구인들이 다른 곳에 있는 자기들 막강한 전함에 신호를 보낼지 모른다는 큰 위험이 도사리고 있었습니다. 그 전함들은 단독으로도 타우 우주를 관통하는 추적 미사일을 쏠 수 있었습니다. '명예롭지 못한 거사'가 기다리고 있었지요."

지구인 통신원이 일상적인 정규 통신을 끝내자마자 늙은 자야칼이 우주공항의 통신실로 들어갔다. 계획한 대로 신중하게 고른 시점이었다. 무엇보다 그 시점이어야 다른 기지들이 뭔가 이상하다고 눈치챌 때까지 최대한의 시간을 보장받을 수 있었다. 그에 못지않게 중요한 점은 조일란들이 그때까지도 지구인 통신원이 없을 때 통신실에 들어갈 방법을 찾아내지 못했다는 점이었다.

"어이, 이봐, 대체 무슨 짓이지? 여기 들어오면 안 되는 걸 알잖아. 당장 나가!"

자야칼은 심장을 찌르는 고통을 느끼며 환한 웃음을 지었다. 이 지구인 쉐건은 나름대로 조일란들에게 친절했다. 친절하고 예의 발랐다. 쉐건은 조일란들을 제대로 된 이름으로 불렀고, 절대 조일란 여성들을 학대하지 않았으며, 깔끔하게 먹었고, 그 혐오스러운 액체를 마시지도 않았다. 심지어 쉐건은 정중하게 '자일라사나타'와 '명예롭게 함께하는 삶'과 '사랑으로 하나됨' 같은 조일란의 성스러운 개념에 관해 묻기도 했다.

"오, 다정한 친구여, 저는 당신과 나누렵니다." 쉐건이 조일란의 의례에 맞춰 말했다. "내가 정말로 너와 얘기를 나누려는 게 아닌 건 알겠지. 자, 이제 여기서 나가줘."

자야칼은 '나눈다'에 해당하는 지구어를 알지 못했다. 어쩌면 없는지도 몰랐다.

"친구, 나 너에게 뭔가 가져온다."

"그래, 바깥에서 줘." 늙은 조일란이 꼼짝도 하지 않는 걸 보고 통신원은 자야칼을 내쫓으려고 자리에서 일어났다. 하지만 그 순간 뭔가가 떠올랐다. 조일란들이 짓는 저 웃음의 진짜 의미가 머릿속을 관통했다. "뭐야, 자야칼? 뭘 가지고 온 거야?"

자야칼이 손에 든 무거운 짐을 내밀었다.

"죽음."

"이게 대체, 그거 어디서 났어? 오, 빌어먹을, 저리 가! 저놈이 무기를! 고정핀을…."

힘들게 훔쳐서 모아놓았던 굴착용 플라스틱 폭탄을 몽땅 이어 붙였다. 점화장치도 제대로 연결해놓았다. 뒤이은 폭발로 통신본부 전체가 산산조각이 나 자야칼과 지구인 친구의 잔해와 뒤섞인 파편들이 지구인 거주지 전역과 바깥 암라트 농장에 비처럼 떨어져 내렸다.

우주선과 기지에 있던 사람들이 저마다 자리를 박차고 나와 깜깜한 데에 서서 뭘 해야 할지 몰라 우왕좌왕하더니, 이윽고 변압기 창고들 주위에서 너울거리고 까닥거리는 횃불을 보았다. 작은 회색 형체들이 달리고, 껑충껑충 뛰고, 소리를 지르고, 불붙은 뭔가를 던져대고 있었다.

"저 똥 덩어리 조일란들이 발전소로 간다! 서둘러!"

＊

"다른 유인책들도 계획되었습니다. 그렇게 우리를 위해 죽은 나이 든 이들과 손상된 여성들의 이름이 성스러운 문서에 새겨져 있습니다. 저희로서는 그들이 곧장 자비로운 죽음을 맞았기를 기도할 뿐입니다."

기지 사령관의 권총 벨트가 침대 옆 의자에 걸쳐져 있었다. 치욕과 고통의 행위들을 견디는 내내 소살랄은 그것을 쳐다보며 기회를 노렸다. 지금 사령관의 '뽀이'인 비슬라트만 같이 있었어도 소살랄을 도와줄 수 있을 텐데! 하지만 비슬라트는 이곳에 없다. 비슬라트는 우주선에 필요하니까.

사령관의 정욕이 아직 충족되지 않았다. 사령관은 혐오스러운 작은 자주색 병을 들어 한 번에 삼키고는 작은 지구인 눈으로 의미심장하게 소살랄을 곁눈질했다. 소살랄은 미소를 짓고는 기괴하게 변형된 떨리는 몸을 한 번 더 내주었다. 하지만 사령관이 원하는 것은 그게 아니었다. 사령관은 자신을 자극해주기를 바랐다. 소살랄은 마디가 불거진 조일란 손가락들과 구역질을 할 듯이 움찔거리는 입을 대령해 사령관의 기대에 부응했다. 그러면서 소살랄은 사령관의 통신기에서 '모종의 탈출 시도가 있었지만 제압했다'라는 소리가 칙칙거리며 전달되지 않기를, 약속된 신호가 곧 당도하기를 기도했다. 왜, 아, 대체 왜 이렇게 오래 걸리는 걸까? 소살랄은 마지막으로 한 번 더 이 지구인이 가진 거대한 마법 같은 별자리 투사도를 봤으면 싶었다. 저 먼 한쪽에 자기 동포들을 나타내는 축복받은, 저 믿을 수 없는 상징들이 보이는 그 지도 말이다. 저 멀리 어딘가에, 아주 아주 먼 어딘가에 조일란의 고향 우주가 있는 거야. 자신의 몸이 고통스러운 과업을 견디는 와중에도 소살랄은 엉뚱한 생각을 했다. 어쩌면 조일란 제국이 있을지도 몰라!

이제 사령관이 소살랄 안으로 들어오고 싶어 했다. 소살랄은 고통에 거의 익숙해졌다. 손상된 몸은 이 특정한 지구인에게 딱 맞는 형태로 아물었다. 소살랄은 그저 사령관의 네 번째 '계집'일 뿐이었다. 더 나은 이도 있었고 더 나쁜 이도 있었지만 조일란 종족의 기록에는 언제나 다른 사령관들이 있었고, '계집'들의 숫자는 셀 수조차 없이 많았다. 사령관 개인실에서 처음으로 빛나는 거대한 삼차원 별밭을 보고 조일란의 상징이 있다는 믿기지 않는 소식을 동포들에게 전한 이들이 다름 아닌 소살랄과 같은 '계집'들, 그리고 비슬라트와 같은 '뽀이'들이었다. 어딘가에 조일란의 고향이 여전히 건재했다! 아주 대담했던 한 '계집'이 그 조일란 상징들에 관해서 물어본 적이 있었다. 소살랄의 사령관은 무슨 상관이냐는 듯이 어깨를 으쓱거리고는 말했다. "저거! 저 빌어먹을 건 은하 반대쪽에 있어. 저길 가려면 네 생의 절반쯤 걸릴걸? 난 전혀 모르는 일이야. 아마 누군가가 그냥 집어넣은 거겠지. 이것만은 확실해. 저건 조일란이 아니야."

하지만 거기엔 그 상징들이, 빛나는 태양을 본뜬 작은 고대 조일란 문양들이 반짝이고 있었다. 그건 오직 하나의 사실을 의미할 수밖에 없었다. 오랜 전설이, 그들이 이 행성의 원주민들이 아니라 저 지구인들과 마찬가지로 우주를 건너와 정착지를 건설한 조일란 선조들의 후손이라는 전설이 진짜라는 사실. 그리고 그 위대한 조일란들이 아직 살아 있다는 사실!

그들에게 닿을 수만 있다면. 하지만 어떻게, 어떻게?

전갈이라도 보낼 수 있을까? 거의 불가능에 가깝다. 설사 전갈을 보낸다 한들, 그들과 마찬가지로 약한 종족일 그 조일란들이 어떻게 막강한 지구인들 손아귀에서 그들을 구출해낼 수 있겠는가?

불가능하다. 불가능해 보이기는 피차 마찬가지지만, 그들은 스스로의 노력으로 이곳을 벗어나 조일란 우주에 닿아야 했다.

그리하여 수년에 걸쳐, 여러 세대에 걸쳐 원대한 계획이 태어나고 자랐다. 고통스럽게, 비밀스럽게, 조금씩 조금씩, 조일란 하인들과 바 종업원들과 우주선 청소부들과 암라트 운반원들이 마법의 숫자와 그 의미를, 그들을 저 별들로 데려다줄 타우 우주의 좌표를 찾아내 가져왔다. 그들은 버려진 지침서와 지구인들의 대화에서 건져낸 조각 정보들로 '타우 우주'라는 굉장한 개념 자체를 엮어냈다. 때로는 전능한 어느 지구인이 순진한 조일란의 질문이 재밌다고 생각해 대답해줄 때도 있었다. 우주선 안에 들어갈 수 있었던 조일란들이 지구인들이 구사하는 마법의 조종법에 관한 티끌만 한 정보들을 가지고 나왔다. 낮에는 비천한 '뽀이' 조일란이, 밤에는 사령관의 '계집' 조일란이 은밀한 학생과 선생이 되어 자기 군주들의 비밀을 꿰맞추어 마법을 지식으로 바꿔냈다. 오로지 실체 없는 희망 하나에 매달려 아주 사소한 데까지 준비하고 계획한 끝에 그들은 이 믿을 수 없이 원대한 탈주 준비를 마쳤다.

그리고 지금, 평생을 기다려온 그 순간이 왔다.

아니면 오고 있나? 왜 이렇게 오래 걸리지? 그처럼 미소 지으며 괴로워했던 이전과 조금도 다름없이 괴로워하며 소살랄은 절망했다. 분명 아무것도 바뀌지 않을 것이고, 바뀔 수도 없을 것이다. 그건 다 꿈이었다. 모든 게 늘 그래 왔던 대로 흘러갈 것이다. 그 불명예와 그 고통이⋯ 사령관이 새로운 욕구를 지시했다. 비탄에 빠져 주의가 산만해진 소살랄이 지시에 응했다.

"조심!" 사령관이 소살랄의 머리를 후려치자 눈앞이 어지러웠다.

"미안, 나리."

"너, 이빨이 좀 길어졌어." 글자 그대로였다. 성숙한 조일란의 이는 컸다. "더 어린 암컷을 훈련시키기 시작하는 게 좋겠어. 아니면 그 이빨들을 뽑아버리든지."

"예, 나리."

"한 번만 더 긁으면 내 손으로 그 이빨을 뽑아버릴…. 세상에, 빌어먹을, 저게 뭐야?"

창으로 들어온 섬광이 방 안을 밝혔고 벽을 뒤흔드는 우르릉 소리가 뒤를 이었다. 사령관이 소살랄을 옆으로 밀치고는 밖을 내다보러 달려갔다.

왔다! 정말로 사실이었어! 서둘러! 소살랄은 의자로 기어올랐다.

"대체 저건, 맙소사, 통신본부가 날아간 것 같아. 무슨…."

통신기와 옷을 놓아둔 쪽으로 몸을 획 돌린 사령관은 소살랄의 떨리는 두 손에 잡힌 자기 총의 총구를 마주하게 되었다. 그는 너무 놀라서 아무 반응도 하지 못했다. 소살랄이 발사 단추를 누르자 그는 여전히 멍하니 찡그린 그 표정으로 가슴이 뻥 뚫린 채 쓰러졌다.

소살랄 역시 놀라서 꿈을 꾸는 듯 움직였다. 누군가를 죽였다. 정말로 지구인을 죽였다. 살아 있는 존재를. "저는 나누렵니다." 소살랄이 의식에 따라 속삭였다. 창에 비치는 불타는 빛을 뚫어지게 쳐다보며 소살랄은 총구를 머리에 대고 발사 단추를 눌렀다.

아무 일도 일어나지 않았다.

뭐가 잘못된 거지? 꿈은 깨지고, 소살랄은 끔찍한 현실로 내동댕이쳐졌다. 소살랄은 미친 듯이 그 낯선 물체를 이리저리 만지고 살폈다. 재장전하려면 뭔가 조작을 해야 하나? 소살랄은 빨간 충전 불빛의 의미를 알지 못했다. 사령관이라는 작자가 어찌나 나태해졌던지, 지난번에 사냥을 갔다 와서는 무기 충전하는 것도 잊었던 것이다. 총은 지금 빈 껍데기였다.

소살랄이 여전히 그 물건과 씨름하고 있는데 문이 벌컥 열렸고, 소살랄은 붙잡혀 거의 정신을 잃을 정도로 얻어맞았다. 발길질과 고함이 난무하는 가운데 소살랄이 이제 자기 앞에 놓인 느리고 무자비한 죽음을 예견하는 사이, 소살랄의 손목 분비선에서는 진홍색 조일란 눈물이 스며 나왔다.

지구인들이 막 질문을 던지기 시작할 때쯤 소살랄은 들었다. 둔중하게 우르릉거리는 우주선이 이륙하는 소리. '꿈' 호가 떠났다. 동포들이 마침내 해냈다. 그들은 무사하다! 고통 속에서 소살랄은 한 지구인이 말하는 소리를 들었다. "조일란 마을이 텅 비었어! 어린것들 전부가 저 우주선에 탔어." 고문관들의 주먹질을 받으면서도 소살랄의 두 심장은 기쁨에 미쳐 날뛰었다.

하지만 얼마 지나지 않아 모든 환희는 일시에 푹 꺼졌다. 하늘에서 지구인의 순양함이 발포하는 더 큰 폭발음이 들렸다. 그렇다면, '꿈' 호는 실패다. 저들은 추격을 당하고 죽임을 당할 것이다. 비참한 심정으로 소살랄은 지구인들의 손에 죽기를 바랐다. 하지만 목숨은 질겼고, 부서진 몸은 자기 종족의 절멸이 틀림없을 우레 같은 하늘의 진동을 느낄 때까지 무단히 버텼다. 소살랄은 모든 희망이 사라졌다고 생각하며 죽었다. 그래도, 소살랄은 심문관들에게 아무것도 자백하지 않았다.

＊

"'꿈' 호를 이륙시킨 이들에게도 엄청난 위험이 닥쳤습니다."

"너희 원숭이 새끼들이 정말 진지하게 이 우주선을 날려볼 계획이라면, 먼저 저 빨간 레버를 누르는 게 좋을걸? 아니면 우리 모두 죽을 거야."

지구인 조종사가 말했다. 그는 마지막으로 생포된 포로라 굳이 입을 막을 필요가 없었다.

"어서, 그걸 눌러! 지금은 착륙 모드로 돼 있어. 그 빨간 거야. 난 박살

나고 싶지 않아."

거대한 조종석에 앉은 탓에 더욱 왜소해 보이는 젊은 지바드가 공들여 쌓아 올린 우주선 조종법의 기억 심상을 필사적으로 더듬었다. 빨간 레버, 빨간 레버라…. 확실치 않았다. 그는 몸을 틀어 포로들을 돌아보았다. 포박된 거대한 몸뚱이 세 개가 어찌하지 못하고 벽에 기대 있는 광경이 모두지 믿어지지 않았다. 비슬라트가 옆 조종석에 앉아서 그들에게 총구를 겨누고 있었다. 이때를 위해, '꿈' 호 승무원 포획이라는 가장 위대한 과업을 위해 어렵사리 훔쳐서 오랫동안 숨겨놓았던 지구인 무기 두 정 중의 하나였다. 첫 번째 지구인은 지바드가 군화에 구멍을 낼 때까지도 그 상황이 실제라는 걸 믿지 못했다.

지금 그는 재갈을 물고 간헐적으로 끙끙거리며 누워 있다. 지바드와 시선이 마주치자 그는 조종사의 경고가 맞는다는 듯 격렬하게 고개를 끄덕였다.

"내가 착륙 모드로 맞춰놨어." 조종사가 되풀이해서 말했다. "이런 상태에서 이륙하면 우리 모두 죽어!" 나머지 포로 역시도 고개를 끄덕였다.

지바드의 마음은 기억된 무늬 위를 몇 번이고 반복해서 달렸다. '꿈' 호는 오래된 비표준 우주선이었다. 지바드는 빨간 레버를 건드리지 않고 점화 절차를 이어갔다.

"그걸 눌러, 이 바보 새끼야!" 조종사가 소리를 질렀다. "씨발, 너 죽고 싶어?"

비슬라트가 불안한 시선으로 지바드와 지구인들을 번갈아 보았다. 그도 이 암라트 운반선의 조종법을 배웠지만 아주 잘 알지는 못했다.

"지바드, 확실합니까?"

"확신할 수는 없습니다. 이 오래된 우주선 선체에는 화재가 발생하지 않도록 연료를 바꾸거나 비우는 비상 장치가 붙어 있는데, 저는 이 빨간 레버가 그것이라고 생각합니다. 저들이 '중지'라고 부르는 절차지요. 저 빨간 레버에 붙은 지구인들의 상징 'ㅈ'을 보십시오."

조종사가 그 말을 들었다.

"그건 '중지'가 아니라 '준비'야! 이륙 '준비'의 'ㅈ'라고, 멍청한 새끼야. 그걸 눌러, 아니면 우린 충돌할 거야!"

다른 두 명이 다급하게 고개를 끄덕였다.

긴장한 지바드의 온몸이 떨리며 푸른색을 띠었다. 기억이 흐릿해지고 뭉그러지고 빙빙 도는 것 같았다. 일찍이 조일란이 지구인의 명령을 불신하고 불복한 적이 없었다. 그는 마음속에서 희미해져 가는 누렇게 바랜 도면 조각에 필사적으로 매달렸다.

"난 그렇게 생각하지 않아." 지바드가 천천히 말했다.

자기 종족의 목숨 전부를 가냘픈 자기 손가락에 걸고 그는 연속으로 '점화 및 이륙' 지시를 실시간으로 입력했다.

딸각거리는 소리, 밑에서 금속이 덜거덕거리는 소리, 우르릉거리고 쉿쉿거리던 소리가 금방 귀가 먹을 정도로 크게 으르렁거리는 소리로 변했다. 낡은 화물선이 삐걱거리고 뒤틀리더니 한 차례 불안하게 요동쳤다. 충돌하려는 걸까? 지바드의 영혼은 천 번의 죽음을 겪었다.

하지만 사방의 지평선이 수평을 유지했다. '꿈' 호는 덜덜 떨면서 상승하고 있었다. 비틀거리고 껑충거릴 때마다 더욱 빠르게 곧장 위로, 우주를 향해 상승하고 있었다. 지표면에 있던 모든 것들이 아래로 멀어졌다. 그들은 날고 있었다! 등받이에 짓눌러진 채 지바드는 환희에 잠겼다. 충돌하지 않았다! 내가 옳았다. 저 지구인의 말은 거짓이었다.

외부의 소리가 모두 사라졌다. '꿈' 호는 대기권을 벗어나 별들을 향해 나아갔다!

하지만 '꿈' 호를 쫓는 것이 있었다.

압력이 덜해질 때쯤, 기쁨의 물결이 우주선 전체에 메아리치고 아래에 있는 모두가 괜찮다는 소식을 전하려 동지 하나가 기를 쓰며 조종실로 올라오고 있을 때쯤, 조일란 치유자가 발에 화상을 입은 지구인을 도우려고 움직일 때쯤, 커다란 목소리가 선실에 울려 퍼졌다.

"'꿈' 호는 멈춰라! 역추진해. 궤도로 들어가 수색에 대비하라. 아니면 격추하겠다."

조일란들이 다시 움츠러들었다. 지바드가 이륙 절차를 따르는 과정에서 켜놨던 송수신 장치에서 그 소리가 나왔다.

"순양함이야." 지구인 조종사가 말했다. "우리 뒤를 쫓고 있어. 이제 그만두지 그래, 멍청한 새끼. 저들은 정말로 우릴 날려버릴 거야."

지바드 오른쪽에 있는 장치에서 째깍거리는 날카로운 소리가 들렸다. '질량 접근 경보기'라고 적힌 장치였다. 지바드는 무의식적으로 지구인 조종사를 돌아보았다.

"그건 아무것도 아니야. 그냥 저 빌어먹을 달 때문이야. 이봐, 역추진해야 돼. 지금은 장난치는 거 아니야. 어떻게 하면 되는지 내가 알려줄게."

"궤도로 돌아가 수색에 응하라!" 커다란 목소리가 울려 퍼졌다.

하지만 지바드는 몸을 돌리고 바삐 뭔가를 입력했다. 그건 옳지 않다. 분명 동포 모두를 죽이는 짓이 되겠지만, 지바드는 동포들이 무엇을 원할지 알았다.

"마지막 경고다. 곧 격추하겠다." 순양함의 목소리가 냉정하게 말했다.

"저거 진심이야!" 지구인 조종사가 비명을 질렀다. "제발 내가 얘기하게 해줘. 내가 답할게!" 다른 두 지구인이 눈을 번득이며 묶인 채 버둥거렸다. 지바드가 보기에 그 공포는 진짜였고, 아까의 거짓말과는 사뭇 달랐다. 그는 더듬거리며 송신 스위치를 켜고는, 겁에 질린 비슬라트의 시선은 무시한 채 순양함을 향해 말했다.

"멈출 겁니다. 기다려주세요. 그게, 어려워요."

"그래야지!" 조종사가 안도한 나머지 헐떡거렸다. "좋아. 그럼, 저 델타 V 예측 장치를 봐. 추진 다이얼 아래에 있지? 아, 빌어먹을, 너무 복잡해. 내가 하게 해줘. 너도 그러는 편이 나을 거야."

지바드는 그를 무시한 채 파멸을 향한 자신의 과업에 계속 매달렸다. 그는 경건하게 좌표들을 입력했다. 어릴 때부터 마음에 새긴 그 성스러운 좌표들을, 어쩌면 제대로 해낸다면, 타우 우주를 거쳐 그들을 조일란의 별들 가운데로 데려다줄지 모르는 그 숫자들을 입력했다.

"3분을 줄 테니 지시대로 이행하라." 그 목소리가 말했다.

"이봐, 저들은 진심이라고!" 조종사가 울부짖었다. "넌 뭘 하는 거야? 날 일으켜줘!"

지바드는 계속했다. 질량 접근 경보기가 더 큰 소리로 째깍거렸다. 그는 그것도 무시했다. 지바드가 조그만 타우 조종대를 향했을 때 조종사는 불현듯 상황을 이해했다.

"안 돼! 오, 안 돼!" 그가 비명을 질렀다. "아, 제발 하지 마! 이 미친 멍청이 새끼, 이렇게 행성과 가까운 곳에서 타우에 들어가면 우린 곧장 행성 질량에 끌려들어 가 곤죽이 돼!" 그의 말이 새된 비명이 되었다. 다른 두 지구인도 말없이 소란을 부리며 몸부림쳤다.

당연히 저들 말이 맞을 것이다. 지바드는 암울하게 생각했다. 한순간의 영광. 그리고 이제는 끝이다.

"1분 후에 발사한다." 순양함이 단조로운 어조로 외쳤다.

"멈춰! 그만! 안 돼!" 조종사가 소리를 질렀다.

지바드는 비슬라트를 쳐다보았다. 비슬라트도 그가 무얼 하는지 이미 알아차렸다. 지금 비슬라트는 입술을 오므린 진짜 조일란의 웃음을 던지며 '종말을 받아들이는' 의례적 신호를 보냈다. 통로에 있던 조일란도 그 신호를 이해했다. 한숨 섞인 침묵이 우주선 끝까지 휩쓸고 지나갔다.

"발사." 순양함의 목소리가 기운차게 말했다.

지바드가 타우 조종대의 버튼을 내리쳤다.

경보가 울리다가 잘려 나가고, 모든 색깔이 사라지고, 공간의 구조 자체가 요동치는 그때, 백만분의 1의 가능성으로 위성 중에서 제일 큰 세 개가 서로를 엄폐하며 순양함과 순양함에서 발사되는 미사일과 일렬로 늘어서는 사건이 일어났다. 그렇게 백만분의 백만분의 1분 동안 '꿈' 호는 행성의 질량을 거의 상쇄하는 지점에 놓이게 되었다. 그 찰나의 순간에

'꿈' 호가 타우 장을 펼쳤고, 주위의 정상 차원을 차곡차곡 접어서는 깍지에서 튀어 나가는 씨앗처럼, 타우라 불리는 존재의 불연속성 속으로 발사됐다.

그 폭발로 주변의 시공간이 뒤흔들렸다. 충격파가 달과 그 아래의 행성을 휩쓸었다. '꿈' 호가 얼마나 아슬아슬하게 통과했던지, 나중에 우주선 뒤쪽 화물칸에서 순양함의 번쩍거리는 금속판과 흙과 식물을 인 바위 하나가 화물과 완전히 뒤섞인 채 발견돼 조일란들을 깜짝 놀라게 했다.

한편 탈출의 기쁨이 어찌나 컸던지 그걸 표현할 방법은 오직 하나밖에 없었다. 우주선 전체에서 조일란들이 목소리를 높여 성스러운 노래를 불렀다.

그들은 자유였다! '꿈' 호가 타우 우주에 진입하는 데 성공했고, 타우 우주에서는 어떠한 적도 그들을 찾을 수 없었다! 그들은 안전하게 그들의 길을 갔다.

가련할 정도로 적은 물과 음식과 공기를 가지고, 알 수 없는 목적지를 향해, 알 수 없는 시간을 넘어, 안전하게 그들의 길을.

＊

"여기서부터 '꿈' 호가 타우 우주를 통과하는 여정의 기록이 시작됩니다. 시간을 초월한 곳이면서도 영원한 시간을 요구했던 그 타우 우주를…."

자트칸은 귀중한 옛 두루마리가 돌돌 말리도록 잠시 손을 뗐다가 조심스럽게 옆으로 치우고는 반려자의 손을 어루만졌다. 자트칸 역시 암라트 통에 들어 있던 아이였다. 가끔 그는 자신이 그 대탈주의 밤을 기억한다고 느꼈다. 확실히 그는 그 환희의 느낌을, 끔찍한 악몽 같던 기분이 사라지는 그 느낌을 기억했다.

"기다림이 길어요." 겨우 아이 티를 벗은 제일 어린 반려자가 말했다. "그 괴물 지구인 얘기 다시 해주세요."

"그들은 괴물이 아닙니다. 그저 아주 낯설 뿐이지요." 자트칸이 부드럽게 반려자의 말을 정정했다. 그의 시선이 비좁은 기록실 창가에 앉아서 자신의 어린 반려자들과 놀고 있는 살라스바티의 시선과 마주쳤다. '나와 살라스바티가 늙으면 지구인을 진짜로 본 마지막 조일란들이 되겠구나.' 갑자기 그런 생각이 자트칸의 머리를 스쳤다. 지구인들이 주는 공포와 그들의 힘, 부모들의 영혼을 갉아먹었던 노예 신세의 비참함에 대해 조금이라도 아는 마지막 세대가 되리라. '확실히 좋은 일이지만 좀 엉뚱한 측면으로 생각한다면 그 또한 상실이 아닌가'라고 그는 생각했다.

"…불그스름했지요. 아니면 노랗거나 갈색이기도 하고요. 털은 거의 없고, 눈이 작고 밝은색입니다." 그는 아이에게 얘기했다. "그리고 커요. 키가 대략 저 창까지의 거리 정도입니다. '꿈' 호에는 지구인 셋이 생포돼 있었지요. 그러던 어느 날, 운동을 할 수 있도록 포박을 풀어주자마자 그 지구인들이 조종실로 뛰어 들어가 우주선의 평형 유지 설정을 바꿔버렸어요. 그 바람에 '꿈' 호가 갈수록 빠르게 빙빙 돌기 시작했고, 우리는 다들 쓰러져 벽에 납작하게 눌려버렸지요. 아시다시피 그들은 자기들이 더 힘이 세다는 걸 과신했습니다."

"'꿈' 호를 탈취해서 타우 우주를 깨고 나가 다시 지구인 행성계로 돌아가려고 그랬지요!" 그의 두 여성 반려자가 입을 모아 읊었다. "하지만 늙은 지바드가 우리를 살렸어요."

"맞아요. 하지만 그때는 그도 젊은 지바드였습니다. 정말로 다행스럽게도 그가 옛 무기들을 보관해둔 중앙 기둥 옆에 있었답니다. 수백 일 동안 아무도 손대지 않고 있었지요."

반려자 하나가 미소를 지었다. "조일란의 운이죠."

"아닙니다." 자트칸이 그녀에게 말했다. "우린 미신을 키워선 안 됩니다. 그건 그저 우연한 기회였어요."

"그리고 그가 싹 다 죽여버렸어요!" 한 아이가 흥분해서 외쳤다. 갑자기 침묵이 내렸다.

"그 말을 그처럼 가볍게 써서는 절대 안 됩니다." 자트칸이 엄하게 말했다. "그 말이 무슨 뜻인지 생각해보세요, 작은 이여. 자일라사나타…."

그는 그렇게 타이르면서도 속으로는 자기 말의 모순을 다시금 느꼈다. 아이는 사실 이미 자기만큼이나 키가 컸다. 자트칸 자신도 부모보다 크고 강한데… 아이들이 아무리 소량이라 하더라도 우주선 재처리기를 거친 지구인의 살과 뼈가 섞인 음식을 먹기 때문이 분명했다. 나이 든 세대들이 보기에는 젊은 세대의 키와 몸집이 쑥쑥 자라는 것 자체가 또 다른 오랜 신화가 사실이었음을 확인해주는 증거였다. 그들의 조상이 한때는 거인이었으며, 자신들이 떠나온 행성의 토양에 어떤 물질이 부족했기 때문에 왜소해졌다는 신화 말이다. 온갖 옛 신화와 전설들이 한꺼번에 진실로 드러나는가?

그러면서도 자트칸은 그 선택으로 인해 지바드가 직면해야 했던 진정한 공포를, 그리고 지바드가 속죄를 위해 자결하지 못하게 됐을 때 드러냈던 광포한 분노를 아이들에게 한 번 더 설명하려 애썼다. 그날은 자트칸의 기억에도 상흔을 남겼다. 벽에 내동댕이쳐진 데다 혼란이 있었고, 총격이 있었고, 그러고서야 자유로워졌다. 이후에는 지바드가 익힌 우주선 지식이 잃어버려서는 안 될 너무나 귀중한 것이라며 지바드를 설득하는 종교적 논쟁이 끝도 없이 이어졌다. 지바드가 고백할 때 그의 목소리에서는 고통이 느껴졌다. "저 역시도 잠시나마 이기적인 생각을 했습니다. 지구인들 몫의 물과 음식과 공기를 우리가 쓸 수 있겠다고요."

"늙은 지바드가 자기 몫의 음식을 다 먹지 않고 맨 금속 바닥에서 자는 이유가 그래서지요. 늘 그렇게 슬퍼 보이는 이유도요." 아이가 진정으로 이해하고자 애쓰느라 얼굴을 찌푸린 채 말했다.

"그렇습니다." 하지만 자트칸은 아이가 절대 진정으로 이해할 수 없으리라는 걸 알았다. 비록 외계인이고 적대적이었지만 한때는 산 몸이었던 그 처참한 죽은 살덩어리가 주는 공포를 직접 겪어보지 못한 이는 누구도 그럴 수 없을 것이다. 세 구의 시체는 조일란들과 마찬가지로 적절한 의식을 거친 다음 재활용 통으로 이송되었다. 지금쯤 모든 조일란들이 한때는 지구인이었던 입자들을 조금씩 제 살에 함유하고 있을 것이다. 얄궂은 일이다.

그는 잠시 마음이 무거워졌다. 며칠 전까지만 해도 이 어린것들은, 그리고 이 아이들의 아이들은 '죽인다'는 것이 어떤 것인지 절대 알 필요가 없을 거라고 생각했다. 지금은 그다지 확신이 들지 않았다. 그는 애써 그 생각을 지워버렸다.

"바로 지금까지 기록이 돼 있지요?" 창 쪽에서 살라스바티가 물었다. 자트칸과 마찬가지로 그녀도 이 엄숙한 기다림의 시간 동안 자신의 어린 반려자들을 조용하게 만드느라 애를 먹었다.

자트칸의 손이 받침대에 놓인 최근 기록부의 얼룩덜룩한 종이쪽들을 우아하게 넘겼다. 기록부는 종이쪽이든 도표든 무엇이든 남은 걸 한데 이어 붙여서 만든 것이었다. 종이쪽을 넘길 때마다 선명한 조일란 필적이 꽂히듯이 눈에 밟혔다. "배고픔… 배급량 삭감… 파손, 물 부족… 수리… 성인배급량 재차 삭감… 산소 부족… 아이들… 식수 배급량 삭감… 아이들의 필요량… 우리가 얼마나 더… 곧 끝난다. 불충분한… 언제…."

그랬다. 회전하는 거대한 통에 불과한 그들의 세계 안에서 점점 줄어드는 자원으로 목숨을 부지하는 일, 그것이 그의 생 전부였고, 그들 삶의 전부였다. 그 무자비한 불확실성 속에서 과연 '꿈' 호는 타우 우주를 깨고 나갈 수 있을까? 그렇다면, 과연 어디로? 아니면 그들은 모두 이곳, 시간도 빛도 없는 이 허공에서 죽게 될까?

그리고 빤히 쳐다보는 뭔지 모를 낯선 생물들을 싣고 옆에 쓱 나타났다가 갑자기 사라지던 기묘하게 빛나는 유령선들처럼, 뭔가를 본 것 같은 기괴한 일이 드물게 일어났다.

마법 같은 '꿈' 호의 컴퓨터 어딘가에서 회로들이 미리 입력된 좌표를 향해 재깍거리며 작동했지만, 아무도 그 프로그램의 진척 상황을, 아니 심지어 그게 여태 작동하고 있는지조차 확인하는 법을 몰랐다. 백 단위로 세던 주기가 천 단위로 넘어갈 때쯤 무자비한 기다림이 주는 스트레스가 각자에게 다른 방식으로 말을 걸어왔다. 어떤 이들은 완전히 말이 없어졌다. 일부는 끝없이 종교적 구문들을 속삭였다. 또 일부는 사소하기 짝이 없는 일들에 매달렸다. 지금은 늙은 비슬라트가 그들의 지도자였다. 그의 용기와 활력은 어떤 일에도 굴하지 않았다. 하지만 앞서 저지른 끔찍한 짓에도 불구하고, 스스로에게 강요한 침묵과 은둔에도 불구하고, 그들 믿음의 상징은 어쨌든 계속 지바드였다. 그가 '꿈' 호를 이륙시키고, 한 번도 아닌 두 번씩이나 그들을 구해서가 아니었다. 그의 마음이 진실하다는 걸 다들 느꼈기 때문이었다. 자트칸은 옛날 기록들을 넘기며 어쩌면 '그날'을 향한 기다림 말고는 다른 삶을 전혀 모르는 어린이들이 제일 편할지도 모르겠다고 생각했다.

그러다가, 마지막 장에 바뀐 필체로 적힌 글이 웅변적으로 보여주듯이, 기적이, '새 시대'의 첫날이 찾아왔다. 전혀 예기치 않게, 그들이 삼천 몇 번째 수면을 준비하고 있을 때, 우주선이 떨리면서 익숙지 않은 철커덩 소리가 사방에서 울리기 시작했다. 그들은 모두 어쩔 줄 몰라 비틀거리며 팅기듯 일어섰다. 금속이 팽창하는 엄청난 소리들, 무시무시한 철커덕 소리들. 그리고 낡은 우주선은 타우 우주를 벗어나 스스로의 부피를 정상 우주에 펼쳐냈다.

이 얼마나 아름다운 우주란 말인가! 별들이, 전설에 나오던 태양들이 일부는 짙은 암흑 속에서, 일부는 장려한 빛구름을 뒤집어쓴 채 창마다 빛을 발했다. 아이고 어른이고 할 것 없이 다들 기쁨과 경이의 탄성을 지르며 이 창에서 저 창으로 마구 뛰어다녔다.

깨달음은 천천히 왔다. 그들은 여전히 목숨을 부지하는 데 필요한 모든 것이 턱없이 부족한 상태로 이 가없이 텅 빈 알 수 없는 공간에, 알려지지 않은 존재들과 세력들 가운데에 홀로 있었다.

오래 계획된 작전들이 수행되었다. 늙은 지바드의 지시에 따라 최대한 먼 거리까지 조일란의 조난 신호를 전송할 수 있도록 송신기가 설정

되었다. 용감한 조일란 한 무리가 지구인의 우주복을 되는대로 꿰맞춰 입고서 선체 바깥으로 나갔다. 그들은 우주선에 그려진 흉한 지구인의 별을 지우고 대신 거대하게 빛나는 태양을 그려 넣었다. 그리고 지구인의 단어 위에다 '꿈'을 뜻하는 조일란의 단어를 써넣었다. 만약 그들이 있는 곳이 여전히 지구인 제국 안이라면, 그들 모두가 이제 두 배로 곤란해질 것이다.

"우리 어머니가 바깥으로 나갔어요." 제일 나이가 많은 자트칸의 반려자가 자랑스럽게 말했다. "위험하고 대담하고 아주 힘든 일이었어요."

"맞습니다." 자트칸이 사랑스럽게 그녀를 어루만졌다.

"지금 밖으로 나갈 수 있으면 좋겠어요." 제일 어린 반려자가 말했다.

"나갈 수 있을 겁니다. 기다려요."

"언제나 '기다려'예요? 우린 지금도 기다리고 있어요."

"맞습니다."

기다림. 아, 그랬다. 상황은 갈수록 전에 없이 나빠지기만 하고 희망은 갈수록 희미해지기만 했지만, 그들은 기다렸다. 달리 아는 경로가 없었으므로 그들은 가장 가까운 밝은 별을 향해 기어가는 속도로 나아가기 시작했다. 그 기다림 앞에 죽음 외에 뭔가 다른 것이 있으리라고 믿는 이는 사실 거의 없었다.

그날, 새날 중에서도 가장 위대한 그날이 오기 전까지는 말이다. 갑자기 '꿈' 호 앞에 이상한 불꽃이 터지더니 어떤 물체가 나타났고, 그것이 그들을 덮칠 듯 거대한 우주선으로 자라났다.

그리고 그들은 그 우주선 이물에 그려진 빛나는 태양을 보았다.

젖먹이들조차도 그 광경을 영원히 기억할 것이다.

낯선 우주선은 거의 마법처럼 가까이 다가와 그들의 우주선을 붙잡고 오래전에 부식된 주 에어록의 문을 열었다. 그리고 낯선 조일란이, 진짜 진정한 조일란이 밀려드는 신선한 공기와 함께 '꿈' 호에 올라탔을 때, '꿈' 호에 있던 그들은 마침내 모든 꿈이 실현되는 것을 보았다. 조일란이었다. 하지만 지구인들만큼이나 크고 강하고 곧은, 건강한 혈색을 뿜내며 고대의 인사방식대로 두 손을 쳐든 거인 조일란들이었다. '꿈' 호의 더러운 공기를 접한 그들의 콧구멍이 어떻게 좁아졌던가! 사방에서 감사의 노래가 울려 퍼질 때 경탄한 그들이 어떻게 눈을 깜박였던가!

그런 과정들을 거치고 나서 그들의 지도자가 이상하지만 알아들을 수 있는 억양으로 끈기 있게 같은 말을 반복했다. "저는 칸리드 젬날 비사드입니다. 당신들은 누구입니까?" 그러고는 수경 재배판에서 뜯어낸 이파리들을 손에 쥔 왜소한 늙은 질샤트가 "젬날! 내 잃어버린 아들 젬날! 아, 내 아들, 내 아들!"이라 외치며 달려들어 화환을 걸어주려 했을 때는 곤란하다는 듯이 웃으면서도 그녀를 '어머니'라고 부르며 몸을 숙여 안아준 다음 상냥하게 한쪽으로 모셨다.

그러고는 거대한 조일란들이 저마다 경외심에 사로잡힌 숭배자들을 끌고 '꿈' 호를 살펴보려 흩어졌고, 열띤 설명과 '믿을 수 없다'라는 탄성이 이어졌다. 거인들은 오래된 항해도를 샅샅이 살피고, 익숙한 기술을 이용하여 타우 프로그램을 열어 궤적을 추적했다. 거인들 또한 흥분한 것 같았다. '꿈' 호가 전무후무한 일을 해낸 듯했다. 거인 하나가 그들에게 질문을 하기 시작했다. 그들이 봤던 지구인 우주선의 유형과 지구인들이 입은 의복 색깔과 표장 숫자와 같은 이해할 수 없는 질문들이었다. "나중에, 나중에 해." 칸리드 젬날이 말했다. 그러고는 음식과 물을 반입하고 공기를 재주입하는 실용적인 조치들이 취해지기 시작했다.

"저희가 이 구역에 있는 우리 기지로 가도록 경로를 입력할 겁니다." 칸리드 젬날이 그들에게 말했다. "준비되시면 저희 중 셋이 남아서 여러분들과 같이 갈 겁니다."

온통 들뜬 상황이라 정확하게 언제였는지는 모르겠지만 자트칸은 어느 순간 거인 조일란 구원자들이 모두 무장했다는 사실을 눈치챘다.

"그들은 정찰대원입니다." 늙은 비슬라트가 경탄하며 말했다. "칸리드는 군대 계급이고요. 저 우주선은 전함이고, 조일란 세계연합을 지킵니다."

그는 그 말이 어떤 의미인지를 어린것들에게 설명해야 했다.

"그 말은 우리가 더는 의지할 데 없는 신세가 아니란 겁니다." 비슬라트의 노회한 눈이 번득였다. "그 말은 우리의 믿음이, 우리의 명예로운 자비가, 우리 자일라사나타의 길이 다시는 짐승 같은 힘에 짓밟혀 진창에 처박히는 일이 없으리란 겁니다!"

진창을 밟은 기억이 없는 자트칸이지만 그 말의 뜻을 이해할 수 있었다. 그들 모두의 가슴속에 놀라운 환희가 차올랐다. 늙은 지바드조차 오래된 엄격한 평정을 깨고 잠시나마 부드러운 표정을 지었다.

여성 조일란들이 승선했다. 새로운 경이였다. 그 아름다운 여성 거인들이 '꿈' 호에 있던 모두에게 이상하고 때로는 불편한 처치를 했다. 자트칸은 새로운 단어들을 배웠다. 접종, 감염, 소독. 모두의 옷가지들이 잠시 어디론가 갔다가 상당히 다른 모습과 냄새를 풍기며 돌아왔다. 자트칸은 우연히 칸리드 젬날이 어느 여성 조일란과 얘기하는 걸 엿들었다.

"저도 압니다, 칸랄. 이 선체를 그들의 맨몸뚱이들만 남기고 몽땅 벗겨내서 날려버리고 싶겠지요. 하지만 우리가 여기서 만지는 것이 모두 역사라는 걸 이해하셔야 합니다. 이 누더기들, 이 온통 비참한 토끼굴이 치열한, 살아 있는 역사입니다. 말씀하시기에 따라서는 증거이기도 하고요. 아뇨. 청소하고 살균하고, 마음대로 주사를 놓고 털고 뿌려요. 하지만 있던 그대로 보이도록 놔두세요."

"하지만, 칸리드…."

"얘기 끝났습니다."

자트칸은 그 사건에 대해 그리 오래 고민하지 않았다. 그날은 바로 거인들의 놀라운 전함을 방문하는 날이었다. 거기서 그들은 하나같이 거인 크기인 경이로운 것들을 보고 만졌다. 그러고는 훌륭한 식사를 했고, 뒤이어 모두가 어울려 노래를 불렀다. 그들은 옛 조일란 노래들에 나오는 새로운 단어들을 배웠다. 마침내 그들이 돌아왔을 때, '꿈' 호에는 뭐라 말할 수 없이 독특한 냄새가 가득 차 있었다. 모두가 며칠 동안 재채기를 해댔다. 곧 그들은 몸을 긁는 일이 대폭 줄었다는 사실을 깨달았다. 그들 삶의 일부였던 조그만 벌레들이 사라진 것 같았다.

"그들이 벌레를 몰아냈어요." 자트칸의 어머니가 설명했다. "그것들이 우주선에 별로 안 좋다는 것 같아요."

"그것들은 죽었어요." 늙은 지바드가 침묵을 깨고 단조로운 어조로 지적했다.

그때 그들을 안전하게 구역 기지까지 인도할 거인 조일란 셋이 승선했다. 칸리드 젬날이 그들을 소개해주었다. "그러면 이제 전 작별 인사를 해야겠군요. 여러분들은 따뜻한 환영을 받을 겁니다."

그들이 칸리드 젬날과 다른 거인들에게 작별의 노래를 보내던 순간은 거의 첫날에 비견할 만큼 감상적이었다.

그들의 세 보호자는 '꿈' 호의 운행에 관련된 알 수 없는 일들로 바빴다. 늙은 비슬라트와 일부 다른 남성들이 그게 어떤 일인지 이해하려 애쓰며 가까이서 그들을 지켜봤지만, 지바드는 더 이상 신경 쓰지 않는 것 같았다. 곧 그들은 다시 타우 우주로 뛰어들었다. 하지만 이번에는 얼마나 다른가! 모두에게 충분한 공기와 물과 음식이라니! 겨우 열 번의 수면기를 거치자 이제는 익숙해진 떨림이 다시 '꿈' 호에 흘렀고, 그들은 창마다 눈부시게 쏟아지는 푸른 태양의 밝은 빛 속으로 튀어나왔다.

옆에 행성이 하나 어렴풋이 보였다. 거인 조일란 조종사가 그들이 져어두운 행성 가장자리로 '꿈' 호를 몰아가더니 거대한 우주공항을 향해 하강했다. 셀 수 없이 많은 우주선이 불빛을 받아 번쩍거렸고, 우주공항 너머에는 지상의 별들인 양 무수한 보석처럼 빛나는 방대한 거미줄 같은 평원이 펼쳐졌다.

자트칸은 새로운 단어를 하나 배웠다. '도시.' 그는 도시가 낮에는 어떤 모습일지 보고 싶어 조바심이 났다.

거의 즉시 '꿈' 호의 다섯 장로가 이 놀라운 곳의 최고장로회의를 방문하기 위해 격식을 갖춰 밖으로 안내되었다. 그들은 이상한 모양의 지상 우주선에 올라탔다. 장로들을 배웅하던 '꿈' 호 주민들은 우주선 주위에 빛나는 일종의 울타리가 둘러쳐진 걸 보았다. 이제 그들은 장로들이 돌아오기를 기다렸다.

"오래 걸리네요." 자트칸의 제일 어린 반려자가 불평했다. 아이는 갈수록 졸려 했다.

"다시 한번 내다볼까요?" 자트칸이 제안했다. "살라스바티, 자리를 바꿔도 될까요?"

"물론이죠."

살라스바티가 물러나자 자트칸은 우주선 뒤쪽으로 쏠리는 익숙지 않은 무게에 어색해하며 몇 안 되는 그의 식구들을 데리고 창가로 갔다.

"봐요, 저기, 사람들이 있어요!"

사실이었다. 자트칸은 밤의 어둠 속에서 끝없이 몰려드는 조일란들을, 울타리 너머에서 '꿈' 호를 쳐다보는 수백, 수천, 수만의 연회색 얼굴들을 보았다.

"우리는 역사예요." 그는 칸리드 젬날의 말을 인용했다.

"그게 뭐예요?"

"아주 중요한 사건이라는 뜻인 것 같습니다. 봐요, 저기 우리 장로님들이 돌아왔어요!"

바깥에 동요가 일었다. 군중이 좌우로 갈라지고, 장로들을 데리고 갔던 지상 우주선이 '꿈' 호 주변의 공터로 천천히 들어왔다.

"저거 봐요, 살라스바티!"

그들은 창가에 몰려서서 목을 빼고는 막 지상 우주선에서 나와 호의적인 작별 의식을 치르는 장로들과 거인 수행원들을 겨우 알아보았다.

"빨리 중앙 통로로 갑시다. 장로님들이 저기서 있었던 일을 모두 말해 줄 거예요!"

우주선이 새로운 각도로 서 있는 데다 모든 것이 전과 다르게 달려 있어서 이동이 어려웠다. 부모 세대 조일란들이 벌써 중앙 통로로 난 문이란 문 양편을 다 차지했다. 어린것들은 아무 데나 눈에 띄는 빈자리나 무릎으로 기어올랐다. 장로 무리가 오랫동안 쓰지 않은 중앙사다리를 타고 모두에게 얘기할 수 있는 지점까지 천천히 올라오는 소리가 들렸다.

시야에 들어온 장로들은 피곤해 보였지만 흥분과 기쁨으로 눈을 빛내고 있었다. 그러나 자트칸은 왠지 장로들의 광대뼈에 기묘한 긴장 또는 뭔가 켕기는 기색 같은 것이 서려 있다고 느꼈다.

"우리는 정말로 따뜻한 환대를 받았습니다." 장로 모두가 중앙 통로 적당한 곳에 도착하자 늙은 비슬라트가 입을 열었다. "우리는 설명하는 데만도 며칠씩이나 걸릴 경이로운 것들을 보았습니다. 때가 되면 여러분들도 모두 그것들을 볼 수 있을 겁니다. 우리는 이곳의 최고 장로들을 만나 같이 저녁을 먹었습니다." 그가 잠시 말을 멈추었다. "우리는 또 어느 장로한테서 우리가 아는 지구인들에 관해서 질문을 받았습니다. 그처럼 오래되었어도 우리의 지식이 중요한 것처럼 느껴졌습니다. 여러분 중에서 우리의 이전 삶을 기억하는 분이 있다면 어떤 종류든 아주 시시한 것이라도 기억을 되살리시기 바랍니다. 지구인들이 입었던 옷의 색깔과 계급을 나타내는 장식품들과 오갔던 우주선들의 이름과 외양 같은 것 말입니다." 그가 이상하다는 듯이 미소를 지었다. "그처럼 가볍게, 심지어 경멸적으로 지구인들을 언급하다니… 기분이 이상했습니다. 우리는 이제 지구인들의 그 거대한 제국이 우리가 믿었던 것처럼 막강하지 않다고 생각합니다. 아마도 너무 오래됐거나, 아니면 너무 커졌는지도 모릅니다. 우리 동포들은," 그가 감사의 의미로 두 손을 맞잡으며 말했다. "우리 동포들은 지구인들을 두려워하지 않습니다."

말 없는, 믿을 수 없다는 듯한 기쁨의 헐떡거림이 수직 통로를 감싸고 일었다.

"그렇습니다." 비슬라트가 그들을 진정시켰다. "이제, 우리 앞에 놓인 일에 대해서 말하겠습니다. 이해하시겠지만, 저들에게 우리는 엄청난 경이입니다. 우리가 그처럼 먼 곳에서 여기까지 비행해온 것이 예외적인 일이었던 모양입니다. 그리고 그게 그들을 아주 크게 감동시켰습니다. 하지만 우리는, 음, 그들과 아주 많이 다르기도 합니다. 다른 시대에서 온 사람들처럼 말입니다. 우리 체구뿐만이 아닙니다. 일상적으로 쓰는 실용적인 물건들에 대해서도 그들의 아주 어린 아이들이 우리보다 많이 압니다. 우리는 조용히 나가서 이 도시나 주변 지역의 조일란들 틈에서 살 수 없습니다. 그들이 우리와 같은, 동일한 믿음을 가진 조일란들이라 해도 말입니다. 우리 장로들은 그 점을 이해할 수 있을 만큼 많은 것을 보았고, 여러분 또한 그럴 것입니다. 여러분 중의 일부는 이미 이 점에 대해서 생각을 해봤을 겁니다, 그렇지 않습니까?"

여기저기에서 사려 깊은 중얼거림이 일어나 그의 말에 동의했다. 자트칸조차 자신이 무의식 어딘가에서 이 점을 생각했다는 걸 깨달았다.

"물론 시간이 지나면 달라질 겁니다. 우리의 아이들은, 아니면 우리 아이들의 아이들은 그들처럼 될 것이고, 우리 모두는 배울 수 있습니다."

그가 함박웃음을 지었다. 하지만 자트칸은 비슬라트의 시선이 늙은 지바드의 얼굴을 살피는 걸 보았다. 지바드는 웃지 않았다. 시선을 떨군 채 긴장되고 슬퍼 보이는 표정이었다. 정말로, 뭔가 지바드에게서 보이는 것과 똑같은 긴장이 장로들 모두에게, 심지어 비슬라트에게까지 드리워 있는 것 같았다. 뭐가 잘못된 거지?

비슬라트가 이야기를 이어갔다. 힘차고 쾌활한 목소리였다. "그래서 그들은 우리를 위해 비옥한 땅을, 어느 아름다운 행성에 있는 빈 땅을 찾아주었습니다. '꿈' 호는 우리의 위대한 비행을 기념하는 영구 기념물로서 이곳에 남을 것입니다. 그들이 다른 우주선으로 우리를 그곳에 데려다줄 겁니다. 우리가 필요로 하는 모든 것과 그곳에 남아서 우리를 돕고 가르쳐줄 조일란들도 말입니다." 그의 손이 다시 감사를 표하기 위해 모였다. 그의 목소리가 경건하게 울려 퍼졌다. "그리하여 조일란 우주에서, 우리와 같은 믿음을 가진 우리 동포들 사이에서, 우리의 자유롭고 안전한 새로운 삶이 시작될 것입니다."

청중들이 조용히 웅웅거리며 성스러운 노래를 부르기 시작할 때 늙은 지바드가 고개를 들었다.

"같은 믿음을 가졌다고요, 비슬라트?" 그가 거칠게 물었다.

노래를 부르던 이들이 어리둥절해져서 숨을 죽였다.

"당신도 그 '뜻의 공원'을 보았잖아요." 비슬라트의 어조가 이상하게 퉁명스러웠다. "아름답게 장식된 그 성스러운 구절들을 보았고, 그 명상가들을…."

"저도 여러 멋진 곳들을 보았습니다." 지바드가 비슬라트의 말을 잘랐다. "화려하게 치장한 수행자들이 빈둥거리고 있었지요."

"허름하게 '뜻'을 섬겨야 한다는 말은 어디에도 적혀 있지 않아요." 비슬라트가 반박했다. "여기서는 화려함이 그 영광의 증거입니다."

"그리고 저 성스러운 헌신의 장소들 앞에서," 지바드가 아랑곳없이 말을 계속했다. "저는 저만큼이나 늙은 조일란들을 보았습니다. 저만큼이나 형편없는 누더기를 걸치고 무거운 짐을 나르느라 고생하고 있었지요. 당신은 그걸 언급하지 않았습니다, 비슬라트. 그런 점에서 보자면, 당신은 이곳 우리 동포들의 최고 장로라는 자들이 얼마나 이상하게 어린지도 말하지 않았습니다. 그걸 생각해보세요. 그건 이곳에 옛 지혜가 충분하지 않다는, 이곳에 '뜻'을 펼치는 일 외에 다른 새로운 일이 벌어지고 있다는 의미밖에 되지 않습니다."

"하지만, 지바드," 다른 장로가 끼어들었다. "이곳엔 우리가 아직 이해할 수 없는 것들이 너무 많습니다. 분명 우리가 앞으로 더 많은 걸 알게 되면…."

"비슬라트가 이해하기를 거부한 것들은 많습니다." 지바드가 무뚝뚝하게 말했다. "그는 우리가 무엇을 대접받았는지 밝히는 것도 생략했습니다."

"안 돼, 지바드! 말하지 말아요, 우리가 이렇게 간청합니다." 비슬라트의 목소리가 떨렸다. "우린 동의했습니다. 모두를 위해서…."

"전 동의하지 않았습니다." 지바드가 층층이 몰려 앉은 청중들을 향해 돌아섰다. 그의 광포한 시선이 재빨리 그들을 훑은 다음 저 멀리 어딘가에 고정되었다.

"오 나의 동포들이여," 그가 침울하게 말했다. "'꿈' 호는 고향에 온 게 아닙니다. 어쩌면 고향은 없는 것 같습니다. 우리가 도착한 이곳은 행성계들 사이에서 점차 세력을 넓혀가는 강력한 조일란 세계연합입니다. 우리는 이곳에서 안전할 겁니다. 맞습니다. 하지만 연합이란, 어쩌면 제국이란 결국에는 모두 똑같은 것일지도 모릅니다. 비슬라트는 소위 그 최고 장로라는 이들이 친절하게 우리에게 무엇을 먹으라고 줬는지 말했습니다. 하지만 우리에게 무엇을 마시라고 줬는지는 말하지 않았습니다."

"그들은 압수한 거라고 했어요!" 비슬라트가 소리를 질렀다.

"그게 무슨 차이가 있습니까? 우리의 최고 조일란들, 우리와 같은 믿음을 가진 우리 동포들은⋯." 슬픔에 겨운 지바드가 눈을 감았다. 목소리가 갈라져 거칠게 긁는 소리로 변했다. "우리의 조일란들이 마시던 것은⋯ 별의 눈물이었습니다."

제 4 부

LIFE
AND
DEATH

삶과 죽음

HER SMOKE
ROSE UP
FOREVER

그녀의 연기는 언제까지나 올라갔다

✦

이수현 옮김

…부활은 빠르게 이루어지고, 피터는 산의 자갈 위에 부츠를 딛고 장갑 낀 손은 녹슨 1935년형 인터내셔널 트럭에 얹었다. 젊은 폐 속으로 한기가 몰려들고, 고갯길 아래 호수를 내려다보는 속눈썹에는 얼음이 맺혔다. 피터는 새벽빛을 받아 빛바래 보이는 황량한 산악분지 안에 있었다. 몸을 가릴 곳이라곤 나무 하나, 바위 하나도 없이.

아래 호수는 공허하게 반짝였다. 넓은 얼음 테두리가 지는 달빛을 받아 은색으로 빛났다. 작았다. 이 위에서는 모든 것이 작아 보였다. 저 호숫가에 난 흉터 같은 게 내 보트인가? 그래, 맞다. 보트가 저기 있으니 모든 게 괜찮았다. 보트에서 등심초밭까지 구불구불 이어지는 시커먼 길이 어젯밤에 피터가 얼음을 깨서 만든 물길이었다. 환희가 솟아올라 심장을 두드렸다. 이거다. 바로 이거야.

속눈썹이 내려앉도록 눈을 가늘게 뜨고서야 검은 실 같은 등심초를 알아볼 수 있었다. 그 주위에 흩어진 검은 점들은… 자고 있는 오리들이겠지. 딱 기다려봐! 씩 웃느라 코에서 얼음이 부서졌다. 등심초밭에 몸을 가리면 된다. 완벽한 풀밭이 펼쳐져 있었다. 70미터쯤이니 호숫가에서 너무 먼 거리도 아니었다. 새들이 새벽 비행을 할 때 피터는 그곳에 있을 것이다. 톰 영감은 피터를 기관차라고 불렀다. '기관차 피터'라고. 딱 기다려봐, 기관차 톰.

거대한 정적 속에서 픽업트럭의 모터가 탕 소리를 내며 식었다. 여기는 너무 건조해서 메아리도 울리지 않았다. 바람도 없었다. 피터는 열심히 귀를 기울였다. 위쪽 봉우리들 사이로 가느다란 울부짖음이, 아래 호수에서 아주 작은 깍깍 소리가 들렸다. 오리들이 깨어나고 있었다. 피터는 얼어붙은 캔버스 천 소매 끝을 긁다시피 당겨서 생일로 받은 시계를 드러내고는, 이상하게도 잠시 자신의 울퉁불퉁한 열네 살짜리 손목에 어리둥절해했다. 오리 사냥철 시작까지 25분, 아니 24분 남았다. 개막일이다! 흥분이 뱃속에 퍼져나가면서 까끌까끌한 긴 내복에 성기가 스쳤다. 여러분 신호도 울리기 전에 출발하는 것은 반칙입니다. 피터는 픽업트럭 안에 손을 뻗어, 새것 그대로인 폭스 CE 12게이지 더블배럴 샷건을 경건하게 들어 올렸다.

총신의 차가움이 장갑을 뚫고 전해졌다. 게다가 총을 쏘려면 장갑 하나는 벗어야 할 테니, 손이 아플 것이다. 피터는 소매 끝으로 코를 훔치고, 끝을 자른 장갑에서 세 손가락을 내밀어 총신을 꺾었다. 조준기에 얼음이 끼었다. 피터는 후후 불어서 없애려는 충동을 참고 어색하게 얼음을 두드려 닦았다. 총을 침낭에서 꺼내는 게 아니었다. 탄약 주머니에서 6호 중탄 두 발을 더듬어 찾고, 그 사랑스러운 푸른 구멍에 총탄을 장전했다. 기쁨에 들떠 숨도 쉬기 힘들 지경이었다. 피터는 바보 같은 〈알부케르크 헤럴드〉 신문 수십억 부를 돌리고, 노프 씨를 위해 벽돌을 쌓으며 보낸 지난여름의 결과물을 손에 들고 있었다. 그 모든 일로 번 돈이 다 이 총에 들어갔다. 괴로울 정도로 고르고 고른, 피터의 완벽한 총. 이제 조준경 망가진 톰의 지독한 수직쌍대 총을 빌릴 필요가 없었다. 개머리판에 은도금으로 피터의 머리글자를 새겨넣은 총이 있으니.

행복감이 밀려오다 못해 위험할 정도로 솟구쳤다. 피터는 총을 손에 든 채로 황량하고 거대한 비탈을 다시 한번 둘러보았다. 피터와 피터의 보트와 오리들 외에는 아무것도 없었다. 하늘은 차가운 가스 같은 분홍빛으로 변했다. 피터는 서쪽 비행길의 주요 관문인 해발 3천미터 대분수령의 끝에 서 있었다. 사냥 첫날 새벽에… 아파치들이 찾아오면 어떻게 하지? 이 산맥은 메스칼레로 아파치족 소유였지만, 여기에 나와 있는 아파치를 본 적은 한 번도 없었다. 아버지는 그들이 다 폐결핵이나 그 비슷한 병에 걸렸다고 말했다. 옛날에는 그들이 말을 타고 여기에 왔을까? 만약 나왔다 해도 아주 작게 보일 것이다. 반대쪽까지는 15킬로미터가 넘었다.

피터는 눈을 가늘게 뜨고 반대쪽 호숫가의 흐릿한 지점을 보다가 산쑥 지대일 뿐이라는 결론을 내렸지만, 만약에 대비해서 열쇠와 도끼를 픽업트럭에서 꺼냈다. 그리고 도끼를 총에서 멀찍이 잡고 호수를 향해 내려가기 시작했다. 가슴이 두방망이질 치고, 무릎이 떨려서 바위를 미끄러져 내려가는 발을 느낄 수 없을 지경이었다. 온 세상에 긴장이 넘실거리는 것 같았다.

피터는 스스로에게 진정하라고 말하고, 눈 안쪽의 이상한 어둠을 몰아내려 눈을 깜박였다. 잠깐 비틀거리다가 겨우 자세를 바로잡고는, 눈을 비비기 위해 멈춰 서야 했다. 눈을 비비자 모든 것이 흑백으로 번쩍였다. 달이 검은 하늘에 기관차 전조등처럼 뛰쳐나오고, 사방에 이상한 소리가 웅웅거리는 가운데 피터는 어둠 속을 미끄러지고 있었다. 아, 이런… 고산증으로 기절하는 건 안 돼, 지금은 안 된다고! 피터는 억지로 심호흡을 하고, 리드미컬하게 스키를 타듯 자박자박 부츠를 딛으며 계속 아래로 내려갔다. 무거운 탄약 주머니를 다리에 부딪치며 내려가다가, 기다리는 보트를 향해 점점 속도를 올렸다.

가까이 다가가자 밤사이에 열어놓은 물길 위로 살짝 덮인 얼음이 보였다. 도끼를 가져오길 잘했다. 오리 몇 마리가 얼음 바로 옆에서 천천히 원을 그리며 헤엄을 치고 있었다. 그중 한 마리가 크고 기울어진 머리통을 드러내며 몸을 세우더니 꽥꽥거리고 날갯짓을 했다. 큰흰죽지오리 였다!

"아, 이 예쁜 것." 피터는 큰 소리로 말하면서 이제 달리기 시작했다. 미끄러지듯 달려 내려가면서 심장에는 사랑이 솟구치고, 얼른 첫발을 당기고 싶어 불타올랐다. "앉아 있는 오리를 쏘진 않겠어." 콧물이 얼어붙었고, 피터는 오리들이 고개를 넘어 비행할 때 저 등심초 사이에 숨어 있을 자신의 모습을 그리며 야영지 바위 사이에 쪼그려 앉아 있을 톰을 생각했다. 늙은 잇몸에서 침을 흘리며 브랜디를 들이켜고, 1차 세계대전 비행장에 내리는 새벽을 꿈꾸고, 기러기를 쏘는 꿈을 꾸면서 폐결핵으로 죽어가는 톰. 미친 늙다리 바보. 딱 기다려봐요. 피터는 합판으로 만든 보트에 넓은 진줏빛 가슴과 검붉은 흰 코가 특징인 큰흰죽지오리의 딱딱하게 군은 시체가 피투성이로 쌓인 모습을 그려보았다. 첫 사냥에 나선 12게이지 소총은 만족해서 그 위에 놓여 있었고….

그리고 문득 피터는 보트 옆에서 기묘한 비현실감을 몰아내려 눈을 깜박이고 있었다. 불가사의하게도 여기까지 온 자신의 발자국이 보였다. 작은 배와 서리 덮인 새 모형 네 개는 괜찮았지만, 물길에 얼음이 덮여 있었다. 그래서 배 안에 총과 도끼를 내려놓고 물가에서 보트를 밀고 나갔다. 보트는 잘 떨어지지 않다가 쿵 소리를 내면서 새로 언 얼음 위로 올라갔다.

맙소사, 얼음이 정말 두꺼웠다! 어제는 얼음을 걷어차기만 해서 쉽게 뚫고 얕은 물 속에 장대를 꽂아 밀고 갈 수 있었다. 보트를 끌고 몇 미터를 걸어갔다. 얼음이 깨지지 않았다. 젠장! 피터는 조심스럽게 몇 걸음을 더 디뎠다. 그러다가 갑자기 훼치는 소리가 들렸다. 오리들 소리였다. 오리들이 다가오고 있었다. 그런데 피터는 이렇게 뻥 뚫린 곳에 나와 있었다! 얼른 보트 옆으로 몸을 낮추고 고갯길 위에 펼쳐진 눈부신 하얀 하늘을 올려다보았다.

이런 세상에… 저기 있었다! 시속 145킬로로 바람을 타고 나는 큰 비행 떼였다! 금속의 광채를 숨기려고 총을 끌어안는데, 질주하는 새들이 날개를 세우고, 간담이 서늘해지는 검은 초승달 모양을 이루더니, 어른 어른 급강하 폭격기처럼 떨어져 내리는 모습이 보였다…. 그러나 새들은 이미 피터를 보았고, 등심초밭 위에서 크게 원을 그리며 방향을 틀더니 요란하게 꽥꽥거리면서 멀리 내려갔다. 피터는 멀리서 물 튀기는 소리를 듣고 그쪽으로 가고 싶어 애타는 마음으로 일어섰다. 기다려봐. 내가 이 멍청한 보트를 끌고 갈 때까지 딱 기다려!

피터는 밝아오는 햇빛 속에서 삐걱거리는 얼음 위로 보트를 끌고 가기 시작했다. 추위가 얼굴과 목을 물어뜯었다. 얼음은 날카로운 소리를 내며 진동했지만, 아직 단단했다. 보트가 물에 들어갔을 때 바로 탈 수 있게 앞으로 밀고 가는 편이 나을 것 같았다. 그렇게 위치를 바꾸고 다시 2미터, 3미터를 가다가… 얼음장이 통째로 기울어 미끄러지고 피터는 허우적거리다가 자갈을 밟고 섰다. 물이 부츠 안으로 넘쳐서 세 겹으로 신은 양말 안을 찔렀다.

하지만 얕은 물이었다. 피터는 미끄러지고 비틀거리면서 얼음을 때리고 앞으로 나아갔다. 1미터, 1미터, 1미터만 더… 발에 감각이 없었다. 단단히 잡을 수가 없었다. 빌어먹을, 이건 너무 느려! 피터는 보트를 잡고 쪼그려 앉았다가, 온 힘을 다해서 몸을 앞으로 밀어냈다. 보트가 쇄빙선처럼 얼음을 밀고 나갔다. 다시! 이제 곧 얼음에서 벗어날 것이다. 다시 한번 돌진! 다시 한번!

하지만 이번에는 보트가 밀고 나가지 못하고 반동에 주춤했다. 젠장, 이 쓰레기 같은 얼음이 너무 두꺼웠다! 어젯밤에는 얼지도 않은 상태였는데, 어떻게 이렇게 두꺼워질 수가 있지?

바람이 멎었기 때문이었다. 그래서였다. 게다가 기온은 영하였다. 톰은 알고 있었다. 지옥에나 떨어질 톰. 하지만 이제 30미터쯤만 더 가면 물이었다. 피터와 약속의 땅 사이에는 몇 미터가 있을 뿐이었다. 거기까지 가자. 위로 가든 아래로 가든 뚫고 가든, 가는 거다!

피터는 도끼를 움켜쥐고 보트 앞으로 첨벙첨벙 걸어가서 얼음을 때리기 시작했다. 얼음을 갈라보려고 했다. 한 조각이 깨지자 더 세게 때렸다. 하지만 얼음은 갈라지려고 하지 않았고, 도끼머리는 턱 소리를 내며 박히기만 했다. 검은 구멍에서 도끼를 빼내야 했다. 갈수록 깊어지고 있었다. 이제 물이 부츠를 넘었다. 그래서 뭐? 턱! 빼내고. 턱!

하지만 옷을 다 적시면 여기에서 얼어 죽을 터였다. 아직 남은 이성이 그 사실을 일깨웠다. 빌어먹을! 피터는 멈춰 서서 헉헉거리며 이제는 닿지 않는 거리에서 평화롭게 먹이를 먹고 몸을 뒤집으며 퍼드덕퍼드덕 그와 그의 분노를 비웃는 오리들을 바라보았다.

20미터만 더 가면 되는데. 젠장할, 저주받을. 피터는 분노와 갈망에 짖어대다가 바로 그 순간 멀리서 작은 탕 소리를 들었다. 톰이 총을 쏘고 있었다. 탕!

피터는 보트 안으로 뛰어들어서 캔버스천 코트를 떨치고 스웨터 두 개, 바지, 회색 내복을 벗어 던졌다. 얼어붙은 부츠 신발 끈을 풀기가 힘들었지만, 온몸에서 지글지글 열기가 뿜어나왔다. 벌거벗은 몸을 바로 세우자 불알만 다시 기어들어 가려 들었다. 20미터만 가면 되는데!

피터는 흠뻑 젖은 부츠만 다시 당겨 신고 얼음에 다시 덤벼들었다. 도낏자루로 후려치고, 얼음장을 통째로 밀어냈다. 진전이 있었다! 3미터 더, 6미터 더! 큰 망치처럼 보트를 들이받고 위아래로 때렸다. 다시 1미터! 다시! 이가 딱딱 마주치고, 정강이에서 피가 나고, 허벅지까지 다치지만, 피터는 아무것도 느끼지 못했다. 오직 환희뿐이었다. 환희! …그러다가 갑자기 미끄러진 몸이 한꺼번에 물속으로 들어가면서 믿을 수 없는 추위가 꼬챙이처럼 엉덩이부터 겨드랑이까지 솟구치고 얼음이 코를 때렸다.

피터는 두 손으로 뱃전을 찾아서 뱃전으로 몸을 끌어올렸다. 보트 선저부가 완전히 나갔다. 도끼는… 피터의 도끼는 사라졌다.

얼음은 아직도 그대로였다.

검은 손이 몸속을 움켜쥔 듯, 숨을 쉴 수가 없었다. 피터는 발버둥을 치며 보트 안으로 몸을 끌어올려 피 흘리는 몸으로 무릎을 꿇었다. 갈빗대가 들썩이고, 딱딱거리며 부딪치는 이를 멈추려고 애를 썼다. 첫 햇살이 닿아 얼음과 소름에 뒤덮인 몸뚱이가 반지르르해졌다. 숨을 돌리고 겨우 앞을 볼 수 있게 되자, 빛나는 오리들이 보였다. 이렇게 가까운데!

노. 피터는 노를 잡고 보트 앞 얼음에 꽂았다. 노는 덜거덕거리며 되튀고, 보트는 뒤로 물러났다. 온 힘을 다해서 얼음을 때려보았지만, 얼음은 너무 두꺼웠다. 노 자루가 갈라졌다. 버틸 선저부도 없었다. 쩍! 소리가 나더니 노깃이 얼음 위로 날아갔다. 이제 남은 게 없었다.

해내지 못할 것이다.

분노가, 어떻게 할 수 없는 분노가 뿜어나오고 눈에서는 뜨거운 얼음이 얼굴을 타고 흘러내렸다. 이렇게 가까운데! 이렇게 가까운데! 그리고 분노에 시달리면서 피터는 새들이 다가오는 모습을 보았다. 휘…휘! 휘…휘…휘! 휘파람 같은 소리를 내며 눈부신 하늘에 날갯짓하는 오리들의 급류가 고개 위로 쏟아졌다. 당당한 큰흰죽지오리 1만 마리가 은빛과 검은빛으로 돌진하고, 곧 하늘은 피터의 머리 위를 퍼덕이는 날개들로 변했지만, 너무 높았다. 너무 높아…. 그 새들은 사정거리를 알고 있었다. 그래, 분명히 알고 있었다!

그렇게 많은 새를 본 적이 없었고, 다시 볼 일도 없을 것이다. 그런데 피터는 지금 보트 위에 서 있었다. 벌거벗은 채 피를 흘리는 기관차 얼음 소년이 되어 화를 내며, 순결한 12게이지 총을 들고, 타탕! 총신을 허공에 대고, 얼음에 대고, 하늘에 대고 쏘았다. 탄피를 쏟아내고, 얼어붙은 두 손으로 밀어 넣었다. 수오리 한 마리가 좀 더 가까운 곳에서 움직였다…. 그 정도 거리면 맞을지도 모른다! 탕! 탕!

하지만 맞지 않았다. 사정거리에 들지 않았다. 그리고 비행하는 새들은, 피터가 사랑하는 마법의 몸뚱이들은 소리를 지르며 날개를 퍼덕이고 지나갔다. 큰흰죽지오리, 쇠오리, 홍머리오리, 고방오리, 미국흰죽지오리, 이제는 세상 모든 오리가 다 날아오르고 있었다. 피터는 15킬로미터가 넘게 이어지는 새 떼들의 소용돌이 속에서 총을 쏘고 또 쏘았다. 백흑, 흑백으로 번득이는 날개들 아래 눈물 흘리는 미치광이의 모습. 그리고 그 번득임 속에서 피터는 오리들만이 아니라 거위들, 왜가리들, 이 바람을 타고 날았던 모든 거대한 새들을 보았다. 매, 독수리, 콘도르, 익룡들까지…. 탕! 탕! 탕탕!! 미친 바람 속에서, 분노가 휘몰아치고 눈물이 터지는 가운데 거대한 검은 박동이 어둠! 빛! 어둠! 견딜 수 없이 회오리치면서 피터를 몰고 어딘가로….

✳

그리고 문득 피터는 완벽하게 차분하고 흐릿한 정신으로, 모든 격분은 줄어들어 마음속에 작게 똬리 틀고, 두 눈은 소녀의 하얀 셔츠 옷깃 사이로 드러난 피부를 탐닉하고 있는 또 다른 자아 속으로 떠올랐다. 피터는 어느 방 안에 있었다. 비밀스러운 약속이 넘치는 서늘한 동굴이었다. 그 소녀 뒤로 난 창문에 처진 새하얀 커튼이 바깥의 눈부신 빛을 차단했다.

"너희 어머니에게 네가 산타페에 갔다고 들었어." 피터는 목에서 높은 소리가 나오려는 조짐을 듣고 리바이스 청바지 주머니에 주먹을 쑬러넣었다.

그 소녀, 필라는 (필라라니, 기둥이라니, 무슨 이름이 그럴까) 허리를 굽히고 볕에 그을린 발목을 만지작거렸다. 깃털 같은 갈색 단발머리가 뺨과 목을 스치며 흔들렸다.

"으음." 필라는 발목에 걸린 가느다란 금 사슬에 정신이 팔려 있었다. 필라의 부모님이 모로코인가 어디서 가져온 커다란 빨간 가죽 방석에 쭈그리고 앉아 있는데, 말도 안 되게 날씬한 허리 곡선이 하얀 리바이스 바지 안으로 이어지고, 셔츠는 부풀어 오른 가슴을 너무나 부드럽게 감싸 안았다. 금빛으로 그을어 비누와 꽃과 소녀 냄새를 풍기는 피부 때문에 모든 게 너무나 하얗게 두드러졌다. 너무나 깨끗했다. 필라는 분명히 순결한 몸일 것이다. 피터는 마음으로 알고 있었다. 방 안에는 행복이 기묘한 슬로모션으로 넘실거렸다. 필라는 날 좋아해. 필라는 피터보다 한 살 위라 열일곱 살이 다 됐는데도 어린 아기처럼 수줍음이 많았다. 마음속에 필라의 가냘픈 몸에 대한 정념이 차오르고, 피터는 바지 지퍼가 부풀어 오른 것을 감추려고 주먹을 꽉 쥐었다. 아, 젠장. 아니, 맙소사. 필라가 보면 안 되는데. 하지만 그때 필라가 시선을 들더니 부연 머리카락을 쓸어 넘기고 피터를 올려다보며 꿈꾸듯 미소 지었다.

"난 라폰다에 있었어. 르네와 저녁을 먹었지."

"르네가 누구야?"

"말했잖아, 피…터." 필라는 피터를 쳐다보지 않고 무릎 방석에서 몸을 일으키더니, 한 손으로 팔을 문지르면서 어린아이처럼 휘적휘적 창가로 걸어갔다. "내 사촌이야. 나이가 많아. 스물다섯인가, 서른인가. 지금은 소위야."

"아."

"나이 많은 남자." 필라는 얼굴을 찌푸리더니 비밀스럽게 웃고는 하얀 커튼 사이를 내다보았다.

심장이 안도감에 들뜨고, 방 안에는 기쁨이 차올랐다. 필라는 순결해, 그렇다니까. 뜨겁게 타오르는 바깥세상에서 차 시동 거는 소리가 들렸다. 클럽 마구간에서는 말 한 마리가 나지막이 울었고, 당나귀가 두 배로 씩씩거리며 화답했다. 두 사람은 키득거렸다. 피터는 어깨를 풀고, 손으로는 상상 속의 폴로 타구봉을 쥐었다가 폈다.

"아버지도 네가 르네와 놀러 나갔던 거 아셔?"

"아, 그럼." 필라는 피터의 어깨에 뺨을 대고 티 하나 없이 깨끗한 옷깃을 젖혀 크림색 둔덕을 보여주었다. 필라는 날 원해. 피터는 생각했고, 그랬더니 심장이 튀어 올랐다. 내가 자기한테 그걸 하게 해줄 거야. 그리고 갑자기 피터는 차분해졌다. 목장에서 보낸 첫 아침에, 피터의 암말이

다가오는 모습을 보았을 때처럼 그윽한, 앎을 동반한 차분함이었다.

"아빠는 상관 안 해. 1944년인걸. 르네는 사촌이고."

필라의 부모는 무시무시할 정도로 교양이 넘치는 사람들이었다. 피터는 필라의 아버지가 비밀 전쟁 과학자라는 사실을 알고 있었다. 그들 모두가 전쟁 때문에 여기에 와 있었다. 로스앨러모스에 뭔가가 있어서였다. 그리고 필라의 어머니는 프랑스어를 하고, 디종이라든가 탄자이 같은 괴상한 곳에 대해 이야기했다. 피터의 어머니는 프랑스어를 모르고, 아버지는 고등학교에서 가르쳤다. 이 교양 넘치는 이방인들이 재미로 하는 폴로 때문에 피터를 필요로 하지만 않았다면 이들과 어울릴 일도 없었을 것이다. 그리고 피터는 그들 모두를 가지고 놀 수 있었다. 피터는 씩 웃으며 생각했다. 그 번지르르한 땀 흘리는 손위 청년들 모두… 힘줄이 뜨거운 풍선처럼 부푼 암말 한 마리만으로 4회를 달려야 한다 해도, 시합용 타구봉을 이어 붙여서 쓴다 해도 피터는 그 청년들 모두를 날려버릴 수 있었다! 공정한 평가만 받을 수 있다면 말이다. 세 골은 당연하고, 어쩌면 네 골도 넣을 수 있었다. 피터는 네 마리 말을 바꿔 타는 그 짜증스러운 드렉슬을 뚫고 말을 달리는 자신의 모습을 떠올리고, 필라가 피터를 쳐다보지 않고 미소 짓는 모습도 떠올렸다. 필라는 수줍음이 많았다. 자신의 암말에 태워줬을 때 필라는 완전히 겁에 질렸고 믿을 수 없을 만큼 곤란해했다. 말에 올려주면서 필라의 허벅지가 덜덜 떨리는 것을 느낄 수 있었더랬다.

손 안에 잡혔던 필라의 연약하고 부드러운 몸을 기억하자 피터의 허벅지가 떨렸다. '네 목소리 앞에서 내 영혼은 언제나 어색하고 반드르르한 망아지 같아….' 피터의 어머니가 읊던 미친 소리도 지금은 아주 술 취한 소리 같지 않았다. 피터의 망아지, 피터의 부드럽고 상처받기 쉬운 암망아지. 필라에 비하면 피터 자신은 고릴라나 다름없었다. 엄밀하게 말하면 피터 역시 순결한 몸이지만, 남자는 다르니까. 그리고 문득 피터는 아버지의 방에서 읽었던 그 괴상한 성심리학자 해블록 엘리스 책이 이해가

갔다. 부드럽게, 반드시 부드럽게 해야 한다. 바이올린 켜는 개코원숭이처럼 굴지 말고.

"나이 많은 남자들이랑 노닥거리면 안 돼." 피터는 말하면서 목소리가 걸걸하게 나왔다는 사실에 고마움을 느꼈다. "혹시 모른단 말이야."

필라는 흘러내린 머리카락 아래로 피터를 바라보며 가까이 다가왔다. 아직 두 팔로 몸을 감싼 채, 손은 느릿느릿 아래위로 팔을 어루만지고 있었다. 따뜻한 비누 냄새가 피터의 코를 채우고, 그 아래로 날카로운 사향 냄새가 났다. 필라는 자기가 뭘 하는지 모르고 있다고, 피터는 목이 메어 생각했다. 필라는 남자들에 대해 모른다고. 그리고 피터는 둘 사이에 껑충 뛰어오르는 열기를 가라앉히려고 "안 돼." 아니면 "그런…." 비슷한 소리를 중얼거렸지만, 필라가 속삭이는 소리에 혼란스러워지고 말았다.

"아파, 피…터."

"뭐, 팔 말이야?"

"여기, 여기 말이야. 바보야." 그리고 피터의 손은 갑자기 작고 서늘한 손가락에 잡혀서 필라의 팔이 아니라 놀랍게도 필라의 옆구리로, 바스락 거리는 셔츠 안으로 끌려 들어갔다. 처음에는 아무것도 느껴지지 않다가, 피터의 넓은 가슴팍과는 충격적일 만큼 다른 필라의 따뜻한 몸을 만지고, 마비된 듯한 손이 더듬거리다가 어딘가를 움켜쥐자, 필라는 몸을 반쯤 돌려서 격해진 피터의 손이 타는 듯 부드러운 낯선 둔덕으로… 필라의 젖가슴 위로 올라가게 도왔다. 방 안이 텅 비고, 죽은 버팔로들이 다 뛰어 돌아오는 것처럼 쿵쿵거리며 차오르는 소용돌이에 휩싸였다. 그리고 창문이 한 번 깜박이며 쏘아 들어온 레몬색 햇살이 둘의 몸뚱이를 감쌌다. 필라의 엉덩이가 피터의 허벅지를 밀어 올리니, 두 손을 필라의 젖가슴에 가만히 두고 서 있기란 불가능해졌다.

"넌 뭘 하는지 모르고 있어, 필라. 이러지 마. 네 어머니가…."

"엄마는 지금 없어." 그리고 피터는 입과 손을 부드럽게 놀리려고 애 쓰고, 필라의 몸이 피터의 지퍼에 닿지 않게 붙들어두려 애쓰고, 그러면서도 더할 나위 없이 즐겁게 필라를 그의 몸속에 채워 넣으려 애쓰는 혼란스러운 시간이 잠시 이어졌다. 피터에게 손이 여섯 개 있다면 필라의 온몸에서 뿜어나오는 전기에 대처할 수 있었을까…. 그러다가 갑자기 필라가 몸을 떼어내며 바보같이 물었다. "피…터, 넌 친구 없어?"

미묘하게 달라진 목소리에 피터는 눈을 껌벅이다가 멍청하게 대답했다. "있지. 톰 링." 필라는 작은 코에 주름을 잡았다.

"바보 피…터. 남자친구 말이야. 누군가 반반한."

피터는 품위를 잃지 않고 헐떡이려 노력하면서 생각했다. 젠장, 아니 맙소사. 나한테 반반한 친구가 없다는 걸 알 텐데. 피크닉 때문이라면 디에고 마틴이라거나? 하지만 이런 생각을 내놓기 전에 필라가 창틀에 몸을 기대고 실크 커튼으로 몸을 감싸더니 피터를 빼꼼 내다보았다. 피터의 손은 커튼 천을 긁을 수밖에 없었다.

"르네한테는 친구가 있거든."

"어."

"그 친구도 나이 많아. 스물두 살이었나." 필라는 놀리듯이 숨을 들이쉰다. "샤를로 소위…, 너희한테는 찰스지 아마?" 그러더니 필라는 몸을 돌려 피터의 품에 뛰어들었다. 커튼째로. 그리고 실크 감촉과 키득거리는 소리와 함께 작은 목소리가 계속 말하길 "그리고 르…네와 샤를…로와 필…라가 다 같이 침대에 가서 몇 시간이고 몇 시간이고 놀았어. 아, 피…터, 얼마나 멋졌는지 몰라. 난 이제 다시는 남자애 하나하고만 하지 않을 거야."

모든 것이 후퇴하고 앞에 보이는 필라의 얼굴만이 무섭도록 무겁고 강렬하고 생경한데, 분노가 헛되이 몸속을 휘저으면서 피터의 심장이 죽었고 인식할 수 없을 정도로 악이 퍼졌음을 아는 바로 그 순간, 필라가 입가에 손을 올리더니 몸을 반으로 접고 피터의 곁을 지나쳐 달려갔다.

"토할 것 같아, 피터. 도와줘!"

그리고 피터는 어둡고 서늘한 복도를 비틀비틀 따라가서 몸을 구기고 쓰러진 필라를 찾아냈다. 필라는 갈색 머리채를 변기 안으로 드리운 채로 흐느끼며 구역질을 하고, 심하게 경련하고 있었다. 하얀 셔츠가 말려 올라가서 불쌍할 정도로 가냘픈 등이 드러나 보였다. 필라의 부드러운 척추가 바지 안으로 곡선을 그리고, 말랑한 엉덩이는 피터의 무릎을 두드렸다. 피터는 필라의 목 대신 젖은 수건만 무력하게 쥐어짜면서 머리카락에 가려진 이마를 닦아주려 했다. 그 어두운 병원 같은 화장실에서, 필라가 피터의 손을 잡고 경련을 일으킬 때마다 피터를 같이 흔드는 동안 피터의 목에서도 헛구역질이 나고, 얼굴은 묵직하게 늘어진 느낌에, 멍하니 벌린 입에서는 침이 흘러내렸다. 세상이 신음하고 있었다. 눈 앞에 필라의 아버지 것인 베이럼 애프터셰이브 병이 아니라 타일을 두른 커다란 라폰다 침실이 보였다. 침대 위에서는 세 명의 몸뚱이가 뒹굴며 미지의 행위를 벌이고 있었다. '셋이 함께 놀았다고⋯.'

  뱃속이 울렁이고, 단지 그것만으로 피터는 바지 안에서 느끼고 말았다. 불쾌한 분비물이 빨갛게 달군 철사처럼 무시무시하게 느릿느릿 가랑이를 적시는 동안 피터는 필라 곁에 쓸모없이 서 있었다. 상상할 수도, 기억할 수도 없는 어느 가까운 미래에도 그렇게 무력하게 서 있게 될 터였다. 긴장감이 계속 쌓이며 쿵쿵쿵, 빛이 번쩍였다. 폭풍이 오고 있나. 아니면 눈이 어두워지는 걸까. 하지만 피터가 맹렬히 쥐어짜는 수건은 의식하지도 못한 채 변기 가장자리에 늘어진 필라의 깨끗한 옆모습은 잘만 내려다보았다. 번득이는 어둠 속에서 '패혈성 유산'이라는 이해할 수 없는 글자가 피터의 순결한 첫사랑의 등뼈를 타고 구불구불 내려가고, 우주는 어둠! 빛! 어둠! 고동을 쳤다. 어떤 폭풍보다 더 무자비하게 말발굽을 울리며, 앞이 보이지 않는 어둠의 번갯불 속을 뚫고 피터를 단조로운 진정 상태로 내던졌다. 그 안에서 피터는 뭔가를 감지했지만 그러자마자 상상도 할 수 없는 에너지에 휩쓸려⋯.

그리고는 다시 응집. 또 다른 세상의 풀밭과 야외 햇살 속으로, 달콤한 청춘의 자아로 피어났다. 이번에는 전혀 다른 여자가 피터의 엉덩이를 밀고 있었다.

"몰리." 더 나이 든 자신의 목소리가 어렴풋이 들렸고, 피터는 친숙하고 지저분한 포토맥강에 버드나무 잎이 나부끼는 모습을 보며 기쁨을 느꼈다. 옷깃에 수 놓인 의무부대 기장과 계급장이 목을 찔렀다.

"부르셨습니까, 박사님." 몰리는 몸을 빙글 돌리더니 텁수룩한 풀밭에 무릎을 꿇고 하워드 존슨 상자를 열었다. "아, 세상에. 커피라니." 몰리는 피터에게 핫도그를 건네며 금빛 머리를 흔들어 넘겼다. 몰리의 팔은 부드럽고 흰 겨드랑이까지 어찌나 여성스러운지, 온몸을 먹을 수 있을 것 같았다. 심지어는 드레스마저도 신선하고 투명한 레모네이드 같았다. 아니다, 투명한 게 아니라 빛이 나는 거다. 피터는 생각을 수정했다. 그래, 그거다. 빛이 났다. 피터의 빛나는 여인. 피터는 호텔 방에서 자신의 몸 위로 미끄러지던 몰리의 머리카락을 생각하며 조그마한 어둠을 떨쳐 버렸다.

"이리 와서 앉아, 피터. 별로 안 지저분해."

"이 정도가 지저분하긴 뭘." 피터는 몰리 곁에 주저앉아서, 한쪽 팔로는 자연스럽게 풀밭에 앉은 몰리의 풍만한 엉덩이를 감쌌다. 몰리는 고개를 설레설레 저으며 피터를 향해 키득거렸다.

"하여간 성가신 남자야." 몰리는 핫도그를 크게 한 입 베어 물었다. 그 입술을 보니 그 자리에서 바로 몰리에게 몸을 던지고 싶었지만, 위쪽으로 지나가는 자동차들을 기억하고 간신히 참았다. 몰리는 핫도그를 씹으며 말했다. "장담하는데 당신은 이전까지는 친구로 지내던 사람과 섹스를 한 적이 없었을 거야."

"대충 그런 편이지." 피터는 핫도그를 내려놓고 군복 타이를 풀었다.

"30일만 있으면 평복을 입고 볼티모어에 있게 되겠지." 몰리는 기분 좋게 손가락을 빨았다. "와, 피터. 당신이 펠로우십을 따내서 정말 기뻐. 코울슬로 좀 먹어봐, 맛이 괜찮아. 늙은 거물 병리학자가 되고 나서도 우리 불쌍한 노예들을 기억해줄래?"

"기억할 거야." 정신을 다른 데 돌리기 위해 피터는 상자 안을 쑤시다가 코울슬로를 책 위에 흘렸다. "뭘 읽고 있어?"

"아, 와틀리 캐링턴이야."

"와틀 뭐?"

"와틀…리. 캐링턴. 영국인이야. 심령 연구가인데, 영국에선 그런 걸 아주 진지하게 하거든."

"그래?" 피터는 강을 보고 활짝 웃었다가, 가물거리는 잔상을 없애기 위해 눈을 깜박였다. 암페타민 금단증상인가? 6개월이나 지났는데.

"이 사람에겐 K-오브젝트에 대해 이런 가설이 있어. 뭐든 간에 사람이 가장 강렬하게 느끼는 것이, 바로 그 사람의 일부분이 되어 계속 살아간다는 거야…. 피터, 뭐가 잘못됐어?"

"아무것도 아니야."

하지만 가물거림이 멈추지 않고 오히려 갑자기 더 심해졌다. 가물거리는 시야로 피터는 몰리의 얼굴이 간호사의 신중함을 띠고 다가오는 것을 간신히 알아볼 수 있었다. 그리고 피터는 검은색으로 번득이는 세상에 단단히 매달리려 애썼다. 검은색… 녹색… 어둠! 피터는 호흡도 없는 무한한 시간 동안 아무 데도 아닌 어둠 속, 새카만 하늘 아래 회색 재만 떨어지는 환영 같은 풍경 속에 갇혀서, 평원 위 저 멀리 얽힌 잔해를 눈 아닌 눈으로 보았다. 너무나 위협적이라, 육체도 없는 피터의 목소리는 옆에 쌓인 잿더미 속 금속 조각의 그림자에도 비명을 질렀다. 2004. 유령 같은 무의미한 숫자… 그만해! … 그리고 피터는 몰리의 젊은 눈빛 아래 강가로 돌아왔다. 피터의 두 손은 몰리의 몸을 단단히 파고들었다.

"이런, 이런. 자기야. 전쟁은 끝났어." 달콤하고 육감적인 개구쟁이

요정 같은 미소가 이제는 주의 깊은 미소로 바뀌고, 간호사다운 손이 피터의 셔츠 안으로 들어왔다. "한국은 만 리 밖에 있고, 당신은 친숙하고 훌륭한 워싱턴 D.C.에 있어요, 박사님."

"나도 알아. 자동차 번호판을 봤어." 피터는 설득력 없이 웃으며 손에서 힘을 뺐다. 서울의 유령들은 영영 피터를 놓아주지 않는 걸까? 그리고 피터의 몸은 죄책감이 들도록 온전하다. 몸 어디 한 부분도 그 얼룩진 쓰레기통에 남겨 두지 않았고… 그만! 몰리를 생각하자. 피터는 아이젠하워를 좋아했다.* 피터는 수술 대신 존스 홉킨스 연구직 펠로우십을 선택했다. 어떤 남자들은 그냥 수술에 적합하지가 않다.

"난 겁쟁이야, 몰리. 연구라니."

"아, 정말이지, 피터." 몰리는 더없이 따뜻하게 말했다. 피터의 가슴에 올라간 간호사의 손이 이제 안심하고 연인의 손으로 바뀌었다. "그 이야기는 벌써 다 끝냈잖아."

물론 그랬다. 피터도 그 사실을 알기에 이렇게만 중얼거렸다. "아버지는 내가 인디언 의사가 되길 원하셨지." 이것도 이미 끝낸 이야기였다. 그리고 이제 넘치는 기쁨이 돌아왔으니, 피터는 가벼운 마음으로 코울슬로를 잡고, 현실을 통제하기 위해 잡담거리로 돌아갔다.

"그래서 와틀리는 어때?"

"진지한 내용이야." 몰리는 키득거리면서 항변하더니, 순식간에 진지하기까지 한 모습으로 변신했다. "그게 말이지, 난 무신론자야, 피터. 사후에 뭔가가 있다고 믿지 않아. 하지만 이 가설은…." 그러면서 몰리는 K-오브젝트와 시간 웅덩이, 불멸하는 정신의 강렬한 에너지 구조에 대해 떠들어댔다. 청춘의 나날에 피터에게 소유욕 없는 사랑을 가르쳐준, 상냥하고 침대에 들기 좋은 여자. 피터의 친구. 피터를 해방시킨 사람.

피터는 늘어지게 기지개를 켜고 코울슬로 냄새가 나는 트림을 했다.

---

* 미국 아이젠하워 전 대통령은 이승만의 반대를 물리치고 한국전쟁을 휴전으로 마무리했다.

적극적인 여자와 자유인 남자. 아무 문제도 없었다. 남자가 여자에게 필요로 하는 게 뭘까? 욕망을 충족한 기분 좋은 얼굴. 몰리가 발하는 빛. 피터가 몰리를 충족시켰다. 그리고 다시 충족시킬 것이다….

"그렇지만 좀 으스스해." 몰리는 상자를 강에 집어 던졌다. 상당한 노력을 기울인 덕분에 상자는 6미터를 날아갔다. "젠장! 하지만 당신의 일부가 당신이 사랑했던 대상에게 달라붙어서 그 주위를 영원히 맴돈다고 생각해봐!" 몰리는 버드나무에 기대앉아서 상자가 강물에 떠가는 모습을 지켜보았다. "나의 일부는 어느 멍청한 고양이 주위에 영원히 머물게 될까 궁금해. 난 그 늙은 고양이를 사랑했어. 헨리 말이야. 하지만 헨리는 죽었지."

12게이지 산탄총의 환영이 소리 없이 피터의 마음을 가로지르고, 암말이 히힝거렸다. 피터는 재채기를 하고 몸을 굴려 몰리의 무릎을 베고, 몰리의 따뜻하고 향기로운 허벅지에 코를 묻었다. 몰리는 가슴 너머로 꿈꾸듯 피터를 내려다보았다. 아름답기까지 했다.

"무엇을 사랑하든, 그게 영원히 간다는 거야. 무엇을 사랑할지 조심하도록 해." 몰리는 장난스럽게 곁눈질을 했다. "다만 당신이라면 제일 화가 난 일에 더… 아니, 그건 끔찍한 생각이다. 제일 강렬한 건 사랑이어야 마땅해."

과연 그럴까 의심스러웠지만, 몰리의 무릎에 자리를 잡은 피터는 기꺼이 설득당할 마음이 있었다. 그동안 몰리는 피터를 때리는 척하다가 꿈틀거리며 두 팔을 뻗어 기지개를 켜고 허공에, 삶에, 피터에게 자신을 내어주었다. "난 당신 주위를 맴돌면서 영원을 보내고 싶어." 그렇게 말하며 피터는 몰리를 잡으려고 몸을 일으켰다. 이제 지나가는 차들에는 신경도 쓰이지 않았다. 그리고 사랑스럽고 친숙한 몸이 순순히 아래에 깔리자 피터는 지금 한 말이 사실이라는 것을 깨달았다. 한동안 알고 있었던 사실이기도 하다. 우정이 아니었다. 최고의 우정도 아니었다. 이건 진짜였다. "사랑해, 몰리. 우린 사랑하는 거야."

"아아, 피터."

"볼티모어에 같이 가자. 결혼하자." 피터는 몰리의 따스한 목에 대고 말하며 스커트 아래 묵직하게 느껴지는 살결을 만지다가, 이상한 적막을 느끼고 몸을 떼어냈다. 몰리의 얼굴을 볼 수 있게, 몰리의 입술이 속삭이는 모습을 볼 수 있게. 몰리가 말했다. "그런 말이 나올까 두려웠어."

"두렵다니?" 안도감에 심장이 뛰어오르고, 심장이 너무 세게 뛰어서 그런지 공기가 다시 가물거렸다. 그 가물거림을 뚫고 다급한 피터의 몸 아래 너무나 차분하게 누운 몰리가 보였다. "두려워하지 마, 몰리. 사랑해."

하지만 몰리는 조용히 말하고 있었다. "아, 젠장. 젠장. 피터. 정말 미안해. 여자들이 하는 형편없는 짓인데 이건. 내가 정말 행복했던 건, 그건⋯." 몰리는 침을 꿀꺽 삼키고는 우스꽝스러운 목소리로 말을 잇는다. "나한테 정말 소중한 사람이 집에 돌아오기 때문이야. 그이가 오늘 아침에 호놀룰루에서 전화했어."

번득이는 고동 속에서 이것만은 이해할 수가 없었고, 이해하지도 않을 테지만, 피터는 거듭거듭 말했다. "당신은 날 사랑해, 몰리. 난 당신을 사랑하고. 우린 볼티모어에서 결혼할 거야."

몰리는 부드럽게 피터에게서 벗어나면서 말했다. "아, 맞아, 피터. 사랑해. 나도 사랑해. 하지만 똑같은 마음은 아니야."

"나와 같이 살면 행복할 거야. 날 사랑하잖아."

이제는 두 사람 다 일어나서, 깜박이며 고동치는 햇빛 속에 웅크려 앉아 있었다.

"아니야, 피터. 한 번도 말을 안 했지. 내가⋯." 피터를 찾아 뻗는 몰리의 두 손이 단도 같았다.

"당신과 결혼할 수 없어. 난 찰리 맥마혼과 결혼할 거야."

'맥마혼⋯마아아아⋯호오오오⋯온⋯.' 그 바보 같은 소리가 퍼덕이며 우주를 관통하고, 피터의 경동맥이 쿵쿵거리고, 공기 중에는 피터의 상처와 분노가 울려 퍼지는 가운데 피터는 상처 입고 바보같이 서 있었다.

모든 것의 배신을 믿을 수가 없었다. 모든 것이 거대한 암흑의 강타 속에 번득이며 피터의 목소리가 외쳐댔다. "창녀!" 계속해서 외쳐댔다. "나쁜 년… 나쁜 년… 나쁜 년…." 점점 줄어들며 번득이는 혼돈 속으로….

그리고 소리 없이 이제는 친숙하기까지 한 '무존재'로 폭발했다. 이번에는 거대한 에너지의 파도가 서서히 밀려 올라가듯이 느리게 진행된 덕분에, 피터 자신의 어떤 구조가 이제는 두뇌가 아닌 어딘가에서 자신은 실제로 죽었고 격분한 순간들의 파편 속을 영원히 살아가는 저주를 받았다는 공포를 자아냈다. 그리고 피터의 정수는 이 공포에 저항하려 애썼다. "하지만 난 사랑했어!" 황무지의 지평선에서, 차가운 검은 하늘 아래 끝없이 펼쳐진 생명 없는 돌무더기 평원에서. 그곳에서 피터는, 혹은 피터에 해당하는 어떤 에너지 패턴은 다시 한번 멀리 떨어진 존재를 감지했다. 잔해, 기계, 이해할 수 없게 작동하는 거대한 구조물이 악몽의 세계에 어두운 힘을 내뿜고, 그 힘이 이제 밀려들어 와서….

✳

"하지만 난 사랑했어!"라는 말만 덧없이 머금은 채, 피터는 친숙한 공간에 새로 조립되어 있었다. 피터는 기름칠하지 않은 회전의자에 스스럼없이 등을 기대고 만족감을 음미했다. 내면 어딘가에서 일렁이는 약한 어둠에는 그저 시선을 책상 위에 쌓인 인쇄물 뒤에 있는 3D 초상화로 옮길 힘밖에 없었다.

인쇄물 더미 너머로 몰리가 마주 미소를 지었다. 몰리는 그들의 큰딸에게 팔을 두르고 있었다. 몇십 년 만에 처음으로 가엾은 찰리 맥마혼에 대한 생각이 머릿속을 스쳤고, 자동으로 주문이 따라왔다. '몰리는 절대 그놈과 행복하지 못했을 거야.' 그 문제로 힘든 시간을 보내기는 했지만, 그들은 해결해냈다. 그 후로 좋은 시절을 오래 보내고도 강가에서의 그날이 이렇게 선명하게 떠오르다니 재미있는 일이었다. '하지만 난 사랑했어.' 피터의 정신이 불안하게 중얼거리는 가운데 피터의 시선은 애정을 담아 인쇄물을 향했다.

그 사랑스럽고 멋들어진 결과라니. 이젠 여덟 가지 방법으로 다 확인했다. 불일치도 모두 잡았다. 희망했던 것보다 더 좋은 결과였다. 저널 논문은 내일 우편함에 들어갈 수 있다. 물론 요즘은 논문이 발행되려면 3년씩 지연되기도 하지만, 신경 쓸 것 없었다. 미국과학진흥회 위원단은 다음 주에 온다. 그게 중요했다. 타이밍에 행운이 따랐다. 이보다 더 깔끔할수가 없다. 언론에서 자세히 써내야 할 것이다. 무슨 상이든 받긴 받겠지. 그런 생각을 하며 빛나는 피터의 얼굴은 주름이 다 펴지고 10년은 젊어보였다.

"난 그걸 사랑해. 중요한 건 그거야." 피터는 휴식 시간도 없이 고되게 일하며 보낸 세월을 생각했다. 커피 자국 남은 서류철들이며 새 원심분리기, 동물 분뇨, 열어젖힌 실험복, 게다가 분석 작업을 두고 페리스와 벌인 언쟁들은 어떻고. 공간에 대한 언쟁, 장비에 대한 언쟁, 비용에 대한언쟁… 빛나는 피터의 가설은 그런 온갖 것들 위에 레이저망처럼 빛났다. 피터의 입증받은… 아니, 아직 그렇게 말하면 안 되지… 피터의 주의 깊게 검증받은 가설. 평생 한 번 있을까 말까 한 일이었다. 아름다운 업적. 다시는 못 하리라. 이런 일을 다시 할 힘이 남아 있지 않았다. 그래도 상관없다! 바로 이거니까, 이게 절정이니까. 시간에 딱 맞췄다. 네이선이 했던 말은 생각하지 말자. 그 이름은 (노벨상) 생각하지 말자고. 그건 멍청한 소리야. (노벨상) 연구 결과 자체를 생각하자. 그 설명력을, 그 명료함을.

피터의 손은 저도 모르게 편지에 이끼가 자랄 지경이 되도록 인쇄물 아래에 내버려두었던 우편물 상자를 향해 움직였지만(이번 업적으로 비서를 얻을 수 있겠지. 그건 확실해!), 빛을 보고 싶다는 생각에 창가로 몸이 돌아갔다. 방 안에 긴박감이 감돌고, 에너지가 넘실거렸다. 커피를 너무 마셨나 보다. 기쁨이 지나치기도 했고. 익숙하지가 않아. 너무 혼자 지내서. 이제부터는 나눠야지. 연구 성과도 나누고, 젊은이들을 격려하고. 이제는 보조원도 많아질 텐데….

국립보건원 별관을 둘러싼 지겨운 베데스다 교외 풍경 위로 공동 저작 논문들의 행렬이 떠돌았다. 수석 저자로 피터의 이름이 들어가 있었다. 다정한 신화가 되어 모두의 첫 출판을 후원해주는, 주류에 오래도록 남는 학자가 되어야지. 피터는 저 아래 차고 옆에서 농구를 하는 아이들을 보았다. 저 아이들 중 누군가가 이 위에서 피터가 지저분한 몇 년을 들인 결과 덕분에 골수종을 치료하고 살게 될까? 좀 더 쉽게 결정화할 수만 있다면. 분명히 그렇게 되겠지. 그렇지만 내가 하지는 못할 거야. 피터는 희미한 섬광등 불빛 같은 깜박임 너머로 달리는 사람 그림자에 초점을 맞추려고 애쓰며 생각했다. 그 깜박임은 마치 아래 길거리에서 올라오는 것처럼 보였지만, 피터의 망막에 일어나는 현상일 게 분명했다.

정말로 카페인을 지나치게 섭취했다고. 피터는 스스로에게 경고했다. 지금 고혈압 삽화를 일으키진 말자. 정말이지 지금은 안 된다. 방 안에는 거의 만질 수 있을 정도로 뚜렷한 환희가 넘실거렸다. 집중을 흩어놓는 게 아니라 오히려 통합시키는 감정이었다. 마치 더 높은 수준의 활력을 획득한 것 같았다. 노르에피네프린* 효과랄까. 어쩌면 정말로 더 높은 수준에서 살게 될지도 모르지. 피터는 눈 안쪽으로 아폴로의 월면 경관처럼 보이는, 약간 불편해진 검은색 잔상을 없애려고 두 손가락으로 콧잔등을 문지르며 생각했다.

피터는 안경을 맹렬히 닦으며 스스로에게 말했다. 나는 파멸을 너무 많이 생각해. 폭탄 공포, 생태 공포, 파시즘 공포, 인종 전쟁 공포, 모든 것의 죽음에 대한 공포까지 너무 많았다. 피터는 내이에서 울리는 귀울림을 멈추려고 턱을 홱 당기고는, 커다란 1984년 탁상 달력을 흘긋 보았다. 농담이 휘갈겨져 있었다. '모든 게 괜찮다면 우린 왜 속삭이는 거지?' 그래. 그만하고 집에 가자. 아내 몰리와 수, 그리고 늦둥이 피터 주니어에게로.

---

* 부신수질 호르몬으로, 의식을 명료하게 해주고 몸을 적당히 긴장시키는 기능을 한다.

피터는 자신에게 달려오는 아이를 생각하며 씩 웃고는, 인쇄물 아래에 놓인 오래된 우편물에 손을 넣었다. 그리고 그 우편물에 손이 닿는 순간, 고드름이 피터의 심장을 찔렀다.

순간 피터는 진짜 심근경색이 왔다고 생각했다. 하지만 진짜 심장의 통증은 아니었다. 피터의 손가락에서, 그 손끝에 닿은 흉물스러운 갈색 표지의 외국 저널에서 피터의 영혼으로 흘러드는 무시무시하게 차가운 깨달음 때문이었다. 천천히 그 저널을 끌어내자 표지에 클립으로 끼워놓은 쪽지가 보였다. 누군가가 직접 전달한 그 망할 저널이 작은 폭탄처럼 그 아래에… 얼마나 오래 있었던 거지? 몇 주?

'피터, 한번 보는 게 좋겠어. 정말 유감이야.'

하지만 볼 필요도 없었다. 곤봉처럼 뚱뚱하고 차가워진 손가락으로 형편없이 인쇄된 페이지들을 넘기면서 피터는 이미 그 안에서 무엇을 찾게 될지 알고 있었다. 너무나 깔끔하게, 너무나 아름답고도 완벽하게, 심지어는 더 강하고 더 우아한 확증을 가지고 피터가 생각하지 못한 영향까지 적어놓은 논문…. 그 모든 것이 너무나 겸손하고 간결하게 적혀 있었다. 너무나 젊은 학자의 손으로. 그 페이지를 열자 절망이 피터를 덮쳤다. 도대체가, 자카르타 대학이라니? 어느 힌두교도의 지주받을 패러다임이라니….

그 페이지를 더듬거리는 사이 속을 뒤집는 분노가 폭발하고, 영혼에는 담즙과 재가 쏟아졌다. 읽을 수가 없는 비현실적인 회색 페이지들은 이제 섬광을 발하고, 빛! 어둠! 빛! 어둠! 세상을 집어삼키고, 피터는 노호하는 허깨비 회오리바람에 실려….

✳

…그러다가 감각 아닌 감각이 모든 한계를 넘어서도록 강해지다가 마침내 소리 없는 순수한 에너지로 폭발했다. 피터는… 아니 피터의 남은 부분, 또는 잠시 재구성된 피터는 겁먹은 통찰을 통합하여, 피터의

실체 없는 자아가 파멸한 행성에서 영겁 저편으로 사라진 국립보건원 별관의 먼지 속을 무형으로 맴돌고 있다는 치명적인 인식을 획득했다. 그리고 살았던 모든 것이 정말로 죽었음을 괴롭게도 명료하게 이해했다. 오직 피터 자신의 내면에서 가장 절절히 죽고 싶어 하는 부분만이 살아 있었다.

무슨 일이 일어났을까? 피터는 몰랐고, 결코 알 수가 없었다. 어떤 파멸이 혹은 다른 무엇이 마침내 그들을 따라잡았는지, 언제인지 몰랐다. 다만 자신이 시간이 아니라 영원을 인식하고 있다는 사실만 알았다. 여기 살았던 모든 것이 오래전에, 시간마저 정지할 정도로 오래전에 사라졌다. 사라졌다, 모두 사라졌다. 수백 년 혹은 수천 년이 사라지고, 모든 것이 언제까지나 이어질 차디찬 어둠 속 생기 없는 별들 아래에서 잿더미로 변했다. 피터 혼자만, 그리고 피터의 하찮은 고통만을 남기고.

혼자라고 생각했지만, 무자비하게 구체화하는 힘이 더욱 높이 솟구치며 어렴풋이 불쾌한 존재감을 일깨웠다. 먼지 속의 실체 없는 동요가 다른 사람이 있다는 사실을 일러주었다. 다만 그것은 차가운 바윗덩어리를 유령처럼 감싼 죽은 생명의 막에 두드러진 결절 같은 형태였다. 도달할 수 없이, 고립되어⋯ 피터는 다른 존재에게 접촉해보려다가 엄습하는 새로운 두려움에 소스라쳤다. '저들도 고통에 사로잡혀 있을까?' 고통이 진정으로 우리의 신경에서 가장 격렬한 불이었던가? 고통만이 죽음을 넘어서까지 그 불길을 유지할 수 있단 말인가? 사랑은, 환희는 어떻게 되고? 여기에 사랑이나 환희는 없었다.

그런 확신이 밀려들자 피터는, 이전에는 어떤 종교도 믿지 않았던 피터는 소리 없이 울부짖었다. 지상의 모든 고통이, 무효가 되지 않는단 말인가? 스탈린그라드와 살라미스에서, 게티즈버그와 테베와 됭케르크와 하르툼 전투에서 망가진 영혼들은 영원히 절뚝거린단 말인가? 라벤스브뤼크와 운디드니에는 아직도 학살자의 공격이 떨어진단 말인가? 카르타고와 히로시마와 쿠스코의 망자들은 여전히 불타고 있단 말인가? 유령이 된 여인들이 오직 다시 한번 강간으로 고통받고, 다시 한번 아기들이 살해당하는 광경을 지켜보기 위해 깨어난단 말인가? 모든 이름 없는 노예가 아직도 강철의 아픔을 느끼고, 한 번 날아갔던 모든 폭탄과 탄환과 화살과 돌은 아직도 비명을 지르는 목표물을 찾아 날고 있단 말인가…. 끝도 위안도 없는 잔학 행위가, 영원히 계속된단 말인가?

'몰리'. 피터의 지워진 심장에 그 이름이 떠올랐다. 사랑이었던 몰리. 피터는 몰리 아니면 몰리의 파편이 아이들 주위에서 열을 올리고 있는지 알아보려 애썼지만, 잔해 속에서 찰리 맥마혼의 피투성이 머리를 향해 언제까지나 기어가는 몰리의 모습밖에 불러내지 못했다.

'그렇게 두지 마'! 피터는 폐허를 향해 저항의 소리를 지르려 했고, 이상한 에너지가 농밀해지면서 스스로가 좀 더 실체를 갖춘 것을 알게 되었다. 피터는 몸도 없이 몸부림치고, 사라져버린 사지를 마구 흔들면서 소멸로부터 사랑을 불러내어 지옥에 대한 방패로 삼으려 했다. 삭제된 영혼을 다해서 궁극의 부적을 불러내려 했다. 어린 아들의 웃음소리, 피터에게 달려와서 집에 잘 왔다며 다리에 달라붙는 아이의 모습.

한순간 피터는 해냈다고 생각했다. 위로 치켜든 작은 얼굴, 벌린 입을 볼 수 있다고…, 하지만 잡으려고 하자 아이의 유령은 흐려지다가 닳아 없어지고, 피터의 황폐한 마음에는 또다시 아픔만 메아리쳤다. '난 엄마를 보고 싶어. 엄마를, 우리 엄마를.' 그리고 피터는 머리통이라고 생각했던 것이 몸통이었다는 사실을 인지했다. 물속에서 만난 상어들의 매끄럽고 황량한 주시처럼 공격적이고 이질적인 존재들.

그들은 움직이고, 모호하게 전진했다. 그들은 이 시간을 상실한 평원에 실제로 존재했다! 그리고 피터는 혐오스럽게도 그들, 기계인지 생물인지는 모를 그것들에게서 피터를 지탱하는 에너지가 흘러나왔다는 사실을 이해했다. 피터를 무덤에서 일으킨 것은 그것들의 알 수 없는 효과였다.

그들을 증오하고 싶은 마음이 간절하고, 다른 십억의 잔존자들이, 그 죽은 해바라기들이 자신들의 검은 태양을 향해 열망하고 염원하듯 그들을 흔들어서 피터의 사후 생명을 빨아들이게 하고 싶지만… 그럴 수가 없었다. 그들이 멀어지는 동안에도 무력하게 갈망할 수밖에 없었다.

피터는 그들이 멀리 떨어진 검은색 기념비들을 향해 이동하는 것을 인지했다. 그 뼈대만 있는 이질적인 기념비는 죽은 지평선에 보이는 유일한 물체들이었다. 그것들이 엔진인지 건물인지는 알 수 없었다. 눈은 없지만, 시각적으로 긴장하자 수렴이 느껴졌다. 이 세상의 것이 아닌 둥지로 개미 떼처럼 돌아가는 흐름을 느낄 수 있었다. 이를 알고 피터는 자신을 일으킨 에너지가 가라앉고 있음을, 쇠퇴하기 시작했음을 이해했다. 피터를 일으켜 세운 낯선 빛은 사라질 테고, 피터는 꺼지듯 끝날 것이다. '당신들은 아는가?' 피터는 목소리 없이 부르짖었다. '당신들은 아는가? 아니면 모르고서 우리의 고통 속을 돌아다니는 건가?'

하지만 피터는 답을 받지 못했다. 영영 받지 못할 것이다. 그리고 약한 구성이 무너지면서 피터에게는 잠시 대체 어떤 상상하기 힘든 일이 그런 존재들을 피터의 죽은 잿더미로 이끌었는가 궁금해할 의식밖에 남지 않았다. 피터는 사그러들면서 생각했다. 저들은 사절단일까, 탐험가일까, 기술자들일까? 아니면 그저 관광객일 수도 있을까? 우리의 폐허를 돌아다니며, 어쩌면 일으켜 세운 구슬픈 유령들도 인식하고 있는 걸까? 우리를 켜놓고는, 우리의 죽음의 쇼를 오락거리로 삼는 걸까?

피터는 시들어가면서 그들이 기념비 안으로 들어가는 모습을 지켜보았다. 그들과 함께 피터의 괴로운 삶도 떠나고, 피터는 무(無)로 되돌아갔다. 그들이 돌아올까? 아니면 (피터의 스러져가는 자아는 마지막 슬픔을 자아냈다) 이미 오랜 세월이 지나 다시 돌아온 걸까? 이 일이 되풀이되고, 되풀이되고, 다시 되풀이된 걸까? 피터와 다른 죽은 생명 모두는 매번 무력하게 다시 태어나서 고통을 겪고, 똑같은 칼에 새로 또 찔려서, 다른 에너지가 다음번 공연을 위해 파낼 때까지 다시 죽는 일을 반복하는 걸까?

'우릴 죽게 해줘!' 하지만 붕괴해가는 피터의 정체성은 저항을 더 버텨내지 못하고, 그저 그게 사실이라는 것만, 견딜 수 없게도 모두 사실이라는 것, 이 모든 일이 전에도 행해졌고 다시 행해질 것이라는 것만 알고 있었다. 다시, 또다시, 영원히 되풀이되리라. 자비 없이.

그리고 무너져내리는 층들을 뚫고 가라앉으면서 피터는 오직 절망밖에 붙들지 못했다. 다시 한번 그 치명적인, 얇은 갈색 표지 저널을 만지고 ('자카르타 대학'이라고? 번쩍) 더는 영혼에 깃든 공포의 이유를 알지 못하면서 잃어버린 청춘을 뚫고 허물어지고 (피터, 당신을 그런 식으로 사랑하지 않아) 필라의 하얀 셔츠 안으로 어린 젖가슴을 쥐면서 마음 아린 즐거움에 배신당하고 (피…터, 친구는 없어?) 피터의 존재는 갈기갈기 찢겨, 흘러내리는 수많은 비통한 유령들 사이로 흩어졌다. 외계 생명이 그들을 버리자 다들 최후의 암흑을 향해 가라앉았고, 또 가라앉고… 그러다가 이해할 수 없는 비탄과 더불어 실재하는 마지막 한순간 피터는 그 자신이, 혹은 그 자신이었던 배열이 새벽, 자갈 위에 부츠를 딛고, 손은 녹슨 픽업트럭에 얹고 있음을 알아차렸다.

마법 같은 오리들을 내려다보고, 피터의 보트가 미리 잘라둔 물길에 안전하게 놓인 모습을 보자 열네 살의 심정에 감당할 수 없는 환희가 차올랐다. 왜 머리 위 봉우리들에 부는 바람이 고통의 소리를 내는지 이해하지 못한 채, 피터는 도끼와 처음 산 총을 들고 바위산을 뛰어 내려갔다. 차가운 별들 아래 검은 호수를 향해, 언제까지나.

LOVE IS THE PLAN THE PLAN IS DEATH

사랑은 운명, 운명은 죽음

신해경 옮김

1974년 네뷸러상 수상
1974년 휴고상 노미네이트
1974년 로커스상 노미네이트

기억하고 있어….

사랑스러운 빨강아, 들리니? 살포시 날 안아줘. 추위가 자라고 있어.

난 기억해.

난 거대한 검은 몸이었고, 희망에 차 있었어. 새로 온 따스함을 즐기며 여섯 다리로 산맥을 따라 튀어 다녔지! '변하는 이를 노래하라, 낯선 이를 노래하라! 변화는 영원히 변할까?' 내 모든 웅얼거림이 가사가 되었어. 또 다른 변화!

나는 공기 중에 떠도는 아주 미세한 진동을 따라 열정적으로 해를 쫓아 튀어 올랐어. 숲은 다시 움츠러들었지. 그때 나는 보았어. 나야! 나. 진정한 나, '모가디트'. 겨울 추위를 견디는 동안 난 더 크게 자랐어. 난 한때 '꼬마 모가디트'였던 나 자신에게 경탄했어!

세상의 양지쪽에서 느껴지는 흥분과 유혹, 그 강렬함. 세상아, 이제 내가 간다! 태양도 다시 바뀌고 있어. '태양이 밤으로 걸어가고 있어! 태양이 빛의 따스함 속에서 여름으로 걸어 돌아가고 있어!' 따스함은 나, 모가디트 자체야. 혹독했던 겨울은 이제 잊어.

그때 어떤 기억이 나를 흔들었지.

그 늙은이.

나는 걸음을 멈추고 나무 한 그루를 홱 잡아 뽑았어. 나는 정말로 그 늙은이에게 물어보고 싶었거든. 시간이 없었어. 너무 추웠어. 나무가 재주를 넘으며 절벽 아래로 굴러떨어지고, 뚱뚱오르기들이 기어 나오는 게 보였어. 하지만 난 그때 배고프지 않았어.

그 늙은이는 추위를 조심하라고 경고했어. 난 그를 믿지 않았지. 나는 애통해하며 다시 길을 재촉했어. '늙은이가 말했지. 추위가, 추위가 널 사로잡을 거야. 차가운 추위! 죽음을 부르는 추위. 추위 속에서 난 너를 죽였어.'

하지만 지금은 따뜻해. 전혀 달라. 난 다시 모가디트야.

나는 어느 언덕을 튀어 넘다가 프림 형을 봤어.

처음에 난 형을 알아보지 못했어. 커다란 검은 늙은이로군! 나는 그렇게만 생각했어. 그러고는 또 생각했지. 따스함 속에서라면, 둘이 얘기를 나눌 수 있겠어!

나는 나무들을 쓸어대며 그를 향해 돌진했어. 그 커다란 검은 몸은 웅크린 채 어느 골짜기를 내려다보고 있었어. 검은 등에 반짝이는 잔물결이 일었지. 저 모습은 누굴 닮았는데…. 이럴 수가, 프림 형이다! 내가 쫓아다니던 프림 형, 도망가던 프림 형! 하지만 이제 프림 형은 엄청나게 자랐어! 거인이 된 프림 형! '낯선 이여, 변하는 이여…'

"프림 형!"

프림 형은 내가 부르는 소리를 듣지 않았어. 길게 튀어나온 프림 형의 눈들이 몽땅 나무 밑에 쏠려 있었지. 궁둥이를 이상하게, 온통 떨면서 위로 쳐들고서. 무얼 사냥하는 거지?

"프림 형! 나야, 모가디트!"

하지만 프림 형은 그저 다리를 떨 뿐이었어. 날카로운 발톱들이 튀어나오는 게 보였어. 프림 형, 이 바보 같으니! 나는 프림 형이 예전에도 얼마나 멍청했는지 떠올리고는 상냥하게 움직이려고 애를 썼어. 가까이 다가가면서 나는 다시 깜짝 놀랐어. 이제 내가 더 커! 프림 형의 어깨너머로 골짜기가 바로 내려다보였어.

거기에 강렬한 연두색이 펼쳐져 있었어. 작은 숲속 빈터가 온통 햇빛을 받고 있었지. 나는 튀어나온 눈들을 굽혀 프림 형이 무얼 쫓고 있는지 보고는 엄청난 경이에 사로잡혀 세상 따윈 잊어버렸어.

난 너를 봤어.

난 너를 봐.

그리고 난 언제나 너를 볼 거야. 녹색 빛 속에서 춤추는 내 작은 빨강 별! 그처럼 밝다니! 그처럼 작다니! 그처럼 완벽하다니! 나는 너를 알아, 오, 그래, 난 너를 처음 본 순간부터 알고 있었어. 내 새벽 딸기, 내 빨간 꼬맹이, 빨강아! 내 제일 작은 눈보다도 작은 조그만 아기 빨강. 그러고도 그처럼 용감하다니!

그 늙은이가 말했지. 빨강은 사랑의 색이라고.

난 네가 제 몸집의 두 배는 되는 깡총이를 찰싹 때리는 걸 봤어. 네가 아기다운 분노에 휩싸여 '릴릴리! 릴릴리이-이!' 새된 소리를 지르며 그것을 쫓아 풀쩍 뛰고 구를 때, 내 눈들이 부풀어 올랐어. 오, 나의 위대한 사냥꾼, 넌 누군가가 네 짧고 부드러운 사랑털 속을 똑바로 쳐다보고 있다는 걸 몰랐지! 오, 그래! 그곳은 제일 연한 분홍, 막 장미를 스친 것 같은 분홍이었어. 내 턱이 튀어나오고, 세상이 번쩍이고 비틀거렸어.

그때 프림 형이, 불쌍한 프림 형이 뒤에 있는 내 기척을 느끼고는 뒷다리로 일어섰어.

하여간 대단한 프림 형이라니까! 그의 목구멍 주머니들이 검자줏빛 풍선처럼 부풀어 오르고, 등딱지들이 폭풍을 몰고 오는 먹구름의 어머니처럼 충혈됐어! 날카로운 발톱들이 반짝거리고 달각거렸어! 그리고 꼬리가 쿵 하고 울렸어! "저건 내 거야!" 프림 형이 큰 소리로 울부짖었지만, 나는 거의 알아듣지 못했어. 프림 형이 곧장 달려들었거든!

"그만, 프림 형, 그만해!" 나는 당황해서 몸을 피하며 소리쳤어. 이렇게 따뜻한데…. 어떻게 프림 형이 저렇게 난폭해질 수가 있지? 어떻게 나한테 죽자고 덤벼들 수가 있어?

"프림 형, 나야!" 나는 부드럽게 진정시키듯이 프림 형을 불렀어. 하지만 그때 뭔가 크게 잘못되었다는 걸 느꼈어! 내 목소리도 울부짖고 있었어! 그래, 따스함이 있었고, 나는 그저 프림 형을 진정시키고 싶을 뿐이었고, 나는 사랑에 가득 차 있었는데! 하지만 그 죽일 듯이 으르렁거리는 소리가 나를 쓸고 지나갔고, 나 역시도 팽창하고, 달각거리고, 큰 소리로 울부짖었어! 어쩔 수 없었어! 부수고, 찢고….

아, 정말 부끄러웠어.

난 갈가리 찢긴 프림 형의 잔해 한가운데에서 정신을 차렸어. 프림 형의 조각들이 사방에 널렸고, 나 자신도 프림 형에 흠뻑 젖었어. 하지만 나는 형을 먹지 않았어! 그러지 않았다고! 내가 그걸 먹는 기쁨을 누려야 했을까? 내가 운명에 반항한 걸까? 하지만 내 목구멍은 꽉 막혀 있었어. 그게 프림 형이라서가 아니라, 사랑하는 너 때문에. 너! 넌 어디로 갔지? 숲속 공터가 텅 비었어! 오, 두려운 두려움이여, 내가 네게 겁을 줬구나. 넌 도망갔어! 난 순식간에 프림 형을 잊었어. 나는 너, 내 마음의 짝, 내 소중한 조그만 빨강 말고는 모든 걸 잊었어.

난 나무들을 쓸어버리고, 바위들을 뒤집고, 좁은 골짜기를 찢어발겼어! 오, 넌 어디에 숨었지? 갑자기 나는 새로운 공포를 느꼈어. 내가 거칠게 널 찾는 사이에 널 다치게 하지 않았을까? 그제야 나는 스스로를 진정시키고, 천천히 탐색하기 시작했어. 나는 수색 범위를 더 넓혀 구름처럼 소리 없이 나무들 위를 빙빙 돌면서 빈터마다 내 수많은 눈과 귀를 들이댔지. 새로운 웅얼거림이 내 목구멍을 채웠어. '우우, 우-우, 럼-아-룰리-루.' 나는 신음했어. 널 찾으며, 필사적으로 널 찾으며.

한번은 저 멀리서 검고 커다란 형체가 언뜻 보여서 나는 반사적으로 몸을 바짝 일으켜 세우고 포효했어. 검은 놈은 공격해! 저건 또 다른 형제인가? 나는 그를 죽이려 했지만, 낯선 이는 이미 사라지고 있었어. 나는 다시 포효했어. 아니, 그게, 새로운 검정의 힘이 내게 포효했어. 하지만 마음 깊은 곳에서 진실한 나 모가디트가 두려워하며 나 자신을 지켜보고 있었어. 검은 놈은 공격하라니…. 따스함 속에서조차? 안전한 곳은 없어? 우리는 정말로 저 하찮은 뚱뚱오르기들과 다른 게 없단 말이야? 하지만 거의 동시에 나는 생각했어. 이럴 때가 아니야! 오, 그래! 오, 좋아! 달콤하도다, 운명이여. 나는 모든 걸 잊고 널 찾는 일에 골몰했어. 내 새로운 노래는 '울-루'와 '룰리 럼-아-루-우-루'를 갈망했어.

그리고 넌 대답했어! 바로 너였어!

나뭇잎 아래에 숨은 그처럼 자그만 너! '리! 리! 릴릴리!' 새된 소리로 울던 너! 지저귀던, 반쯤은 흉내 내듯 지저귀던, 이미 도도한 너. 오, 내가 얼마나 빙빙 돌면서, 이리저리 부딪히면서, 발밑을 보려고 애를 썼는지! '릴릴리! 리!'를 짓밟지 않을까 공포에 질려 얼어붙은 채. 흔들리고, 갈망하고, 한탄하는 모가디트여.

그러고 네가 나왔어, 네가 나왔지.

날 위협하는 사랑스러운 빨간 불벌레!

네가 작은 사냥용 발톱을 세운 걸 보고 내 애간장은 다 녹아버렸어. 난 그저 부드러운 젤리가 돼버렸어. 난 부드러워! 아, 난 어머니처럼 사납고도 부드러워! 사납고도 부드러운, 그게 어머니의 느낌 아니야? 내 턱에서 즙이 분출했어. 굶주림의 즙이 아니었어. 널 겁먹게 하거나 네 작은 몸을 상하게 할까 봐 난 공포에 숨이 막혔어. 나는 널 잡고 주무르고 싶어서, 한입에 꿀떡 삼키고 싶어서, 조금씩 조금씩 천 번쯤 갉아 먹어버리고 싶어 미칠 지경이었어.

아, 빨강의 힘이란! 그 늙은이가 말했었지. 이제 특별한 손들이, 늘 숨겨 다니던 내 부드러운 손들이 느껴졌어. 그것들이 갑자기 부풀며 튀어나와서는 내 머리 쪽으로 다가왔어! 뭐지? 이건 뭐지?

비밀스러운 손들이 내 턱에서 떨어지는 즙을 주무르고 굴리기 시작했어.

아, 그걸 보고 너도 자극되었겠지, 내 빨강아, 그렇지 않았어?

그래, 그래. 나는 느껴, 아아 고통이여. 나는 네 은밀한 흥분을 느꼈어! 네 몸은 지금도 우리 사랑의 새벽을, 우리가 처음 '모가디트-릴리'가 되는 그 순간들을 기억하고 있지. 내가 널, 진정한 너를 알기 전이었고, 네가 나를 알기도 전이었어. 내 마음의 짝이여, 그때였어. 너의 모가디트가 폭발하는 괴물처럼 너를 내려다보던 바로 그 첫 순간에 우리 사랑의 각성은 시작되었어. 나는 네가 얼마나 어린지, 얼마나 연약한지 알아보았어!

그래, 내가 경이로운 널 굽어보는 동안에도, 내 비밀 손들이 네 운명을 당겨 짜는 동안에도, 나는 오래전 내가 아이였던 지난해에, 우리 어머니가 형제들을 쫓아버리기 전에, 그 형제들 사이에서 다른 작은 빨강이들을 본 기억이 떠올라서 애가 탔어. 나는 그때 그저 어리석은 아기일 뿐이었어. 나는 이해하지 못했어. 나는 그들이 이상하게 자랐다고, 그 빨강이 웃기다고, 어머니가 그 빨강들을 쫓아낸 게 온당하다고 생각했어. 아, 어리석은 모가디트여!

하지만 이제 나는 널, 내 사랑스러운 빨강 불꽃을 보았어. 난 알았어! 넌 조금 전에 네 어머니한테서 내쳐진 거야. 넌 홀로 바깥세상의 밤을 맞는 공포를 아직 느껴본 적이 없었어. 넌 프림 형 같은 괴물이 널 사냥하려 기다린다는 건 상상조차 해본 적이 없었어. 오, 내 빛나는 루비, 내 아기 빨강아! 그때 난 맹세했어. 절대, 난 절대로 널 떠나지 않을 거라고. 그리고 내가 그 맹세를 지키지 않은 적이 있었어? 한 번도 없어! 나, 모가디트는 그때 맹세했어. '나는 네 어머니가 될 거야!'

위대하도다, 운명이여. 하지만 나는 더 위대해!

외로웠던 그해에 내가 배운 사냥의 모든 것들…. 그래, 공기처럼 가볍게 다가가기, 덮치기, 아주 조심스럽게 쥐기 같은, 내가 배운 모든 것들이 다 너를 위한 거였어! 네 선명한 몸의 아주 작은 부분도 다치지 않도록 하기 위해서였어. 아, 성공이다! 넌 태양의 불꽃인 양 지글거리고 침을 뱉고 몸부림을 치지만, 난 네 작고 완벽한 전부를 그대로 사로잡았어. 그러고는….

그러고는….

난, 아, 공포여! 기쁨과 부끄러움이여! 내가 어떻게 그처럼 아름다운 비밀을 말할 수 있겠어? 운명은 날 아이를 이끄는 어엿한 어머니로 만들었어. 나는 내 특별한 손들을 움직이기 시작했지.

난 널 꽁꽁 묶기 시작했어!

아, 그래! 아, 그래! 아무 쓸모가 없던 내 특별한 손들이 이제는 모두 펼쳐지고 부풀고 살아나 턱에서 나오는 강력한 즙을 만지작거리며 쉬지 않고 움직였어. 그리고 그걸로 널 묶기 시작했지. 이 손 저 손으로 널 넘기고 돌리고 뒤집는 동작 하나하나가 공포와 기쁨으로 날 꿰뚫었어. 난 널 부드럽게 싸매고 달래면서 네 사랑스러운 작은 팔다리 사이를, 네가 장 깊고 예민한 우묵한 곳들을 감았어. 감고 묶어서 마침내 널 빛나는 보석으로 만들었어. 너는 내 거야!

하지만 넌 반응했어. 난 지금은 알아. 우린 알아! 오, 그래, 맹렬하게 몸부림을 치면서도 넌 수줍게 날 도왔어. 끈들은 하나같이 결국에는 깔끔하게 제자리에 놓였어. '널 감아, 널 묶어, 사랑하는 릴리루!' 우리가 처음으로 엮기 노래를 부를 때 우리 몸이 어떻게 움직였던가! 난 지금도 그걸 느껴, 난 흥분으로 녹아버렸지! 그 조그만 팔다리를 하나씩, 꼼짝달싹 못 하게 하나씩, 내가 어떻게 널 비단실로 묶었던가! 아무 두려움도 없이, 자길 사로잡은 무시무시한 포획자를 빤히 올려다보던 너! 너! 내가 지금 널 두려워하지 않듯이, 넌 한 번도 날 두려워하지 않았어. 그거 이상하지 않아, 내 사랑? 우리가 운명에 굴복할 때 우리 몸속에 넘치던 그 달콤함 말이야. 위대하도다, 운명이여! 운명을 두려워하고, 운명에 저항하면서도, 우린 그 달콤함을 끌어안았지.

내가 너의 진짜 새어머니가 됐을 때, 절대 널 내치지 않을 진짜 어머니가 됐을 때, 우리 사랑의 시간이 달콤하게 시작됐어. 내가 널 먹이고 쓰다듬고 돌보며 얼마나 귀여워했던가! 어머니가 된다는 건 얼마나 큰 책임을 지는 일이었던가! 난 전전긍긍하며 비밀스러운 손으로 널 안고 다녔고, 네가 숨이 막히거나 눌리지 않을까 움직일 때마다 공포에 질린 채 침입자는 뭐가 됐든 잔인하게 쳐냈어. 심지어 아무런 해도 없는 풀숲 깡총이들까지도!

그리고 따뜻한 밤마다 꼼짝 못 하는 네 작은 몸을 내가 얼마나 세심하게 돌봤던가. 조심스럽게 그 어린 팔다리들을 하나씩 내놓고 펼치고 뻗치고, 내 거대한 혀로 네 진홍색 몸을 구석구석 샅샅이 씻기고, 내 끔찍한 이빨로 네 아기 발톱들을 오물오물 씹고, 네 옹알이를 한껏 즐기고, 네가 더없이 기뻐 '리! 릴릴리! 사랑-릴리, 리릴리!' 소리를 지르는 동안 널 잡아먹는 시늉을 했지. 하지만 그중에서 가장 큰 기쁨은….

우린 얘기를 했어!

우린 같이, 우리 둘이서 얘기를 했어! 우리는 사귀었고, 우리는 나누었고, 우리는 서로에게 서로를 쏟아부었어. 사랑이여, 처음에 우리는 얼마나 더듬거리고 머뭇거렸던가. 넌 네 이상한 어머니 언어로 말했고, 난 내 언어로 말했지. 우리는 말 없는 우리 노래를, 그리고 나중에는 말 있는 우리 노래를 서로 엮었지. 우리가 서로의 눈을 바라보고, 서로의 세계를 듣고, 맛보고, 느끼게 될 때까지, 마침내 내가 릴리루가 되고 네가 모가디트가 될 때까지, 결국에 우리가 함께 하나의 새로운 존재, 모가디트-릴리, 릴리루-모가, 릴리-모가-룰리-디트가 될 때까지!

오, 사랑이여, 우리가 처음일까? 다른 이들도 우리처럼, 자신의 존재 전부를 다해 사랑했을까? 오, 우리 이전의 연인들이 남긴 흔적이 아무것도 없다니, 너무도 슬픈 일이야. 세상이여, 우리를 기억하라! 내가 모든 걸 망치고 추위가 다시 자라도, 내 사랑아, 넌 기억해줄래? 아아, 네가 말하는 걸 한 번만이라도 다시 들을 수 있다면, 내 빨강아, 내 순수한 마음의 짝이여! 넌 기억하고 있지. 네 몸은 지금도 우리 사랑을 기억한다고 말하고 있어. 가만히, 이제 가만히 나를 안아줘. 네 모가디트의 얘기를 들어줘!

넌 너인 것이, 너 자신인 것이, 조그맣고 빨간 릴리루인 것이 어떤 것인지 내게 얘기했지. 네 어머니에 대해, 네 꿈들에 대해, 네 아기다운 기쁨과 공포에 대해 말했어. 그리고 나는 내 얘기를, 어머니가 날 내친 그날 이후로 내가 세상에서 배웠던 모든 것들을 얘기했어. 그날….

내 얘기를 들어줘, 내 마음의 짝이여! 시간이 별로 없어.

내 어린 시절의 마지막 날, 어머니가 우리 모두를 불러 모았어.

"아들들아! 아들드을아!" 친애하는 어머니의 목소리는 왜 그렇게 삐걱거렸을까?

형제들이 무성한 여름 숲에서 나와 천천히, 두려워하며 다가왔어. 하지만 나, 작은 모가디트는 금빛 어머니털을 찾으러 어머니 몸의 거대한 아치를 밑에서부터 열심히 기어 올라갔지. 내가 새벽꽃 같은 널 보호했듯이, 우리 모두의 목숨을 그처럼 단단하게 보호해주었던 어머니의 그 동굴로, 어머니의 눈들이 번득이는 그 따뜻한 동굴 속으로 나는 곧장 기어 올라갔어.

난 어머니와 닿기를, 우리에게 말하고 노래하는 어머니의 목소리를 듣기를 정말로 애타게 원했어. 그런데 어머니털이 이상했어. 해어지고 지저분했어. 늘 풍성하게 우리를 먹여주던 어머니의 커다란 먹이선 하나에 내 몸을 대고 눌렀어. 하지만 먹이선이 마른 것 같았어. 그때 어머니털 속에 숨은 어머니눈 하나에서 희미한 불꽃이 타올랐어.

"어머니." 난 속삭였어. "저예요, 모가디트!"

"아드으으을들아!" 어머니의 목소리가 내 갑옷을 뚫고 우르르 울렸어. 내 큰 형제들이 어머니 다리 주변에 몰려들어 햇빛 속에서 어머니를 올려다봤어. 털을 가느라 반은 금색이고 반은 검은색인 그들이 우스꽝스러워 보였어.

"난 무서워!" 내 옆에서 프림 형이 훌쩍거렸어. 나처럼 프림 형도 아직 금색 아기털에 덮여 있었지. 어머니가 다시 말했지만 목소리가 너무 크게 울려서 거의 알아들을 수가 없었어.

"겨어울! 에, 겨울! 따스함 뒤에 추운 겨울이 온다. 다시 따스함이 오기 전에 추운 겨울이, 온다…."

프림 형이 더 큰 소리로 홀쩍거리기에 내가 찰싹 때려줬어. 아, 뭐가 문제지, 왜 어머니의 애틋한 목소리가 지금은 이렇게 거칠고 이상하게 들리지? 어머니는 언제나 한없이 다정하게 웅웅거렸고, 우리는 어머니의 먹이선에서 나오는 어머니즙을 빨면서, '이 물리-물리, 이-물리 물리' 어머니가 부르는 한결같은 걷는 노래에 흔들리면서, 따뜻한 어머니털 안에 아늑하게 파묻혀 있었는데. 그러는 동안 저 아래에서는 땅이 굴러갔지. 오, 그래, 그리고 어머니가 그 강력한 사냥 노래를 부를 때, 우리는 얼마나 숨죽여 깩깩거렸던가! '탄! 탄! 디르! 디르! 디르 하타안! 하툰!' 어머니가 먹이 위로 풀쩍 뛰어오르는 소리, 콰직거리는 소리, 찢는 소리가 들리고, 어머니의 몸속에서 곧 먹이선들이 가득 찰 것을 의미하는 꾸르륵거리는 소리가 들릴 때, 우리는 오싹하게 떨리는 그 절정의 순간에 얼마나 열광했던가.

갑자기 밑에 검은 줄무늬가 보였어. 형 하나가 달아나고 있었어! 세상을 뒤흔드는 어머니의 목소리가 터져 나왔어. 어머니의 거대한 몸이 긴장하고, 어머니의 몸을 덮은 판들이 서로 부딪쳤어. 어머니가 으르렁거렸어. 어머니가 달리고, 아래를 향해 소리를 질렀어! 난 어머니의 털 속으로 파고들었지만, 어머니가 껑충껑충 뛸 때마다 펄럭거렸어.

"가! 가버려!" 어머니가 큰 소리로 울부짖었어. 어머니의 끔찍한 사냥용 팔다리들이 튀어나왔고, 어머니는 몸을 떨고 흔들면서 말없이 울부짖었어. 가까스로 바깥을 내다보니 다른 형제들이 모두 달아나버렸어. 딱 하나만 남기고!

검은 몸뚱이 하나가 어머니 발톱 밑에 누워 있었어. 큰형 세소였어, 맞아! 어머니가 형을 찢고, 형을 먹고 있었어! 나는 공포에 질린 채 지켜보았어. 어머니가 그처럼 자랑스럽게, 그처럼 다정하게 돌보던 형 세소! 난 어머니털에 머리를 파묻고 흐느꼈어. 하지만 그 아름다운 털은 움켜쥐는 대로 쑥쑥 빠졌어. 어머니의 금빛 어머니털이 죽어가고 있었어! 나는 그 으드득거리고 꿀꺽거리고 꾸르륵거리는 소리를 듣지 않으려고 필사적으로 매달렸어. 세상이 끝나고 있었어. 모든 것이 끔찍하고 끔찍했어.

하지만, 내 빨강 불열매야, 그때조차도 나는 거의 이해하고 있었어. 위대하도다, 운명이여!

이윽고 어머니가 먹는 걸 멈추고 움직이기 시작했어. 바위투성이 땅이 저 아래에서 흔들리며 지나갔어. 어머니의 발걸음이 부드럽지 않아서 난 온통 덜컹거렸지. 어머니의 낮은 웅웅거림마저도 이상했어. '가자! 가자! 혼자서! 완전히 혼자서! 그리고 가자!' 그러다 흔들리던 게 멈췄어. 조용해졌어. 어머니가 쉬고 있었어.

"어머니!" 나는 속삭였어. "어머니, 저 모가디트예요. 저 여기 있어요!"

어머니의 배를 덮은 판들이 조여들고, 트림이 어머니의 둥근 구멍들에 울려 퍼졌어.

"가." 어머니가 신음하듯 말했어. "가라. 너무 늦었어. 더는 어머니 아니야."

"전 어머니를 떠나고 싶지 않아요. 왜 제가 가야만 해요? 어머니!" 나는 울부짖었어. "제게 말씀해주세요!" 난 구슬프게 내 아기 옹알이를 들려줬어. '디트! 디트! 티키-타카! 디트!' 난 어머니가 낮고 깊은 목소리로 화답의 노래를 해주길 바랐어. '브룸! 브루룸! 브루말루-브루인!'이라고. 그제야 거대한 어머니눈 하나가 희미하게 빛나는 게 보였지만, 어머니는 그저 삐걱거리는 소리를 낼 뿐이었어.

"너무 늦었어. 더는… 그러니까, 겨울. 내가 말했지… 겨울 전에, 가라. 어서 가."

"바깥세상에 대해 얘기해주세요, 어머니." 나는 간청했어.

또 한 번의 신음, 아니면 기침이었던가, 나는 있던 곳에서 흔들려 거의 떨어질 뻔했어. 하지만 어머니가 다시 말할 때 목소리가 아까보다는 다정하게 들렸어.

"얘기?" 어머니가 투덜거렸어. "얘기, 얘기, 얘기. 넌 이상한 아이야. 얘기라, 너는 꼭 네 아버지 같구나."

어머니가 다시 트림을 했어. "늘 얘기였지. 그가 말했어, 겨울이 자란다고. 아, 그래. 아이들에게 겨울이 자란다고 말해주라고 했지. 그래서 난 그렇게 했어. 늦었어. 겨울은, 그러니까. 추워!" 어머니의 목소리가 크게 울렸어. "더는 안 돼! 너무 늦었어." 바깥에서 어머니의 갑옷이 달각거리고 철컹거리는 소리가 들렸어.

"어머니, 제게 얘기해줘요!"

"가, 가아아아!"

어머니의 배를 감싼 판들이 사방에서 부딪쳐왔어. 나는 또 다른 털둥지를 찾아 뛰었지만 손에 쥔 털이 쑥쑥 빠져버렸어. 나는 울부짖으며 어머니의 거대한 걷는 다리 하나를 붙잡고 목숨을 부지했어. 그 다리는 딱딱하고 바위처럼 통통 소리가 났어.

"가!" 어머니가 울부짖었어.

어머니의 어머니눈들이 움츠러들더니, 모든 빛이 꺼져버렸어! 나는 공황에 빠진 채 어머니의 몸을 기어 내려왔고, 주변의 모든 것이 떨리고 울렸어. 어머니가 폭풍 같은 분노를 억제하고 있었어!

나는 땅으로 뛰어내리자마자 어느 바위 틈새로 뛰어들었고, 위에서 쏟아져 내리는 무시무시한 고함과 덜컹거리는 소리 밑으로 꼬물거리며 파고들어 갔어. 내가 들어간 바위틈 속으로 어머니의 사냥용 발톱들이 서로 부딪치며 따라 들어왔어.

오, 빨강아, 내 작은 빨강 별아! 넌 그런 밤을 절대 모를 거야. 사랑하는 어머니였던 괴물을 피해 몸을 숨긴 그 끔찍한 시간을!

난 어머니를 한 번 더 보았어, 맞아. 새벽이 오자 나는 돌출된 바위를 기어 올라가 안개 속을 살펴보았어. 그때는 따스했고, 안개도 따스했어.

난 어머니들이 어떻게 생겼는지 알고 있었어. 우리는 가까이 다가오는 뿔난 거대한 검은 형체를 여러 번 보았으니까. 그때마다 어머니가 소리치며 우리를 불러 모았지. 오 그래, 그러면 지축을 흔들며 돌진하는 어머니의 소리와 그 이상한 다른 어머니가 답하며 으르렁거리는 소리가 들렸고, 우리는 어머니가 달려들어 때리는 사이 얻어맞고 귀가 먹고 패대기쳐지는 그 이상한 다른 어머니의 살기 띤 분노를 느끼며 매달려 있었어. 그리고 한번은 우리 어머니가 먹이를 먹는 동안 밖을 내다보다가 땅에 널린 잔해들 사이에서 이상한 아기 하나가 꺅꺅거리는 걸 보았어.

하지만 지금 비틀거리며 안개 속으로 멀어지는 건, 온통 뿔이 돋고 우툴두툴한 갑옷 말고는 이리저리 빙빙 돌며 뭐라도 움직이는 걸 찾는 사냥용 눈밖에 보이지 않는 저 녹슨 듯한 거대한 회색 형체는 바로 내 친애하는 어머니였어. 어머니는 여기저기 부딪히며 산맥을 넘어갔고, 가면서 귀에 거슬리는 새 노래를 되풀이했어. '추위! 추위! 얼음과 고독. 얼음! 그리고 추위! 그리고 끝.' 난 다시는 어머니를 보지 못했어.

태양이 떠오를 때 나는 내 금색 털이 벗겨지고 빛나는 검은 털이 드러나는 걸 보았어. 사냥용 팔다리가 저절로 튀어나오더니 깡총이 하나를 때려눕힌 다음 곧장 내 턱 안에다 던져 넣었지.

빨강아, 그거 알아? 어머니가 우리를 떠나보냈을 때 내가 너보다 얼마나 크고 강했는지? 그것도 운명이었어. 네가 아직 태어나지 않았으니까! 나는 네가 기다릴 때까지, 따스함이 추위로 바뀌고 다시 겨울을 지나 따스함이 올 때까지 뭔가를 먹고 살아야 했어. 난 자라고 배워야 했어. 내 릴리루! 배우는 것, 그게 중요했어. 우리 검은 것들만 배울 시간이 있어. 그 늙은이가 그렇게 말했어.

처음에는 정말로 하찮은 배움들이었어. 숨 막히지 않고 납작한 물 마시기, 날아다니면서 무는 반짝이는 것들 잡기, 그리고 움직이는 먹구름과 해 지켜보기. 그리고 그 밤들, 그리고 나무 위에서 움직이는 그 부드러운 것들, 그리고 자꾸만 움츠러들고 움츠러들기만 하는 관목들. 그건 나 때문이었어. 더 크게 자라는 나, 모가디트 때문이었어! 아, 그래! 그리고 어느 날 나는 마침내 덩굴에 매달린 뚱뚱오르기 하나를 때려눕힐 수 있게 되었어!

하지만 그런 것들을 배우는 건 어렵지 않았어. 내 몸에 깃든 운명이 날 이끌었지. 운명은 지금도 날 이끌고 있어, 릴리루. 지금조차도 내가 굴복하기만 하면 운명은 평화와 기쁨을 줄 거야. 하지만 난 그러지 않을 거야! 난 끝까지 기억할 거야, 끝까지 말할 거야!

난 중요한 배움들을 얘기하려 해. 더 많이, 더, 더 많이, 언제나 더 많이 잡고 더 많이 먹느라 바쁘기 그지없었지만, 나는 보았어, 모든 것들이 변하는 걸, 변하고 있는 걸 보았어. '변하는 이들이여!' 관목은 꽃봉오리를 열매로 바꾸었고, 뚱뚱오르기들은 색깔을 바꾸었고, 태양마저도, 언덕들마저도 바뀌었어. 그리고 나는 다들 같은 종류의 짝과 함께 있는 걸 보았어. 나만, 나 모가디트만 빼고. 나는 혼자였어. 오, 너무 외로웠어!

난 빛나는 새 검은 몸으로 새 노래를 웅얼거리며 계곡들을 따라 행진했어. '투라-타라! 타라 탄!' 한번은 프림 형을 얼핏 보고 불렀지만, 형은 바람처럼 달아나버렸어. 멀리, 혼자! 그리고 다음 계곡에 가보니 나무들이 죄다 쓰러져 있는 게 아니겠어? 그리고 나는 멀리서 나처럼 검은 것을, 나보다 몇 배는 큰 검은 것을 보았어! 거대했어! 거의 어머니만큼 크고 매끄럽고 새것처럼 번쩍거렸어. 내가 부르려는데, 그가 뒷다리로 일어서더니 나를 보고는 너무나 무시무시하게 으르렁거리는 바람에 나 또한 아무도 없는 빈 산맥으로 바람처럼 달아났어. 혼자.

그래서 난 배웠어, 내 빨강아, 내 마음이 사랑으로 가득 차 있는데도 우리는 얼마나 혼자인지를. 그리고 난 영문도 모른 채 어느 때보다 더 많이, 더 많이 먹으며 돌아다녔어. 나는 '오솔길'들을 보았어. 그때의 내게는 아무 의미가 없었지. 하지만 난 중요한 것을 배우기 시작했어. 추위 말이야.

너도 알 거야, 작은 빨강아. 따뜻한 날들에 내가 얼마나 나 자신, 진정한 모가디트인지를. 나는 계속해서 자라고 계속해서 배웠어. 따스함 속에서 우리는 생각했고, 우리는 말했어. 우리는 사랑했어! 우리 나름의 운명을 준비했지. 아, 그렇지 않아, 내 사랑의 짝아?

하지만 추위 속에서는, 밤에는, 밤이 갈수록 추워지니까, 추운 밤에는 나는, 뭐랄까? 모가디트가 아니었어. 나는 모가디트로서 생각하지 않았어. 나는 진정한 내가 아니었어. 그저 생각 없이 행동하는 '살아 있는 무언가', 꼼짝할 수 없는 모가디트였어. 추위 속에서는 오직 운명밖에 없어. 난 거의 그렇게 생각했어.

그러고는 어느 날, 밤의 추위가 낮이 되어도 물러가지 않고 머뭇거리고 또 머뭇거렸지. 해가 안개 속에 숨었어. 그리고 문득 정신을 차려보니 내가 그 오솔길을 올라가고 있었어.

그 오솔길도 운명의 일부야, 빨강아.

그 오솔길은 겨울용이야. 우리는, 우리 검은 것들은 모두 거기로 가야 해. 추위가 더 강해지면 운명이 우리를 위쪽으로, 위쪽으로 부르고, 우리는 오솔길을 따라 위쪽으로 떠가기 시작해. 산등성이를 따라 추운 산맥의 밤 쪽을 향해, 나무들이 듬성듬성해지다 아무것도 살지 않는 돌숲이 되는 숲 위쪽을 향해서 말이야.

그래서 운명이 나를 이끌었고, 나는 반쯤은 의식하지도 못한 채 운명을 따랐어. 때때로 햇볕이 비치는 조금 따뜻한 곳에 이르면, 나는 걸음을 멈추고 먹이를 먹으며 생각하려고 애써봤어. 하지만 이내 차가운 안개가 다시 차오르고, 나는 계속해서, 계속해서 위로 걸어갔어. 나처럼 산허리를 따라 꾸준하게 위쪽으로 움직이는 다른 이들의 모습이 보이기 시작했어. 그들은 나를 보고도 뒷발로 서지도 으르렁거리지도 않았어. 나도 그들을 부르지 않았어. 각자 혼자서, 우리는 아무 생각도 하지 않고, 아무것도 보지 않고 동굴을 향해 산을 올랐어. 그리고 나 또한 그렇게 가야 했어.

하지만 그때 엄청난 일이 일어났어.

아, 아니야, 릴리루! 제일 엄청난 일은 아니야. 무엇보다 제일 엄청난 일은 너이고, 언제나 너일 거야. 내 소중한 빨강아! 사랑의 짝이여! 화내지 마, 아니야, 아니야, 빨강아. 살포시 날 안아줘. 난 우리가 얻은 중요한 배움을 말해야 해. 네 모가디트의 얘기를 들어줘, 듣고 기억해줘!

마지막 태양의 따스함 속에서 난 그를 발견했어. 그 늙은이. 끔찍했어! 너무 손상되고 망가져서 신체 부위들이 여기저기 썩고 떨어져 나갔어. 난 그가 죽었다고 생각하고 빤히 쳐다보았지. 갑자기 그가 힘없이 고개를 돌리더니 깍깍거리는 소리를 냈어.

"젊은…이?" 곪아가는 머리에 박힌 눈 하나가 떠졌고, 날것 하나가 그걸 쪼았어.

"젊은이… 기다려!"

그리고 나는 그의 말을 이해했어! 아, 사랑으로….

아니, 안 돼, 빨강아! 상냥하게! 상냥하게 네 모가디트의 얘기를 들어줘. 우리는 '얘기했어.' 그 늙은이와 내가! 늙은 것이 젊은 것에게 말했어. 우리는 생각을 나눴어. 나는 그런 일은 일어날 수 없다고 생각했었어.

"늙은 것들은," 그가 끽끽거렸어. "절대 얘기하지 않아… 우리 검은 것들. 절대. 이건 아니야… 운명. 나만이… 나는 기다려…."

"운명." 나는 반쯤은 아무 생각 없이 물었어. "운명이 뭐죠?"

"아름다움." 그가 속삭였어. "따스함 속에 있는, 공기 중에 있는 아름다움을… 나는 따랐어… 하지만 다른 검은 것이 나를 보았고, 우리는 싸웠어… 나는 손상됐지만, 운명은 내가 부서지고 찢기고 죽을 때까지 나를 놔주지 않아. 언제나 자신을 따르게 해… 하지만 난 살아남았어! 그리고 운명이 날 여기로 보냈고, 난 기어 왔지… 기다리기 위해…생각을 나누기 위해… 하지만…."

그의 머리가 늘어졌어. 나는 재빨리 공중에서 날것 하나를 낚아채 그의 찢긴 턱 사이로 밀어 넣었어.

"늙은이여! 운명이 뭐죠?"

그가 한 눈으로 나와 시선을 맞추며 힘들게 날것을 삼켰어.

"우리 안에." 그가 이제 조금 더 큰 소리로 웅얼거렸어. "우리 안에 있는, 생명을 유지하는 데 필요한 모든 것이야. 우리를 움직이는 힘이지. 너도 봤을 거야. 아기가 금색일 때는 어머니가 겨우내 소중히 품지. 하지만 아기가 빨강이나 검정으로 바뀌면 어머니는 아기를 내쳐버려. 그러지 않았어?"

"그랬어요, 하지만…."

"그게 운명이야! 언제나 운명이지. 금색은 모성의 색이지만, 검정은 분노의 색이야. 검정은 공격해야 해! 검정은 죽여야 하는 것이야. 어머니라도, 자기 아이라도, 누구도 운명에 반항할 수 없어. 그러니 내 말을 들어, 젊은이!"

"듣고 있어요. 난 보았어요." 난 대답했어. "하지만 빨강은 뭐죠?"

"빨강!" 그가 신음했어. "빨강은 사랑의 색이야."

"아니에요!" 나는 반박했어. 멍청한 모가디트여! "전 사랑이 뭔지 알아요. 사랑은 금색이에요."

늙은이의 시선이 나를 외면했어. "사랑이라." 그가 한숨을 쉬었어. "공기 중에 아름다움이 있을 때, 알게 될 거야…." 그가 입을 닫았어. 나는 그가 죽어가는 게 아닐까 두려웠어. 내가 무얼 할 수 있을까? 우리는 거기 안개 자욱한 태양의 마지막 온기 속에 같이 조용히 앉아 있었어. 어둑한 산비탈마다 나와 같은 검은 것들이 돌나무 더미들 사이로 난 자신만의 길을 따라 얼음처럼 차가운 안개 속으로 꾸준히 표류하며 오르는 것이 보였어.

"늙은이여! 우리는 어디로 가나요?"

"너희들은 겨울 동굴로 가지. 그게 운명이야."

"겨울, 맞아요. 추위가 온다고, 어머니가 우리한테 말씀하셨죠. 그리고 추운 겨울이 지난 뒤에 따스함이 온다고. 전 기억해요. 겨울은 지나갈 거예요, 그렇지 않은가요? 어머니는 왜 겨울이 자란다고 말씀하셨을까요? 가르쳐줘요, 늙은이여. 아버지란 뭐죠?"

"아…버지? 내가 모르는 단어야. 하지만 잠깐…." 엉망이 된 그의 머리가 나를 돌아봤어. "겨울이 '자란다'고? 네 어머니가 그렇게 말했다고? 아, 추위! 아, 외로움!" 그가 신음했어. "네 어머니가 너에게 큰 배움을 주었구나. 나로서는 생각하기도 두려운 배움을."

그의 눈이 번득이며 이리저리 굴렀어. 나는 속으로 두려워졌지.

"주위를 둘러봐, 젊은이, 이 돌투성이 죽은 숲들을. 따스한 계곡에 자라는 나무들이 여기 죽은 껍질이 돼 있는 것을. 저것들이 왜 여기 있을까? 추위가 저것들을 죽인 거야. 지금 이곳에 살아 있는 나무는 하나도 없어. 생각해봐, 젊은이!"

나는 보았고, 그건 사실이었어! 이곳은 한때 따스했던 숲이었어. 그 숲이 죽어 지금은 돌로 변했지.

"한때 이곳은 따스했어. 한때는 계곡들 같았어. 하지만 추위가 더 강해졌어. 겨울이 자라. 알겠어? 그리고 따스함은 점점 더 작아져."

"하지만 따스함은 생명이에요! 따스함은 저, 진정한 저예요!"

"그래. 따스함 속에서 우리는 생각하고 배우지. 추위 속에서는 오직 운명뿐이야. 추위 속에서는 앞을 볼 수 없어…. 여기서 기다리며 나는 생각했지. 이곳도 한때 따스하던 때가 있었겠지? 우리, 우리 검은 것들이 따스함 속에서 얘기하고 생각을 나누기 위해 이곳에 왔을까? 아, 젊은이, 끔찍한 생각이야. 우리 배움의 시간이 갈수록 짧아지고 또 짧아질까? 어디서 끝나게 될까? 우리가 노래나 할 뿐 얘기하지 못하는 저 멍청한 뚱뚱오르기들처럼 아무것도 배우지 못하고 그저 운명에 휩싸여 살게 될 때까지 겨울이 자랄까?"

그 말을 듣고 난 싸늘한 공포에 사로잡혔어. 이런 끔찍한 배움이라니! 난 분노를 느꼈어.

"아니에요! 우린 그러지 않을 거예요. 우린, 우린 따스함을 잡아야만 해요!"

"따스함을 잡는다고?" 그가 고통스럽게 고개를 돌리고는 나를 뚫어지게 쳐다봤어. "따스함을 잡는다라… 대단한 생각이야. 그래. 하지만 어떻게? 어떻게? 이제 곧 상상도 못할 정도로 추워질 거야. 이곳조차도!"

"따스함이 다시 올 거예요." 난 그에게 말했어. "그러면 우리가 그걸 붙잡을 방법을 배워야 해요. 우리 둘이서 말이에요!"

그의 머리가 축 늘어졌어.

"아니… 따스함이 다시 올 때 난 여기 없을 거야…. 그리고 넌 너무 바빠서 생각할 겨를도 없을 거고, 젊은이."

"제가 도울게요! 제가 업고 동굴로 갈게요!"

"동굴에는." 그가 헐떡거렸어. "각 동굴에는 너와 같은 검은 것들이 둘씩 있어. 하나는 아무 생각하지 않고 그저 겨울이 지나가길 기다려…. 그리고 기다리는 동안, 놈은 먹지. 다른 하나를 먹어. 그게 놈이 사는 비법이야. 그것이 운명이야. 네가 날 먹을 거야, 내 어린것아."

"아니에요!" 난 공포에 질려 소리쳤어. "전 절대 해치지 않을 거예요!"

"추위가 오면 너도 알게 될 거야." 그가 속삭였어. "위대하도다, 운명이여!"

"아뇨! 틀렸어요! 전 운명을 무너뜨릴 거예요." 나는 소리쳤어. 산꼭대기에서 차가운 바람이 불어왔어. 태양이 희미해졌어.

"전 절대 해치지 않을 거예요." 나는 큰 소리로 말했어. "그런 일은 절대 없어요!"

내 비늘판들이 융기하고 꼬리가 바닥을 치기 시작했어. 안개 속에서 나는 그가 헐떡이는 소리를 들었어.

나는 무거운 검은 것을 내 동굴로 끌고 온 것을 기억해.

'차가운 추위, 죽음을 부르는 추위…. 추위 속에서 난 널 죽였어.'

릴리루, 그는 저항하지 않았어.

위대하도다, 운명이여. 그는 모든 걸 받아들였고, 지금 생각하기에는 뭔가 이상한 희열을 느끼는 것 같기도 했어. 운명 안에 희열이 있었어.

하지만 운명이 잘못된 거라면 어쩌지? 겨울이 자라고 있어. 뚱뚱오르기들에게도 나름의 운명이 있을까?

아, 우리는 얼마나 진지하게 생각했던가! 우리는 얼마나 열심이었던가, 내 빨강, 내 기쁨이여. 따스한 날들 내내 난 너에게 이걸 설명하고 또 설명했어. 겨울이 어떻게 올 것이고, 우리가 따스함을 붙잡지 못하면 겨울이 우리를 어떻게 바꿔놓을 것인지. 넌 알았어! 넌 생각을 나누었고, 넌 나를 이해했어, 내 소중한 빨강아. 넌 말할 수 없었지만, 난 네가 나누어주는 사랑을 느꼈어. 살포시….

아, 그래, 우리는 준비를, 우리 나름의 운명을 계획했어. 열기가 가장 뜨겁던 때에도 우리는 추위에 대비해 우리만의 운명을 계획했지. 다른 연인들도 그렇게 했을까? 나는 벚꽃봉오리 너를 안고 해를 따라 온 산맥을 가로지르며 샅샅이 뒤졌어. 그러다 마침내 양지바른 사면에서 따스한 계곡 중에서도 제일 따스한 이 계곡을 찾아냈어. 분명 이곳에서는 추위도 약할 거야. 내 안의 나를 얼려버리고 나를 죽음과도 같은 겨울 동굴 길로 이끄는 차가운 안개와 얼음처럼 차가운 바람도 이곳에 있는 우리에게는 닿을 수 없을 거야.

이번엔 나, 거역할 거야!

이번엔 내게 네가 있었어.

"날 그 오솔길로 데리고 가지 마, 모가디트!" 넌 낯선 것들이 두려워 간청했지. "날 추위 속으로 데려가지 마!"

"절대로, 릴리루! 절대로, 맹세해. 난 네 어머니잖아, 그렇지 않아, 작은 빨강아?"

"하지만 넌 바뀔 거야! 추위가 널 잊게 만들 거야. 그게 운명이잖아?"

"우린 운명을 무너뜨릴 거야, 릴리루. 두고 봐, 넌 더 크고, 더 무겁게 자랄 거야, 소중한 빨강아, 그리고 더욱더 아름다워질 거야! 얼마 안 가서 난 지금처럼 수월하게 널 안고 다니지 못하게 될 거야. 그 추운 길로 널 데려갈 수 없게 될 거야. 그리고 난 절대 널 떠나지 않아!"

"하지만 넌 엄청나게 커, 모가디트! 변화가 오면 넌 모든 걸 잊어버리고 나를 추위 속으로 끌고 갈 거야."

"절대 아니야! 네 모가디트에겐 더 심오한 계획이 있어! 안개가 시작되면 난 널 동굴 제일 안쪽, 제일 따스한 구석으로 데려갈 거야. 그리고 그곳에 벽을 만들어서 절대, 절대로 널 밖으로 끌고 나올 수 없게 만들 거야. 그리고 난 절대, 절대로 널 떠나지 않아. 운명조차도 모가디트를 릴리루한테서 떼어내지 못해!"

"하지만 넌 먹이를 사냥하러 나가야 할 거고, 그러면 추위가 덮칠 거야! 넌 날 잊어버리고 겨울의 차가운 사랑을 좇아 날 이 동굴에서 죽도록 내버려두겠지! 어쩌면 그것이 운명일 거야!"

"아, 아니야, 소중한 빨강아! 슬퍼하지 마, 울지 마! 모가디트의 계획을 들어봐! 지금부터 나는 두 배로 열심히 사냥할 거야. 그래서 이 동굴을 꼭대기까지 채울 거야. 난 겨우내 네 옆에 있을 수 있도록 지금부터 여길 먹이로 가득 채울 거야!"

그리고 나는 그렇게 했어, 그렇지 않아, 릴리루? 어리석은 모가디트여, 나는 얼마나 열심히 사냥했던가, 얼마나 많은 도마뱀과 통통이와 뚱뚱오르기와 깡총이를 잡아 와 무더기로 쌓았던가. 이 바보 멍청이! 당연하게도 그것들은 따뜻한 이곳에서 썩었고, 더미들은 녹색으로 변해 끈적끈적해졌어. 하지만 여전히 맛은 괜찮았어, 그렇지, 빨강아? 우리는 그걸 먹어야 했어. 아기들처럼 스스로를 살찌우면서. 그리고 넌 얼마나 많이 자랐던가!

아, 넌 아름다워졌어, 내 붉은 보석! 그처럼 터져나갈 듯 뚱뚱하고 둥글게 빛났지만, 여전히 넌 내 작은 것, 내 태양의 불꽃이었어. 매일 밤 널 먹이고 나면 난 명주끈들을 헤치며 네 머리를, 네 눈들을, 네 보드라운 귀들을 어루만졌고, 네 주홍색 다리를 하나씩 풀어 쓰다듬고 운동시키며 맥박이 뛰는 내 목구멍 주머니들에 대고 지그시 누르는 달콤한 순간의 흥분에 몸을 떨었어. 가끔 나는 네가 움직이는 걸 보는 극도의 희열을 위해 다리 두 개를 동시에 풀어주기도 했어. 그리고 그런 밤들이 지날수록 그런 시간은 더 길어졌고, 매일 아침 나는 널 묶기 위해 더 많은 명주끈을 자아야 했지. 얼마나 자랑스러웠던지, 내 빨강, 릴리루!

기발한 생각이 든 것이 그때였어.

내가 내 기쁨의 열매, 너를 그처럼 상냥하게 명주끈으로 엮어 빛나는 고치로 만들 때, 나는 생각했어. 살아 있는 뚱뚱오르기들을 묶어놓아도 되지 않을까? 산 채로 가둬놓으면 살이 달콤한 상태로 있을 테고, 우리는 겨우내 그것들을 즐길 수 있을 거야!

대단한 생각이었어, 릴리루, 그리고 난 그 생각대로 했지. 좋았어. 나는 해가 겨울을 향해 걸어가고 그늘이 자라고 자라는 동안 아주 많은 뚱뚱오르기를 작은 굴에 가둬놓았어. 다른 많고 많은 것들도 그렇게 했지. 뚱뚱오르기들과 깡총이들과 다른 모든 맛있는 생물들을…. 아, 영리한 모가디트여! 그들이 먹을 온갖 종류의 나뭇잎과 나무껍질까지도 쌓아놓았어! 오, 우리는 이제 완전히 운명을 무너뜨렸어!

"우리는 분명 운명을 무너뜨렸어, 릴리루, 내 빨강아. 뚱뚱오르기들은 나뭇가지들과 나무껍질을 먹고, 꼬물이들은 나무에서 나오는 즙을 먹고, 깡총이들은 풀을 씹고, 우리는 그것들 모두를 먹을 거야!"

"오, 모가디트! 넌 용감해! 우리가 정말로 운명을 무너뜨릴 수 있을까? 난 겁이 나! 깡총이 하나만 줘봐, 내 생각에는 점점 추워지는 것 같아."

"넌 이미 깡총이 열다섯 마리를 먹어 치웠어, 작은 빨강아!" 난 널 놀렸어. "네가 얼마나 뚱뚱해졌는지! 널 다시 보게 해줘, 그래, 먹는 동안 모가디트가 널 쓰다듬을 수 있게 해줘. 아, 넌 얼마나 사랑스러운지!"

그리고 아, 당연하겠지만 너도 우리의 가장 깊은 사랑이 어떻게 시작됐는지 기억하는구나. 대기에 처음으로 추위의 기미가 스몄던 밤, 나는 명주끈을 벗겨내다가 네가 변한 걸 보았어.

말해도 될까?

네 비밀스러운 털 말이야. '네 어머니털.'

나는 늘 네 거기를 부드럽게 씻겨주면서도 나 자신을 억제하는 게 그리 어렵지 않았어. 하지만 그날 밤, 내 거대한 사냥용 발톱들이 명주끈 가닥을 갈랐을 때 드러난 그 새로운 기쁨이란! 더는 창백한 분홍이 아닌 불타는 듯한 빨강! 빨강이었어! 끝이 금빛인 제일 붉은 일출 같은 진홍색 불꽃들! 그리고 부풀어 오르고 돌돌 말리고 촉촉이 젖은….

오! 그게 내게 명령했어. 널 풀어주라고, 네 팔다리를, 네 몸을 다 풀어주라고. 오, 네 부드러운 눈들이 어떻게 나를 녹였던가, 그리고 네 숨결은 얼마나 알싸하게 달콤했으며, 품에 안은 네 팔다리들은 얼마나 따뜻하고 묵직했던가!

네가 불타는 듯한 붉은 몸을 천천히 내 앞에 펼쳐 보이는 동안, 더없는 환희에 아찔해진 나는 거칠게 마지막 명주끈들을 찢어발겼어. 그때 나는 알았어, 우리는 알았어! 우리가 이전에 느꼈던 사랑은 그저 시작에 불과했다는 것을. 내 사냥용 팔다리들이 축 늘어지고, 대신 내 특별한 손들이, 실 잣는 손들이 새로운, 거의 고통에 가깝게 느껴지는 새로운 생명으로 가득 차 부풀어 올랐어. 난 말을 할 수 없었어. 목구멍 주머니들이 차올랐기 때문에, 가득 찼기 때문에! 그리고 내 눈들이 구부러지며 네 영광스러운 빨강에 가까이, 더 가까이 다가가는 사이 내 사랑손들이 저절로 일어서 황홀경에 빠진 듯이 내 목구멍 주머니들을 눌러댔지.

하지만 갑자기 나, 진정한 나, 모가디트가 깨어났어. 난 펄쩍 뒤로 물러났지!

"릴리루! 우리한테 무슨 일이 생긴 거지?"

"오, 모가디트, 사랑해! 가지 마!"

"이건 뭐지, 릴리루? 이건 운명인가?"

"난 상관없어! 모가디트, 날 사랑하지 않아?"

"난 두려워! 널 해칠까 봐 두려워! 넌 너무 작아. 난 너의 어머니야."

"아니야, 모가디트, 봐! 난 너만큼이나 커. 무서워하지 마."

난 뒤로 물러났어. 아, 힘들었어, 힘든 일이었어! 그리고 난 차분해 보이려고 애를 썼지.

"그래, 빨강아, 넌 자랐어. 하지만 네 팔다리는 너무 어리고 너무 여려. 아, 널 쳐다보면 안 돼!"

나는 시선을 피하면서 날 미치게 만드는 너의 붉은 빛을 차단하기 위해 명주끈으로 막을 잣기 시작했어.

"우린 기다려야 해, 릴리루. 우린 예전처럼 지내야 해. 이 이상한 충동이 어떤 의미인지 모르겠어. 이 충동 때문에 널 해칠까 봐 두려워."

"그래, 모가디트. 우리 기다리자."

그래서 우린 기다렸어. 오, 그래. 매일 밤 충동은 더욱 참기 어려워졌어. 우리는 예전처럼 지내려고, 행복하려고, 행복한 릴리-모가디트가 되려고 노력했어. 매일 밤 네 커가는 팔다리에 차례대로 명주끈을 감고 풀 때마다, 스스로를 내맡기는 네 팔다리를 쓰다듬을 때마다 그 충동은 내 안에서 더욱 뜨겁게, 더욱 강하게 치솟았어. 널 완전히 벗기고 싶어! 네 몸 전부를 다시 보고 싶어!

오, 그래, 내 사랑, 난 너무나 잘 느끼고 있어. 네가 나와 함께 했던 우리 단순한 사랑의 마지막 시기를 어떻게 기억하는지를.

추워지고… 더 추워졌어. 뚱뚱오르기들을 수확하러 나가는 아침마다 그들의 털엔 하얀 것들이 묻어 있었고, 깡충이들은 움직임을 멈췄어. 해는 그 어느 때보다 낮게, 희미하게 떨어졌고 차가운 안개가 우리 머리 위에 펼쳐진 채 아래로 뻗어 내렸어. 곧 나는 우리 동굴 제일 깊숙한 곳에서 떠날 엄두를 내지 못하게 되었어. 난 온종일 네 비단 벽 옆에 머물며 어머니답게 웅얼거리며 노래했어. '브룸-아-루, 물리-물리, 릴리루, 사랑하는 릴리.' 강한 모가디트여!

"우린 기다릴 거야, 작은 불꽃아. 우리는 운명에 굴복하지 않을 거야! 우리가, 이곳 따스한 동굴 안에서 사랑을 지키는 우리가, 어느 누구보다 더 행복하지 않아?"

"아, 그래, 모가디트."

"난 이제 진정한 나야. 난 강해. 내 나름의 운명을 만들 거야. 널 보지 않겠어. 그때까지는… 따스함이 올 때까지는, 태양이 돌아올 때까지는."

"그래, 모가디트…. 그런데, 모가디트? 내 팔다리가 너무 조여."

"아, 소중한 빨강아, 잠깐만…. 어디, 명주끈을 아주 조심해서 가를게. 난 널 보지 않을 거야, 난 보지 않…."

"모가디트, 날 사랑하지 않아?"

"릴리루! 아, 빛나는 빨강아! 난 두려워, 두려…."

"봐, 모가디트! 내가 얼마나 큰지, 얼마나 강한지 봐!"

"아, 빨강아, 내 손이…내 손이…내 손이 너한테 뭘 하고 있는 거지?"

내 특별한 손들이 목구멍 주머니에서 뜨거운 즙을 짜내고 또 짜내더니 상냥하게, 부드럽게, 네 달콤한 어머니털을 가르고는 내 선물을 '비밀스러운 그곳'에 놓아두었지. 그러는 사이에 우리의 눈들은 서로 얽혔고 우리 다리들은 서로를 붙잡고 원을 그렸어.

"내 사랑, 아프지 않아?"

"아, 아니야, 모가디트! 아, 아니야!"

오, 사랑스러운 빨강, 우리 사랑의 저 마지막 날들이여!

바깥세상은 갈수록 더 추워졌어. 뚱뚱오르기들은 먹는 일을 멈추었고, 깡총이들은 가만히 움츠린 채 악취를 풍기기 시작했지. 하지만 우리는 여전히 우리 동굴 깊숙한 곳에 남은 따스함을 붙잡고 있었어. 나는 여전히 내 사랑하는 이에게 마지막 남은 우리 식량을 먹일 수 있었지. 스스로를 다그쳐가며 간신히 네 달콤한 몸의 일부를 뺀 전부를 가렸지만, 매일 밤 우리 새로운 사랑의 의식은 더욱 자유롭고 풍성해졌어. 하지만 새벽이 올 때마다 네 팔다리를 다시 명주끈으로 묶는 일이 갈수록 힘들고 힘들어졌어.

"모가디트! 왜 날 묶지 않아? 난 두려워!"

"잠깐만, 릴리루, 잠깐만. 딱 한 번만 더 널 쓰다듬을게."

"난 두려워, 모가디트! 당장 그만두고 날 묶어!"

"하지만 왜 그래야 해? 내가 왜 널 숨겨야 하지? 이건 운명이 강요하는, 뭔가 좀 바보 같은 일 아닐까?"

"난 몰라, 나 너무 이상해. 모가디트, 나… 나 변하고 있어."

"넌 매 순간 더욱 훌륭하게 자라고 있어, 릴리루, 내 사랑. 널 보여줘! 널 묶어두는 건 잘못이야!"

"아니야, 모가디트! 아니야!"

하지만 난 듣지 않을 거야, 그렇지 않아? 아, 바보 같은, 네 어머니가 되리라 생각했던 모가디트여. 위대하도다, 운명이여!

난 듣지 않았어. 난 널 묶지 않았어. 아니, 오히려 그 질긴 명주끈들을 다 찢어발겼지. 사랑에 미쳐서, 난 네 멋진 몸이 낱낱이 드러날 때까지 이 다리에서 저 다리로 돌진하며 명주끈을 다 뜯어버렸어. 마침내, 난 네 전부를 보았어!

'오, 릴리루, 가장 위대한 어머니여.'

난 네 어머니가 아니었어. 네가 내 어머니였어.

반짝거리고 오톨도톨한 네가 있었어. 갑옷이 새로이 자랐고, 네 강력한 사냥용 다리들은 내 머리보다 더 두툼했어! 내가 창조한 경이, 너! 어머니 중의 어머니, 지금껏 누구도 보지 못했던 위대한 어머니여!

기쁨에 마비된 채 나는 널 뚫어지게 쳐다보았어.

그리고 네 거대한 사냥용 다리들이 튀어나와 나를 붙잡았지.

위대하도다, 운명이여. 네 턱이 나를 물어뜯어도 난 희열만을 느꼈어. 지금도 그런 것처럼.

그리고 우리는 끝나, 릴리루, 내 빨강아. 아이들이 부풀어 오르며 네 어머니털을 통과하고, 너의 모가디트가 더는 말할 수 없어지기 때문에. 난 거의 다 잡아먹혔어. 추위가 자라고, 자라고, 네 어머니눈들이 자라고, 빛나고 있어. 너는 곧 우리 아이들과 함께 홀로 남게 될 테고, 따스함이 다시 찾아올 거야.

기억해줄래, 내 마음의 짝이여? 기억하고 아이들에게 얘기해줄래?

아이들에게 추위에 대해 얘기해줘, 릴리루. 아이들에게 우리 사랑에 대해 얘기해줘.

아이들에게 얘기해줘…. 겨울이 자란다고.

ON THE LAST AFTERNOON

어느 마지막 오후

✦

신해경 옮김

"우릴 도와줘." 미샤가 고통스럽게 말했다. "마지막 한 번이야. 넌 할 수 있어, 그렇지?"

노이온은 아무 말이 없었다. 여기 좁은 곳 작은 숲에서 처음 발견된 이래로 늘 그랬듯이, 그것은 제 줄기에 매달린 채 미동도 하지 않았다. 노이온은 버려진 흰개미 둥지만큼이나 생명의 기운 따위는 보이지 않는, 말로 표현할 수 없을 정도로 지저분하고 곰팡내 나는 검은 물체일 뿐이었다. 미샤 말고는 아무도 그것이 살아 있다고 믿지 않았다. 이 정착지가 존재해온 지난 30년 동안 노이온은 늘 똑같은 모습이었지만, 미샤는 언제부터인가 그것이 죽어간다는 걸 알았다.

죽어가는 건 미샤도 마찬가지였다. 하지만 지금은 그게 문제가 아니다.

테이프가 가득 든 상자를 들여다보던 미샤가 몸을 일으키고는 아픈 허벅지를 문지르며 눈살을 찌푸린 채 연녹색 바다를 굽어보았다. 노이온이 있는 숲은 긴 해변을 끼고 불쑥 튀어나온 곶 위에 있다. 곶 왼쪽에는 정글에 둘러싸인 이 정착지의 주 경작지가 있다. 곶 오른쪽으로는 성스러운 둥지 그 자체인 정착지의 이엉지붕들이 보인다. 곡물 창고, 가마들,

물탱크, 무두질 공장과 공방들, 낚시용 헛간들, 공동 숙소들과 개인 오두막 네 채. 그중 한 채는 미샤와 아내 베델의 집이다. 중앙에는 정착지의 두 심장, 보육원과 도서관이 있었다. 보육원은 그들의 미래였고, 실험실이 딸린 도서관은 그들의 과거였다.

미샤는 이제 그곳을 보지 않았다. 지금껏 그곳에서 눈을 뗀 적이 없어서, 보지 않아도 낱낱이 알 수 있었다. 그곳의 벽돌과 들보와 파이프와 전선 하나하나, 그간 고안해낸 기발한 장치나 임기응변으로 변통한 장비나 정착지 뒤쪽 정글 가장자리에 뼈대만 남아 녹슬어가는 우주선에서 떼어 온 대체품 없는 마지막 부속 하나에 이르기까지, 이 정착지에 관한 모든 계획, 모든 사건의 진척 상황이 빠짐없이 세세하게 미샤의 머릿속에 새겨져 있었다.

미샤는 정착지를 보는 대신에 귀를 기울인 채 텀벙거리며 만으로 뻗은 방파제에서 고생하는 사람들 너머, 우유처럼 고요하게 수평선까지 뻗은 잔잔한 얕은 바다 너머를 응시했다.

그때 어디선가 나는 긴 휘파람 소리가 희미하게 들렸다.

놈들이 저기 있다. 저기, 행성을 뒤덮은 대양이 대륙의 마지막 암초들과 영원히 부딪는 저 수평선 바로 너머에 파괴자들이 모여들고 있었다.

"마지막 한 번이야." 미샤가 노이온에게 말했다. "넌 할 수 있어. 꼭 도와줘야 해."

노이온은 늘 그랬듯이 아무 말이 없었다.

미샤는 애써 그만 듣기로 하고는 밑에 세워지는 방벽 쪽으로 시선을 돌렸다. 곶에서부터 뻗어나간 좁은 방파제가 얕은 물가를 가로지르며 바다 쪽으로 비스듬하게 나가다가 정착지 반대쪽 해변에서 뻗어 나온 목책과 만났다. 방파제와 목책이 만나 바다 쪽을 가리키는 넓적한 화살촉 모양이 되었다. 정착지를 보호하는 방벽이었다.

아직 완성되지 않은 정점의 벌어진 틈에는 돌을 실은 뗏목들이 떠 있고, 그 사이에서 갈색 몸뚱이들이 뭔가를 잡아당기며 소리를 질러댔다.

통나무를 엮어 만든 나무틀을 끌던 뗏목 두 척이 뒤집혔다. 또 다른 작업 반이 맞대어 이은 거대한 나무 들보 하나를 끌며 첨벙첨벙 목책 쪽으로 다가갔다.

"제때 못 끝내." 미샤가 중얼거렸다. "저건 막아내지 못할 거야." 미샤의 시선이 방어시설이 설치되는 현장을 훑으며 이미 천 번은 족히 살폈을 목책의 위치와 취약 지점들을 다시 살폈다. 좀 더 물이 깊은 곳에 설치했어야 했어. 하지만 시간이 없다. 모든 것이 너무 늦었다. 사람들은 그 이상한 물질이 해변에 밀려올 때까지도 미샤의 말을 믿지 않았다.

"저들은 아직도 진짜로 믿지 않아." 미샤가 말했다. "저들은 두려운 줄 몰라."

가까운 해변으로 시선을 옮긴 그가 뿌듯함과 고통으로 얼굴을 찡그렸다. 사내애들과 계집애들이 덩굴줄기로 통나무를 엮어 나무틀을 짜고 있었다. 계집애 몇은 노래를 불렀다. 사내애 하나가 다른 애를 미는 바람에 잡았던 통나무 끝을 놓치자 둘이 같이 비틀거렸다. 야유와 웃음소리가 파도처럼 부서졌다. "제대로 해, 제대로 해야 해." 미샤는 아픈 허벅지를 두드리며 신음하듯 내뱉고는 늙은 토머스가 애들을 꾸짖으며 작업을 챙기는 걸 지켜보았다. 이번에 무사히 살아남는다면 토머스가 자기보다 오래 살 것이다. 곧 닥쳐올 일에서 누구 하나 살아남을 수 있을지는 모르겠지만. 미샤는 다시 나직이 신음했다. 사랑해 마지않는 저 아이들, 이 외계 행성에 남은 자기 종족의 마지막 씨앗들. 아이들은 미샤와 너무 달랐다. 아이들은 크고, 두려움을 모르고, 상처받지 않았다.

"인간은 꿈을 이루고 그 꿈에 죽는 동물이야." 미샤가 노이온에게 말했다. "너의 인간에 대한 정의에 그걸 추가해줘…. 넌 미리 경고해줄 수도 있었어. 넌 예전에도 이곳에 있었으니까. 넌 알고 있었어. 내가 이해하지 못할 거라는 것도 넌 알고 있었고."

노이온은 계속해서 침묵했다. 노이온은 아주 낯선 존재였다. 30년 전 그들에게 이 피난처가 어떤 의미였는지 노이온이 어떻게 알았겠는가?

그들은 기능을 상실한 우주선에 탄 채 바위와 정글 속 죽음을 향해 으르렁대며 추락하고 있었고, 그 절체절명의 순간에 대륙의 마지막 가장자리에 불쑥 나타난 이 넓고 하얀 공터가 그들을 받아들여 줬다. 미샤는 피를 흘리면서 생존자들을 끌고 나와 온통 파헤쳐진 그 모래땅에 감사하는 마음으로 섰다.

토네이도 때문에 바다 쪽으로 뻗은 2.5제곱킬로미터쯤 되는 이 황량한 공터가 생긴 게 틀림없다고, 그들은 결론을 내렸었다. 토네이도가 쓸고 간 지 그리 오래되지는 않았을 터였다. 땅 밑으로 흐르는 민물을 먹고 풀씨들이 싹트고 있었다. 모래에는 유기물질이 풍부해서 밀과 목초들이 잘 자랐고, 따뜻한 석호에는 물고기들이 많았다. 물에 문제가 생기기 전까지, 첫 두 해 동안 그곳은 에덴이었다.

「넌… 움직일 수 있지 않아?」 갑자기 미샤의 생각을 꿰뚫고 노이온이 머릿속에서 말했다. 여느 때처럼, 노이온은 미샤가 보지 않을 때 말했다. 또 여느 때처럼, 그 말은 질문이었다.

오래된 습관 덕분에 미샤는 질문의 의미를 알아차렸다. 미샤는 한숨을 쉬었다.

"넌 이해 못 해." 미샤가 노이온에게 말했다. "나 같은 동물은 그 자체로는 아무것도 아니야. 다른 사람들이 축적해놓은 작업이 없으면 말이야. 맞아. 우리 몸은 달아날 수 있어. 하지만 여기 있는 우리 정착지가 파괴되면 살아남아 봐야 그저 먹고 번식하는 데 모든 에너지를 쏟아야 하는 짐승의 처지가 될 뿐이야. 우리를 인간으로 만들어주는 것이 사라지는 거지. 예를 들어, 난 저 별이 무엇인지를 아는 이성적인 존재로서 너와 얘기를 나누고 있어. 죽은 인간들이 남긴 성과 덕분에 사상가가 될 수 있었기 때문이지."

사실 나는 사상가가 아니야, 미샤의 속마음이 처량하게 중얼거렸다. 미샤는 지금 배수로를 만드는 사람이었다.

노이온이 무념(無念)을 발산했다. 그것이, 독립생활을 하는 생물이 어떻게 인간을 이해할 수 있겠는가? 영원히 가지에 매달린 채인 그것은 미샤의 머릿속에 있는 그 무엇보다도 몸을 움직일 수 있는 능력을 더 인상적이라 여겼다.

"좋아." 미샤가 말했다. "이렇게 생각해보자. 인간은 매우 느리고 고통스럽게 시간을 저장하는 생물이야. 개인은 아주 약간의 시간을 저장하고 그걸 자기 새끼들에게 남기고 죽어. 여기 있는 우리 정착지는 지난 시간을 저장하는 창고야." 미샤는 깔고 앉은 테이프 상자를 두드렸다.

"만약 저기 아래에 있는 발전기가 파괴되면 이곳에 저장된 시간을 아무도 이용할 수 없게 돼. 실험실과 공방이 망가지고, 가마와 베틀과 수로와 곡물 저장소가 사라지면, 생존자들은 뿌리를 캐고 열매를 모아 하루하루 연명하는 시절로 돌아가야 할 거야. 그 수준을 넘는 건 모두 사라지겠지. 정글에 몰려 사는 발가벗은 미개인들이 되는 거야." 미샤가 씁쓸하게 말했다. "우리는 천 세대 전으로 후퇴하게 돼. 그러니 넌 우리를 도와줘야 해."

침묵이 이어졌다. 해수면 위로 기분 나쁜 휘파람 소리가 갑자기 들렸다가 사라졌다. 아니면 노이온이 사라지게 했을까?

「넌… 잊지 않았어?」 노이온의 '말'이 미샤의 마음속을 몰래 탐색하며 봉인해놓은 기억을 꿰뚫었다.

"안 돼!" 미샤가 고개를 홱 돌려 그것을 노려보았다. "다시는 그거 묻지 마! 절대로." 미샤는 억지로 기억을 닫으며 헐떡였다. 노이온이 보여준 그것, 그 끔찍한 기억. 안 돼, 안 돼.

"내가 유일하게 바라는 건 저들을 보호해달라는 거야." 미샤는 그 생각에 집중했고, 응축된 에너지를 노이온에게 던졌다. "마지막으로 한 번만."

"미샤!"

미샤가 돌아보았다. 거칠고 딱딱한 느낌의 왜소한 여성이 미샤를 향해 힘들게 바위를 올랐고, 뒤에는 발가벗은 여신이 따르고 있었다. 먹을걸 들고 오는 미샤의 아내와 막내딸이었다.

"미샤, 여기 일은 잘돼 가?"

베델의 기민하고 슬픈 시선이 미샤의 눈을 파고들었다. 베델은 노이온에게는 눈길조차 주지 않았다. 미샤는 나뭇잎으로 싼 생선요리가 든 호리병 바가지를 받아 들었다.

"쓸데없는 일을 한다고 내가 여기서 이러고 있지." 미샤는 투덜거리다가 이내 후회하고는 참새 다리 같은 아내의 손목을 어루만졌다. 눈부시게 아름다운 소녀가 한 다리로 다른 다리를 긁으며 서서 지켜보았다. 베델의 작은 몸에서 어떻게 이런 기적 같은 아이들이 나왔을까?

지금은 뭔가 작별을 얘기해야 할 때였다.

"피에트가 와서 당신을 내륙 쪽으로 데려갈 거야." 베델이 말했다. "레이저를 올리고 나면 곧바로. 여기, 당신 약, 이거 놓고 갔더라고."

"아니, 난 여기 있을 거야. 뭔가를 해보려고."

미샤는 아내가 그 자리에 얼어붙는 걸 지켜보았다. 아내의 시선이 마침내 자기 가지에 말없이 매달린 녹색 물체로 획 옮겨갔다가 다시 미샤에게로 돌아왔다.

"당신, 기억 안 나? 우리가 여기 왔을 때 이 작은 숲이 유일하게 멀쩡한 곳이었어. 이건 스스로를 구했던 거야, 베델. 난 이번에도 이것이 우릴 돕게 만들 수 있어."

아내의 표정이 굳었다.

"베델, 베델, 들어봐." 미샤가 아내의 손을 잡고 흔들었다. "지금에 와서 아닌 척하지 마. 당신이 속으로는 내 말을 믿는 거 알고 있어. 그래서 당신은 두려워하는 거야."

아이가 다른 데로 발걸음을 옮겼다.

"내 말을 믿지 않는다면, 여기서 사랑을 나눠보는 건 어때?" 미샤가 사납게 속삭였다. "멜리!" 미샤가 불렀다. "이리 와봐. 이 말은 멜리 너도 들어야 해."

"우린 가야 해. 시간이 없어." 베델이 손을 뿌리쳤지만, 미샤는 손을 놓지 않았다.

"시간은 있어. 저것들이 아직 휘파람을 불고 있으니까. 멜리, 내가 이걸 노이온이라고 부르는 걸 들었을 거야. 이건 살아 있어. 원래부터 이 행성에 있던 건 아니야. 이게 뭔지는 나도 모르겠어. 우주에서 온 포자인지, 아니면 생체 컴퓨터 같은 것인지, 누가 알겠어. 우리가 왔을 때 이게 있었어. 네가 알아야 할 건, 이게 우리를 두 번이나 구해줬다는 사실이야. 믿어야 해. 첫 번째는 너희들이 태어나기 전, 우물이 죄다 말라 우리가 거의 죽을 지경이 됐던 해였지."

멜리는 미샤를 쳐다보다가 태연하게 노이온에게로 시선을 옮기며 고개를 끄덕였다.

"아빠가 그 '검은 물 뿌리'를 발견한 때가 그때죠." 아이가 웃었다.

"내가 발견한 게 아니야, 멜리. 사람들이 뭐라고 하던 말이야. 노이온이 발견했어. 내가 여기로 올라와서…."

잠깐 시선을 돌리니 비 한 방울 없이 바싹 마른 몇 주가 지나고도 계속 하얀 화염을 뿜으며 이글대는 태양 아래에서 악취 나는 갯벌이 되어버린 석호와 먼지를 피우는 마른 우물들과 말라 죽어가는 정글이 다시 눈앞에 선하니 보이는 듯했다. 그 해는 마침내 번식해도 되겠다고 판단했던 해였다. 베델의 첫 아이는 그때 다른 아이들과 마찬가지로 자궁 안에서 바싹 말라버렸다.

"내가 여기로 올라오자 이게 내 절박함을 느낀 거야. 이게 내 머릿속에 어떤 상을, 검은 물 뿌리의 상을 집어넣었어."

"그건 당신의 잠재의식이었어, 미샤! 뭔가 기억에 있던 것이었다고!" 베델이 가혹하게 말했다. "아이를 현혹하지 마."

미샤가 피곤하다는 듯이 고개를 흔들었다. "아니, 아니야. 현혹하는 건 거짓말이지, 진실은 현혹하지 않아. 두 번째는, 멜리, 너도 '조용한 죽음'에 대해 알 거야. 우리가 왜 밀이 싹을 틔우고 나면 비누를 쓰지 않는지. 네 큰오빠 피에트가 아기였을 때…."

조용한 죽음…, 기억이 물밀 듯이 밀려왔다. 제일 먼저 아기들이 당했다. 아기들이 아무 고통의 흔적도 없이 숨을 멈췄다. 마틴의 아기가 시작이었는데, 마틴은 자길 보고 방긋 웃던 아기의 입가 거품이 움직임을 멈추는 걸 보았다. 마틴은 아기에게 숨을 불어넣었고, 또 불어넣었고, 또 불어넣었다. 그러다 그날 밤에 휴의 아기가 죽었다.

그 사건 이후로 그들은 잠시도 눈을 떼지 않고 아이들을 지켜보았다. 추수기였고, 밀이 흑수병 피해를 입어 낱알 하나라도 버릴 형편이 아니었기 때문에 다들 기진맥진이었다. 그러다 어른들이 쓰러지기 시작했다.

누구도 혼자 두어서는 안 되었기 때문에 그들은 짝을 지어 쉼 없이 서로를 지켜보았지만, 상황은 계속 악화하기만 했다. 희생자들은 저항하지 않았고, 증세를 보였다가 간신히 살아난 이들은 그저 미미한 행복감에 도취되었다고만 했다. 바이러스는 없었다. 배양을 해봐도 아무것도 나오지 않았다. 그들은 모든 음식을 배제해보았다. 물과 꿀만으로 연명하고 있을 때 디에라와 그 남편이 실험실에서 동시에 죽었다. 그 일 이후로 그들은 한방에서 기거했지만, 여전히 사람이 죽어 나갔다. 미샤는 그곳에서 빠져나와 여기로 올라왔었다.

"당신은 그때 아주 비정상적인 상태였어." 베델이 반박했다.

"맞아. 난 제정신이 아니었지." 미샤는 여기에 와 무릎을 꿇은 채, 저주하며 자신의 절박한 심정을 노이온에게 퍼부어댔다. 대체 무엇이 우리를 죽이는 거지? 대체 무얼 해야 해? 말해줘! 아무것도 모르는 거친 무지의 심리적 형태가 노이온을 할퀴었다.

"그러니까, 중요한 건 절박함이었어. 다급함 말이야. 노이온이, 어떤 식으로든 나를 통과시켜줬어. 그걸 통과하며 난 스스로를 완성할 수 있었지. 말로는 설명할 수 없어. 하지만 내가 뭘 해야 할지 배웠다는 사실만은 그대로야."

처방은 아드레날린이었고, 열을 내는 것이었다. 숨이 막히고 또 막힐 때까지 스스로가 내뱉은 이산화탄소를 다시 호흡하게 하는 것이었다. 미샤는 언덕에서 내려와 베델의 만류를 뿌리치며 아직 아기인 자기 아들의 머리에 비닐봉지를 씌웠다.

"비누에 든 효소 때문이었죠." 멜리가 차분하게 말했다. 아이가 고개를 쳐들고 읊었다. "비누칠을 하면 밀 흑수병 포자의 에르고틴이 활성화되어 콜린과 유사한 안정적인 분자가 만들어지고, 이것이 혈관과 뇌 사이의 방벽을 통과해 중뇌의 항상성 유지 기능 영역에 수용된다." 아이가 씩 웃었다. "사실은 무슨 말인지 모르겠어요. 하지만, 으음, 보일러 조절 장치가 멈추는 거랑 비슷할 거 같아요. 언제 숨을 쉬어야 할지 모르게 되는 거죠."

"맞아." 미샤가 베델을 더 다정하게 붙잡고는 다른 팔로 그 가냘프고 딱딱한 몸을 안았다.

"자, 어떻게 그런 생각이 내 머리에서 나올 수 있었겠어?" 아이가 미샤를 쳐다보았다. 아이가 자신을 모르는 게 없는 사람이라고 생각한다는 사실을 미샤는 절망과 함께 깨달았다. 아이의 아버지 미샤는 이 정착지의 위인이었다.

"내 말을 믿어야 해, 멜리. 난 몰랐어. 알 수도 없었어. 노이온이 그 생각을 내게 준 거야. 네 어머니는 나름의 이유로 그 사실을 인정하지 않으려 해. 하지만 그랬어. 넌 사실을 알아야 해."

아이가 노이온 쪽으로 시선을 옮겼다.

"저게 아빠한테 말을 해요?"

베델이 뭔가 소리를 냈다.

"그래. 어떻게 보면. 오래 걸렸단다. 이게 그럴 마음이, 동하는 마음이 들도록 해야 해. 네 어머니는 내가 혼잣말을 한다고 주장하지만."

베델의 입술이 떨렸다. 미샤는 아내를 이곳으로 불러 혼자 두고는 한 번 시도해보게 한 적이 있었다. 나중에 노이온이 미샤에게 물었다. 「모든 사람이 말해?」

"그건 투사야." 베델이 무표정하게 말했다. "당신 생각의 일부라고.

당신은 스스로의 직관을 인정하려 들지 않아."

갑자기 모든 게 참을 수 없을 만큼 사소하게 느껴졌다.

"어쩌면, 그럴지도 모르지." 미샤가 한숨을 쉬었다. "잘 생각해봐, 자기가 잘못 생각하고 있을 수도 있으니까. 하지만 이건 알아둬. 난 그 짐승들이 치고 들어오면 한 번 더 이것의 도움을 얻어볼 작정이야. 노이온에게 한 번 정도는 더 그럴 힘이 있다고 믿어. 그러니까, 이게 죽어가고 있지만 말이야."

"세 번째 소원이네요." 아이가 가볍게 말했다. "세 가지 소원, 옛날이야기들처럼요."

"봤어?" 베델이 폭발했다. "봤냐고? 다시 시작이야. 마법이라니! 아, 미샤, 우리가 그처럼 고생했는데 다시…." 베델의 목소리가 쓰라린 감정 때문에 갈라졌다.

"네 어머니는 너희들이 그걸 종교로 삼을까 봐 두려운 거란다. 맹목적인 숭배의 대상을 조각한 상자에 담아놓는 거 말이야." 미샤가 재밌다는 듯이 입술을 비틀었다. "하지만 넌 상자 안에 든 신을 믿지는 않을 테지, 그렇지 않니, 멜리?"

"농담하지 마, 미샤. 농담하지 마."

미샤는 아내를 안았지만 아무 느낌이 없었다. "좋아. 일하러 가봐. 굳이 나까지 이동시키려 애쓸 필요는 없어. 피에트에게 그럴 시간 있으면 다른 일을 하라고 전해줘. 실험실 짐을 챙겨야 하잖아, 그렇지 않아? 놈들이 뚫고 들어오면 시간이 없을 거야."

베델이 묵묵히 고개를 끄덕였다. 미샤는 뭔가 감정을 끌어내보려고 아내를 안은 팔에 더 힘을 주었다.

"죽어가는 사람이 잘 싸우는 법이지." 그다지 작별 인사 같지 않은 말이었다.

미샤는 둘이 언덕을 내려가는 걸, 아이의 복숭아꽃 같은 엉덩이가 미끄러지듯 서로 스치는 걸 지켜보았다. 미샤의 내부에서 희미한 정욕이 일었다. 그들은 얼마나 엄숙했던가, 근친상간에 대한 그 정교한 결정들…. 방벽이 무너지면 그것들도 다 사라질 것이다. 사람들은 지금 무리를 지어 급수탑을 기어오르며 우주선에서 떼어낸 낡은 해체 작업용 레이저를 설치하고 있었다. 그건 그레고르의 아이디어였다. 그레고르는 젊은이들을, 심지어 피에트까지 모두 데리고 갔다. 레이저가 방벽 너머를 타격할 수 있을 만큼 강력한 것은 사실이다. 하지만 대체 어디를 겨냥하지? 놈들의 급소가 어디인지 누가 알아? 더욱 나쁜 건, 레이저 때문에 발전기를, 소중한 에너지 설비들을 모두 그 자리에 내버려둬야 한다는 점이었다.

"우리가 지면 모든 걸 잃을 거야." 미샤가 중얼거렸다. 그러고는 테이프 상자에 털썩 주저앉았다. 사타구니의 고통이 이제 훨씬 심해졌다. 베델, 미샤는 생각했다. 난 어쨌든 아이들에게 상자 안에 든 신을 남겼어. 발전기가 박살 나고 나면 그들에게 남은 문명은 이 테이프들이 다일 테니까.

이 상자에는 예전에 다른 행성에서 살 때 미샤의 삶이었던 시와 음악이 담겼다. 그는 지금껏 자기 집단의 아버지가 되기 위해 기꺼이 이걸 외면했었다. 하지만 사고를 당한 이후에 미샤는 피에트에게 이걸 이곳으로 옮겨달라고 부탁하고는 노이온에게 말했다. "이제 우리는 인간의 음악을 듣게 될 거야." 미샤는 노이온과 함께, 때로는 온밤을 새우며 음악을 들었고, 이따금 둘 사이에 뭔가 공감 같은 것이 있는 듯이 느끼기도 했다.

미샤는 수 광년 떨어진 곳에서 수백 년 전에 죽은 두뇌가 낳은 음악이 울려 퍼지는 가운데 맺어진 낯선 친교를 생각하며 미소를 지었다. 아래쪽 만에서는 방벽의 뾰족한 화살촉 부분에 나무틀을 설치하고 마지막 바위들을 부어 넣는 중이었다. 지금은 젊은이들 모두가 나와 바깥 목책을 굵은 밧줄로 묶고 있었다.

갑자기 방벽이 괜찮아 보였다. 정말로, 아주 튼튼했다. 지금은 버팀대들이 들어가 무거운 통나무들이 비스듬하게 바위 속에 박혔다. 그랬다.

진짜 요새였다. 어쩌면 저건 버텨낼지 모른다. 어쩌면 다 괜찮을지도 모른다.

나 자신의 종말을 투사하고 있었어, 미샤는 쓴웃음을 지으며 생각했다. 시야가 맑아졌다. 미샤는 그 아름다운 광경을 마음껏 눈에 담았다. 좋아, 저건 좋아. 튼튼한 젊은 사람들, 그늘 없는 눈을 가진 자신의 아이들…. 미샤가 해낸 것이다. 미샤는 전제정치와 공포로부터 그들을 이끌어냈고, 그들을 이주시켰으며, 저 살아 있는 복잡한 정착지를 건설했다. 그들은 난관을 극복해왔다. 한 번 더 위험이 닥친다면, 미샤에게는 그들을 도울 수 있는 마지막 묘안이 있었다. 그랬다. 미샤는 자신의 죽음으로 한 번 더 그들을 도울 수 있다. 한 번 더 위기를 넘길 수 있다. 인간으로서 더 이상 무엇을 요구할 수 있을까, 미샤는 미소를 지으며 생각했다. 자기 존재의 밑바닥까지 닿은 이 모든 고요한 힘이, 이제, 하나로 모였다.

그때 하늘이 무너지고, 미샤라는 존재의 바닥이 기억하지 않으려 애쓰는 기억을 떠올리며 미샤 자신을 배신했다. "인간으로서 더 이상 무엇을 요구할 수 있겠어?" 미샤는 눈을 꾹 감은 채 신음했다.

＊

시작은 봄이었다. 파종이 끝나고 한가한 시기가 돌아오자 미샤는 언젠가 비닐봉지에 머리를 쑤셔 넣었던, 이제는 젊은 거인이 된 큰아들을 데리고 탐사 여행을 떠났다.

우주선이 착륙한 날인 제1일 이후로 미샤의 마음 한구석에 자리 잡은 의문이 있었다. 그 혼란스럽던 마지막 순간에 또 다른 공터가 얼핏 보였던 것이다. 남쪽 해변 끝에 보였던 하얀 상흔 같은 공터. 어쩌면 또 다른 정착지를 세우기에 적당한 곳일 수도 있지 않을까? 그래서 미샤와 피에트는 뗏목을 챙겨 그 지역을 살펴보러 갔다.

둘은 그곳을 찾아냈지만, 이미 누군가가 사용 중이었다.

그들은 꼬박 하루 동안 숨어서 소름끼치는 짐승들이 황폐한 해변으로 밀려오는 걸 지켜보았다. 그러고는 조심스럽게, 지저분해진 얕은 물가를 통과해 해변에서 멀리 떨어진 산호초로 나가는 길을 찾았다.

얕은 물과 모래톱이 육지에서 보이지 않을 정도까지 멀리 뻗어 있었고, 끊임없이 남풍이 불었다. 둘은 돛을 배에 싣고 돛대에는 아무것도 달지 않은 채 바깥 바다를 향해 노를 저었다. 몰아치는 더운 소나기 때문에 앞이 보이지 않았고, 세상을 덮은 대양의 으르렁거리는 소리가 전에 없이 높았다. 파이프오르간에 돌풍이 지나가는 것처럼 크고 허허로운 휘파람 소리가 들리기 시작했다. 두 사람을 실은 뗏목이 마지막 돌투성이 모래톱을 돌자 제일 바깥쪽 암초에서 포말 위로 솟아오른 탑과 굴뚝같은 것들이 보였다.

"맙소사, 저거 살아 있어!"

그런 탑 중 하나는 회색이 아니라 진홍색이었다. 그게 구부러지는가 싶더니 더 높이 곤추섰다. 옆에 다른 탑 하나가 어렴풋이 나타나 그 위에 쓰러졌다. 거대한 뱃속에서 울리는 듯한 울부짖는 소리가 뿜어져 나왔다. 분투하는 두 기둥 밑에서 산만큼 큰 형체들이 뒹굴며 끝없이 몰아치는 거대한 파도를 오히려 압도했다.

둘은 거길 물러 나와 다른 수로를 찾았다. 그러고는 또 다른 수로를, 또 다른 수로를. 결국은 달빛만이 남았다.

"저놈들이 저 빌어먹을 암초 전체를 오르내리고 있어요."

"아마도 수컷들일 거야. 서로 잡아당기며 암컷들을 기다리는 거지."

"거대한 절지동물처럼 생겼어요."

"어떻게 생겼든 무슨 상관이야?" 미샤가 씁쓸하게 말했다. "문제는 저것들이 거기에도 상륙하려고 준비하고 있다는 거야. 우리 정착지에 말이야. 우리 공터도 여기처럼 파괴될 거야. 돛을 올려라, 피에트. 이 정도 밝기면 항해하기에는 충분해. 사람들에게 경고해줘야 해."

하지만 그 바람을 뚫고 안전하게 항해하기에 그 정도 밝기는 충분하지 않았다. 의식을 잃고 만신창이가 된 미샤를 피에트가 부서진 뗏목 조각에 묶어서 신고 왔다.

깨어나자마자 미샤가 물었다. "방벽을 세우기 시작했어?"

"방벽?" 리우 박사가 처치용 붕대를 쓰레기통에 던져 넣었다. "아, 그 바다 괴물들 말이군. 그게 말이야, 지금이 수확기 초반이잖아."

"수확? 리우, 피에트가 말 안 했어? 모르겠어? 지금 당장 그레고르를 데려와. 그리고 휴와 토머스도. 피에트도. 다 불러줘, 리우."

그들이 오고 나서 얼마 지나지 않아 미샤는 자신이 유령이 됐다는 사실을 깨닫기 시작했다. 몸 상태 때문에 판단력이 흐려진 것처럼 보일지도 모른다는 걸 잘 아는 미샤가 침착하게 입을 열었다.

"그 지역은 완전히 박살 났어. 대략 1제곱킬로미터 정도 되는 면적이야. 거기 우리가 숨어 있던 곳 근처에 아직 살아 있는 목 없는 몸통 하나가 있었어. 그게 줄잡아 길이가 20미터에 두께가 3, 4미터는 됐을 거야. 제일 큰놈이 아닌데도 그 정도였어. 그놈들은 주기적으로 같은 장소에 알을 낳으러 오는 것 같아. 우리 공터가 만들어진 것도 그 때문이야. 토네이도가 아니라."

"하지만 그것들이 왜 갑자기 이리로 온다는 거야, 미샤?" 그레고르가 반박했다. "30년이나 아무 일이 없었는데?"

"이곳은 그놈들의 둥지 자리 중 하나야. 시간은 중요치 않아. 분명 놈들의 생식 주기가 긴 거겠지. 일부 지구 생물들도 그래. 예를 들어 거북이나 장어나 메뚜기 같은 것도. 그놈들이 저 멀리 암초 주변에 몰려 있어. 선발대가 남쪽 공터로 상륙했으니 곧 다른 놈들이 이곳으로 올 거야. 우린 방어시설을 갖춰야 해."

"하지만 그놈들이 습성을 바꿨을 수도 있잖아. 잘은 몰라도, 그놈들이 매년 남쪽 공터로 갔을 수도 있어."

"아니. 거기 뿌리 뽑힌 나무들 수령이 적어도 20년은 돼 보였어. 장담해, 그놈들이 오고 있어. 여기로!" 미샤는 자기 목소리가 커지는 걸 들었고 그들의 냉담한 얼굴을 보았다. "수확을 기다리고 있을 여유가 없어.

장담해. 그레고르, 네가 봤더라면! 말해줘, 피에트! 말해, 말해…."

머리가 다시 맑아졌을 때는 리우 박사밖에 없었다.

그리고 잠시 후에 미샤는 자신이 정말로 죽은 목숨이라는 사실을 알게 되었다.

"림프종이야, 미샤. 서혜부 인대를 풀어주려고 들어갔다가 사타구니에서 발견했어." 리우가 한숨을 쉬었다. "금방 뭔가 증상이 나타날 거야."

"얼마나 남았어?"

"고향에서라면 한동안은 늘릴 수 있겠지. 대체로 유쾌하지는 않겠지만. 여기서는…." 리우가 두 팔을 축 늘어뜨리고는 작은 수술실을 둘러보았다.

"우리 한계 밖이지. 말해줘, 리우."

"기껏해야 몇 달일 거야. 유감이야, 미샤."

그러고서야 미샤는 외출을 허락받았다. 사람들이 여전히 추수에 매달려 있는 걸 알았을 때도 미샤는 너무 허약해져서 간청조차 하지 못했다. 대신에 미샤는 자신을 이곳 노이온의 숲으로, 침묵 속으로 데려다달라고 부탁했다.

「너 익었어?」 노이온이 미샤에게 물었다.

미샤가 어깨를 으쓱거렸다. "그게 네 식의 표현이라면."

다음 날 피에트가 테이프들을 가져다주었다. 그곳에는 음악과 시가 흘렀고, 시간도 흘렀다. 그러다 어느 날 그 물질이 해변으로 밀려오기 시작했다. 전에는 한 번도 보지 못한, 용연향이나 토사물, 아니면 벗겨놓은 가죽처럼 생긴 사람만 한 크기의 미끈미끈한 덩어리들이었다.

그 일을 기회로 피에트가 용케 그레고르를 설득하여 바깥쪽 암초들로 정찰조를 보냈고, 눈으로 보고 나서야 그들은 침착하고 우아하게 방벽을 준비하기 시작했다. 미샤는 잔소리를 해봐야 그들을 더 빨리 움직이게 할 수 없다는 걸 알고는 다시 숲으로 올라왔다.

시가 녹음된 테이프가 돌아가고 있을 때, 일이 생겼다. 미샤는 귀로

시를 들으면서 눈으로는 탐험팀이 가져온 섬유질과 광물들을 저장하는 새 오두막의 지붕 들보들을 훑고 있었다. 가까운 밭에서 수차가 끽끽거렸다. 물탱크 아치의 갓돌들을 들어 올렸던 기억이 문득 떠올랐고, 미샤는 그 갓돌들이 썩 잘 들어맞지 않았다는 생각을 천 번째로 하면서 얼굴을 찡그렸다. 다음 계절에….

아니지. 다음 계절이면 미샤는 이미 죽었을 것이다. 이 모든 것을 저 젊은 갈색 신들에게 남긴 채. 미샤는 가끔 우주선에 호기심 어린 시선을 보내는 그들을 다정스럽게 떠올렸다. 우주선에 던져진 시선은 곧 위쪽으로 향하곤 했다. 위쪽의 하늘로. 그들은 미샤가 아는 것을 절대 알지 못하겠지만, 아이들은 문명인답게 생각했다. 미샤가 만들어온 것은 그런 것이었다. 미샤는 권력을 휘두르는 왕이 아니라 아버지였다. 나의 불멸성. 나는 죽지만 죽지 않는다.

「넌 익지 않았어?」노이온의 생각이 전해졌다.

재생기가 제퍼스의 시 구절을 읊었다. "'인간을 사랑하는 것보다 더 알맞은 건 없노라….'"

"넌 이해 못 해." 미샤가 노이온에게 말했다. "넌 아무것도 건설하지 않고, 아무것도 남기지 않잖아. 너 자신 외에는 아무것도 없지."

"'…이것은 가장 고귀한 영혼들을 사로잡는 덫, 말하자면 지상을 걷는 신을 사로잡는 덫이다.'"

미샤는 재생기를 눌러 껐다.

"네가 어떻게 이해할 수 있겠어?" 미샤가 물었다. "종도 자손도 없는, 무엇인지도 알 수 없는 포자인데. 인간은 포유동물이야. 우리는 둥지를 짓고, 새끼들을 돌봐."

온갖 둥지의 모습이 담긴 어마어마한 파노라마가 미샤를 덮쳤다. 타액이나 명주실이나 가슴에서 뽑은 솜털로 만든 둥지들, 흙과 바위를 파내 만든 둥지들, 공중에 엮어놓은 둥지들, 빙하 속에 마련된 둥지들. 사막 모래에, 깊은 바다 진흙에 쌓인 알들, 피부로 둘러싼 주머니에 든 알들, 입안에 든 알들, 등허리에 진 알들, 물갈퀴가 붙은 발등 위에서 얼어 붙은 몇 주간을 견디는 알들, 희생자의 사체에 주입되는 알들, 바람에 찢긴 바위들 틈에서 보호받는 알들.

"여기로 오는 저 괴물조차도 그래. 알을 위해, 자기 새끼들을 위해 오는 거야. 그러는 와중에 자신들은 죽는데도 말이지. 그래, 난 죽어. 하지만 내 종은 살아!"

「넌 왜 멈추지?」노이온이 물었다.

그때 공포가 시작되었다. 미샤는 입을 열어 분노하며 말했다. "왜냐하면 나도 어쩔 수 없으니까. 넌 할 수 있어?"

침묵.

'넌 할 수 있어?'라는 질문이 공중에 남아서 의도치 않은 의미를 띠었다. '할 수 있어?' 그가 노이온이라고 부르는 이것은 뭔가를… '할 수 있는 거야?'

별의 인력보다 가벼운 미세한 긴장이 미샤의 마음을 덮었고, 차갑고 작은 공포의 씨앗이 자랐다.

"너는 날…" 미샤가 입을 열었다. '너는 날 치료할 수 있어? 내 몸을 고칠 수 있어?'라고 물어볼 참이었다. 하지만 말을 하는 사이 미샤는 그게 그런 뜻이 아니었다는 걸 알았다. 그 인력은 어딘가 다른 곳, 미샤가 쳐다보고 싶지 않은 방향에서 왔다. 미샤는 겁에 질려서 몸을 구부렸다. 노이온이 말한 건, 노이온이 의미한 건….

「너… 익었어?」

미샤의 마음속에서 부드러운 틈이 생겼고, 그 갈라진 틈 사이로 자신의 겁에 질린 덩굴손 같은 마음 줄기가 뻗어나가는 것을 미샤는 느꼈다. 미샤는 미끄러지며 깜깜한 밝음 속으로 떠오르기 시작했다. 광대한 비공간이었다. 거기에는 은하들 너머에서 들려오는 희미한 유령 같은 목소리들이, 쫓을 길 없이 표류하는 사상의 실마리들이 떠돌았다. 시간을 잃어버린 그 광대함 속에서 떠도는 뭔가가, 비존재의 바람에 실린 실체 없는 에너지의 섬세한 그물망 같은 것이 미샤를 살살 끌어당겼다. 생명? 이건 죽음의 생명 같은 건가? 그것이 미샤를 끌어당기고 또 끌어당겼다.

아니야! 아니야!

겁에 질린 미샤는 자신을 다잡았고, 깨부쉈고, 싸웠다. 마침내 헐떡거리며 노이온의 가지 아래 네 발로 엎드린 채 현실로 돌아왔다. 빛과 공기. 미샤는 숨을 몰아쉬며 흙을 움켜쥐었다. 그러다 갑자기 자신이 끊어버린 연결선을 찾아 마음속을 살폈다. 연결선은 없었다.

"맙소사, 그건 네 불멸성인가?"

노이온은 아무 말 없이 매달려 있었다. 미샤는 그것의 기운이 빠졌다는 걸 알아챘다. 어떤 식으로든 그것이 한 차원을 열었던 것이다. 미샤에게 보여주기 위해.

미샤를 초대하기 위해.

그때 이해했다. 미샤의 세 번째 소원, 마지막 소원은 이것일 수 있었다.

미샤는 해가 아래쪽을 향해 달리는 동안 자신을 둘러싼 생명의 소리들도 듣지 못한 채 가만히 누워 있었다. 혼자, 다 벗어버리고 간다… 간다. 혼자… 그 목소리들은 뭔가 의미가 있었을까? 그 궁극의 허공에 뭔가 상상할 수도 없는 의미가 있었을까? …간다. 영원히, 그 기묘한 상태를 만나기 위해… 혼자 간다. 나의 실재가, 나의 진정한 자아가 혈통과 자식 생산과 돌봄으로부터 영원히 자유로워져서….

그런 생각이 희미하지만 달콤한 노래를 불러주는 것 같았다. 간다. 혼자, 자유롭게…. 사람의 본심에 담긴 다른 목소리. 미샤의 가장 인간다운 부분이 한구석에 품은 가장 깊은 갈망. 종의 폭압으로부터 자유로워지는 것. 사랑으로부터 자유로워지는 것. 영원히 사는 것….

미샤는 하늘이 닫히는 것을, 자신의 동물적 심장에 살아 있는 피가 맥동 치며 지나가는 것을 느끼며 신음했다. 하지만 미샤는 동물, 그것도 인간 동물이었고, 새끼들이 위험에 처해 있다. 혼자 갈 수 없었다.

해가 지기 전에 미샤는 한숨을 쉬며 몸을 일으켰다.

"아니, 너의 길은 내 길이 아니야. 난 내 피붙이들과 함께 여기 있어야 해. 우리, 다시는 이 얘기 하지 말자. 마지막으로 한 번만 더 나를 도울 수 있다면, 내 새끼들을 구할 수 있도록 도와줘."

✳

그 일이 벌어진 게 방벽이 세워지기 전이었으니까, 벌써 몇 주 전 일이다. 지금 미샤는 그 기억을, 깊숙이 자리 잡은 반역의 끌림을 덮으려 애쓰면서 방벽을 지켜보고 앉았다. 레이저가 설치된 게 눈에 들어왔고, 그와 동시에 오솔길을 올라오는 발소리가 들렸다.

"아버지?"

피에트가 옆에 와 우뚝 서더니 바다를 건너다보았다. 그새 휘파람 소리가 더 커졌다. 사람들이 더욱 다급하게 뭔가를 외치며 해변을 뛰어다녔다.

"이곳에 계실 작정이라고 어머니한테서 들었어요."

"그래 맞아. 음, 뭔가 시도해보고 싶은 게 있어서… 넌 어디에 있을 거니?"

"레이저를 쏠 거예요. 페이블과 제가 제비에 뽑혔어요. 그 친구는 수리반 사람들과 같이 뗏목을 맡았어요."

"네 어머니와 여동생들이 제대로 피신하는지 잘 봐, 알지? 뒤쪽에 있는 큰 나무들 쪽으로 가는지 말이야."

피에트가 고개를 끄덕거렸다. "멜리와 사라는 보육원 팀과 같이 있어요."

두 사람은 말없이 서서 귀를 기울였다. 이제 소리가 더 커졌다.

"돌아가는 길에," 피에트가 말했다. "사람들과 같이 기름분사기를 설치할 거예요. 방벽 바깥쪽 사체에 불을 놓으려고요."

피에트가 음식 꾸러미와 물병을 놓고 돌아갔다. 그날 오후는 숨 막히게 아름다워서 투명한 토르말린빛 하늘이 투명한 녹색 오팔빛 바다에 녹아들었다. 다만 멀리 하늘과 바다가 만나는 지점에 보이는 저 흐릿한 움직임들은, 가물가물 보였다가 사라졌다가 다시 나타나는 저 낮은 언덕들은 희미한 신기루인가?

수평선 자체가 가까이 다가오고 있었다.

미샤는 더욱 강해지는 휘파람 소리를 들으며 자세히 살펴보았다. 암초들이 고통에 떨기라도 하듯이 낮은 신음이 섞여 들려왔다.

보고 있자니 보따리를 든 여자와 아이들 무리가 아래쪽 정착지에서 나와 서둘러 정글로 향하는 오솔길을 걷기 시작했다. 신음하는 소리가 다시 들렸다. 여자 두 명은 거의 뛰듯이 걸었다.

왼쪽 수평선의 그림자들이 두꺼워지며 울렁거렸다. 안개가 자욱한 하늘에 산 하나가 모습을 드러냈다. 그 산은 얕은 물가를 향해 허우적거리며 다가오는 모래언덕만 한 크기의 다섯 생물이었다. 사람들이 소리를 질렀다.

먼저 온 놈들은 정착지보다 한참 남쪽에 있는 아마밭으로 향했다. 가까이 다가오자 놈들은 머리와 흉갑을 곧추세운 채 앞다리로 불룩한 배를 끄는 거대하고 말랑말랑한 바닷가재들처럼 보였다. 미샤는 놈들이 '암컷'임을 알았다. 놈들이 '웅웅' 울리는 신음을 토하면서 낮은 암초들에 부딪혀 버둥거렸다.

그놈들 뒤쪽에서 머리를 뒤로 젖혀 거대한 탑처럼 생긴 생체기관들을 바짝 하늘로 세운 '수컷' 다섯 마리가 해무를 뚫고 나타났다. 지금은 거의 로켓을 분사하는 소리만큼이나 커진 그 휘파람 소리가 놈들한테서 나는 거였다. 기묘하게 슬프게 들리는 기계 소리 같은 엄청난 소음이었다. 놈들이 암초에 오르자 수컷들의 형체가 분명하게 드러났다. 말라빠진 몸통이 세로로 난 갈비뼈 같은 홈에 바짝 죄어 있었다. 놈들의 살과 에너지는 거대하게 부풀어 올라 집채만 해진 머리와 흉갑에서 솟아올라 흔들리는 거창한 기관들에 몽땅 집중된 것 같았다.

암컷들의 신음이 울부짖는 소리로 변했다. 놈들은 이제 해변에서 제일 가까운 얕은 물가까지 왔다. 거칠 데 없이 매끄러운 놈들의 산만 한 배가 완전히 노출되었다. 옆구리에서 눈부신 무지갯빛이 번득이다가 사라졌다. 암컷들이 지나온 길을 따라 수컷들이 재빠르게 다가왔다.

수컷 두 마리가 동시에 기우뚱거리다가 서로 부딪쳤다. 둘은 가던 길을 멈추고 울부짖으며 머리를 등에 닿을 정도로 완전히 젖혀 진홍색 기관들을 하늘 높이 바짝 세웠다. 하지만 이 위협 반응은 오래 지속되지 않았다. 목표에 너무 가까웠기 때문이다. 암컷들이 앞으로 밀고 나가자 수컷들은 머리를 내리고 암컷들을 따라 육지로 올랐다.

이제 선두의 암컷은 어린 아마 포기들 가운데에 있었다. 놈의 다리가 밭을 마구 유린했고 무거운 배가 밭에 계곡을 파냈다. 뒤따라오던 두 마리는 정글과 맞닥뜨렸다. 나무 꼭대기들이 격렬하게 진동하다가 무너져 내렸다. 나무가 찢어지고 부러지는 소리가 암컷들이 내는 울부짖는 소리와 수컷들이 내는 사이렌 같은 만가에 섞여 들었다. 마지막 암컷 두 마리는 밭으로 향했다. 한 마리가 뭍에 오르며 뗏목 계선장을 무자비하게 박살 냈다.

아마밭에 있던 선두 암컷이 속도를 늦췄다. 놈의 배에는 길게 팬 자국과 상처들이 났고 거기서 피 같은 액체가 줄줄 흘러내렸다. 놈의 짝이 다가왔다. 수컷이 앞다리들로 공중을 휙휙 긁었다. 수컷이 암컷의 머리를 마주 붙잡고는 인간의 짝짓기와 비슷한 자세로 어설프게 암컷의 상체 위로 기어올랐다. 수컷에게 짓눌린 암컷이 제자리에서 육중하게 돌기 시작했다. 파헤쳐진 흙과 돌이 담을 이루고 나무 둥치와 바위들이 쓰러졌다. 수컷의 생식기관이 구부러지며 마구잡이로 암컷의 몸통 여기저기를 찔러댔다. 암컷은 수컷을 동반한 채 계속해서 더 깊고 깊게 어마어마한 크기의 구멍을 파 내려갔다. 암컷이 머리를 젖히자 쩍 벌어진 흉갑 판들이 드러났다. 올라탄 수컷의 생식기관이 이제 알았다는 듯이 드러난 암컷의 흉부에 꽂혔다.

뒤이은 것은 경련하는 듯한 포유동물의 오르가슴이 아니라 원시 곤충 같은 강직이었다. 암컷의 다리가 계속해서 피스톤처럼 땅을 휘저었고, 짝을 지은 두 괴물은 빙빙 돌며 그 분화구 속으로 점점 더 깊이 가라앉았다. 그러는 사이에 수컷 몸뚱이에 든 물질이 하나도 남김없이 몽땅 짝한 테로 빨려 들어가는 것 같았다. 지금 수컷은 거대한 머리를 제외하면 바람 빠진 껍질뿐이었다. 둘은 천천히 돌았고, 미샤는 수컷이 이제 삐걱거리며 앞다리로 암컷의 흉부를 톱질하는 것을 보았다.

몇 번 더 도는 사이에 수컷이 암컷의 흉부를 완전히 잘라냈다. 수컷이 발작하듯 움찔거리며 암컷의 머리를 떼어내 높이 쳐들었다. 알을 낳거나 하는 일은 없었다. 대신에 수컷은 이제 자기 머리와 앞다리를 생식기 부분과 분리하기 위해 자기 몸을 밀며 비틀어댔다. 암컷의 머리를 높이 쳐들고서, 몸뚱이 없는 머리가 바다로 향하기 시작했다. 태어나 제일 먼저 했을 일을 죽은 채 되풀이하는 셈이었다.

뒤에 남아 체내 수정란들을 위한 살아 있는 인큐베이터가 된 머리 없는 암컷의 몸뚱이는 계속해서 땅을 파고들며 깊게 더 깊게 스스로를 파묻었다.

미샤는 거대한 죽은 머리 두 개가 체조직과 체액을 질질 흘리며 비틀비틀 바다로 가는 장면에서 가까스로 시선을 돌렸다. 밭에서는 다른 괴물들이 여전히 짝을 짓는 중이었다. 한 마리는 뭔가 잘못됐다. 바위에 부딪힌 암컷의 몸뚱이가 기울어졌고, 버둥거리는 다리들 때문에 수컷 위로 꼬꾸라지더니 밑에 깔린 수컷을 계속 두들기면서 갈아댔다.

미샤는 숨을 가다듬으며 고개를 흔들었다. '환희에 찬 굴착자들…' 미샤와 피에트는 이런 광경을 이미 본 적이 있었다. 정착지를 내려다보니 이엉지붕과 급수탑과 말뚝마다 구경꾼들이 몰려섰다. "이젠 알았겠지." 미샤가 중얼거리며 막 소리를 지르려는 순간, 피에트가 사람들에게 움직이라고 고함치는 소리가 들렸다. 갑자기 극심한 고통이 몰려왔다.

수평선이 더욱 두꺼워지며 가까이 다가왔다. 뼛속까지 파고들 것처럼 끊이지 않는 휘파람 소리에 이젠 귀가 먹을 정도였다. 거대한 분화구 세 개가 진동하고 있는 엉망진창이 된 밭에 태양이 눈부시게 빛났다. 앞서 걸어가던 머리 둘은 얕은 물 속으로 사라지고, 뭔가 꼬인 쌍이 내는 점점 작아지는 북소리만이 남았다.

누구인지 여자 목소리가 울려 퍼졌다. 짐을 진 사람들 한 무리가 또 정착지에서 나와 일렬로 정글을 향해 서둘러 걸어갔다. 미샤는 아픈 곳을 주먹으로 누른 채 뚫어지게 쳐다보았다. 생물학자인 마르티네와 직조공인 릴라, 광물학자인 홀럼과 공학기술자인 체나였다. 멀리서 보니 그들은 작은 원숭이 같았다. 새끼를 안고 도망치는 벌거벗은 영장류들. 저장된 유산들이, 문화의 도구들이 먼지가 되고 나면 그렇게 될 수밖에 없을 것이다.

"방벽이 무너지면, 반드시 날 도와줘야 해." 미샤가 노이온에게 말했다. "넌 저놈들을 어떻게 돌려보내는지 알고 있잖아."

노이온의 침묵이 텅 빈 공허가 되었다. 미샤는 그 의미를 이해했다. '이번이 마지막이다. 난 더는 할 수 없어.' 노이온은 아주 쇠약했다.

그거면 충분해. 피붙이들을 구하는 것, 미샤가 원하는 건 그게 전부였다.

바로 눈앞에서 느닷없이 처음 보는 산이 솟아올랐다. 울부짖는 소리가 들렸다. 뾰족한 방벽의 정점으로 향하는 우주선 크기의 거대한 괴물 여섯 마리였다. 이것이 우리의 시험대인가? 숫자가 더 늘어난 놈들이 어른거리고 버둥거리면서 놀라운 속도로 곧장 정착지 쪽을 향했다. 급수탑보다 더 높이 음경을 세운 수컷들이 바짝 뒤를 따랐다.

미샤는 피에트가 레이저를 발사하기를 기다리며 숨을 멈췄다. 선두의 암컷이 몸을 세우니 허술한 방벽이 자그마해 보였다. 피에트의 레이저가 침묵했다. 미샤는 아픈 줄도 모르고 헛된 주먹질을 해댔다. 대체 피에트는 뭘 하고 있는 게야?

그때, 마지막 순간이 돼서야 미샤는 괴물들이 오는 각도를 자신이 잘

못 판단했다는 사실을 깨달았다. 선두의 암컷이 해안에서 가장 가까운 암초에 올랐다가 몸이 끼자 빙빙 돌며 바닥을 휘저었고, 뒤따르던 놈들이 선두 암컷을 밀어제치고 지나갔다. 놈들은 비스듬하게 목책에 부딪히고는 방향을 틀어 일렬로 늘어선 암초들을 따라 가까운 밭으로 향했다. 몸이 끼었던 암컷도 빠져나오더니 다른 놈들을 따라 경로를 바꾸었고, 수컷들도 몸을 돌려 그 암컷을 따랐다.

미샤는 다시 숨을 쉬었다. 오른쪽 정착지 저 너머로 또 한 무리가 상륙했다. 놈들이 울부짖는 소리는 점점 소란스러워지는 밭의 소동에 가려 거의 들리지도 않았다. 하지만 이놈들은 선발대일 뿐이다. 놈들의 뒤쪽 수평선이 괴물 같은 형체들로 온통 부글거렸다.

미샤는 부서진 목책 자리에 통나무들을 끌어대는 수리반 사람들을 살펴보며 신음했다. 저 짧았던 일순간의 타격조차도 방어시설에 손상을 입혔다.

다가오는 산들이 늘어나 오른쪽과 왼쪽에 새로운 무리를 낳았다. 놈들이 아우성치는 소리는 이미 소리의 단계를 넘어 사방에서 옥죄는 극심한 고통이 되었다. 귀가 먹먹해진 채 미샤는 거대한 덩어리 하나가 줄에서 빠져나와 곧장 방벽을 향해 다가오는 걸 지켜보았다. 열 마리였다.

놈들은 더 컸고 뒤따르는 수컷들도 지금까지 본 놈들보다 더 높은 탑을 이뤘다. 수컷 본진이었다. 앞장선 선두 암컷이 온통 이리저리 부딪히며 가까이, 더 가까이 다가왔다. 놈은 조금 전 암초에 끼었던 암컷의 경로를 따르고 있었다.

하지만 이번 놈은 엄청났다. 암초에 부딪힌 놈은 그저 조금 속도를 늦췄을 뿐이었고, 선두 암컷이 주춤하는 사이 뒤에서 들이박은 두 번째 암컷이 방벽 측면의 나무틀에 부딪혀 비틀거렸다. 방벽의 바위들이 흩어졌다. 그러자 거칠 것이 없어진 첫 번째 암컷이 똑바로 방벽의 정점으로 향했다. 놈이 상체를 들어 올렸다. 보이지 않는 듯한 거대한 눈이 달린 머리가 방벽 위로 몇 미터나 높이 치솟았다. 지옥에서 온 방문자였다.

암컷이 머리를 곤추세운 채 팔다리로 방벽을 무너뜨리려는 순간, 급수탑에서 한 줄기 빛이 뻗어 나갔다. 광선이 암컷의 흉곽에 맞았다. 미샤는 흉갑에서 연기가 나는 걸 보았다. 검게 탄 틈이 그 괴물의 몸뚱이를 가로질렀다. 수컷이 톱질하는 절단선 부위였다. 미샤는 그제야 피에트가 무엇을 노리는지 이해했다. 밭에서 그랬던 것처럼 암컷 흉부의 절단선이 벌어지면 몸뚱이가 앞으로 나아가는 행위를 멈출지도 몰랐다.

암컷의 머리가 술 취한 듯이 흔들리다가 뒤로 홱 젖혀졌다. 머리를 잃은 거대한 몸체가 휘청거리다가 정점의 깨진 돌무더기 위에 무너졌다. 여전히 다가왔… 아니, 아니다! 다리의 움직임이 바뀌어 회전하려는 듯이 노를 젓기 시작했다. 산더미 같은 배가 옆으로 기울며 목책에 꿰뚫렸고, 복부가 찢겨 벌어지자 바윗덩어리 크기의 알들이 폭포처럼 쏟아졌다. 암컷은 주위를 휘저으면서 망가진 방벽 정점과 한 덩어리가 되었다.

뒤따르던 수컷이 아무것도 모른 채 거대한 덩어리 위에서 자세를 잡으며 암컷 위로 기어올랐다. 피에트의 레이저가 선을 그으며 발사됐다. 수컷의 머리가 뒤로 젖혀지면서 암컷의 다리를 잡은 그대로 둘이 같이 넘어갔다. 여전히 기계처럼 움직이는 다리 한 벌이 물 밖으로 드러났다. 다리가 통나무 말뚝만큼이나 굵어서 인간 따위는 한 번만 스쳐도 박살이 날 테지만, 괴물 사체들로 강화된 방벽은 여전히 그 자리를 지켰다.

뾰족하게 튀어나온 방벽의 정점에 집중하느라 방벽 양쪽 끝에서 물밀듯이 뭍에 오르는 거대한 짐승들은 그저 힐끗 보기만 했었다. 새로 온 놈들이 울부짖으며 땅에 묻힌 일찍 온 놈들의 몸뚱이들을 타고 올랐고, 경작지 저 뒤쪽까지 뒤죽박죽된 분화구들이 퍼져나갔다. 그런 혼란한 틈바구니에서도 죽어가는 머리들이 뭐든 닥치는 대로 쓰러뜨리며 바다를 향해 껑충껑충 뛰는 게 보였지만, 기껏해야 새로 도착하는 암컷들의 발밑에서 박살이 날 뿐이었다.

이제 방벽 몇 군데가 망가졌다. 미샤는 사람들이 방벽에서 미끄러져 나무들에 젤리처럼 엉긴 고름 같은 것에 빠지는 걸 보았다. 사람들이 통나무를 끌며 첨벙거렸고, 사람들의 입이 저마다 들리지 않는 소리를 지르며 움직였다. 사방에서 들리는 소음이 너무 커서 이제는 끔찍하게 고통스러운 침묵의 벽처럼 느껴졌다. 사타구니 통증이 귀에서 느껴지는 통증과 서로 다투었다. 오직 눈만이 살아 있었다.

한동안 방벽으로 곧장 다가오는 놈들이 없다가 한참 옆으로 비껴가던 무리가 문득 방향을 틀었다. 선두의 암컷이 다가오다가 바깥 목책에 부딪히자 뒷다리로 일어섰다. 피에트의 무기가 암컷 흉곽에 불의 선을 그었다. 하지만 시간이 부족했다. 다른 암컷이 정점에 쌓인 사체들의 산에 이르더니 계속 다리를 젓고 있는 죽은 암컷의 사지를 뭉개며 기어올랐다. 그 암컷의 짝이 바로 옆에 있었다. 미샤는 선두 암컷을 자르던 레이저가 반쯤 자르다 말고 사체 더미를 오르는 한 쌍을 타격하는 것을 지켜보았다.

늦었어. 너무 늦었어. 새로 온 놈들이 비틀비틀 전진하며 방벽을 넘어 만의 수면을 강타하여 거대한 파도를 일으켰다. 뗏목들이 뒤집히고 바다로 돌아가던 괴물들의 머리가 수면에서 까딱거렸다. 암컷이 상체를 세우며 울부짖더니 낚시 창고까지 이어지는 얕은 물가를 초토화시켰다. 피에트의 레이저가 놈의 흉곽을 그었지만, 암컷은 한 차례 더 나아간 다음에야 전진 동작을 멈추고 휘젓는 동작을 시작했다. 낚시 창고가 사라졌다. 쪽배와 그물, 돛 잔해들이 사방으로 날려 사라지고, 이리저리 튄 돌덩이들이 가마를 때렸다. 피에트는 이제 암컷을 따르던 수컷을 처리하고 있었다.

반쯤 잘리다 만 암컷이 목책을 무너뜨린 지점에서 갑자기 불꽃이 솟았다. 기름분사기 담당자들이 그 암컷에 불을 붙인 것이다. 미샤는 암컷 뒤에 있던 수컷이 자세를 잡았다가 울부짖으며 방향을 트는 것을 지켜보았다.

미샤는 나무를 안고 의지한 채 숨을 헐떡이며 성스러운 방벽 이곳저곳을 살폈다. 곳곳에서 말뚝에 꿰뚫린 사체들이 방벽과 하나가 되었다.

지금 사람들은 방벽 정점에 나가 사체들에 불을 놓는 작업을 하고 있었다. 기름 작전을 지휘하는 이는 그레고르의 아들이 틀림없었다. 거대한 암컷 세 마리가 바로 그들 앞으로 다가왔다. 청년들이 필사적으로 드럼통을 끌며 방벽을 기어올랐다. 암컷들이 다가왔다. 그러자 청년들이 물속으로 뛰어들었고 덩어리진 불꽃들이 구르듯이 목책으로 퍼져나갔다. 미샤는 암컷들이 연기 속에서 몸을 기울여 방향을 틀면서 방벽을 외면하는 것을 보았다.

미샤는 몸을 똑바로 일으켜 세우고 주위를 둘러보았다. 바로 앞쪽의 얕은 물가는 지금으로선 깨끗했다. 양쪽으로 보이는 모든 곳은 혼돈과 대학살의 현장이었다. 수확지였던 곳에는 끔찍한 악몽 같은 형체들이 솟았고, 밭은 가까운 정글과 한데 엉켜 전혀 알아볼 수 없는 상태가 되었다. 방벽 뒤에 몰려 앉은 정착지만이 그대로 남았다.

하지만 방벽이 여전히 그 자리에, 여전히 버티고 있다! 다가오는 놈들에게는 기름을 끼얹은 그 장작더미의 불길이 옮겨붙었다. 방벽 뒤에는 그들의 영토가, 그들 삶의 중심이 온전하게, 여전히 안전하게 남아 있었다. 암컷 하나가 뒹굴며 죽어가는 바깥쪽 건물들을 제외하면, 아무것도 잃어버리지 않았다. 모두가 안전하다! 불과 저 위에 올라앉은 피에트, 저 빛의 명사수가 정말로 놈들을, 저 맹공격을 막아내고 있는 건가?

미샤는 집중해서 보았다. 수평선이 가늘어진 것 같았다. 됐다! 선이 끊어졌다. 틈이 생겼다. 얕은 물가는 여전히 뒹구는 사체들로 빽빽하지만, 문제 될 건 없었다. 공격의 물결이 지나갔다. 마지막 놈들도 오라지. 놈들도 불을 만나 방향을 틀게 될 거야! 방벽은 버틸 것이다. 미샤는 흘러내리는 눈물을 느끼지도 못한 채 생각했다. 젊은 신들이 이겨냈다.

해 질 녘이면 상황이 끝나리라. 그들은 무사할 것이다.

무사할 것이다. 사람들에겐 더 이상 미샤가 필요하지 않았다.

사지가 마비되는 듯한 끝없는 소음의 한복판에 서서 미샤는 마음속 희미한 동요를, 은색으로 분출하는 희망을 느꼈다. 사람들에겐 내가 필요하지 않았어. 나는 자유다! 노이온이 나를 영원히 저 별들 사이를 거니는 삶으로 데려가도록 내버려둬도 돼…. 하지만 미샤는 단호하게 그 생각을 차단했다.

나중에….

갑자기 모든 소음을 압도하는 우지끈 소리가 아래 숲에서 나는 바람에 미샤는 퍼뜩 정신을 차렸다. 먼지구름이 미샤를 스치며 피어올랐다.

미샤는 외마디 소리를 지르고 절뚝거리며 그곳을 살펴보러 갔다.

박살 난 지붕에서 거대한 두 눈이 미샤를 노려보았고 그 주위로 목재들이 무너져 내렸다. 놈은 얼굴을 위로 향한 채 누워 있었다. 뭍에 오른 수컷의 머리였다. 수증기가 소용돌이치며 솟구쳤다. 몸통 하나가 바닥에 누워 있었다. 도리깨질치는 다리에 밀려 머리가 공터 쪽으로 기울어졌다. 페이블과 또 한 명의 청년이 수증기 속으로 뛰어들었다. 분출하던 수증기가 줄어들었다.

남자 한 명이 비커를 들고 달려왔다. 리우 박사였다. 페이블이 비커를 낚아채더니 막무가내로 빙빙 돌며 발전소로 향하는 거대한 머리를 쫓아갔다. 페이블은 춤추듯이 놈의 다리 곁을 지나쳐 다리들이 뻗어 나오는 지점에 난 문짝 크기의 상처로 달려들었다. 페이블이 비커에 든 액체를 획 쏟아붓고는 잽싸게 물러 나왔다. 벽돌 더미들을 공중으로 날려버릴 만큼 강력한 폭발이 일어났다. 먼지가 가라앉고 보니 괴물의 머리가 잠잠해져 있었다. 놈의 신경절이 타버린 것이다.

하지만 그 부서진 지붕은 발전기에 동력을 공급하는 중앙 보일러를 보호하던 것이었다.

레이저는 어쩌지? 레이저는 이제 배터리로만 쓸 수 있다.

미샤는 어리벙벙한 가운데서도 허겁지겁 레이저의 전류 소모량을 계산하며 그간 배터리 충전용으로 써왔던 보조 보일러들을 떠올렸다. 너무 작고, 너무 느리다. 너무 느려.

미샤는 천천히 몸을 돌려 바다 쪽을 살폈다. 놈들의 무리가 드문드문 흩어진 수평선이 가까이 다가와 미샤가 보는 사이에 부서져 나갔다. 양쪽으로 빈자리가 있었다.

하지만 정면에 보이는 얕은 바다로 견고한 부대 하나가 다가왔다. 미샤는 찌르는 듯한 강렬한 고통에 못 이겨 고개를 내저으며 앞을 바라보았다. 움직이는 산들이 흔들리며 부풀어 올랐고, 냉혹하리만치 정확하게 방벽을 향해 다가왔다. 미샤는 방벽의 나무틀을, 연기를 내뿜는 그 장작더미를 살펴보았다. 페이블이 청년들을 동원해 이엉지붕을 뜯어내고 있었다. 횃불을 만들려는 것이리라.

레이저가 꺼지면 저들도 끝날 것이다.

사람들에겐 미샤가 필요했다.

희망이 죽으며… 상실감이 미샤의 심장을 찢었다. 미샤는 그 아픔에 얼굴을 일그러뜨렸다. 나는 죽어야 해.

하지만 그냥 죽는 것으로도 부족했다.

미샤는 죽음을 '원해야' 한다. 미샤는 깨달았다. 미샤는 반역을 꿈꾸는 이 희망을 죽이고, 이 희망의 모든 흔적을 짓밟고, 자신의 모든 존재를 이 과업에 쏟아부어야 한다. 그러지 않으면 아무 소용이 없을 것이다.

무엇이 노이온을 감동시키는지, 무엇이 노이온을 움직이게 만드는지 알기 때문이었다. 바로 미샤의 절실한 필요였다. 미샤가 완전하게, 참을 수 없을 정도로 갈망할 때에야 노이온이 미샤의 필요를 채워줄 수 있다. 예전에 그랬던 것처럼, 미샤는 죽음을 원해야 하고, 그 갈망이 살아 있는 미샤의 영혼과 육체의 세포 하나하나에 깃들어야만 했다.

내가 어떻게 저 시끄러운 아우성을 듣지 않고, 저 화염과 파괴된 잔해들을 보지 않을 수 있단 말인가. 미샤는 체념하는 심정으로 생각했다. 사람은 아이들을 위해서라면 화염 속으로 걸어 들어갈 수도 있고, 피붙이들을 구하기 위해서라면 영원한 삶으로부터 돌아설 수도 있다. 하지만 지금, 그 행위만으로는 충분하지 않아. 나는 내 영혼 전부를 던져 그것을 원해야만 한다. 입에서 흐느낌이 새어 나왔다. 너무하다. 온 마음을 다해 자신의 죽음을 원하라는 건 인간에게는, 이중의 영혼을 가진 불쌍한 인간에게는 너무한 요구다. 진심으로 자기 종족과 자신의 생명 중에서 하나를 선택하라고? 노이온이 그걸 보여주지만 않았더라면….

"난 못 해." 미샤가 속삭였다. "할 수 없어."

그리고 갑자기 미샤는 사랑이 돌아오는 것을 느꼈다. 어딘가 저 깊은 곳, 가장 비밀스러운 곳에서부터 사랑이 차올랐다. 현실이 돌아왔다. 미샤가 사랑해 마지않는 이들이 돌아왔다. 그리고 미샤는 할 수 있다고 느끼기 시작했다. 나는 할 수 있어! 맹렬함이 차오르고 절박한 필요성이 느껴졌다. 사람들을 저버렸다는 걸 알면서 영원히 살아야 한다면, 저 별들이 무슨 가치가 있겠는가?

안개 사이로 새로운 짐승들 무리가 방벽을 향하는 게 보였다.

"난 널 구할 거야." 미샤가 공중에다 대고 불분명하게 말했다. "내 마지막 소원은 널 위한 거야, 멜리." 절박한 필요가 거기 있었다.

미샤는 입술을 깨물어 통증을 참으며 조용히 돌아서 노이온이 매달린 나무로 갔다. 반발의 물결이 미샤를 휩쓸었다. 나무에 다가가지 못하도록 거의 실제로 이리저리 떠미는 것 같았다. 미샤는 잠깐 휘청거리다가 이내 그게 무엇 때문인지 기억해냈다. 노이온의 방어였다. 성착지 소년들조차 손대지 못하도록 안전하게 자신을 지켜온 노이온의 보호막이었다.

"아니, 아니야." 미샤가 입을 열어 노이온에게 말했다. "나한테는 허락해줘야 해."

미샤를 둘러싼 저항이 동요했다. 미샤는 스스로를 다잡고 노이온이 매달린 가지에 겨우 한 손을 가져다 댔다. 이곳은 적당한 장소가 아니었다. 방벽이어야 했다. 미샤는 둘이 방벽에 올라야 한다고, 더 가까이 가야 한다고 느꼈다.

답답하던 공기가 풀어지며 평소의 상태로 돌아갔다. 미샤는 어색하게 가지에 달린 노이온을 당겼다. 가지는 죽은 지 오래됐지만, 쉽사리 내주질 않았다. 고통스럽게 잡아당기는 데 지쳐서 미샤는 칼을 더듬어 찾았다. 그러다가 갑자기, 미샤의 의지와 무관하게 몸이 돌아갔다.

아무 말 없이 노이온이 그 오랜 매달림을 버리고 미샤의 품으로 떨어져 내렸다.

미샤가 이걸 만져본 적은 한 번인가 두 번밖에 없었다. 조심스럽게 가져다 댄 손가락에는 기이하게도 케케묵은, 생명 없는 따스함이 느껴졌었다. 이제 두 팔로 그 생명체 전부를 안은 미샤의 몸이 그 전류에, 그 자장(磁場)에 공명하며 울렸다. 두 팔로 계속 안고 있기가 힘들어 든다기보다는 감싸 안는 식으로 그것을 들었다. 머리카락과 양 팔꿈치에서 빗자루같은 방전이 일어나고 있을까? 아무것도 보이지 않았다.

✳

미샤는 최대한 빠른 속도로 절뚝거리며 바위투성이 오솔길을 따라 방벽이 시작되는 곳으로 내려가기 시작했다. 끊임없이 울부짖는 소리가 미샤를 사정없이 내리쳤고, 몸의 고통이 미샤의 마음을 침식했다. 미샤는 이제 연기 속에 있었다. 그을음과 날아다니는 물거품이 비처럼 떨어졌다.

미샤가 가까스로 바윗길에서 시선을 돌려 힐끗 보니 새로운 괴물 무리가 아주 가까이 다가오고 있었다. 미샤는 비틀거리면서도 발을 재게 놀려 뛰려고 했다. 방벽 바깥쪽에서 괴물 두 마리가 바닥을 긁으며 경작지로 다가갔다. 무리 본진이 경로를 벗어나지 않고 그 둘을 따랐다. 그가 방벽의 나무틀을 기어 올라가기 시작할 때 방어하는 사람들이 불을 놓을 기름을 더 가져오는 게 보였다. 미샤를 발견한 얼굴들이 미샤를 향했다. 그들의 입이 벌어지는 게 보였지만 엄청난 소음에 묻혀 목소리들은 들리지 않았다.

점액에 뒤덮인 바위는 끔찍하게 미끄러웠다. 품에 안은 침묵의 정수에서 감히 한 손도 뗄 엄두를 못 낸 채, 미샤는 발을 헛디디고 비틀거렸다. 그러다 끈적거리는 물질로 덮인 곳을 잘못 밟고 미샤는 망가진 엉덩이를 바닥에 찧으며 미끄러졌다. 미샤는 뭔가에 찔렸다는 걸, 꼬챙이에

펜 듯이 피가 분출하는 것을 느끼며 무릎과 팔꿈치를 짚고 옆으로 몸을 틀었다. 한쪽 허벅지를 바위에 걸치고 다른 발로 나무틀을 차면서 미샤는 어떻게든 위로 올라갔다. 짐승들처럼 나는 간다. 미샤는 생각했다.

파도가 덮쳤다. 시야가 다시 확보되고 보니 옆에 거대한 괴물의 옆구리가 방벽과 나란히 누운 채 꿈틀대며 미샤가 누운 나무틀을 밀어댔다. 이제 정점에 아주 가까워졌다. 정점에 있던 청년 하나가 미샤를 향해 기어 오는 것 같았다. 미샤의 머리 위 연기 속에서 악몽들이 솟아올랐다.

미샤는 늘어진 채 그 괴물다운 면면들을 뚫어지게 쳐다보며 정신을 집중하려 노력했다. 이제 충분히 가까워졌다. 효과가 있어야만 한다. "노이온, 노이온!" 미샤가 헐떡거렸다. 암컷 하나가 화염 바로 앞에서 뒷다리로 일어섰다. 돌아서기에는 그 옆구리가 화염에 너무 가까웠다. "노이온, 도와줘."

그 순간 미샤는 마음속에서 연결이 성사되는 것을, 섬세한 거미줄에 걸린 물고기의 그림자 같은 아주 미세한 발버둥을 느꼈다. 미샤는 확신했다. 이것은 그 암컷의 무딘 생명과의 접촉이었다. 전진하려는 충동과 화염으로부터 도망치려는 충동 사이에서 갈팡질팡하는 것처럼 희미한 불빛이 몸부림을 쳤다.

이것이 노이온이 할 수 있는 일, 노이온이 스스로를 구하기 위해 이전에 했던 일이었다! 미샤가 시선을 그 암컷에게 두는 동시에 노이온과 접촉해 있는 사이, 머리 위를 가로지른 희미한 레이저 선이 암컷의 흉갑에 선을 그었다. 암컷은 몸을 더 높이 치켜세웠고, 머리가 뒤로 젖혀졌다. 내적 연결은 사라지고 미샤의 눈은 끔찍한 암컷의 몸뚱이가 앞쪽으로 쏠리며 화염을 덮쳐 물과 연기 돌풍을 일으키는 걸 보았다. 장작더미의 불이 꺼졌다.

다른 암컷 한 마리가 그 옆에서 방벽을 기어올랐다. 레이저가 쉬익, 쉬익 소리를 내고는 다가오는 또 다른 놈의 숨통을 끊기 위해 각도를 틀었다. 그리고 이제 정점에서 연기를 내뿜는 사체들 위로 괴물 중의 괴물이 솟아올랐다. 레이저가 그놈에게 닿은 순간 레이저 불빛이 희미해지며 흔들리더니 꺼졌다.

레이저가 다 됐다.

"노이온, 노이온!" 절망이 미샤의 입에서 터져 나왔다. "저놈을 돌려보내! 돌려, 돌려, 돌려…."

그리고 그게 나타났다. 그 선, 그 통로, 그리고 미샤의 필요가, 미샤의 절박한 필요가 달려 나갔고, 만났고, 제 영향력을 행사했다. 돌아가! 미샤의 외부 눈은 혼돈밖에 보지 못했지만, 내면의 눈은 놈의 충동이 신경절로 뛰어오를 때를, 놈의 에너지 균형이 비대칭이 되고 눈먼 엔진들이 그 거대한 복부의 평형을 깰 때를 감지했다. 돌아가고 있다. 방벽을 따라 방향을 틀고 있다!

하지만 그 연결이 느슨해지자마자 뻗어나간 미샤의 마음 바로 앞에 둔한 에너지 점들이 피어났다. 그놈 뒤로 다른 놈들이 온 것이다. "지금이야, 노이온!" 미샤는 자신의 모든 것을 던지려 애쓰며, 애원하며 빌었다. "돌려, 돌려. 아, 노이온, 도와줘, 저들을 돌려보내!"

공허.

시각이 외부의 눈으로 돌아왔다.

옆에, 방벽 너머에서 거대한 짐승들이 물가를 갈아댔다. 놈들이 방향을 틀었다. 미샤가 놈들을 돌렸다!

미샤는 멍하니 다른 놈들이 먼 방벽을 지나가는 걸 바라보았다. 무리가 갈라졌다. 그가 보는 사이에 마지막 수컷이 목책을 넘어뜨리고는 똑바로 서더니 암컷들을 따라 꿈틀거리며 멀어졌다. 숨 막히는 연기 사이로 보이는 앞쪽 얕은 물가에는 아무것도 없었다.

미샤는 의기양양함과 안도감으로 중력 따위는 떨쳐버리고 나는 듯한 기분이 들었다. 하체에서 고통이 몰려와 미샤를 쥐어짜댔지만, 저 쿵쾅거리고 우지끈거리는 소리와 울부짖는 소리와는 완전히 동떨어져 있는 느낌이었다. 아마도 자신이 죽어가는 게 틀림없다는 생각이 들었다.

그런 생각을 하면서도 미샤는 품에 안은 존재에서 뿜어져 나오는 약한 파장을 느꼈다. 이 일은 둘 다를 죽이고 있다.

그렇게 하라지.

눈 앞을 가린 연기 사이로 또 다른 공포의 무리가 모습을 드러냈다. 미샤는 멀리서 그들에게 접근했고, 그 허약한 영향력을 찾아냈고, 싸웠고, 그들이 방향을 바꿔 오른쪽으로 가는 걸 느꼈다. 바람이 연기를 평평하게 눕혔다.

문득 시선을 들어보니 이제는 거의 빈 진짜 수평선이 보였다. 본진이 지나간 것이다.

저 앞쪽 방벽에서 사람들이 미끄러운 정상으로 횃불을 옮기느라 애를 먹고 있었다. 가까운 곳에는 아무도 없었다. 미샤는 자신이 숨을 쉴 때마다 흐느끼거나 소리를 지른다는 걸 알았지만 아무 소리도 들리지 않았다. 기억이 미샤를 스쳤다. 내 아들 중 하나였던가? 아이 하나가 거칠게 미샤를 쑤석거리더니 가버리는 기억이었다.

미샤는 팔꿈치를 세워 겨우겨우 몸을 돌리고는 정착지를 바라보았다.

그래, 더 큰 피해를 보았다. 저 끔찍한 거대한 암컷이 숙소동 사이에서 뒷다리로 서는 바람에 목재들이 쏟아져 내렸다. 하지만 아직은 무사했다. 아직 무사해! 미샤의 마지막 선물이 그들을 구했고, 미샤의 죽음이 미샤가 사랑했던 모두에게 생명을 주었다. 아무것도 들리지 않는 적막에 둘러싸인 채 미샤의 시선이 저절로 사랑해 마지않는 장소들로 향했다. 연기가 자욱해도 여전히 너무 아름다워! 놀이라도 하는 것처럼 황금색 형체들이 내달렸다. 나의 둥지, 나의 생명….

나의 생명. 별들이 아니다. 이것이…

왜 저 광경 주위로 뭔가 투명한 물질이 응결된 것 같지? 정착지는 비닐봉지에 담긴 장난감처럼 작고 이상하게, 뭔가 미묘하게 달라진 것처럼 보였다. 내 일생의 역작. 종은 살아남고 나는 죽는다. 중요한 건 나는 죽는다는 점이다. 무사히 둥지를 지켜낸 충성스러운 개미처럼 나는 죽는다.

미샤는 생각했다. 바다로 향하며 죽어가는 저 껍데기만 남은 머리들처럼 나는 죽는다. 이걸로 더 많은 이들이 번식하고 죽을 것이다. 오직 번식하고 죽기 위해. 건설, 번식, 끝없이 세워지고 무너지는 탑들. 문득 치밀어 오른 혐오감으로 미샤는 몸이 굳었다. 이걸 위해 나는 버렸어….

'인간을 사랑하는 것보다 더 알맞은 건 없노라.'

배신을 꿈꾸는 미샤의 영혼이 경련했고, 미샤는 맞서 싸웠고, 기절했다. 사람이 동족을 위해, 자기 새끼들을 위해 온 마음을 바쳐, 온 생명을 바쳐 싸우는 것이, 그러다가 마지막 순간에 외면하는 일이 가당키나 한가? 내 몸이 죽어가고 있어서야, 그뿐이야. 미샤는 스스로에게 말했다. 마지막에는 뇌가 꺼진다.

미샤는 가까스로 고개를 돌리고 살펴보았다.

놈들이 여전히 오고 있었다. 또 한 번의 공격이 몰려온다. 최후의, 마지막 놈들이다. 너무 어두워, 아니면 날이 저무나? 밤이 내리면 모든 게 끝난다.

저기 놈들이 온다. 이번엔 우리를 죽일 것이다.

좋군, 미샤는 생각했다. 좋아! 충성스러운 개미여, 영혼의 희미한 저항은 잊어라. 어쩌면 우리 후손들은… 시간이 없다. 미샤는 눈을 감고 자신의 내면을 더듬었다. 연결 통로를 찾아, 집중점을 찾아… 그런데, 아무것도 느껴지지 않았다.

"노이온!"

미샤의 마음속에서 들리는 희미한 소리.

「네가 필요한 건… 이거야?」

"그래, 맞아!" 미샤는 포효하듯 소리를 질렀다. 아, 신이여, 시간이 없어. 짐승들이 방벽에 닿았다.

"맞아!" 미샤가 느끼기 위해, 자신의 절박한 필요가 작동하도록 매달리기 위해, 닿기 위해, 연결하기 위해 필사적으로 애를 쓰면서 다시 소리를 질렀다. 아! 거기! 왔다, 왔어. 도움의 손길이, 연결이… 노이온이 미샤와 같이 있었다. 미샤는 이제 그 짐승들의 생명을 느꼈고, 그들에 닿았다. 돌려, 돌려, 돌려! 내 마지막 힘과 함께, 기꺼이 내주는 내 죽음과 함께 돌아가! 죽을 필요가 없었던 내 죽음을 가지고 돌아가….

연결이 희미해지더니 사라졌다.

미샤는 눈을 떴다.

머리 위 어둠 속에서 흉갑을 두른 거대한 탑이 모습을 드러냈고, 미샤가 매달려 있던 바위가 기울어지고 미끄러졌다.

놈들은 방향을 틀지 않았다.

놈들이 방벽을 돌파했다. 그리고 해안 쪽에 있던 목책이 산사태처럼 무너지는 우레 같은 소리가 미샤가 누운 방벽의 나무틀을 뒤흔들었다. 그리고 만에서는, 해변에서는, 공포에 질린 미샤의 눈앞에서 정착지가 완전히 지워졌다.

"노이온! 노이온!" 미샤가 비명을 질렀다. 죽음이 미샤에게 매달린 채 정지 상태로 돌입했다. 미샤는 무슨 일이 일어났는지, 자신이 무슨 짓을 저질렀는지 알았다. 절실한 필요가, 미샤의 절박한 욕구가 마지막 순간에 진정성을 잃었다. 미샤는 정글로, 피신 생활로, 먼지로 돌아간 사람들을 배신했다. 미샤의 인간적인 심장이, 미샤의 영혼이 그들 모두를 배신했다.

"노이온!" 미샤의 영혼이 소리쳤다. "날 데려가! 내게 다른 걸 줘, 나 자신을 돌려줘!"

하지만 미샤의 가슴에서 생이 빠져나가 사라지고 있었다. 너무 늦었다. 너무 늦었어. 모든 게 헛되다. 미샤는 자기 뇌에서 생이 빠져나가는 유령 같은 바람을, 무의식의 심상(心傷)으로 열리는 낯선 광대함을 느꼈다. 열림. 마치 노이온이 여전히 길을 열어놓고서 할 수만 있다면 자신의 죽음을 같이 하자고 제안하는 것 같은, 찰나의 그 열림. 속에서 갈망이 끓어올랐다. 미샤가 상상하지 못했던 어떤 것을 향한 두려운 사랑. 아, 공중에서 낭랑하게 울려 퍼지는 목소리들이여, 나 갈게! 내가 갈 거야!

하지만, 하지만, 미샤는 혼자일 수 없었다. 그랬다. 헛된 죽음이 미샤에게 매달렸고, 우지끈거리는 소리가 죽을 운명인 미샤의 귓가를 때렸다. 입술이 울부짖듯 움직였다. "인간은, 인간은, 저…."

인간의 것이 아닌 어마어마한 무게가 미샤를 덮쳤고, 뇌에서 별들이 풀려나갔다.

SHE WAITS FOR ALL MEN BORN

그녀는 태어난 모든 인간을 기다리네

✦

이수현 옮김

현관과 대문 너머에 창백하게,

차분한 잎사귀 왕관을 쓰고, 그녀는 서 있네

모든 죽을 운명을

차가운 불멸의 손으로 거둬가는 그녀가

— 스윈번

그것은 비존재의 불모지에서 태어났다가, 꺼졌다가, 다시 태어나서 결합하고 부풀고 퍼져나간다. 그것은 생명 없는 곳에서 살아가고, 엔트로피의 회색 물결에 거슬러 분투하며, 터무니없을 만큼 집요하게, 큰 파도가 될 때까지 더욱 풍성한 복잡성을 더해나간다. 파도가 커지듯 커지면서 한동안 햇빛 속에 모든 분자를 의기양양하게 밀어 올리던 정점은 항상 어둠 속으로 떨어져 내리고, 도약한 바로 그 순간에 무(無) 속으로 날려가버린다. 그것의 승리는 언제나 소멸하고 만다. 그것은 홀로 태어나지 않았기 때문이다. 그 뒤를 따라 그것의 어두운 쌍둥이, 그것의 숙적, 그것을 안에서부터 끊임없이 먹어들어가는 그림자도 태어났다. 무자비한 추적을 받고, 모든 핵심에 공격을 받은 살아 있는 파도는 위로 치솟아 오르고, 수십억에 달하는 덧없는 정점들은 그들을 차지하려는 고통과 죽음 위로 빛을 피워낸다. 필멸의 존재가 무수한 영겁에 걸쳐 분투하고 손을 뻗는다. 죽음에 내몰린 그것은 숙적 앞에서 전보다 더 빠르게 회피하다가 달리고, 뛰어오르다 못해 마침내는 섬광처럼 날아오른다. 하지만 그 육신으로 불을 능가할 수는 없다. 그것을 지탱하는 사지는 '죽음'이요, '죽음'이 곧 그것을 떠받친 날개이기에. 승리하고 죽어가는 무수한 구성원들의 고통 속에서 '생명'은 무심한 허공을 날아간다….

굴 안은 어두웠다. 펠리코사우루스는 반쯤 자란 새끼들 위에 몸을 웅크린 채, 흐릿한 의식은 새끼들의 주둥이가 배에 있는 털 아닌 털 사이 분비 조직을 빠는 감각에만 집중하고 있었다. 바깥에서 천둥 같은 분출음과 물보라 소리가 들렸다. 굴이 흔들렸다. 펠리코사우루스는 뻣뻣하게 몸을 더 웅크렸다. 모여 있던 새끼들은 모두 얼어붙었다. 한 마리만 예외였다. 몸집 큰 암컷 새끼 한 마리가 꿈틀꿈틀 어미 아래를 빠져나가서 조심스럽게 굴속 깊숙한 곳으로 나아가고 있었다. 힘이 약한 파충류의 견갑대에 몸을 걸고 반쯤 기듯이 움직였다.

바깥에서 충돌음이 더 들려왔다. 축축한 둥지 속으로 흙이 쏟아져 내렸다. 어미는 반사적인 정지상태에 사로잡혀 더욱 단단히 몸을 웅크릴 뿐이었다. 잊힌 새끼는 이제 통로를 기어오르고 있었다.

새끼가 빠져나갈 때쯤, 바깥 개울에 있던 거대한 하드로사우루스가 물속에서 나가기로 결정했다. 20톤짜리 파충류가 부드러운 강둑을 때렸다. 흙과 돌과 나무뿌리들이 우르르 쏟아지면서 펠리코사우루스와 그 새끼들과 다른 강둑 거주자들 모두를 짓이겨 진흙 덩어리로 만들어버렸다. 떠나간 새끼 뒤에는 파괴의 여물통만 남았다. 가죽 날개 퍼덕이는 소리가 울렸다. 프테로사우루스들이 잔해를 쪼아먹으러 모여들고 있었다.

혼자 남은 새끼는 강둑을 더 올라가서 어느 겉씨식물 뿌리 옆으로 빠져나갔다. 새끼는 청소동물들의 귀에 거슬리는 울음소리를 듣고 몸을 움츠렸다. 그러다가 모호한 방향성이 솟아올랐다. 우주를 향해, 위를 향해 가려는 막연한 충동이었다. 새끼는 어색하게 앞다리로 겉씨식물의 줄기를 움켜쥐었다. 땅벌레 하나가 껍질 위를 움직였다. 새끼는 무심코 그 벌레를 잡아서 먹고, 식물 너머에 초점을 맞추려 애를 쓰며 눈을 깜박거렸다. 이윽고 그 새끼는 더 높이 기어오르기 시작했다. 그 복잡한 유전자를, 그 목숨을 살린 작은 특이성을 싣고서. 새끼가 성장한 알 속에서 분자 하나가 미세하게 구조를 바꿔놓았던 것이다. 그 엉뚱한 프로그램이 종 전체에 퍼진 꼼짝 말고 얼어붙으라는 명령을 살짝 풀어놓았고, 압박을 받는 상황에서 오히려 행동에 나서는 사소한 경향이 생겼다. 이제 온전히 펠리코사우루스라고는 할 수 없는 그 새끼는 적합하게 만들어지지 않은 뒷다리가 나뭇가지 위를 미끄러지는 감각을 느끼며 매달려보려고 줄기를 할퀴다가 떨어지고는, 자기 종족의 묘지를 힘없이 기어나갔다.

✳

…그렇게 '생명'의 파도는 '죽음'의 채찍질 아래 달리며 성장하고, 끝없는 다양성으로 힘을 기른다. 계속 사멸하고 계속 소생하면서 생명은 쏟아지는 시체들 위에 더욱 높고 더욱 복잡한 승리를 밀어 올린다. 파도가 부풀어 오르듯 솟아오르고, 우글거리고, 갈수록 더 강하게 분투하고, 갈수록 더 정교한 회피 전략을 획득하며, 고통을 피하기 위해 더 거친 경로에 스스로를 던진다. 그러나 생명은 그 안에 숙적을 떠안고 있으니, 그 분출의 동력이 '죽음'이라. 모든 구성원 안에서 죽고, 매 순간 다시 태어나면서 수많은 심장을 지닌 '생명'의 파도는 낯선 곳으로 솟아오른다….

그 털 없는 짐승은 소리를 지르며 잽싸게 도망치다가 땅에 쓰러지고, 돌이 몸을 때리자 다시 비명을 질렀다. 방향을 바꾸어 허둥지둥 달리는데 이제는 절뚝거리고 있었다. 그 짐승은 힘이 더 세고, 관절이 더 자유롭게 움직이는 팔들이 던지는 무기들을 도저히 피할 수가 없었다. 마침내 짐승은 머리를 맞고 쓰러졌다. 두 발 동물들이 주위를 에워쌌다. 그들은 아직 단어가 없는 기쁨의 소리를 지르며 여윈 턱과 날카롭게 간 돌로 형제를 덮쳤다.

✳

…삶과 죽음의 혼란은 점점 늘어나며, 절정의 빛으로 솟아오른다. 고통에 찬

수십억 파편들이 더욱 치열한 실재를 띤다. 게걸스러운 숙적 위로 거대한 짐승처럼 뛰어오른다. 그래도 숙적을 떨쳐낼 수는 없다. 그것의 생명력은 '죽음'이요, 그것의 힘은 그것을 잡아먹는 죽음의 힘과 같으며, 그것의 모든 입자는 어두운 습격자의 영향력을 받아 움직이니, '생명'은 그 죽음 안에서 우뚝 솟아오르고, 승리하고, 그 생명을 품은 행성 위를 저항 없이 굴러간다….

말에 오른 두 사람이 차가운 가을비를 맞으며 천천히 평원을 가로질렀다. 첫 번째는 점박이 조랑말을 탄 어린 소년이었다. 그 소년이 끌고 가는 검은 귀의 밤색 말 위에는 소년의 아버지가 축 늘어져서, 가슴에 맞은 소총 탄알 때문에 입을 벌리고 헉헉거리고 있었다. 그 남자의 손에는 활이 들려 있지만, 화살은 없었다. 카이오와인의 비축품과 물자는 팔로 듀로 협곡에서 사라졌고, 마지막 화살은 사흘 전에 그의 아내와 맏아들이 살해당한 '말뚝 평원' 살육전에서 다 쏘아버렸다.

버드나무 숲을 지나칠 때는 비가 조금 잦아들었다. 이제 그들은 눈 앞에 백인의 건물들을 볼 수 있었다. 회색 돌울타리의 포트실 요새였다. 그들의 친구와 친척들은 한 가족 한 가족씩 무자비한 적에게 항복하여 그 울타리 안으로 사라졌다. 소년은 조랑말을 세웠다. 요새에서 달려 나오는 병사들을 볼 수 있었다. 옆에서 아버지가 끙 소리를 내더니 활을 들어 올리려 애썼다. 사흘 동안 아무것도 먹지 못한 소년이 입술을 핥았다. 소년은 천천히 조랑말을 다시 앞으로 몰고 나갔다.

둘이 말을 모는 동안 요새 서쪽 들판에서 습기 찬 바람을 타고 희미한 총성이 날아왔다. 백인들이 카이오와인의 말들을 쏘고 있었다. 그들의 생활방식 자체를 파괴하고 있었다. 카이오와인에게 이것은 끝이었다. 그들은 세상에서 제일가는 기마인들이었고, 전쟁은 그들의 성스러운 소명이었다. 그들은 300년 전에 어두운 산맥에서 내려와서 말들과 신을 손에 넣고 찬란하게 수천 킬로미터에 달하는 방목장을 지배했다. 하지만 그들은 미합중국 기병대의 음울하고 그칠 줄 모르는 진격을 결코 이해하지 못했다. 이제 카이오와는 끝났다.

카이오와는 자연의 고난과 황야에서 보낸 천 년간의 죽음으로 단련되어 있었다. 그러나 그런 죽음의 힘으로도 부족했다. 그들 앞에 선 하얀 병사들은 유럽의 가마솥에서 더 치명적인 몇백 년을 살아남은 생존자들이었다. 그들은 백병전으로 살해당하고, 무자비한 폭군 아래에서 죽고, 기근과 돌림병으로 죽은 무수한 세대에서 기인한 힘으로 토착민들을 몰아댔다. 이전에도, 그전에도, 또 그전에도 그러했듯이 거대한 죽음의 잿빛 얼굴 아이들은 앞으로 밀려가고, 정복하고, 퍼져나갔다.

✳

…그렇게 강대한 '짐승'은 자신을 먹어 치우는 불길 속을 날뛴다. 그 불길은 갈수록 더 험악한 죽음과 더 기세등등한 삶의 도가니 속을 살아가는 무수한 목숨들을 집어삼킨다. 그리고 이제 그 고통스러운 돌진도 변한다. 이전에는 도망이었던 것이 전투가 된다. '짐승'은 자신을 맹렬히 물어대는 적에게 돌아서서 '죽음'을 그 심장에서 몰아내려 분투한다. 짐승은 필사적으로 몸부림친다. 그것이 자신의 삶인 상처로부터 흘러나와 파편 몇이라도 구하려 싸우는 동안, '죽음'은 모든 구성원을 참살한다. '죽음'은 그 짐승의 정수와 쌍둥이요, '생명'이 성장함과 함께 성장하며, 그 공격의 맹위는 그것을 공격하는 힘과 함께 올라가기 때문이다. 밀착 전투에 얽힌 '짐승'과 그 '적'은 이제 고통의 절정에 달한다. 싸움은 격심해져서 물질의 규범을 뚫고 들어간다. 시간이 가속한다….

지중해에 밤이 찾아오자 낡은 화물선은 키프로스에 자리 잡은 적군의 귀를 느릿느릿 조심스럽게 지나쳤다. 비와 어둠이 배를 감춰주었다. 배는 모든 불을 끄고, 모든 사람이 소리를 죽인 채 천천히 움직였다. 봉쇄자들에게 그 배의 존재를 누설하는 것은 오직 엔진 진동 소리와 녹슨 스크루 돌아가는 소리뿐이었다. 그 선체 안에는 귀중한 화물이, 숨죽여 옹송그린 생명의 불꽃들이 실려 있었다. 아이들이었다. 살아 있는 아이들, 죽음의 수용소에 시체로 남은 6백만 명 중에서 구해낸 한 줌의 아이들이었다. 제3제국에게 살해당한 2천만 명 중에서 구해낸 한 줌. 화물선은 어둠과 절박감 속에서 기름을 흘리며 기어갔다. 선원들은 삐걱거리는 펌프를 작동시킬 엄두를 내지 못했다. 밤에 감춰진 화물선은 증기를 올리며 1킬로미터씩, 1킬로미터씩 봉쇄의 쇠장갑을 뚫고 아이들을 팔레스타인으로 실어 갔다.

한편, 세상 반대편에서는 같은 날 밤에 해당하는 아침, 폭탄 한 발이 호위대 곁을 떠나 높고 차가운 허공을 뚫고 꾸준히 서쪽으로 날아갔다. 에놀라 게이*는 히로시마로 향하고 있었다.

✳

아픔에 내몰리고, 죽음에 북돋워 몸부림치는 '짐승'은 '적'을 상대로 분투한다. 늘 새로워지는 고통 속에서도 그것은 성장하고, 새로운 광채를 키우며, '죽음'을 상대로 늘 더 큰 승리를 거두고, 그다음에는 더 무시무시한 공격을 받는다. 그 싸움은 보이지 않게 행성 전체를 불태우며 격화되다가 마침내는 지구의 경계를 뚫고 일부를 우주로 날려 보낸다. 그러나 '짐승'은 탈출할 수 없다. '죽음'을 싣고 움직이며 자신의 불로 '죽음'에 연료를 공급하기 때문이다. 전투는 고조되어 땅과 바다와 하늘을 채운다. 지대한 고통 속에서 그것은 살아 있는 화염의 물마루를 솟구쳐 올리니, 그것은 세상에 내린 어둠이라….

"박사님, 굉장했어요." 수술실 수간호사의 속삭임은 마스크 때문에 들리지 않을 정도로 작았다.

의사의 시선은 봉합하는 두 손이 쬠쇠로 젖혀놓은 막들을 정교하게 다루는 모습을 볼 수 있는 거울에 박혀 있었다. 두근두근, 두근두근. 의

---

* 제2차 세계대전 당시 원폭을 투하한 B-29 폭격기의 애칭

사의 시선이 잠시 바이오피드백 화면으로 향해서 혈장교환 레벨을 확인하고, 헤드셋을 쓰고 열심히 지켜보는 마취팀의 얼굴에 주목하더니, 다시 바짝 경계하며 거울로 돌아갔다. 경계는 여전했지만, 사실 수술은 끝났다. 성공, 그것도 엄청난 성공이었다. 그 아이의 장기는 이제 완벽하게 기능할 것이고, 죽어가던 목숨이 살 것이다. 다시 한번 불가능이 이루어졌다.

수간호사는 다시 한번 감탄의 한숨을 내쉬며, 저도 모르게 찾아온 생각을 털어냈다. 다른 곳에서는 수백만 아이들이 기근과 질병으로 죽어가고 있다는 생각. 이 아이처럼 불운하게 태어난 아이들이 아니라 완벽하게 태어난 건강한 아이들이 음식과 보살핌이 부족해서 수백만씩 사정없이 죽어갔다는 사실! 생각하지 말자. 여기에서 우린 목숨을 구했다. 우린 최선을 다하고 있다.

수술실은 바깥 도시의 소음이 들어오지 않는 곳이지만, 그런데도 희미하게 만연한 윙윙거리는 소리가 새어 들어왔다. 간호사는 멍하니 새로운 소리를 알아차렸다. 이상하게 높은 지저귐이 섞였다. 이어서 뒤에 선 인턴들이 술렁거리는 소리가 들렸다. 누군가가 다급하게 속삭였다. 의사의 시선은 흔들리지 않았지만, 마스크 위로 보이는 얼굴은 딱딱하게 굳었다. 간호사는 의사가 산만해지지 않게 보호해야 했다. 간호사는 수술복이 바스락거리지 않도록 주의하면서 범인들에게 몸을 돌렸다. 멀리 복도에서 목소리들이 폭발하듯 커졌다.

"조용히 하세요!" 간호사는 회색 눈빛으로 인턴들을 하나하나 바라보며 소리죽인 격렬함을 담아 속삭였다. 그러면서 계속 지저귀는 소리가 무엇인지 기억해냈다. 공습경보였다. 20분 대기 경보. 세상 반대편에 있는 타지에서 미사일이 날아오고 있다는 뜻이었다. 하지만 이런 경보가 진짜일 리가 없었다. 분명히 훈련일 것이다. 훈련이야 권장할 만하지만, 수술실을 방해해서는 안 된다. 훈련은 다른 때 시행해야 했다. 여기 수술을 끝내려면 20분 이상 걸릴 것이다.

"조용히." 간호사는 다시 엄격하게 속삭였다. 인턴들은 잠잠해졌다. 간호사는 만족해서 당당하게 몸을 펴며 피로를 무시하고, 희미하게 들려오는 날카로운 울음소리를 무시하고, 마침내는 멀리 위에 있는 천장을 뚫고 들어오는 무시무시한 섬광마저도 무시했다.

✳

…그리고 갈가리 찢어진 '짐승'은 그 '적'과 충돌하여 함께 폭발하면서 수십억 개 거품으로 끓어오르고, 산산이 부서진 파편들은 빛나는 수십억 죽음의 불길 아래 형성되고 재형성된다. 그럼에도 아직 그것은 하나이며, 아직 고통과 끝없는 활력으로 연결되어 있다. 그 가장 깊은 플라스마를 치명적인 에너지에 그대로 드러낸 채로도 '생명'은 더욱 격렬하게 싸우고, 다시 태어난 순간의 목숨들을 꺼버리는 '죽음'을 더욱 맹렬히 공격한다. 전투는 완전한 격노 상태에 돌입하다가 존재의 기층까지 난입한다. 최절정의 폭발에 이른다. 궁극의 고통에 궁극의 응답이 발견된다. '짐승'은 마침내 그 '숙적'의 정수를 꿰뚫고 들어가서 정복한다. 최후의 초월. '생명'이 '죽음'을 집어삼키고, 그 오랜 적수의 심장을 자기 것으로 만든다….

죽은 어미의 허벅지 사이에 놓인 아기는 몹시 창백했다. 당황한 치유자는 태반에서 떼어내어 아기를 들어 올렸다. 여자아이고, 피부가 하얗기는 해도 몸은 완벽했다. 아기는 조그맣게 캑캑거리며 숨을 쉬었고, 울지 않았다. 치유자는 어미의 시신을 덮던 산파에게 아기를 건넸다. 그는 아기의 창백한 피부가 자연적일 수도 있다는 생각을 했다. 화이트 부족은 모두 피부색이 창백하지만, 이 아기처럼 하얀 사람은 없었다.

"아름다운 여자아이로구나." 산파는 아기의 몸을 닦으며 말했다. "눈을 떠보렴, 아가."

아기는 약하게 꿈틀댔지만, 눈은 뜨지 않았다. 치유자는 그 섬세한 눈꺼풀 한쪽을 열어보았다. 눈꺼풀 아래에는 제대로 형태를 갖춘 커다란 눈이 있었다. 하지만 검은색 동공 주위 홍채가 눈처럼 하얬다. 그는 그 눈동자 위로 손을 움직여보았다. 그 눈은 빛에 반응하지 않았다. 그는 묘한 불안을 느끼며 반대쪽 눈을 검사했다. 마찬가지였다.

"눈이 보이지 않는군."

"아, 저런. 이렇게 귀여운 아기가."

치유자는 생각에 잠겼다. 화이트 부족은 여기 바닷가로 오기 전에는 거대한 두 크레이터 근처에 살았음에도 불구하고 문명인들이었다. 치유자는 자기네 부족의 백색증이 시각 장애와 결부되는 일이 너무 잦다는 사실을 알고 있었다. 하지만 이 아이는 건강해 보였다.

산파인 마른이 말했다. "제가 데려갈게요. 전 아직 젖이 나오거든요. 보세요."

그들은 아기가 마른의 젖가슴에 입을 비비며 행복하게, 정상적으로 먹을 것을 구하는 모습을 지켜보았다.

몇 주가 몇 달이 되었다. 아기는 자라고, 일찌감치 미소를 지었지만, 눈은 여전히 뜨지 않았다. 평화로운 아기였다. 옹알이를 하고, 깔깔거리고, "마른, 마른"이라고 하는 게 분명한 소리를 냈다. 마른은 그 아기를 맹렬하고도 죄책감 들게 사랑했다. 마른의 아이들은 모두 남자아이들이었다. 마른은 그 창백한 아기를 "스노우"라고 불렀다.

스노우가 기어 다니기 시작하자 마른은 불안한 눈으로 지켜보았지만, 눈이 보이지 않는 아이는 조용하고 요령 있게 움직였다. 마치 물건이 어디에 있는지 감지하는 것 같았다. 행복한 아이는 혼자 작게 노래를 부르더니, 곧 마른의 가죽 바지를 잡고 몸을 일으켰다. 이제 스노우는 아장아장 혼자 걸어 다니기 시작했고, 마른의 마음은 다시 한번 두려움에 사로잡혔다. 그러나 스노우는 조심스럽고 능숙하게 움직여서, 장애물에 부딪히는 일이 별로 없었다. 눈이 보이지 않는다는 사실을 믿기 힘들 정도였다. 스노우는 자주 웃었고, 작은 혹과 찰과상 정도밖에 입지 않으며, 그것도 놀랍도록 빨리 나았다.

작고 가냘프기는 해도 스노우는 아주 건강한 아이였고, 새로운 경험, 새로운 냄새, 소리, 맛, 촉감, 새로운 단어를 환영했다. 스노우는 아이답지 않게 온화한 목소리로 말을 했다. 캄캄한 세계에 괴로워하는 것 같지 않았다. 시각장애인의 흔적을 드러내지도 않았다. 얼굴은 표정이 풍부했고, 미소를 지으면 길고 하얀 속눈썹이 뺨 위로 떨렸다. 마치 재미로 눈을 감고 있는 것만 같았다.

치유자는 해마다 스노우를 검사했는데, 갈수록 그 텅 빈 은빛 시선을 마주하기가 꺼려졌다. 그는 스노우가 아이를 낳아도 될지 결정해야 했고, 스노우가 눈을 제외하면 너무나 건강하다는 사실에 놀랐다. 그로선 결정하기가 어려웠다. 하지만 스노우가 세 살이 되었을 때 그는 결정권을 아예 잃어버렸다. 스노우를 검사하는 내내 기분이 안 좋더라니, 치유자는 곧 자기 능력으로는 치유할 수 없는 새로운 소모성 질환에 자신이 걸렸음을 알게 되었다.

화이트 부족의 일상은 계속되었다. 그들은 영어로 말하고, 잘 먹는 연안 사람들이었다. 그들의 1년은 바다 만입부에서 산란하러 돌아오는 어마어마한 물고기 떼를 중심으로 돌아갔다. 대부분의 물고기는 아직 송어와 연어 같은 형태를 띠고 있었다. 하지만 화이트 부족은 해마다 처음 잡은 물고기들을 귀중한 유물로 검사했다. 그 유물이란 고대의 가이거 계수기였는데, 수력 발전기를 이용해 조심스럽게 재충전해서 썼다.

따뜻한 계절이 오자 스노우는 마른과 마른의 아들들과 함께 첫 고기잡이를 의례적으로 검사하는 해변에 나갔다. 마을에서 하류 쪽, 계곡 입구에 그물을 쳤다. 해변은 바다 만입부에 열렸고, 눈을 얹은 키 큰 바위산들에 둘러싸여 있었다. 모래밭에 즐겁게 불이 타오르고, 음악이 흐르고, 아이들이 노는 동안 어른들은 어부들이 반짝이며 펄떡거리는 그물을 끌어 올리는 모습을 지켜보았다. 스노우는 차가운 개울물 가장자리를 첨벙첨벙 뛰어다니며 소리 내 웃었다.

"저 위에 플라이어들이 있어요." 그물잡이 대장이 마른에게 말했다.

마른은 그가 가리키는 절벽을 올려다보고 쏜살같이 날아다니는 붉은 그림자를 찾았다. 굶주림 때문이겠지만, 플라이어들은 점점 대담해지고 있었다. 지난겨울에는 외딴 오두막에 숨어들어서 아이를 훔쳐 가기도 했다. 그들이 무엇인지는 아무도 몰랐다. 누군가는 그들이 큰 원숭이들이라고 하고, 누군가는 그들이 퇴화한 인간이라 믿었다. 인간과 같은 형상에, 작지만 힘이 강했고, 사지 사이에 느슨하게 주름 잡힌 피부를 이용해서 짧게 활강할 수 있었다. 그들은 언어가 아닌 소리를 질렀고, 언제나 굶주려 있었다. 물고기를 말리는 철이면 화이트 부족은 낮이고 밤이고 불가를 순찰하는 경비를 두었다.

갑자기 계곡에서 고함 소리가 들렸다.

"플라이어들이다! 마을로 가고 있어!"

어부들은 재빨리 노를 저어 해변으로 돌아오고, 남자들 한 무리가 마을을 향해 상류로 달려갔다. 하지만 그들이 떠나자마자 가까운 절벽 위에 불그스름한 머리통들이 뛰어나오고, 갑자기 더 많은 플라이어들이 해변으로 뛰어내렸다.

마른은 불붙은 나무를 하나 낚아채고는, 아이들에게 물러나 있으라고 외치고 습격자들에게 달려갔다. 여자들의 맹공을 받은 플라이어들은 허둥지둥 달아났다. 하지만 그들은 절박한 나머지 많은 수가 죽어 나가도록 다시 돌아오고 또 돌아왔다. 마지막 습격자들이 바위 위로 물러나자 마른은 불 가에 모인 아이들 사이에 눈먼 아기가 없음을 알아차렸다.

"스노우! 스노우, 어디 있니?"

플라이어들이 잡아간 걸까? 마른은 미친 듯이 해변을 뛰어다니며 바윗돌 뒤편을 들여다보고 스노우의 이름을 불렀다. 그러다가 어느 바위 노두 위에 구겨진 플라이어의 다리를 보고 살펴보러 달려갔다.

플라이어 둘이 움직임 없이 누워 있었다. 그리고 그 둘 바로 옆에 마른이 두려워하던 광경이 펼쳐져 있었다. 피 웅덩이에 누운 작은 은빛 아기.

"스노우, 우리 아가, 아아, 안 돼…."

마른은 달려가서 스노우 위로 몸을 굽혔다. 작은 아기는 팔 하나가 끔찍하게 망가져 있었다. 씹혀서 끊어지다시피 했다. 플라이어 하나가 먹으려다가 다른 플라이어의 공격을 받은 게 분명했다. 마른은 아이가 죽었으리라는 사실을 거부하며 그 위로 몸을 웅크렸다. 그러다가 억지로 그 끔찍한 상처를 바라보고는, 불현듯 더 자세히 들여다보았다. 마른은 미친 사람처럼 심란하던 눈을 더 크게 떴다. 목 안에서 새로운 비명이 솟아오르려 했다. 마른의 시선이 상처에서 하얗고 잔잔한 얼굴로 돌아갔다.

마른이 마지막으로 본 장면은 아기의 길고 하얀 속눈썹이 올라가고, 반짝이는 은빛 눈동자가 열리는 모습이었다.

마른의 큰아들이 그런 모습으로 그들을 발견했다. 죽어 있는 플라이어 둘, 죽은 여인 하나, 그리고 기적처럼 상처 하나 없이 살아 있는 아이. 다들 마른이 스노우를 구하다가 죽었으리라 생각했다. 아이는 설명을 하지 못했다.

두 번이나 고아가 된 어린 스노우는 그때부터 그물잡이 대장의 아이들과 함께 자랐다.

아주 느리게 자라긴 했어도, 스노우는 우아하고 사랑스러운 소녀로 성장했다. 눈이 보이지 않아도 많은 일에 능숙하고 유능했다. 영리했을 뿐 아니라 끝없는 그물 수선과 물고기 말리기와 기름 짜기에 싫증 내지 않았다. 나무 열매도 딸 수 있었다. 덤불 속을 훑는 스노우의 작고 빠른 손은 눈으로 보는 것 못지않게 능숙했다. 예전에 마른이 채집하러 다니던 길을 돌면서 나무뿌리와 버섯, 새알, 그리고 최상급 카마시아 구근을 가지고 돌아왔다.

새로운 치유자는 전임자가 두려워했던 결정을 자신이 내려야 한다는 사실을 생각하며 심란한 마음으로 스노우를 지켜보았다. 스노우의 결함은 얼마나 심각한 걸까? 예전 치유자는 시각 장애가 퍼지지 않게 스노우의 출산을 금지해야 한다고 생각했다. 하지만 그 밝고 건강한 아이를 보고 있으려니 당혹스러웠다. 부족 안에는 질병이 만연했다. 치유자가 해결할 수 없는 소모성 질병들이었다. 아기들이 성장하지 않았다. 그런데 어떻게 이런 활동적이고 생기 넘치는 잠재적인 자손 생산자가 관계를 못하게 막을 수가 있겠는가? 그러나… 그럼에도 그 시각 장애는 자손에게 전해질 터였다. 그리고 그 아이는 정상적으로 성장하지 않았다. 해가 가도 성숙하지 않았다. 그는 그물잡이 대장의 아들이 어른이 되어 카누를 얻도록 스노우는 어린아이로 남아 있자 안심하기까지 했다. 그는 어쩌면 스노우가 영영 성숙하지 않을지도 모른다고 생각했다. 그렇다면 결정을 내릴 필요도 없으리라.

그러나 천천히, 눈에 띄지 않게 스노우의 작은 몸은 길어지고 둥글어졌다. 그러다가 어느 해인가 얼음이 녹자 치유자는 스노우의 가느다란 갈비뼈 위로 작은 젖가슴이 도드라진 것을 보았다. 바로 전날까지만 해도 아직 어린아이였는데, 오늘 스노우는 어느 모로 보나 어린 여인이었다. 치유자는 스노우의 다정하고 생동감 넘치는 얼굴을 살피며 한숨을 내쉬었다. 스노우에게 결함이 있다고 여기기는 어려웠다. 가볍게 감은 눈은 너무나 정상으로 보였다. 하지만 아주 창백하고 하얀 눈을 지닌 아기가 둘이나 태어나다가 죽었다. 이것은 치명적인 돌연변이일까? 문제가 코앞에 닥쳤는데 치유자는 해결할 수가 없었다. 그는 부족 회의를 소집하기로 결정했다.

하지만 그 계획은 절대 이루어지지 않았다. 다른 누군가도 스노우를 눈여겨보고 있었다. 일기예보 여인의 막내아들 비요르그였다. 비요르그는 스노우를 따라 고사리 숲으로 갔다.

"이건 먹는 거야." 스노우는 돌돌 말린 노란 잎을 들어 올리며 말했다. 비요르그는 스노우의 아름다운 작은 몸을 내려다보았다. 스노우가 자기보다 세 배는 더 나이를 먹었다는 사실은 기억할 수도 없었고, 신경 쓰이지도 않았다.

"나랑… 나랑 얘기 좀 해, 스노우."

"음?" 스노우는 비요르그의 목소리를 향해 미소 지었다. 비요르그의 심장이 쿵쾅거렸다.

"스노우….."

"뭔데 그래, 비요르그?" 열심히 귀를 기울이다 못해 은빛 속눈썹이 당장에라도 올라가서 눈동자를 드러낼 듯이 떨렸다. 그러나 눈은 뜨이지 않았고, 비요르그는 스노우의 눈이 보이지 않았다는 사실이 안타까워 목이 메었다. 비요르그가 스노우의 팔을 건드리자, 스노우는 자연스럽게 비요르그에게 몸을 기댔다. 스노우는 미소 짓고 있었고, 호흡은 빨라졌다. 비요르그는 스노우를 끌어안으며, 스노우의 어두운 세계에서는 그 접촉이 어떻게 느껴질까 생각했다. 스노우는 무력하니까, 부드럽게 대해야 했다.

"비요르그?" 스노우가 속삭였다. "아, 비요르그….."

비요르그는 자제하려고 애쓰면서 스노우를 더 꽉 끌어안고, 만졌다. 스노우는 떨고 있었다. 비요르그도 떨고 있었다. 비요르그는 스노우의 단출한 튜닉 아래를 애무했다. 스노우는 반쯤은 몸을 떼려 하면서도 비요르그에게 몸을 맡기고 있었다. 비요르그의 목에 뜨거운 숨결이 닿았다.

"아, 스노우….." 피가 끓다 보니 비요르그는 머리 위에서 들리는 소리를 거의 의식하지 못했다. 오직 품에 안긴 몸에 대해서밖에 생각할 수가 없었다.

그때 뒤쪽에서 길고 거친 소리가 터졌다.

"플라이어다!"

비요르그는 몸을 홱 돌리지만, 너무 늦었다. 붉게 퍼덕이는 형체가 비요르그에게 뭔가를, 아마도 창을 던졌고… 비요르그는 목에 박힌 뼈에 숨을 들이켜며 비틀거리고 있었다.

"도망쳐, 스노우!" 비요르그는 고함을 지르려 했다. 하지만 스노우는 아직 그 자리에 있었다. 쓰러지는 비요르그를 잡으려 하고 있었다. 플라이어들이 쿵쾅거리며 지나갔다. 세상이 어두워지는 가운데, 비요르그는 마지막으로 크게 뜬 스노우의 하얀 눈을 보고 경이로움을 느꼈다.

정적.

스노우는 아직 눈을 뜬 채로 천천히 일어섰다. 죽은 소년의 머리는 이끼 위에 내려놓았다. 주위에는 죽은 플라이어 세 명이 뻗어 있었다. 귀를 기울여보니 마을에서 희미하게 비명이 들렸다. 대규모 공격이었다. 게다가 플라이어들이 무기를 쓰기는 처음이었다. 스노우는 몸을 떨며 비요르 그의 머리를 쓰다듬었다. 스노우의 얼굴은 비탄에 일그러졌지만, 눈은 계속 뜬 채로 아득한 무한에 은빛 거울의 초점을 맞췄다.

"안 돼." 스노우는 상심해서 말했다. "안 돼!" 스노우는 뛰쳐 일어나서 마을을 향해 달렸다. 눈을 뜨고 달리면서 스노우는 눈먼 사람이 달릴 때처럼 비틀거렸다. 플라이어 셋이 그 뒤로 급강하했다. 스노우는 비명을 지르며 몸을 돌려 그들을 마주했다. 그들은 붉은 누더기 더미가 되어 떨어졌고, 스노우는 마을 벽에서 벌어지는 시끄러운 전투 소리를 듣고 계속 달려갔다.

정신없는 마을 사람들은 스노우가 온 줄도 몰랐다. 그들은 샛문으로 침투해서 오두막집 사이를 돌아다니는 플라이어 무리와 싸우고 있었다. 정문 쪽에서는 횃불 때문에 초가지붕에 불이 붙어서 플라이어와 화이트 부족 양쪽 다 물러나 있었다. 갑자기 오두막집 쪽에서 고함이 높아졌다. 플라이어 여섯이 지붕에서 지붕으로 서툴게 건너뛰고 활강하는 모습이 보였다. 그들은 훔친 아기들을 들고 있었다.

남자고 여자고 할 것 없이 저주의 말을 외치며 그들을 따라가려고 맹렬히 집을 기어올랐다. 플라이어 하나가 잠시 멈추더니 희생자의 목을 사납게 물어뜯고 다시 뛰어올랐다. 그 사악한 무리는 추적자들을 따돌리고 마을 외벽으로 몸을 날렸다.

"저것들 막아!" 어떤 여자가 비명을 올렸지만, 그곳에는 아무도 없었다. 하지만 플라이어들이 뛰어오를 자세를 취했을 때, 뭔가가 그들을 멈춰 세웠다. 그들은 활주하는 대신 포로들과 함께 힘없이 굴러떨어져서 벽 아래 땅에 추락했다. 그리고 다른 플라이어들도 소리 지르고 공격하기를 멈췄다. 그들도 추락하고 있었다.

마을 사람들은 머뭇거리고 멈춰 섰다가, 두 문 사이 어느 지점에서부터 퍼져나가는 정적을 알아차렸다.

그리고 스노우를 보았다. 푸르스름한 저녁 빛 속에 선 스노우를. 죽은 플라이어들의 붉은 시체에 둘러싸인 가느다란 하얀 몸이 그들을 등지고 서 있었다. 스노우는 옆구리에 박힌 창 때문에 구부정하게 몸을 기울이고 있었다. 허벅지를 타고 피가 흘러내렸다.

스노우는 고통스럽게 몸을 돌리려 했다. 마을 사람들은 스노우가 배에 박힌 창을 힘없이 당기는 모습을 보았다. 그들이 공포에 질려서 바라보는 동안 스노우는 창을 뽑아서 바닥에 떨구었다. 그리고 피를 쏟아내며 똑바로 섰다.

치유자가 제일 가까이에 있었다. 그는 너무 늦었다는 사실을 알았지만, 땅바닥에 널린 플라이어들의 냄새 나는 시신들을 가로질러 스노우에게 다가갔다. 어스름 속에서도 치명적인 상처에서 비어져 나온 내장을 볼 수 있었다. 속도를 늦추고 그 상처를 바라보려니, 쏟아지던 피가 멎었다. 죽었다는 뜻이었다…. 그런데도 스노우는 여전히 그 자리에 서 있었다.

"스노우….”

스노우는 보이지 않는 눈으로 고개를 들더니, 기묘하고 소심한 평정을 드러내며 미소 지었다.

"다쳤잖니.” 그는 어리둥절해서 멍청하게 말했다. 벌어져 있던 상처가 어스름 속에서 빛을 발하는 것처럼 보여서였다. 저 상처가… 움직이는 건가? 치유자는 감히 더 가까이 가지 못하고 멈춰 서서, 두려운 눈으로 바라보았다. 그가 바라보는 동안, 내장이 보였던 찢어진 살에 막이 덮이더니 저절로 닫히는 것 같았다. 그의 믿을 수 없는 눈앞에 선 하얀 몸은 피투성이이긴 해도 온전해지고 있었다. 그는 눈이 뒤집혀서 격렬히 몸을 떨기 시작했다. 스노우는 더 따스하게 미소 지으며 몸을 곧게 세우고, 머리카락을 쓸어 넘겼다.

그들 뒤에서는 마지막 플라이어가 신음하며 움직임을 멈췄다.

환각을 본 걸까? 분명히 그런 거라고, 치유자는 스스로를 타일렀다. 아무 말도 하지 말아야 했다.

하지만 그런 생각을 하다 보니 등 뒤에서 격하게 숨을 들이쉬는 소리가 들렸다. 다른 사람도, 다른 사람들도 이 광경을 본 것이었다. 누군가가 조용히 중얼거렸다. 치유자는 공황 상태를 감지했다.

그는 당황해서 생각했다. 저 플라이어들, 저들이 어떻게 죽었지? 아무 상처도 보이지 않았다. 무엇이 플라이어들을 죽였지? 저들이 스노우 가까이 갔을 때 스노우가… 스노우가 뭘 했기에….

이제 등 뒤에서는 한 단어가 흘러나오고 있었다. 화이트 부족이 200년간 듣지 못했던 말이었다. 중얼거리는 소리가 커지다가, 어미들의 통곡 소리와 함께 터져 나왔다. 구출된 자식들이 그들을 잡아갔던 플라이어들 사이에 너무 조용히 누워 있음을 알아차린 것이다. 아이들은 구출된 게 아니라, 죽었다.

"마녀! 마녀! 마녀!"

치유자의 등 뒤에서 군중들이 위협적으로 모여들었다. 그들은 하얗게 정지한 소녀를 에워싸고 조심스럽게, 하지만 커지는 분노와 함께 다가갔다. 소녀는 아직도 반쯤은 미소를 띤 채, 무엇이 자신을 위협하는지 이해하지 못한 채 질문하듯 얼굴을 돌렸다. 돌멩이 하나가 휙 소리를 내며 지나쳐 가고, 또 하나가 스노우의 어깨를 때렸다.

"마녀! 살인자 마녀!"

치유자는 두 팔을 들고 마을 사람들에게 몸을 돌렸다.

"아니요! 그러지 말아요! 그런 게 아니야…." 하지만 그의 목소리는 사람들의 고함에 묻혀 버렸다. 그 역시 공포에 질렸기에, 목소리가 마음대로 나오지 않았다. 어둠 속에서 돌멩이가 더 날아갔다. 치유자의 등 뒤에서 스노우가 고통의 비명을 질렀다. 여자들이 치유자를 밀치고 앞으로 달려갔다. 남자 하나가 창을 세워 들고 뛰어올랐다.

"안 돼!" 치유자가 소리쳤다.

힘껏 도약하던 남자가 갑자기 뼈가 없는 사람처럼 축 처지더니 죽은 플라이어들 위에 떨어졌다. 그 너머에서 여자들도 쓰러지고 있었다. 비명이 성난 고함과 뒤섞였다. 치유자는 자신이 뭘 하는지도 모르면서 쓰러진 남자에게 몸을 굽혔다가, 생명 없는 시체를 마주했다. 호흡도 없고, 상처도 없었다. 오직 죽음뿐. 그 옆의 여자도 마찬가지이고, 그 옆도, 사방이 다 똑같았다.

치유자는 어스름 속에 퍼져나가는 부자연스러운 정적을 알아차렸다. 고개를 들어보니 사방에 마을 사람들이 낮에 베인 곡식처럼 쓰러져 있었다. 단 한 명도 서 있는 사람이 없었다. 치유자가 망연히 보는 동안 어느 오두막 뒤편에서 어린 소년이 나오더니 그대로 쓰러졌다. 이 터무니없는 상황을 이해할 수 없는 치유자는 마을 전체가 죽어 누운 모습을 보았다.

치유자의 등 뒤, 스노우가 홀로 서 있던 자리에도 공포에 찬 정적이 내려앉았다. 그는 스노우가 쓰러지지 않았음을 알고 있었다. 이런 짓을 한 게 스노우라는 사실을 알고 있었다. 치유자는 대단히 용감한 사람이었다. 그는 천천히 몸을 돌려 스노우를 봤다.

스노우는 죽은 자들 사이에 똑바로 서 있었다. 어린아이 같은 가느다란 몸을 치유자에게서 돌린 채, 한 손은 애처롭게 어깨를 붙잡고 있었다. 옆으로 보이는 얼굴이 일그러져 있는데, 아픔 때문인지 분노 때문인지는 알 수 없었다. 스노우는 눈을 뜨고 있었다. 치유자는 크게 뜬 채로 반짝이며 고요한 마을을 두리번거리는 동그란 은빛 눈동자를 보았다. 그가 바라보는 사이 스노우가 천천히 그쪽으로 고개를 돌렸다. 스노우의 시선이 그에게 닿았다.

치유자가 쓰러졌다.

여명이 회색빛으로 계곡을 채울 때, 오두막집들 사이에서 작고 하얀 형체 하나가 조용히 나왔다. 스노우 혼자였다. 온 계곡에 숨소리 하나 없고, 움직이는 생물 하나 없었다. 여명이 스노우의 은빛 눈동자 위에 번득였다.

스노우는 침착하게 움직이며 우물에서 물통을 채우고 단순한 배낭에 먹을 것을 챙겼다. 그런 다음 표정 없는 얼굴, 멍하니 크게 뜬 눈으로, 쓰러진 마을 사람들의 시체를 마지막으로 한 번 더 보고, 손을 뻗었다가 다시 거둬들였다. 스노우는 어깨에 배낭을 지고 가볍고 탄력 있는 걸음으로 걸어갔다. 상처를 입은 몸도 아니었으니 당연했다. 스노우는 계곡 위로 이어지는 오솔길을 출발했다. 다른 마을이 있는 방향이었다.

주위에 아침이 밝아왔다. 사랑을 기대하는 가냘픈 몸은 가벼웠고, 아침 바람에 들어 올린 얼굴에는 달콤한 생명력이 넘쳤다. 스노우의 심장은 고독했고, 스노우는 인류의 일원이기에 인간 동반자를 찾아 나서는 것이었다.

스노우의 첫 번째 여행은 길지 않을 것이다. 그러나 스노우는 곧 여행을 재개하고, 또 재개하고, 또 재개해야 할 것이다. 스노우는 황폐함을 발산하며, 스노우의 뜬 눈에는 '죽음'이 있기 때문이다. 스노우는 찾고 또 잃을 것이며, 구하고 찾고 다시 잃고, 또다시 구할 것이다. 그래도 스노우에게는 시간이 있었다. 영원의 모든 시간, 온 세상을 뒤지고 또 뒤질 시간이 있었다. 스노우는 불멸의 존재였기에.

스노우는 자신과 같은 종을 하나도 찾지 못할 것이다. 다른 곳에서 스노우와 같은 존재가 태어나기는 했는지조차 영영 알지 못했기에. 스노우 외에는 아무도 살아남지 못했기에.

스노우가 가는 곳에 가차 없는 죽음 또한 함께 갔다. 스노우는 언제까지나 방랑하게 될 것이다. 스노우가 마지막 인간이 되고, 인류 그 자체가 될 때까지. 스노우의 몸에는 영원한 약속이 깃들고, 스노우의 시선에는 영원한 파멸이 깃드니, 스노우는 모든 것을 빨아들일 것이다. 그리고 마지막에는 홀로 떠돌며 느리게 흘러가는 몇 세기를 기다리게 될 것이다. 하늘에서 무엇인가가 올 때까지.

＊

…그리하여 세상을 태우는 큰불이 사그라들어 그 심장부에 불멸의 수정 하나
를 남기고, '짐승'과 그 '죽음'은 마침내 하나가 된다. 죽음 안의 생명으로 만들
어진 마지막 인류는 지치고 무심한 지구 위에서 영원한 정지상태로 기다린
다. 상상할 수 없는 영겁이 흐른 후, 나름의 고통에 내몰린 이방인들이 별들
로부터 찾아와 그녀에게 미지의 결말을 제공할 때까지. 어쩌면 그녀가 그들
을 부를지도 모르겠다.

♺   이 소설에서 카이오와인에 관한 대목은 N. 스콧 모머데이의 아름다운 애가 '비 오는 산으로
가는 길(The Way to Rainy Mountain, 뉴멕시코대학 출판부, 1969년, 발렌타인 북스)' 덕분에
나왔다. 고마움을 전한다. ― 지은이

SLOW MUSIC

비애곡

이수현 옮김

퀼테는 불타는 머리채를 젖히고
니브는 외친다. 가자, 떠나자.
네 마음에서 속세의 꿈을 비워라…
우리는 사람과 그 행위를 갈라놓고
그와 그 마음속의 희망을 갈라놓는다.

— W. B. 예이츠

자코가 그 집 앞을 지나 잔디밭을 걷자 여기저기에 불빛이 들어왔다. 우아하게 감춰진 조사등과 투광등이 밤을 크고 아늑한 방으로 바꿔놓았다. 머리 위로 크게 자란 침엽수들이 앞쪽 절벽 아래에 자리한 검은 호수를 향해 축 늘어진 모습은 마치 털에 덮인 교회 회중석(會中席) 같았다. 수풀 우거진 호숫가의 아름다움을 보존하기 위해 화려한 장치를 자제한 것을 보니 이곳이 누군가에게 소중한 집이었음을 알 수 있었다. 자코는 도시에서 여기까지 안내해준 지도를 손에 들고 제비꽃과 이끼로 이루어진 양탄자 위를 걸었다.

동트기 전의 고요한 시간이었다. 날개 긴 밤새 한 마리가 반구형의 빛속에서 마지막 남은 나방을 잡으려고 빙빙 돌았다. 눈부시게 빛나는 화살표 모양이 앞에 보였다. 자코는 그것이 별들을 등지고 선 돛대 끝이 빛나는 모습임을 알아보았다. 그리고 매끄러운 계단을 밟고 내려가서, 어두운 거울에 비친 은잎사귀처럼 떠 있는 작은 돛배를 찾아냈다.

자코는 말없이 배에 올라서서 돛대를 건드렸다.

섬세한 돛이 날개를 폈고, 배를 매어둔 계류 장치가 소리 없이 떨어졌다. 새벽바람은 돛을 부풀리지 못했지만, 그래도 배는 잔잔한 항적을 남기며 미끄러져 나갔다. 자코는 반쯤 뛰어내릴 태세를 취했다. 이런 장난감에 대해서는 아는 바가 없었다. 돌아가서 다른 배를 찾아야 했다. 그러는 사이에 호숫가의 불빛들이 꺼지고 자코는 암흑 속에 남겨졌다. 몸을 돌려보니 수로가 있을 방향에서 레굴루스*가 떠오르고 있었다. 그래도 이건 자코에게 어울리는 배가 아니었다. 그래서 부두로 돌아갈 작정으로 키와 돛을 끌어당겼다.

그러나 작은 배는 매끄럽게 달려갔고, 자코는 뒤늦게 돛대 옆에서 빛나는 작은 컴퓨터의 불빛을 알아보았다. 마음이 놓였다. 이 배는 장난감이 아니었고, 완전히 프로그램되어 있었으며 프로그램된 항로를 짐작할 수 있었다. 자코는 그 자리에 서서 하늘을 살피는 조각상처럼 밤하늘 비친 물을 가르고 미끄러져 갔다.

동쪽으로 가다 보니 수평선이 변하면서 별들을 거둬들였다. 이제는 시커먼 강둑 사이를 똑바로 가르는 은빛 수로를 볼 수 있었다. 배는 요란한 물보라가 튀는 반짝이는 여울을 넘어서 빛나는 수로 속으로 들어갔다. 그러자 모든 은이 납으로 변하고 별이 모두 사라졌다. 낮이 오고 있었다. 앞쪽 하늘에 은은하게 빛나는 홍조가 퍼져나가면서 나타난 라벤더색 띠들과, 산호와 황금이 뒤섞인 불의 선들이 녹색 무지개 속으로 녹아 들어 갔다. 배는 이제 검은 윤곽을 드러낸 양쪽 둑 사이에 펼쳐진 불타는 빛의 띠 위를 활강하고 있었다. 뒤를 돌아본 자코는 서쪽에 쌓이는 눈부신 구름 도시들을 보았다. 광활한 해돋이가 일어나기 직전이었다. 자코는 소리 내 한숨을 쉬었다.

자코는 이 모든 장관이, 날개 없는 그가 기어 다니는 작은 행성을 둘러싼 얇은 공기막에서 먼지와 수증기가 벌이는 효과에 지나지 않는다는 사실을 알고 있었다. 곱씹을 만큼 엄청난 일이 아니었다. 그저 행성이 그

* 사자자리 알파성

와 함께 평범한 태양광선 속으로 들어가고 있을 뿐이었다. 자코의 가족은, 아니 모두는 강에 가면 찬란한 은하 자체와 맞닥뜨리게 된다는 사실을 알고 있었다. 헤아릴 수 없는 항성들, 지금 이 광경은 아무것도 아닐 장관…. 그런데도, 그런데도 자코에게는 이 광경이 조금도 하찮지 않았다. 이 광경은 친밀했다. 딱 자코에게, 사람에게 맞는 크기의 장관이었다. 자코는 목구멍으로 애매한 소리를 냈다. 이 아름다움이 별것 아니라는 사실에 화가 났고, 그런 하찮은 아름다움에 감동했다는 사실이 화가 났다. 그래서 자코는 괴롭고 무척이나 어려 보이는 얼굴로, 살아 있는 바람을 묶는 사람처럼 돛줄을 느슨하게 쥔 채 흘러갔다.

작은 배는 구불구불 반짝이는 수로를 요리조리 헤치며 한 치도 틀림없이 움직였다. 태양이 떠오르면서 앞쪽에 희미하게 웅웅거리는 소리가 들렸다. 바다의 파도 소리였다. 자코는 앞서서 이 항해를 했을 사람들을 생각했다. 인간으로서의 마지막 날들을 음미했을 이 배의 가족을. 행복한 항해와 소풍을. 그런 생각을 하자 배가 다시 고파졌다. 마지막으로 탔던 지상차의 음식 합성기가 고장이었던 탓이다.

자코는 밧줄을 묶어두고 수색에 나섰다. 배에 식수는 다시 보충되어 있었지만 고형체 대용식은 하나밖에 없었다. 자코는 하늘이 터키옥색으로 변했다가 다시 코발트색이 되는 동안 쿠션을 댄 자리에 누워서 편안하게 먹고 마셨다. 이윽고 배는 거대한 석호(潟湖)에 들어서서 낮은 섬들 사이를 통과하여 남쪽으로 달리기 시작했다. 자코는 손에 내려앉은 짠 소금을 맛보았다. 배가 다시 동쪽으로 방향을 틀어 열린 바다 쪽으로 향했을 때 자코는 두 배의 확신을 얻었다. 이 세상에서 자코가 아는 거의 모든 것이 그렇듯, 그 배도 강으로 가도록 프로그램되어 있었다.

과연 작은 돛배는 작은 만을 통과하고 곧장 긴 해변 너머 해협 입구로 들어섰고, 아우트리거*들을 밀어내더니, 거품이 이는 암초 위를 코르크

---

* 안정성을 위해 배의 측면에 부착한 부재(浮材)와 그런 부재가 붙은 배 종류

처럼 넘어가서 그 너머의 깊은 녹색 물결에 들어섰다. 이쪽에서 배가 한 번 출렁하더니 안정을 찾았다. 자코는 배가 암초 위로 용골을 억지로 밀어붙인 게 아닐까 생각했다. 이어서 배는 남쪽으로 방향을 돌려 암초 바깥을 따라 달리기 시작했다. 배는 바람을 뒤에 달고 단검처럼 물을 갈랐다. 확실히 강으로 향하고 있었다. 이곳에서 제일 가까운 강은 비달리타* 혹은 비에타**, 가끔은 팔라즈라고 불렸다. '환영(幻影)'이라는 뜻이었다. 그곳은 한참 남쪽인데다가 내륙이었다. 자코는 이 배의 원래 주인들이 이동도로가 바다와 만나는 곳에 상륙하려고 했나보다고 생각했다. 자코에게는 아직 생각할 시간이, 마음속에 깃든 근심의 불씨를 붙잡고 고심할 시간이 있었다.

그러나 태양이 배를 투명한 녹색 물 위를 나는 날씬한 흰색과 금색 새로 바꿔놓을 무렵 자코는 눈을 감고 잠들었다. 보이지 않는 편향기***가 뱃머리에 이는 물보라로부터 자코를 지켜주었다. 한번은 눈을 떴다가 머리맡에 일어선 파도 속에서 마법처럼 내닫고 있는 화려한 물고기를 보기도 했다. 자코는 미소 짓고 다시 잠들어서 거대한 파도가 죽어가는 꿈을 꾸었다. 그 파도는 수많은 머리가 달린 괴수였다. 잠든 얼굴에 슬픈 표정이 떠오르더니 입술이 마치 소리 없이 "안 돼… 안 돼…."라고 되뇌는 듯이 움직였다.

자코가 깨어났을 때 배는 오른쪽에 있는 긴 절벽에 바싹 붙어서 항해하고 있었다. 앞에 보이는 절벽에는 커다란 흰색 건물인지 탑인지가 서 있었는데, 조금밖에 부서지지 않은 상태였다. 자코는 문득 그 건물 앞 해변을 움직이는 그림자를 보았다. 산 사람인가? 자코는 자세히 보려고 펄쩍 뛰어 일어났다. 낯선 사람을 보지 못한 지 오래였다.

그래, 살아 있는 사람이었다. 이상하게 금빛과 검은빛을 띤…. 자코는

---

* 스페인 민요장르 '생명의 노래'를 의미한다.
** 축복
*** 유체의 흐름을 바꾸는 장치

마구 팔을 흔들었다.

해변에 선 사람이 천천히 한쪽 손을 들어 올렸다.

흥분한 자코는 컴퓨터를 끄고 방향타와 돛을 잡았다. 이곳에는 이제까지 이어지던 암초 파도가 없는 듯했다. 자코는 큰 파도를 타고 배를 해변 쪽으로 돌렸다. 하지만 파도는 자코를 저버렸다. 자코는 방향을 엉뚱하게 틀었고, 그 뒤에 밀려온 파도가 배를 때려 뒤집고 자코를 내던져버렸다. 자코는 헤엄을 칠 줄 알았다. 그래서 수면으로 올라가서 소금물을 뱉어내고 해안을 향해 거세게 헤엄쳐갔다. 이윽고 자코는 키가 작고 탄탄한, 피부는 붉게 그을고 색이 옅은 머리에 물 같은 푸른 눈을 지닌 젊은 남자의 모습으로 백사장에 올라서고 있었다.

낯선 사람은 머뭇거리면서 자코를 향해 걸어왔다. 검은 피부에 묘한 그물 모자를 쓴 마른 소녀였다. 몸에는 오렌지색 실크를 두르고, 한 손에는 무거운 장갑을 들고 있었다. 안절부절못하는 월견(月犬) 세 마리가 따라왔다. 자코가 반바지 주머니를 뒤집어서 물을 터는데 소녀가 다가왔다.

"네… 배가." 소녀는 동시대 언어로 말했다. 나지막하고 확신 없는 목소리였다.

둘 다 고개를 돌려서 돛배가 반쯤 잠긴 채 떠 있는 암초 옆의 혼란스러운 바다를 보았다.

"내가 껐어. 컴퓨터." 자코도 말이 매끄럽게 나오지 않았다. 둘 다 말을 하는 데 익숙하지 않았다.

"저 아래로 밀려올 거야." 소녀는 신중하고 골똘하게 자코를 살피면서 방향을 가리켰다. 소녀는 자코보다 많이 작았다. "왜 방향을 돌렸어? 강에 가는 길이 아니야?"

"아니야." 자코는 기침을 했다. "어, 어떤 면에서는 맞지만. 아버지가 작별 인사를 하고 싶어 해. 내가 여행하는 동안 떠나셨거든."

"넌… 준비가 안 됐고?"

"응. 나는." 자코는 갑자기 말을 끊었다. "넌 여기에서 혼자 지내?"

"응. 난 가지 않아."

두 사람은 바닷바람 속에 어색하게 서 있었다. 자코는 월견 세 마리가 한 줄로 늘어서서, 눈을 감고 쿵쿵거리면서 바람을 거슬러 자코에게 살금살금 다가오는 것을 알아차렸다. 물론 월견이라고는 해도 달에서 온 개는 아니었지만, 하얗고 이상한 생김새 때문에 그렇게 보였다.

소녀가 말했다. "얘네들에게는 큰 즐거움이야. 뭔가 다른 것이." 한결 힘이 붙은 목소리였다. 소녀는 잠시 후에 덧붙여 말했다. "원한다면 한동안 여기 있어도 돼. 내가 안내해줄게. 우선 내 일부터 마치고."

"고마워." 자코는 그렇게 말해야 한다는 사실을 기억해냈다.

절벽에 난 계단을 오르면서 자코는 물었다. "무슨 일을 하는데?"

"아, 온갖 일이 다 있어. 지금은 벌이야."

"벌!" 자코는 경탄했다. "벌이라면 뭐더라, 꿀을 만들지? 다 없어진 줄 알았는데."

"나한테는 옛날 것들이 많아." 소녀는 계단을 오르면서 열심히 자코를 훔쳐보았다. "너 건강하지?"

"아, 그럼. 왜 안 그렇겠어? 내가 아는 한은 모든 면에서 최고야. 모든 사람이 그렇지."

"예전에 그랬다고 해야겠지." 소녀는 자코의 말을 바로잡았다. "여기 내 벌집들이 있어."

두 사람은 낮은 담을 돌아서 작은 고리버들 오두막 다섯 채 옆에 멈춰 섰다. 윙윙거리는 곤충이 깃털 모양의 관목에서 자코의 얼굴 가까이로 날아갔다. 꽃이 핀 가지들은 금빛으로 웅웅거리는 곤충들로 살아 움직이고 있었다. 자코는 벌이 쏠 수 있다는 사실을 기억해내고 물러섰다.

"너는 저쪽으로 가는 게 낫겠어." 소녀가 방향을 가리켰다. "낯선 사람은 해칠지도 몰라." 그리고 소녀는 베일을 내려 얼굴을 가렸다. 자코가 몸을 돌리는데 소녀가 덧붙여 말했다. "너라면 날 임신시킬 수도 있겠다고 생각했어."

자코는 빙그르르 몸을 돌렸다. 벌들 때문에 주의가 산란해져서 제대로 반응을 할 수가 없었다. "하지만 그건 엄청나게 복잡하지 않아?"

"아닐걸. 나한테 약이 있어." 소녀는 장갑을 꼈다.

"그래, 약 말이지. 알아." 자코는 얼굴을 찌푸렸다. "하지만 그러려면 남아야 할 텐데. 내 말은…."

"알아. 지금은 벌을 돌봐야 해. 나중에 이야기하자."

"물론이야." 자코는 가다가 불쑥 몸을 돌렸다.

"이봐!" 자코는 소녀의 이름을 몰랐다. "이봐, 너!"

"뭔데?" 소녀는 커다란 손과 베일에 가려진 큰 머리통을 지닌 검은색과 오렌지색의 작고 괴상한 생명체가 되어 있었다. "왜?"

"나 느꼈어. 방금, 욕망 말이야. 보이지 않아?"

둘 다 자코의 젖은 반바지를 응시했다.

자코는 결국 말했다. "보이진 않나 보군. 하지만 정말로 느꼈어. 성적인 욕망 말이야."

소녀는 찌푸린 얼굴로 베일을 젖혔다. "그거 계속 남아 있겠지? 아니면 돌아오든가? 여기는 별로 좋은 장소가 아니야. 벌들 때문에. 그리고 약이 없으면 소용이 없어."

"그건 그래."

자코는 치골 주위의 긴장 때문에 조심스럽게 걸었다. 배의 용골처럼, 겉으로 드러나지 않는 팽팽함이었다. 온몸이 재편성된 느낌이었다. 그런 섬광을 느끼기도 오랜만이었다. 적어도 열다섯 살 이후로는 처음이었다. 대부분 사람들은 영영 느끼지 못하기도 했다. 그것이 강 때문이라고도 했고, 부모 세대가 유독한 세기를 살아남았기 때문이라고도 했고, 알파종이 다 전뇌의 지배를 받아서라고도 했다. 그 사실은 자코에게 고풍스럽고 비밀스러운 자부심을 안겨주었다. 어쩌면 자코는 구시대인인지도 몰랐다.

자코는 서늘한 아치 길을 지나서 바다 쪽에 벽을 세워 보호해둔 초록색 공간에 들어섰다. 정원이었다. 놀란 자코는 묶여 있는 커다란 과일 덤불, 꼭대기에 초록색 공을 얹은 희한한 나무들, 아름답다고는 하기 힘든 식물들이 무질서하게 줄지어 선 모습을 둘러보았다. 자코는 머뭇머뭇 토마토와 고추, 뿌리를 먹을 수 있는 깃털 같은 잎사귀들을 알아보았다. 식용식물 재배였다. 삼촌이 비슷한 짓을 해서 가족을 즐겁게 해준 적이 있기는 하지만, 이 정도 규모는 아니었다. 자코는 고개를 설레설레 저었다.

정원 중앙에는 꼭대기에 원시적인 기구를 얹은 둥근 돌이 서 있었다. 자코는 걸어가서 안을 보았다. 돌 속에는 물이 있었다. 기구는 밧줄에 매달린 두레박이었다. 그러고 보니 평범한 수도꼭지도 있었다. 자코는 수도를 틀어 물을 마시면서 갓돌에 기대어 놓인 괴상한 도구들을 보았다. 흙을 다루는 도구들이었다. 그 이상한 여자가 한 말에 대해서는 별로 생각하고 싶지 않았다.

발치에서 그림자가 하나 움직였다. 제일 큰 월견이 바싹 다가와서 꿈꾸듯이 숨을 들이마시고 있었다. "안녕." 자코는 개에게 말했다. 이런 개 중에는 말을 조금씩 할 수 있는 놈이 있었다. 이 개는 눈을 둥그렇게 떴지만, 말은 하지 않았다.

자코는 입을 닦고, 뜨거운 햇볕에 옷이 거의 말라가는 것을 느끼며 주위를 찬찬히 살폈다. 정원은 삼면이 회랑에 둘러싸여 있었다. 마지막 면에는 지붕이 없고 금이 간 정사각형의 석조 탑이 솟아 있었다. 정체는 알 수 없었지만 큰 집이었다. 제일 가까운 회랑 그늘 속으로 걸어 들어갔더니, 분해하거나 부분적으로만 조립해놓은 물건들이 무수히 흩어져 있었다. 어디에 쓰는지 모를 도구와 용기들이었다. 그 소녀의 "일"일까? 활기차고 어지러운, 이상한 느낌이 드는 곳이었다. 자코는 1년에 걸쳐 여행하면서 빈집에만 들어가보았다는 사실을 깨달았다. 이 집은 살아 있었고, 생활이 있었다. 어질러져 있었다. 벌집처럼 웅웅거렸다. 자코는 서늘한 복도를 따라가면서 더 많은 물건이 쌓인 방들을 들여다보았다. 어느 방에서는 침대에 쌓인 천 위에서 정체를 알 수 없는 하얀 짐승 세 마리가 자고 있었다. 자코를 향해 커다란 하얀 조개 같은 귀를 움직이기는 했지만 깨어나지는 않았다.

스타카토로 울리는 소음을 듣고 다른 뜰로 나가보니 포동포동한 하얀 새들이 고개를 까딱거리면서 걷고 있었다. "닭이구나!" 자코는 이 집의 무분별한 다양성에 즐거워졌다. 자코는 그 뜰에서 바다 쪽으로 창이 난 커다란 방으로 들어갔다가 문이 닫히는 소리를 들었다.

그 여자라고 해야 할지 그 여자애라고 해야 할지가 모자와 장갑을 들고 다가왔다. 머리카락은 곱슬거리는 검은 모자 같았고, 머리통은 우아하게 작았다. 자코가 언제나 경탄하던 외양이었다. 자코는 할 말을 기억해냈다.

"난 자코라고 해. 네 이름은 뭐야?"

"자코." 소녀는 그 이름을 음미했다. "안녕, 자코. 난 피치시프*야."

피치시프는 아주 잠깐 웃었는데, 그렇게 웃으니 얼굴이 완전히 달라졌다.

"피치시프." 자코는 충동적으로 양손을 내밀고 피치시프에게 다가갔다. 피치시프는 들고 있던 물건들을 옆구리에 끼고 자코의 손을 잡았다. 그들은 잠시 그렇게, 서로를 똑바로 보지 않고 가만히 서 있었다. 자코는 흥분을 느꼈다. 성적인 흥분이 아니라, 공기에 전기가 흐르는 듯한 느낌이었다.

"흠." 피치시프는 손을 거두고 나뭇잎 뭉치를 풀었다. "제대로 준비가 된 건 아니지만, 벌집을 가져왔어." 피치시프는 죽은 벌이 두 마리 붙어 있는 끈적해 보이는 덩어리를 보여주었다. "자."

피치시프는 잽싸게 다른 복도로 건너가더니 자코가 실험실일지도 모른다고 생각한 반짝거리는 방에 들어갔다.

"내 식료품 방이야." 피치시프의 말을 듣고 자코는 다시 한번 놀랐다.

---

* Peachthief. 복숭아도둑

과연 합성기가 있기는 했지만, 그 옆에 놓인 선반마다 단지와 봉투와 항아리와 온갖 용기들이 가득했다. 정체 모를 도구들이 놓여 있었고, 반쯤 봉해놓은 화덕도 있었다. 머리 위 시렁에는 식물의 여러 부위가 다발로 매달려 있었다. 자코는 사발에 담긴 갈색 알이 달걀임을 알아보았다. 암탉이 낳은 것일까?

피치시프는 수동으로 조작하는 칼을 가지고 벌집을 손질하고 있었다. "밀랍은 내 베틀과 양초에 이용해. 촛불 말이야."

"조명에 무슨 문제가 생겼는데?"

"아무 문제 없어." 피치시프는 몸을 휙 돌리고 칼로 강조하는 몸짓을 했다. "이해 못 하겠어? 이 기계들은 다 가버릴 거야. 영원히 움직이지는 않는다고. 고장이 나거나 닳아버리거나 멈출 거야. 더는 새로운 기계도 나오지 않을 테지. 그러면 자연물을 이용해야 할 거야."

"하지만 몇 세기는 나중 일이잖아!" 자코는 이의를 제기했다. "어쨌든 몇십 년은 걸릴걸. 아직은 다 움직여. 우리가 쓰기에는 충분할 거야."

"너에게는 그렇겠지." 피치시프는 경멸조로 말했다. "나에게는 아니야. 나는 남을 거란 말이야. 내 아이들이랑 같이." 피치시프는 등을 돌리고 조금 다정해진 목소리로 덧붙였다. "게다가 옛것들에는 아름다움이 있어. 어두워지면 보여줄게."

"하지만 너에겐 아이가 없잖아! 있어?" 자코는 순전히 놀란 상태였다.

"아직은 없지." 피치시프는 여전히 등을 돌린 채였다.

"난 배고파." 자코는 그렇게 말하고 합성기를 작동시키러 갔다. 자코는 딱딱한 속이 들어간 대용식을 만들었다. 어쩐지 오독오독 씹어먹고 싶어져서였다.

피치시프는 꿀 손질을 끝내고 몸을 돌렸다. "그런데 너 자연식을 먹어보기는 했어?"

"아, 그럼." 자코는 대용식을 씹으면서 대답했다. "삼촌 하나가 시도한 적이 있어. 아주 좋았어." 마지막 말은 정중하게 덧붙였다.

피치시프는 날카롭게 자코를 쳐다보더니 다시 미소 지었다. 그들은 식료품 방을 나섰다. 오후는 뜰 위로 흐르는 금빛과 오렌지빛의 광휘 속으로 스러지고 있었다. 피치시프가 입은 옷과 비슷한 색이었다.

"넌 여기에서 자면 돼." 피치시프는 얇고 가는 판으로 만든 문을 열었다. 가구가 없는 작은 방이었는데, 바다 쪽으로 창문이 하나 나 있었다.

"침대가 없잖아."

자코가 항의하자 피치시프는 궤짝을 하나 열어서 큼직한 밧줄 뭉치를 꺼냈다. "이쪽 끝을 저기 고리에 걸어."

피치시프가 반대쪽 끝을 걸자 그 뭉치가 커다란 그물침대라는 사실을 알 수 있었다.

"나도 이렇게 자. 편해. 시험해봐."

자코는 어색하게 기어올랐다. 그물침대는 가방처럼 자코를 감쌌다. 피치시프는 아까의 미소만큼이나 짧지만 달콤한 웃음을 터뜨렸다.

"아니야. 비스듬히 누워야지. 이렇게." 피치시프가 다리를 잡아당기자 기묘한 전율이 자코의 몸을 타고 흘렀다. "이렇게 하면 똑바로 펴지지, 알겠어?"

자코는 격투 끝에 침대에서 빠져나가면서 아마 괜찮겠지, 생각했다. 피치시프는 뚜껑이 덮인 들통을 가리켰다.

"이건 배설용이야. 정원으로 가게 돼, 마지막엔."

자코는 질겁을 했지만 말은 하지 않았고, 피치시프를 따라 벽마다 유리 탱크가 놓인 방을 통과하여 방충망 처진 큰 베란다로 나갔다. 바다가 보이는 베란다는 청소기가 몹시 필요한 상태였다. 하늘은 유백색 빛을 발하는 돔과 첨탑들, 그들 뒤편에서 바다를 경이로운 빛깔로 물들이고 있는 해넘이의 반향으로 찬란히 빛났다.

"난 여기에서 먹어."

"여긴 뭐 하는 곳이야?"

"마지막 바다 정거장이었다고 생각해. 줄리엣 정거장. 물고기와 바다

교통을 감시하고, 사람들을 구하고, 뭐 그랬을 거야."

자코는 한 점으로 모이는 긴 연푸른빛 광선들에 정신이 팔렸다. 마치 수평선으로 이어지는 신비스러운 길들 같았다. 구름 그림자가 온 세상에 드리웠다. 먼지가 만들어내는 아름다움이었다. 왜 그 풍경이 이토록 마음을 움직이는 걸까?

"…의료 구역도 있어." 피치시프는 계속 말하고 있었다. "난 정말로 아기를 낳을 수 있어. 그러니까, 혹시 무슨 문제가 있더라도 말이야."

"진심은 아니겠지." 이제 자코는 짜증스럽기만 했다. "이제는 아무 욕망도 느껴지지 않아."

피치시프는 어깨를 으쓱였다. "나도 마찬가지야. 그 문제는 나중에 이야기하자."

"넌 쭉 여기에 살았어?"

"아, 아니야." 피치시프는 단열 용기에서 단지와 접시들을 꺼냈다. 월견 세 마리는 소리 없이 다가와 있었다. 피치시프는 개들 앞에 사발을 놓았다. 그들은 자코를 흘끔거리면서 먹이를 핥았다. 자코는 그 개들이 막대기 같아 보여도 굉장히 힘이 세다는 사실을 알고 있었다.

"여기 앉자." 피치시프는 긴 의자 끝에 주저앉아서 건조곡물 대용식같이 생긴 딱딱한 물건을 힘 있게 뜯어먹었다. 치아 상태가 훌륭했다. 검은 피부 때문에 치아가 아름답게 돋보였고, 눈도 그랬다. 자코는 이렇게 모든 면에서 자기나 자기 가족과 다른 사람을 만나본 적이 없었다. 마음이 흥미와 모호한 불안감 사이를 오갔다.

"꿀 좀 먹어봐." 피치시프가 그릇과 숟가락을 내밀었다. 꽤 깨끗해 보였다. 자코는 열성적으로 맛을 보았다. 꿀은 옛글에서 많이 언급되던 물건이었다. 처음에는 미끄러지는 밀랍밖에 느껴지지 않았지만, 곧 압도적인 단맛이 혀를 감쌌다. 자코에게 익숙한 단 음식들과는 전혀 달랐다. 그 맛은 사라지지 않고 코를 타고 올라오더니 귀까지 채웠다. 기묘한 육체적 영향이었다. 동물성 음식이라니. 자코는 조심스럽게 꿀을 더 먹었다.

"내가 만든 빵은 권하지 않겠어. 뭔가 화학 물질이 필요한데, 뭔지 모르겠어. 더 말랑말랑하게 만들어야 하는데."

"시스템 접속 단말기 없어?"

"뭔가 문제가 생겼어." 피치시프는 입안 가득 음식을 문 채로 말했다. "내가 작동을 제대로 못 시키는지도 모르지. 우리한테는 이렇게 큰 단말기가 없었거든. 우리 부족은 여행자들이었어. 감각 경험을 믿었지." 피치시프는 손가락을 빨면서 고개를 끄덕였다. "다들 내가 열네 살 때 강으로 갔어."

"혼자 남기엔 어린 나이인데. 우리 가족은 올해까지, 내 열여덟 살 생일까지 기다렸어."

"혼자가 아니었어. 손위 사촌이 둘 있었지. 하지만 둘은 에어카를 타고 북쪽으로, 강에서 라이드아웃*이라고 불리는 지역으로 가고 싶어 했어. 나는 여기에 남았지. 사실 우리는 여행을 멈춘 적이 없었고, 어디에도 눌러산 적이 없었거든. 난 식물처럼 뿌리를 내리고 싶었어."

"내가 네 프로그램을 살펴볼 수도 있어. 도시에서 1년 가까이 지내면서 다양한 모델을 봤거든."

"나에게 필요한 건 프로그램이 아니라 암소야. 아니면 염소."

"왜?"

"젖을 얻으려고. 아마 한 쌍이 필요하겠지."

또 동물성 물질이었다. 자코는 살짝 얼굴을 찌푸렸다. 하지만 여기 깊고 푸른 빛 속에서 피치시프와 나란히 앉아, 아래에서 조용히 철썩이는 파도 소리를 들으니 기분이 좋았다.

"말이라면 꽤 많이 봤어. 말은 젖을 안 내나?"

"말은 젖을 짜기에 별로 좋을 것 같지 않아." 피치시프는 경계를 늦추지 않고 바쁜 느낌이 드는 한숨을 내쉬었다. 피치시프의 머리는 엄청난

* Rideout. 재즈에서 마지막 즉흥연주

에너지로 가득 차서, 계획과 목적들이 분주하게 날아다니는 것 같았다. 피치시프는 갑자기 고개를 들더니 앞니 사이로 끽끽거리는 고음을 냈다. "츠츠츠츠츠츠! 츠 츠 츠 츠 츠 츠 츠 !"

자코는 머리 위로 휙 날아드는 하얀 물체를 보고 깜짝 놀랐다. 하나가 셋이 되더니 자코가 고개를 숙여야 할 만큼 격렬하게 날아다녔다.

"그렇지. 바쁘게 움직이렴." 피치시프가 말했다.

"저건 뭐야?"

"내 박쥐들. 모기와 다른 벌레들을 먹어." 피치시프가 다시 끽끽거리자 제일 큰 박쥐가 그 손에 달라붙어서 꿀을 핥았다. 작고 사납고 복잡한 얼굴이었다.

자코는 다시 긴장을 풀었다. 어쨌든 이 집과 이 집의 이상한 주민은 자코에게 강에 가져갈 비범한 기억을 선사하고 있었다. 자코는 어두운 하늘이 한층 더 어두운 바다와 만나는 곳에서 희미한 빛이 움직이고 있음을 알아차렸다.

"저건 뭐지?"

"아, 바다열차야. 강 착륙장으로 가."

"저 안에 사람들이 타고 있어?"

"이제는 아니야. 음, 내가 보여줄게." 피치시프는 벌떡 일어서서 구석에 있는 계기반을 열었다. 그러자 달콤한 컴퓨터 음성이 말했다.

"바다열차 폭스트롯 9호에서 줄리엣 정거장에! 응답하십시오, 줄리엣 정거장!"

"이런 건 몇 년 동안 안 했는데." 피치시프가 말하더니 가동부를 건드렸다. "바다열차, 여기는 줄리엣 정거장, 잘 들려요. 문제가 있나요?"

"그렇습니다. 승객이 표준에 맞지 않는 활동을 하고 있습니다. 변수에 순응하지 않습니다. 지시 바랍니다."

피치시프는 잠시 생각하더니 씩 웃었다. "혹시 승객이 네 발로 움직이나요?"

"그렇습니다! 그렇습니다!" 바다열차 폭스트롯은 마음이 놓인 듯한 소리를 냈다.

"바닥에 고기와 물이 담긴 사발을 놓아주고 가만히 두세요. 줄리엣 통신 끝."

피치시프는 통신기를 껐고, 두 사람은 짐승을 싣고 먼 수평선을 가로질러 달리는 불빛을 지켜보았다.

피치시프가 말했다. "아마 사람 냄새를 따라간 개일 거야. 무사히 내렸으면 좋겠네…. 우리는 유전자 차이가 꽤 나." 피치시프는 달라진 목소리로 말을 이었다. "너는 무척 밝은색이잖아. 몸의 형태도 그렇고."

"나도 알아."

"그런 차이는 잡종 강세를 일으키기 좋아. 생명력이 있지."

피치시프는 임신에 대해, 환상 속의 아이에 대해 말하고 있었다. 자코는 화가 났다.

"이봐, 넌 네가 무슨 말을 하고 있는지 몰라. 몇 년이나 남아서 키워야 한다는 걸 모르겠어? 윤리적으로나 도덕적으로 매이게 된다고. 그리고 강은 빠르게 줄어들고 있다는 걸 알아야지. 그러다간 너무 늦을지도 모른다고."

피치시프는 침울하게 말했다. "그래. 모두 다 빨아들이고 나면 떠나겠지. 그래도 난 남을 거야."

"하지만 싫을 거야. 시간이 있다고 해도 말이야. 내 어머니는 끝까지 싫어했어. 자기 에너지가 나빠지기 시작했다고, 자기 삶이 줄어들었다고 느꼈어. 그리고 나는? 나는 어쩌고? 나도 남아야 하잖아."

"넌 한 달만 머물면 돼. 내 배란을 위해서. 남성은 윤리적으로 매여 있지 않아."

"그래, 하지만 난 그게 잘못됐다고 생각해. 내 아버지는 머물렀어. 그게 신경 쓰였다는 말은 한 적이 없지만, 분명히 싫었을 테지."

피치시프는 퉁명스럽게 말했다. "한 달만 있으면 된다니까. 넌 당장 강으로 가지는 않는 줄 알았는데."

"그건 맞아. 단지 난 매인 기분을 느끼고 싶지 않아. 여행을 하고 싶어. 우선 세상을 더 보고 싶단 말이야. 작별 인사를 한 다음에."

피치시프는 화난 소리를 냈다. "통찰력이라곤 없구나. 좋아, 넌 갈 거야. 단지 그 사실을 받아들이고 싶지 않은 거지. 너도 뭉고와 페로실처럼 가버릴 거야."

"그게 누군데?"

"여기에 들렀던 사람들. 너 같은 남자들이었어. 뭉고는 작년이었을 거야. 에어카를 갖고 있었지. 남겠다고 하면서 계속 떠들어댔어. 하지만 이틀이 지나자 다시 가버렸지. 강으로. 페로실은 더 예전이었는데, 걸어서 가고 있었어. 내 자전거를 훔쳐 가기 전까지는."

자코는 피치시프의 목소리에 갑자기 깃든 노기에 깜짝 놀랐다. 피치시프는 자기 자전거에, 자기 물건들에 괴상하고 원시적인 관계를 부여한 모양이었다.

"그 사람들에게도 임신을 원했어?" 자코는 자기 목소리도 묘하게 격렬해졌음을 알아차렸다.

"아, 뭉고하고는 생각해봤지." 피치시프는 어둠 속에서 하얀 테를 두른 보석처럼 크게 뜬 눈으로 갑자기 자코에게 얼굴을 돌렸다. "이봐! 한 번만 더 말하겠는데, 난 안 가! 난 살아 숨쉬는 인간 여자야. 난 이 지구에 남아서 인간이 하는 일들을 할 거야. 어린아이들을 만들어서 종족을 이을 거라고. 나는 여기에서 죽어야 한다고 해도 말이야. 넌 가버려도 돼. 너… 너희 불쌍한 그림자들은!"

피치시프의 목소리는 어두운 방 안을 울리고, 잠들어 있던 자코의 중심부까지 흔들어놓았다. 자코는 깊이 묻혀 있던 종이 울린 기분에 잠겨 가만히 앉아 있었다.

피치시프는 숨을 몰아쉬고 있었다. 그러더니 다시 몸을 움직였는데, 자코에게는 놀랍게도 피치시프의 오므린 손 사이에서 살아 있는 작은 불꽃이 튀어 올라 방에 동굴 같은 분위기를 전했다.

"이게 촛불이야. 이게 나야. 자, 해봐, 뭉고처럼 비웃어봐."

자코는 충격을 받고 말했다. "난 비웃지 않아. 어떻게 생각해야 할지 모를 뿐이야. 네가 옳을지도 모르지. 나는… 나는 정말로 가고 싶지는 않아. 어떤 면에서는." 자코는 더듬거리면서 말했다. "나도 이 지구를 사랑해. 하지만 모든 게 너무 빨라. 나에게…."

자코의 목소리는 점점 작아졌다.

"네 가족에 대해 말해줘." 피치시프는 이제 차분해져서 말했다.

"아, 우리 가족은 공부를 했어. 상상할 수 있는 모든 걸 다 시도했지. 고대 언어, 역사, 전설…. 고모는 영어로 시를 지었어. 지구의 지층들, 신체 세포와 조직 이름들, 보석, 무엇이든 다. 특히 별들. 고모는 우리에게 별자리표를 외우게 했어. 그래야 우리가 어디에 있는지 알 테니까. 음, 한동안은 말이야. 최소한 지구 이름들은. 아버지는 계속 강으로 가면 돌아올 수 없고 아무것도 찾아볼 수 없다는 말을 되풀이했어. 기억하는 게 전부일 거라고. 물론 다른 사람들에게 물어볼 수도 있겠지만, 훨씬 많을 테니까, 새로운 것이 너무 많을 테니까…."

자코는 침묵에 빠져들면서 백만 번째로 생각했다. 내가 낯선 정신들의 거대한 흐름 속에 섞여서 별들 사이로 영원히 나아가는 일이 가능할까?

"너희 부족에는 애들이 몇이나 있었어?" 피치시프가 묻고 있었다.

"여섯. 내가 막내였어."

"나머지는 다 강으로 간 거야?"

"모르겠어. 도시에서 돌아와보니 가족 전체가 떠났던데, 한동안은 기다릴지도 모르지. 아버지가 와서 작별 인사를 하고 내가 새로 배운 것들을 알려달라는 편지를 남겨뒀어. 천천히 하라고. 서둘러 가면 아직 아버지의 정신이 내가 본 것들을 들을 만큼은 남아 있을 거야."

"뭘 봤는데? 우리도 도시에 한 번 가봤어." 피치시프는 꿈꾸듯이 말했다. "하지만 너무 어렸을 때라서 사람들밖에 기억이 나지 않아."

"사람들은 이제 다 사라졌어. 텅 비었어. 그래도 전부 작동하고 있어. 조명은 바뀌고, 이동도로도 움직여. 전부 다 가버렸다고는 믿지 않았는데, 중앙 통제실을 확인해보니까 진짜였어. 아, 정말 멋진 장치가 많더라." 자코는 한숨을 쉬었다. "아름답고 복잡한 물건들. 사람들이 만든 환상적인 장치들 말이야." 자코는 그 멋진 기술을, 버려지고 멈춰 서버린 창조물들을 생각하고 다시 한숨을 쉬었다. "한 가지 이상한 일이 있었어. 내가 본 제일 큰 도시인 옛 치오에서는 거의 모든 오락용 화면에 똑같은 내용이 돌아가고 있었어."

"무슨 내용?"

"여자였어. 머리를 길게 기른 젊은 여자였는데, 머리채가 거의 발에 닿겠더라. 그런 머리는 본 적이 없었어. 그 여자는 머리를 내리고, 머리카락을 테이블 같은 곳에 펼쳐놓고 있었어. 하지만 소리는 없었어. 오디오가 고장이었나 봐. 그러더니 그 여자가 아주 천천히 사방에 액체를 부었어. 그리고 거기에 불을, 자기 몸에 불을 붙였어. 불길이 타오르고 폭발해서 그 여자를 태워버렸어. 진짜 있었던 일 같아." 자코는 몸서리를 쳤다. "그 여자 입속을 볼 수 있었어. 혀가 까맣게 변해서 꼬이는 모습 말이야. 끔찍했어. 사방에서 그 영상만 돌아가고 또 돌아갔어. 붙어버린 것처럼."

피치시프는 불쾌한 소리를 냈다. "그래서 아버지에게, 아니 아버지의 유령인지 뭔지에게 그 이야기를 하고 싶다고?"

"그래. 다 새로운 정보니까. 중요할 수도 있어."

"아, 그렇겠지." 피치시프는 경멸조로 말하더니 자코를 보고 빙긋 웃었다. "나는 어때? 나도 새로운 정보야? 강에 가지 않는 여자? 이곳에 남아서 아기를 낳을 여자? 어쩌면 내가 마지막일지도 몰라."

"굉장히 중요한 정보지." 자코는 깊은 혼란을 느끼면서 천천히 말했다. "하지만 난 믿을 수가 없어. 내 말은, 네가…."

"난 진심이야." 피치시프는 무한한 확신을 담아서 말했다. "난 여기에 살면서 너나, 네가 남지 않는다면 다른 남자에게 아기를 얻어서 그 아이들에게 지구에서 자연식으로 사는 방법을 가르칠 거야."

갑자기 믿음이 갔다. 완전히 새로운 감정이 솟아올랐고 고통스러운 방식으로 마음을 아프게 하는 해돈이들과, 지구와의 유대감을 불러일으키는 이름 없는 것들의 기억도 떠올랐다. 마치 마음속에서 녹슨 문이 열리는 듯한 기분이었다. 어쩌면 이것이 자코가 더듬어 찾던 것인지도 몰랐다.

"어쩌면… 어쩌면 내가 도움 될지도 몰라. 나도 남을지도 몰라. 적어도 한동안은. 우리… 우리의 아이들을 만들고."

"한 달 동안 있어줄 거야?" 피치시프는 놀라서 물었다. "정말?"

"아니, 더 오래 머물 수도 있다는 뜻이야. 아이들을 더 만들고 그 애들을 보고 키우는 것도 돕고… 내 아버지처럼. 작별 인사를 하러 다녀온 다음에 정말로 남을게."

피치시프의 얼굴이 변했다. 피치시프는 허리를 굽히더니 가냘픈 검은 손으로 자코의 얼굴을 감쌌다.

"자코, 잘 들어. 넌 강에 가면 다시는 돌아오지 않을 거야. 아무도 돌아온 적이 없어. 난 다시는 너를 보지 못하겠지. 우린 지금 당장, 네가 가기 전에 해야 해."

"하지만 한 달은 너무 길어! 아버지의 정신이 남아 있지 않을 거야. 벌써 많이 늦었다고."

피치시프는 잠시 동안 자코의 눈 속을 바라보더니 자코의 얼굴을 놓고, 짧고 달콤하게 웃으며 뒤로 물러섰다. "그래, 그리고 벌써 잘 시간에도 늦었지. 이리 와."

피치시프는 촛불을 들고 앞장서서 안으로 들어갔고, 자코는 어지럽게 흩어져 있는 피치시프의 이상한 활동 결과물들을 보고 새삼스럽게 감탄했다. "저건 뭐야?"

"천 짜는 방이야." 피치시프는 하품하면서 손을 뻗어 거칠어 보이는 작은 천을 들어 올렸다. "내가 만들었어."

자코는 흉하다고 생각했다. 보기 흉하고 변변찮았다. 왜 그런 쓸모없는 물건을 만든담? 하지만 말다툼을 벌이기에는 너무 피곤했다.

피치시프는 자코에게 정원 안에 있는 화장실을 보여준 후, 달빛이 비치는 안뜰 우물 옆에서 대충 몸을 씻게 했다. 자코는 졸린 가운데 다른 사람들의 배설물은 좋지 않은 냄새가 나는구나 생각했다. 어쩌면 그게 모든 고대 전쟁의 이유였을지도 모른다고.

방에 들어간 자코는 그물침대에 굴러 들어가서 바로 잠들었다. 그날 밤 꿈은 혼돈 그 자체였다. 군중들과 폭풍, 떠밀기, 낯선 차원들을 뚫고 울리는 메아리. 마지막으로 떠오른 것은 거대한 회오리바람이었는데, 앞부분에 보석이 하나 박혀 있었고 그 보석은 자궁 속에서처럼 몸을 말고 잠들어 있는 여자였다.

불그스름한 새벽빛 속에서 깨어났더니 피치시프의 갈색 얼굴이 개구쟁이같이 웃는 얼굴로 자코를 내려다보고 있었다. 자코는 피치시프가 지켜보고 있었다는 인상을 받고 얼른 그물침대에서 튀어 나갔다.

"게으르네. 네 돛배를 찾았어. 얼른 먹어."

피치시프는 자코에게 밝은 색깔의 자연 과일을 담은 나무 접시를 건네고 앞장서서 햇빛 비치는 정원으로 나갔다.

피치시프는 해변으로 내려가서 남쪽으로 자코를 이끌었다. 작은 배가 얕은 여울에 돛이 엉킨 채 뒤집혀서 앞뒤로 흔들리고 있었다. 용골은 여전히 불쑥 튀어나와 있었다. 두 사람은 서툴게 돛을 접고, 배를 제대로 세우기 위해 더 깊은 물로 끌고 갔다.

피치시프는 흥분해서 계속 같은 말을 반복했다. "아이들을 위해 이 배를 건져놔야겠어. 그러면 낚시도 할 수 있겠지. 아, 얼마나 좋아할까!"

"용골에 무게를 싣고 난간을 잡아." 자코는 피치시프에게 말하고 자기도 똑같이 했다. 자코는 피치시프의 실크 옷이 흘러내려 가슴이 드러났음을 알아차렸다. 가슴이 높고 젖꼭지가 커서, 자코의 부족 여자들과는 많이 달랐다. 주의가 흐트러졌고, 허벅지에 거추장스러운 느낌이 들었다. 그리고 배가 똑바로 서면서 자코를 물속에 밀어 넣자 잡은 손을 놓쳐버렸다. 겨우 일어서서 보니 피치시프가 고양이처럼 돛대에 찰싹 달라붙어서 움직이고 있었다.

"돛! 돛을 올려!" 자코는 소리를 지르고 다시 한번 얼굴에 바닷물을 흠뻑 맞았다. 그래도 그 말이 들리기는 했는지, 돛이 흔들거리면서 피치시프의 반짝이는 검은 몸을 배경으로 커다란 날개처럼 펼쳐졌다. 자코는 그제야 처음으로 뱃머리에 적힌 배의 이름을 보았다. 고잭(GoJack). 자코는 미소 지었다. 징조였다.

고잭 호는 암초를 향해 미끄러져 가기 시작했다.

자코는 고함을 질렀다. "키! 키를 돌려서 돌아와!"

피치시프는 키 손잡이를 잡아당겼다. 피치시프가 애쓰고 있음을 알 수 있었다. 하지만 고잭 호는 바람에 실려서 계속 멀어져갔다. 점점 더 빠른 속도로 파도를 향해 나아갔다. 자코는 피치시프가 컴퓨터가 달린 돛대를 만졌다는 사실을 기억해냈다.

"컴퓨터를 멈춰! 꺼버려, 꺼버리라고!"

들릴 리가 없었다. 자코는 피치시프가 미친 듯이 움직이며 키를 비틀어 돌리고, 밧줄을 잡고, 물리적으로 돛을 끌어내리려고 애쓰는 모습을 보았다. 그러더니 결국 컴퓨터를 알아차린 모양이었지만, 암호를 풀어내지는 못하는 게 분명했다. 그러는 사이 고잭 호는 꾸준히 나아가며 중단된 강으로의 여정을 재개하고 있었다. 자코는 피치시프가 곧 위험한 바다에 들어선다는 사실을 깨닫고 공포에 질렸다. 파도가 산호 머리에 부딪혀 천둥 같은 소리를 내고 있었다.

"뛰어내려! 돌아와, 뛰어내리라고!" 자코는 최대한 빨리 헤엄쳐서 뒤쫓았지만, 그 속도는 괴로울 정도로 느렸다. 자코는 아직도 배를 붙잡고 씨름을 하면서 알아들을 수 없는 소리를 지르고 있는 피치시프를 보았다.

"뛰어내려!"

결국 피치시프는 뛰어내렸지만, 그러고도 계류용 밧줄로 고잭 호를 잡아당겼다. 배는 흔들거리고 주저하기도 했지만, 발버둥 치는 여자를 끌어당기면서 강한 힘으로 계속 나아갔다.

"놔! 놔버려!" 파도가 자코의 머리 위로 부서졌다.

겨우 다시 눈앞이 보였을 때 피치시프는 결국 밧줄을 놓고 물속을 배회하며 고잭 호가 파도를 타고 날아가는 모습을 지켜보고 있었다. 피치시프는 한참 만에 몸을 돌려 해변으로 향했고, 자코도 그리로 헤엄쳐갔다. 자코는 모든 조화를 잃어버릴 정도로 강력한, 이제까지 알지 못했던 감정에 사로잡혀 있었다. 발이 바닥에 닿자 자코는 그 감정이 분노라는 사실을 깨달았다.

피치시프는 우느라 엉망이 된 얼굴로 철벅철벅 걸어왔다. "아이들 배인데. 내가 아이들 배를 잃어버렸어…."

"넌 미쳤어. 어디 애들이 있다고 그래?" 자코는 소리쳤다.

"잃어버렸어…." 피치시프는 울면서 자코의 가슴에 몸을 던졌다.

자코는 피치시프의 등과 옆구리를 치면서 격하게 되뇌었다. "미쳤어! 넌 미쳤다고!"

피치시프는 더 목놓아 울면서 자코의 품에서 버둥거렸다. 작고 무방비하고, 연약한 몸이었다. 자코는 저도 모르게 피치시프를 젖은 모래 위에 눕히고, 부풀어 오른 성기를 두 사람의 배 사이에 끼운 채로 엎드렸다. 잠시 동안은 혼란뿐이었다가, 그 상황이 주는 충격에 정신이 들었다. 자코는 몸을 일으키고 아래를 내려다보았고, 피치시프도 동그래진 눈으로 자코를 마주 보았다.

"지, 지금 원해?"

그 순간 자코가 원하는 일이라곤 오직 피치시프에게 자신을 밀어 넣는 것밖에 없었지만, 모래가 섞인 잔물결이 두 사람 몸에 튀었고 자코는 갑자기 살이 쓸리는 젖은 옷과 소금물에 구역질을 하는 피치시프를 의식했다. 마법은 스러졌다. 자코는 어색하게 무릎을 세웠다.

"네가 빠져 죽는 줄 알았어." 자코는 다시 화가 나서 말했다.

"정말 갖고 싶었어. 아, 아이들을 위해서." 피치시프는 아직도 흐느끼면서 황량한 눈으로 자코를 올려다보았다. 자코는 돛배만 두고 하는 말이 아니라는 사실을 알 수 있었다. 꼼짝없이 말려들었다는 느낌이 들었다. 이 작고 미친 생물은 주위에 에너지 소용돌이 같은 것을 만들었고 자코는 짐승들, 채소들, 닭과 정체 모를 물건들과 함께 그 소용돌이에 빨려 들어가고 있었다. 피치시프에게서 도망친 건 고객 호뿐이었다.

"찾아내고 말 거야." 피치시프는 실크옷을 쥐어짜고 절벽 저편으로 작아져 가는 빛을 응시하며 중얼거렸다. 너무나 미쳤고 너무나 연약한 피치시프를 내려다보려니 자코의 내면 풍경이 무섭게 기울어지면서 낡고도 새로운 차원을 드러냈다.

"너랑 같이 있을게." 자코는 쉰 목소리로 말했다. 자코는 떨리는 자기 목소리를 듣고 목을 가다듬었다. "정말로 남겠다는 뜻이야. 강에는 가지 않을 거야. 이제 그걸, 우리 아기들을 만드는 거야."

피치시프는 입을 벌리고 자코를 쳐다보았다. "하지만 네 아버지는! 넌 약속했잖아!"

"우리 아버지도 남았어." 자코는 괴롭게 말했다. "그게, 그게 옳아. 그렇게 생각해."

피치시프는 다가서서 작은 손으로 자코의 팔을 잡았다.

"오, 자코! 하지만 아니야, 들어봐… 내가 같이 갈게. 가면서 아기를 만들 수 있어. 분명히 할 수 있어. 넌 아버지와 이야기를 해서 약속을 지킬 수 있고, 내가 같이 가서 네가 꼭 돌아오게 하면 돼!"

"하지만 너는… 너는 임신할 거잖아!" 자코는 놀라서 외쳤다. "태아를 강에 데려가는 건 위험해!"

피치시프는 자랑스럽게 웃었다. "나는 강에 가지 않는다니까. 이해가 안 가? 나는 널 지켜보다가 끌어내기만 할 거야. 네가 여기에 돌아오게 할 거라고. 어쨌든 한동안은 말이야." 피치시프는 진지하게 덧붙이더니 다시 얼굴을 활짝 폈다. "온갖 것들을 다 보게 되겠네. 가는 길에 암소나 염소를 찾을 수 있을지도 몰라! 그래, 그래! 완벽한 계획이야."

피치시프는 달아오른 얼굴로 자코를 마주 보았다. 그러더니 망설이면서 자코에게 입술을 겹쳤고, 그들은 서툴게 입을 맞췄다. 소금 맛이 났다. 자코는 욕망이 아니라 땅속에서 전해지는 확인 같은 깊은 울림만을 느꼈다. 세 마리의 월견은 구슬픈 눈으로 지켜보고 있었다.

"이제 식사하자!" 피치시프는 자코를 절벽에 난 계단 쪽으로 잡아끌었다. "당장 약을 먹기 시작해도 돼. 아, 할 일이 너무 많네! 하지만 내가 다 준비할 테니까, 내일 떠나는 거야."

피치시프는 회오리바람 같았다. 피치시프는 식료품 방에 있던 작은 금색 약상자를 열어서 반짝이는 초록색과 붉은색 캡슐 더미를 보여주었다.

"남성 상징이 그려진 붉은 약을 네가 먹는 거야."

피치시프는 녹색 약을 집었고, 그들은 물잔 하나를 나눠 쓰며 엄숙하게 그 약을 삼켰다. 자코는 상자의 봉인이 뜯겨 있었음을 알아차렸고, 피치시프가 말했던 뭉고라는 남자를 생각했다. 그 남자와의 계획은 어디까지 진행됐을까? 뱃속에서 한 번도 느껴본 적 없는 불쾌한 감정이 치밀어 올랐다. 자코는 자신이 예상보다 더 불안한 경험의 세계로 들어가고 있음을 감지했다. 그래서 머리를 식히려고 고체형 대용식을 챙겨서 회랑을 걸었다.

다시 돌아갔을 때 피치시프는 이것저것을 접고 싸고 채우고 창문을 닫고 문을 열어서 묶어두느라 눈코 뜰 새 없이 바빠 보였다. 다시 한번 피치시프가 물건들과 맺은 강렬한 애착 관계가 보였다. 모호하게 짜증이 났고 자신이 더 우월한 견해를 갖고 있다는 사실에 기분이 좋기도 했다.

"지도가 필요해. 내 지도는 배 안에 있었어."

"아, 좋은 생각이야. 예전 통제실을 찾아봐. 저 계단 밑에 있어. 조금 무서워." 피치시프는 베틀에 기름칠을 하기 시작했다.

자코는 하얀 경사로를 거쳐 터널형 계단을 내려갔고, 마침내는 중장 갑으로 만들어진 출입문을 통과하여 바위 깊숙이 자리 잡은 둥근 방으로 들어갔다. 조명이라고는 긴 환기갱 속에 묻힌 창으로 들어오는 빛뿐이어서 어둑어둑했다. 여기에서는 정거장의 동력원이 내는 진동음을 들을 수 있었다. 눈이 어둠에 익자 줄줄이 놓인 감지 화면들과 커다란 계기반을 알아볼 수 있었다. 누군가가 부숴서 열었는지, 밀폐제 같은 물질이 기계 장치들 위에 쏟아져 있었다.

전에도 이런 곳을 본 적이 있었다. 자코는 보자마자 이곳에서 무시무시한 고대 비행 무기를 통제했었다는 사실을 알았다. 어쩌면 그 무기들은 아직도 정거장 뒤에 감춰진 구멍 속에서 기다리고 있을지 몰랐다. 하지만 주 제어기는 오래전에 죽었다. 계기반에 가까이 가자 누군가가 식어가는 밀폐제를 긁어서 써놓은 말이 보였다. '전쟁은 그만'이라는 말밖에 알아볼 수 없었다. 확실히 이곳은 오래전의 성소였다.

자코는 조명 스위치를 찾아서 그 방에 서늘한 빛을 채워놓고 구석을 탐험했다. 고풍스러운 장치와 옷들, 마스크와 정체를 알 수 없는 부서진 꾸러미가 가득 든 찬장. 그중에 유용한 물건이 있기는 했다. 등에 물건을 질 수 있게 만든 천 가방이었는데, 흰 곰팡이가 조금 피었을 뿐 무사했다. 하지만 지도는 어디에 있는 걸까?

자코는 겨우 통제실 벽에 붙은 지도를 발견했다. 처음 들어간 바로 그 자리에 있었다. 누군가가 휘갈겨 쓴 글씨로 정보를 갱신해둔 지도였다. 자코는 이 지도가 얼마나 오래되었을지 깨닫고 전율을 느꼈다. 강들이 지구에 접촉하기 전으로 거슬러 올라가는 물건이었으니, 자코로서는 가늠하기도 힘들었다.

지도를 찬찬히 살펴보자 남쪽으로 멀지 않은 곳에 큰 착륙장이 있고, 그곳에서부터 이동도로가 내륙으로 100킬로미터 정도 달려서 비행장으로 이어진다는 사실을 알 수 있었다. 피치시프가 25킬로미터를 걸을 수 있다면 저녁까지는 착륙장에 도착할 수 있을 테고, 그곳에 아직 움직이는 차가 있다면 나머지 여정은 금방일 것이다. 이제까지 자코가 본 모든 이동도로에는 살아 움직이는 차들이 있었다. 비행장에서부터 점선이 남서쪽으로 산맥을 넘어서 커다란 붉은 원으로 이어졌는데, 원 안에는 십자가 표시가 들어가고 'VIDA!'*라고 적혀 있었다. 강일 터였다. 비행장에 날 수 있는 물건이 있기만 바라야지, 그렇지 않다면 긴 등반길이 될 터였다.

자코의 나침반은 아직 허리띠에 있었다. 자코는 방향을 암기하고 다시 위층으로 올라갔다. 안뜰은 이미 굉장한 저녁놀에 노랗게 물들어 있었다.

피치시프는 우물가에 쪼그리고 앉아서 짐승들과 회의를 하고 있는 듯했다. 자코는 전에 보지 못했던 하얀 짐승들을 알아차렸는데, 이 녀석들은 열린 우리에서 사는 모양이었다. 분홍빛이 감도는 귀가 길었고 코는 활동적이었다. 토끼, 아니면 산토끼일까?

전에 자는 모습을 보았던 기묘한 하얀 짐승들이 지금은 벤치 아래에서 피치시프를 향해 짜증스럽게 쫏쫏거리는 소리를 내고 있었다.

피치시프는 자코에게 말했다. "내 너구리들이야. 내가 너무 일찍 깨워서 화가 났어." 피치시프가 높은 목소리로 자코가 이해할 수 없는 말을 하자 제일 큰 너구리가 거드름을 피우며 고개를 위아래로 끄덕였다.

"닭들은 괜찮을 거야. 로토는 닭에게 먹이를 주고 알을 거두는 방법을 알아. 그리고 다들 물 지레를 작동시킬 줄 알지." 피치시프가 말하자 다른 너구리가 뿌루퉁하게 고개를 끄덕였다.

"토끼는 문제가 심각해." 피치시프는 얼굴을 찌푸렸다. "넌 분별력이 별로 없지, 유세비아." 피치시프는 암컷을 쓰다듬으면서 다정하게 말했다. "내가 어떻게 해줘야겠어."

큰 너구리가 지저귀는 듯한 소리를 냈다. 자코는 "개…"라는 말이 섞

---

* 포르투갈어와 스페인어에서 '생명'을 뜻하는 단어

여 있었다고 생각했다.

"자기들과 개들의 싸움은 누가 해결할 건지 알고 싶어 하네." 피치시프가 내용을 알려주었다. 그 말에 월견 한 마리가 나서더니 탁한 목소리로 말했다. "우리, 가, 간다." 자코가 온 후에 그 녀석이 인간의 말을 하기는 처음이었다.

"아, 잘됐다! 그럼 됐어!" 피치시프가 외치더니 팔딱 뛰어 일어나서 줄줄이 선 식물들에게 양동이에 담긴 무엇인가를 붓기 시작했다. 하얀 너구리들은 빠른 걸음걸이로 조용히 떠났다.

"네가 같이 간다니 정말 기뻐, 타이코." 피치시프는 개에게 말했다. "특히나 아기를 배고 혼자 돌아와야 한다면 말이야. 그래도 처음에는 원기 왕성하대. 어쨌든 처음에는 말이야."

"넌 혼자 돌아오지 않아." 자코가 말했다. 피치시프는 확답 없이 눈부신 미소만 비쳤다. 그러고 보니 피치시프의 복장이 달랐다. 몸이 별로 드러나지 않았고, 소심하기까지 한 모습으로 자코에게서 시선을 피했다. 그러나 자코가 배낭 두 개를 보여주자 피치시프는 무척 들떴다.

"잘됐다. 이제 허리에 담요를 감고 다니지 않아도 되겠네. 밤에는 추울 테니까 말이야."

"혹시 비가 올까?"

"이맘때는 안 와. 우리에게 주로 필요한 건 등불과 음식이야. 그리고 좋은 칼도 하나씩 챙겨야지. 지도는 찾았어?"

자코는 지도를 보였다. "걸을 수 있어? 그러니까, 해야 한다면 진짜 도보 여행을 할 수 있겠냐고. 신발은 있어?"

"그럼. 난 많이 걸어 다녀. 특히나 페로실이 내 자전거를 훔쳐 간 후부터는."

자코는 피치시프의 목소리에 담긴 독기가 재미있었다. 피치시프가 자신의 작은 거주지에 보이는 사나운 태도란!

"남자는 기념비를 세우고, 여자는 둥지를 짓는다." 자코는 어딘가에서 따온 경구를 읊었다.

"페로실이 내 자전거로 무슨 기념비를 세웠는지 모르겠는데." 피치시프는 신랄하게 말했다.

"넌 야만인이야." 자코는 말하면서 기묘한 통증을 느꼈고, 그 통증은 쿡쿡거리는 웃음소리가 되어 나왔다.

"인류에겐 야만인이 좀 있어야 해. 일찍 출발하려면 지금 식사를 하고 자는 게 좋겠어."

저녁놀에 물든 베란다에서 저녁을 먹는 동안 그들은 거의 말을 하지 않았다. 자코는 허공을 수놓으며 날아다니는 하얀 박쥐들을 몽롱한 기분으로 보았다. 피치시프에게 시선을 내려보니 자코를 가만히 바라보고 있다가 얼른 눈을 내리까는 모습이 보였다. 자코는 이곳에서 수백 번, 수천 번 식사를 하게 될지도 모른다는 생각을 했다. 어쩌면 평생을. 그리고 아이가, 아이들이 뛰어다닐지도 몰랐다. 자코는 자기보다 어리고 작은 사람을 본 적이 없었다. 다 받아들이기엔 너무 버겁고, 비현실적이었다. 자코는 다시 박쥐를 바라보았다.

그날 밤 피치시프는 자코의 그물침대까지 따라갔고, 자코가 자리를 잡는 동안 수줍지만 완강한 태도로 서 있었다. 그러더니 갑자기 자코의 몸 위로 미끄러지는 피치시프의 손길이 느껴졌다. 피치시프의 손은 사타구니를 향해 움직였다. 처음에는 의학적인 이유인 줄 알았지만, 자코는 뒤늦게 피치시프가 성교를 의도하고 있음을 깨달았다. 핏줄이 쿵쿵 뛰었다.

"옆에 누워도 될까? 이 그물침대는 꽤 튼튼해."

"그래." 자코는 피치시프의 팔에 손을 뻗으며 탁한 목소리로 말했다.

그러나 곁에 무게를 실으면서 피치시프는 무미건조한 목소리로 말했다. "우선 작은 그물침대를 떠야겠어. 아이 크기로."

그 말이 분위기를 깨뜨렸다.

"이봐. 미안하지만 마음이 바뀌었어. 네 방으로 돌아가. 우린 지금 자야 해."

"알았어." 피치시프의 무게가 사라졌다.

자코는 자기를 혼자 남겨두고 멀어지는 가벼운 발소리를 들으며 슬픔과 만족이 기묘하게 뒤섞인 기분을 느꼈다. 그날 밤 자코는 이상하게 감각이 점점 강해지는 꿈을 꾸었다. 부풀어 오른 땅과 대기. 미소 띤 입술로 옅은 녹색 물속에 누운 여자가 자코를 기다렸고, 해돋이의 마르고 검은 새들이 바다 가장자리를 활보했다.

✳

다음 날 아침 두 사람은 촛불 빛에 의지하여 식사를 하고, 동쪽 하늘이 막 장밋빛이 섞인 회색으로 변할 때 길을 떠났다. 오래된 흰 산호길은 걷기 좋았다. 피치시프는 배낭을 가뿐히 메고 자코의 바로 오른쪽에 붙어서 기세 좋게 걸었다. 월견 세 마리는 침착하게 뒤따라 달렸다.

자코는 어느새 밝아지는 풍경을 넋놓고 바라보고 있었다. 오른쪽에는 정글이 뒤덮인 언덕들이 솟았고, 왼쪽 아래 바다는 다가오는 해돋이로 눈부시게 반짝였다. 다이아몬드 조각 같은 태양이 수평선을 깨뜨리고 나오자 자코는 그 찬란함에 큰 소리로 고함을 지를 뻔했다. 길 저편에 늘어선 야자나무들은 금빛 횃불처럼 휘황했고, 모든 잎과 돌들의 가장자리는 놀랄 만큼 투명하고 보석 같았다. 잠시 자신이 무슨 환각제를 먹은 게 아닐까 싶을 정도였다.

그들은 점점 강해지는 빛과 열기의 꿈결 속을 꾸준히 걸었다. 낮 바람이 불어 올라오며 흰 구름을 머리 위로 퍼트리기 시작했다. 덕분에 잠시동안은 서늘해졌다. 그들의 걸음걸이는 자코가 사랑하는 리듬을 탔고, 가끔 길이 무너진 곳에서만 끊어졌다. 그런 지점을 만나면 그들은 조용히 도로를 벗어나서 덤불 사이를 돌아 앞서간 월견들이 그들을 기다리는 모습에 놀라곤 했다. 피치시프는 딱 한 번 멈춰서 멀리 아른거리는 수평선에 녹아들다시피 한 줄리엣 정거장의 하얀 광채를 돌아보았을 뿐, 기운차게 자코와 보조를 맞추었다.

"이보다 더 남쪽으로는 가본 적이 없어." 피치시프가 말했다.

자코는 물을 조금 마시고 피치시프도 마시게 한 다음, 계속 걸었다. 도로는 완만하게 오르내리며 구불구불 이어졌다. 자코가 다시 돌아보았을 때 정거장은 시야에서 사라지고 없었다. 자코는 여전히 범상치 않은 광채를 발하는 투명한 세상이 즐거웠다.

정오 무렵에 자코는 착륙장까지 반 넘게 왔다는 판단을 내렸다. 그들은 야자나무들 밑에 자리한 어느 돌무더기에 앉아서 먹고 마셨고, 피치시프는 월견들에게 먹이를 줬다. 그런 다음 피치시프는 임신용 약상자를 꺼냈다. 그들은 말없이, 묘하게 엄숙한 태도로 각자의 약을 먹었다. 피치시프는 씩 웃었다.

"후식을 갖다줄게."

피치시프는 허리띠에 차고 있던 구부러진 칼을 뽑아서 바위 사이를 헤집고 다니더니, 커다란 황갈색 야자열매를 들고 돌아왔다. 자코는 피치시프가 조금 불안할 정도로 열심히 야자를 공격하는 모습을 지켜보았다. 피치시프는 칼로 껍질을 벗긴 다음 돌을 이용해서 꼭지 부분을 떼어냈다.

"여기, 이 구멍으로 마셔." 피치시프가 야자를 건네주었다. 야자 속이 출렁거렸다. 열매를 들어 올리고 마셔보니 거친 털과 모래 맛이 났고 특별한 맛은 없었다. 그러나 그날 하루가 그렇듯 날카로운 맛이기도 했다. 피치시프는 체계적으로 가운데 부분을 둥글게 따라가며 때렸다. 갑자기 열매가 쩍 갈라져서 눈부시게 하얀 속살을 드러냈다. 피치시프는 그 살을 한 조각 떠냈다.

"먹어. 단백질이 풍부해."

열매 살은 달았고 생생하게 살아 있었다.

"이건 코코넛이구나!" 자코는 불현듯 기억해냈다.

"그래. 돌아오는 길에도 내가 굶을 일은 없겠어."

자코는 언쟁할 생각을 버리고 일어섰다. 피치시프는 칼을 칼집에 넣고, 코코넛 조각을 씹으면서 뒤따랐다. 그들은 리듬에 몸을 맡긴 채 한참 동안 말없이 길을 걸었다. 한번은 도마뱀 한 마리가 뒤뚱거리면서 도로를 가로지르는 모습을 보고 피치시프가 발치에 따라오는 월견에게 말하기도 했다. "타이코, 넌 곧 저 녀석들을 잡아먹는 방법을 익혀야 할 거야." 월견들은 모두 의심스러운 얼굴로 도마뱀을 쳐다보았지만, 말은 하지 않았다. 자코는 충격을 받고 그 생각을 밀어냈다.

이제 그들은 서서히 기우는 태양을 오른쪽에 두고 걷고 있었다. 길가 어느 나무에서 큰 몸집에 부리가 파란 오렌지색 새들이 날아왔다. 그 나무에 무엇인가를 짓고 있는 모양이었다. 구름 그림자가 세상을 가로지르면서 바다에 파란색과 청동색 그늘을 드리웠다. 자코에게는 여전히 감각적인 인상들이 고통스러울 정도로 날카로웠다. 햇살은 파도의 선을 다이아몬드 사슬로 만들었고, 아래에 보이는 얕은 근해의 녹색 물은 눈을 홀리는 것 같았다. 모든 경치가 무언의 의미를 전하는 것처럼 아픈 빛을 발했다.

자코가 한동안 무아지경에 빠져 오직 견실하고 평탄한 도로만 의식하면서 걷고 있는데 피치시프가 날카롭게 외쳤다.

"내 자전거! 내 자전거야!" 피치시프는 뛰기 시작했다. 자코는 차도에 난 좁은 틈으로 비죽이 튀어나온 금속의 광채를 보았다. 가까이 다가갔을 때 피치시프는 도로벽 옆에서 자전거를 끌어내고 있었다.

"앞바퀴가… 아, 구부러졌잖아! 페로실이 너무 빨리 달리다가 여기 처박혔을 거야. 하지만 내가 고칠 거야. 정거장에서 고칠 수 있어. 집에 돌아갈 때 밀고 가야겠다."

피치시프가 기계를 붙잡고 슬퍼하는 동안 자코는 주위를 둘러보고 도로벽의 낮은 갓돌 너머도 보았다. 그 밑은 깎아지른 절벽이었고, 태양이 그 아래 바위투성이 해변을 막 건드리는 참이었다. 그 바위들 사이에 무엇인가가 끼어 있었다. 하얀 막대기와 천, 둥그런 물건이 뒤엉켜서…. 자코는 뱃속이 뒤틀리는 기분으로 아래를 내려다보며 내키지는 않지만 그

둥그런 물건에 눈구멍과 U자 모양으로 벌린 입, 바람에 날리는 머리카락이 있다는 사실을 인정할 수밖에 없었다. 사체를 보기는 처음이었어도(누군들 봤을까), 인간의 뼈 사진은 본 적이 있었다. 아찔하게도 자코는 그 뼈가 누구일지 깨달았다. 페로실이었다. 도로에 난 틈에 걸려서 갓돌 너머로 내던져진 게 분명했다. 이제 그 남자는 죽었다, 죽은 지 오래였다. 결코 강으로 가지 못하리라. 그 머릿속에 들어 있던 모든 것이 소멸했고, 영원히 사라져버렸다.

자코는 자신이 무슨 짓을 하는지도 잘 모르면서 피치시프의 어깨를 잡고 거칠게 말했다. "어서! 이리 와!" 피치시프가 혼란에 빠져서 저항하자 자코는 피치시프의 팔을 잡고, 혹시 아래를 내려다볼지도 모르는 위치에서 강제로 끌어냈다. 피치시프의 살은 뜨겁고 생기가 넘쳤다. 온 세상이 자코에게 색채와 소리와 냄새를 터뜨려대고 있었다. 죽은 페로실의 모습이 길가에 핀 어느 꽃들의 강렬한 향기와 뒤섞였다. 문득 어떤 생각이 떠오른 자코는 걸음을 멈췄다.

"이봐. 그 약이 각성제가 아닌 거 확실해? 두 알밖에 안 먹었는데 모든 게 미쳐 돌아가는 느낌이야."

"세 알이야." 피치시프가 멍하니 말했다. 그리고 자코의 손을 잡아서 자기 등에 대고 눌렀다. "그거 다시 해봐. 네 손으로 내 등을 쓸어봐."

자코는 놀라서 그 말대로 했다. 피치시프의 실크 셔츠를 거쳐 얇은 반바지까지 손을 쓸어내린 자코는 손 아래에서 피치시프의 몸이 움직이는 방식에 움찔했다.

"느껴? 느꼈어? 척추전만 반사야." 피치시프는 의기양양해서 말했다. "여성의 성활동이지. 시작된 거야."

"세 알이라니, 무슨 소리야?"

"넌 세 알을 먹었어. 첫날 밤에 꿀에 타서 줬거든."

"뭐? 하지만… 하지만…." 자코는 터무니없는 침해 행위에 대해 목소리를 내려고 애썼다. 속에서 순수한 분노가 솟구쳤다. 자코는 말을 꺼내지 못하고 손을 들어 피치시프의 엉덩이를 최대한 세게 때렸다. 피치시프는 비틀거렸다. 사람을 때려보기는 처음이었다. 월견 한 마리가 으르렁거렸지만 자코는 신경 쓰지 않았다.

"다시는… 다시는 그런 속임수 쓰지 마…." 자코는 뺨을 때릴 작정으로 피치시프의 어깨를 잡아당겼다. 그러나 자코의 손은 얼굴 대신 가슴을 건드렸다. 피치시프의 머리카락이 죽은 페로실의 머리처럼 흩날렸다. 끔찍한 죽음의 감각이 자부심과 뒤섞여서 들끓으며 자코의 사타구니에 불을 붙였다. 페로실의 죽음이 갑자기 맹렬한 흥분을 불러일으켰다. 자코는, 자코는 살아 있었다! 자코는 모든 냉정한 판단을 무시하고 피치시프에게 몸을 던져, 피치시프를 길가 꽃들 사이에 눕혔다. 두 사람의 반바지를 열어젖히려고 애쓰면서 자코는 피치시프가 돕고 있다는 사실을 모호하게 인식했다. 자코의 충혈된 성기는 현실 그 자체였다. 자코는 장애물들을 돌파해서 느닷없이, 비뚤어진 방식으로 피치시프의 안에 들어갔다. 격렬한 쾌감이 쌓였다. 그 쾌감은 자코를 관통하여 폭발해서 피치시프의 안으로 터져 나갔고, 자코는 텅 비었다.

자코는 눈을 깜박이고, 냉정해지려고 애쓰면서 몸을 일으켜 피치시프와 떨어졌다. 피치시프는 단정치 못하게 다리를 벌리고 누워서 우는 듯이 이상하게 숨을 몰아쉬었지만, 웃음기도 떠올리고 있었다. 그 모습을 보자 혐오감에 목 안쪽이 메스꺼웠다.

"원하던 아기를 얻었네." 자코는 거칠게 말하고 물통을 찾아서 마셨다. 세 마리 월견은 물러나 한 줄로 앉아서 엄숙하게 그들 쪽을 바라보고 있었다.

"나도 좀 마실 수 있을까?" 피치시프의 목소리는 무척 작았다. 피치시프는 일어나 앉아서 옷을 정돈했다. 자코는 피치시프에게 물통을 건넸고, 그들은 일어섰다.

"해가 졌어. 여기에서 야영해야 할까?"

"아니!" 자코는 매정하게 걸음을 옮겼고, 피치시프가 뛰어서 따라잡아야 한다는 사실에도 신경 쓰지 않았다. 이것이 옛사람들이 살던 방식인가? 난폭한 열정에 휘둘려서 추잡하고 냉담해지는 것이? 가엾게 죽은 사람과 그토록 가까운 곳에서 성행위를 하다니 믿을 수가 없었다. 그리고 세상은 여전히 자코의 오감을 공격하고 있었다. 피치시프가 비틀거리다가 기대왔을 때 자코는 다시 한번 피치시프의 살갗이 끌어당기는 힘을 느끼고 몸을 떨었다. 그들은 한동안 말없이 걸었다. 피치시프가 더 지쳤다는 사실은 알았지만, 그래도 자코는 최대한 멀리 가고 싶기만 했다.

"이제 더는 그 약을 먹지 않을 거야." 자코는 마침내 침묵을 깨고 말했다.

"하지만 먹어야 해! 확실히 하려면 한 달은 걸려."

"상관없어."

"그렇지만, 아아⋯."

자코는 더 말하지 않았다. 그들은 이제 어슴푸레한 곳을 가로지르고 있었다. 갑자기 길이 꺾이더니 거대한 만이 내려다보였다.

아래에 보이는 바다에는 온갖 종류의 배가 모여서, 제각각 버려진 자리에서 공허하게 흔들거리고 있었다. 몇 척은 아직 조명이 남아 있어서, 오팔색 바탕에 뿌려진 보석들처럼 희미하게 빛났다. 그중에 분명 고객 호도 있을 터였다. 착륙장으로 들어오는 이동도로에 깔린 선로에 서쪽에 남아 있던 마지막 빛이 번득였다.

"저기 봐. 바다열차야." 피치시프가 손가락질을 했다. "개였는지 다른 동물인지 모르겠지만, 그 녀석이 바닷가까지 왔으면 좋겠다. 저 밑에서 돛배를 하나 찾을 수 있겠어. 잔뜩 있네."

자코는 어깨를 으쓱였다. 그때 착륙장의 그림자들 사이에서 움직임을 본 자코는 잠시 분노를 잊고 말했다. "저기 봐! 산 사람인가?"

그들은 열심히 그쪽을 바라보았다. 이윽고 그 형체가 밝은 곳으로 움직였고, 그들은 꼼짝 못 하고 선 차들 사이를 천천히 걸어가는 사람을 볼 수 있었다. 자코는 한 번씩 멈춰 섰다가 머뭇거리면서 계속 움직였다.

"저 사람 뭔가 이상해." 피치시프가 말했다.

이윽고 낯선 사람의 그림자는 차와 합쳐졌고, 그 차는 움직이기 시작했다. 처음에는 느리게 움직이다가 속도를 높여서 중앙선으로 나갔고, 반짝이는 선로 위를 미끄러져서 그들 저편으로, 서쪽 언덕들 속으로 사라졌다.

"길이 작동하고 있어!" 자코가 외쳤다. "여기에서 야영하고 아침에 역으로 가자. 한결 가까워졌으니까."

자코는 이동도로가 작동한다는 사실에 기분이 좋아져서 저녁 식사를 하는 동안 편하게 피치시프와 대화를 했고, 피치시프에게 도시들에 관해 이야기해주고 피치시프의 부족이 어떤 곳들을 보았는지 묻기도 했다. 하지만 피치시프가 담요를 같이 깔고 싶어 하자 자코는 싫다고 말했고, 자기 잠자리를 한참 올라간 바위 선반 위로 옮겼다. 세 마리 월견은 자코쪽을 보며 앞발 위에 코를 얹고 피치시프의 옆에 엎드렸다.

다시 자기혐오가 찾아왔다. 반쯤은 즐거웠던 동물적인 행동에 대해 밀려오는 메스꺼움과 후회가 뒤섞였다. 자코는 밝은 달빛을 가리기 위해 머리 위로 팔을 올렸고 전부 다 잊어버리고 싶었다. 하늘에 차갑고 고요한 별빛만 있었으면 좋겠다고 생각했다. 겨우 잠이 들었을 때 자코는 아무런 꿈도 꾸지 않았지만, 내이(內耳)를 불길하게 울리는 소리와 함께 깨어났다. 굵고 낮은 목소리들이 외치고 있었다. '말은 배고프다. 여자는 나쁘다!'

✳

자코는 해가 뜨기 전에 피치시프를 깨워 일으켰다. 그들은 아침을 먹고 육로로 언덕에 있는 역을 향해 갔다. 오래된 석회암 길을 발견하기 전까지는 힘든 여정이었다. 월견 세 마리는 기쁜 듯이 두 사람 주위를 멀찍이 배회했다. 역 분기점에 도착해보니 차가 꽉 들어차 있었다.

첫 번째 차는 전원이 나갔다. 다음도, 그다음도 그랬다. 자코는 착륙장에 보이던 사람이 무엇을 하고 있었는지 이해했다. 살아 있는 차를 찾고 있었던 것이다. 여기에는 죽은 차들이 벽을 따라 보이지 않는 곳까지 늘어서 있었다. 비참한 풍경이었다.

"착륙장으로 돌아가야겠어. 그 사람은 그쪽에서 괜찮은 차를 찾았잖아." 피치시프가 말했다.

자코는 속으로 동의했지만, 불합리한 마음이 부글거렸다. 자코는 눈을 가늘게 뜨고 먼 곳을 바라보았다.

"난 전환점으로 가볼래."

"하지만 그건 너무 멀어. 온 길을 다 돌아가야 할 텐데."

자코는 성큼성큼 걷기만 했다. 피치시프가 뒤따랐다. 먼 길이었다. 굽잇길을 돌고 오르막을 넘는 내내 옆에는 죽은 차들이 서 있었다. 거의 주도로에 다다랐을 때 자코는 바라던 것을 보았다. 선로에 살짝 흔들리는 움직임이 보였다. 새 차들이 죽은 차를 밀어내고 나오고 있었다.

"좋았어!"

그들은 갓 도착한 차가 있는 곳까지 내려가서 올라탔다. 월견들은 맞은편 좌석에 자리를 잡았다. 자코가 그들을 주도로로 내보내줄 조종 작업을 개시하자 차가 자동 경보를 울렸다. 경고 음성이 중앙 통제소에 보고하겠다고 위협했다. 자코가 그런 항의에 아랑곳하지 않고 차를 몰아 전환점을 지나자 경고음이 조용해지면서 차는 시외로 나가는 고속도로로 매끄럽게 속도를 올리기 시작했다.

"넌 정말 이런 물건들을 어떻게 움직이는지 잘 아는구나." 피치시프가 감탄했다.

"너도 배워야지."

"왜? 곧 다 죽을 텐데. 난 자전거를 탈 줄 알아."

자코는 페로실의 하얀 뼈를 생각하고 입술을 꾹 물었다. 그들은 차에 막힌 역을 몇 개 더 거쳐서 소리 없이 언덕들 사이로 흘러갔다. 자코의 지각은 여전히 너무 날카로웠고, 감각 세계는 지나치게 많은 의미로 가득 차 있었다.

그들은 이윽고 배고픔을 느꼈고, 차의 자동장치들이 모두 잘 돌아가고 있음을 확인했다. 그들은 단백질 음료와 상쾌한 과일 대용식을 먹었고, 피치시프는 개들에게 줄 대용식 조합을 찾아냈다. 길은 이제 산맥 속으로 올라가고 있었다. 차는 매끄럽게 터널을 통과하여 고갯길로 나가면서 훌륭한 경치를 제공했다. 이따금 멀리 앞에 있는 대평원이 언뜻 보이기도 했다. 자코의 마음속에 익숙한 슬픔이 웅어리졌다. 평소보다 더 강한 슬픔이었다. 이 모든 훌륭한 시스템이 무너지고 죽어서 녹슨 고철이 된다는 생각을 하니… 어떻게든 자신이 그 모든 것을 유지하는 환상을 품어보기도 했지만, 피치시프가 짠 형편없는 천의 기억이 자코를 비웃었다. 모든 것이 실수, 끔찍한 실수였다. 자코는 떠나고만 싶었다. 합리성과 평화로 도피하고 싶었다. 피치시프가 몰래 약을 먹였다면 자코에게는 약속을 지킬 책임이 없었다. 자코는 매여 있지 않았다. 그럼에도 슬픔은 더해가기만 할 뿐, 자코를 놓아주지 않았다.

피치시프가 약상자를 꺼내어 내밀자 자코는 격렬히 고개를 저었다. "싫어!"

"하지만 약속했잖아."

"싫어. 그 약이 하는 짓이 싫다고."

피치시프는 말없이 자코를 바라보면서 반항적으로 자기 약을 삼켰다.

피치시프는 잠시 후에 말했다. "강가에는 다른 남자들이 있을지도 몰라. 한 사람 보기도 했으니까."

자코는 어깨만 으쓱이고 잠든 척했다.

자코가 정말로 잠에 빠져드는데 차에 경고음이 울리더니 부드럽게 멈춰 섰다.

"아, 저기 좀 봐. 길이 없어졌어! 뭐지?"

"낙석이야. 산사태가 있었나 봐."

그들은 돌아가기 전에 규정된 정지시간을 지키고 선 다른 빈 차들 사이로 나갔다. 마지막에 선 자동차 너머 도로는 끝없이 쌓인 바위들로 끝났다. 자코는 그 돌무더기 위로 희미하게 난 좁은 길을 알아보았다.

"흠, 걸어야겠네. 가방 챙기고, 먹을 것과 물을 싸가자."

다시 차에 돌아가서 합성기를 작동시키는 동안 피치시프는 창밖을 내다보고 얼굴을 찌푸렸다. 자코가 준비를 끝내자 피치시프는 합성기에 다른 코드를 입력했고, 그러자 갈색빛이 도는 덩어리 몇 개가 피치시프의 손에 굴러떨어졌다.

"그건 뭐야?"

"알게 될 거야." 피치시프는 눈을 찡긋했다.

그들이 좁은 길을 걷기 시작하자 소규모 말 떼가 나타나서 그들 쪽으로 다가왔다. 두 사람은 정중하게 높은 곳으로 비켜섰다. 우두머리 말은 커다란 황색 수말이었다. 그 말은 피치시프 앞까지 와서 멈춰 서더니 커다란 머리를 치켜들었다.

"서탕, 서탕." 말은 어물어물 말했다. 그러자 다른 말들이 다 몰려들어서 제각각의 발음으로 말했다. "설타. 서타."

"이건 내가 다룰 줄 알아." 피치시프가 자코에게 말했다. 그러고는 노란 말에게 고개를 돌렸다. "너희 등에 우리를 태우고 이 바위 더미를 벗어나게 해줘. 그러면 설탕을 줄게."

"서탕." 수말은 사나운 얼굴로 주장했다.

"그래, 설탕. 우리를 태우고 바위 더미 너머 도로까지 데려다주면."

말은 불쾌한 듯 눈을 굴렸지만, 몸을 돌려 내려갔다. 잠시 소란이 일더니 암말 두 마리가 앞으로 나섰다.

"말을 타려면 안장과 굴레가 있어야지." 자코가 반발했다.

"이런 식으로도 탈 수 있어. 자." 피치시프는 민첩하게 둘 중 작은 말 등에 뛰어올랐다.

자코는 마지못해 다른 암말의 불룩하고 둥근 등에 올라앉았다. 무섭게도, 자코가 올라타자 암말은 고개를 들고 날카로운 소리를 질렀다.

"너도 설탕을 받을 거야." 피치시프가 말하자 그 짐승은 수그러들었고, 그들은 한 줄로 바위투성이 길을 따라갔다. 자코는 이편이 걷기보다 훨씬 빠르다는 점을 인정할 수밖에 없었지만, 자꾸만 몸이 뒤로 미끄러졌다.

"갈기를 붙잡아. 거기 털이 많은 곳." 피치시프가 소리 내 웃으면서 외쳤다. "나도 할 줄 아는 게 좀 있지, 안 그래?"

길이 넓어지자 노란 수말이 피치시프 옆을 달리며 오만하게 말했다.

"나 생각한다."

"그래, 뭔데?"

"너 밀어내고 지금 서탕 먹는다."

"말들은 다 그런 생각을 하지. 소용없어. 안 통해."

노란 말은 뒤로 물러났고, 자코는 그 말이 뒤에 있는 밤색에 회색 털이 섞인 늙은 말과 말의 언어로 이야기를 나누는 소리를 들었다.

노란 말은 다시 피치시프와 어깨를 나란히 하고 말했다. "왜 널 밀어내면 안 좋지?"

"두 가지 이유가 있지. 첫째, 날 떨어뜨리면 넌 다시는 설탕을 얻을 수 없어. 모든 인간이 네가 나쁘다는 걸 알 테고 더는 타려고 하지 않을 거야. 그러니 설탕도 없겠지. 다시는."

"이간 더 없어." 덩치 큰 노란 말은 경멸조로 말했다. "이간 끝났다."

"그것도 틀렸어. 인간은 지금보다 훨씬 많아질 거야. 내가 만들고 있거든." 피치시프는 자기 배를 두드렸다.

길은 다시 좁아졌고, 노란 말은 뒤로 물러났다. 다시 길이 넓어지자 그 말은 자코가 탄 암말 옆으로 갔다.

"지금 널 밀어 떨어뜨려야겠다."

피치시프가 돌아보았다.

"내 두 번째 이유를 듣지 않았어." 피치시프가 외치자 말은 화를 내며 툴툴거렸다.

"두 번째 이유는, 네가 그러려고 하면 저기 있는 내 세 친구가 네 배를 물어뜯어 찢어놓을 테니까야." 피치시프는 마법처럼 바위 위에 나타나서 이를 드러내고 있는 세 마리 월견을 가리켰다.

자코가 탄 암말이 다시 한번, 아까보다 크게 비명을 질렀고 뒤에서 달리던 밤색 말은 허이허이 소리를 냈다. 노란 말은 꼬리를 치켜들고 줄 앞으로 달려갔고, 피치시프 옆을 지나치면서 똥을 내갈겼다.

그들은 더 이상의 대화 없이 넓은 낙석 구간을 돌아갔다. 자코는 점점 불편해졌다. 말 등에서 내려서 두 다리로 천천히 걷는 편이 더 좋았다. 그들은 이따금 속보로 달렸는데, 그럴 때면 피치시프에게 말을 멈추라고 외치고 싶을 정도로 고통스러웠다. 커다란 바윗돌들 옆을 돌자 멀리 보이는 비행장 탑이 보상이 되었다. 비행장은 그들 왼쪽에 펼쳐진 평원에 있었다.

드디어 낙석 구간이 끝이 났다. 어느 역 근처였다. 그들은 줄지어 선 차들 사이에 멈췄다. 자코는 감사하는 마음으로 내리면서 암말에게 "고마워"라고 말하는 것을 잊지 않았다. 걷기도 편하지는 않았다.

"내가 내리기 전에 멀쩡한 차가 있는지 살펴봐!" 피치시프가 외쳤다.

두 번째 차가 살아 있었다. 자코는 고함을 쳐서 피치시프를 불렀다. 다음 순간 말들 사이에 말썽이 일어났다. 커다란 노란색 짐승이 히힝거리고 발길질을 하며 덤벼들었다. 피치시프는 월견들과 함께 혼전 속을 빠져나오더니 깔깔거리면서 자동차 안 자코 옆에 주저앉았다.

"내가 우리를 태운 암말들한테 설탕을 다 줬거든." 피치시프는 쿡쿡거리면서 말하더니 진지해졌다. "암말도 젖을 짜기엔 괜찮을 것 같아. 돌아갈 때 같이 정거장으로 가자고 했어. 저 덩치 큰 깡패가 놓아준다면 말이지만."

"말이 어떻게 차 안에 타지?" 자코는 멍청하게 물었다.

"난 걸어갈 거야. 난 이런 물건들을 못 다뤄."

"하지만 내가 같이 있을 텐데." 자코 자신이 느끼기에도 별로 설득력은 없었다.

"아기를 만들고 싶지 않다면 뭐 하러? 넌 여기 없을 거야."

"그렇다면 넌 왜 나랑 같이 가는 거야?"

"난 암소를 찾고 있어." 피치시프는 경멸조로 말했다. "아니면 염소. 아니면 남자를."

그들은 차가 비행장으로 들어갈 때까지 더 말하지 않았다. 자코는 어림잡아 스무 대가 넘는 비행선이 탑에 떠 있다고 보았다. 그보다 많은 수는 축 늘어져 있었고, 아예 무너진 탑도 몇 있었다. 비행장 이동도로는 확실히 죽었다.

"모자를 찾아야 할 것 같아." 자코는 피치시프에게 말했다.

"왜?"

"그래야 우리가 돌아다닐 때 경보가 울리지 않을 거야. 이런 곳은 대부분 그래."

"아."

그들은 정문 옆 사무실에 쌓인 직원용 모자 더미를 발견했다. 비행장에 마지막으로 남아 있던 사람들이 해둔 사려 깊은 행동이었다. '모든 비행선 대기 상태, 수동 제어. 사용법을 읽으시오'라고 적힌 커다란 손글씨 표지판 밑에 먼지 쌓인 책자가 쌓여 있었다. 두 사람은 책자를 하나 챙기고, 각자 모자를 쓰고 비행선이 몇 척 떠 있는 탑 아래 기지를 향해 걷기 시작했다. 그들은 정지한 이동도로의 그물망 아래로 몸을 숙이고 다녀야 했고, 비행기지 아래에 도착해보니 지상에서 들어갈 방법은 없어 보였다.

"저 이동도로 위로 올라가야겠어."

그들은 좁은 사다리를 찾아서 올라갔다. 월견들은 올라갈 수 있게 도와줘야 했다. 이동도로 문은 열려 있었고, 그들은 곧 평범한 승객용 대기실에 들어갈 수 있었다. 아직 조명이 들어왔다.

"이제 승강기만 작동하면 좋겠네."

그들은 승강기로 가다가 대기실을 울리는 목소리에 화들짝 놀랐다.

"호! 호, 롤랑!"

피치시프가 속삭였다. "저건 음성 작동기가 아니야. 여기에 살아 있는 사람이 있어."

돌아보자 대기실 한 곳에 반쯤 걸쳐 누운 이상한 사람이 보였다. 가까이 다가가면서 두 사람은 눈을 크게 떴다. 그 사람은 몰골이 끔찍했다. 듬성듬성 난 지저분한 흰 머리가 무시무시하게 주름지고 함몰된 얼굴을 감싸고 늘어졌고, 드러난 목과 팔은 모두 얼룩덜룩하고 썩은 것처럼 보였다. 짧은 상의와 바지는 해지고 얼룩졌고 살이 있어야 할 곳에서 축 늘어졌다. 자코는 죽은 페로실을 감싸고 있던 천 조각들을 생각하고 몸을 떨었다.

그 사람은 퀭한 눈으로 그들을 바라보았다. 그리고 약한 목소리로 말했다. "기사 롤랑은 죽으면서 자기 시체가 다른 모두의 시체보다 창을 던진 거리만큼 앞서서 적을 대면한 모습으로 발견되리라 예언했지. 너희가 혹시 진짜 사람이라면, 나에게 물을 좀 줄 수 있을까?"

"그럼요." 자코는 물통을 떼어내어 건네주려 했지만, 그 남자의 손이 덜덜 떨리는 데다가 손짓이 서툴러서 자코가 물통을 입에 대주어야 했다. 지독한 악취가 풍겼다. 그 사람은 물을 일부 흘리면서 허겁지겁 들이켰다. 저편에서 월견들이 열심히 냄새를 맡으며 다가섰다.

자코가 물러서자 피치시프가 소곤거렸다. "뭐가 잘못된 거야?"

자코는 배움을 기억해냈다. "그저 많이, 많이 늙었을 뿐이야."

"맞다." 낯선 이의 목소리는 전보다 강해졌다. 그 남자는 기묘한 갈망을 품은 눈으로 둘을 바라보았다. "너무 오래 기다렸어. 심장 세동이었지." 자코는 허약한 손을 가슴에 올렸다. "세동이라… 아름다운 말 아니냐? 약이 떨어졌는지, 잃어버렸는지… 내 갈빗대 속에 있는 작고 뜨거운 짐승이 동기화를 못 하고 있어."

"우리가 강까지 모셔다드릴게요!" 피치시프가 말했다.

"너무 늦었다오, 고귀한 분들, 너무 늦었다오. 게다가 난 걸을 수가 없고 너희가 날 지고 갈 수는 없어."

"일어나 앉을 수는 있겠죠? 여기 어딘가에 바퀴 의자가 있을 거예요. 다친 사람을 위해서 갖춰뒀으니까." 자코는 그렇게 말하고 관리실을 뒤져서 곧바로 하나를 찾아냈다.

의자를 가지고 돌아가보니 낯선 남자는 피치시프를 올려다보면서 고풍스러운 말로 혼자 중얼거리고 있었다. 자코는 이것밖에 알아듣지 못했다. "…죽음의 여인의 젖가슴은 해가 떠오르는 언덕이어라." 그 남자는 의자에 기어오르려다가 숨을 헐떡이면서 떨어졌다. 두 사람이 들어 올려서 앉혀야 했고, 피치시프는 냄새 때문에 코를 찡그렸다.

"이제 승강기만 작동하면 되겠는데."

작동했다. 그들은 곧 높은 이륙장으로 올라갔고, 네 번째 계류지에 대기한 비행선이 있었다. 작은 근거리 연락선이었다. 그들은 노인이 탄 의자를 밀고 창문이 있는 주 선실로 들어갔고, 노인은 맥없이 주저앉아서 가쁜 숨을 몰아쉬고 있었다. 월견 세 마리는 창에서 창으로 몰려다니며 아래를 내려다보았다. 자코는 조종석에 앉았다.

"지시문을 읽어줘." 자코는 피치시프에게 말했다.

피치시프가 읽었다. "첫째, 비행선을 내부 길잡이에 맞출 것. 무슨 뜻인지는 모르겠지만. 아, 이것 봐, 그림이 있어."

"다행이네."

알고 보니 간단했다. 그들은 지시 목록을 함께 읽어 내려가면서 문을 봉하고, 중앙 연결선을 풀고, 날개 기능을 확인하고, 위에 달린 가스주머니들의 기압을 읽고, 반응기가 추진용 내연 기관을 데워서 뜨거운 공기로 부력을 생성하게 했다.

기다리는 동안 피치시프는 노인에게 창가에 있는 소파로 옮기고 싶은지 물었다. 노인은 다급히 고개를 끄덕였다. 두 사람이 자리를 옮겨주자 노인은 속삭였다. "밖을 봐!" 그들은 의자 쿠션들로 노인을 받쳐주었다.

준비등이 깜박였다. 자코가 조종간을 움직이자 비행선이 매끄럽게 날

아울랐다. 컴퓨터는 자코에게 풍속, 고도, 상승 높이를 보여주었고 누군가가 모든 보조장치에 '항로 고정—강'이라고 표시해놓았다. 자코는 모든 스위치를 올렸다.

"이제 자동조종으로 두래." 피치시프가 읽었다. 자코는 그대로 했다.

노인은 이륙 과정에 흥분했다. 이해할 수 없는 말을 중얼거리면서 아래를 내려다보려고 기를 썼다. 자코는 몇 마디를 알아들었다. "지구의 상쾌한 푸른 언덕*… 젠장!" 노인은 갑자기 큰 소리로 노래했다. "바로 옆에 끝내주는 우주가 있네… 가자**!" 그리고 다시 지쳐 늘어졌다.

피치시프는 걱정스러운 얼굴로 노인을 내려다보고 섰다. "씻기기라도 할 수 있었으면 좋겠는데, 너무 약해진 상태야."

노인이 눈을 떴다.

"산산조각이 나보지 않고 완전해지는 것은 없으니, 사랑은 오물 속에 저택을 짓기 때문이라네." 노인은 쉰 목소리로 노래하더니 말했다. "나를 강으로 데려가다오, 그 아리따운 강으로, 그리고 내 모든 죄를 씻어내라! …내가 미쳤다고 생각하지, 아가씨. 안 그래?" 노인은 대화하는 투로 말을 이었다. "윌리엄 예이츠는 들어보지 못했겠지. 대단히 수준이 높아, 예이츠는."

자코가 말했다. "조금은 이해할 수 있어요. 이모 하나가 영문학을 했거든요."

"영문학을 하셨다?" 노인은 씨근거리면서 코웃음을 쳤다. "그리고 너희 둘은… 에너지 매트릭스 아니면 그 정도로 장엄하고 무성적인 무엇인가로 영원을 함께 보내러 가는 건가…. 그대는 영원히 사랑하고 피치시프는 영원히 아름다우리."*** 노인은 툴툴거렸다. "키츠는 언제나 못 미더웠지. 배짱이 없잖아. 그 작자라면 편하게 지냈을 거야."

---

* 로버트 하인라인의 단편소설 〈지구의 푸른 언덕〉
** 예이츠의 시 'Crazy Jane Talks With The Bishop' 중에서 인용
*** 존 키츠의 시 'Ode on a Grecian Urn' 중에서 인용

피치시프가 말했다. "우린 강으로 가는 게 아니에요. 음, 적어도 나는 아니에요. 난 남아서 아이들을 만들 거예요."

노인은 엉망이 된 입을 쩍 벌리고 사나운 눈으로 피치시프를 올려다보았다.

"설마!" 노인은 숨을 들이쉬었다. "정말이냐? 내가 인간의 마지막 연인이자 어머니와 마주쳤단 말이냐?"

피치시프는 진지하게 고개를 끄덕였다.

"존함을 여쭈어도 되겠소, 여왕님?"

"피치시프예요."

"세상에. 아직 블레이크를 아는 사람이 있었군."* 노인은 떨리는 미소를 짓더니 갑작스럽게 눈꺼풀을 아래로 내렸다. 잠든 것이다.

"호흡이 나아졌네. 조사를 해보자."

작은 비행선 뒤편에는 화물칸밖에 없었다. 식품 합성기가 있는 방에서 자코는 피치시프가 무엇인가를 주머니에 넣는 모습을 보았다.

"뭐야?"

"작은 숟가락. 어린아이에게 딱 맞겠어." 피치시프는 자코를 쳐다보지 않았다.

주 선실로 돌아가보니 석양이 아래에 보이는 지상에 고른 장밋빛을 쏟아붓고 있었다. 그들은 이상한 곰보 자국이 난 거대한 초원을 가로지르고 있었다. 비행선은 가끔 항로 수정을 위해 제트 엔진이 짧게 휘파람 소리를 낼 때만 빼면 고요히 살랑거리며 나아갔다.

"저기 봐, 암소들이야! 분명히 암소일 거야." 피치시프가 외쳤다. "그림자를 봐."

자코는 작은 갈색 점들을 알아보았다. 그 짐승들에게서 뿔이 돋은 기괴한 그림자들이 길게 뻗어 있었다.

---

* '나는 어느 도둑에게 복숭아를 훔쳐 달라고 했네'로 시작하는 윌리엄 블레이크의 시와 복숭아도둑(peachthief)이라는 이름을 연결해서 한 말이다.

"돌아갈 때 찾아봐야겠어. 여긴 어디지?"

"큰 묘지일 거야. 사체를 두던 곳 말이야. 이 정도로 큰 곳은 처음 봤어. 어떤 도시에서는 죽은 사람들만을 위한 건물을 지어두기도 했어. 그게 소들에게 독이 되지 않을까?"

"아, 아니야. 오히려 풀이 잘 자랄걸. 개들이 암소를 찾게 도와줄 거야. 그렇지, 타이코?" 피치시프는 마침 옆에서 아래를 내려다보던 제일 큰 월견에게 물었다.

선실 동편에서는 솟아오르는 보름달이 보였다. 노인은 다시 눈을 뜨고 달을 보았다.

"괜찮다면 물 좀 더 다오." 노인이 쉰 목소리로 말했다.

피치시프가 물을 더 먹인 다음 합성기에서 만든 수프를 삼키게 했다. 노인은 기운을 얻은 듯, 썩은 이가 가득한 입으로 미소를 지었다.

"말해다오, 아가씨. 남아서 아이들을 낳을 생각이라면 어째서 강으로 가고 있는지?"

"저 사람은 자기 아버지와 이야기를 하기로 약속했기 때문에 가고, 난 저 사람이 돌아오는지 보려고 따라가요. 그리고 아기를 만들려고요. 다만 이제는 저 사람이 약을 더 먹으려 하지 않으니 다른 남자를 찾아야겠어요."

"아, 그래. 약 말이지. 우리는 그걸 깨우기 약이라고 불렀는데… 인구 조절 화학물질이 퍼진 후에 필요해진 약이지. 어쩌면 지금도 여자들에게는 필요할지 몰라. 하지만 나는 대부분 머릿속 문제라고 생각한단다. 왜 더 먹지 않지, 젊은이? 아담이 되는 데 무슨 문제가 있어서?"

피치시프가 답하려 했지만 자코가 말을 잘랐다. "내 입장은 내가 말할 수 있어. 그 약을 먹으면 혼란스러워져요. 나쁜, 통제가 안 되는 짓들을 하게 만들고, 게다가 느낌은, 아…." 자코는 얼굴을 찡그리며 말을 끊었다.

"종족 보존보다 평온함에 더 가치를 두는 사람치고는 희한하게 기운차 보이는구나."

"그 약이 문제라니까요. 그 약은… 인간다움을 빼앗아 가요."

"인간다움을… 빼앗는다." 노인은 자코를 흉내 내며 놀렸다. "인간다움에 대해 뭘 아는데, 젊은이? …내가 찾으러 갔던 게 그거야. 내가 강이 오기 전에 존재하던 오래되고 낡은 것들 속에 파묻혀서 그토록 오래 버틴 이유도 그거고. 진짜 인간성에 대한 지식을 가져오고 싶었지… 전부 다 가져오고 싶었어. 단순해. 인간은 죽었어." 노인은 귀에 거슬리는 숨소리를 냈다. "하나도 빠짐없이 죽었어. 인간은 상실과 고통과 앞에 놓인 멸종만을 알고 살았지. 그리고 끔찍이도 마음을 썼어…. 아, 인간은 이런저런 신화를 만들어냈지만, 정말로 그런 신화를 믿는 사람은 많지 않았지. 죽음은 모든 것의 뒤편에 있었고, 어디에서나 기다리고 있었어. 노화와 죽음. 도망칠 길이 없었지…. 미쳐서 싸우고 수백만을 죽이고 서로를 노예로 삼는 이들도 있었어. 마치 그러면 생명을 더 얻을 수 있다는 듯이 말이야. 또 서로를 위해 자기들의 귀한 생명을 포기하는 이들도 있었지. 인간은 사랑했어. 그리고 사랑하는 상대가 늙고 죽는 모습을 지켜보아야 했어. 그런 고통과 절망 속에서 인간은 건물을 지었고, 몸부림쳤고, 노래를 부르기도 했지. 하지만 그 무엇보다도 인간은 성교했어! 뒤엉키고, 교접하고, 사랑을 나눴지!"

노인은 자코를 노려보면서 쿨럭거리다가 물러나 앉았다. 그러더니 자신의 고색창연한 말들을 두 사람이 알아듣지 못했으리라 여겼는지 조금 더 명확하게 말을 이었다. "성행위를 했다는 말이야. 알아듣겠나? 아이들을 만들었다고. 그게 인간의 유일한 무기였어. 자신들의 일부를 죽음 너머 미래로 보내는 것. 죽음은 인생의 엔진이었고, 죽음이 인간의 성행위에 연료를 공급했지. 죽음이 서로 싸우게 만들었고 서로를 끌어안게 하였지. 인간은 죽어가면서 승리했어… 그게 인간의 삶이었어. 그런데 이제 그 강력한 엔진은 멈춘 지 오래고, 너희는 이 고상한 불사의 레밍 행렬을 인간답다고 하지… 너희는 온기라고는 거의 없는 이 유례없는 대학살에 움찔하지도 않지?"

노인은 무섭게 숨을 몰아쉬면서 무너졌다. 턱을 따라 침이 흘러내렸다. 가늘게 뜬 한쪽 눈은 여전히 두 사람을 보고 있었다.

노인의 말이 일으킨 반향에 동요한 자코는 말없이 서서 죽은 페로실을 떠올리고, 오래전에 사라진 과거로부터 자코에게 뻗어오는 깊은 진실의 도랑을 느꼈다. 피치시프가 자코의 어깨에 손을 올리자 전율이 흘렀다. 자코의 손이 자기 멋대로 올라가더니 피치시프의 손을 잡고, 피치시프를 가까이 끌어당겼다. 두 사람은 그렇게 한참 동안 노인을 바라보았다. 노인의 얼굴이 서서히 부드러워지더니, 낮고 건조한 목소리가 나왔다.

"나는 강을 믿지 않아… 너희는 그 안에서 자기 자신으로 남을 거라고 생각하지? 서로와, 또 다른 별들에서 온 존재들과 대화를 나눌 거라고? … 베텔게우스 별에서 온 최신 소식을 듣고." 노인은 귀에 거슬리는 웃음소리를 냈다.

자코가 대답했다. "사람들이 갈 때 하는 마지막 말이 그거예요. 모두가 그렇게 배워요. 떠돌아다니면서 진짜 다른 존재들과 대화할 수 있다고. 자유롭게 움직일 수 있다고요."

"우리의 꿈에 그보다 딱 맞을 수가 있을까?" 노인은 다시 쿡쿡거렸다. "글쎄… 그게 우주적인 소시지 기계의 투입구에 붙은 미끼일 수도 있지 않을까?"

"소시지 기계가 뭔데요?" 피치시프가 물었다.

"서로 다른 고기들을 함께 갈아서 한 가지 재질로 만들어 내보내는 옛날 기계지… 어쩌면 거기 들어간 사람들은 차차 섞이고 다져지고 혼합되어 무슨… 무슨 에너지 플라스마 같은 게 되는지도 몰라… 그런 다음에 다시 뿜어 나가서 어느 순진무구한 악어족이나 삶은 계란에게 의식이라는 끔찍한 선물을 떠안기는 거지… 그러면 전부 처음부터 다시 시작되는 거야. 또 다른 우주의 엔진이지. 무슨 일인지도 모르면서 주고받는…." 노인은 그들을 쳐다보지 않고 기침을 하더니 예스러운 말로 중얼거렸다.

"아, 유령이 되살아날 때, 임종의 혼란은 어디로 가는가… 성서에 쓰여 있듯이, 별들의 불의(不義)로 응징받는가?* 별들의 불의….” 노인은 조용해졌다가 희미하게 속삭였다. “그럼에도 나 역시 가고 싶구나.”

"가게 될 거예요.” 피치시프가 강하게 말했다.

"얼마나…걸리지?”

"동틀 무렵에는 닿을 거예요.” 자코가 말했다. “우리가 모셔갈게요. 맹세해요.”

"크나큰 선물이로고.” 노인은 약하게 말했다. “허나 나는 두렵구나… 너희에게 더 나은 …을 줘야지.” 노인은 자코가 알지 못하는 단어를 웅얼거렸다.

노인은 잠에 빠져드는 듯했다. 피치시프는 향기로운 젖은 천을 찾아와서 부드럽게 노인의 얼굴을 닦았다. 노인은 한쪽 눈을 뜨고 피치시프에게 씩 웃었다.

"마담 태슬라스, 마담 태슬라스, 정말로 우리를 구해주실 건가요?”

피치시프는 노인을 내려다보고 미소 지으며 확고하게 고개를 끄덕였다. 그래요. 노인은 전보다 평화로워진 얼굴로 눈을 감았다.

비행선은 이제 달빛 가득한 허공을 날고 있었다. 선실 안이 담청색과 은색으로 환하게 밝아서 굳이 조명을 켤 생각도 들지 않았다. 이따금 낮은 구름이 빛나는 안개처럼 창문을 가렸다가 다시 사라졌다. 자코가 식사를 하자고 말하려는데 노인이 억눌린 숨을 몇 번 들이키더니 눈을 떴다. 노인의 창자에서 부글거리는 소리가 났다.

피치시프는 날카로운 눈으로 노인을 보고 한쪽 손목을 잡아 올렸다. 그러더니 얼굴을 찌푸리고 몸을 굽혀서 노인의 지저분한 상의를 제쳤다. 피치시프는 노인의 가슴에 귀를 대고 자코를 바라보았다.

"숨을 안 쉬어. 심장이 뛰지 않아!” 피치시프는 생명의 징후를 찾으려

* 예이츠의 'The Cold Heaven' 중에서 인용

는 듯 노인의 옷 속을 더듬었다. 피치시프의 뺨에 두 줄기 눈물이 흘러내렸다.

"죽었어…, 아앗!" 피치시프는 더 깊숙이 더듬어보더니 불쑥 허리를 펴고 노인의 사타구니를 가린 천을 붙잡았다.

"왜 그래?"

"여자였어!" 피치시프는 흐느끼면서 몸을 돌려 자코를 붙잡고 자코의 목에 이마를 댔다. "우… 우린 이 사람 이름도 몰랐어."

자코는 피치시프를 끌어안고 죽은 남자, 아니 여자를 보면서 노인도 자신의 이름을 몰랐다는 생각을 했다. 그 순간 비행선이 덜컹거렸고, 케이블이 끼익거리는 소리가 나더니 다시 매끄럽게 비행을 계속했다.

자코는 평생 기계를 못 미더워해본 적이 없었지만, 지금은 돌발적인 공포가 뱃속을 조였다. 이 물건이 떨어질 수도 있다! 그들도 페로실처럼, 여기 이 낯선 사람처럼, 아래 묘지에 묻힌 무수한 사람들처럼 죽을 수 있었다. 죽음에 대해 외치던 늙은 목소리의 반향이 머릿속을 쾅쾅 울렸고, 자코는 문득 피치시프가 그렇게 늙어 죽는 모습을 떠올렸다. 강이 떠나버린 후에 홀로 죽어가는 모습. 눈에 눈물이 고였고, 마음속에서 깊은 혼란이 일었다. 자코는 피치시프를 더 세게 끌어안았다. 자코는 몽롱한 상태로 정확히 무슨 일이 일어날지 알았다. 다만 이번에는 광기는 없었다. 자코의 몸은 살아 있는 따뜻한 돌 같았다.

자코는 흐느끼는 피치시프를 쓰다듬어 달래고, 피치시프를 선실 반대쪽 끝에 있는 달빛 비치는 소파로 이끌었다. 피치시프는 여전히 코를 훌쩍이면서 자코를 세게 끌어안고 있었다. 자코는 확고하게 피치시프의 등을 쓸어내리고 엉덩이를 어루만지며 피치시프의 몸이 반응하는 것을 느꼈다.

"그 약 줘. 지금."

피치시프는 푸르스름한 달빛 속에서 크게 뜬 눈으로 자코를 바라보며 작은 약상자를 꺼냈다. 자코는 피치시프가 이해하기를 바라며 알약을 꺼내어 신중하게 삼켰다.

"옷을 벗어." 자코는 뜨겁고 단단한 성기에 자부심을 느끼며 상의를 벗었다. 피치시프가 옷을 벗으면서 빈약한 배 밑에서 반짝이는 검은 덤불과 은빛으로 반짝이는 몸의 굴곡이 보이자 급한 마음이 들었지만, 여전히 마법 같은 차분함이 함께 있었다.

"누워."

"잠깐만…." 피치시프는 물고기처럼 자코의 손에서 빠져나가서 어둠 속에 누운 시체 쪽으로 달려갔다. 자코는 피치시프가 어둠 속에서 아직 반짝이고 있는 죽은 사람의 눈을 감기려 애쓰는 모습을 보았다. 자코는 기다릴 수 있었다. 자신의 몸이 이렇게 느껴질 수 있으리라고는 상상도 하지 못했다. 피치시프는 노인의 얼굴에 천을 덮고 돌아왔고, 자코의 앞에서 반짝이는 소파에 다리를 벌리고 누워서 반쯤은 수줍게 팔을 뻗었다. 달빛이 워낙 찬란해서 여자 성기의 분홍빛까지 알아볼 수 있었다.

자코는 피치시프의 몸에서 나는 흥분한 동물의 페로몬 냄새를 들이마시며 부드럽고 조심스럽게 다가갔다. 이번에는 성기가 수월하게 들어갔고, 모든 것이 제대로라는 느낌이 강하게 들었다.

하지만 다음 순간 마음속 깊숙이에서 두려움, 동정심, 반항심의 불길이 솟아올라 둘이 결합한 사타구니에 열정적인 광휘를 터뜨렸다. 아래에 놓인 작은 몸은 더 이상 연약해 보이지 않고 욕구를 불러일으키기만 했다. 자코는 움켜쥐고, 입에 물고, 기뻐하며 피치시프 안으로 깊숙이 잠겨들었다. 죽음은 혼자 죽지 않았다. 자코는 자신의 생명기관 속에 숨어 있던 옛 원형들이 깨어나자 모호하게 생각했다. 죽음은 그들과 함께 날고 그들 아래를 흘렀지만, 자코는 여자의 몸으로 삶을 확고히 했고, 엄청나게 강해져 가는 미지의 감각에 붙들렸다. 마침내 고통스럽기까지 한 쾌감의 절정이 자코를 관통하여 피치시프에게 흘러 들어가면서, 자코를 머리끝부터 발끝까지 비워냈다.

겨우 말을 할 수 있게 되자 물어보고 싶어졌다. "너도…." 자코는 표현할 단어를 몰랐다. "나처럼 너도 폭발했어?"

"음, 아니." 피치시프의 입술은 자코의 귓가에 있었다. "여성은 성적으로 조금 달라. 나중에 보여줄 수 있을지도 모르지만… 좋았던 것 같아. 아기를 만들기에."

자코는 그 말에 가벼운 짜증밖에 느끼지 못했고, 따뜻한 냄새가 나는 피치시프의 머리카락에 얼굴을 묻은 채 잠에 빠져들었다. 꿈속에 나왔던 거대한 짐승, 어쩌면 인류라는 종 자체였던 그 짐승이 일어나서 그들을 이용했다는 생각이 흐릿하게 떠올랐다. 그렇다면 그러라지.

자코는 차가운 것이 귀에 들어오는 바람에 깨어났다. 쉰 목소리가 말했다. "머어억이!" 월건들이었다.

"세상에, 밥 주는 걸 깜박했네!" 피치시프는 낑낑거리면서 자코 밑에서 빠져나갔다.

자코도 굶주린 느낌이었다. 이제는 달이 머리 위로 올라가서 선실이 어두웠다. 피치시프가 스위치를 찾아내어 부드러운 조명을 켰다. 그들은 달빛 비치는 세상을 내려다보며 마음껏 먹고 마셨다. 묘지는 이제 보이지 않았고, 그들은 어두운 숲이 우거진 구릉지 위를 날고 있었다. 다시 자려고 누웠을 때 그들은 비행선이 더 높이 올라가면서 선실이 살짝 기우는 것을 느낄 수 있었다.

자코는 밤중에 피치시프의 몸이 밀착해 움직이는 통에 눈을 떴다. 피치시프가 자코의 사타구니를 문지르는 것 같았다.

"손을 쥐어." 피치시프는 헐떡이면서 속삭였다. 피치시프는 자코의 손으로 스스로를 어루만지기 시작했고, 가끔은 자코의 몸을 애무하기도 하면서 땀에 젖어서 몸을 둥글게 휘고 몸부림을 쳤다. 자코는 불현듯 발기한 자신을 깨닫고, 다시 흥분했으며, 혼란스러운 방식으로 흥분하고 즐겼다. "지금, 지금이야!" 자코는 피치시프의 명령에 따라 삽입을 했고, 피치시프의 내부는 맹렬히 살아 움직였다. 피치시프는 반쯤은 자코와 싸우고, 반쯤은 자코를 먹어 치우려는 듯했다. 쾌락이, 이번에는 두려움 없는 쾌락만이 쌓였다. 자코는 몸을 떨며 경련하는 피치시프에게 다시 몸을 밀어붙였다. "그… 그래!" 피치시프는 숨을 들이켰고, 연이은 발작이 피치시프의 몸을 훑고 지나가면서 두 사람을 같이 폭발적인 평온으로 이끌었다.

자코는 피치시프의 몸과 호흡이 차분해지고 이완될 때까지 가만히 피치시프의 안에 머물러 있었고, 그들은 자연스럽게 몸을 떼어냈다. 이 성행위에는 자코가 생각했던 것보다 많은 가능성이 있어 보였다. 자코의 가족은 이런 모든 일들에 대해 아무것도 전해주지 않았다. 어쩌면 그들도 몰랐을지 모른다. 아니면 그들의 평온한 철학에는 너무 이질적이었을지도 모른다.

"넌 이런 것들을 다 어떻게 알아?" 자코는 졸린 상태로 피치시프에게 물었다.

"내 친척 아주머니 하나도 문학을 했거든." 피치시프는 어둠 속에서 쿡쿡 웃었다. "네 이모와는 다른 문학이겠지만."

그들은 세상 하나만큼 멀리 떨어진 다른 소파에서 그들과 함께 비행하고 있는 시체 못지않게 움직임 없이 잤다.

✳

그들은 시끄러운 쿵쿵 소리가 이어지는 통에 깨어났다. 창문은 흘러가는 분홍색 안개로 꽉 찼다. 비행선이 정박지로 미끄러져 들어가는 모양이었다. 자코가 아래를 내려다보니 가까이 다가온 덤불숲과 풀밭이 보였다. 산 중턱에 자리한 지상 정박지였다.

컴퓨터 계기판이 신호를 밝혔다. '기지 정박을 위해 프로그램을 재기동하시오.'

"아니야. 이 비행선은 돌아가야 해." 자코가 말했다. 피치시프는 전과 달리 친구 같은 태도로 자코를 쳐다보았다. 자코는 이제 피치시프가 자신을 믿고 있음을 느꼈다. 자코는 피치시프가 식료품 합성기를 가동하는 동안 모든 추진기를 대기 상태로 돌렸다. 이윽고 자코는 부양들에서 공기가 빠지는 소리를 듣고 피치시프에게 갔다. 피치시프는 죽은 노인 옆에 서 있었다.

"돌아가기 전에 이 여자… 이 시체를 꺼내두자." 피치시프가 말했다. "강이 어떻게 해줄지도 몰라."

자코는 그렇게 생각하지 않았지만, 말없이 아침 식사용 단백질 대용식을 먹고 물을 마셨다.

씻고 배설하는 용도의 방을 이용하러 간 자코는 어쩐지 둘의 접촉에서 남은 흔적들을 모조리 씻어내고 싶지가 않았다. 피치시프도 똑같이 느끼는지 얼굴과 손만 씻고 있었다. 자코는 실크에 덮인 피치시프의 날씬한 배를 보았다. 아이가, 자코의 아이가 그 안에서 자라기 시작했을까? 다시 욕망이 솟아올랐지만 자코에게는 해야 할 일이 있었다. 아버지에게 한 약속을 지켜야 했다. 빨리 끝내면 끝낼수록 빨리 돌아올 것이다.

"사랑해." 자코는 실험 삼아 말해보고 그 이상한 말에 깜짝 놀랄 만한 진실성이 깃들어 있음을 깨달았다.

피치시프는 환하게 웃었다. 스쳐 가는 미소가 아니었다. "나도 널 사랑하는 것 같아."

바닥 문에 불이 켜졌다. 두 사람이 문을 당겨 열자 지상으로 이어지는 계단이 드러났다. 월견들이 쏟아져 내려갔다. 두 사람은 그 뒤를 따라 장밋빛 안개에 싸인 바람 부는 세상으로 나갔다. 주위에는 구름이 흘러 다녔고, 모든 공기가 비행선 정박지 앞 저 멀리에 있는 산꼭대기를 향해 올라가고 있었다. 땅은 울퉁불퉁했고, 짐승들이 끊어 먹은 것처럼 짧고 부드러운 풀에 덮여 있었다.

"모든 바람은 강으로 흐르지." 자코가 읊었다.

그들은 언덕을 올랐고, 세 마리 월견은 귀를 쫑긋 세우고 불안해하며 소리 없이 그 뒤를 따랐다. 자코는 아마 개들은 앞에 있는 것의 냄새를 맡을 수 없다는 사실이 마음에 들지 않으리라 생각했다. 피치시프는 걸으면서 자코의 손을 꽉 잡고 있었다. 마치 어떤 위험에서라도 자코를 지키기로 결심했다는 듯이….

평평한 언덕 꼭대기에 다다르자 돌연 안개가 걷혔고, 그들은 햇빛을 받아 반짝이는 넓고 얕은 계곡을 내려다보았다. 둘 다 그 광경을 보느라 걸음을 멈춰야 했다.

그들 앞에는 거대한 쓰레기 더미가 놓여 있었다. 몇 킬로미터에 걸쳐 온갖 물건들이 쌓이고 또 쌓여서 계곡 바닥을 거의 가득 채웠다. 온갖 물건이 다 있었다. 자코는 옷, 책, 장난감, 장신구, 무수히 버려진 인공물과 도구들을 알아볼 수 있었다. 분명히 사람들이 강으로 가면서 가지고 온 마지막 물건들이었다. 두 사람에게서 멀지 않은 아래쪽의 바깥 고리에는 천막과 지상차, 비행차들이 있었다. 심지어 마차들도 있었다. 그 모든 것들이 깨끗하고 반짝거렸다. 강의 영향력이 부패를 막아주기라도 하는 것처럼.

자코는 제일 가까이에 있는 야영지들의 고리가 다른, 더 오래되고 커 보이는 고리들과 교차하고 있음을 알아차렸다. 이 쓰레기 더미에는 중심이 없는 듯했다.

"강이 이동했거나 줄어들었나 봐." 그가 말했다.

"둘 다인 것 같은데." 피치시프가 오른쪽을 가리켰다. "봐, 저기 오래된 전쟁터가 있어."

두 사람 옆으로 풀이 덮인 큰 둔덕이 산꼭대기를 점령하고 있었다. 자코는 그 둔덕 옆면에 난 금속테를 두른 긴 틈을 보고 역사를 돌이켰다. 강의 촉수들이 처음 지구를 건드렸을 때는 아직 통치자들이 있었다. 그런 통치자들 중에 몇 명은 자기 신민들이 빠져나가지 못하게 막으려고 주위에 경비병을 배치하고, 심지어 살인 장치들까지 심어두었다. 그러나 경비병들도 강으로 가버렸다. 아니면 강이 그들을 삼켜버렸는지도 몰랐다. 그리고 사람들은 짐승들을 몰아서 지뢰밭을 가로지르게 하고, 그 뒤를 따라서 불사의 흐름 속으로 몰려들어 갔다. 결국은 통치자들도 떠나거나, 죽었다. 더 자세히 들여다보자 녹색 산비탈 여기저기에 찢겨나간 자국과 곰보 자국 같은 구멍들이 남은 것을 볼 수 있었다. 마치 오래전의 폭발이 사방에 분화구를 파놓은 것처럼 말이다.

자코는 불현듯 이 광대한 혼란 속에서 아버지를 찾아야 한다는 사실을 기억해냈다.

"강은 지금 어디에 있지? 내가 너무 늦지 않았다면 아버지의 정신은 아직 그리로 가고 있을 거야."

"저 아래 허공에 반짝이는 매끈한 부분 보여? 분명히 저기가 위험 지역이야."

오른쪽 아래, 변두리에 꽤 가까운 곳에 이상하게 밝은 곳이 있었다. 뚫어지게 보다 보니 점점 또렷해졌다. 살짝 금빛을 띤 것인지, 그냥 반짝이는 것인지 모를 공기로 이루어진 거대한 기둥이었다. 자코는 그 기둥 주위를 살펴보았지만, 계곡 전체에 그런 곳은 더 보이지 않았다.

"저게 유일하게 남은 초점이라면 곧 사라지겠는데."

피치시프는 고개를 끄덕이더니 침을 꿀꺽 삼켰다. 작은 얼굴이 갑자기 어두워졌다. 자코는 피치시프가 이곳에 살다가 강 없이 죽을 생각이라는 사실을 알 수 있었다. 그러나 그가 함께 있을 것이다. 자코는 진심으로 그럴 작정이었다. 자코는 피치시프의 손을 꼭 쥐었다.

"네가 꼭 아버지와 이야기를 해야 한다면, 우리는 안전하게 이쪽 변두리에서 걸어 다니는 편이 좋겠어." 피치시프가 말했다.

"안 된다." 뒤에서 월견 한 마리가 말했다. 두 사람이 몸을 돌리자 월견 세 마리는 산꼭대기에 한 줄로 앉아서 가늘게 뜬 눈으로 계곡을 응시하고 있었다.

"좋아, 너희는 여기에서 기다려. 금방 돌아올게."

피치시프가 말하고 자코의 손을 더 꼭 쥐었다. 그들은 오래된 전쟁 둔덕을 지나치고, 오래된 탈것들의 잔해를 지나치고, 말도 안 되게 기울어진 골동품 첨탑을 지나쳤다. 짧은 풀 속에 희미하게 작은 길이 남아 있었다. 앞에 전쟁 둔덕이 또 하나 나타났다. 그 둔덕 주위를 돌아서 나가보니 목이 길고 뿔이 없는 하얀 짐승들이 몇 마리 무리 지어 있었다. 그 짐승들은 사람들이 지나가는데도 조용히 풀만 계속 뜯었다. 자코는 그들이 돌연변이 사슴일지도 모른다고 생각했다.

"저것 봐!" 피치시프가 자코의 손을 놓고 외쳤다. "젖이야. 새끼가 젖을 빨고 있어!"

자코가 보니 그 짐승들 중 한 마리의 뒷다리 사이에 울퉁불퉁한 주머니가 달려 있었다. 작은 짐승이 그 옆에 반쯤 무릎을 꿇은 자세로 머리를 들고 주머니를 문질렀다. 어미와 새끼였다.

피치시프는 부드럽게 인사하는 듯한 소리를 내면서 조심조심 그들에게 다가갔다. 어미는 피치시프를 차분하게 바라보았다. 길든 짐승이라는 증거였다. 새끼는 계속 눈을 굴리며 젖을 빨았다. 피치시프는 다가가서 어미를 쓰다듬은 다음, 몸을 아래로 굽혀서 주머니를 만져보았다. 짐승은 한 발자국 옆으로 비켰지만 도망치지는 않았다. 다시 허리를 편 피치시프는 손을 빨고 있었다.

"훌륭한 젖이야! 크기도 비행선에 싣기 딱 맞네! 지상차에도 들어갈 거야." 피치시프는 활짝 웃으며 얼굴을 빛냈다. 자코는 가슴속에 이상하고 따뜻한 압박감을 느꼈다. 피치시프가 자기의 작은 세상을, 미래의 둥지를 꾸미는 데 전념하는 모습이라니! 그들의 둥지를….

"우리랑 같이 가자, 이리 와." 피치시프가 짐승을 얼렀다. 피치시프가 허리띠를 짐승의 목에 감아서 끌자 짐승은 차분히 끌려왔고, 새끼는 서툴게 경중거리면서 따라왔다.

"새끼는 수컷이네. 완벽해." 피치시프가 외쳤다. "자, 내가 저 녀석을 보는 동안만 잠깐 잡고 있어." 피치시프는 자코에게 허리띠 끝을 넘겨주고 달려갔다. 짐승은 가만히 자코를 바라보더니 갑자기 윗입술을 빼물고 자코의 얼굴에 침을 뱉었다. 자코는 몸을 숙여 피하면서 피치시프에게 돌아오라고 외쳤다.

"우리 아버지부터 찾아야 해!"

"알았어." 피치시프는 돌아오면서 말했다. "아, 저것 좀 봐!"

내리막길에 허깨비가 떠 있었다. 하얀 짐승이었는데, 부분 부분이 투명했고 유령처럼 흐릿했다. 짐승은 어슬렁거리고 돌아다니면서 한 번씩 고개를 숙였지만, 풀을 먹지는 않았다.

"강에 반쯤 붙들렸던 게 분명해. 반은 가버렸어. 아, 자코, 이제 여기가 얼마나 위험한지 알겠지! 난 너도 붙들릴까 봐 무서워."

"그런 일은 없어. 굉장히 조심할 테니까."

"정말 걱정이야." 그래도 피치시프는 자코를 앞장세우고 짐승을 옆에 끌면서 걸었다. 피치시프는 허깨비가 된 짐승 옆을 지나면서 외쳤다. "저렇게 살 순 없어. 아예 나가는 편이 나아. 워이, 워이!"

짐승은 몸을 돌렸고, 천천히 쓰레기 밭을 가로질러 공기가 반짝이는 곳을 향해 걸어갔다.

두 사람도 그곳에 다가갔다. 걸어갈수록 버려진 물건들은 점점 더 많아졌다. 피치시프는 모든 것을 날카로운 눈으로 살폈다. 한번은 몸을 굽혀 아름답고 가볍고 부드러운 하얀 사각형 모양의 물건을 집어서 가방에 밀어 넣기도 했다. 산꼭대기는 길게 이어지는 비탈진 풀밭으로 녹아들었고, 상대적으로 쓰레기가 적은 이 비탈은 허공에서 반짝이는 기둥을 향해 이어졌다. 그들은 그 방향으로 내려갔다.

강의 진원지는 다가갈수록 위압적이었다. 그들은 이제 그 기둥이 쭉 솟구쳐 올라가다가 부드럽게 뒤틀리면서 하늘 너머로 뻗어 가는 모습을 눈으로 따라갈 수 있었다. 지구를 껴안은 우주적인 지성의 형태 없는 흐름이 뻗은 촉수, 불사의 삶으로 가는 길이었다. 그 안의 공기는 금빛이 아니라 희미한 은빛으로 보였다. 마치 거대한 달빛 줄기가 아침 해를 뚫고 내리꽂히는 듯한 느낌이었다. 그 기둥 밑에 있는 물건들은 아주 귀해 보였지만, 맑은 물을 통해서 보는 것처럼 어른거렸다.

한쪽에 천막들이 있었다. 자코는 천막 하나를 알아보고 걸음을 빨리

했다. 피치시프가 자코의 팔을 잡고 뒤로 끌어당겼다.

"자코, 조심해!"

그들은 걸음을 늦추었다가 강의 영향력이 미치는 희미한 주변부에서 백 미터 떨어진 곳에 멈춰 섰다. 무척이나 잔잔했다. 자코는 골똘히 들여다보았다. 어른거리는 공기 가장자리에 지팡이 하나가 똑바로 서 있었고, 그 지팡이에는 녹색과 노란색 실크 스카프가 매달려 있었다.

"봐! 저건 우리 아버지의 신호야!"

"아, 자코, 그리로 들어갈 순 없어."

눈에 익은 신호를 보자 가족들과 보낸 인생의 모든 추억이 쏟아지듯 되돌아왔다. 품위 있는 이성, 영원히 지구를 떠나기 위한 준비가 주는 무게감. 잠시 동안 자코의 내면에서 두 개의 전혀 다른 현실이 싸웠다. 이제야 깨달았지만, 가족들은 자코를 사랑했다. 특히 자코의 아버지는. 하지만 자코가 피치시프를 사랑하는 것처럼은 아니었다고, 자각한 자코의 영혼이 소리 없이 부르짖었다. 나는 지구에 속해 있어! 별들은 자기들이나 돌보라지. 자코의 결심은 더 깊이 뿌리를 내렸고, 싸움에 이겼다.

자코는 가만히 피치시프의 손을 풀었다.

"여기에서 기다려. 걱정하지 마. 변화가 일어나려면 시간이 꽤 걸리는 거 알지. 몇 시간, 며칠이 걸릴 수도 있어. 난 잠시만 들어갔다가 바로 돌아올 거야."

"아아아, 미친 짓이야."

그래도 피치시프는 자코를 놓아주었고, 자코가 산마루를 내려가서 쓰레기 더미 사이를 지나 지팡이로 가는 동안 하얀 짐승을 붙잡고 서 있었다. 지팡이에 다가가면서 자코는 주위 공기가 변하는 것을, 더 살아 움직이면서도 더 잔잔해지는 것을 느낄 수 있었다.

"아버지! 폴! 자코예요. 아직 제 말을 들으실 수 있죠?"

아무 대답도 없었다. 자코는 같은 말을 되풀이하면서 지팡이 옆을 지나 한두 걸음을 더 걸었다.

머릿속에 메아리 같은 속삭임이 들렸다. 마치 초자연적인 영역이 자코를 향해 열린 것 같았다. 자코는 무한으로부터 날아온 아버지의 조용한 목소리를 들었다.

'왔구나.'

차분하게 환영하는 느낌이었다.

"도시는 다 비었어요, 아버지. 사람들은 다 가버렸어요. 모든 곳에서요."

'오거라.'

"아니에요!" 자코는 추억에 저항하고, 이상한 느낌이 드는 유혹에 저항하면서 침을 삼켰다. "그건 슬프다고 생각해요. 잘못됐다고요. 전 어떤 여자를 찾았어요. 우린 남아서 아이들을 만들 거예요."

'내 아들 자코야, 강이 떠나고 있다.'

마치 별이 자코의 이름을 부르는 것 같았지만, 자코는 완강하게 말했다. "상관 안 해요. 전 그 여자와 같이 있을 거예요. 안녕이에요, 아버지. 안녕…"

근심과 슬픔이 자코를 건드렸고, 하늘 저편에서 소리 없는 목소리들의 무리가 웅얼거렸다.

'와라! 같이 떠나자.'

"싫어요!" 자코는 외쳤다. 혹은 외치려고 했다. 그러나 황홀한 목소리들을 잠재울 수는 없었다. 그리고 갑자기 시선을 든 자코는 강의 실체를 느꼈다. 별들 사이에서 영원히 이어지는 삶으로 향하는 문이 열리는 압도감을 느꼈다. 현세에서 지녔던 모든 두려움이, 자코를 기다리고 죽음의 나락에 대한 가장 비밀스러운 공포가 빠져나가고 떨어져 나갔다. 자코에게는 거의 감당하기 힘들 정도의 가뿐함과 잔잔한 기쁨만 남았다. 자코는 강에 접촉하고 있음을, 이대로 영원히 그 불멸의 흐름을 타고 날아갈 수 있다는 사실을 알았다. 그러나 갈망이 자코를 붙잡은 와중에도 자코의 인간 정신은 이것이 첫 번째 단계의 시작이라는 사실을 기억해냈다. 강이 비에타, 즉 '축복'이라고 불리는 이유가 이것이었다. 자코는 지나치게 오래 꾸물거리다가 허깨비가 된 짐승을 생각했다. 지금, 그리고 빨리 떠나야 했다. 자코는 엄청난 노력을 기울여서 한 발자국 뒷걸음질을 쳤지만, 몸을 돌릴 수는 없었다.

"자코! 자코! 돌아와!"

누군가가 자코의 이름을 부르고 있었다. 부르짖고 있었다. 자코는 겨우 몸을 돌리고 작은 산등성이에 선 피치시프를 보았다. 가까우면서도 너무나 멀었다. 평범한 지구의 태양이 피치시프와 두 마리 하얀 짐승을 환하게 비추었다.

"자코! 자코!" 피치시프는 양팔을 뻗고 자코를 향해 달려오고 있었다.

마치 아름다운 지구 전체가 자코에게 울부짖는 것 같았다. 자코에게 돌아와서 삶과 죽음의 짐을 지라고 외치는 것 같았다. 그리고 싶지는 않았다. 그러나 자코는 이유를 기억하지 못하면서도 피치시프가 여기에 와서는 안 된다는 사실을 알았다. 자코는 불안하게 비틀거리면서 피치시프를 향해 걷기 시작했다. 자코는 일순간 피치시프를 사랑하는 여자로 보았다가, 다시 이상하게 우는 알지 못하는 생명체로 보았다.

"죽음의 여신." 자코는 자신이 움직임을 멈췄다는 사실을 깨닫지 못하고 중얼거렸다. 피치시프는 더 빨리 달리다가 발을 헛디뎠고, 쓰레기 더미 속에 쓰러질 뻔했다. 다시 자코의 마음속에 피치시프가 여기로 와서는 안 된다는 느낌이 솟아올랐다. 자코는 몇 걸음을 더 내디디면서 머리가 조금 맑아지는 것을 느꼈다.

"자코!" 피치시프는 자코를 붙잡고 온몸으로 자코를 경계 밖으로 끌고 나갔다.

피치시프의 손길이 닿자 인간으로서의 삶이 지닌 현실성이 돌아왔고, 자코의 심장은 인간의 피로 두근거렸으며, 별들은 모두 멀어졌다. 자코는 서툴게 뛰기 시작했고, 피치시프를 반쯤 지다시피 한 채 안전한 산등성이까지 올라갔다. 그들은 마침내 숨을 헐떡이면서 하얀 짐승들 옆에 무너져서 젖은 눈으로 서로를 안고 입을 맞췄다.

"네가 길을 잃은 줄 알았어. 널 잃는 줄 알았어." 피치시프가 흐느꼈다.

"네가 날 구했어."

"여… 여기. 우… 우리 뭘 좀 먹는 게 좋겠어." 피치시프는 그런 단순한 인간 행위로 이 세상의 것이 아닌 힘에 저항할 수 있다는 듯이 단호하게 고개를 끄덕이면서 가방 안을 뒤졌다. 그러고 보니 자코도 꽤 배가 고팠다.

그들은 꽃이 점점이 뿌려진 부드러운 풀밭에서 평화롭게 먹고 마셨고, 하얀 짐승들은 주위를 돌아다니며 풀을 뜯었다. 피치시프는 물건에 뒤덮인 계곡 바닥을 찬찬히 뜯어보았고, 고체형 대용식을 씹으면서 얼굴을 찌푸렸다.

"쓸모있는 물건이 정말 많아. 언젠가, 강이 떠나고 나면 다시 와서 둘러봐야겠어."

"넌 자연물만 원하는 줄 알았는데." 자코는 피치시프를 놀렸다.

"이 중에는 오래갈 물건도 있어. 봐." 피치시프는 작은 도구를 하나 집어 들었다. "이건 가죽에 구멍을 뚫고 꿰매는 데 쓰는 송곳이야. 아이들이 신을 샌들을 만들 수 있을 거야."

자코는 이곳으로 온 사람들 상당수는 꽤 단순하게 살았던 게 틀림없다고 생각했다. 쓸모있는 도구들이 있을 수 있다는 말이 맞았다. 금속도. 그리고 책도… 물건을 만드는 방법들이 있겠지. 자코는 먼 미래에 숙달된 장인이 되어 아이들에게 기술을 가르치는 자신의 환상을 보며 풀밭에 누웠다. 정말로 좋아 보였다….

"아, 내 젖짜기 짐승!" 피치시프가 자코의 몽상을 깨뜨렸다. "아, 안돼! 그러면 안 돼!" 피치시프는 펄쩍 뛰어 일어났다.

자코가 일어나 앉아서 보니 하얀 어미 짐승이 산등성이 풀밭을 벗어나서 꽤 아래로 내려가 있었다. 피치시프가 쫓아가면서 외쳤다. "이리와! 멈춰!"

어미 짐승은 고집스럽게 풀을 한입 가득 뜯으면서 멀어졌다. 피치시프는 더 빨리 달렸다. 어미 짐승은 고개를 들더니 산등성이를 벗어나서 쓰레기 더미 사이로 걸어갔다.

"안 돼! 아, 내 젖! 이리 돌아와. 돌아와."

피치시프는 더 조용히 움직이고 더 차분하게 외치려고 애쓰면서 어미 짐승을 따라 내려갔다.

자코는 놀라서 일어섰다.

"돌아와! 그리로 내려가지 말고!"

"아기들 먹일 젖이야." 피치시프는 그렇게 울부짖고 어미 짐승에게 덤벼들었다. 하지만 피치시프는 짐승을 놓쳤고, 짐승은 딱 피치시프의 손이 닿을락 말락 한 거리로 뛰어갔다.

공포스럽게도 자코는 그사이에 반짝이는 강의 기둥이 형태를 약간 바꾸었음을 알았다. 이제는 그 짐승 바로 앞에 번득이는 빛의 베일이 소용돌이치고 있었다.

"돌아와! 가게 놔둬!" 자코는 고함을 치고 온 힘을 다해서 뛰기 시작했다. "피치시프, 돌아와!"

그러나 피치시프는 몸을 돌리지 않았고, 쿵쿵거리며 땅을 밟는 자코의 다리는 피치시프를 따라잡을 수 없었다. 하얀 짐승은 이제 어른거리는 빛 속에 들어가 있었다. 자코는 하얀 짐승이 태양빛과 달빛을 받은 물건 더미 위로 뛰어오르는 모습을 보았다. 피치시프의 검은 몸은 주위를 돌보지 않고 그 뒤를 따라 달렸고, 짐승은 다시 한번 펄쩍 뛰어서 도망쳤다. 피치시프가 따라가는 모습을 보자 격심한 공포가 심장을 조였다. 자코는 지극히 인간적인 생명력이 오히려 피치시프를 죽음으로 몰아넣고 있다고 생각했다. 내가 데리고 나와야 해, 내가 끌어낼 거야. 자코는 다리를 더 빨리, 더 빨리 놀렸고 자코의 주위 공기도 달라졌음을 알아차리지 못했다.

피치시프는 잠시 반짝이는 공기 베일 속으로 사라졌다가 다시 나타났고, 여전히 짐승을 쫓고 있었다. 고맙게도 피치시프가 멈춰 서서 몸을 굽히고 무엇인가를 집어 드는 모습이 보였다. 피치시프는 이제 걷고 있었다. 자코가 따라잡을 수 있었다. 그러나 이제는 자코의 몸도 둔하게 움직였다. 다리를 앞으로 내밀기 위해 모든 의지를 동원해야 했다.

"피치시프! 내 사랑, 돌아와!"

자코의 목소리는 은빛 공기에 감싸인 듯 희미하게 나왔다. 실망스럽게도 자코는 이제 속도를 늦추어 걷고 있었으며, 피치시프의 모습은 다시 보이지 않게 되었다.

용케 빛이 번득이는 곳을 뚫고 나갔을 때 자코는 돌아다니는 하얀 짐승 뒤를 아주 천천히 쫓고 있는 피치시프를 보았다. 얼굴을 돌리고 있었고, 초자연적인 빛이 피치시프의 아름다움을 비추었다. 자코는 피치시프가 황홀경을, 영원한 삶의 부름을 느끼고 있다는 사실을 알았다. 자코도 마찬가지였다. 자코는 간신히 비틀거리면서 앞으로 걸어갔고, 무시무시한 평온이 마음을 가득 채웠다. 그들은 분명히 강의 진원지로, 그 힘이 가장 강하게 흐르는 곳으로 들어가고 있었다.

"내 사랑…" 현세의 슬픔이 엄습해오는 초월감과 싸웠다. 앞에서 소녀는 서서히 반짝이는 베일 속으로 사라져 갔다. 피치시프는 여전히 마지막에 느끼 세속적 욕망을 따라가고 있었다. 지코는 그 인간다움이, 자코가 찬란한 지구에서 사랑했던 모든 것이 영영 현실에서 사라지는 모습을 보았다. 어차피 잃을 것이라면 왜 일깨웠던가? 유령 같은 목소리들이 가까이 있었지만, 자코는 유령을 원하지 않았다. 인간의 삶에 대한 괴로운 비탄이 치밀어 올랐다. 자코는 그 마지막 아픔을 영원토록 지고 가게 되리라. 그러나 다급한 기분은 사라졌다. 이제는 형태도 없고 끝도 없는 삶이 자코에게 내려앉았다. 피치시프를 사로잡았듯이 자코를 잡았다. 자코의 육신, 자코의 몸은 희박해지기 시작했다. 물질성을 잃고 알 수 없는 목적으로 별들 사이를 흘러 다니는 거대한 의식의 흐름 속으로 녹아들었다.

자코의 지구 자아의 정수는 아직도 천천히 피치시프를 따라가며 영원의 안개 속으로 들어갔다. 유령 같은 하얀 젖사슴을 따라가버린, 사랑하는 검은 소녀를 잡으려 언제까지나 애쓰던 남자였던 분자 구성은 그렇게 강에 실려 갔다.

AND MAN ABIDES...

그리고 인간은 살아간다...

AND SO ON, AND SO ON

그렇게 계속, 계속

◆

이수현 옮김

우주선 라운지 한쪽 구석에서 아이가 뷰 스크린을 작동시키는 데 성공했다.

"로비! 점프 중에는 뷰 스크린을 가지고 놀지 말라고 했잖니. 거긴 아무것도 없다고 몇 번을 말했어. 예쁜 빛무리뿐이에요, 아가. 이제 이리 돌아와서 모두 같이⋯."

젊은 씨족 여성이 보호고치로 돌아오라고 아이를 어르는 동안 어떤 사건이 일어났다. 아주 경미해서, 졸던 승객들이 시선을 들 정도 수준의 일이었다. 즉시 차분한 음성이 다양한 통역음을 동반하여 흘러나왔다.

"선장입니다. 방금 경험하신 잠시 동안의 불연속은 이 이상공간 모드에서는 정상입니다. 오리온자리 복합체에 도착하기 전에 한두 번 더 조우할 겁니다. 오리온 복합체에는 우주선 시간으로 두 유닛 정도 후에 도착합니다."

이 사소한 일화가 대화를 불러일으켰다.

"요새 젊은이들에게 안타까움을 느낀다네." 상인의 로브를 입은 덩치 큰 존재가 은하뉴스 스캐너를 두드리더니 편안하게 귀주머니를 접었다.

"재미는 우리가 다 누렸으니 말이야. 내가 처음 나왔을 때만 해도 여기는 온통 거친 변경이었지. 은하 흑점 너머로 가려면 용기가 필요했어. 유언장을 작성해야 했다네. 처음 은하 횡단 점프를 했을 때가 아직도 기억이 나."

"모든 게 어찌나 빨리 변했는지요!" 그 남자와 대화하던 상대가 찬탄하더니, 대담하게 덧붙였다. "요새 젊은이들은 너무나 심드렁하지요. 이 모든 경이를 당연하게 받아들이고, 영웅주의를 비웃어요."

"영웅이라!" 상인은 코웃음을 쳤다. "저들은 아니지!" 그는 화려한 선실을 도전적으로 둘러보며 몇 명에게 정중한 목례를 불러일으켰다. 갑자기 보호고치 하나가 상인을 향해 돌더니 길잡이(Pathman)의 회색옷을 입은 지구형 인간 모습을 드러냈다.

"영웅주의라." 길잡이는 움푹 들어간 눈으로 상인을 바라보며 조용히 말했다. "영웅주의란 근본적으로 공간 개념이지요. 자유로운 우주가 없어지면 영웅도 없는 겁니다." 그는 말을 꺼낸 것을 후회하는 사람처럼, 개인적인 고통을 견디려 애쓰는 사람처럼 고개를 돌렸다.

"아니, 세르 오르파이안은 어때요?" 밝고 젊은 재생자가 물었다. "포드 하나를 타고 혼자서 나선팔*을 가로지르다니, 난 그거야말로 영웅이라고 생각해요!" 재생자는 경박하게 키득거렸다.

"그렇지도 않습니다." 교양 있는 은하연방 공무원의 목소리가 점잔빼며 끼어들었다. 참고조회 스테이션을 쓰고 있었던 그 루트로이드(lutroid)는 입력기를 빼더니 재생자를 보고 희미하게 웃었다. "그런 묘기는 마지막 숨결, 추수 후에 이삭줍기에 불과하지요. 오르파이안이 미지의 세계로 날아갔던가요? 그렇지 않습니다. 오르파이안은 기껏해야 자신이 그 일을 할 수 있느냐 없느냐의 문제에 직면했을 뿐이지요. 개척자 흉내를 내면서요. 아닙니다." 루트로이드의 목소리가 기록장치의 명료함을 띠었

---

* Arm. 우리 은하의 작은 나선팔인 오리온팔(Orion Arm)을 가리키는 듯하다.

다. "원시 시대는 끝났습니다. 진정한 개척은 이제 안으로 향하고 있습니다. 내우주(Inner space) 말입니다." 그는 학자 신분을 나타내는 어깨장식을 바로잡았다.

상인은 스캐너에 몸을 돌리고 있다가 투덜거렸다.

"괜찮은 제안이 나와 있군. 에리다누스 지역에 고리항성(ringsun)을 팔려고 내놨어. 그쪽 지역은 개발할 때가 한참 지났으니, 누군가가 재미를 좀 보겠군. 이 젊은 불평분자들이 일부만이라도 아가미를 꺼뜨리고 뛰어들면…." 그는 아쿠아마이너(aquaminor) 주둥이를 때려서 가냘픈 울음소리를 끌어냈다.

"하지만 그건 너무 힘든 일이지요." 그와 말하던 상대가 달래듯이 맞장구를 쳤다.

길잡이는 매서운 침묵 속에서 지켜보다가, 루트로이드 쪽으로 몸을 기울였다.

"내우주에 대해 말씀하셨지요. 그건 심리학을 말씀하시는 겁니까? 순수한 내면 탐구인가요?"

"전혀 아닙니다." 루트로이드는 기뻐하며 대답했다. "심리학 추종은 선정주의에 불과하다고 봅니다. 저는 현실을 말하는 겁니다. 사소한 과학 방법론의 범위 너머에 존재하는 더 단순하고 심오한 현실, 오직 심미적이거나 종교적인 경험을 통해서만 접근할 수 있는 현실 말입니다. 말하자면 내재하는 신이랄까…."

"오리온으로 데려다주는 예술이나 종교가 있다면 보고 싶군." 그 옆 보호고치에 있던 회색 우주견이 말했다. "과학이 아니라면 알레프 점프쉽을 타고 몇 파섹을 건너뛸 수도 없어요."

"어쩌면 우린 너무 많이 건너뛰는지도 모릅니다." 루트로이드는 미소지었다.

"혹은 어쩌면 우리의 과학기술력이 이른바 건너뜀일지도 모르지요. 우리의…."

"나선팔 전쟁은 어떻습니까?" 젊은 재생자가 외쳤다. "아, 과학은 끔찍해요. 난 가엾은 나선팔 사람들을 생각할 때마다 운답니다." 그는 커다란 눈에서 증기를 뿜으며 고혹적으로 제 몸을 끌어안았다.

"아니 이런, 권력을 좇는 사냥개들이 그런 짓을 했다고 과학 탓으로 돌릴 수는 없지요." 우주견이 보호고치를 재생자가 머무는 자리 위로 띄우며 킬킬거렸다.

"그건 그래요." 또 다른 목소리가 끼어들고, 대화 그룹은 표류했다.

길잡이의 뭔가에 홀린 듯한 눈은 여전히 루트로이드를 보고 있었다. 그는 조용히 말했다. "정말로 그 더 깊은 현실을, 이 내면의 우주라는 걸 확신한다면 왜 당신 왼손은 손톱이 거의 없어진 겁니까?" 꽉 쥐고 있던 루트로이드의 왼손이 서서히 펴지면서 씹어놓은 손톱이 드러났다. 그는 버릇없는 인물이 아니었다.

"지나치게 개인적인 이야기를 주문하시는군요." 그는 딱딱하게 말하고는, 한숨을 내쉬고 미소 지었다. "아, 물론입니다. 저도 보편적인 불안이나 신경 쇠약에 면역은 없다는 사실을 인정합니다. 정체와 쇠퇴에 대한 두려움, 이제 생명은 이 은하계의 한계에 도달한 게 아닐까 하는 두려움에 늘 시달리지요. 하지만 저는 이 불안을 우리가 우리의 내적 자원을 통해 만나게 될 초월성에 대한 도전으로 여깁니다. 마땅히 그래야지요. 우리는 우리의 진정한 개척지를 찾게 될 겁니다." 그는 고개를 끄덕였다. "생명은 결코 궁극의 도전에 실패하지 않았습니다."

"생명은 궁극의 도전을 만난 적이 없습니다." 길잡이는 침울하게 응수했다. "모든 종족, 사회, 행성이나 항성계나 연방이나 무리의 역사에서, 생명은 공간적인 한계를 확장할 때마다 쇠퇴하기 시작했지요. 먼저 정체기가 오고, 그다음에는 엔트로피가 증가하고, 체계가 무너지고, 혼란과 죽음이 옵니다. 모든 경우 그 과정은 오직 그들이 새로운 우주로 빠져나가거나, 바깥에서 새로운 사람들이 침입해 들어올 때만 멈춥니다. 노골적이고 단순한 외우주 말이에요. 내우주요? 베가인들을 생각해보면…."

"바로 그겁니다!" 루트로이드가 말을 끊었다. "적절한 반례지요. 베가인들은 가장 생산적인 초물리학 현실 개념에 다가가고 있었어요. 우리가 반드시 재개해야 할 개념에 말입니다. 미르미돈 침략이 그렇게 다 파괴해버리지만 않았어도…."

"널리 알려지지 않은 사실이지만…." 길잡이의 목소리는 아주 낮았다. "미르미돈이 착륙했을 때 베가인들은 자기네 새끼를 먹고 성스러운 꿈-직물을 장식으로 쓰고 있었어요. 노래할 수 있는 베가인은 거의 없었고."

"그럴 리가!"

"길(Path)에 걸고 맹세합니다."

루트로이드의 순막*이 눈을 덮었다. 그는 잠시 후에 딱딱한 말투로 말했다. "당신은 절망을 선물로 가지고 다니는군요."

길잡이는 혼잣말을 하듯이 속삭였다. "누가 우리의 하늘을 열어 올까요? 역사상 처음으로 모든 생명이 유한 우주에 갇혔습니다. 누가 은하계를 구할 수 있을까요? 구름들**은 불모지이고 그 너머에서 우리가 아는 영역들은 생명은 고사하고 물질로도 건널 수 없습니다. 역사상 최초로, 우리는 진짜 끝에 다다른 겁니다."

"하지만 젊은이들은요." 루트로이드는 조용한 고통을 내비치며 말했다.

"젊은이들은 감지하고 있습니다. 그래서 유사 개척지를 만들어내려는 겁니다. 주관적인 탈출구를 말입니다. 어쩌면 당신이 말하는 내우주도 한동안은 젊은이들을 달랠 수 있겠지요. 하지만 절망이 커질 겁니다. 생명은 속지 않아요. 우리는 무한의 끝에 다다랐으니, 희망은 끝났습니다."

루트로이드는 길잡이의 내려 뜬 눈을 응시하며 저도 모르게 학자의 백의 소매를 방패처럼 들어 올렸다.

---

*　새, 악어 등에 있는 제3의 눈꺼풀
**　성간운, 또는 우주운. 기체, 플라스마, 우주먼지 등의 집약체로, 다른 성간물질보다 밀도가 높다.

"그렇다면 아무것도 없다고, 아무 방법이 없다고 믿으십니까?"

"앞에는 오직 되돌릴 수 없는 긴 쇠퇴만 놓여 있습니다. 역사상 최초로 우리는 우리 말고는 아무것도 없다는 사실을 압니다."

잠시 후에 루트로이드는 시선을 떨구었고, 두 존재는 침묵에 감싸였다. 바깥에서는 보이지 않는 거대한 은하계가 몸을 비틀며 빛을 발하고 있었다. 유한의 감옥이었다. 나갈 방법이 없는.

뒤쪽 통로에서 무엇인가가 움직였다.

로비라고 불렸던 아이가 빈 우주(no-space)를 보고 있는 뷰 스크린으로 살금살금 기어가고 있었다. 열렬히 반짝이는 눈으로.

작품 연보

중단편 소설 (한국어 제목, 수록 도서)

1968   **Birth of a Salesman** (세일즈맨의 탄생, 《집으로부터 일만 광년》, 엘리)

Mamma Come Home (aka. The Mother Ship)
(엄마가 왔다, 《집으로부터 일만 광년》, 엘리)

Fault

Help (aka. Pupa Knows Best) (구원, 《집으로부터 일만 광년》, 엘리)

Please Don't Play With the Time Machine

A Day Like Any Other

1969   **Faithful to Thee, Terra, in Our Fashion** (aka. Parimutuel Planet)
(테라여, 그대를 따르리라, 우리의 방식으로, 《집으로부터 일만 광년》, 엘리)

The Last Flight of Doctor Ain
(아인 박사의 마지막 비행, 《베스트 오브 제임스 팁트리 주니어》, 아작)

Beam Us Home (빔 어스 홈, 《집으로부터 일만 광년》, 엘리)

Your Haploid Heart

Happiness is a Warm Spaceship

The Snows Are Melted, The Snows Are Gone
(눈은 녹고, 눈은 사라지고, 《집으로부터 일만 광년》, 엘리)

1970   **I'm Too Big But I Love to Play**
(난 너무 크지만 노는 게 좋아, 《집으로부터 일만 광년》, 엘리)

The Nightblooming Saurian

Last Night and Every Night

The Man Doors Said Hello To (문이 인사하는 남자, 《집으로부터 일만 광년》, 엘리)

1971   **Mother in the Sky with Diamonds**
(다이아몬드 가득한 하늘에 계신 어머니,《집으로부터 일만 광년》, 엘리)

And So On, And So On
(그렇게 계속, 계속,《베스트 오브 제임스 팁트리 주니어》, 아작)

The Peacefulness of Vivyan (비비언의 평화,《집으로부터 일만 광년》, 엘리)

I'll Be Waiting for You When the Swimming Pool Is Empty
(수영장이 비면 나는 당신을 기다리고 있을 테요,《집으로부터 일만 광년》, 엘리)

1972   **All the Kinds of Yes**
(aka. Filomena & Greg & Rikki-Tikki & Barlow & the Alien)

And I Have Come Upon This Place by Lost Ways
(그리고 나는 잃어버린 길을 따라 여기에 왔네,《베스트 오브 제임스 팁트리 주니어》, 아작)

Painwise (고통에 밝은,《집으로부터 일만 광년》, 엘리)

And I Awoke and Found Me Here on the Cold Hill's Side (그리고
깨어나 보니 나는 이 차가운 언덕에 있었네,《베스트 오브 제임스 팁트리 주니어》, 아작)

The Milk of Paradise

The Man Who Walked Home
(집으로 걷는 사나이,《베스트 오브 제임스 팁트리 주니어》, 아작)

Amberjack

Through a Lass Darkly

Forever to a Hudson Bay Blanket
(허드슨베이 담요로 가는 영원,《집으로부터 일만 광년》, 엘리)

On the Last Afternoon
(어느 마지막 오후,《베스트 오브 제임스 팁트리 주니어》, 아작)

The Trouble Is Not In Your Set

Press Until the Bleeding Stops

1973   **A Day Like Any Other**

Love Is the Plan the Plan Is Death
(사랑은 운명, 운명은 죽음,《베스트 오브 제임스 팁트리 주니어》, 아작)

The Girl Who Was Plugged In
(접속된 소녀,《베스트 오브 제임스 팁트리 주니어》, 아작)

The Women Men Don't See
(보이지 않는 여자들,《베스트 오브 제임스 팁트리 주니어》, 아작)

1974   Angel Fix

Her Smoke Rose Up Forever
(그녀의 연기는 언제까지나 올라갔다, 《베스트 오브 제임스 팁트리 주니어》, 아작)

1975   A Momentary Taste of Being
(《다시는 아무것도 괜찮아지지 않을 것이다》, 아작)

Press Until the Bleeding Stops

1976   She Waits for All Men Born
(그녀는 태어난 모든 인간을 기다리네, 《베스트 오브 제임스 팁트리 주니어》, 아작)

Beaver Tears

Houston, Houston, Do You Read?
(《휴스턴, 휴스턴, 들리는가?》, 아작)

The Psychologist Who Wouldn't Do Awful Things to Rats

Your Faces, O My Sisters! Your Faces Filled of Light!
(너희 얼굴이여, 오 나의 자매들이여! 너희 얼굴은 빛으로 가득 차 있구나!,
《베스트 오브 제임스 팁트리 주니어》, 아작)

1977   The Screwfly Solution
(체체파리의 비법, 《베스트 오브 제임스 팁트리 주니어》, 아작)

The Star-Death of Margaret Omali

Time-Sharing Angel

1978   We Who Stole the Dream
(꿈을 훔친 우리들, 《베스트 오브 제임스 팁트리 주니어》, 아작)

1980   Slow Music (비애곡, 《베스트 오브 제임스 팁트리 주니어》, 아작)

A Source of Innocent Merriment

1981   Excursion Fare

Lirios: A Tale of the Quintana Roo
(aka. What Came Ashore at Lirios)

Out of the Everywhere

With Delicate Mad Hands (《냉정한 돼지》, 아작)

1982   The Boy Who Waterskied to Forever

1983   Beyond the Dead Reef

1985	Morality Meat
	The Only Neat Thing to Do (《마지막으로 할 만한 멋진 일》, 아작)
	All This and Heaven Too
	Trey of Hearts
1986	Our Resident Djinn
	Tales of the Quintana Roo
	Good Night, Sweethearts
	Collision
	At the Library
	In the Great Central Library of Deneb University
	The Starry Rift
1987	Second Going
	Yanqui Doodle
	In Midst of Life
1988	Backward, Turn Backward
	The Color of Neanderthal Eyes
	The Earth Doth Like a Snake Renew
	Come Live with Me

장편 소설

1978	Up the Walls of the World
1985	Brightness Falls from the Air

신해경

〈꿈을 훔친 우리들〉, 〈사랑은 운명, 운명은 죽음〉, 〈어느 마지막 오후〉, 〈집으로 걷는 사나이〉

서울대 미학과를 졸업하고 KDI국제정책대학원에서 경영학과 공공정책학 석사과정을 마쳤으며 서울대 미학과 대학원에 재학 중이다. 생태와 환경, 사회, 예술, 노동 등 다방면에 관심이 있으며, 《집으로부터 일만 광년》, 《캣피싱》, 《야자나무 도적》, 《사소한 기원》, 《사소한 정의》, 《사소한 칼》, 《사소한 자비》, 《식스웨이크》, 《고양이 발 살인사건》, 《플로트》, 《글쓰기 사다리의 세 칸》, 《저는 이곳에 있지 않을 거예요》, 《풍경들》 등을 번역했다.

이수현

〈그녀는 태어난 모든 인간을 기다리네〉, 〈그녀의 연기는 언제까지나 올라갔다〉, 〈그렇게 계속, 계속〉, 〈그리고 깨어나 보니 나는 이 차가운 언덕에 있었네〉, 〈그리고 나는 잃어버린 길을 따라 여기에 왔네〉, 〈보이지 않는 여자들〉, 〈비애곡〉, 〈아인 박사의 마지막 비행〉, 〈접속된 소녀〉, 〈체체파리의 비법〉

작가, 번역가. 인류학을 전공했고 《빼앗긴 자들》을 시작으로 많은 SF와 판타지, 그래픽 노블 등을 옮겼다. 최근 번역작으로는 《유리와 철의 계절》, 《새들이 모조리 사라진다면》, 《아메리카에 어서 오세요》, 《아득한 내일》, '얼음과 불의 노래' 시리즈, '샌드맨' 시리즈, '수확자' 시리즈, '사일로' 연대기, '문 너머' 시리즈 등이 있으며 《어슐러 K. 르 귄의 말》과 《옥타비아 버틀러의 말》 같은 작가 인터뷰집 번역도 맡았다. 단독저서로는 러브크래프트 다시 쓰기 소설 《외계 신장》과 도시 판타지 《서울에 수호신이 있었을 때》 등을 썼으며 《원하고 바라옵건대》를 비롯한 여러 앤솔로지에 참여했다.

황희선

〈너희 얼굴이여, 오 나의 자매들이여! 너희 얼굴은 빛으로 가득 차 있구나!〉

학부와 대학원에서 생물학과 인류학을 공부했다. 현재 한국의 토종 씨앗 보전 운동을 주제로 인류학 박사학위 연구를 진행하고 있다. 《영장류, 사이보그 그리고 여자》(공역), 《해러웨이 선언문》, 《가능성들》(공역), 《어머니의 탄생》을 우리말로 옮겼으며, 다양한 단행본과 지면에 인간과 비인간을 주제로 한 글들을 기고했다.

THE BEST OF
JAMES
TIPTREE
JR.

베스트 오브 제임스 팁트리 주니어

초판 1쇄 발행   2024년 12월 15일

지은이   제임스 팁트리 주니어
옮긴이   신해경, 이수현, 황희선
펴낸이   박은주
디자인   김선예, 이수정
마케팅   박동준

발행처   (주)아작
등록   2015년 9월 9일 (제2023-000057호)
주소   07236 서울특별시 영등포구 의사당대로 38
            102동 1309호
전화   02.324.3945-6   **팩스** 02.324.3947
이메일   arzaklivres@gmail.com
홈페이지   www.arzak.co.kr

ISBN   979-11-6668-857-7 03840